59372089772027 FOWL

WITHDRAWN

WORN, SOILED, OBSOLETE.

La ciudad

La ciudad

Luis Zueco

Barcelona • Madrid • Bogotá • Buenos Aires • Caracas • México D.F. • Miami • Montevideo • Santiago de Chile

1.ª edición: noviembre 2016

© Luis Zueco, 2016
Mapas y árbol genealógico: © Antonio Plata, 2015
Ilustraciones de interiores: iStock
© Ediciones B, S. A., 2016
Consell de Cent, 425-427 - 08009 Barcelona (España)
www.edicionesb.com

Printed in Spain
ISBN: 978-84-666-6011-2
DL B 20096-2016

Impreso por Unigraf, S. L.
Avda. Cámara de la Industria, 38
Pol. Ind. Arroyomolinos, 128938 - Móstoles (Madrid)

Todos los derechos reservados. Bajo las sanciones establecidas
en el ordenamiento jurídico, queda rigurosamente prohibida,
sin autorización escrita de los titulares del *copyright*, la reproducción
total o parcial de esta obra por cualquier medio o procedimiento,
comprendidos la reprografía y el tratamiento informático, así como
la distribución de ejemplares mediante alquiler o préstamo públicos.

A mi madre, Asunción,
una mujer tan fuerte y luchadora
como la protagonista de esta novela.

«No todas las verdades son para todos los oídos.»

El nombre de la rosa, Umberto Eco

Una mañana de sábado, antes de seguir trabajando en esta novela, me enteré de la muerte de Umberto Eco. Tuve que dejar de escribir. De manera irremediable pensé en su novela *El nombre de la rosa*, en cuántos escritores empezamos a juntar palabras después de leerla, en cuántos lectores se aficionaron a la lectura al descubrirla y en lo cercano que puedes sentirte de una persona, a pesar de no conocerla y de no haber hablado nunca con ella.

Los escritores tienen este rasgo especial; ponen algo de sí mismos en sus obras y lo comparten con desconocidos, creando así un vínculo con sus lectores. Los maestros van incluso más allá y, como Umberto Eco, hacen que, después de leer sus libros, algo cambie en nosotros para siempre.

Prefacio

Esta historia tiene lugar en Albarracín, una de las localidades más bellas de toda España. En época musulmana fue uno de los numerosos reinos de taifas, después se convirtió en un señorío cristiano independiente, gobernado por una familia navarra, los Azagra. Se la podía considerar un pequeño estado rodeado de ambiciosos reinos que ansiaban conquistarla.

Si miran la mayoría de los mapas del siglo XIII, el Señorío de Albarracín no aparece dibujado. Y, sin embargo, fue independiente hasta el año 1284.

Esta novela quiere rendir homenaje a la belleza patrimonial de Albarracín, a la recuperación que se ha realizado en su patrimonio y a su olvidada historia.

Albarracín era un señorío. Esta novela discurre íntegramente intramuros de la ciudad que era el epicentro de este estado medieval, en un momento en que el comercio, el conocimiento y la cultura comenzaban a resurgir en los reinos cristianos.

Pero la oscuridad siempre está dispuesta a ocultar bajo el manto de las sombras cualquier conato de resplandor. Por eso en estas páginas encontrarán muchas evidencias de lo oscura que puede ser el alma humana, y serán testigos de misterios y enigmas, de batallas e intrigas; porque la Edad Media fue eso: una época cruel y peligrosa, en la que, en muchas ocasiones, la espada no era la única arma que temer.

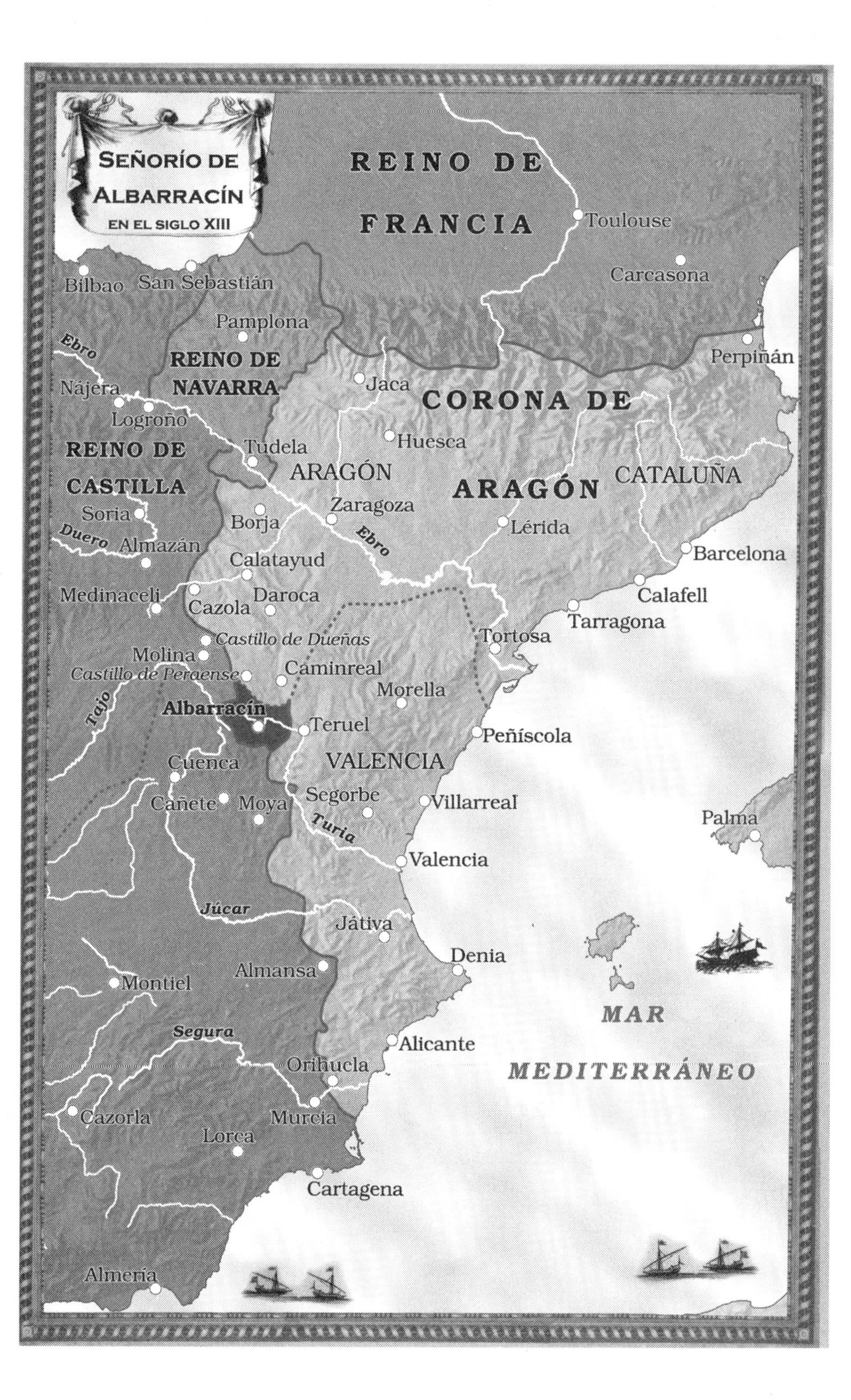
Señorío de Albarracín
en el siglo XIII
REINO DE
FRANCIA
Toulouse
Carcasona
Bilbao
San Sebastián
Pamplona
Ebro
REINO DE
NAVARRA
Perpiñán
Nájera
Logroño
Jaca
CORONA DE
Huesca
REINO DE
CASTILLA
Tudela
ARAGÓN
ARAGÓN
CATALUÑA
Soria
Borja
Zaragoza
Lérida
Duero
Almazán
Ebro
Barcelona
Calatayud
Medinaceli
Daroca
Calafell
Cazola
Tarragona
Castillo de Dueñas
Tortosa
Molina
Castillo de Peraense
Caminreal
Tajo
Morella
Albarracín
Teruel
Peñíscola
Cuenca
VALENCIA
Segorbe
Cañete
Moya
Villarreal
Palma
Turia
Valencia
Júcar
Játiva
Denia
Almansa
Montiel
MAR
Segura
Alicante
MEDITERRÁNEO
Orihuela
Cazorla
Murcia
Lorca
Cartagena
Almería

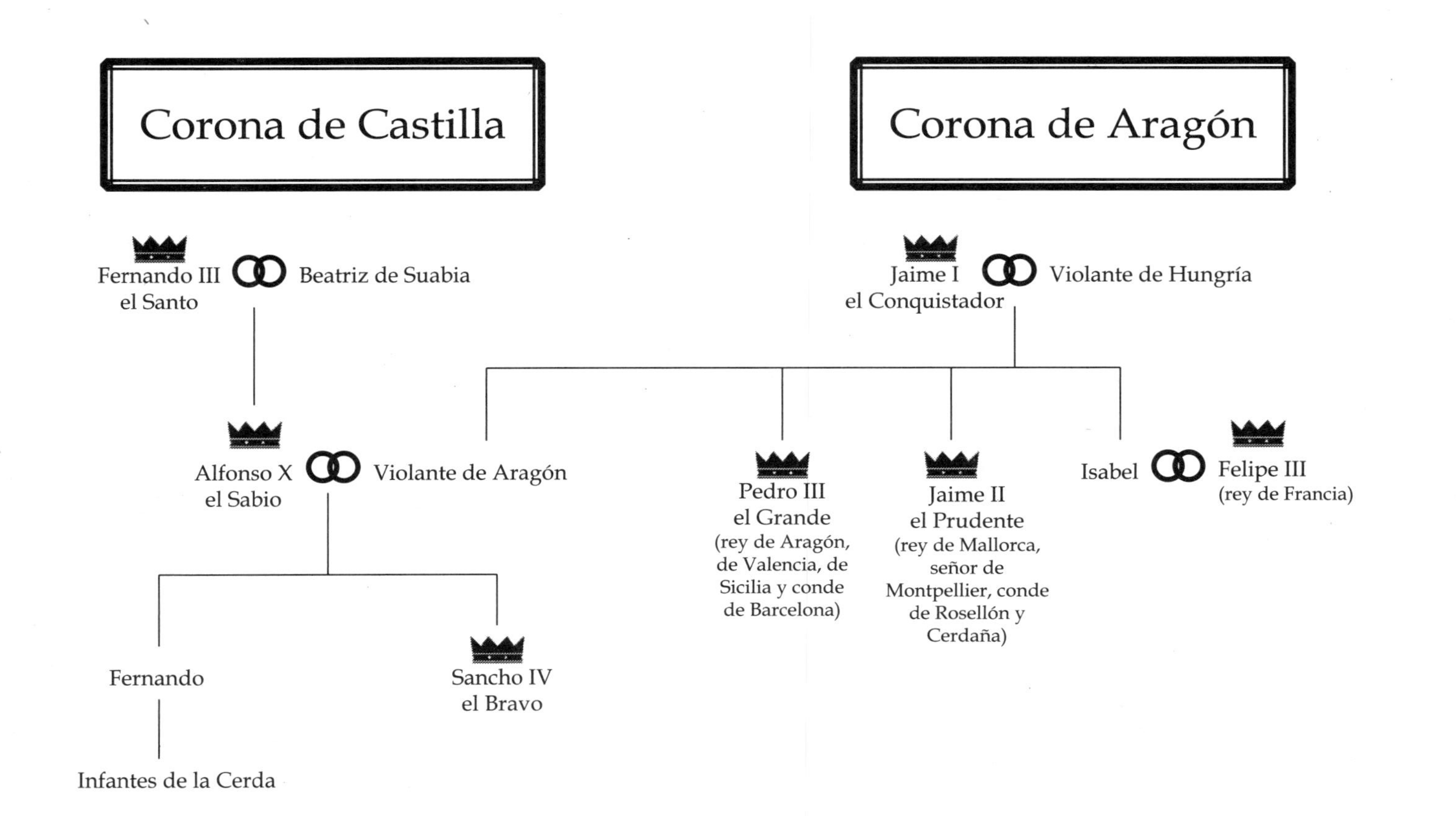
Corona de Castilla
Corona de Aragón
Fernando III
el Santo
Beatriz de Suabia
Jaime I
el Conquistador
Violante de Hungría
Alfonso X
el Sabio
Violante de Aragón
Pedro III
el Grande
(rey de Aragón, de Valencia, de Sicilia y conde de Barcelona)
Jaime II
el Prudente
(rey de Mallorca, señor de Montpellier, conde de Rosellón y Cerdaña)
Isabel
Felipe III
(rey de Francia)
Fernando
Sancho IV
el Bravo
Infantes de la Cerda

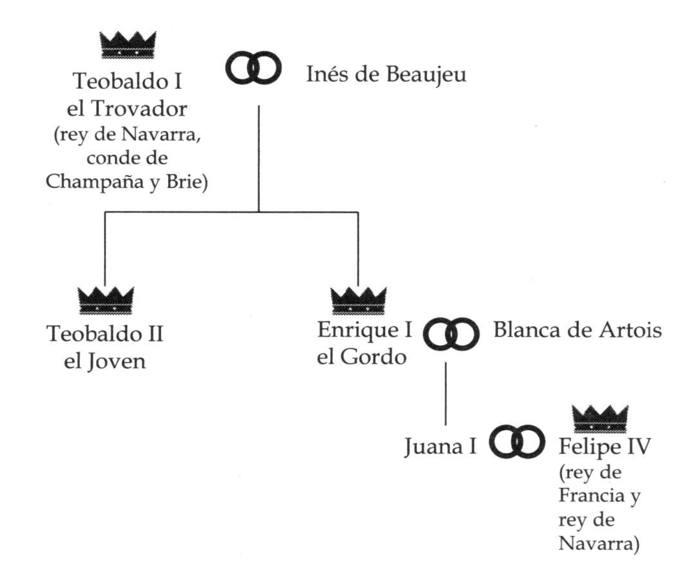
Reino de Navarra
Teobaldo I
el Trovador
(rey de Navarra,
conde de
Champaña y Brie)
Inés de Beaujeu
Teobaldo II
el Joven
Enrique I
el Gordo
Blanca de Artois
Juana I
Felipe IV
(rey de
Francia y
rey de
Navarra)

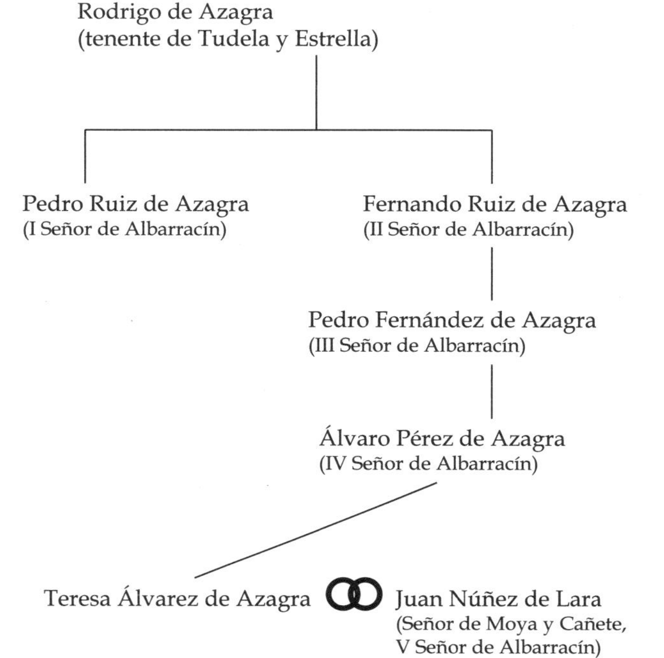
Señorío de Albarracín
Rodrigo de Azagra
(tenente de Tudela y Estrella)
Pedro Ruiz de Azagra
(I Señor de Albarracín)
Fernando Ruiz de Azagra
(II Señor de Albarracín)
Pedro Fernández de Azagra
(III Señor de Albarracín)
Álvaro Pérez de Azagra
(IV Señor de Albarracín)
Teresa Álvarez de Azagra
Juan Núñez de Lara
(Señor de Moya y Cañete,
V Señor de Albarracín)

Personajes

Principales personajes históricos:

Pedro III el Grande, hijo de Jaime I el Conquistador y su segunda esposa, Violante de Hungría. Rey de Aragón, rey de Valencia, conde de Barcelona y rey de Sicilia. Fue excomulgado por el papa Martín IV.

Alfonso X el Sabio, hijo de Fernando III el Santo, que había unificado los reinos de Castilla y León. Como hijo de Beatriz de Suabia, aspiró al trono del Sacro Imperio Romano Germánico. Realizó importantes aportaciones a los campos de la cultura, la astronomía, el derecho o la literatura.

Juan Núñez de Lara, noble castellano, Señor de la Casa de Lara, que logró el Señorío de Albarracín por matrimonio.

Sancho IV el Bravo, segundo hijo del rey Alfonso X el Sabio y de su esposa, la reina Violante de Aragón. Alcanzó el trono por el rechazo de un sector de la alta nobleza castellana a las diversas políticas de su padre.

Teresa de Azagra, quinta Señora de Albarracín, casaría con el Señor de la Casa de Lara, poniendo fin al dominio de los Azagra sobre este señorío.

Principales personajes de ficción:

Lízer, joven hombre de armas que llega a Albarracín y logra entrar a formar parte de los alguaciles.

Martín, sacerdote catalán que sirve al deán de la catedral; cuenta con gran proyección en la diócesis y se le encomienda una importante misión.

Alodia, niña valenciana que es obligada a separarse de su familia y sobrevivir sola en un mundo de hombres.

Alejandro de Ferrellón, alguacil general de la ciudad. Disciplinado, firme y honesto en su trabajo.

Fray Esteban, anciano fraile dominico, enviado papal para investigar los extraños sucesos que acontecen en Albarracín.

Pablo de Heredia, cabeza de una de las casas más importantes de todo Albarracín. Tiene un solo hijo, Atilano, que pronto le sucederá.

Ayub, mudéjar cuya familia está afincada en esta ciudad desde tiempo inmemorial. Es un mago con importantes conocimientos y contactos en todo el mundo.

Abraham, médico judío de Albarracín, con gran influencia en los negocios.

Blasco, niño inquieto, hijo de uno de los herreros de la ciudad.

Guillermo Trasobares, importante comerciante que vende todo tipo de productos en el mercado, en especial vino.

Diego de Cobos, noble originario de Albarracín, se opone firmemente a que los caballeros castellanos recién llegados gobiernen la ciudad.

Melendo, viejo sacerdote, titular de una de las iglesias de la ciudad, la de Santiago.

Prólogo

Estamos en 1300; es un año bisiesto y ha comenzado en viernes. El papa Bonifacio VIII lo ha declarado como el primer año jubilar y, a partir de ahora, el jubileo deberá conmemorarse cada siglo.

Yo no sé si eso se cumplirá, pero este año los fieles lo han celebrado con entusiasmo. Aquí en Roma, en las calles cercanas a la plaza de San Pedro, se ha tenido que impedir el paso a los carruajes, porque ha acudido tanta gente a las calles que se han producido numerosas muertes ocasionadas por atropellos de carros de caballos.

En respuesta a dichos tristes sucesos, el papa ha ordenado que se marquen líneas blancas por el medio de las calles de todo el Vaticano, para que de un lado crucen los carruajes y del otro, los peatones. Dicen que es la primera vez que se toma una medida así; es una especie de ley de tránsito.

Yo soy una anciana; estos temas cada vez me importan menos, aunque hubo un tiempo en el que yo era como una fuerza indomable que quería saberlo todo, descubrirlo todo.

Hace mucho de aquello. No me considero una mujer melancólica. Creo que hay que cuidarse de los recuerdos, que nos seducen con facilidad debido a su imperfección. Aun así voy a contarles la historia de una ciudad. No de una de las más pobladas, como París, Londres o Viena, sino de una de reducido tamaño, pero singular como ninguna otra. Un lugar en el que pasé buena parte de mi vida y que, durante cuatro meses, fue el centro de toda la cristiandad.

PARTE I

LOS EXTRANJEROS

1

Se encontraba protegida por altas y agrestes montañas, en lo más profundo de un valle horadado por el curso de un río que se alimentaba de las abundantes nieves del invierno. Tan solo se podía acceder hasta ella por un estrecho desfiladero que conducía hasta sus murallas, impregnadas del color rojizo proveniente dc la peculiar piedra que se extraía de su sierra, rodeada de altos cerros coronados por castillos y torres que, desafiantes, la defendían contra los numerosos enemigos que ansiaban poseerla.

Jamás había sido tomada por las armas. A ningún rey ni emperador debía vasallaje. Libre e inconquistable, a pesar de estar ubicada entre cuatro poderosos reinos cristianos.

A él le gustaba recordarlo cuando se encontraba solo ante sus murallas, como aquella desapacible noche. El alguacil Munio apenas podía mantener encendida la antorcha que portaba. El viento de la sierra helaba todo a su paso; se introducía hasta lo más profundo de los huesos de aquel fornido hombre de barba espesa y ojos agigantados, a quien cada movimiento le suponía un auténtico esfuerzo. Las rodillas le fallaban desde hacía un par de inviernos; al andar, los tobillos se le hinchaban y se ennegrecían, formando unas oscuras ampollas que le producían terribles dolores y que solo aliviaba reposando las piernas en agua fría, helada cuando podía permitirse adquirir hielo en uno de los neveros de la ciudad.

Por todos esos males tenía que pararse con frecuencia a descansar. El día anterior una de las curanderas del arrabal le había dado un ungüento. Era costoso pero al menos mitigaba el dolor durante las largas guardias.

Llevaba doce largos años ejerciendo su rutinario oficio, casi siempre de noche. Pero había quienes llevaban más tiempo que él en el puesto, y, solo cuando ellos caían enfermos, él podía variar el turno. Ahora su suerte estaba a punto de cambiar; a alguno de los más longevos empezaban a flaquearle las fuerzas, y su retiro se aproximaba. Era un trabajo duro; a Albarracín llegaban viajeros y comerciantes de todos los reinos, eso generaba tensiones, y el alguacil solía tener que intervenir. A menudo eran peleas de borrachos, o por juego, pero en otras se llegaba a cruzar acero y a derramar sangre.

Para terminar con los alborotos y disputas, hacía unos años que el cuarto Señor de Albarracín ordenó trasladar todas las tabernas junto a los portales de entrada, a fin de tener más controlados a los forasteros que arribaban a la ciudad sin cesar. Los había de todo origen y condición. Los aragoneses eran demasiado orgullosos; los castellanos, los más alborotadores, pero eran con diferencia los mejores negociantes, y tenían mucha gallardía; los catalanes y valencianos pasaban más desapercibidos, aunque era difícil adivinar de qué pie cojeaban. De los franceses y los musulmanes de Granada siempre había que desconfiar. Munio prefería a los navarros, en parte porque tenían su sangre. Su tatarabuelo llegó a Albarracín desde la ciudad de Tudela, en el reino de Navarra, cuando estas tierras fueron concedidas al linaje de los Azagra.

Hacía mucho de aquello. Ahora el quinto Señor de Albarracín era castellano, de la poderosa Casa de Lara.

«¿Es que no va a amainar este maldito viento?», maldijo para sí.

Un aliento gélido soplaba desde hacía una semana. No era habitual que se prolongara durante tanto tiempo. Las montañas solían proteger la ciudad de los fuertes aires que soplaban más al norte, en el valle del Ebro. Aquel inicio de año estaba siendo extraño; un invierno benevolente había dado paso a una primavera que les estaba tratando con inesperada dureza.

Los animales también lo estaban percibiendo y, en los establos, las caballerizas relinchaban por el frío.

No había nada en el mundo que él deseara más que poseer un caballo, un ejemplar fuerte, con el que poder luchar contra los infieles. Se imaginaba a lomos de una de esas auténticas máquinas de guerra, matando a enemigos, para luego regresar victorioso a Albarracín y entrar por el portal de Molina, para que todo el pueblo le aclamara.

Él había combatido de joven como peón de los Heredia, uno de los linajes más antiguos de Albarracín, en tierras del reino de Murcia. Allí había aprendido que la forma de guerrear de los cristianos y los musulmanes era muy distinta, tanto que hasta usaban diferentes razas de caballos en la batalla. La caballería cristiana era pesada, mientras que el ejército andalusí estaba formado por jinetes más rápidos. Los caballeros castellanos empleaban una raza que, por su robustez, permitía soportar el notable peso de las cabalgaduras y las duras cargas frontales que los jinetes realizaban montando a la brida. Por el contrario, los caballeros musulmanes apenas llevaban cotas de malla y montaban caballos más ligeros, procedentes de una variedad en la que se había producido un cruce de animales autóctonos con otros de origen bereber. Estos eran más gráciles y rápidos; permitían una amplia movilidad y facilitaban el desarrollo de sus tácticas de ataque, consistentes en rodear, fatigar y engañar al enemigo para finalmente aniquilarlo mediante la carga con espada.

El alguacil abandonó las armas porque daban poco sustento y él deseaba formar una familia. Aun así, tenía que reconocer que aquella fue la época más apasionante de su vida. Por eso la echaba tanto de menos y la rememoraba cada noche en sus interminables guardias por las calles de la ciudad.

Mientras seguía imaginándose sobre un corcel negro, sintió que algo había caído sobre su nariz. Levantó la vista. Había comenzado a nevar.

Al poco tiempo el viento empujaba los copos con violencia. Comenzó a ser difícil ver con claridad. Estaba cayendo una buena nevada; pronto la ciudad y sus murallas se cubrirían de blanco, ocultando el rojizo color de sus murallas.

Sería una noche larga.

Estaba entumecido; se frotaba las manos en un esfuerzo baldío de calentarlas. La espada que colgaba de su cinturón le pesaba más que nunca. Observó las fachadas de las casas de la plaza del Mercado, todas cerradas a cal y canto, sus habitantes bien calentitos en sus jergones y él, en cambio, deambulando por las frías calles con el viento y la nieve como única compañía.

A lo lejos avistó a otro de los guardias, uno de los más antiguos. Solían cruzarse en las horas más oscuras de la noche e intercambiar algunas palabras.

—¿Cómo va el paseo? —le preguntó el veterano, con cierta ironía.

—¿Paseo? ¡Tendrás valor, Diosdado! —Munio espiró una bocanada de vapor por la boca—. Sin novedad por el portal de Molina y el del Agua, ¿cómo es que te ha tocado hacer guardia de noche?

—A veces me apetece recordar viejos tiempos.

—Y tan viejos...

—Cuidado, aún soy capaz de darte una buena lección —le advirtió Diosdado.

—No lo dudo, ¿has tenido alguna nueva por tu ronda?

—Nuestro señor, Juan Núñez, ha salido al caer la noche con una mesnada de veinte hombres.

—¿Sabes adónde iba a estas horas tan intempestivas?

—Supongo que hacia el norte, a Navarra; he oído en la Taberna del Cojo que se está preparando una campaña por tierras del Moncayo —se caló bien los guanteletes para combatir el frío—; uno de Sangüesa me ha dicho que se está formando una hueste importante.

—Es aquí donde debe estar el Señor de Albarracín, no guerreando por Navarra —añadió él con enojo.

—Sí, pero ya sabes que posee otros territorios y que en Castilla aún bajan las aguas revueltas desde que murió el rey Alfonso X.

—Lo de Castilla no acabará nunca.

—Nuestro Señor todavía apoya los derechos al trono de Castilla de los infantes de la Cerda frente a su tío, el rey Sancho IV.

Debe hacer algaradas por la frontera para demostrar que posee fuerza militar, aunque solo sea para contar con una buena posición desde la que negociar —explicó Diosdado—, cosas de nobles.

—Yo me conformo con que pase esta noche y con ella el frío —afirmó Munio, mientras se frotaba las manos para entrar un poco en calor.

—No te quejes tanto —Diosdado le dio una palmada en la espalda—; no es el primer año que nieva en abril, ni será el último.

»Bueno, sigo mi guardia.

El alguacil se quedó mirando a su compañero mientras este se alejaba hacia el arrabal. Cuando la figura se perdió en la noche, Munio reanudó el paso, y con ello volvieron los dolores a sus rodillas.

A duras penas avanzó un par de calles y se tuvo que detener. Apoyó la espalda en una fachada de yeso y se imaginó en su casa, junto a su mujer Aurora. Añoraba sentir el calor de su piel, el cosquilleo de sus dedos en la nuca, sus pies entrelazados o simplemente su olor, ese aroma que tan bien conocía y que tanto necesitaba para vivir. Sí; Aurora era lo mejor de su vida, la amaba con una pasión desmedida, impropia de su edad, como si fueran dos jovenzuelos. Sabía que sus conocidos se burlaban de ellos, de sus arrumacos, de sus gestos cómplices, de sus muestras de amor.

«¿Y qué había de malo en todo ello? ¿Acaso era mejor limitarse a cumplir en el lecho?»

Él la quería por encima de todo. Por eso deseaba abandonar el turno nocturno de guardia. Ya quedaba menos; con fortuna este sería el último año de noche.

Un ruido al fondo de la plaza le despertó de sus ensoñaciones.

¿Quién podía estar ahí fuera con este tiempo?

Se acercó desconfiado; la nieve dificultaba la visión. Quizá solo había sido un gato, aunque los animales son los primeros que saben lo poco conveniente de salir con el frío.

Llegó a la esquina que torcía hacia la parte más antigua de Albarracín. No le agradaban aquellos callejones de la época en la que la ciudad era una taifa musulmana. Muchos de sus descendientes todavía vivían en esas casas, que apenas tenían vanos y se cerraban unas contra otras, con los aleros rozándose, y de las que se decía que escondían en su interior bellas estancias y patios.

Bajó hacia el río. Aquella parte de la ciudad le agradaba más, había más espacio para respirar.

Miró a una de las casas que tenía más próximas. Observó un resplandor a través de uno de los ventanales.

Sí; estaba seguro. Había visto moverse una extraña silueta. Esperó a que apareciera de nuevo: una sombra. Y entonces vio unos ojos brillantes como estrellas. Al alguacil se le congeló la sangre, y no precisamente por el frío.

Munio nunca había recibido la visita del diablo, pero había escuchado cómo otros la relataban en las tabernas. El Maligno no podía ocultar por completo su naturaleza; era un decreto divino. Por eso, aunque quisiera presentarse con rasgos humanos, estos no podían ser completos.

Eso es lo que creyó ver en aquel vano: una figura maligna.

Pensó en lo que sucedería si algo terrible acontecía durante su guardia y él no daba la alarma. Adiós a su cambio de turno, adiós a dormir con su mujer.

Aquel no era un edificio cualquiera; era la tenería de la ciudad, donde se convertían las pieles de los animales en cuero, y, por esa razón, estaba junto a un pilón. Lo sabía muy bien, porque más de una vez había surgido algún problema con el abastecimiento y los curtidores habían elevado las quejas al concejo.

A esas horas la tenería debería estar vacía. El alguacil apoyó su hombro contra la puerta y probó a abrirla; sus intentos fueron en vano, aunque se zarandeó lo suficiente para pensar que podía liberarla.

Entonces oyó una especie de aullido aterrador, un grito anormal que provenía del interior.

«¿Por qué tiene que pasar esto en mi guardia? ¡También es mala suerte!»

«¿Y ahora qué?»

Imaginó de nuevo a su mujer, repitiéndole una y otra vez que no se metiera en líos, que para lo que le pagaban más valía andarse con ojo. Que los señores estaban muy calentitos y a gusto en sus casonas, y él pasaba las noches recorriendo las calles entre criminales y borrachos.

Sí; en eso Aurora tenía razón. Pero él era alguacil y tenía un profundo sentido del honor. Podía ser pobre, no muy avispado, no saber escribir ni leer, pero tenía intacto su honor. Los notables de la ciudad no podían decir lo mismo; él los había visto salir de prostíbulos en horas oscuras, a caballeros y a religiosos.

No; él no era como ellos, él tenía honor.

Inspiró el frío aire de Albarracín, tragó saliva y avanzó.

Dentro del taller de curtidores se inhalaba una fetidez desagradable, una mezcla de estiércol, carne podrida y orina. El nauseabundo olor penetró por sus fosas nasales y le sobrevino una arcada que casi le hizo vomitar.

Se recompuso, no sin esfuerzo, y escrutó la estancia. Las herramientas y aparatos del gremio llenaban todo el espacio: cubetas de planta circular, piletas rectangulares, suelos enlosados, canalizaciones, un pilón de agua y abundantes pieles en remojo.

Dio unos pasos por el taller, todo parecía en orden. Eso le tranquilizó; respiró de forma más sosegada, relajó sus músculos y recordó que su guardia estaba a punto de finalizar, que pronto estaría junto a su mujer, disfrutando de sus caricias.

Las dependencias que daban a aquel espacio abierto eran solo tres, y decidió cerciorarse de que también estaban vacías. Las dos primeras solo eran almacenes y zonas de secado, pero la última parecía una estancia diferente. Al entrar en ella volvieron sus peores temores.

Allí había alguien.

Dio un par de pasos más y confirmó sus presentimientos.

La estancia estaba en una penumbra. Una sombra alargada se dibujaba a lo largo del suelo, sombra que se movía de un lado a otro. Alzó la vista y vio cómo se balanceaba una figura. En lo alto del techo, de un garfio metálico, colgaba por los pies lo que parecía un cuerpo humano.

Avanzó atraído por el balanceo, tragó saliva, sabía que era un error, pero no podía evitarlo. Aquella forma oscura quedó entonces a la luz de sus ojos, sí era un hombre, pero donde debería estar la piel solo había una superficie sanguinolenta y viscosa. Se acercó con precaución y comprobó que lo habían desollado, formándose sobre el suelo un enorme charco oscuro que se colaba por las rendijas de las losas. El cadáver tenía la boca desencajada y una mueca de sufrimiento se había quedado petrificada en su rostro.

Cayó de rodillas temblando de miedo, puso sus manos sobre el suelo, apenas le salían las palabras, quería rezar, pero los labios se le pegaban y no conseguía que pronunciaran ninguna palabra. Entonces sintió cómo sus manos se humedecían, las levantó y observó que estaban manchadas de aquel líquido que no era otra cosa sino sangre.

Sin querer alzó su mirada y encontró la del cuerpo mirándole en una grotesca expresión de dolor, como si fuera uno de esos demonios y monstruos esculpidos en los capiteles de la catedral.

Aquella aterradora visión sugestionó todavía más su mente, y al mirar a su alrededor solo vio sombras y siluetas que parecían cobrar vida.

Echó la mano a la empuñadura de su espada y desenvainó. Examinó a un lado y a otro, buscando fantasmas entre la penumbra con el filo de su arma.

Oyó un espasmo.

¡Aquel hombre todavía estaba vivo!

Corrió hacia él y le descolgó del gancho. Sus manos se hundieron en la carne de aquel pobre desgraciado; todo su peso cayó contra él y volvió a sentir un inmundo olor, no pudo sujetarlo y se desplomaron contra el suelo.

El gemido que oyó fue aterrador; la boca de aquel hombre se abrió, pero nada inteligible salió de ella, solo dolor.

—¿Me escucháis? ¡Habladme! ¡Maldita sea! —dijo el alguacil con desesperación—, ¿quién os ha hecho esto? ¿Quién ha sido? ¡Contestadme! ¡Decid algo, por Dios!

Pero el hombre no podía contestarle; estaba inconsciente, moribundo, asfixiándole bajo su peso. Lo empujó para quitárselo de encima y, con el corazón desbocado, comenzó a arrastrarse hacia atrás invadido por la necesidad de huir de ahí. Cuanto antes. Para buscar ayuda. Para sobrevivir.

De pronto sintió un calor intenso en su costado, pero, cuando fue a gritar, tenía la boca tapada.

Volvió a imaginarse junto a su mujer Aurora, arropados por las mantas dentro del jergón de su alcoba.

Sabía que no volvería a verla.

2

Albarracín despertó teñida de blanco, con dos palmos de nieve. Aunque había nevado a finales del año pasado, no había sido con tanta intensidad como la madrugada anterior. Además, el viento se había detenido por completo y un espléndido sol brillaba en lo alto, reflejando su luz en las paredes rojizas de los edificios y las rocas de las montañas que rodeaban la ciudad. El sol bajo de invierno y el firmamento despejado proporcionaban una agradable sensación de calor, aunque era solo un espejismo, puesto que en la sombra la temperatura volvía a descender de manera drástica. Al caer la noche volvería la cruda realidad del frío, así que había que aprovechar bien el soleado día.

Los hombres se pertrecharon con las palas; primero liberaron los accesos a las casas, luego los establos y, a continuación, comenzaron a amontonar la nieve en las orillas de las calles. Toda ella se helaría a la puesta del sol, así que había que apartarla antes de que se volviera un peligro. A pesar del riesgo, Martín corría por la calle, ajeno a los avisos de precaución que le gritaban las gentes al verlo patinar por el resbaladizo suelo helado. El joven sacerdote había sido convocado por su superior, el deán, que presidía el cabildo catedralicio, un colegio de clérigos que aconsejaba al ilustre obispo y, que, incluso si se diera el caso, Dios quiera que no, de quedar vacante la sede episcopal, podía suplirlo de manera eventual en el gobierno de la diócesis.

Martín era uno de sus últimos miembros; ni siquiera estaba

numerado. Aun así, dada su juventud, y el hecho de ser extranjero en aquella ciudad, era todo un privilegio estar bajo las órdenes del deán.

Había llegado buscando una sede episcopal donde poder ascender. La de Albarracín se prestaba a ello por su reducido tamaño. Necesitaba sentirse útil a la Iglesia, era la única manera de apaciguar sus miedos. Porque a Martín le atemorizaba fallarle a Dios, tenía la firme decisión de profesar una vida religiosa ejemplar. De que nadie pudiera decir nunca una palabra mala sobre él.

Era una obsesión, había encontrado en los hábitos la manera de dar sentido a su vida. Pero a veces dudaba y en esos días todos sus temores cobraban vida. Tenía la esperanza de que en Albarracín esos fantasmas quedaran ocultos para siempre.

Al torcer hacia la catedral dos muchachos salieron corriendo y uno de ellos se tropezó con él, cayendo ambos contra la nieve.

—¡Maldita...! —El sacerdote se mordió la lengua.

—Perdonad, padre —se disculpó asustado el zagal—; no os he visto, os juro que no me he dado cuenta y cuando... Yo os ayudo, no os enfadéis, por favor.

—¿Por qué no tienes más cuidado? —reclamó Martín dolorido mientras se levantaba.

—No se lo tengáis en cuenta, padre —intervino su compañero, más alto y bien parecido—; es muy torpe y está siempre chocándose con algo o alguien, yo le reprenderé, os lo prometo.

—Pues no vayáis por ahí corriendo —les renegó con la mano amenazante—, ¿eres su hermano?

—Sí —respondió con la cabeza baja—; ya os he dicho que yo le castigaré.

—Que no se repita.

—Es que queríamos contarle a mi padre lo del alguacil —respondió el más pequeño de ellos.

—¡Cállate, Blasco! —Y el otro muchacho le dio un codazo.

—¿El qué? —Martín insistió—; ¿qué le ha pasado al alguacil?

—Lo han matado —confesó el más alto de los dos.

—¿De qué estáis hablando?

—Subimos todas las mañanas a las murallas, porque algún

día seremos caballeros —añadió sonriente e ingenuo—; desde allí podemos ver lo que sucede en la ciudad, y cuando creemos ver algo interesante, corremos a enterarnos.

—Ya veo. —El religioso echó un ojo a las ropas y al aspecto de la particular pareja, y supo enseguida que aquellos sueños eran solo eso—. ¿Cómo ha muerto el alguacil? ¿Vosotros sabéis algo?

—Esta mañana había mucho revuelo junto al pórtico de la catedral —añadió Blasco.

—Hemos ido a escondidas y hemos oído lo de la muerte del alguacil.

—Pero nos hemos tenido que ir porque había muchos guardias.

—Una cuchillada en el abdomen, en la tenería, y eso no es lo peor...

—¿Cómo te llamas tú?

—Alfonso, y mi hermano, Blasco.

—¿Y se puede saber qué es peor que la muerte de un alguacil? —Los muchachos se miraron encogiéndose de hombros.

—También han matado a un curtidor —respondió el mayor de ellos.

—¿El mismo asesino?

—Bueno, padre —afirmó Alfonso—; entenderéis que nosotros tendremos que sacar algo de provecho... —E hizo un gesto extendiendo la mano.

—Lo que hay que ver, desde luego que apuntas maneras.

—¿Maneras de qué? —preguntó su hermano pequeño.

—De nada, cosas mías. ¿Sabéis? Yo a vuestra edad no era muy distinto a vosotros.

—Pero si sois cura...

—¡Blasco! ¿Te quieres callar de una vez? —Alfonso le propinó otro codazo, esta vez más fuerte.

—Me llamo Martín —dijo mientras se reía de la pareja—; contadme lo del curtidor muerto.

—¿Y qué ganamos nosotros a cambio? —insistió también Blasco, el más pequeño de los dos.

—Servir al Señor —respondió él sonriente.

—Lo siento, padre; nosotros somos más humildes, nos conformamos con cosas más materiales, como una moneda, comida... —Fue Alfonso el que se atrevió a decir aquello.

—Tomad. —Y les dio una moneda.

—Está bien; creo que sí ha sido el mismo asesino. Dicen que lo han desollado como a un animal.

—¿Al alguacil?

—No, al curtidor. Le han arrancado la piel.

—¡Dios Santo! —dijo mientras se santiguaba—. No quiero oír más, debo irme, y no vayáis tan rápido...

No le dio tiempo a más cuando los dos muchachos echaron a correr calle abajo.

Alfonso era más veloz; llevaba siempre la delantera, aunque en cada curva bajaba el ritmo para esperar a su hermano. Iban resbalando por la nieve, y tenían que guardar el equilibrio para no caer contra el empedrado. Por el momento lo estaban logrando, hasta que un carruaje se cruzó en su camino y Alfonso tuvo que frenar en seco; sin embargo, su hermano Blasco chocó contra él, cayendo ambos contra los bajos del transporte.

Quedaron tumbados sobre la nieve cuando la puertezuela se abrió y del interior salieron dos ojos más azules que el mismo cielo.

—Vaya, a eso se llama postrarse ante los pies de una dama.

Ambos se incorporaron y alzaron la vista; les fue difícil sobreponerse a la impresión.

—Doña Teresa, ¿mi señora, estáis bien? —preguntó el conductor asomándose por uno de los laterales—. ¿Os molestan estos dos piltrafas?

—Descuida, Inocencio. —Una mujer de cabello dorado y esbelto cuello, de donde pendía una brillante cruz, les miraba desde el interior de la carreta—. Solo les saludaba; podemos seguir.

—¿Quién sois vos? —preguntó con arrojo Alfonso.

—¡Serás estúpido, niñato! Es doña Teresa de Azagra, Señora de Albarracín, así que apartad vuestras sucias miradas de ella.

—¿Y vosotros? —inquirió ella sonriente—; ¿cómo os llamáis?

—Él es mi hermano Blasco y yo soy Alfonso.

—Un placer conoceros a los dos; tened cuidado, que estas calles son peligrosas.

—Por supuesto —se adelantó a responder Blasco, mientras el carruaje reanudaba la marcha y doña Teresa de Azagra se despedía con una cálida sonrisa.

—¡Devuélveme la gorra! —Alfonso le había quitado el gorro de lana que llevaba en la cabeza.

—Ven a buscarla —le respondió Alfonso riendo y echando a correr para que su hermano no pudiera alcanzarle.

El padre Martín accedió a la catedral, tomó agua bendita y se santiguó. Recorrió la nave hasta la sacristía y desde allí accedió a una sala destinada a las reuniones. Sin embargo, se sorprendió al no encontrar al resto de los miembros del colegio. No podía haberse equivocado; él era respetuoso con los horarios y las reuniones.

—El deán os está esperando en la antesala del archivo, en el palacio episcopal —dijo una voz ronca a su espalda.

Era el padre Melendo, un clérigo de enorme estatura, calvo por completo, con el cráneo puntiagudo y los ojos hundidos en unas oscuras y permanentes ojeras. Con una mirada oscura y el rostro atacado por alguna enfermedad que lo había picado de forma virulenta. Tenía los brazos largos como ramas de árbol; sus manos eran blanquecinas, llenas de venas, y terminadas en unos dedos retorcidos, como raíces.

—Gracias. —Y asintió.

No obtuvo más palabras del padre Melendo; se encaminó al lugar que le había indicado. Estaba cerca; la catedral y el resto de las dependencias episcopales se comunicaban por un pasillo alargado; el archivo era uno de los más importantes lugares del palacio episcopal y de los que más espacio ocupaba en el edificio. De ahí que tuviera una antesala que se usaba para resolver pleitos y consultar los volúmenes si era necesario. Abrió la puerta y en su interior encontró al deán, sentado en un lujoso sillón con respaldo de cuero negro y remaches dorados.

—Disculpad, deán, ¿acaso he llegado tarde?

El clérigo posó sobre Martín una mirada algo perdida, como si le hubiera interrumpido en una visión mística, pero después el rostro se le iluminó al verle.

—Pasa, Martín —sonrió—; has llegado justo a tiempo.

—¿Y el resto del colegio?

—No vendrá nadie más; es contigo con quien quiero hablar, y a solas. —Le pidió que tomara asiento con un gesto.

Martín se acomodó tal como le indicó su superior. No podía ocultar el nerviosismo; aquella situación era del todo inusual. La incertidumbre le revolvía las tripas.

Sabía que algo importante estaba a punto de suceder; tenía la habilidad de detectar ese tipo de tesituras justo antes de que sucedieran.

El deán era un hombre de aspecto peculiar; tenía el rostro permanentemente enrojecido, como si un calor perpetuo sofocara su piel. El pelo negro y poblado en las cejas; no era alto, pero sí corpulento, con poco cuello, y los hombros le subían casi hasta las orejas. Parecía más un campesino que el deán de una catedral; uno se lo imaginaba más levantando grandes piedras en el campo que leyendo las Santas Escrituras ante el altar.

—Estoy contento con tus progresos, de verdad que lo estoy —comenzó el deán—; al principio hubo muchas reticencias a que formaras parte del colegio. Es entendible; tu pasado... Bueno, nadie mejor que tú sabe que tus credenciales eran poco halagüeñas.

—Sí, excelentísimo; pero eso está todo más que aclarado, mi padre solo fue un infiltrado.

—Sí, sí, yo lo sé; siempre hay alguien que no quiere creer, tu padre... Es un tema delicado.

—Él solo cumplió órdenes de Roma.

—Tú naciste entre ellos; entiende que haya recelos, Martín —añadió el deán.

—Mi padre me protegió de esas falsas creencias y Dios me enseñó el camino recto a la virtud.

—No lo dudo, por eso estás aquí con nosotros —dijo en un tono más amable el deán—. Aun así, aunque se nos muestre, en ocasiones los hombres no seguimos la voluntad del Señor.

—Os aseguro que yo...

—Tranquilo, sé que tus pasos se dirigen en la buena dirección, sin embargo siempre existe el riesgo de desviarse. Un traspiés y todo el camino andado será en balde. ¿Entiendes esto, verdad?

—Por supuesto.

—Es importante que lo tengas claro. Eres un sacerdote con un prometedor camino por recorrer; dirigido con acierto puedes ser muy útil a la Iglesia; y a esta iglesia en concreto.

—Nada me gustaría más.

—Nos ha tocado vivir días aciagos, Martín. Cuando estamos a punto de echar al infiel de las tierras cristianas, los reyes y sus hijos han comenzado a guerrear entre ellos por poner coronas de oro y gemas preciosas sobre sus peludas cabezas, en vez de unirse y luchar contra los musulmanes y extirpar sus envenenadas creencias, que corrompen nuestra tierra —afirmó juntando las palmas de sus manos a la altura de pecho, como si fuera a rezar—. Los hombres son así. Recuerda lo que te he dicho antes: un paso erróneo puede hacernos caer por el precipicio del mal; un solo paso.

—Lo recordaré.

—Me complace. —El deán sonrió de nuevo; tenía una sonrisa excesiva, como postiza.

Martín le escuchaba expectante. El deán se levantó de su sillón, y permaneció de pie, observando al joven sacerdote.

—Debo pedirte una ayuda especial.

—Lo que ordenéis.

—Bien, bien. —Pasó su mano por la espalda de Martín—. Dentro de unos días llegará a Albarracín un enviado de Roma. —El tono firme del deán titubeó por primera vez—. No es un sacerdote usual. Por lo que hemos podido averiguar es más bien todo lo contrario.

—¿Qué queréis decir, ilustrísimo?

—Nuestras relaciones con Roma son excelentes, al igual que con el rey de Francia. —El deán se colocó tras el respaldo—. Para la supervivencia de la diócesis y de esta ciudad, deben seguir siéndolo. No nos sobran los aliados; en cambio, nuestros enemigos son muchos y poderosos.

—Me doy cuenta de lo tremendamente difícil que debe de ser sobrevivir entre tanto reino hostil.

—Y ambicioso.

—Desde luego, ambiciosos son.

—Ni te lo imaginas. El monje que envía el papa es de la orden de los dominicos; ya sabes, los perros del Señor. Se les considera los guardianes de la Iglesia, de ahí que se encarguen de temas considerados... Dañinos.

—¿Dañinos?

—Como oyes, Martín —asintió el deán con preocupación—. En concreto, este dominico que nos viene a visitar parece ser que es un elevado pensador, un experto en conductas consideradas peligrosas por Roma.

—No os comprendo.

—Magia, Martín. El dominico es el encargado de identificar desviaciones de fe relacionadas con la magia y las supersticiones.

—¿Y por qué viene a Albarracín?

—En Roma han recibido una carta alertándoles de prácticas indebidas en nuestra diócesis.

—¿Qué tipo de prácticas?

El deán se acercó más al joven sacerdote, y puso sus manos sobre sus hombros.

—Roma nos vigila; si no actuamos con la debida diligencia, podríamos dejar de ser una diócesis independiente, ¿lo entiendes?

—Sí, pero ¿cuáles son esos actos tan peligrosos que hacen venir a un dominico desde Roma?

—Eso es lo peor. No lo sabemos.

—¿Es que acaso no conocéis el contenido de esa carta?

—No y tampoco a su remitente, aunque debe de habitar en Albarracín... —El deán suspiró, regresando a su asiento—. Así que bajo ningún concepto podemos permitir que ese dominico encuentre aquí nada que disguste a Roma. Debemos hallarlo antes nosotros, sea como sea.

—¿Y qué tiene que ver eso conmigo? ¿Cuál es la ayuda que necesitáis de mí?

—Tú serás quien le vigile. —El deán le escrutó de arriba abajo—. No sospechará de alguien como tú.

—Alguien como yo...

—Martín, transmites una inmensa bondad, una mirada limpia... Pareces incapaz de un acto impuro; por esa razón el dominico no desconfiará de ti.

—¿Desconfiar?

—Él no debe pensar que le espías —respondió el deán—; pero ándate con precaución. Nos han informado de que es un hombre astuto y perspicaz; tiene fama de poseer una especial habilidad para descubrir la mentira.

Martín se puso de pie, y miró fijamente al deán.

—¿Queréis que espíe a un enviado del Santo Padre?

—Exacto.

3

Alejandro de Ferrellón era el alguacil general de Albarracín, encargado de mantener la ley y el orden intramuros de la ciudad. No era un hombre paciente ni mesurado, pero sí eficiente. Tenía ya el pelo canoso, aunque aún se conservaba fuerte y ágil. En el rostro siempre llevaba un gesto agrio, como si fuera parte del oscuro uniforme que diferenciaba a los alguaciles del resto de la población. Descendía de una familia de nobles venidos a menos, y de ahí también había heredado los gestos y la forma de hablar, adecuada, con autoridad.

Llevaba diez años en el cargo y, durante todo este tiempo, Albarracín había estado a salvo de grandes altercados. Sí que se producían las típicas peleas de taberna, escándalos de borrachos, problemas con los precios en el mercado, jaleos con extranjeros que intentaban introducir mercancías prohibidas en la ciudad, pero ningún asunto de sangre.

Por eso Ferrellón estaba tan enervado aquella mañana.

Habían registrado la tenería de cabo a rabo, poniendo patas arriba todo su interior, cubas, canalizaciones, pieles y almacenes. Pese a ello, nada había arrojado luz sobre los sobrecogedores sucesos de la pasada noche. Munio, el alguacil asesinado, era un buen hombre; dejaba mujer y media docena de hijos. Los demás subordinados de Ferrellón estaban enfurecidos y clamaban justicia contra el culpable de su muerte. Habían matado a uno de sus hombres y eso no podía permitirlo. A eso había que unir la terrible muerte del curtidor, ni por un momento habían querido imaginar que su compañero hubiera sufrido un tormento semejante. Pero una y otra muerte estaban llenas de interrogantes, nadie parecía saber qué había ocurrido en aquel taller.

Al menos, eso le había contado el hombre que tenía frente a él, el primer oficial del gremio de curtidores, un tal Bermudo. Un trabajador bien fornido, de facciones redondeadas y un prominente estómago.

—Es imposible que no haya testigos —se desesperaba Alejandro de Ferrellón—. A ver, ¿sabes de alguien que quisiera hacerle esto a tu maestro curtidor?

—Media docena al menos estarán contentos de verle muerto.

—¿Cómo dices?

—El maestro Ordoño era castellano; de Salamanca para ser más exactos. Llegó aquí con el cambio de linaje en el señorío. Había logrado arruinar a los curtidores de la ciudad y apropiarse del gremio. Hasta ayer él controlaba todo el mercado de pieles en Albarracín, con numerosos enemigos resentidos. Había una larga lista para ajustarle cuentas, lo que no me explico es que alguien quisiera hacerlo con tanta crueldad.

—¿Cómo logró apropiarse del gremio?

—Eso no puedo decíroslo.

—¿Que no puedes...? —El rostro del alguacil general se tornó como una tormenta a punto de descargar.

—Veréis, ese secreto es lo que nos hace ganarnos la vida —explicó Bermudo con calma—; si os revelo cómo logramos arrancar la piel más rápido que la competencia todos lo sabrán. Nos arruinaremos —hizo una pausa—, y mis compañeros en el taller me colgarían.

—Así que no vas a decírmelo.

—En un gremio no pueden revelarse los conocimientos más allá de sus miembros. ¿Os hacéis una idea de cuántos intentan entrar a formar parte de este taller cada semana? ¿De cuánto nos esforzamos de sol a sol para pasar de meros aprendices a oficiales? ¿Y de qué pocos logran algún día ser maestros y abrir su propio taller?

—Como tú ahora —añadió Alejandro de Ferrellón—; muerto el maestro, su primer oficial, es decir tú, tomarás su puesto en este taller.

—Yo no le maté; él me lo enseñó todo —espetó enervado el primer oficial

—Entonces, ¿quién? ¿Quién lo desolló vivo? ¿Me oyes? ¡Le arrancaron la piel como a un animal! —Y se pellizcó la mano para dejárselo claro.

—¿Y dónde está?

—¿El qué? —Alejandro de Ferrellón había perdido la calma.

—Su piel —respondió el curtidor ante la cara de asombro del alguacil general—; es importante.

—Su piel... —dudó—. No sé si quedará algo de ella.

—¿Qué queréis decir? —preguntó confuso Bermudo.

—¡Diosdado! Ven aquí.

Uno de los hombres de negro se acercó rápidamente a ellos.

—¿Dónde estaba la piel del muerto?

—Señor, no queda mucho de ella... —Diosdado se rascó la nuca—, el asesino la tiró fuera del taller y parece ser que se la han comido los perros.

—Pero... —el curtidor se quedó sin palabras—, ¿quién puede hacer tal barbaridad? Dejadme ver el cuerpo.

—¡Santo Dios! ¿Para qué?

—Si veo cómo le ha arrancado la piel podré deciros si lo ha hecho otro curtidor o no. La técnica para quitar la piel a un animal con vida es compleja; pocos oficiales sabemos hacerlo bien.

—¿Sabemos?

—Sí —respondió.

—Está bien. —Ferrellón hizo un gesto a Diosdado.

Los tres caminaron hacia un carromato situado en el exterior del taller. Diosdado levantó una manta ocre y mostró el cadáver ensangrentado y despellejado. Era horrible y nauseabundo, una masa de carne y venas.

—¡Santo Dios! —Bermudo se santiguó—, pobre hombre... ¿Qué monstruo puede hacer algo así? —inquirió entre lágrimas.

—Tranquilízate, daremos con él —afirmó Alejandro de Ferrellón—, pero necesitamos tu ayuda, ¿cómo era tu maestro?

—Espigado, de ojos claros y mejillas muy marcadas; tenía

un aire de peregrino, con una barba larga y mal rasurada —casi se echó a llorar—; ahora no es nada.

—Céntrate en lo que has venido a ver, Bermudo.

—Esto es un desastre —afirmó el primer oficial—; está muy mal hecho. Ni a propósito puede hacerse así de mal.

—Así que no pudo ser uno del gremio.

—Si lo era puso mucho énfasis en que no se notara. Como ya os he dicho antes, es complejo desollar algo vivo, os lo aseguro.

—Diosdado, interroga tú al resto de los oficiales y a los aprendices también.

Alejandro de Ferrellón observó con desagrado el cuerpo; no había heridas profundas, tuvo que morir de puro sufrimiento. Regresó de nuevo al lugar donde había aparecido colgado. En el suelo todavía podía verse el rastro de sangre y, justo al lado, el lugar donde había caído muerto el alguacil.

Con su subordinado habían sido más directos: le habían clavado en el costado una punta bien afilada que le atravesó el corazón.

—Una herida profunda y limpia; por la herida me atrevería a decir que el arma estaría incluso caliente.

—Eso tiene sentido, pudo calentarla para desollar mejor al curtidor —añadió Diosdado.

—Sí, eso creo yo también. Le tuvo que coger desprevenido; seguramente le atacaron por la espalda y no pudo oponer resistencia alguna.

Dos muertos, asesinados de manera muy distinta, y ninguna pista sobre su verdugo.

Ferrellón estudió el gancho del que habían colgado al curtidor Ordoño; imaginó su sufrimiento, y cómo el alguacil llegó a socorrerlo. Visualizó las manchas de sangre en el pilar de madera que había al lado, y se figuró que intentó apoyarse en esa viga para escapar.

Fue entonces cuando algo llamó su atención; las huellas de unos dedos estaban impresas junto a un dibujo, un círculo.

Un círculo con un punto negro en el centro.

Escrutando despacio la escena lo vio claro: el curtidor lo había tenido que dibujar estando ahí colgado, ya que parte del dibujo estaba sobre la mancha de sangre.

El alguacil general se agachó y rebuscó por el suelo; siguió hasta un montón de pieles afiladas y allí dio con un carboncillo, uno de esos que se utilizan para dibujar bocetos.

Ordoño había trazado un círculo mientras agonizaba, ¿por qué?

—Tuvo que hacerlo antes, quién puede hacer nada después de que le arranquen la piel.

—Cierto, o quizá solo había empezado a desollarlo, no lo sé...

—No hemos encontrado nada —informó Diosdado, su segundo, un hombre siempre servicial con su jefe.

—Seguid buscando. Preguntad a todo hijo de vecino.

—Ya lo hemos hecho, nadie vio ni oyó nada.

—Eso no es posible; tenemos que encontrar algún testigo.

—Lo han desollado; eso requiere su práctica, ha tenido que ser uno de sus trabajadores —afirmó—, ¡eso tiene que ser! Es mejor insistir hasta que alguno confiese; podemos decirles que si no nos cuentan nada cerraremos la tenería y se morirán de hambre.

—Sosiégate, Diosdado —le pidió Alejandro de Ferrellón—; tenemos que ir con cuidado, los gremios son complejos.

El alguacil general todavía no podía imaginar cómo habían podido desollar a un hombre vivo; había visto crueldades en su vida, pero aquella las superaba todas.

—¡Tú! ¿Qué estás haciendo ahí? —llamó la atención a uno de sus hombres, que estaba junto al carromato.

—Solo revisaba el cuerpo.

—¡Qué asquerosidad! ¡Por Dios! Que se lo lleven ya para enterrarlo —ordenó Alejandro de Ferrellón—. Lízer, ¿qué estás husmeando? Nadie te ha dicho que puedas opinar aún.

Aquel joven había llegado hacía pocas fechas; al parecer iba para cura pero se salió antes de ordenarse. Quizá por ello era poco hablador; cumplía su cometido, hacía las guardias y era obediente, apenas se le veía con compañía, ni acudía a las tabernas, ni frecuentaba mujeres. Le habían visto empuñar la espada en un par de ocasiones en las que no había tenido más remedio que hacerlo y, por lo que decían, parecía diestro.

—Nada —contestó Lízer sin dejar de mirarlo—; le han quitado la piel de una manera... Es increíble...

—Alguno del gremio se la tenía jurada y se ha cobrado bien la venganza —afirmó Diosdado, bajando la cabeza.

—¿Por qué pensáis que ha sido un trabajador de la tenería? —inquirió Lízer.

—¿Quién si no iba a saber desollar un hombre? —gritó Diosdado—, ¡cállate! Dedícate a obedecer, ¿entendido?

—Sí, señor, pero tened en cuenta que si alguien cercano quería matarlo, lo mejor sería hacerlo de otra forma para que no sospecharan.

—¿Y tú qué sabrás? —Diosdado le miró enfurecido.

—El muchacho tiene razón. —El alguacil general se quedó pensativo—. No ha sido alguien del gremio. ¿Tú por qué torturarías a alguien de esa manera?

—No lo sé, es algo que no puedo ni imaginar —contestó Diosdado.

—Yo sí; solo puede haber una razón para tal martirio. —Alejandro de Ferrellón se rascó la barbilla y observó de nuevo el cadáver—: Obligarle a que confiese algo.

—Eso es rebuscado. —Diosdado escupió al suelo.

—Llama al primer oficial del gremio, quiero hablar con él otra vez.

Diosdado obedeció de inmediato y fue a buscar de nuevo a Bermudo, que regresó malhumorado.

—¿Qué ocurre ahora? Yo no sé nada de lo sucedido, os lo vuelvo a repetir; además estaba en casa con mi mujer y mis hijos.

—Tranquilo, no tienes nada que temer, pero necesito tu ayuda —dijo para intentar apaciguarle—; vas a contarme qué secretos oculta una tenería como esta.

—¿Cómo? No os entiendo.

—Seré más claro —suspiró resignado—; ¿por qué querrían torturar al maestro de este taller?

—No... Yo no sabría deciros.

—¡Escúchame bien! Han matado a uno de mis hombres y tu

maestro ha sido desollado, ¡vivo! Así que más vale que sepas algo más o cerraré el taller.

—Nosotros... —respondió dubitativo Bermudo—; somos la única tenería de la ciudad; ya sabéis cómo funciona un gremio, tenemos nuestros secretos, de lo contrario...

—De lo contrario cualquiera sabría curtir pieles —continuó Alejandro de Ferrellón—; eso ya me lo has dicho antes. ¿Podría alguien matar por averiguar esos conocimientos?

—Matar... Sí, claro que podría.

El alguacil general cambió el gesto.

—¡Diosdado! Averigua quién más vende pieles en la ciudad, con o sin curtir. Espera, también quién ha vendido en algún momento y qué cazadores suelen traer pieles a la ciudad tanto de forma legal como ilegal.

—Así lo haré.

—Una cosa más, Bermudo, el símbolo de un círculo con un punto en el centro, ¿significa algo para ti?

—No, señor.

Lízer salió al exterior de la tenería, se agachó y con ayuda de sus dedos dibujó en la tierra el símbolo descrito por el alguacil general. Se quedó mirándolo y luego alzó la vista al cielo, donde brillaba el sol.

4

Lízer llevaba solo un par de años en Albarracín, había llegado con el firme propósito de ganarse un hueco entre los alguaciles de la ciudad e ir ascendiendo. Para ello contaba con su habilidad con la espada, más propia de un hombre de armas que de un alguacil.

Dada su inexperiencia, le habían puesto como compañero del más veterano de la compañía, Diosdado. En un principio le pareció buena idea, quién mejor para enseñarle que él, que conocía cada palmo de aquella ciudad. De lo que no le habían hablado era de su temperamento variable y su facilidad para perder los nervios.

La muerte de Ordoño, el maestro curtidor, había desatado una ola de preocupación en las calles. Así que Alejandro de Ferrellón les había ordenado que las rondaran, que se dejaran ver, para dar seguridad a la población, muy propensa a las confabulaciones y a dejar volar la imaginación más allá de la cordura.

Avanzaron por la calle de San Juan, pasando por debajo de la vieja alcazaba musulmana hasta la torre de Doña Blanca, en uno de los extremos de la ciudad. Después giraron por la de Santa María, para detenerse frente a la catedral. Allí había mucha gente y era donde más debían ser visibles.

Diosdado hablaba poco, mascullaba, parecía en un continuo enfado. Solo en presencia del alguacil general soltaba la lengua, y solo ante él mostraba cierta medida. El resto del tiempo era como un volcán a punto de entrar en erupción.

—Hoy es día de mercado, vamos para allá —musitó.

Lízer obedeció sin dilación; aprovecharon para ir por el adarve de la muralla, donde hacían guardia los vigías. Las vistas desde allí eran hermosas, las montañas que rodeaban y protegían Albarracín transmitían una agradable sensación de paz y armonía.

Tras bajar por una de las escaleras de madera y seguir unos pasos más, llegaron al mercado y se detuvieron frente a los primeros puestos.

—Hoy hay menos gente de lo habitual —musitó Diosdado, con los brazos apoyados sobre sus caderas.

—Quizá no sea bueno el género.

—No es eso —murmuró.

—Deberíamos inspeccionar la carne y la leche, el queso y la mantequilla. Eso es trabajo nuestro.

—No, es mío —le advirtió, mirándole fijamente—; llevo treinta años encargándome de vigilar su calidad y las condiciones higiénicas de venta. También de la lana y las pieles de la montaña. De eso no debes preocuparte tú.

—¿Y del pescado?

—El que es del río, truchas, barbos y peces menudos, lo suministran muchos hombres que se dedican esporádicamente a venderlo por las calles de la ciudad o en sus propias casas. —Diosdado avanzó por el mercado—. Eso sí puedes vigilarlo, así como la caza. Es muy abundante en los montes cercanos y la venden en puestos improvisados.

—Supongo que traerán perdices, liebres y conejos.

—Sí, también palomas. Además, hay campesinos que acuden a la ciudad el día de mercado con sus aves de corral, gallinas y capones.

—¿Y si no logran venderlas?

—Al final del día las liquidan, ofreciéndolas más baratas, para no tener que regresar con ellas a sus tierras. —Se detuvo y le miró—. Escúchame bien, donde no quiero que se te ocurra meter las zarpas es en el vino. Es un asunto muy complicado, lo llevo yo personalmente, que te quede muy claro.

En ese momento se oyeron unos gritos provenientes de una

de las calles colindantes. Diosdado enseguida se alarmó y corrió hacia allí. Lízer, aunque era más rápido, decidió que era mejor seguirle sin adelantarle.

Pronto divisaron una columna de humo y un intenso olor a quemado. Al avanzar más encontraron una casona ardiendo, no tenía muchos vanos en la fachada, pero el tejado de madera ardía como el mismo infierno.

—¡Rápido, formad una cadena! ¡Hay que traer agua del pilón! —Diosdado comenzó a ordenar a los hombres que iban llegando—. ¡Tú! —Detuvo a uno de los que huía—. ¿Hay alguien dentro?

—No lo sé, no hemos visto a nadie salir...

—¡Maldita sea! Ponte ahí y ayúdanos, ¡no seas cobarde! —le espetó Diosdado empujándolo hacia delante.

Dio órdenes de traer todos los cubos y recipientes factibles de usarse, y de que las mujeres y los niños se alejaran de allí.

—¡Puede que en el interior todavía haya alguien! —exclamó Lízer, corriendo hacia el edificio en llamas.

Diosdado estaba demasiado ocupado organizando el despliegue y reclamando más ayuda. Por eso no vio cómo el joven alguacil se acercaba al incendio y daba una patada en la puerta, esta cedía y él se adentraba en el fuego.

En el interior de la casa apenas se podía respirar. Lízer se rasgó con rapidez la saya y se protegió la boca con el pedazo de tela.

—¿Hay alguien? ¿Me oís? —gritó entre el intenso humo y un calor asfixiante—. ¡Soy alguacil, gritad para que pueda oírles!

No parecía haber nadie. El edificio pronto se vendría abajo, cada vez le costaba más respirar y la temperatura era ya inaguantable.

En ese momento oyó toser, estaba seguro de que lo había oído. Pero la humareda impedía ver a dos palmos de distancia; aun así siguió hasta una puerta que todavía resistía en pie. En la pared colgaba un gran espejo que reflejaba las llamas. Fue entonces cuando se percató de la presencia de una persona.

Estaba tirada en el suelo, Lízer corrió hacia ella, se agachó y la tomó por la nuca.

Era una mujer. Había perdido el conocimiento.

—¡Os sacaré de aquí! —gritó mientras se quitaba la capa negra y la envolvía con ella.

Parecía como si durmiera, tenía la piel brillante. Le atrajo su pelo largo y la forma de su rostro.

No podía seguir contemplándola, la tomó en brazos y se incorporó, una viga se desprendió tras ellos y varios cascotes cayeron a sus pies. Saltó por encima y echó a correr, pero un cabezal cedió y bloqueó la salida. No tenía tiempo que perder, protegió la cabeza de aquella joven, cogió carrerilla y embistió con su hombro. Derribó el obstáculo y cayó rodando, con la fortuna de terminar saliendo al exterior, aunque se propinó un terrible golpe en la frente.

Quedó aturdido, intentó abrir bien los ojos, pero solo llegó a ver dos pupilas de distinto color que se difuminaban antes de desmayarse frente a la casa.

Le despertó un cubo de agua sobre la cabeza.

—¿Se puede saber en qué estabas pensando? —Reconoció esa forma de gritar de inmediato—. ¡Eres el mayor estúpido que ha llegado a esta ciudad!

—Déjalo ya, Diosdado. —La imagen de Alejandro de Ferrellón se dibujó ante él—. ¿Estás bien, muchacho?

—Sí. —Le dolía la cabeza—. Creo que sí. ¿Qué ha pasado?

—Diosdado te ha rescatado, tuviste la brillante idea de entrar en la casa, por poco no lo cuentas.

—¿Y la mujer? —preguntó todavía desorientado y dolorido Lízer.

—¿Qué mujer?

—La que saqué de la casa, ¿se encuentra bien?

—Lízer, no salió nadie de ese edificio —respondió confuso el alguacil general—, creemos que dentro había un viejo musulmán, se habrá consumido con las llamas. Pero te aseguro que ninguna mujer salió del interior y ese hombre vivía solo, era un viejo solitario que no salía de su casa.

—No puede ser, yo la vi, la envolví en mi capa...

—¡Tú lo que eres es un estúpido! ¡Un enorme estúpido! —insistió Diosdado enervado.

—Inhalaste mucho humo y te diste un buen golpe, dale las gracias a este gruñón. Aunque ahora vas a tener que aguantar que te lo recuerde cada día... Algún precio tenía que tener. —Y Alejandro de Ferrellón sonrió.

5

La casona más monumental de todo Albarracín había pertenecido a la familia Heredia desde que esta se instalara en la ciudad, a la cual llegó siguiendo al primero de los Azagra, el linaje que la había gobernado hasta la reciente llegada de la Casa de Lara. Se trataba de un edificio dotado de una amplia fachada con cuatro vanos en el primer nivel para dar luz a la zona noble, ya que la fachada superior apenas contaba con unas escuetas aberturas verticales. Tenía un acceso en una puerta de medio punto dovelada. Era una construcción austera, pero imponente en sus dimensiones. La zona más alejada de la puerta parecía algo deteriorada. Había otra construcción anexada, de mala factura, que también daba la impresión de no ser demasiado utilizada.

Pablo de Heredia era el señor del linaje, y uno de los caballeros más conocidos de la ciudad. Aunque, desde que arribaron los castellanos, la familia había ido perdiendo importancia en el gobierno del señorío.

Aun así, los Heredia seguían contando con destacada influencia entre los habitantes de la ciudad y su opinión siempre era digna de tener en cuenta. Pablo de Heredia tenía un solo hijo, Atilano. Él era viudo por tercera vez y sus otros hijos habían fallecido de forma prematura por diversas causas; su primogénito tuvo la desgracia de caer desde un acantilado. Aquella era su mayor pena, por lo que había puesto todo su empeño en lograr que Atilano se convirtiera en digno sucesor de su linaje. A pesar de que era un hijo ilegítimo, ante la falta de más descendencia y con el corazón roto por la pérdida de las tres mujeres que había amado, le había concedido su apellido.

Atilano era un joven apuesto y de buena talla; muy moreno, rasgo poco habitual en los Heredia, que eran rubios, de piel blanquecina y ojos claros. Al parecer, el físico lo había heredado de su madre, una criada de aquella casa, que murió siendo él solo un crío.

Todo eso ya daba igual; él era su hijo y debía adecuarle para ello. A veces se lamentaba de no haberlo hecho antes, puesto que era un joven un tanto ingenuo, con poca iniciativa, apático. Pero todavía confiaba en poder hacer de él un digno sucesor de la Casa de Heredia.

Aquella mañana había llegado un correo de Teruel. Pablo de Heredia mantenía buenos contactos en aquella ciudad, así como en otras, como Barcelona, Cuenca o Valencia.

—La información es poder, hijo —le decía antes de abrir el pergamino—; hay que conocer bien lo que sucede fuera de estas murallas, todo tiene su influencia. Un pequeño movimiento en Pamplona puede crear un vendaval que termine por devastar la bella ciudad de Sevilla.

—Sí, padre.

Pablo de Heredia leyó de forma pausada las noticias; conforme lo hacía se le agriaba la expresión del rostro. Aun así siguió hasta el final.

—Leyendo estas letras estoy cada vez más convencido de que la posición de la Corona de Aragón solo puede llevar a un enfrentamiento con el Santo Padre. —Hizo un mal gesto de desaprobación—. La lucha entre el Pontificado y el Imperio se halla en todo su apogeo. Los papas contra los Hohenstauffen, la Casa que antaño ceñía la corona imperial y logró dividir la península itálica en dos bandos distintos; Sicilia y Nápoles apoyaban a los Hohenstauffen y el resto de Italia, al papa —afirmó—; ahora todo ha cambiado.

—Roma queda muy lejos, ¿no deberíamos preocuparnos de lo que sucede más cerca?

—¡Santo Dios, hijo! ¡Cuánto tienes que aprender! —se lamentó—; tenemos frontera con Aragón y Castilla, y en el enfrentamiento por el control del Imperio entran en juego tanto aragoneses como castellanos. La Casa de Aragón es austera, alejada del refinamiento y fausto imperial, pero formada por extraordinarios guerreros.

—Ya no es lo que era; sus territorios fueron divididos.

—Sí; Jaime I hizo tantos testamentos que uno ya no sabe cuál es el legítimo. En el último rompió su reino; el infante Pedro heredó Aragón, Cataluña y Valencia; y su otro hijo, Jaime, Mallorca, Montpellier, Rosellón, Cerdeña y los demás condados del norte de los Pirineos.

—¿Por qué esa obsesión en dividir sus territorios? —murmuró su hijo—; ¿qué motivo le condujo a cometer un error así?

—Jaime el Conquistador era rey, pero también era un hombre, sujeto a las miserias de cualquier otro hombre, quizás incluso más. Cuando seas padre lo comprenderás.

—Mutilar así la corona solo sirvió para crear un estado ficticio con territorios separados entre sí. Mallorca, Montpellier y los condados pirenaicos, que no pueden ser defendidos a la vez si son atacados.

—Una locura, sí. Pero la locura de un rey —respondió Pablo de Heredia—; por desgracia para nosotros, su hijo no es tan necio como él. Al nuevo monarca de la Corona de Aragón no le fascina el título de rey, ni el fasto ni la pompa de la realeza. Lo que le atrae a Pedro III es el poder que ello significa, y eso es terriblemente peligroso.

—¿El poder?

—Así es; no está tentado por lo material, y pocos reyes son los que logran abstraerse de ello. Hombre que no puedes comprar, hombre del que te debes guardar —continuó Pablo de Heredia—. Tan poco le importa el titularse rey, que ha seguido un tiempo usando el título de infante. Pedro III no es como su padre; él es oscuro, complejo, siempre un paso por delante del resto. No hay que buscar en su persona caprichos ni antojos para entender sus decisiones; él nunca hubiera dividido el reino. Todo lo que hace tiene una motivación de alto nivel; por eso debemos estar bien informados, nunca se sabe.

Alguien llamó a la puerta.

—Pasad —ordenó Pablo de Heredia.

Un sirviente de nariz puntiaguda y ojos oscuros entró en la estancia. Vestía de buena manera y agachó la cabeza al llegar ante el noble.

—Mi señor, otra muerte intramuros. Esta vez ha sido en la panadería...

—¿Qué ha sucedido? ¡Habla de una vez! —se enervó.

—Creo que han quemado a Beltrán, el maestro panadero.

6

La panadería se ubicaba cerca del antiguo zoco, que ahora era el mercado. Le suministraban el pan varios hornos situados justo en la ribera del río. Los obradores se construyeron alejados de la población por su alto riesgo de sufrir incendios y para estar más próximos a los molinos donde se molía el grano. Sin embargo, aquella panadería tenía permitido un horno intramuros desde hacía décadas.

Fue a principios de siglo cuando se había puesto interés en controlar el número de panaderías para que la ciudad no quedara nunca desabastecida de pan. Incluso el segundo Señor de Albarracín llegó a autorizar de forma exclusiva a los panaderos la posibilidad de trabajar de noche, ya que el trabajo nocturno estaba prohibido en el resto de la ciudad.

Alejandro de Ferrellón entró en la panadería y avanzó con cara de pocos amigos hasta la parte más profunda del local. El color de su pelo destacaba sobremanera con aquellas ropas oscuras y le proporcionaba un aspecto de hombre astuto y sabedor de lo que se traía entre manos.

Se detuvo junto a unas mesas de trabajo. Tendido en el suelo había un cuerpo carbonizado.

—¡Diosdado! Por el amor de Dios, tapa eso, no tiene que verlo todo el mundo.

—Sí, señor. —El alguacil echó una manta sobre el maestro panadero.

—¡Ahora no! Tengo que examinarlo... ¡Luego! Cuando haya terminado —refunfuñó.

Alejandro de Ferrellón se agachó y escrutó el cadáver en silencio. Le habían atado las piernas y los tobillos con unas cadenas, de forma que era imposible que hubiera logrado escapar. Las muñecas también las tenía sujetas, pero no con metal, sino con una cuerda que se había quemado en gran parte. Era un procedimiento de sujeción muy diferente al de la parte inferior del cuerpo.

Se incorporó sin decir palabra y fue hacia el horno.

—Diosdado, entra ahí —le dijo ante la mirada de duda de su oficial—. Ya me has oído.

—Pero...

—Tranquilo que no lo vamos a encender, aunque no será por falta de ganas —insinuó el alguacil general.

Diosdado tragó saliva y se inclinó para entrar por la boca del horno; era un espacio ancho en su interior, y todavía olía de manera intensa a carne quemada. Diosdado imaginó tan solo por un momento lo que tenía que ser morir de aquella terrible manera.

—¿Qué ves?

—Nada, señor.

—En el techo, dime si observas algo.

Diosdado sintió una sensación de agobio; comenzó a costarle respirar, sudoroso y nervioso empezó a sentir un dolor en el pecho.

—¡Diosdado!

Los gritos de su superior solo lograban que el sofoco fuera a más; sentía que se ahogaba, la cabeza empezó a darle vueltas. Unos brazos tiraron de sus piernas y le sacaron del horno.

—¡Qué desastre! ¿Es qué voy a tener que hacerlo todo yo mismo? —Alejandro de Ferrellón hizo a un lado a su segundo.

Diosdado estaba pálido, transpiraba y respiraba con dificultad.

—Esperad, señor —le interrumpió por sorpresa Lízer—; yo lo haré.

—¿Tú? —El alguacil general lo examinó con desconfianza.

El joven Lízer, al que solo encargaban vigilancias y encargos menores, mostraba una inusual iniciativa. Aquello le agradaba; sabía distinguir a un hombre valiente. Aunque le preocupaba que fuera un signo de temeridad. Entrar en aquel edificio ardiendo había sido una auténtica locura, pero el muchacho tenía agallas y eso le gustaba.

—Puedo hacerlo.

—Está bien, yo no me quiero manchar —afirmó—; así que tira para dentro y dime qué hay en el techo.

Lízer obedeció; se arrastró hasta el interior del horno y, una vez dentro, se dio la vuelta para examinarlo.

—Necesito una vela —reclamó.

Diosdado, más tranquilo pero todavía avergonzado, le facilitó una, y el joven ayudante repasó aquel horno, aunque no estaba seguro de qué debía buscar.

—Muchacho —reclamó el alguacil general.

—¿Qué queréis saber, señor?

—¿Hay arañazos? En el techo, o en las paredes, incluso detrás de la puerta, ¡míralo bien!

—No sabría deciros. Esperad. —Lízer se tomó su tiempo—... Lo que sí veo es como...

—¿Qué? ¿Qué ves?

—Parecen unas manchas en forma de... Creo que son huellas, como de manos.

—¡Mierda! ¿Son de un rojo oscuro?

—Sí, señor —contestó Lízer, que pasó sus dedos por ellas y se percató de algo más.

Alejandro de Ferrellón dejó el horno y fue hasta el cadáver del maestro Beltrán; el cuerpo había quedado totalmente rígido por la carbonización. Se agachó y revisó las manos del difunto.

Mientras, Lízer salió tosiendo del horno y observó cómo el alguacil general regresaba hacia él.

—También hay restos de carne quemada junto a las manchas, señor.

—Sí, ya lo imagino —afirmó Alejandro de Ferrellón—; a este lo han quemado vivo.

—¡Santo Dios! —Diosdado se santiguó—. ¿Quién ha podido hacer una barbaridad así? ¿Es que esta ciudad se ha vuelto loca?

—¡El Maligno! ¡Ha sido él, el Maligno! —exclamó uno de los trabajadores de la panadería.

—Parece que sí; la ciudad se ha vuelto totalmente loca —murmuró Alejandro de Ferrellón ante aquellos gritos.

—Hay gente que lo ha visto de noche, se oculta bajo una capa negra, pero es él —continuó aquel panadero, un hombre vulgar con los ojos saltones, vestido con una simple saya—. ¡El Maligno está en Albarracín! ¡El Maligno está en Albarracín!

—Sacadlo de aquí —ordenó Alejandro de Ferrellón.

—¡Es el Malig...! —Diosdado le atizó un golpe con una barra de panadero que cogió de una de las mesas de amasar y el panadero cayó inconsciente.

—Menos mal —suspiró Alejandro de Ferrellón.

—Señor, ¿y si tiene razón? —preguntó para su sorpresa Diosdado—; estas muertes son todas... Raras, espantosas, impropias de un cristiano.

—Diosdado, tú no, por favor. —El alguacil general resopló—. No quiero oír más sandeces, interrogad a todos los trabajadores de la panadería. Dos asesinatos en gremios distintos; esto va a traernos muchos problemas en la ciudad.

Observó el horno; se imaginó al maestro panadero ardiendo en su interior, intentando escapar, gritando como un animal...

La tenería estaba a las afueras, cerca del río. Es verdad que allí vivía poca gente. Pero la panadería estaba en una zona muy habitada y, sin embargo, los vecinos aseguraban que no habían oído nada.

Era desesperante.

Ferrellón recorrió la panadería; todo parecía normal en un lugar así. El mobiliario, los sacos de harina, las palas para introducir la masa en el obrador, los cuchillos para cortarla.

Volvió al horno, observó la leña dispuesta y cortada a la derecha, y la mesa del otro lado, donde debían dejarse los panes cocidos. Frente a él estaba el portón de hierro. Giró el cierre, lo bloqueó y lo volvió a abrir. Fue entonces cuando se percató de que había un rastro en el otro lado, justo en el borde de la embocadura. Era un círculo dibujado, pero distinto al de la tenería.

Se acercó a una de las mesas de trabajo y cogió un útil, una brocha fina. Regresó al horno y comenzó a limpiar la parte exterior de la cámara de cocción, justo al lado del portón, no muy adentro.

Estaba difuso.

Desde allí no podía verlo bien.

Miró a su alrededor.

—Lízer, ven aquí otra vez —le ordenó—. Entra de nuevo y busca algo para dibujar.

—¿Dibujar?

—Sí, un carboncillo como los que usan los maestros de obras, o los pintores para los bocetos, ¿entiendes?

—Muy bien, lo haré.

Sin pedir más indicaciones, el joven se encogió para acceder de nuevo al interior. Alejandro de Ferrellón se mostró complacido por la determinación del joven alguacil. Volvió a mirar aquel círculo. Lízer tardaba en salir, y él se puso nervioso, hasta que al final asomaron los pies del muchacho y después todo su cuerpo.

En la mano sostenía un pequeño carboncillo.

—Creo que es esto lo que buscaba, señor.

—¿Tú qué ves aquí? —Y le señaló la base al lado del portón.

—Un círculo, con un palo saliendo.

—Otro círculo... —El alguacil general lo miró de nuevo.

—¿Qué significa? —inquirió Lízer ante el abatimiento del alguacil general.

Alejandro de Ferrellón no respondió.

7

Guillermo Trasobares miró al cielo con desconfianza; había heredado de su padre, y este del suyo, la habilidad para predecir tormentas. Era un don muy apreciado en la familia; casi una prueba que confirmaba que compartían la misma sangre. Por eso sabía que se acercaban lluvias, y que debía apresurarse a vender sus preciadas mercancías.

Los negocios iban cada vez mejor; al amparo de las ciudades episcopales y de los burgos señoriales, allí donde las condiciones para el tráfico comercial eran óptimas, el comercio estaba floreciendo como nunca antes. Los mercaderes llegaban cada vez en mayor número y se instalaban en los arrabales. La prosperidad económica convertía las tierras de cultivo anexas a la ciudad en solares edificables. El centro de la ciudad se estaba extendiendo desde la catedral y el castillo hacia el río.

Era como en tiempos de los moros, cuando la actividad en el zoco guiaba la vida cotidiana de Albarracín.

Aquel día Trasobares intentaba enseñar parte del oficio a su hijo Rodrigo, que a sus veinte años todavía no había desarrollado la habilidad familiar, lo cual preocupaba sobremanera a su progenitor.

—La gente cree que el comercio a larga distancia es la mayor fuente de ingresos, que es donde más beneficios obtenemos, pero no es así. Los productos lejanos son difíciles de conseguir, caros de transportar, dan problemas y no siempre son de buena calidad.

—Pero la gente los busca, padre.

—Preguntan por ellos, sienten curiosidad, incluso admiración, sin embargo hay una manera más fácil de lograr riqueza —explicó a su hijo—. Verás, Rodrigo, ya es hora de que vayas poniendo más atención en el negocio.

—Sí, padre.

—Llegará un día en que esto sea tuyo, y en el que yo no estaré para ayudarte, ¿lo entiendes?

—Desde luego.

—Lo que hay que hacer es acudir a aquellos lugares en los que haya habido grandes cosechas, donde incluso les haya sobrado el grano para alimentar a sus animales. Ahí los niños nacen más fuertes, crecen más sanos, los mayores enferman menos y los viejos son más longevos. Eso hará que puedan producir más mercancías y que, a la vez, puedan comprar más. Hay que ir a los lugares prósperos, y sin buenas cosechas no hay prosperidad posible, hijo.

—Esta ciudad está totalmente amurallada.

—¡Mucho mejor!

—¿Por qué?

—Para el comercio es importante que los ciudadanos se sientan a salvo, ¿para qué vas a comprar un paño nuevo si no estás seguro de seguir vivo al día siguiente? Lo que más odian las gentes es cualquier tipo de incertidumbre. Los cambios son terribles para el negocio, necesitamos gobernantes que vivan muchos años, aunque sean unos necios.

—Pero, padre, eso no tiene sentido...

—¿Y desde cuándo la opinión de un pueblo la tiene? No te puedes imaginar lo maleables que son las voluntades de los hombres —afirmó Guillermo Trasobares—, ya te irás dando cuenta de lo peligrosas que son las palabras, del daño que pueden hacer en las mentes más débiles. Albarracín parece tranquila, pero seguro que no tenemos ni idea de los peligros que esconde. Y créeme, por muy ocultos que estén, siempre terminan saliendo a la luz.

—A mí me gusta esta ciudad y este sol —señaló al cielo—; ojalá no llueva.

—Ya veremos —Guillermo Trasobares maldijo su suerte y sobre todo a su mujer—; haz el favor de escuchar bien lo que te he dicho. El comercio de los productos de la tierra es nuestra mayor fuente de riqueza; así que las ventas de cereales, ganado y paños procedentes del campo deben ser tu mayor preocupación, ¡y el vino!

—Lo he entendido, padre.

—El comercio que viene por mar no es rentable; hubo un tiempo en el que el mar Mediterráneo era solo un lago rodeado de un imperio y luego de países cristianos, pero eso ya pasó. Ahora es un mar que separa dos mundos, y no vale la pena cruzarlo —le advirtió—; aquí es donde está nuestra oportunidad, en los productos de la tierra.

—Hay poca gente, ¿y no hay ninguna feria grande?

—La feria es anual, de quince días de duración, y se celebra una semana antes y otra después de Pentecostés. Pero no debes dejar de lado el mercado semanal como el de hoy. Aquí es donde se abastece la ciudad, por eso tiene unas ordenanzas en las que se determina el lugar que debe ocupar cada mercader en la plaza: el puesto del pan o el de las hortalizas, uno para cada tipo de mercancía; y el centro se reserva para la venta del ganado, aves, madera y objetos de vidrio.

—¿Y no es peligroso? Ir al mercado cada semana... Siempre hay ladrones y bandidos cerca de las ciudades.

—Veo que me prestas algo de atención cuando te hablo; qué consuelo me das, hijo —suspiró—. Debes saber que los mercaderes en esta ciudad gozamos de protección no solo el día de mercado, sino también durante los viajes de ida y vuelta. Además, tampoco pueden detenernos por deudas, Eso sí, hay algo sagrado para un comerciante, un trato es un trato, si damos nuestra palabra en el mercado debemos cumplirla.

—A veces no lo hacemos...

—¡Chsss! ¿Estás loco? Si alguien te escucha decir eso estamos perdidos; nosotros siempre cumplimos nuestra palabra, ¿entendido?

—Pero si la otra semana nos fuimos sin...

—¡Rodrigo, he dicho que te calles! ¿O es que nos quieres

buscar la ruina? No podemos provocar ningún altercado. He visto a mercaderes azotados o encarcelados por mucho menos, una vez incluso a uno le obligaron a pagar mil maravedís de multa.

—Lo siento, padre.

—Además, aquí, como en Castilla, se benefician a sí mismos antes de ayudar a los de fuera. Hay veces que incluso prohíben la entrada de vino de otros lugares para que los bodegueros de aquí puedan vender el suyo. —Miró a un lado y a otro para comprobar que nadie le escuchaba, incluso bajó más el tono de voz—. Yo he llegado a ver que los que acudían de lejos de la ciudad a comprar cereales, por cada fanega de pan adquirido tenían que llevarse una arroba de vino.

—Padre, nosotros vendemos vino de todos lados.

—Por supuesto.

Un alguacil con aspecto de pocos amigos se detuvo frente al puesto y los miró con desgana. Era un hombre de frente despejada, con las cejas frondosas y un ligero color rojizo en las mejillas. En su cinto colgaba una porra y en el otro lado, una daga con buena vaina.

—¿Qué vendéis hoy, Trasobares?

—Nueces, almendras, también pieles y herramientas.

—Ya veo, ¿y vino? ¿Vino de fuera?

—No; solo de aquí.

Comenzó a tocar todo el género, poniendo muy nervioso a Guillermo Trasobares.

El comerciante levantó un canasto con almendras y Diosdado cogió con disimulo una bolsa que había debajo.

—¿Habéis salido de la ciudad? —preguntó el alguacil.

—Mi señor, ¿por qué lo preguntáis?

—El día del mercado está prohibido comprar cosa ninguna para revender tanto en el mercado como tres leguas alrededor de la ciudad, so pena de que todo lo que así compréis lo perdáis por la primera vez, más paguéis trescientos maravedís, y por la segunda, paguéis seiscientos maravedís, y por la tercera, seiscientos maravedís, y seáis desterrado de esta tierra por el plazo de un año. Por eso lo pregunto.

—Alto y claro, mi señor. No hemos salido, no.

—Más os vale —refunfuñó—; ¿conocéis lo de las muertes? —murmuró.

—No se comenta otra cosa, una en la panadería y otra en la tenería, ¿qué se sabe de los culpables?

—Todavía estamos en ello.

—¿Hay algún testigo?

—No, ¿qué habéis oído, qué se dice, Trasobares? —murmuró en un tono más amigable.

—Poca cosa, Diosdado. Historias...

—¿Qué tipo de historias?

—Dicen que por la noche se ve a un espectro pasear por las calles —respondió el comerciante.

—¿Un fantasma?

—No, más bien una sombra. Son varios los que aseguran que una sombra recorre la ciudad en las horas oscuras, pero ya sabéis cómo es la gente...

—¿Y piensan que esa sombra es el asesino?

—Tanto como eso no, aunque si juntas una cosa con otra... Hay muchas habladurías. Eso no es bueno para el negocio, ¿vais a aumentar la vigilancia? —siguió preguntando en un tono discreto.

—Me temo que sí, ya no podré protegeros tanto. Tendréis que tener más cuidado, al menos hasta que haya un culpable.

—¿Y eso cuándo puede ser?

—Quién sabe, lo último que quiere el gobernador es ahuyentar el comercio, pero... La gente no estará tranquila hasta que no demos con el responsable.

—No podemos parar ahora, justo ahora no —Guillermo Trasobares se apretó las manos—; si la gente quiere un culpable habrá que dárselo.

Diosdado se marchó sin mediar más palabras.

Guillermo Trasobares se volvió; al no encontrar a su hijo comenzó a buscarlo y lo halló detrás de unos sacos dando de comer a un gato pardo.

—¿Se puede saber qué estás haciendo?

Su hijo saltó del susto; en cambio, el gato ni se inmutó y siguió comiendo.

—Nada, padre.

—¿Cómo se te ocurre desaparecer para dar de nuestra comida a un maldito gato?

—Es que siempre está aquí... Solo le he dado unas sobras.

—¿Unas sobras? ¡Sobras es lo que vas a comer tú hasta que espabiles!

—Lo siento, padre; es muy cariñoso, le he dado muy poco —lloriqueó.

—¿Cariñoso has dicho? ¿De verdad has dicho cariñoso? —le preguntó mientras se quitaba el cinturón—; ya te voy a dar yo caricias, pero de las buenas.

Alzó su brazo y sacudió toda su ira contra su hijo, que apenas tuvo tiempo de protegerse antes de caer al suelo.

—¡Eres un inútil! ¡Un maldito inútil! ¡Un holgazán! —Volvió a azotarle mientras Rodrigo no paraba de llorar—. ¡Esta vez sí que te vas a enterar!

Entonces el gato bufó al comerciante.

—¡Maldito animal del demonio! —Trasobares fue hacia él y le propinó una patada que lanzó al animal contra la pared. El gato soltó un maullido de dolor.

—¡Basta! Detente, padre. —Rodrigo le agarró del brazo antes de que pudiera golpearle de nuevo, dando tiempo al gato para escapar malherido.

—Está bien, pero no vuelvas a gastar nuestra comida, ¿entendido?

—Sí, padre.

8

Un carruaje solitario accedió a la ciudad por el camino de Zaragoza. Se detuvo frente a los guardias; el cochero mostró un documento lacrado con el sello episcopal. El transporte continuó sin más dilación, remontó una empinada callejuela hasta la catedral, y allí se detuvo. Se abrió la portezuela del lado derecho. Una figura salió de su interior, con lentitud. Portaba una capa de color negro y una capucha ocultaba su rostro. El cochero cogió un pesado baúl que iba amarrado en la parte trasera y lo arrastró hasta la puerta de acceso al palacio episcopal.

El visitante golpeó tres veces y el sonido retumbó en la noche. Tardó en abrir un jovenzuelo somnoliento.

El recién llegado se quitó la capucha, dejando al descubierto la tonsura de su cabeza y unos grisáceos ojos hundidos en un rostro arrugado por los años. Se abrió la capa, dejando ver su hábito blanco, del que colgaban un escapulario y un rosario sujeto al cinto, y enseñó una carta al joven.

La cara del novicio se tornó blanquecina y sus pupilas, tan brillantes como el sol de agosto. Se arrodilló de inmediato y buscó con ahínco la mano del recién llegado, para besarla con humildad y nerviosismo. Se tomó tiempo para incorporarse, manteniendo la cabeza baja; balbuceando se dirigió hacia otra puerta, tras la que desapareció de forma precipitada.

El viajero no pareció sorprendido ni disconforme; aprovechó para dar permiso al cochero para marchar, después de que hubiera depositado el baúl dentro del edificio. Una vez solo, el hombre observó las alargadas vigas de madera que sostenían el techo. Eran de buena talla, nogal con seguridad, y tenían una luz de al menos quince pies. Sin moverse, recorrió el recibidor con una mirada atenta, estudiando cada detalle que le rodeaba.

El novicio apareció de nuevo, cabizbajo y preocupado. Tras él surgió otra figura que lo adelantó con paso fuerte y seguro. Era joven y de un porte diferente, interesante, pues se atisbaba una cuidada educación por sus modales. Parecía más sereno y procuraba no mostrarse intimidado. Su visitante se percató de ello al ver cómo escondía las manos tras la espalda, en la manera en que inspiraba antes de hablar y cómo dibujaba una falsa, pero estudiada y efectiva sonrisa en un rostro amable, imberbe y limpio.

—Eminencia. —Se apoyó en la rodilla derecha para besar su mano—. Soy el padre Martín; es un placer y un honor —recalcó— recibiros, no os esperábamos hasta dentro de unos días.

—Gracias; puedes llamarme fray Esteban; es para mí una alegría visitar esta ciudad y su catedral, cuya magnificencia ha traspasado estas montañas.

—Las gracias debo daroslas yo, fray Esteban, en nombre del obispo y de toda nuestra diócesis.

—He tenido que adelantar mi visita; vengo en nombre de Nuestro Señor en la tierra, como se explica en esta carta que debo entregar a tus superiores.

—El obispo está indispuesto, yo os recibiré y os llevaré después ante el deán de la catedral.

—No hay tiempo que perder.

—¿A qué tanta urgencia, fray Esteban?

—Veo que no estás muy bien informado —murmuró el recién llegado—; hay rumores preocupantes que conciernen al futuro de Albarracín.

—¿Rumores?

—Sí, he preferido ser precavido y llegar antes de que fuera demasiado tarde —respondió en un tono casi de enojo.

—Seguro que su eminencia ha obrado con inteligencia. —Esta vez el padre Martín sonrió de manera forzada y ocultó de nuevo las manos tras la espalda—. Imagino que estaréis cansado después de tan largo viaje.

—Imaginas mal, padre Martín. A mi edad, uno está ya cansado siempre, aunque eso no me impide realizar mi trabajo. —Dio dos pasos al frente e igualmente dispuso sus manos detrás de la espalda—. En cambio, a pesar de tu juventud y tu energía, pareces fatigado, como si llevaras un peso sobre tus hombros.

—Me hallaba durmiendo de manera profunda cuando habéis llegado de improviso.

—Por supuesto; discúlpame por haber interrumpido tu descanso —afirmó de manera condescendiente.

—En absoluto, estoy aquí para serviros en todo lo que esté en mi mano.

—En ese caso quisiera ir a mi dormitorio. No necesito gran cosa, mi orden es muy humilde, ya sabes que la pobreza es una de las virtudes de los dominicos. Cualquier lugar me servirá para el descanso, eso no es lo importante —le recalcó con claridad.

—Disculpadme un momento. —Martín se acercó a una pequeña sala contigua y se asomó por la puerta; allí había un religioso ordenando unas casacas de la eucaristía—. Por favor, ¿podéis informar al deán de que ya ha llegado el emisario papal? Le voy a acompañar a sus dependencias y necesito indicaciones para después.

—Claro, Martín —respondió aquel clérigo de aspecto agradable y una prominente barriga que le hacía moverse con lentitud.

—Gracias.

El dominico observó al joven sacerdote. No le extrañó que en una diócesis tan pequeña hubiera un clérigo como él en un cargo importante. No obstante, los años le habían enseñado que nunca debía juzgarse a alguien por su apariencia. Él sabía leer el alma de los hombres, había dedicado gran parte de su vida a ello, y por eso le extrañó tanto no ser capaz de hacer lo propio con la del padre Martín.

Fray Esteban se fijaba en cada detalle, en las manos, en el brillo de los ojos, o en los movimientos, a veces poco aparentes, de los labios. La frecuencia del pestañeo, la respiración, el sudor, las palabras utilizadas, el tipo de adjetivos. Todo, absolutamente todo, era relevante para saber si alguien mentía o decía la verdad.

—Fray Esteban, si me seguís os llevaré a vuestros aposentos y después os acompañaré en vuestros quehaceres.

—Vayamos entonces, no hay tiempo que perder.

Subieron las escaleras; siguieron hasta el ala de los dormitorios y allí Martín le mostró el alojamiento preparado para su estancia. Fray Esteban no dio muestra ni de estar disconforme con ella ni de gustarle en exceso, era más que obvio que no era lo que más le preocupaba en ese momento.

El dormitorio tenía un amplio ventanal; Martín se quedó sorprendido, ya que el resto de los dormitorios, incluido el suyo, solo contaban con un escueto vano. En cambio, aquel ventanal era desproporcionado, demasiado para la estancia, tanto que una persona podía asomar todo el cuerpo por él. Martín supuso que aquella zona del edificio había debido de ser modificada y que aquel espacio fue en otro tiempo un salón o algún tipo de sala que necesitara mayor claridad.

El dominico se asomó por la ventana y observó el exterior; comprobó cómo en lo alto la alcazaba dominaba la ciudad y las murallas remontaban el cerro que la rodeaba, contemplando, al otro lado, las montañas y el recinto amurallado que continuaba hasta el río. Al lado del palacio episcopal estaba la catedral, un templo sencillo y acorde con los cánones que fomentaba Roma, ninguna queja en ese aspecto. No fue ni su portada ni los capiteles los que robaron su atención, sino un grupo de hombres que se agolpaba en la entrada. Era una hora intempestiva para que estuvieran allí.

Eran guardias de la ciudad, a tenor de las espadas que portaban al cinto; hombres de armas. Además, por sus continuos y arrítmicos movimientos parecían nerviosos.

Detalles, siempre hay que fijarse en los detalles. A veces, la verdad está en una palabra susurrada o en un gesto perdido. Llenamos el tiempo con grandes discursos y complejos trabajos, pero son los actos más sencillos y cotidianos los que muestran la naturaleza de las personas y de las cosas.

Fray Esteban no pudo evitar pensar cómo sería la vida en

aquella ciudad; él, que había visitado tantas, siempre se preguntaba por la necesidad que tenemos los hombres de vivir unos juntos a otros. Él sería feliz como los eremitas, habitando en una humilde cueva, con todo el tiempo disponible para rezar a Dios.

¿Qué podía ser mejor que profesar una vida solitaria y ascética? Sin contacto permanente con la sociedad, en silencio y oración, en una relación perfecta con Nuestro Señor.

Cómo envidiaba a los Padres del Desierto que abandonaron en tiempos ya remotos las ciudades del Imperio Romano para ir a vivir a los aislados desiertos de Siria y Egipto...

Él no podía; él estaba condenado a la penitencia del mundo urbano, a tener que escuchar el mundanal ruido. El ruido era lo que más le incordiaba de las ciudades, los gritos, los discursos vacíos, las discusiones, las mentiras, los falsos halagos. Todo ese terrible ruido que le impedía orar en paz, que le impedía escuchar la verdad.

La mentira siempre hace mucho ruido, necesita elevarse sobre la realidad. La mentira es algarabía y griterío, mientras que la verdad es una suave melodía que todos conocen, aunque muchos olvidan.

Esperaba que esta fuera su última misión; ya había hablado con el superior de su orden, quería abandonar su trabajo. Sin embargo, sus compañeros dominicos no estaban dispuestos a dejarle ir.

«Alguien tiene que hacerlo», le decían.

«Sí; pero ¿por qué yo?»

«¿Por qué yo no puedo retirarme?», se preguntaba una y otra vez.

El papa Celestino V lo había hecho hacía unos cincuenta años. Si un sumo pontífice podía dejar su labor y retirarse a una cueva, para él, que era un humilde siervo del Señor, también debía ser posible.

«¿Cómo no voy a poder seguir ese mismo ejemplo y buscar un lugar apartado para siempre?»

En los Pirineos había oído de eremitas que habitaban las montañas, no demasiado lejanas de donde ahora se encontraba.

Lanzó un suspiro y volvió a la triste realidad; él conocía la importancia de la ciudad en la que estaba, el Señorío de Albarracín, en tierras de la extremadura de Teruel, tierra fronteriza con reinos árabes y con los de Aragón y Castilla... La vigilancia permanente sobre este señorío por parte del reino de Navarra, la enorme significación militar de su emplazamiento y de sus defensas, la riqueza de sus bosques y de su ganadería y los buenos fueros y normas jurídicas para su repoblamiento, que hacían que judíos, moriscos y cristianos, labradores, artesanos, infanzones, caballeros, escuderos y grandes señores desearan asentarse en sus tierras.

Mientras fray Esteban reflexionaba, el padre Martín escrutaba en silencio al recién llegado. El enviado del papa era un anciano callado y sosegado, con ojos grises hundidos en unas profundas cuencas, que apenas resaltaban en lo arrugado de su rostro. Sin embargo, sus movimientos eran firmes, y tenía cierto aspecto pétreo, en su forma de mirar y en lo poco que hablaba. Era como si nada fuera capaz de alterarle y, al mismo tiempo, desprendía cierto misterio, como si guardara algún oculto secreto.

—¿Habíais venido antes a Albarracín, fray Esteban?

—En los últimos años no he salido de Roma —respondió mientras abría el baúl que portaba e iba depositando libros sobre la mesa.

—Mucho trabajo...

—No me gusta viajar; ya soy muy mayor.

—Sí, los caminos son peligrosos y los viajes son incómodos. —Martín se percató de que el dominico tenía gesto contrariado—. ¿Sucede algo?

—Creo que he olvidado mis nueces.

—¿Nueces?

—Dicen que son buenas para la memoria y la mía ya falla mucho —respondió—; los años. Ya llegarás si tienes suerte. —Sonrió—... ¿Cómo has dicho que te llamas?

—Martín.

—Es verdad... —Y volvió a quedarse callado—. Agradable estancia, muchas gracias.

—Albarracín es hermosa en esta época del año; creo que os

gustará, tiene un color especial, rojo. Es debido al yeso; aunque es blanco cuando lo extraen, le añaden arcilla, y eso le da ese peculiar aspecto.

—Desde luego que esta ciudad es curiosa y bella, por lo poco que he podido ver hasta ahora —afirmó mientras se daba la vuelta y terminaba de sacar sus pertenencias. La mayor parte de ellas eran pergaminos y libros.

—Estáis en lo cierto, hay algo en Albarracín... No sabría bien cómo describirlo; al estar rodeada por montañas, los meandros del río y las murallas, parece como si nada pudiera escapar de aquí. Ni siquiera el tiempo, como si los días estuvieran atrapados entre sus calles.

—Una prisión del tiempo —afirmó el recién llegado en un singular tono, difícil de interpretar.

—Bueno; dicho así puede sonar de manera extraña.

—No, no —interrumpió fray Esteban, moviendo una mano, para que Martín no siguiera hablando—. Es una idea de lo más interesante, poder encerrar el tiempo. ¿Te imaginas ser capaz de manipularlo? No me mires así, Martín. El paso del tiempo no tiene nada de bueno, créeme, sé de lo que hablo.

—Por supuesto, fray Esteban.

—¿Qué más me contabas de esta ciudad? —continuó el recién llegado mientras revisaba la estancia.

—Albarracín está asentado sobre un cerro, y en la parte de mediodía tiene otro; ambos son muy enriscados, de peña tajada, provocando un angosto paso por donde entra el río Guadalaviar.

—Que si no me equivoco viene de poniente y ciñe la mayor parte de la ciudad.

—Así es, nace en el Villar del Cobo, a una legua pequeña del nacimiento de un gran río, el Tajo, pero ese discurre por el otro lado de la sierra, hacia tierras de Castilla.

—Continúa, no te detengas. —Dejó la albarca donde transportaba su equipaje a un lado del jergón.

—La parte de la ciudad entre septentrión y poniente, que está fuera de la ribera del Guadalaviar, tiene fuertes muros y torres, y en medio la torre del Andador, que se halla en la parte de poniente y es de una gran fuerza. Y todo su sitio y asiento es fortísimo e inexpugnable.

—¿Crees que esta ciudad es inconquistable?

—Desde luego, todos lo creen.

—No te he preguntado por todos, tú, ¿tú piensas de verdad que nadie puede asaltar Albarracín? —recalcó con mucho énfasis—. ¿Que está a salvo de cualquier enemigo?

—Yo... Veréis, eminencia, soy religioso, no soldado. No soy especialmente ducho en el arte de la guerra —respondió con una leve inclinación de su cabeza—. Conozco que Albarracín es una plaza estratégica, codiciada por todos los reinos cristianos que nos rodean...

—Sí, lo sé. Hace tiempo que este señorío independiente es apetencia de castellanos y aragoneses —musitó con cierta desgana—. Nuestro Señor quiere la paz entre los reinos cristianos, no debemos matarnos entre nosotros —afirmó el dominico—. Y no te equivoques, Martín; para conseguir la paz se necesita valor, mucho más que para hacer la guerra.

—Hay guerras que se luchan cada día, cada noche.

—En eso tienes mucha razón. —El dominico dispuso sus manos tras la espalda—. No pareces un sacerdote al uso.

—¿Qué pretendéis decir, fray Esteban?

—Salta a la vista. Hay algo en ti que no encaja con el hábito —afirmó mientras se rascaba la barbilla.

—Os aseguro que soy un fiel servidor del Señor.

—Sí, sí; eso no lo dudo —manifestó mientras miraba de nuevo por el amplio ventanal—; sin embargo, en la forma en la que hablas, por cómo te mueves, incluso cómo respiras, hay un cierto aroma a inconformismo, que a veces no va nada mal, claro...

—Terminad lo que estabais a punto de decir, por favor.

—Nada, discúlpame —reculó de forma hábil—. Supongo que es el clima algo gélido de esta ciudad horadada por el río; hace a uno ver cosas que no son.

9

Lízer se encontraba cansado; había preguntado por todas las calles anexas a la panadería si alguien había visto algo fuera de lo común la noche del asesinato, sin obtener nada más que lamentaciones, reproches, malas caras e historias sobre un espectro que frecuentaba la ciudad en las horas oscuras.

Ahora tocaba descansar; Lízer vivía en una estancia cerca del portal de Molina, en una singular casa sin apenas espacio para la escalera en la planta calle, y que iba ensanchándose conforme ascendías a los pisos superiores. El edificio tenía una habitación en cada uno de los cinco quiebros que daba la escalera; las dos últimas eran más grandes y disponían de otro cuarto más.

Él vivía en la más asequible, la primera. No era el mejor lugar de todo Albarracín para vivir, pero al estar tan cerca de uno de los portales de la muralla se enteraba de todo el que entraba y salía por allí.

Había llegado a la ciudad con una carta de recomendación de un alguacil de Pamplona, en el reino de Navarra. Gracias a ella encontró el primer trabajo como mozo de cuadra y, en ocasiones, de recadero de los alguaciles. Se había esforzado mucho y ahora era aprendiz de alguacil.

Alejandro de Ferrellón era un jefe duro, pero justo. Tenía un aspecto que infundía respeto, no por su corpulencia, sino por su seriedad. El alguacil general estaba siempre perfecto, enfundado en riguroso negro, no como el viejo Diosdado, que mezclaba un respeto y subordinación completa a su superior con malhumor y mucha agresividad, pero también tenía la experiencia de llevar toda la vida recorriendo aquellas calles.

No estaba seguro de si él era del agrado de Diosdado; más bien creía que no. El variante temperamento de este alguacil le desconcertaba. De todos modos, confiaba en lograr su aprobación con esfuerzo y trabajo.

Aunque estuviera mal reconocerlo, Lízer creía que aquellas muertes violentas eran su gran oportunidad, la que llevaba tiempo esperando. Si participaba de manera activa en su resolución, se ganaría tanto el favor de Diosdado como el del alguacil general.

Por esa razón no podía dormir. Aunque también había otra, desde el día del incendio no había una sola noche en la que no pensara en aquella mujer...

En eso, golpearon la puerta de la estancia.

—¿Qué haces otra vez con una vela encendida? —le gritaron desde el otro lado de la puerta.

—Doña Urraca, no hago nada.

—Más te vale; solo me das para el alojamiento, nada de mujeres, si no tendrás que darme un suplemento, aquí los vicios se pagan.

—Descuidad e idos tranquila —dijo con resignación.

La vieja Urraca era la que alquilaba aquella casa; era una mujer tacaña hasta la saciedad. Viuda, llevaba el luto siempre, desde que su marido falleció hacía ya nueve años. No tenía hijos, aunque Lízer había escuchado que sí tuvo uno, pero que se enroló en la última cruzada y falleció frente a la costa de Túnez.

La noche amamantaba la soledad de Lízer, era larga como el silencio y amarga como el mar. Por sus olas navegaban unos ojos diferentes a todos los demás, que como las estrellas le guiaban en la oscuridad.

Pronto llegaría a su destino.

Apagó la vela y se retiró a dormir.

A la mañana siguiente, Lízer decidió probar suerte en otro lugar de la ciudad. Caminaba por los alrededores de la torre de Doña Blanca, situada sobre un espolón rocoso que defendía uno de los puntos clave de la ciudad. Su superior, Alejandro de Ferrellón, le había ordenado preguntar en la taberna más famosa de la ciudad, la Taberna del Cojo, si había llegado algún extranjero sospechoso en fechas cercanas.

Antes de llegar se cruzó con una comitiva que llevaba a doña Teresa de Azagra, Señora de Albarracín. Esperó a que pasara con sus sirvientes y continuó su camino. La taberna estaba cerca de uno de los portales; a aquellas horas de plena luz estaría cerrada, pero confiaba en encontrar dentro al dueño, preparando la bebida y comida para la noche.

Llamó un par de veces; una mujer le abrió la puerta con una preciosa sonrisa en el rostro.

Era morena, con el pelo rizado y la piel clara; llevaba un vestido con los hombros al descubierto y la cintura ajustada, la saya era blanca y la falda, verde oliva. Tenía unos pechos generosos y unas caderas amplias, como gustaban a la mayoría de los hombres.

—Me llamo Lízer; soy ayudante del alguacil general de la ciudad.

—Encantada, yo soy Elena.

—¿Está el tabernero?

—Sí, pasa; no te quedes ahí parado, muchacho —dijo ampliando todavía más su sonrisa—; no muerdo... Aún.

Lízer tragó saliva y entró como quien se adentra en una peligrosa gruta sin armas ni antorchas, incapaz de evitar la tentación de lo desconocido.

Aquel era uno de los antros con peor fama de toda la ciudad; por las noches se llenaba de todo tipo de clientes, desde viajantes de paso a reconocidos borrachos con nombre y apellidos, pasando por hijos de nobles con dinero y ganas de una buena juerga, hombres de armas buscando olvidarse de la batalla, comerciantes con mejor o peor fortuna, o campesinos de visita en la ciudad.

Lízer caminó sorteando las mesas hasta llegar a la zona de los toneles de vino.

—¿Quieres beber algo? —preguntó Elena, que vestía una resplandeciente sonrisa que parecía formar parte de su atuendo de trabajo.

—Vino.

—Ahora mismo; no te vayas —dijo ella, mirándole fijamente.

—¿Siempre sirves el vino con los ojos tan abiertos?

—¿Y tú siempre miras así a las taberneras? —contestó ella.

—La verdad que no; no seas mala conmigo, pónmelo fácil, que ya se me da a mí bien complicarlo.

—Mira, ahí tienes a don Aurelio, el dueño...

Lízer se dirigió a un hombre bajo, pero fuerte y corpulento, que se movía con agilidad, a pesar de su cojera, trabajando en la barra.

—Me gustaría preguntaros algo...

—¿El qué? —El dueño tenía una voz áspera, de esas que una vez que escuchas no salen de tu cabeza—. ¿Quién demonios eres tú?

—Trabajo para el alguacil general.

—¿Y Diosdado? Él es el que viene por aquí a preguntar.

—Está ocupado.

—¿Y no tienen a nadie mejor que mandar que a ti? —comentó, mirándole con desprecio—. No me extraña que luego vayan por ahí quemando a la gente y desollándoles como animales.

—Por eso vengo a preguntaros, ¿sabéis algo sobre esas muertes?

—Vamos a ver, ¿tú eres estúpido o qué? ¿Por qué iba a tener que saber yo de eso? ¿Es que acaso tengo cara de asesino?

—No, por Dios, pero quizá...

—¿Quizá qué? ¿Quizá salgo por las noches y voy por ahí arrancando la piel de la gente?

—Por supuesto que no —respondió Lízer angustiado—; pero por aquí pasan muchos visitantes, quizás hayáis visto alguno diferente, sospechoso, no sé...

—Sí, he visto a uno muy raro y muy zoquete, ¡a ti!

En ese momento la puerta de la taberna se abrió de forma abrupta y un par de críos entró corriendo.

—¡Vosotros dos! ¿Adónde creéis que vais? —El dueño alzó la voz.

—Don Aurelio, don Aurelio, ¡han matado a otro!

—¡Demonios! ¿A quién ha sido esta vez?

—Ha sido en la carpintería, dicen que hay mucha sangre —respondió el más mayor de los dos.

—¡Maldita sea! ¡Y tú, cantamañanas! —gritó Aurelio dirigiéndose a Lízer—; corre para allá, que no tenéis ni idea, más vale que deis pronto con el asesino o las gentes comenzarán a ponerse nerviosas y entonces sí que se armará una buena.

Lízer se quedó abrumado unos instantes, hasta que Elena le cogió del brazo y le hizo reaccionar.

—No te demores; debes ir a la carpintería.

—Sí —respondió mientras Elena le acompañaba hasta la puerta.

—Y no te preocupes por él —dijo ella, señalando con la cabeza al dueño de la taberna—; es con todos así, tiene que dar miedo para que le respeten.

—¿Cómo estás tan segura?

—Porque Aurelio es mi padre.

10

Llamaron a la puerta; el dominico estaba de rodillas frente a la ventana, realizando sus oraciones. Aquellos molestos golpes le enervaron. Ruido, otra vez el maldito ruido que puebla las ciudades de los hombres.

Los golpes se repitieron.

Fray Esteban se incorporó con esfuerzo; los años se notaban en las articulaciones y en los huesos... Incluso más que los kilos.

Caminó hasta la puerta con desgana y la abrió.

—Fray Esteban, es un honor teneros en nuestra ciudad. Soy Bartolomé, el deán de la catedral. —Se inclinó para besarle la mano—. Espero que todo sea de vuestro agrado y que os hayan recibido como vos merecéis.

—Así es —estuvo a punto de decir lo contrario, de recriminarle el ruido que hacía, de decirle que no quería estar allí, pero que le habían obligado, de explicarle lo mucho que detestaba la compañía de otros hombres, su compañía, cualquier compañía que le alejara del silencio.

—¿Os están atendiendo bien?

—Desde luego; vuestro joven sacerdote, Martín, ha cumplido de sobra su cometido —respondió resignado a tener que parecer lo que no era—; os lo agradezco, sois muy amable.

—Fray Esteban, encontraréis en nosotros una completa lealtad a Roma, a diferencia de en otros lugares. La llegada del rey de la Corona de Aragón a Sicilia fue imperdonable —se lamentó el deán haciendo ostensibles movimientos de negación con la cabeza.

—Queréis decir la invasión aragonesa de esa isla y el ataque a su legítimo señor, Carlos de Anjou.

—Por supuesto, la invasión —reculó—; todos la entendemos como una imperdonable ofensa que debe ser castigada. Ningún monarca cristiano puede desobedecer al papa.

—Ese maldito rey... Pedro III, valiente blasfemo. —Fray Esteban se enervó—. El año pasado, su flota engañó con malas artes a la de Carlos de Anjou y la derrotó en el golfo de Nápoles, haciéndole prisionero. Con tal infortunio que, a inicios de este año, murió su padre, y él fue proclamado sucesor, a pesar de encontrarse preso, ¡qué enorme desgracia!

—El rey de la Corona de Aragón nunca debería haber atacado un reino cristiano —el deán asintió.

—La cristiandad debe estar unida; no puede haber un rey en cada estado que haga lo que le convenga. El Sumo Pontífice es el representante de Dios en la tierra, debe ser el que dicte las leyes. Que los reyes gobiernen, pero nunca, ¡nunca!, pueden desobedecer al papa —afirmó con contundencia y virulencia abrumadoras.

—Desde luego que no.

—¡Unidad! Eso es lo que la cristiandad requiere, ¡unidad! No reinos por doquier, ¡cualquier hombre se cree en disposición de reinar! Es el Sumo Pontífice quien debe guiar a los cristianos, a todos y en todo.

A pesar de la edad y el consecuente declive físico de fray Esteban, la intensidad de sus palabras era tal que imponía más que cualquier joven caballero armado con cota de malla y espada de doble filo. Fray Esteban parecía ser capaz de cualquier temeridad, como una fuerza imparable, como una tormenta devastadora.

—Albarracín es fiel a Roma. Por eso Nuestro Señor acosa la frontera aragonesa; es nuestro deber vigilar a un rey excomulgado —dijo el deán.

—Pedro III ha traicionado la confianza del Sumo Pontífice; no dudéis de que será castigado.

—Que así sea.

—El Señor de Albarracín es un buen y fiel cristiano —afirmó fray Esteban con un tono firme y seguro—; pero es cierto que, siguiendo el mandato papal, hostiga a los aragoneses a lo largo de toda la frontera, y que el excomulgado rey aragonés parece disgustado con ello. Somos conscientes del peligro que corréis las gentes de aquí.

—¿De qué estáis hablando, eminencia?

—Es curioso que esta ciudad se mantenga independiente de los grandes reinos que la rodean.

—Desde tiempos remotos ha sido de esa manera —respondió el deán, algo sorprendido por el cariz que estaba tomando la conversación.

—Parece próspera, esta ciudad, con una hermosa catedral, y un palacio episcopal digno de ella; sé que el mercado es rentable y que vuestro ganado es de los mejores. —Hizo una pausa y miró a los presentes por unos instantes—. Lamento que hayáis tenido incidentes intramuros —afirmó de repente el emisario papal.

El deán quedó en silencio; su rostro se tensó y comenzó a temblar ligeramente. Tragó saliva e hizo evidentes esfuerzos para controlar su respiración y sus nervios. Sin embargo, por su cabeza pasaban en ese momento imágenes e ideas a toda velocidad.

—Hemos sufrido un desagradable percance.

—¿Una pérdida, quizá?

—Sí. —Se detuvo unos instantes, resopló y continuó—: En verdad, en unas circunstancias bastante extrañas e inhumanas.

—Lo lamento, descansen en paz. ¿Podré conocer más detalles de lo sucedido?

—Por supuesto. —El deán volvió a resoplar.

—¿Alguna enfermedad?

—Me temo que no —musitó con evidente enojo—; se trata de crueles asesinatos, acciones imposibles de realizar por un cristiano.

—¿Quién lo hizo entonces? —Se produjo un silencio—. ¡Hablad, deán! ¿Se sabe quién ha sido el culpable de esos crímenes?

—El Maligno; creedme, ha sido el Maligno.

—Eso que decís es muy grave.

—Lo sé; entended por ello mis temores a comunicároslo. Fray Esteban, lo último que queremos es que os llevéis una mala imagen de Albarracín. —El deán se entristeció con sus propias palabras y se pasó la mano por el rostro.

—¿Estáis seguros de que el Maligno está aquí?

—Me temo que es así, eminencia, pero estamos preparados. Pronto capturaremos a su cómplice, os lo aseguro.

—A partir de ahora quiero ser informado de todo lo que suceda.

—Así será. Esta diócesis es humilde, pero fiel a Cristo.

—Y el Señor de Albarracín, ¿también él cree que el Maligno anda suelto por sus posesiones?

—Parece ser que don Juan Núñez se encuentra ausente.

—¿Desde hace mucho tiempo?

—Bueno, es complicado de asegurar —se excusó el deán—; veréis, él es uno de los señores más poderosos de Castilla, primogénito de la poderosa Casa de Lara. Tienen amplios feudos en Molina, Moya y Cañete; y además, defienden la causa de los infantes de la Cerda.

—La descendencia de don Fernando, el hijo primogénito del rey Alfonso X, que murió justo cuando iba a ponerse al frente del ejército para combatir a los benimerines del reino de Granada. —El emisario papal hizo un alarde de conocimientos que sorprendió al deán.

—No hay duda de que estáis bien informado.

—De lo que no hay apenas dudas es de que, si el primogénito del rey Alfonso X no hubiera fallecido, ahora no habría infieles en todas estas tierras del sur de los Pirineos.

—Eso es aventurado de decir, en mi humilde opinión.

—De todos modos... —Hizo una pequeña pausa, como jugando con el tiempo y los nervios del deán—... El heredero murió y, en este nuevo contexto, los infantes son un problema para el nuevo rey de Castilla, su tío Sancho, puesto que la realidad es que los legítimos herederos al trono son ellos.

—Desconocía vuestro dominio de estos temas.

—Estos temas son los que nos hacen débiles frente al verdadero enemigo. La división de la cristiandad es un mal que hay que sanar. Solo cuando tengamos un único señor seremos fuertes para eliminar a los infieles.

—Sí, pero... —El deán no sabía cómo responder.

—Un solo señor, apoyado por el papa, debe dirigir a los cristianos, a todos los reinos cristianos, no los reyes —afirmó el dominico—; y más aquí, donde la lucha contra el infiel es tan crucial. Qué razón tiene el papa al preocuparse por estos reinos... Dios quiera que aún estemos a tiempo de poner orden en ellos.

—La diócesis de Albarracín no os defraudará.

—El Sumo Pontífice no espera menos, los nietos del rey Alfonso X...

—Los infantes de la Cerda.

—Ellos están recluidos en el castillo de Játiva en el reino de Valencia, bajo la protección del rey de Aragón, mientras que su tío Sancho se proclamó legítimo heredero a la muerte de su hermano, el padre de los infantes —siguió fray Esteban.

—Es una baza que se guarda Pedro III frente a Castilla; es difícil adivinar cómo la jugará. A este lado de los Pirineos las cosas son así, eminencia.

—El papa no apoya las guerras entre reinos cristianos; tenemos suficientes enemigos con los infieles, nuestros reyes pueden elegir a qué estado infiel o excomulgado atacar. Aquel que se sale del camino que marca el Santo Padre sabe que se expone a su fulminante castigo.

—Las pasiones humanas son difíciles de controlar.

—Parece que sabéis de lo que habláis.

—Un religioso debe conocer las pasiones humanas —aseguró el deán, no sin cierto rubor en sus mejillas.

—¿Debe? —Fray Esteban arqueó las cejas.

—Es conveniente, para así saber atajarlas.

—¿Quién gobierna la ciudad en ausencia de su señor? —inquirió el dominico con seriedad.

—Su esposa, doña Teresa de Azagra. —La voz del deán sonó más firme y contundente que en anteriores respuestas.

—Ella es la verdadera heredera de Albarracín, sí —afirmó el dominico.

—Su familia ha sido quien ha gobernado estas tierras durante cuatro generaciones —respondió el deán—. Quisiera haceros una pregunta, sé que estáis aquí porque Roma recibió una carta alertando de algún mal en nuestra ciudad, ¿quién la remitió?

—No lo sé, yo solo soy un enviado.

—¿Y qué se decía en ella? De eso sí que tenéis que estar al corriente.

—Es un asunto que atañe directamente al Sumo Pontífice, no puedo daros más información, estoy seguro de que lo entenderéis.

—Por supuesto —respondió el deán, haciendo todo lo posible por mostrarse impasible ante la respuesta—. Ahora, si me disculpáis, mis obligaciones me reclaman. Espero que vuestra estancia sea la esperada; si necesitáis cualquier cosa, el sacerdote Martín os auxiliará. Es joven pero de mi entera confianza; aunque no nació aquí conoce con detalle la ciudad.

En ese momento el deán salió al pasillo y regresó con el sacerdote.

—Os lo agradezco. —El dominico hizo una leve reverencia.

El deán dio las últimas instrucciones a Martín y se retiró a sus quehaceres, fatigado de la conversación con el dominico. Abandonó la estancia cabizbajo, como si un peso invisible recayera sobre sus espaldas.

—¿De dónde eres, Martín?

—De una pequeña aldea cerca de Tarragona, Calafell.

—¿Cómo es ese lugar?

—Hay un pequeño castillo que da nombre al lugar y la iglesia de la Santa Creu del Castell, donde me bautizaron.

—¿Y cómo terminó aquí el hijo de un pescador?

—Yo no he dicho que fuera...

—Si hubieras tenido una familia más pudiente, no habrías llegado tan lejos de tu casa —continuó el dominico—; serías sacerdote o monje en algún monasterio o iglesia en tu tierra. Además, tienes todavía las manos marcadas por el trabajo manual. Solo hacen falta dos puntos para trazar una línea recta, y tú ya me los has mostrado.

11

Cuando Lízer llegó a la carpintería, Alejandro de Ferrellón y Diosdado estaban preguntando a los operarios del taller. Había un par de guardias armados, lo que evidenciaba la gravedad del crimen. Antes de unirse a ellos, se dio cuenta de que el par de críos que habían entrado en la taberna ahora asomaban sus cabezas entre un montón de vigas de madera apiladas al lado de sacos de serrín.

Con disimulo fue hacia ellos.

—¡Eh, vosotros! —llamó su atención antes de llegar a su altura.

—Nosotros no hemos hecho nada —dijo el más pequeño a la vez que recibía un codazo de su hermano.

—Os he visto antes, ¿vosotros tenéis idea de lo que ha pasado ahí dentro?

—Han vuelto a matar —respondió de nuevo el menor.

—¡Te quieres callar, Blasco! —le recriminó el otro.

—¿Cómo lo sabéis vosotros? —Y se acercó a ellos—. No tengáis miedo de contestar. —Abrió su túnica, y de la bolsa que colgaba en su cuello extrajo una manzana y se la dio.

—¡Mía! —Se pelearon por cogerla, pero Blasco no pudo hacer nada ante la mayor corpulencia de su compañero—. Un hombre ha aparecido en el mercado gritando que habían crucificado a uno de los carpinteros, a Tello.

—¿Crucificado?

—Sí; boca abajo —añadió Blasco, que miraba con hambre la manzana.

—¿Y qué más ha proferido?

—Chillaba mucho, pero no ha dicho nada.

—Está bien; si os enteráis de algo más, contádmelo, puede que tenga otra manzana para vosotros.

—Sabemos quién es el que mató a los maestros de los gremios —afirmó Blasco con su inocente voz.

—¿Ah, sí? ¿Y quién ha sido?

—La sombra —continuó el pequeño—; todos hablan de ella en la ciudad.

—Ya he oído esas historias antes; solo son cuentos.

—No, nosotros la hemos visto —añadió Alfonso, en un tono más creíble.

—¿Habéis visto al asesino?

—Es la sombra, ¿quién sino ella ha podido matarles? —murmuró el más mayor, como si tuviera miedo de que le escucharan—; de noche se pasea por las calles, nadie le ha visto el rostro, desaparece y vuelve a aparecer sin que se sepa cómo lo hace.

—¿Es un fantasma?

—No sé lo que es, señor. Pero es peligrosa, ya habéis visto lo que es capaz de hacer.

—¿Cómo te llamas tú?

—Alfonso.

—¿Sois hermanos?

—Sí; yo soy el mayor.

—Ya lo veo —asintió con la cabeza.

Justo en ese momento apareció otro muchacho; a pesar de su estimable altura, estaba claro que andaba sobrado de peso. Tenía el rostro marcado con golpes, era descoordinado y detrás de él caminaba un gato pardo.

—¿Vosotros sabéis quién es ese muchacho?

—Es el hijo de un mercader, de Trasobares; está siempre dando de comer a los gatos —respondió Alfonso—, y su padre le pega buenas palizas.

Lízer le escrutó mientras llamaba al animal, este iba hasta él y se restregaba por sus piernas; luego se sentó sobre sus patas traseras y se quedó observando al muchacho.

Miró de nuevo hacia la panadería y resopló.

—Muchachos, si os enteráis de algo interesante, buscadme y decídmelo, pero sin llamar la atención. Esperad a que yo esté solo o me hacéis alguna señal para que vaya con vosotros. No lo olvidéis.

Les dejó y esta vez fue directo al interior de la carpintería. Aquel taller era amplio, lleno de mesas. Hacía falta mucho espacio para trabajar la madera, también para almacenar las tablas y vigas y los productos terminados, como una serie de puertas apiladas nada más entrar. Se veían sillas, reclinatorios, una especie de altar inacabado, pero lo que más llamó su atención fue un baldaquino. Debía de ser para una familia importante, puesto que pocos podían permitirse dormir en un aposento así.

Alejandro de Ferrellón se encontraba frente a un cuerpo colgado por los pies de la viga principal del taller. Tenía unas enormes puntas de hierro clavadas en los pies y los brazos le colgaban hasta tocar el suelo, donde había un enorme charco de sangre.

—¿Este también estaba vivo? —preguntó Diosdado, que puso mala cara cuando vio llegar a Lízer.

—Sí; fíjate, ha intentado por todos los medios quitarse los clavos, pero solo ha logrado destrozarse los pies —señaló el alguacil general—; ha tenido que ser tan doloroso... En esa postura.

—¿Por qué les tortura de esta manera? —inquirió Diosdado—. ¿Qué tipo de animal haría algo así?

—El hombre, esto solo puede hacerlo el hombre. Ni un animal, ni un demonio...

—¿Y por qué nadie les escucha gritar? —interrumpió Lízer.

—Tú otra vez —mascculló Diosdado.

—Si están vivos, pueden gritar; y más aún si les hace estas atrocidades. —Alejandro de Ferrellón se volvió hacia Lízer, y le miró sin demostrar mucho entusiasmo—. Llegas tarde.

—Estaba investigando.

—¿Tú? Qué narices vas a investigar... —Diosdado soltó un gruñido.

—¿Y qué nuevas traes? —inquirió Alejandro de Ferrellón.

—La gente de la ciudad dice que el asesino es una sombra.

—Vaya, entonces ya podemos dar la investigación por terminada; el muchacho ya lo ha resuelto, ¡una sombra! —asintió—; nunca se me hubiera ocurrido.

—Diosdado, centrémonos. ¿Por qué nadie les oye? Esa es la pregunta que debemos resolver.

—A la gente no le gusta meterse en líos, aunque escuche algo no dirá nada, pasa a menudo —replicó Diosdado—; es mucho más fácil decir que han visto una sombra. A la gente de Albarracín les encantan esas historias; por el monte dicen que abundan unos monstruos, mitad lobo mitad hombre; en la aldea de Frías cuentan una historia de un diablo, en el castillo de Gea de unos cátaros... Por aquí son así.

—Sí, pero van tres muertes en los gremios y no hemos encontrado a nadie que oyera un solo grito. Algo se nos escapa —refunfuñó Alejandro de Ferrellón—. Eso es posible en un caso, a lo sumo en dos, pero tres... Ya es demasiado —siguió el alguacil, mientras observaba el cadáver colgante.

Las puntas de hierro le habían desgarrado todo el empeine. La sangre había ido resbalando por sus piernas. Se lo imaginó allí, colgado boca abajo, sufriendo por intentar alcanzar sus pies y liberarse, ¿cuánto tiempo debió de estar en esa posición? No había cortes; no había muerto solo desangrado por las heridas de los pies. En la espalda se veían otras heridas.

Examinó de nuevo el cadáver.

—¿No sería mejor que lo descolgáramos? —inquirió Diosdado.

—No.

—¿Qué es esto? —preguntó, señalando esas heridas.

—Parecen...

—Son clavos —Lízer terminó la frase de Diosdado.

—Sí, se los clavaron para aumentar su sufrimiento. —Alejandro de Ferrellón repasó toda la espalda del muerto—. Cuento diez orificios. Esto fue lo que en verdad le mató.

—Pero no son heridas tan profundas —advirtió Diosdado—; quizás haya más. —Y él también se puso a repasar el cadáver que seguía colgando de los pies.

—También le golpearon; tiene marcas en el rostro, incluso en el cuello.

—Quizá le asfixiaron —comentó Lízer.

—Lo que está claro es que se ensañaron con él, tuvieron que oírle gritar. —Alejandro de Ferrellón seguía obsesionado con la falta de gritos, por la ausencia de testigos que oyeran algo.

Fue entonces cuando decidió buscar los círculos; si encontraba los dibujos tendría que compartir esa información, no podía ocultarla por más tiempo.

Repasó el suelo, la viga de la que colgaba el carpintero, incluso el techo.

No vio ningún círculo.

Lo siguió intentando.

Esta vez no parecía hallar indicios, hasta que encontró de nuevo un carboncillo.

«¿Era posible que lo hubiera dibujado, pero que se hubiera borrado?», se preguntó.

Se inclinó para recogerlo, en ese momento se percató de que un gato pardo andaba cerca de la escena y lo espantó haciendo ruido con las manos.

—Traedme un cepillo —demandó a continuación—, pero muy fino.

Lízer obedeció y el alguacil general comenzó a limpiar la superficie del suelo con sumo cuidado. Seguía sin aparecer el trazo de ningún círculo. Sin embargo, Alejandro de Ferrellón descubrió otra figura, aunque no sabía muy bien qué era.

—¿Qué ves aquí? —le preguntó a Diosdado.

El viejo alguacil se agachó y escrutó el dibujo.

—No sé; parece un rastrillo —dijo poco convencido.

—Es un tridente —afirmó Lízer con firmeza.

Alejandro de Ferrellón se quedó mudo, observó mejor el dibujo y reconoció que sí, que era efectivamente un tridente. ¿Por qué dibujaría algo así el carpintero torturado?

—Esto no tiene sentido —murmuró el alguacil general con el rostro cansado y los ojos perdidos.

—Aquí nada lo tiene. —Diosdado volvió a asustar al gato que había reaparecido alrededor suyo—. A estos pobres infelices no les da tiempo a gritar, pero sí a dibujar, es como si les hubiera comido la lengua el gato.

Entonces Alejandro de Ferrellón recuperó la firmeza en sus facciones y fue de nuevo a examinar el cuerpo colgado. Se percató de que tenía la boca abierta, abierta de una forma anormal.

Se agachó y metió sus dedos entre los labios del muerto, ante la cara de incomprensión de Diosdado y Lízer, que le observaban desconcertados. Los sacó, se incorporó y les miró con el gesto serio.

—Le han cortado la lengua.

12

Guillermo Trasobares se frotaba las manos ante las ventas de aquel día en el mercado. El negocio marchaba; si todo seguía así podría establecer un puesto fijo en la ciudad y expandirse hacia Aragón, incluso Valencia, quién sabe.

La mañana estaba acabando y mandó a su hijo a por la carreta para retirar la escasa mercancía que había quedado por vender.

Aunque quizá no hiciera falta, porque una mujer apareció por allí. Parecía interesada en la poca fruta que quedaba, fruta manoseada y madura, pero que podría dejarle por un buen precio. Mejor eso que tener que cargar con ella. En días podía estar ya pasada y habría que dársela de comer a los cerdos.

—¿Deseáis algo en particular? —preguntó Guillermo Trasobares.

—Todos queremos algo.

—Bien cierto, señora, ¿algo de mi puesto?

—Eso ya es más complicado.

—Tengo lo mejor del mercado.

—Tienes lo poco que queda, ¿no pretenderás engañarme a mí? —E hizo un gesto para dar a entender que iba sobrada de años y, por tanto, no era fácil de engatusar, por muy hábil comerciante que él fuera.

—Nada más lejos de mis intenciones.

—Claro —sonrió ella de manera forzada.

—Entonces...

—Escucha. —La mujer miró a un lado y a otro, ya no quedaba nadie por allí—. Necesito algo que quizá tú puedas conseguirme.

—Eso no lo dudéis, yo soy capaz...

—Chsss, no tengo tiempo para palabrerías, calla y atiende —le dijo de forma tajante—, ¿o es que no quieres ganar unos buenos maravedís?

—Bien sabe Dios que sí. —El comerciante se volvió sumiso como un perro.

—Necesito que me consigas azufre —susurró.

—¿Azufre? —preguntó sorprendido.

—Me has oído perfectamente; otra cosa es que no me quieras entender —murmuró ella.

—No; quiero decir, que yo sí os quiero entender... Pero entendedme a mí... —balbuceó nervioso—; lo que me pedís es, además de peligroso y difícil de conseguir, muy caro.

—Yo pagaré el precio, tú consígueme lo que te he pedido.

No tardó en imaginar para qué quería el azufre; Trasobares había oído hablar de esa mujer. Se llamaba Tolda y se dedicaba a elaborar ungüentos, brebajes y pócimas, y también otros productos que buscaban las señoras de la alta nobleza. Para los hombres de buen linaje, las damas debían ser rubias, pálidas, con las mejillas encarnadas, los labios muy rojos, las cejas arqueadas y negras y nada de vello en el cuerpo. La depilación era costosa, la hacían con ayuda de tiras de tela impregnadas de resina. También utilizaban ungüentos para mantener la tersura de los senos o los tintes para el cabello, además de cremas de vidrio molido y perfumes de azufre.

Esa mujer suministraba todo eso a la media docena de señoras de alto linaje que residían en la ciudad; si lograba el azufre contaría con una excelente clienta.

—De acuerdo, tardaré unos días.

—El tiempo es importante, como podrás imaginar —dijo, abriendo la boca y dejando ver sus dientes picados y escasos.

—Sí, ya imagino. Sé quién puede conseguirme pronto lo que me pedís. Cerca de aquí hay una mina de azufre, en un paraje llamado Riglos; pertenece a la encomienda templaria de Villel. No será barato conseguirlo —le previno—; esos monjes...

—Lo pagaré.

—Y luego hay que introducirlo en la ciudad, no es una mercancía que deban ver los alguaciles.

—Sé que tienes medios para no usar las puertas, ¿si no, cómo lograrías entrar todo ese vino extranjero? —le advirtió Tolda, susurrando la última de sus palabras.

—Por favor, señora, no sé de qué me estáis hablando —afirmó con tono de indignación.

—Haz lo que tengas que hacer, pero no me falles, tendero —le advirtió en tono amenazante—. Esta ciudad es peligrosa; hay que tener amigos para sobrevivir, y yo puedo ser muy buena amiga.

—Soy un hombre de negocios; puedo ver cuándo se presenta una oportunidad ante mí, y sé aprovecharla —afirmó Guillermo—; en realidad, esta ciudad no me parece tan peligrosa... Barcelona, Valencia, eso es otra cosa.

—Cuidado, tendero, ahí estás cometiendo un terrible error. —Y Tolda alzó uno de sus dedos como dejando clara su disconformidad.

—Con todos mis respetos, señora, no hay mucha población, ¿qué puede pasar aquí?

—Hasta el pueblo más pequeño puede convertirse en el infierno más grande —le advirtió la mujer.

—¿Qué insinuáis? —El gesto del comerciante se tensó; sintió un nudo en la garganta y un temblor en las piernas, sabía de lo que eran capaces mujeres como la que tenía frente a él.

—De noche, suceden cosas terribles entre estas murallas, ¿es que acaso no te has dado cuenta? Todo lo que hacemos a lo largo del día deja su huella. Si tú vendes fruta en mal estado, quien la coma enfermará, y las autoridades te castigarán. Si alguien roba de tu puesto, tú descubrirás que falta género y buscarás al culpable. Todo acto deja un rastro —afirmó mientras pasaba su mano por la fruta—; el diablo también deja signos a su paso.

—¿Qué estáis diciendo, señora? ¡El Maligno! —Guillermo Trasobares empezó a ponerse nervioso.

—Hay que saber interpretar las evidencias.

—¡Santo Dios! —Y el comerciante se santiguó, por dos veces—. Os conseguiré el azufre, pero ahora marchaos, por favor..

—Las puertas se cerrarán pronto; el Maligno busca algo y sabe que se encuentra entre estos muros de piedra.

—¿Qué busca? —Guillermo temió la respuesta, le temblaban las piernas y le palpitaba el pecho, tenía muchas cosas de las que arrepentirse.

—El demonio no tira los dados si no sabe que va a ganar. Nadie podrá escapar de la ciudad.

13

El sacerdote oficiaba la misa ante un sepulcral silencio. El funeral del maestro carpintero había hecho que concurrieran en el templo la mayor parte de las gentes de la ciudad, especialmente de los gremios, pues se trataba de la tercera muerte de uno de sus integrantes en pocos días.

Los gremios eran un estamento básico de la ciudad, agrupaciones de trabajadores integradas por artesanos de un mismo oficio cuyo fin era defender sus intereses. Para ello utilizaban diferentes medios, buscaban siempre un equilibrio entre la demanda de obras y el número de talleres activos, garantizaban el trabajo de los suyos, y además regulaban todo el sistema de aprendizaje.

El mando lo ostentaban los maestros, que eran propietarios de cada taller y de las materias primas y controlaban la comercialización de sus productos. Cada uno de ellos tenía tantos aprendices y oficiales como creía necesario. En el taller los aprendices se iniciaban en el oficio de la mano del maestro y, mientras duraba el proceso de aprendizaje, solo recibían comida y alojamiento. A menudo vivían en el mismo taller, y cuando el maestro consideraba que ya habían asimilado lo que les correspondía, los convertía en oficiales.

A nadie se le escapaba que la muerte y tortura de tres maestros de distintos gremios de la ciudad debía encerrar algún misterio que se escapaba a su conocimiento. Ellos mismos se habían agrupado en patrullas de vigilancia para que nada parecido pudiera volver a repetirse.

La misa se alargó; los feligreses abandonaron el templo y las calles se llenaron de gentes de bien.

La presencia de guardias era mucho más numerosa de lo normal. Lízer y Diosdado estaban apostados de manera visible en las cercanías de la iglesia de Santiago.

—Estamos perdiendo el tiempo —comentó Diosdado.

—Son órdenes.

—¿Quieres que te diga dónde me meto yo las órdenes? —le dijo en voz baja.

—No es necesario.

—Mira, están todos asustados, se van corriendo a sus casas antes de que caiga la noche, ¡cobardes!

—¿Qué queréis decir? —preguntó Lízer, que se esforzaba en entender bien lo que murmuraba Diosdado con bastante desagrado en las palabras.

—Lo que oyes, esto no es lo que parece, alguien que se toma tantas molestias para llamar la atención... Mal asunto. Tiene que haber algo complejo detrás. ¿Por qué si no tanto escándalo? —negó con la cabeza.

—Es posible.

—¿Tú qué narices sabrás? —le miró con desprecio.

—Lo de la lengua...

—¿Qué pasa con la lengua? Se la corta para que no puedan gritar mientras los tortura, ¡menudo animal! Es listo, nunca había visto a nadie hacer eso.

—¿Y por qué los tortura?

—Yo qué sé —le respondió, subiendo el tono y haciendo un mal gesto con su mano—, querrá que le digan algo.

—Pero si les corta la lengua...

—Como no te calles yo sí que te la voy a cortar y te torturaré de manera que no puedes ni llegar a imaginar, ¿entendido?

Lízer no respondió.

—Vamos a hablar con uno de los zapateros, a ver si nos dice algo interesante del gremio, pero tú estate calladito, déjame hablar a mí.

Descendieron hacia el arrabal, pasaron cerca del lugar donde ardió la casa en la que Lízer había entrado jugándose la vida.

Luego siguieron hasta las proximidades de las murallas, donde se encontraba uno de los talleres de zapatos más antiguos de todo Albarracín. También decían que el más caro, pero su calidad era indudable y tenía buena clientela.

—Diosdado, ¿qué haces tú por aquí? Si hace mil años que no te compras unas buenas botas.

—Los mismos que tú no limpias esta pocilga. —Sonrió el alguacil.

—Ya te gustaría a ti dormir en un suelo tan limpio como este —le replicó el zapatero, que estaba en un rincón, sentado en un taburete, cosiendo una tira de cuero a una plantilla—; traes compañía.

—Este, un inútil, te lo regalo si quieres.

—Ya tengo más que suficientes aprendices, a ver si alguno lo nombro oficial porque a mí la vista me falla...

—Necesito información, Leandro.

—Ya sabía yo que no venías a por unos zapatos. —Y miró de reojo las botas roídas del alguacil.

—Los asesinatos del curtidor, el panadero y el carpintero...

—¿Qué pasa con ellos? —preguntó Leandro mientras no paraba de coser.

—Todos pertenecían a gremios de la ciudad.

—¿Y?

—No te hagas el tonto conmigo, sé cómo os las gastáis entre los gremios —le advirtió Diosdado—; cuéntame qué sabes.

—Nosotros solo ayudamos a la ciudad; velamos por la calidad de los productos, y evitamos la competencia de extranjeros y las oscilaciones de los precios. Trabajamos para que vosotros viváis mejor.

—¿De verdad la gente se cree ese cuento?

—Di lo que quieras, pero imagínate que faltara el pan un solo día en esta ciudad, uno solo, ¿qué sucedería? —le preguntó arqueando las cejas—; ya te lo digo yo, el caos. Y te estoy hablando de un solo día, o imagínate que sube el precio del pan al doble, ¡se armaría un motín! Hasta nuestro señor tendría que refugiarse en la alcazaba para que no lo colgaran.

—Dime qué sabes de los asesinatos, ¿por qué han matado a maestros de tres gremios distintos?

—¿Tú qué piensas que es lo que mejor sabe hacer un gremio?

—No pienso responder que su trabajo, ni lo sueñes —respondió, alargando la última sílaba.

—Ya, eso lo imagino —afirmó el zapatero—; pero no es eso. Lo que mejor sabe hacer un gremio es guardar sus secretos, ¿entiendes?

—Sí; entiendo que no vas a contarme nada.

—Creo que ya he dicho suficiente; ahora tengo trabajo.

—Nos vamos; hazte un favor y limpia esto.

Lízer siguió a Diosdado y salieron del taller. El guardia abrió mucho la boca, como acostumbraba, y enseñó los dientes para después pasarse los labios por ellos.

—Malditos gremios.

—Tiene que haber relación... —murmuró Lízer.

—Los gremios son herméticos; esa es la base de su fuerza, no transmiten su conocimiento ni su experiencia a nadie ajeno a ellos. Debes empezar como aprendiz, trabajar como una mula para pasar a oficial y seguir trabajando a las órdenes del maestro del taller hasta, que con suerte, algún día te asciendan a oficial de primera, te revelen los principales secretos de ese gremio, te hagan maestro y entonces ya puedas empezar la misma espiral en otra ciudad. Nunca te permiten hacer la competencia al taller que te ha enseñado el oficio.

—Eso es lógico; parece justo.

—¡Justo! Y qué importa la justicia... Si el mundo fuera justo todos podríamos ser reyes, ¡dime! ¿Tú serás algún día rey? —preguntó riéndose—. El mundo nunca será justo, habrá reyes, condes, duques o se llamarán con otros nombres. Y por supuesto habrá siervos y vasallos, aunque también se les llame de otra manera y se les siga engañando de otras formas. El mundo nunca será justo porque los hombres no lo somos.

—Si capturamos a ese asesino, lograremos hacer justicia.

—¡Tonterías! Si le detenemos lo único que conseguiremos es salvar nuestro propio cuello y el de los de arriba. Nada más y nada menos —afirmó—; así que lo vamos a coger, porque a mí me gusta mi cuello, no porque sea justo, ¿te ha quedado claro?

—Sí —respondió con miedo.

—Ese asesino tiene algo en contra de los gremios; quizá trabajó en uno de ellos.

—Pero ha matado en tres distintos...

—O es posible que lo que busque sea el secreto de alguno de esos gremios para hacer fortuna por su cuenta.

—¿Y por eso les corta la lengua? ¿Para que no puedan decírselo?

—Eso ya lo sé. —Diosdado hizo mención de soltarle un buen golpe, que al final no llevó a cabo.

—No tenemos la certeza de que los otros también la tuvieran cortada.

—Ni lo sabremos; están ya bajo tierra —gruñó Diosdado.

—¿Y los símbolos de los que habla don Alejandro?

—Quién sabe, hay gente que cree en cosas muy raras.

—¿Pensáis que es algún tipo de paganismo?

—En esta ciudad hay cristianos, judíos y musulmanes; si por mí fuera expulsaría a todo el que no creyera en Cristo, pero yo no mando. Aunque algún día me harán caso y echarán a todos esos infieles bien lejos, si no, tiempo al tiempo —añadió—; si esos infieles están aquí alegremente, vete tú a saber quién no andará escondido...

Diosdado se quedó parado contemplando el sol; estaba bajo, quedaba apenas una hora de luz. Sus rayos entraban muy planos en aquella calle y deslumbraban. Por eso no distinguió quiénes eran las dos siluetas que se acercaban corriendo.

Eran Alfonso y Blasco.

—Tenéis que ir a la catedral —dijo el mayor de ellos a Lízer.

—¿Por qué motivo?

—Hay una mujer con una antorcha subida a su tejado; dice que se va a tirar desde allí, que ha visto al Maligno.

—¡Maldita sea! —Diosdado torció el gesto—. Es que ya no podemos tener un día tranquilo...

14

Martín observaba, en un segundo plano, a la mujer que desafiaba la altura desde lo más alto de la catedral. Los religiosos clamaban al cielo ante semejante sacrilegio, mientras que los guardias y alguaciles discutían sobre qué hacer ante tal situación.

El dominico también llegó alertado por el tumulto.

—¡Santo Dios! Pero ¿quién está ahí arriba?

—Dicen que es una mujer, aunque con esta luz casi no se la distingue.

—¿Y cómo ha logrado subir?

—Buena pregunta, fray Esteban.

Parecía que el alguacil general había decidido intervenir. Dio orden de mantener a todos los curiosos lejos del templo, mientras avanzaba hacia el edificio. Le acompañaban Lízer y Diosdado, los tres pasaron al lado del dominico y el sacerdote. Martín intercambió una mirada con el joven alguacil.

Alejandro de Ferrellón ascendió la escalinata de acceso a la catedral con una antorcha en las manos. Subió uno a uno los escalones, envuelto en la penumbra de una noche que se había adueñado ya de Albarracín. Alcanzó el pórtico de entrada y alzó la vista; los canecillos que sujetaban la cornisa parecieron cobrar vida en ese momento. Uno era un personaje con una bolsita en su mano izquierda y sobre el pecho, quizás un comerciante o un prestamista. El otro era el mismo demonio, cornudo, malcarado y sujetando el rabo con su mano izquierda, en actitud lasciva.

Esa era la imagen que le miraba fijamente desde lo alto.

Lízer también los observó; sintió un miedo atroz y, al bajar la vista, evitó mirar también las representaciones del tímpano del pórtico.

El alguacil general dio dos pasos al frente y comprobó que la puerta no estaba cerrada, la empujó y accedió al templo.

Su antorcha iluminó el abrumador espacio de piedra.

La catedral era singular, extrañamente alargada. Seis tramos separados por fajones, todos los arcos apuntados y un Cristo crucificado que presidía lo más alto del altar. Las losas del suelo eran grandes bloques que infundían respeto y se alternaban con sepulturas de nobles y clérigos que habían tenido la dicha de ser enterrados allí. Aunque por todos era sabido que las familias más humildes también gustaban de descansar eternamente en suelo sagrado, y, a escondidas, o previo pago de una importante cantidad de plata, eran allí sepultados, mezclándose los restos de unos con otros.

Por esa razón, cuando Ferrellón pisaba el suelo catedralicio intentaba hacerlo con cuidado, por miedo a molestar a algún muerto.

Caminó por el centro de la nave, impresionado por la inmensidad del silencio y la oscuridad. Dios no podía permitir que nada malo le sucediera en su morada. Pensándolo bien, aquel debería ser el lugar más seguro de todo Albarracín.

Los tres alguaciles llegaron hasta el altar, situado delante del ábside, rodeado de una galería de arcos ciegos apoyados en capiteles esculpidos. Allí convivían serpientes, grifos de pelos erizados, demonios llevándose a la boca las cabezas de los condenados, arpías de mirada penetrante, monos de rostros burlescos y viciosos, terroríficos basiliscos con cabeza de gallo, alas y cuerpo de serpiente, capaces de matar con su mirada, y temibles dragones, monstruos serpentiformes, alados, de fiero aspecto y que escupían fuego por sus horribles bocas de colmillos afilados.

Todos ellos habitaban en los capiteles y en las pinturas que decoraban las paredes del templo. Lízer se aflojó el cuello de la túnica para poder tomar algo de aire, mientras Diosdado señaló el altar de inmediato y el alguacil general iluminó con la antorcha un cuerpo que allí había tendido.

Era un sacerdote; lo reconoció, lo había visto antes en las liturgias de la tarde y en las celebraciones. Corrió a auxiliarle y comprobó que aún respiraba.

—Diosdado, rápido, busca ayuda.

—Sí, señor.

Lízer se acercó dubitativo y observó cómo una herida cruzaba el vientre del religioso, que ya había perdido mucha sangre.

—Yo te perdono —balbuceó el religioso moribundo.

—¿Qué estáis diciendo? ¿Qué me tenéis que perdonar?

—Yo te absuelvo de tus pecados —dijo con la voz entrecortada—, en el nombre del Padre, del Hijo y del Espíritu Santo.

—¿Por qué me dais la absolución?

—Hijo, si te acercas a esa mujer morirás —afirmó haciendo un esfuerzo—, aléjate de ella.

Lízer quedó turbado por aquella afirmación. Primero sintió miedo, como si algo se hubiera estremecido dentro de él. Pero luego todo cambió, miró al religioso moribundo y pensó en cómo sería esa mujer para provocar semejantes palabras.

Diosdado llegó con varios hombres.

—Quédense con él —ordenó Alejandro de Ferrellón—, Lízer, acompáñame, ¡rápido! —Caminaron hacia un lateral bajo el rostro de disconformidad de Diosdado.

Una escueta puerta daba acceso a unas escaleras de caracol que ascendían hacia la torre. El alguacil general no lo dudó y comenzó a subirlas. Los escalones eran altos y la subida, incómoda; fueron girando hasta llegar a una segunda puerta. El alguacil general la abrió y salieron al tejado del templo.

Entonces fue cuando la vieron. Era una figura menuda y delgada, oscura como la misma noche, que portaba en lo alto de su mano una antorcha. En aquella penumbra solo se la veía a ella, pues la luz de aquel fuego se perdía en la inmensidad de la noche sobre aquel inmenso espacio que era el tejado de la catedral. Quizá por ello la mujer tenía un aspecto fantasmal.

Estaba sobre el borde del alero, arrinconada, sin más escapatoria que saltar al vacío. Con la cabeza girada hacia el lado contrario, con una mano movía una antorcha sin sentido, como si se ahuyentara algo con ella, y en la otra empuñaba una daga.

—¡Detente! —gritó Alejandro de Ferrellón—, soy el alguacil general de Albarracín, puedo ayudarte.

Entonces la mujer giró la cabeza hacia ellos un instante, después volvió a darles la espalda.

—¡No saltes! Sea lo que sea que te haya sucedido yo te escucharé —le recalcó, dando un par de pasos hacia ella.

La mujer clavó sus ojos en el alguacil. Alejandro de Ferrellón se percató de que aquella mujer tenía el rostro aterrorizado. Al instante, ella volvió a mirar al otro lado, dio un paso más hacia el abismo, sopló una ráfaga de aire que la hizo tambalearse y por unos instantes la luz de la antorcha se difuminó y su figura casi desapareció.

Al cesar el viento, su daga había caído, chocando contra el tejado y precipitándose al vacío. Fue entonces cuando lanzó un grito.

—¡Yo maté a esos hombres!

Ferrellón quedó aturdido por aquellas sorprendentes palabras, como si le hubieran golpeado por sorpresa.

—¡Una mujer...! ¿Asesinaste tú a los trabajadores de los gremios?

—Sí; les torturé hasta que contaron la verdad, debéis llevarme con vosotros —afirmó mientras seguía con la antorcha en ristre—, debéis detenerme, ¡rápido! ¡Ya!

Alejandro de Ferrellón suspiró; no podía creer que este escenario fuera posible.

—¿Por qué lo hiciste? —Pensó que quizá no eran las palabras adecuadas en aquel momento—. Cuéntanos todo, ¿para qué vas a saltar? Es mejor que vengas hacia aquí; dinos cómo y por qué lo hiciste.

—Eso es lo que quiero hacer; os diré todo si me lleváis —afirmó dando dos pasos hacia ellos, pero sin dejar de mirar al otro lado.

—Deja primero la antorcha a tus pies.

—¿Me sacaréis de aquí? Tengo mucho que confesar. Pero solo a vos, ¿sois de verdad el alguacil general?

—Sí, por supuesto.

—Nada de clérigos, ni otros hombres... ¡Juradlo!

—No hay nadie aquí que tenga más ganas de saber lo que tengas que decir que yo, te lo aseguro —afirmó Alejandro de Ferrellón.

—Dadme vuestra palabra.

—La tienes.

Ella lanzó la antorcha hacia delante y corrió hacia Ferrellón, pero estaba tan próxima al alero, que resbaló y uno de sus pies se hundió en la nada; en ese momento él la tomó por la muñeca y la lanzó contra la salida al tejado.

La mujer se golpeó la cabeza contra las tejas, pero se reincorporó de inmediato, Alejandro de Ferrellón la tomó entonces por el cuello, apresándola con fuerza.

—Claro que vamos a hablar tú y yo. —Y la impelió por el hueco de la escalera para bajar hasta la nave del templo.

El alguacil general la siguió empujando hasta entrar en la catedral. En aquel suelo sagrado la miró a los ojos; tenía uno de cada color. Ferrellón jamás había visto algo así en una mujer, solo en animales.

La mirada de la mujer y la de Lízer se cruzaron, y él la reconoció de inmediato. Era la mujer que salvó en el incendio. Los labios del muchacho estuvieron a punto de hablar, pero se detuvieron en el último momento.

Junto al altar esperaban Diosdado, el obispo, el deán, otros religiosos y media docena de guardias encabezados por Pablo de Heredia.

—El sacerdote ha muerto —afirmó Diosdado—; te colgarán por esto, desgraciada.

—De eso ya hablaremos, ahora debemos encerrarla. —Alejandro de Ferrellón la llevó hacia delante.

—Un momento, Alejandro. —Pablo de Heredia dio un paso al frente y alzó su brazo derecho—. Este asunto no es un mero altercado, estamos hablado de crímenes muy graves.

—Lo sé, por eso os pido que me dejéis hacer mi labor.

—Esto no es trabajo vuestro —el obispo intervino—; esa mujer no abandonará este lugar.

—Eminencia. —El alguacil general le hizo una reverencia sin soltar a la mujer—. Es una asesina, debemos...

—Lo que habéis oído, nosotros la juzgaremos. Pablo de Heredia está en lo cierto, son crímenes terribles los que esta mujer ha cometido.

—No, eso no. —La mujer intentó zafarse—. Hablaré con vos, no con la Iglesia, ¡lo prometisteis, alguacil!

—Un tribunal eclesiástico, ¿por qué razón? —El alguacil general quedó tan sorprendido que por un momento olvidó con quién estaba hablando—. Con vuestro permiso, eminencia, tenemos que llevárnosla.

—Hay motivos para sospechar que es religiosa; la interrogaremos en nuestras dependencias —intervino también el deán.

—¡Eso es falso! Me disteis vuestra palabra, alguacil, ¡me la disteis! —gritó ella.

—Es cierto, yo... —no terminó de pronunciar la frase, pero la pensó—. Soy un hombre de honor, ella está en lo cierto.

—No os preocupéis —le susurró el obispo—; Dios lo entenderá.

En ese momento, dos individuos salieron de la sombra, vestidos con hábitos, y separaron al alguacil general de la prisionera, a quien tenía agarrada de ambos brazos. Lízer avanzó para ayudarla, pero su superior le detuvo, poniéndole la mano en el pecho y haciéndole un gesto de negación con la cabeza.

Lízer lo entendió y retrocedió. Sus ojos y los de la mujer volvieron a cruzarse.

Martín y fray Esteban llegaron también en ese momento y quedaron sorprendidos por la escena, con aquella mujer rodeada por alguaciles, hombres de armas y religiosos.

El obispo se acercó a ella y la miró fijamente.

—¿Cuál es tu nombre? ¿Eres tú la causante de todo el mal de esta ciudad, la que invoca al Maligno, la que ha torturado y matado en su nombre?

—¡No! Yo no he hecho nada de eso.

—¡Mientes! Lo has dicho antes, lo sé.

—Me retracto, no tengo cosa que ver con esas muertes, necesitaba vuestra ayuda...

—¡Silencio! —Diosdado se acercó y le soltó una tremenda bofetada en el rostro—. Y obedece.

—El mal está en tu mirada —continuó el obispo—, no puedes esconderlo. Confesarás todos tus pecados, ya lo creo que lo harás.

Ella le escupió a la cara.

15

La noticia corrió por toda la ciudad; en cada esquina se hablaba de ello. Las mujeres en sus corrillos junto al río no charlaban de otra cosa; lo acontecido traspasó las murallas y se extendió por el arrabal y las aldeas más cercanas. En las tabernas, sobre todo en la del Cojo, comenzaron a oírse las teorías más disparatadas, y para antes de que cayera de nuevo el sol, todo el mundo en Albarracín estaba convencido de que aquella mujer había sido poseída por el Maligno y era la culpable de los abominables crímenes de los gremios.

Muchas preguntas resonaban en todas las bocas. ¿Quién era ella? ¿Cuál era su nombre?

Alejandro de Ferrellón fue requerido por don Juan Núñez, Señor de Albarracín, en la alcazaba. Al alguacil general le enorgullecía sobremanera visitar lo más alto de la ciudad, pero no en aquel contexto. Que la máxima autoridad de la ciudad lo reclamase no podía ser nada bueno. Era un hombre acostumbrado a no expresar sus sentimientos, pues lo concebía como una muestra de debilidad. Por eso no había dicho a nadie que temía hasta por su propio puesto como responsable de la seguridad intramuros de Albarracín.

Un hombre de armas lo acompañó hasta la puerta de la sala de audiencias; golpeó dos veces y le indicó con la cabeza que a partir de ahí debía seguir él solo.

Alejandro de Ferrellón empujó la doble hoja y entró con paso firme y decidido. Conocía aquella lujosa estancia, decorada con pendones de la Casa de Lara, antorcheros de plata, tapices con escenas de caza y una alargada alfombra rojiza que llevaba hasta el sillón desde donde el quinto Señor de Albarracín despachaba los asuntos de gobierno del señorío.

Caminó sin titubeos hasta detenerse a cinco pasos de Juan Núñez de Lara, hizo una inclinación y miró de reojo a los otros hombres presentes, Diego de Cobos y otros tres consejeros castellanos.

—Alguacil general —comenzó hablando el Señor de Albarracín—, acabo de regresar de una escaramuza en la frontera y me encuentro con la ciudad en estado de pánico. Cinco muertos, con los gremios clamando justicia por tres de ellos, asesinados de formas terribles.

—Si me dejáis que os explique...

—¿Osáis hablar sin que se os pregunte?

—No, mi señor.

—Además de un sacerdote muerto en la catedral y uno de vuestros propios hombres. Estoy muy decepcionado con vuestra actuación en estas muertes —añadió furioso—; además, levantasteis la voz al obispo, ¡al obispo! ¿En qué estabais pensando? ¡Decidme!

No se atrevió a replicarle.

—Tres artesanos muertos, además de un sacerdote y un alguacil, y la culpable resulta que es una insignificante mujer.

—Con todos mis respetos —dijo Ferrellón inclinando de nuevo la cabeza—, dudo mucho de que esa mujer haya matado a esos hombres.

—¿Dudáis? Yo sí que dudo de que seáis capaz de mantener el orden en mi ciudad. —Juan Núñez de Lara subió el tono de su voz—. Me han informado de que los artesanos fueron torturados, sufrieron amputaciones, quemado vivo uno de ellos, el otro... ¡desollado!

—Así es.

—¿Quién sino el Maligno sería capaz de una cosa así?

—Por esa misma razón la mujer no pudo hacerlo, ¿cómo iba a torturar así a hombres más fuertes que ella?

—Sabido es que cuando el mal posee a ciertas mujeres, estas adquieren una fuerza fuera de lo común, ¿no es cierto, Diego?

—Sí, mi señor —contestó el noble a su derecha—, sabido es por todos.

Diego de Cobos era uno de los caballeros de confianza del Señor de Albarracín; había llegado junto a él a la ciudad cuando se produjo el casamiento de don Juan con doña Teresa de Azagra, la heredera del título del Señorío de Albarracín.

—Esa mujer es el mal personificado y debe sufrir todo el castigo de Dios.

—Si me permitís interrogarla estoy seguro de que...

—Basta —cortó tajante—; ahora es asunto de la Iglesia, que sabrá cómo tratar un tema así. Vos solo preparad el cadalso; quiero que en cuanto haya una sentencia se le corte la cabeza, ¡en público!

—Mi señor —interrumpió Diego de Cobos—; lo que procede en estos casos es ahorcarla.

—Me da lo mismo, que sirva de escarmiento y la gente quede satisfecha. Ya sabéis cómo les gusta ver ejecuciones, más si es una mujer y si el diablo está por medio. Al pueblo hay que darle de vez en cuando algo de sangre; de lo contrario la reclamará, y eso es peligroso —afirmó con preocupación en el rostro—. Preparad ese maldito cadalso.

—¿Y si no es ella? —Alejandro de Ferrellón midió mejor sus palabras—; quiero decir, ¿y si se produce otra muerte?

—¿Es que no me habéis escuchado? —resopló el Señor de Albarracín.

—Por supuesto, mi señor.

—Confesó delante de vos todos sus crímenes, el obispo en persona me ha dicho que ella es la culpable de todo mal y coincide conmigo en que debe ser ejecutada a la mayor brevedad —concluyó—. Ahora retiraos, tengo asuntos que tratar. La frontera está cada vez más inestable; ese maldito Pedro III no me da más que dolores de cabeza.

Alejandro de Ferrellón salió enervado de la sala de audiencias y abandonó a paso rápido la alcazaba. No se detuvo hasta llegar al portal de Molina, entró en el torreón que lo defendía y subió hasta la planta noble. Diosdado estaba allí junto a otros dos hombres: Lízer y uno de los guardias con más años de servicio, Sancho.

—¿Tan mal ha ido? —preguntó este último.

—Tú siempre tan perspicaz, Sancho. No sé qué está pasando con esa mujer y no creo que lo sepa fácilmente; la van a colgar en cuanto puedan. Dicen que mató ella a los artesanos.

—Sabéis tan bien como yo que eso es una estupidez —interrumpió Lízer.

—Pero la quieren muerta; dicen que está poseída por el Maligno y la Iglesia está deseando acabar con ella.

—No me extrañaría, quería saltar desde el tejado de la catedral —añadió Diosdado—, o está poseída o está loca, lo mismo da, mejor muerta.

—Ella no quería saltar —añadió Lízer ante la cara de sorpresa de los otros—; solo quería que la escucharais. Vos mismo se lo prometisteis, señor.

—¿De qué narices estás hablando? —saltó Diosdado—; te voy a dar una buena...

—Deja al muchacho —intervino Sancho—, que se explique, que tú todo lo arreglas a golpes.

—A Lízer no le falta razón; ella insistió en hablar conmigo, pero... Ahora pertenece a la Iglesia, solo ellos pueden interrogarla.

—Entonces ya no hay nada que hacer; la tendrán en las mazmorras del palacio y el obispo no se andará con tonterías —murmuró Sancho con desánimo.

—Esas mazmorras son solo habladurías, no existen —negó Diosdado de mala gana.

—Lo que hay que oír... ¡Claro que existen!

—¿Por qué no conozco a nadie que haya estado en ellas? —inquirió el viejo alguacil, encarándose con su compañero.

—Diosdado, quien entra allí ya solo sale con los pies por delante —respondió Sancho mucho más sereno—, parece mentira que tú no sepas eso.

—Eso da igual ahora —intervino Alejandro de Ferrellón—; esa mujer no hablará con los curas y estos no tienen intención de escucharla, así que mal futuro tiene.

—¿Por qué subiría al tejado? Habría sido mejor dejarla allí para que saltara —añadió Diosdado con mala cara.

—Pero no saltó; sin embargo, podía haberlo hecho, tuvo tiempo, si era lo que realmente quería.

—Esa mujer estaba loca, no le deis más vueltas.

—No, Diosdado, a mí no me dio la impresión de que le faltara la cordura, más bien parecía asustada, como intentando huir —reflexionó en voz alta—. Estaba a la defensiva, como atemorizada por algo.

—¿Huir de qué? Ahora sí que debe de estar asustada, como que la van a colgar.

—Algo no encaja, yo vi la expresión de su rostro, no quería quitarse la vida. Todo lo contrario; se aferraba a ella, parecía desesperada por sobrevivir.

—Da igual; ahora es incumbencia de la Iglesia, le arrancarán una confesión. Sé cómo se las gastan en la diócesis, hay un par de sacerdotes a los cuales no se les resiste nadie, tienen métodos muy efectivos —incluso a Diosdado se le puso mal gesto con solo pensarlo.

—¿Y si no fueran esos curas los que la interrogaran? —dijo para sorpresa de todos Lízer.

—¡Santa María! Muchacho, te la estás ganando de verdad. —Y Diosdado fue hacia él con el brazo preparado.

—Para, hombre. —Alejandro de Ferrellón dio un par de pasos hacia él—. ¿De qué estás hablando, Lízer?

—El otro día llegó un enviado papal, un anciano, un dominico. Quizás él estaría dispuesto a escucharla.

—¿Cómo sabes tú eso?

—Tengo mis propias fuentes.

—¡Lo que me faltaba por oír! El jovenzuelo tiene sus propias fuentes. —Diosdado soltó una sonora carcajada.

—¡Calla!

—Pero, señor, no iréis a prestar atención, ¿verdad?

—He dicho que te calles —insistió Alejandro de Ferrellón en un tono imperturbable—. ¿Y por qué iban a dejar que sea él quien la interrogue?

—Porque es dominico —respondió Lízer con seguridad.

—Alejandro, si tiene autoridad papal no podrán negarse a que la visite —añadió Sancho en tono conciliador—, y todos saben de la habilidad de los dominicos en temas de este tipo.

—Sí, pero ¿cómo le avisamos?

—Vos podréis hablar con él, como alguacil general seguro que admitirá veros. Y debéis hacerlo de inmediato.

Alejandro de Ferrellón salió súbito camino del palacio episcopal, aunque aludió a un tema de seguridad para hacer llamar a fray Esteban; no le permitieron verle sino era con permiso del obispo o del deán. No desesperó, se apostó al otro lado de la calle y esperó paciente. Conocía a todos los religiosos de la ciudad, así que si el dominico salía podría reconocerle; además, sabía que era un hombre mayor y la blancura de su hábito lo delataría: un alba, capilla con capucha, escapulario y rosario de quince misterios sujeto al cinto.

Y así fue. Entrada la tarde abandonó las dependencias un anciano, acompañado de un joven sacerdote. No recordaba el nombre del segundo, solo que era extranjero y que había llegado hacía unos años a Albarracín, debía de tener unos treinta. Había ascendido rápido, aunque no imaginaba que tanto como para ser el acompañante del dominico durante su estancia.

Los siguió en silencio; esperó que estuvieran lejos del palacio y los abordó sin dilaciones en medio de la calle.

—Me llamo Alejandro de Ferrellón, alguacil general de Albarracín.

—Un placer, yo soy fray Esteban, humilde servidor de Dios en la orden de los dominicos. Él es mi acompañante, el sacerdote Martín, ¿podemos ayudaros en algo?

—Vos desde luego que sí, en un tema de suma importancia.

—Vaya, os escucho con atención, ¿qué asunto requiere mi humilde colaboración?

El alguacil relató lo sucedido con premura, haciendo hincapié en la situación de la muchacha y en su evidente inocencia en las muertes acontecidas en los gremios de la ciudad.

—¿Por qué cortaron la lengua a esos hombres?

—Para que no pudieran gritar.

—Torturar a alguien sin que pueda gritar... No es habitual. Cuando se hace algo tan espeluznante con un hombre o se busca una cruel venganza o...

—¿O qué?

—O una confesión, incluso ambas cosas a la vez, pero si le cortas la lengua no puede hablar, tal vez escribir, aunque... Esos hombres son analfabetos —el dominico se rascó la barbilla—; este asunto es de lo más extraño.

—Sí que lo es —añadió el alguacil general—; por eso he recurrido a vos.

—Indudablemente debo escuchar a esa mujer —murmuró fray Esteban—. Martín, ¿sabes tú dónde se halla retenida?

—No, yo solo...

—¿Es cierta la existencia de esas mazmorras?

El padre Martín dudó.

—¡Contestad! —insistió Alejandro de Ferrellón—; no tenemos tiempo que perder.

—Están bajo el palacio.

—Entonces llévanos hasta ellas. Como enviado papal no puede ocultárseme nada, ¿entendido?

—Sí, aunque mi deber es informar antes al deán.

—Informa al obispo si es lo que quieres, pero primero quiero hablar con esa mujer —le ordenó—. Alguacil, habéis hecho bien en buscarme. Yo cumpliré con mi cometido, pronto sabremos quién es ella y qué pecado ha cometido.

—Os lo agradezco; solo hago lo mejor para la ciudad.

—Y eso os honra.

Se despidieron. Los dos religiosos retornaron en silencio camino de las dependencias religiosas. Antes de entrar en ellas, el dominico miró al cielo sin decir palabra. Martín le observó confuso; aquel hombre era distinto a todos; parecía decir las palabras justas, nunca una más de las necesarias, pero al mismo tiempo era como si estuviera lleno de ellas. Como si se tratara de una gran fuente de la que solo emanaba el agua precisa en cada momento.

—¿Qué pensáis, fray Esteban?

—Al final de todo, quizá Dios tomó la decisión de que yo viniera aquí por un motivo concreto.

—¿Cuál?

—Pronto lo sabremos.

16

Un par de horas después, el enviado papal, el deán y el joven sacerdote se dirigieron al subsuelo del palacio episcopal. Una fornida puerta con un abultado cerrojo en el exterior les cortaba el paso. Martín golpeó dos veces y un ventanuco con barrotes se abrió, tras el cual les observaron unos ojos amarillentos. El padre Martín portaba una llave de generosas dimensiones, la introdujo en el orificio y liberó la cerradura.

—El carcelero no tiene la primera llave; es una medida de seguridad —explicó el deán.

El dominico asintió.

Al cruzar el umbral el personaje de mirada biliosa les esperaba con una antorcha en las manos; era un individuo desproporcionado en altura y corpulencia, con la mandíbula desencajada y las cuencas oculares hundidas. Sin mediar palabra, se puso en marcha, iluminando un estrecho pasillo de paredes de roca. Al final del mismo hallaron otra puerta de similares características; esta vez fue el extraño guardián quien abrió el cerrojo.

—Deán, ¿es que no habla? —preguntó fray Esteban.

—Me temo que no, es mejor así. A partir de la primera puerta él custodia todas las llaves del resto.

Sí pareció escucharles, puesto que fijó sus ojos marchitos en el dominico y este observó a su vez las llaves que colgaban de su cinto. Debían de ser de las otras puertas y las celdas. No dejaba de ser inquietante que aquel carcelero no pudiera salir nunca de allí si no le abrían desde fuera.

—Él debe quedarse aquí para vigilar la única salida.

El deán cogió la iniciativa y tomó la antorcha. Había un nuevo pasillo con celdas en el lado derecho. La humedad era abundante, el silencio solo se rompía por el sonido de gotas de agua que se filtraban por algunas zonas y por unos inquietantes chasquidos, posiblemente de ratas.

Llegaron a una de las celdas, el carcelero tomó otra de sus llaves y la liberó. Al otro lado había una estancia de suelo de tierra, con las paredes en piedra viva y un pestilente olor a excrementos, desperdicios e inmundicias.

Acercó su fuego a la pared y encendió varios candiles que allí colgaban. Poco a poco se fue dibujando el habitáculo, hasta el muro más lejano, donde la tenue luz adivinó una figura.

El dominico no lograba verla bien y dio un par de pasos hacia ella.

—Cuidado, fray Esteban —advirtió el deán, alargando su brazo—; es peligrosa.

—¿Cuál es tu nombre? —preguntó el dominico.

—Alodia —respondió una voz firme; las formas de una mujer se esbozaron frente a la antorcha, aunque el rostro seguía entre sombras.

—El nombre de una santa poco común, interesante —dio otros dos pasos al frente, esta vez hacia su lado derecho—. ¿Sabes por qué estás aquí?

—Seguro que habéis encontrado más de una razón para encerrarme.

—En mi opinión no deberías estar entre estas cuatro paredes —afirmó para asombro de la mujer y del propio deán—. Verás, no tengo la menor intención de perder el tiempo, pues es lo más valioso que posee un hombre de mi condición. —Y miró de reojo al deán, que observaba confuso la escena.

La mujer salió de la oscuridad y dejó ver su figura, esbelta y frágil; parecía enferma, como si su cuerpo fuera una planta seca por el sol, la antesala de una muerte precoz. En cambio, su mirada era intensa, llena de fuerza y con un iris de cada color.

El deán se santiguó, mientras que Martín se quedó absorto, sin poder levantar los ojos de aquella extraña criatura.

—Tranquila, he venido para saber por qué hay tanto alboroto contigo. —Y acercó la antorcha para ver mejor el rostro de la mujer—. Una mirada bicolor...

—Como los gatos —dijo ella.

—Sí, también es frecuente en perros y caballos.

Martín se quedó petrificado ante aquellos ojos. Ella lo observó sin decir nada y él se sintió incómodo, jamás le había mirado una mujer así.

—Escúchame, mujer, yo no soy un vulgar charlatán; no voy a juzgarte por tal capricho de Dios. —Carraspeó el dominico, antes de toser de manera airosa—. Esta humedad me está calando hasta los huesos. Martín, tráeme una mesa y un sillón para que pueda empezar cuanto antes.

—¿Un sillón?

—Sí, ¿no has oído? —inquirió el deán—, vamos, Martín.

El sacerdote agachó la cabeza y salió del calabozo.

—Bien, empecemos, Alodia. Dicen que ahora reniegas de los crímenes que confesaste en el tejado de la catedral. ¿Por qué te retractas de ellos?

—Yo no maté a los trabajadores de los gremios, ni a nadie más.

—¿De qué te declaras entonces culpable?

—De vivir.

—Eso ya es suficiente penitencia, sin duda. Es mejor que hables conmigo, puedo ayudarte. —El dominico utilizaba un tono amigable con la prisionera—. Estoy dispuesto a ayudarte, por eso estoy aquí. No debes tener miedo, confiesa tus pecados.

—Ser mujer.

—Eso no es exactamente un pecado.

—Para vosotros, los hombres, la mujer es pecadora por naturaleza.

—¿Para nosotros? —El deán no pudo contenerse—. Dios creó al hombre como ser perfecto y superior para que disfrutara de la creación. En cambio, la mujer nació de una costilla de Adán para contribuir a la felicidad del hombre. Todo ello fue voluntad del Señor, no de los hombres.

Alodia estaba en silencio, fray Esteban la observaba con interés. También aquel lugar, una mazmorra era lo más parecido posible a una cueva que podías encontrar en una ciudad como aquella. Allí dentro la sensación era extraña, por un lado el olor, la humedad, los ruidos de animales inmundos; por otro era como estar dentro de la tierra, en paz con todo, como en el vientre de una madre.

Quizá fray Esteban pronto estaría en un lugar parecido, en una remota cueva alejado de todo y de todos.

—Las mujeres traemos al mundo a los hombres, y los llevamos nueve meses dentro de nosotras, así que no vengáis a contarme que nosotras no hacemos nada en la creación del hombre.

—La concepción es otro tema...

—¿No será más bien que ese es un tema que no os interesa? —dijo con una fuerza inexplicable para un cuerpo tan débil y delicado.

—¡Silencio! No toleraré esa descarada conducta delante de mí —advirtió el deán.

—Culparnos de todos los males del hombre a las mujeres no os valdrá siempre —advirtió ella con una voz cada vez más ronca y profunda—; ¡sois vosotros los que matáis, violáis y robáis! ¡Los hombres! ¡También los que como vosotros visten hábitos!

—¡Cuidado! No admitiré que critiques a Dios o la Iglesia en mi presencia. —Fray Esteban perdió la serenidad por primera vez—. Si vuelves a hablar así de nosotros, no tendré más remedio que ordenar que te castiguen.

Martín llegó con lo que le habían demandado. El dominico se acomodó contra el respaldo del sillón. La prisionera quedó de pie frente a la mesa que Martín colocó lo mejor que pudo, intentando disimular que no la miraba.

—Centrémonos en el asunto que nos ha traído aquí.

—¡Son calumnias! Yo no he hecho nada de eso. En el tejado de la catedral...

—La herejía es un grave pecado —resaltó el dominico esperando algún tipo de respuesta en aquella enigmática mujer, que por supuesto no llegó—. Los hechizos y encantamientos a los que algunas mujeres sois tan aficionadas faltan al primer mandamiento. Pecáis si dais de comer o de beber a los hombres filtros para conseguir su amor. —El religioso se detuvo para ver la reacción de la acusada—. Es sabido que las mujeres tenéis mayor inclinación hacia las supersticiones que tanto aborrece el Señor. Y ese hecho seguro es motivado por vuestra ignorancia, debilidad y miedo.

—Si pensáis eso es que no conocéis a los hombres; no encontraréis más que decenas de imbéciles en cualquier taberna de esta ciudad.

—No me estás ayudando y, por ende, no te estás ayudando a ti misma. La Iglesia no quiere mujeres rebeldes.

—Creo que lo que su iglesia no quiere es mujeres inteligentes —espetó Alodia con fuerza en la voz—; y las que encuentra, las encierra en un convento para que nadie sepa de ellas.

—¡Maldita lengua la tuya! —El deán volvió a alterarse—. ¿Cómo osas decir tal barbaridad?

—No os indignaría tanto si no fuera cierto —respondió de pie, pétrea ante las envenenadas palabras del religioso.

—Tu lengua es peligrosa, no hay duda de ello. —El deán buscó un pergamino entre los documentos que portaba—. Como tus pecados, que son gravísimos —y los leyó a pesar de la luz—. Prácticas demoníacas... Despellejar, quemar, crucificar a seres vivos, torturas inimaginables...

—¡Mentiras!

Martín asistía impertérrito al interrogatorio, todo lo que estaba oyendo era turbador para él. Al mirar la figura tenebrosa de aquella mujer no podía evitar imaginársela cometiendo todos aquellos pecaminosos actos y eso todavía le azoraba más.

—Me detuvo el alguacil —recalcó ella—; es él quien debería interrogarme. Solo a él le contaré la verdad.

—¿Sobre las muertes?

—Sí; sobre las muertes y... Sobre todo lo demás.

—¿Confesarás tus crímenes ante él?

—Diré la verdad.

—No os dejéis engañar, fray Esteban —advirtió el deán—; es una mujer, juega con los hombres, nos tienta...

—Sois los hombres los que nos violáis y abusáis de nuestro cuerpo, ¿eso no es pecar, doblemente? —replicó ella sin dejarse amedrentar.

—Porque mujeres como tú los incitáis a ello, ¡la culpa es vuestra! El acto sexual solo está justificado si su fin es la procreación o atender al débito conyugal. En todos los otros casos, ¡es siempre pecado!

—Embusteros, los clérigos tenéis a vuestras barraganas, y los mercaderes visitan en sus viajes los burdeles —contestó ella con firmeza—. La fornicación y el adulterio son comunes en todos los hombres, nobles, campesinos y religiosos.

—¡La culpable de ello es la mujer! —El deán no podía controlarse—. ¡Vosotras sois voraces pecadoras sexuales que no pensáis en otra cosa que en llamar la atención de los hombres y desatar su deseo! ¡Solo pensáis en fornicar con todo varón!

—Deán, calma, controlaos. —El dominico se impacientó al verle tan alterado.

El deán se detuvo, y miró avergonzado al emisario papal. La mujer los contemplaba con furia, girando la cabeza a un lado y a otro. Tras unos instantes de silencio, el dominico tomó asiento de nuevo y respiró de forma pausada.

—Creo que es mejor que me dejéis a solas con ella.

—¿Cómo decís? —El deán frunció el ceño.

—Sé cómo emplearme en situaciones como esta; me he visto en unas cuantas.

—No lo dudo, pero es mi responsabilidad; el colegio catedralicio me obliga...

—Soy un emisario del pontífice; no creo que sea necesario recordaros mi jurisprudencia en toda la cristiandad. Vuestro puesto es de enorme importancia; aun así estáis en este lúgubre lugar junto a una pecadora, porque en vuestro inmenso amor a Dios queréis darlo todo por Él.

—Hasta mi última gota de sangre.

—Sí; lo sé. —El dominico puso la mano sobre su hombro—. Pero os necesitan vuestros feligreses en la catedral; la ciudad está envuelta en miedo, y ahora más que nunca debéis demostrarles el camino a Dios, la salvación. Idos tranquilo, yo me ocupo de esta mujer.

—No solo ha matado; ha torturado, y dice palabras impuras, y es una salvaje, y una desvergonzada... —dijo el déan, señalando a Alodia.

—Confesará todos y cada uno de sus pecados, os lo prometo.

—Tenéis razón; mis quehaceres son más importantes para la Iglesia que escuchar a esta bruja. Martín se quedará con vos para auxiliaros en lo que necesitéis. —Y le miró fijamente, como queriéndole enviar un claro mensaje—. Os dejo; cuidado con ella.

El deán abandonó la celda y acto seguido las mazmorras del palacio. Allí quedaron solo los tres. El dominico se aproximó más a la mujer.

—Alodia, debes confiar en mí. —Volvió al tono conciliador del inicio—. Aquí está tu camino a la salvación. Dentro de estas cuatro paredes puedes salvarte; aún estás a tiempo.

—En eso estáis en lo cierto. —Su expresión se tornó más apacible.

—No sabes lo que me alegro de que pienses así. —Fray Esteban dejó una bolsa de cuero en el suelo y extrajo un pergamino que extendió sobre la mesa; a su lado posó un tintero y tomó una pluma entre sus dedos.

—¿Queréis que confiese?

—Sería lo mejor para tu alma.

—¿Alma?

—¡Todos tenemos una; Dios nos la dio! —intervino el joven sacerdote por primera vez.

—¿Dios?

—¿Es que acaso...? —Martín sintió un pinchazo en el pecho—. ¡No dudéis de Él, Alodia!

—¿De quién?

—¡No podéis hablar así...! —exclamó escandalizado.

—¿Así? ¿Cómo?

—¡Basta, Martín! No sigas su juego. —El emisario papal alzó la mano pidiendo al joven sacerdote que se echara atrás.

—Disculpadme, fray Esteban.

—Yo quiero ayudarte, Alodia —pronunció serio y distante el dominico—; pero si no me dejas... No puedes imaginar lo delicado de tu posición. Estamos en un momento muy complicado; solo eres una molestia. Si no cooperas, te aseguro que no tendremos contemplaciones contigo.

—Nadie ha tenido nunca contemplaciones conmigo —afirmó la mujer con sinceridad—. ¿Qué queréis?

—En el tejado afirmaste haber matado a los gremios, ¿fuiste tú quién hizo esas atrocidades? Piensa bien lo que vas a responder; de ello depende tu vida.

—No; yo no los maté.

—Entonces, ¿por qué aseguraste lo contrario? ¿Por qué te subiste al tejado de la catedral?

—Para que alguien me escuchara.

—¿Y qué era eso tan importante que tienes que decir a los cuatro vientos? —El dominico se alteró—. ¡Dímelo!

—Sé qué es lo que busca el asesino —respondió ella.

17

Fray Esteban esperaba las palabras de Alodia, pero estas no llegaban.

—¿Vas a decírmelo? Si tal como afirmas ahora no fuisteis tú la culpable, ¿me dirás quién es el asesino?, ¿qué es eso que dices que busca?

—No tenéis ni la más remota idea de a qué os enfrentáis.

—Dímelo entonces.

—¿Y qué gano yo con ello? Por el momento aquí dentro estoy a salvo.

—¡No juegues conmigo, muchacha! Te acusan de las tres muertes de los maestros de los gremios, del alguacil y la del sacerdote de la catedral. Tu vida depende de que yo te crea. Ahí fuera ansían ejecutarte. Confiesa ante mí, ante Nuestro Señor.

—Es que yo no creo en vuestro dios, sacerdote.

—¡Santa María! —Se santiguó—. No puedes renegar de su palabra. ¿Cómo no vas a creer en Él? ¿En qué crees, si no? ¿En dioses paganos? ¿En el profeta de los infieles? ¿Quieres condenar tu alma a la llama eterna?

—No, padre.

—Eres de esos pobres desgraciados que no creen en nada, ¡que Dios se apiade de ti!

—Que los hombres y las mujeres dejen de creer en Dios no quiere decir que no crean en nada; más bien lo contrario, creemos en todo —sentenció ella.

—La vida es dolor, Alodia —afirmó fray Esteban—; pero

depende de ti elegir qué tipo de dolor: el dulce dolor de servir a Dios por encima de todas las cosas, o el amargo dolor de arrepentirte eternamente de no haberlo hecho.

—La vida es mucho más que dolor; yo ya he sufrido todo el posible, no queda mal que puedan infligirme, ya no. —Y lanzó una mirada provocadora a Martín.

El sacerdote se la sostuvo y hubo un momento en que se vio entrando en aquellos ojos rebosantes de promesas.

—Hija, habla y Dios sabrá perdonar.

—Quiero hablar con el alguacil general de la ciudad.

—Eso no es posible; es la Iglesia quien te juzga, no un simple hombre —advirtió el dominico.

—Si hablo en esta mazmorra, moriré.

—Si no lo haces, te ahorcarán en pocos días, te lo garantizo.

—¿Por qué voy a deciros nada? —Y se acercó todo lo que pudo al dominico, hasta que las cadenas que la mantenían atada a la pared se tensaron y chirriaron.

—He venido hasta aquí —él también se aproximó hasta poder susurrarle al oído— para ayudarte, nada más. Es el momento, Alodia. —Fray Esteban se separó de ella y volvió a sentarse—. Martín, tráele una silla. Estará más cómoda.

Alodia observó sorprendida cómo el joven sacerdote obedecía, abandonando de nuevo la mazmorra algo confundido. Escuchó el cerrojo de la puerta y las pisadas alejándose. Ella se quedó pensativa frente a la mirada silenciosa de aquel obstinado monje.

—¿Qué obtendré a cambio?

—No soy un mercader; soy un religioso.

—¿Podéis sacarme de este lugar?

—No tengo tanto poder, pero sí puedo darte tiempo —respondió—; si tuvieras mis años sabrías lo valioso que puede llegar a ser.

Ella observó a su alrededor, bajó la mirada hacia los grilletes de sus tobillos, como si fuera capaz de deshacerse de ellos y escapar de aquella mazmorra.

«¿Tanto miedo le tienen los hombres que la han encarcelado como si fuera la más terrible de las asesinas?», se preguntó el dominico.

Tenía la sensación de que aquella mujer no había matado a los maestros de los gremios, pero sí que era posible que dijera la verdad y supiera quién lo había hecho.

El joven sacerdote regresó arrastrando una vieja silla de madera. Se acercó despacio hacia ella y la dejó a su lado, para luego retirarse junto al dominico. Alodia se sentó en ella.

Martín estaba expectante; el silencio le ponía nervioso. Prefería el bullicio de la ciudad, las voces de las mujeres en el mercado, los gritos de los hombres, las peleas, los relinchos de los caballos, el cantar de los pájaros, el sonido del agua...

Allí abajo había silencio.

—Os lo contaré —Alodia suspiró—; pero debo advertiros que no es a mí a quien Dios debe perdonar.

PARTE II

LA CONFESIÓN

18

La confesión de Alodia arrancaba hacía diez años, en la primavera del año mil doscientos setenta y cinco. Ese día estaba radiante; no era para menos. Aquella mañana iban a celebrarse sus esponsales, cerca de Valencia. Por fin iba a conocer al que sería su marido, don Antón de Rada, adelantado de Cazorla. Su madre le había contado que era un hombre robusto y alto, moreno, con ojos grandes y brillantes. Ella se lo imaginaba vestido con su cota de malla, sobre un corcel negro como la noche, y cabalgando bajo un cielo de estrellas. Tenía que ser un hombre valiente, pues el título de adelantado era una dignidad real de primer orden, con mandato del rey sobre los merinos, sobre todos los de las comarcas, alfoces y villas, y tenía la potestad de juzgar a hombres y alcaides.

Alodia llevaba meses esperando ver a su futuro marido; dentro de muchos años quería recordar que la primera vez que le vio todo fue perfecto. Así que había elegido sus ropas con esmero, se había bañado con agua perfumada que su madre había ordenado disponer y le habían preparado para que se dirigiera como es debido al que sería su esposo. Alodia soñaba desde tanto tiempo con sus esponsales, que no podía creer que por fin fueran a hacerse realidad.

Su hermana pequeña, Beatriz, había sido su confidente en todas aquellas noches de espera. Tan solo un año menor que ella, ambas eran inseparables. Físicamente eran distintas; Alodia tenía la piel morena, el pelo negro y los ojos color avellana. Era callada, y gustaba de leer todo libro que cayera en sus manos. Su familia tenía una biblioteca y había recibido lecciones de uno de los hombres de confianza de su padre. Al principio su progenitor no era partidario de ello, alarmado porque los libros pudieran inculcar alguna mala idea en la cabeza de su niña. Su madre insistió largo y tendido, y con sus armas logró convencer a su marido de que permitiera a Alodia recibir instrucción en diferentes saberes y acceso a los libros que atesoraban.

No era habitual en las mujeres de aquella época cultivarse, Alodia era una excepción. La verdadera razón de que le hubieran permitido tal privilegio era que su padre la quería tanto que no podía negarle algo que en el fondo la hacía tan feliz. Además, pronto se percataron de su facilidad para la lectura y, en especial, para recordar largos pasajes de memoria.

Cuando su padre descubrió esa cualidad de su hija, comenzó a jugar con ella, le dejaba libros y luego le hacía preguntas y Alodia siempre recordaba las respuestas. La biblioteca les hacía pasar largas tardes juntos y las reticencias por que recibiera una buena educación pronto desaparecieron.

A través de la lectura, Alodia aprendió infinidad de curiosidades, palabras en otras lenguas, leer y hablar el latín. Se le daba bien sumar, restar y otras habilidades de números.

Su hermana Beatriz era diferente, era más pequeña y extrovertida, hablaba con todo el mundo y a todos encandilaba. Tenía un aspecto bastante opuesto a Alodia, ella era rubia y de ojos verdes, tenía la piel más pálida y eran su sonrisa radiante y su alegría inalterable lo que más sobresalía de ella. A Alodia le gustaba observarla, pues su hermana la contagiaba de su energía, de sus ganas de vivir la vida. En breve se separarían; ella se iba a casar y se iría de aquella casa que les había visto nacer. Le apenaba hacerlo, pero la alegría de desposarse lo compensaba con creces. Además pronto le daría muchos hijos a don Antón de Rada. Eso es lo que más deseaba en este mundo; su madre ya le había explicado lo maravilloso de dar a luz, el momento más importante de la vida de una mujer. A partir de ese día todo sería felicidad, al lado de su esposo, en su casa, amándolo cuando estuviera a su lado y extrañándolo cuando partiera a la guerra.

Observó de nuevo a su hermanita, tan dulce, tan hermosa y a la que quería tanto. Sí; le suponía un enorme pesar tener que separarse de Beatriz, pero ella ya tenía catorce años, debía contraer matrimonio y comenzar una nueva vida.

No solo era una cuestión suya; había otro tema que apresuró el concertar los esponsales. Su madre le explicó la preocupante situación familiar. Una mañana, nada más despertarse, pidió a Beatriz que las dejara solas y, con mucha calma, fue narrándole a Alodia cómo la rentabilidad de las tierras de su padre había ido menguando poco a poco. Cómo él tuvo que empeñar algunas posesiones que había terminado perdiendo y cómo, para empeorar la situación, dos negocios realizados con comerciantes de Ávila habían terminado tan solo en deudas. La situación era grave, le confesó su madre entre lágrimas. Era la primera vez que veía a su madre llorar, de forma sosegada, como era ella, pero aun así había sido una desagradable sorpresa.

No tuvo elección; aceptó su casamiento con el señor de Rada, sin conocerlo, sin haber visto ni un solo retrato de él. Sabía que tenía cuarenta años, que este era su tercer matrimonio y que ninguna de sus anteriores esposas le había dado hijos. Por eso era tan buen partido; todas sus tierras, sus riquezas y títulos serían para los hijos que Alodia le diera. Además, su prometido no dudaría en pagar las deudas de su padre. Con su boda, Alodia iba a salvar a su familia.

Su padre era un buen hombre; se dedicaba a la cría de caballos. Para su alimentación contaban con amplias tierras donde pastaban varias manadas de yeguas. Al cuidado de estos animales estaba un yegüero, obligado a la guarda de toda la yeguada. Ella adoraba a esos caballos y había aprendido todo sobre su cría.

Cada una de esas yeguadas estaba compuesta de un solo caballo y de unas treinta yeguas a cubrir; había que procurar que todas ellas fueran montadas. Esa era su principal función, quedar preñadas, pero también se empleaban en la trilla desde San Juan hasta San Miguel.

La época que más le agradaba a Alodia era cuando nacían los potros; entonces las manadas crecían y llegaban a tener entre sesenta y ochenta cabezas.

Ella adoraba montar, pero hacía un año que había dejado de cabalgar para preparar los esponsales.

Las hermanas solían imaginar sus respectivas ceremonias, lo hermosas que irían a la iglesia del brazo de su padre. Beatriz fue su principal apoyo desde que se concertó el compromiso. Si ya eran inseparables antes, saber que pronto tomarían caminos distintos les hizo exprimir al máximo cada instante que pasaban juntas. Aquello sería lo más duro; aun así sabía que debía hacerlo. Valencia dejaría de ser su hogar y viviría en Sevilla.

Había oído hablar tanto de aquella ciudad; había sido reconquistada por el padre del actual rey de Castilla, Alfonso X. Su tío Juan se lo había relatado en más de una ocasión a ella y su hermana, que gustaban de escuchar las historias de la conquista de Castilla.

Había aprendido pronto a leer y tenía una memoria fuera de lo común, cuando leía algún libro, pasajes enteros se quedaban guardados en su memoria como si fueran una imagen de una puesta de sol o de una tarde en el río junto a su hermana. Si lograba recordar la imagen, podía volver a leer aquella parte del libro, pero directamente en su cabeza.

Alodia bajó al salón principal, deslumbrante, con un vestido ocre de encaje, rico en adornos, largo y entallado, que realzaba su silueta. Si bien no era tan hermosa como su hermana, su figura era agraciada. Sus ojos brillaban como nunca de felicidad. Su madre siempre le decía que los ojos eran lo más hermoso de una mujer, y aquel día los suyos no cabían en su rostro de alegría.

Salió a la escalinata de acceso a la casa; sus padres esperaban a la entrada la llegada del séquito de su futuro marido, que se divisaba a lo lejos por el polvo que levantaban sus caballos.

Estaba nerviosa; en poco tiempo estaría paseando por los jardines de los alcázares de Sevilla, entre naranjos y azahares, vestida con finas sedas. Abandonaría la costa valenciana por el estío inalterado del Guadalquivir y navegaría por el río hasta el mar.

Alodia amaba el mar, su sabor a sal, la brisa, sus aguas.

La comitiva arribó y, uno a uno, los visitantes fueron descendiendo de sus monturas y se ordenaron para abrir paso al adelantado de Cazorla. Alodia esperaba ansiosa a su apuesto y futuro marido; moría de ganas de conocer a uno de los caballeros más célebres de toda la Corona de Castilla. Por esa razón quedó perpleja cuando vio avanzar a un hombre obeso, calvo y cojo de la pierna derecha, con los ojos pequeños y muy juntos, hundidos en un rostro redondo y poblado por una densa barba oscura. Todo el pelo que le faltaba en la cabeza le sobraba en la cara.

Alodia dirigió su vista hacia su madre. Esta esquivó la mirada.

Aquel hombre tan rudo se plantó frente a su padre y observó de manera detenida a Alodia. Ella nunca olvidaría esa mirada; aquellos ojos diminutos se llenaron de un incontinente destello que jamás había visto antes, pero que estremeció todo su cuerpo. Se sintió invadida, poseída por él, como si la hubiera desnudado sin ni siquiera tocarla.

Entonces no le quedó ninguna duda; la habían engañado.

—Ilustre adelantado de Cazorla, don Antón de Rada, es un honor recibiros en mi casa —pronunció de la manera más servicial posible su padre, que además le hizo una reverencia.

—Gracias —seguía con su mirada clavada en la muchacha—; ¿es ella?

—Así es, mi hija mayor, Alodia. Una bella doncella, ¿verdad?

—Bueno; pensaba que se parecería más a su madre. Es muy morena y delgada, tiene las caderas estrechas y poco pecho —carraspeó como si estuviera a punto de comprar un animal.

—Es una cristiana devota, sabe leer y...

—¿Os creéis que me importa algo que mi mujer sepa leer? ¿Y habéis dicho cristiana? ¿Es que acaso podía ser otra cosa? —Antón de Rada pegó un bufido, y repasó a Alodia de arriba abajo.

—Os complacerá; es una buena cristiana, quiero decir...

—Eso ya lo habéis dicho; por mucho que lo repitáis no cambiará nada.

—Es obediente, la hemos educado, os lo puedo asegurar —insistió el padre de Alodia.

El adelantado de Cazorla seguía pensativo. Se llevó la mano a la nuca y después la pasó por su despejada frente.

—Eso espero, esta tierra... —Miró con cara de desagrado lo que le rodeaba—... Aún no sabemos qué frutos dará.

—Mi señor, nuestro rey ha combatido al infiel sin compasión.

—Eso es discutible —replicó mientras se frotaba los ojos—; vuestra corona anda perdida desde el desastre de la batalla de Muret, cuando murió vuestro rey de entonces, y su hijo Jaime, siendo un crío, heredó unos territorios que le eran hostiles.

—Sí; pero que creció rápido, y vaya labor que hizo Jaime el Conquistador. Ya quisiera cualquier monarca de la cristiandad poseer un sobrenombre así —dijo sonriente—. Le casaron con la hija de un gran rey de Castilla, Alfonso el de las Navas.

—Eso es cierto —asintió el noble—; sobrina además del rey de Inglaterra, el que fue a la cruzada.

—Ricardo Corazón de León.

—Exacto, nuestro rey casó con otra princesa y nació vuestro infante Pedro. —Antón de Rada fue hacia un extremo de la entrada y cogió una copa de vino que había sobre una bandeja, para dar un largo trago que dejó a todos sorprendidos—. Vuestro Jaime no es un buen rey; un reino no es propiedad de un monarca, no es patrimonio suyo. No se debe dividir entre los hijos, como tampoco haríamos nosotros con nuestra casa.

—Sabe Dios que no.

—En Castilla o en Francia eso sería impensable; dividir el reino, ¡qué barbaridad! —dijo con desaprobación y prepotencia.

—Vayamos dentro —interrumpió la madre de Alodia con sutileza—; hace calor y hemos preparado nuestra mejor comida para recibiros.

—Espero que sea mejor que el vino.

—Seguro que sí, ya tendréis tiempo de hablar de tropas y reyes, hoy son los esponsales con nuestra hija, celebrémoslo como se merece.

Con paso renqueante, accedió a moverse, y con él entraron dos de sus hombres. No vestían de batalla; aun así portaban espadas a la cintura, algo innecesario en una casa e impropio de una ceremonia como aquella.

Los sirvientes llenaron las copas de vino y ello apaciguó los ánimos del adelantado de Cazorla, que pareció más complacido cuanto más tomaba. A continuación sentaron a la mesa los futuros novios, uno frente a otro. Alodia lo miraba con temor, insegura con lo que estaba sucediendo; era todo tan diferente a lo que había imaginado... Su hermana le guiñó un ojo como gesto de complicidad. Sabía lo que significaba, le estaba diciendo que se tranquilizara, que todo iría bien.

Beatriz tenía razón; Alodia dibujó con esfuerzo una amplia sonrisa en su rostro y se la regaló a don Antón de Rada. Pero este no levantaba la vista de la comida, aquel hombre se llevaba las perdices enteras a la boca, las mordía, las masticaba y metía sus dedos entre los dientes, buscando restos de comida. Esa escena le provocó arcadas, vio a su futuro marido comer sin medida e imaginó hacerlo igual cada uno de los días del resto de su vida.

Eso hizo que ella casi se atragantara con su propia comida y empezó a toser. Su madre estaba a su lado e intentó auxiliarla.

—Sosiego, hija. —Y le dio de beber agua—. ¿Estás mejor?

—Madre, ¿qué habéis hecho? ¿Por qué vais a casarme con un hombre tan repulsivo? —murmuró—. Es asqueroso... Me engañasteis...

—A un hombre se le puede enseñar todo —respondió mientras le limpiaba con ternura los labios—; tu padre no era mucho mejor cuando nos casamos.

—Pero yo no quiero eso, ¡yo no quiero casarme con él!

—Quizá no fui justa al describirlo —confesó—; pero es un gran señor, asegurará tu posición.

—¿La mía o la vuestra?

—Alodia, somos tu familia, ¿acaso no piensas en tu hermana? Hemos gastado en tu dote todo lo que nos quedaba. —Alzó la vista para asegurarse de que no le hubieran oído; el señor de Rada seguía comiendo de forma grotesca.

—No podéis justificarlo así.

—Escúchame bien, te casarás con él. No hay nada más que discutir —le dijo en un tono que sonaba mucho más a una amenaza que a un consejo—; ¿sabes lo que sucedería si te negaras al matrimonio? ¿Eres consciente de ello?

—No...

—Si no te casas con él, te irás a un convento. Además, o logramos beneficios con tu casamiento o no podremos desposar a Beatriz con ningún ricohombre —murmuró en la mesa—; piensa en ella.

La miró; su preciosa hermanita sonreía, iluminando todo lo que la rodeaba, con ese brillo en los ojos, con esa dulzura tan especial. Alodia entonces cruzó su vista hasta el otro lado de la mesa y se percató cómo su futuro marido también observaba a la niña. Si su hermana era toda pureza, los ojos de Antón de Rada estaban poseídos de una penumbra turbadora, peor que la que había visto en ellos a su llegada.

Él se dio cuenta de que había sido descubierto y fijó su mirada en Alodia; sus pupilas, lejos de mostrar arrepentimiento o vergüenza, se tiñeron de amargura, de odio, casi de cólera. Y sin mostrar rubor alguno, volvió a desplazar sus ojos hacia el angelical rostro de la pequeña Beatriz.

Las manos de Alodia comenzaron a temblar; no sabía qué hacer, contuvo la respiración e intentó permanecer serena.

«Los hombres son así», se dijo para sí misma.

Su madre ya le había prevenido desde niña de su perversión, de cómo desean a mujeres sin importarles si son libres o no, de cómo tienen ensoñaciones pecaminosas con ellas. Y los hay que además pegan, violan y matan. Por eso una mujer nunca debe ir sola, por eso debe casarse pronto, para que su marido la proteja. Ella debía complacerle, principalmente en el lecho; si lo hacía el matrimonio iría bien. Satisfacer a su esposo era lo más importante; eso y darle hijos varones fuertes y sanos.

Se tranquilizó; se desposaría y sería afortunada. Tendría muchos hijos, vivirían en un enorme palacio en Sevilla, junto al río Guadalquivir.

Sería feliz; seguro que sí, muy feliz.

—Queridos amigos. —Su padre se levantó ante los presentes—. Estamos hoy aquí para celebrar los esponsales de Alodia de Alcacer y don Antón de Rada. Nos sentimos orgullosos de recibirle en nuestra casa y ofrecerle a nuestra hija.

Alodia por fin volvió a sonreír; miró a su futuro marido con la mejor de sus sonrisas. Pero sus ojos no estaban con ella, ni su mente ni su corazón.

Los invitados se preocuparon con el silencio y el semblante ausente de don Antón de Rada, algo impropio en él. Los presentes se miraron unos a otros confusos, hasta que finalmente él se levantó de su asiento. Para sorpresa de todos avanzó hacia el otro lado de la mesa, donde Alodia esperaba que se detuviera frente a ella y le dedicara unas palabras elogiosas, como el protocolo y la tradición demandaban.

No fue así. Pasó a su lado y siguió hasta su padre.

—Os agradezco vuestra amabilidad y espléndido recibimiento. Hoy celebraremos mis esponsales y uniremos así nuestras familias.

—Es un gran honor entregaros a mi hija...

—¡Alto! —Antón de Rada hizo sonar su voz con la fuerza del que está acostumbrado a mandar y ser obedecido sin titubeos—. He dicho que hoy celebramos mis esponsales, pero no con ella —dijo refiriéndose a Alodia y ante aquellas palabras todos enmudecieron—, sino con vuestra hija menor.

—¿Qué estáis diciendo? —interpuso la madre de las niñas, levantándose de inmediato.

—Lo que habéis oído, mujer —gruñó.

—Beatriz es demasiado joven, ¡no tiene sentido! El acuerdo era casaros con Alodia, ¡no podéis hacernos esto! —gritó.

—¿Quién sois, mujer, para decirme a mí lo que puedo o no hacer? —Y sus palabras la silenciaron por completo—. Queréis emparentar con mi Casa porque estáis arruinados, ¡qué más os da con cuál de vuestras hijas me despose! ¿O no es así?

—Don Antón, entendedlo —interrumpió con escasa autoridad el señor de Alcacer—: Beatriz es demasiado niña, y habíamos acordado la boda con Alodia, no podemos cambiar ahora.

—Podemos y lo haremos. —Miró con desprecio a Alodia.

—Lo siento, yo no puedo permitir que mancilléis de esta manera el honor de mi hija —continuó su padre.

—¿Honor? —El rostro de Antón de Rada se tiñó de cólera—. ¿Creéis que no sé lo que pretendíais? ¿Que no me he informado sobre vuestra hija antes de venir aquí? Esa... Ha yacido ya con varón, todos lo saben en Valencia, es tan impura como las esclavas de los harenes de Granada. ¡Queríais engañarme!

—E hizo mención de desenvainar su espada, y sus hombres de armas lo imitaron.

—Mi señor, os lo suplico... —La madre de las niñas se echó a llorar.

—O lográis beneficios con este casamiento o estáis arruinados.

El padre de Alodia cogió a su esposa del brazo y la obligó a sentarse.

—Pero... ¿Qué estáis diciendo? Mi Alodia jamás ha estado con un hombre, ¡os lo juro!

—Mentís, mentís sin parar, mentís sin medida. —Antón de Rada puso las palmas de sus manos sobre la mesa—. Me desposaré con vuestra hija menor y de la otra no quiero saber nada; que se marche de Valencia y, por vuestro bien, que se vaya tan lejos que jamás vuelva yo a verla.

19

Sintió un profundo dolor en el pecho para el cual no había cura. En pocos días todo su futuro se había marchitado, como las flores silvestres que nacen entre los campos de arroz.

Esas tierras, en otro tiempo anegadas y pantanosas, de marismas y lagunas, mudaron con los infieles, que transformaron en vergel lo que secularmente fue considerado un terreno estéril. Tal esfuerzo se cobró inmensos sacrificios, pues las gentes que trabajaban en aquellas aguas estancadas sufrían todo tipo de enfermedades y casi nunca llegaban a la vejez.

No le producían lástima; al contrario, ella misma se cambiaría por cualquiera de ellos si de esa manera podía poner fin a su tormento.

Cómo podía haberle hecho esto su padre, la persona que más quería en este mundo. ¿Qué había sido del hombre con el que pasaba las tardes leyendo? ¿Al que contaba sus sueños y sus miedos? Le había mentido y utilizado, eso es lo que más le dolía. Si su propio padre la había tratado así, ¿de quién podía fiarse?

—Vamos, Alodia, estarás bien —pronunció su padre con tan poco entusiasmo que ella todavía se entristeció más—; un convento es lo mejor para ti. Allí estarás cerca de Dios, podrás seguir leyendo como a ti te gusta, no tendrás preocupaciones mundanas y aprenderás mucho sobre Nuestro Señor.

—Padre, iba a casarme, y ahora me enviáis a un convento de clausura.

—El Señor lo ha querido así.

—Sí; el señor Antón de Rada, que ha preferido desposar a mi hermana, que es aún una niña, y a mí enviarme lejos de mi familia para no avergonzarse de sus actos impíos. No solo me ha humillado, sino que además me destierra para siempre a una cárcel de piedra. ¿Y vos? —En ese momento le clavó la mirada—. ¿Qué habéis hecho, padre? ¿Cómo me habéis ayudado?

—Alodia, créeme que lo siento, no puedo hacer nada.

—¡Maldito seáis! ¡Malditos seáis todos! No deseo volver a saber de vuestra existencia.

—Hija mía, tengo una responsabilidad con nuestra familia, con tu madre, con tu hermana, también contigo.

—Mentís, padre, habéis pensado solo en vos desde el día en el que nacimos. Solo habéis pensado en cómo podríais sacar partido de vuestras hijas. Habéis buscado el mejor postor para vendernos, e incluso entonces habéis ido más lejos, vuestra avaricia no tiene fin. Sois un cobarde, padre, un sucio mentiroso.

—¡Basta! No tengo por qué soportar tus insolencias, ¡irás a ese convento y no hay más que hablar! ¡Está decidido!

—Que Dios se apiade de vos, padre. Pues yo no lo haré.

Alodia calló; para qué seguir hablando, sus palabras eran inútiles, caían como agua sobre tierra salada; nada florecería de ellas, solo más sufrimiento. Aquella misma tarde subió al carromato que la llevaría hasta el convento de Santa Maria de Bonrepòs.

Su padre no acudió a despedirse, ni tampoco su hermana Beatriz; solo su madre. La abrazó, le dio un beso en la mejilla y la miró compungida.

—Lo siento, Alodia, ¿podrás perdonarme algún día?

—No, madre, no os perdonaré a ninguno.

—Hija... Yo no puedo... Una mujer no puede hacer nada contra la voluntad de su marido, entiéndeme.

—Entonces me alegro de no casarme.

—En el convento te tratarán bien, serás feliz.

—Madre, buscas apaciguar tu culpa y eso no lo permitiré. —Miró a la casa, en una de las ventanas estaba su hermana—. ¿Por qué no ha venido Beatriz a despedirse de mí?

—Don Antón de Rada lo ha querido así, no desea que la pongas en su contra.

—¿La tenéis encerrada?

—No, solo que... Alodia, siento que todo haya salido así. —Se echó a llorar—. Espero que puedas perdonarme algún día, que podáis hacerlo las dos...

—Madre, si quieres que te perdone... —Hizo una pausa—... Ya que no has podido protegerme a mí, al menos salva a Beatriz, ayúdala. Esa es la única manera de que te perdone.

—Lo haré, lo juro por mi vida.

No esperó más; el carruaje arrancó y vio cómo se alejaba de su hogar, sabía que nunca volvería a verlo. Su madre quedó atrás, mirándola entre lloros; cayó de rodillas y siguió sollozando, pero Alodia continuó impasible.

A su lado iban otras dos mujeres, más jóvenes y tan asustadas como ella. Remontaron hacia el norte, en busca del curso del río Turia, dejando atrás Valencia, su puerto y el mar. Alodia se percató de que era posible que aquella fuera la última ocasión en la que vería la costa y el romper de las olas, o que escucharía el graznido de las gaviotas, ese sonido discordante y áspero, nada melodioso, y que a pesar de todo a ella tanto le gustaba.

—Así que vais a convertiros en monjitas. —El carretero era un hombre delgado en extremo, que al abrir la boca mostraba que no le quedaban dientes y con un único y triste mechón cayendo sobre la frente—. Quién pudiera entrar en uno de esos conventos, jeje. —Rio de mala manera—. No me malinterpretéis, que lo digo por curiosidad, no quisiera yo molestar a Nuestro Señor, pero... Es una lástima que tanta joven se marchite ahí dentro sin probar lo que es un hombre como yo. —Volvió a reírse de forma estridente y ruidosa.

Ninguna respondió, aunque se miraron entristecidas, quizá porque aquellas sucias palabras en el fondo encerraban gran parte de verdad.

—El Señor es misericordioso, sabrá recompensar vuestro sacrificio. Por favor, rezad por un pobre pecador como yo. Me gustaría... Ya sabéis, ser mejor cristiano... Como vosotras, que estáis tan convencidas de querer pasar toda la vida entre las paredes de un convento —continuó comentando sin observar los afligidos rostros de sus pasajeras—. Pero yo no podría, me gusta demasiado la libertad, el vino, las mujeres... No vosotras, claro. Y los hijos, te dan disgustos, ya lo creo, pero también me alegran la existencia, perpetuarán la sangre. Los hijos son lo más importante.

Alodia miró a sus compañeras; ambas estaban llorando. Una era pequeña, no tendría más de doce años, con el pelo rizado y la mirada más triste que había visto nunca. La otra era algo mayor, morena como ella, estaba más entera, como si hubiera aceptado su destino. Ella estaba a punto de hacerlo también, solo una cosa lo impedía.

La rabia.

Una cólera, un furor que le quemaba por dentro. Como aquella vez que probó a escondidas el vino de su tío y que le hizo pasar toda la noche en cama. Una inquina que le trepaba por el pecho y le llenaba la garganta.

Y no pudo más.

Se alzó sobre el carromato y con dificultad fue hacia delante, cogió aire y empujó con todas sus fuerzas al desprevenido conductor.

—¿Qué estás haciendo? ¡Por Dios! ¡Vas a...!

El hombre cayó del carromato, rodó por un terraplén al lado del camino, y no detuvo su caída hasta chocar contra un árbol. Alodia tomó las riendas y detuvo a los dos mulos que tiraban del transporte. Miró atrás y comprobó que el conductor permanecía inmóvil.

—¡Lo has matado! —afirmó su compañera de piel morena.

—Eso no lo sabemos.

—Claro que sí, no se mueve —replicó ella.

—¡Bajaos! ¡Huid de aquí! —gritó Alodia a sus dos compañeras.

—¿Adónde quieres que vayamos?

Alodia pensó lo mismo, no tenía adónde acudir. De ninguna manera regresaría con su padre, pero entonces, ¿a qué lugar podría ir?

—¿Queréis ingresar en un convento? ¿Es eso lo que deseáis?

—No tenemos otra opción —respondió la más pequeña.
—Está bien, bajaos y decid que la culpa ha sido mía.
—Pero ¿adónde piensas ir tú?
—Lejos de aquí.

Alodia las dejó y prosiguió por la calzada. Sabía que estaba realizando una locura, pero no le importaba; quizás era su última oportunidad, una vez en el convento no podría escapar de allí. Era ahora o nunca.

Llegó hasta un puente sobre un río que bajaba poco caudaloso. Controlando su paso había un par de hombres armados, con cota de malla y espadas al cinto. Junto a ellos otro más enclenque, con un sombrero rojo y un tabardo a tono, que sonreía desde la lejanía. Al verla llegar, todavía forzó más la mueca de su rostro.

—Bienvenida, no es común ver a una jovencita viajar sola por estos lares. —Echó un ojo al carromato—. Y sin carga, curioso.

—Mi padre está enfermo y he tenido que ser yo quien tomara las riendas.

—¿Y adónde se supone que te diriges?

Dudó qué responder.

Y entonces, el hombre del sombrero bajó la mirada y dio un par de pasos atrás, Alodia supo que había cometido un error; la duda la había delatado. Los hombres armados avanzaron hacia ella y uno de ellos la tiró del carro, haciéndole caer contra el suelo, mientras el otro se apoderaba de las riendas y el del sombrero se ponía a su altura.

—Seguro que tienes una historia muy interesante que contar, pero... ¿Sabes qué? —preguntó sonriente—. Me da completamente igual, haced lo que queráis con ella. El carro lo venderemos en el mercado.

—¿Por qué? ¿Qué vais a hacerme? —gritó asustada.

El guardia que la había empujado la agarró del pelo y la arrastró hasta detrás de un árbol.

—Voy a convertirte en mujer, así que pórtate bien y agradécemelo.

—¡No! ¡No me toquéis!

—Resístete todo lo que quieras, así me gusta más.

—¡Dejadme! ¡Soltadme! —gritó Alodia mientras pataleaba de forma inútil.

—Toda una salvaje. —Y rio de mala manera.

Comenzó a respirar con dificultad, sintió un dolor como nunca había imaginado que le llevó a gritar con todas sus fuerzas. Lloraba y pataleaba inútilmente. Hasta que logró zafarse un instante de él y le golpeó en la cara, arañándole en la mejilla derecha y en la nariz.

—¡Maldita seas! —El tipo le lanzó su puño, atizándola con tanta fuerza que ella cayó aturdida contra el suelo; pronto su rostro se tiñó de sangre—. Así te callarás, ¡zorra!

El hombre se desprendió de la cota de malla y se abrió la saya. Cogió el cuerpo inmóvil de Alodia y le dio la vuelta, rasgó su vestido, mostró su desnudez y la tomó por la cintura.

Ella seguía dolorida y desorientada por el golpe, y apenas sentía lo que le estaba haciendo aquel hombre; quizá fuera mejor así. Lo único que notaba eran sus gemidos y su aliento infesto, un olor tan repugnante que la hizo vomitar.

—¡Serás malnacida! ¡Qué asco! —Y la golpeó de nuevo—. No creas que por eso voy a dejarte, no hasta que termine contigo.

No fue solo él, su compañero también se aprovechó de ella. Alodia no quería ser consciente de lo que estaban haciendo, sus ojos lloraron sin parar mientras abusaban de su cuerpo. Oía las risas y bravuconadas de los dos hombres, pero no las escuchaba. Fue poco a poco perdiendo el sentido de lo que estaba pasando y de dónde se hallaba.

—¿De verdad creéis que es ella? —escuchó decir a alguien a su lado.

—Tiene que serlo, atacó al cochero, el hombre ha quedado malherido; la andan buscando.

—Pues que se la lleven.

—¿Y si cuenta lo que le hemos hecho?

—Ha sido un favor, si va a ser monja nos lo debería agradecer. —Rio otra de las voces.

—¡Insensatos! Esto solo puede traer problemas —pronunció una nueva voz—; ¡deshaceos de ella!

—¿Pretendes que matemos a una cría que va a un convento? Una cosa es pasarlo bien con ella y otra...

—No podemos dejar que cuente nada.

—Vendámosla a los mercaderes musulmanes, las esclavas cristianas tienen clientela en Granada y Marruecos.

—Por mí como si se la regaláis al mismísimo demonio.

Al rato, la levantaron del suelo y alguien se la echó al hombro. Alodia sintió el fuerte olor a sudor y mugre, pero ni siquiera abrió sus ojos. Era el mismo tipo que la había forzado, esa fetidez no se le olvidaría jamás. Sabía quién era, lo sabía perfectamente. Entreabrió sus pestañas para ver el cuchillo que colgaba en uno de los costados de su cinturón. Mientras seguía portándola, estiró la mano y lo cogió por el mango. Entraron en algún tipo de edificación. Entonces Alodia dejó caer el cuchillo junto a unos sacos.

Aquel hombre la tumbó en un lugar húmedo; no intentó huir, había vuelto a cerrar los ojos. Le ataron las manos por delante y la dejaron allí. Hasta que no escuchó las pisadas alejándose, no los abrió de nuevo. Se hallaba dentro de un cobertizo, con aperos del campo.

Se arrastró hasta los sacos y buscó el cuchillo, lo tomó y lo puso entre sus rodillas. A continuación acercó sus muñecas y comenzó a cortar las hebras de la cuerda, hasta que esta se rasgó.

Entonces se asomó por una rendija, observó el puente y la misma escena que a su llegada, cómo detenían a un nuevo carruaje. Afinó el oído todo lo que era capaz.

—Me dirijo a la villa de Ademuz; esta carga está exenta de peajes —afirmó el hombre que llevaba el carro.

—¿Por qué razón?

—No comercio con ellas, solo llevo cirios y velas para su iglesia.

—Lejos vas para tan poca carga.

—Así lo quiere el Señor.

—Ya, ¿y no regresarás con otros productos más mundanos? ¿Quizá vino o manzanas?

—Eso lo ignoro, cuando llegue allí veré si hay algo de mi agrado.

—A la vuelta nos veremos entonces, ¡dejadle pasar!

Los dos hombres de armas se giraron y caminaron por el puente hasta el otro extremo. Alodia no lo dudó, empujó la puerta del cobertizo y la encontró cerrada. Comenzó a respirar con dificultad, tenía que salir, huir.

Miró a su alrededor, no había más vanos. Pero en una de las paredes vio que la madera estaba deteriorada en la parte inferior; había una pequeña oquedad por donde debía de haberse intentado colar algún animal. Excavó con sus manos para agrandarla, clavando las uñas en la tierra.

Estaba demasiado dura, lo intentó con el cuchillo.

Sin descanso, pero sin éxito.

Buscó por el cobertizo, halló una herramienta oxidada y medio rota. La usó por la punta y esta vez sí comenzó a ensanchar el agujero. Por fin su delgadez iba a ser una aliada, cuántas veces había tenido que escuchar burlas sobre su escaso peso. Ahora ello le permitió introducir su escueto cuerpo por el orificio, se arañó toda la espalda y también los brazos, no le importó porque logró sacar hasta la cintura. Utilizó toda su fuerza para liberar el resto de su cuerpo y después salir huyendo.

Le dolía todo, pero podía más su corazón. Alcanzó la parte trasera del carromato antes de que este reanudara el viaje. Levantó una de las mantas que protegían la carga y se metió debajo de ella, al mismo tiempo que aquello se ponía en marcha. Se quedó quieta como una estatua; cada crujido del puente le pareció una eternidad, hasta que sintió que rodaban por suelo firme y poco a poco se alejaban de aquel lugar.

Por fin respiró aliviada.

Sin darse cuenta se durmió y no despertó hasta que el transporte arribó a una posta. Escuchó que su propietario descendía e introducía el carro en un establo donde había caballos y mulos.

—Gusto verte de nuevo, Guillermo, hacía tiempo que no comerciabas por aquí. —Era una voz con un acento diferente a los que estaba acostumbrada.

—Cierto es, lo bueno se hace esperar. —Y el otro rio.

—Las cosas avanzan de buena gana por aquí, el comercio funciona dentro de los dominios del rey Jaime el Conquistador; y también tenemos tratos con los castellanos; aunque la verdad es que lo más jugoso está en Albarracín.

—Ese señorío será independiente toda la vida.

—Ahora pertenece a la Casa de Lara, no se desprenderán de él.

—Peligroso es su señor, pero dime, ¿por qué es tan próspero el comercio con esa ciudad?

—¿Tú qué crees? Es una puerta entre los reinos de Aragón, Castilla, Valencia y Navarra. Así que imagínate las posibilidades para un hábil comerciante que quisiera asentarse en esa ciudad.

—¿Tiene mercado?

—Sí, cada vez más grande. No te hablo por hablar, me interesaría mucho un contacto dentro de esas sus inexpugnables murallas.

—¿Me lo estás ofreciendo?

—Sé que eres de fiar y que sabes de números. Escúchame, Guillermo. —La voz sonó sincera—. No quiero un charlatán que venda en el mercado, lo que necesito es un buen mercader, que sea astuto y sepa moverse en una ciudad. De las mercancías me encargaría yo.

—Entiendo, mi hijo pronto comenzará a ayudarme, con él podría afrontar cargas más pesadas.

—Perfecto entonces.

—¿Y por dónde las transportarías? Si pasas por Teruel tendremos que abonar un importante impuesto, Ademuz pertenece a la Corona de Aragón, al reino de Valencia.

—Esa es la mejor parte de mi plan... —Y miró a un lado y a otro para asegurarse de que no había nadie más con ellos—. Tengo un trayecto alternativo —murmuró antes de guiñarle un ojo.

—¡Válgame Dios! ¿Es eso cierto?

—Tanto como que tú y yo estamos ahora mismo aquí hablando.

—No das puntada sin hilo, ¿y cuál es el camino alternativo para alcanzar ese señorío independiente?

Alodia puso toda su atención, pero hablaron en voz baja y no logró escuchar la conversación.

—¿En serio? Este río no es navegable, en su curso alto los musulmanes le llamaban Guadalaviar, río de los pozos. Y los castellanos lo llaman río blanco por su claridad al atravesar terrenos calizos y cristalinas arenas blancas; no se puede navegar, es inviable.

—Todo eso lo sé, su parte final sí es navegable, aunque cuando nace, precisamente al lado de Albarracín, forma meandros y atraviesa escarpados cortados, imposibles de surcar con una embarcación —atestiguó el otro hombre—. Sin embargo, existe un sendero que lo comunica con el reino de Valencia, pues Albarracín nunca ha sido conquistado, y cuando los infieles todavía reinaban en estas tierras, tenían que comunicarse con sus homónimos de aquel lugar. Así que trazaron un tortuoso camino que remonta el valle del río hasta la mismísima Albarracín.

—¿Y tú conoces ese camino?

—Lo tengo aquí —respondió tocándose el pecho.

—Un mapa, dispones de un mapa. —Guillermo se alteró—. ¿Cómo lo has logrado? ¡Ya sé! Lo robaste, ¡seguro! Tuvo que ser así, ¿verdad?

—Ojalá, pero no.

—Entonces, ¿lo compraste?

—Sí, y no fue barato, pero la riqueza que me proporcionará vale lo que pagué por él y mucho más.

—¿No serán bravuconadas? Que nos conocemos...

—Te lo mostraré. —Se acercó al carromato, entre las rendijas Alodia pudo ver el pergamino que le mostraba, con un recorrido, anotaciones de varios parajes y otras indicaciones—. Ya lo has visto, para que luego digas que miento.

—Mira, mi negocio funciona, no necesito aventurarme.

—Nunca pierde el que nunca arriesga.

—Y así quiero seguir, busca a otro que no tenga nada que perder, yo estoy muy bien como estoy —pronunció una voz que se oía cada vez más nítida, hasta que la manta que la ocultaba fue corrida y el comerciante se llevó un susto de muerte—. ¡Santo Dios! ¡Será posible! ¿Quién eres tú?

Alodia estaba demasiado débil para huir, quizá por eso ni lo intentó.

—Vaya, vaya, ¿qué tenemos aquí? —El otro hombre tomó uno de sus cabellos y sonrió.

—Una mendiga, ¡maldita infeliz! —Y el mercader le lanzó una sonora bofetada, para luego cogerla de las piernas y tirarla fuera del carromato.

La joven quedó tumbada en el suelo, el otro hombre se acercó y observó sus doloridas piernas y el rastro de sangre seca que las embadurnaba.

—Me parece que alguien se ha desahogado —dijo, señalando sus muslos.

—¡Joder! ¿Cómo ha terminado esta furcia en mi carro?

—Tranquilo; si tanto la detestáis, con gusto yo os aliviaría de su carga.

—Un momento, todo tiene un valor, y en el fondo no es tan asquerosa, para algo servirá, ¿verdad? —Y soltó una desagradable carcajada.

—¡Maldito majadero! Que pase por esta vez.

Un jinete llegó al galope, con el caballo desbocado, exhalando un humo blanco como la nieve de su hocico, con los ojos saliéndose de las cuencas.

—Necesito repostar —afirmó como si diera una orden, con el rostro también desencajado por el cansancio.

—Lo que necesitas es cambiar de caballo y dormir diez horas para descansar, ¿adónde vas con tanta premura? Vas a matar a este animal y a ti mismo.

—Soy emisario real, debo llegar a Teruel lo antes posible.

—Entiendo. —Los dos comerciantes se intercambiaron la mirada—. ¿Qué sucede?

—Los moros se han sublevado en Valencia y el levantamiento se ha extendido al sur. El emir de Granada, con ayuda de los benimerines de Marruecos, ha invadido las fronteras de la Corona de Castilla. El adelantado de Castilla y el arzobispo de Toledo han encontrado la muerte luchando contra ellos y esto ha involucrado a Aragón puesto que el arzobispo era hijo del rey Jaime.

Desconcertados por las nuevas, tardaron en percatarse de que Alodia había desaparecido.

20

Alodia llevaba cerca de un mes y medio en Albarracín, malviviendo junto al río, comiendo sobras y mendigando junto a las iglesias. Había tenido que aprender a subsistir, descubrió pronto que en aquella ciudad todo se vendía y compraba, pero ella no tenía nada que ofrecer, así que deambulaba sin futuro.

Su interior almacenaba aún una rabia temible. No por su situación actual, sino por lo acontecido desde aquel nefasto día en que se iban a celebrar sus esponsales. Quizás era ese odio lo que le daba fuerzas, lo que la mantenía con vida.

A pesar de todo, a veces, en los días menos malos, parecía amansar esa rabia, como si hubiera conseguido dominarla. No intentaba adormecerla con el vino barato y aguado que lograba robar a los borrachos, sino que en esos días en que se olvidaba de su pasado hacía lo posible por volver a sonreír. Se imaginaba en su Valencia, en el mar, sin más compañía que ella misma. De hecho, nada le hacía más feliz que la soledad. No necesitar a nadie, no precisar de la limosna de los hombres, de las sobras que comía en el mercado.

Aquello solo sucedía en las fechas menos malas; el resto era una cruel rutina, sin objetivo, sin más pretensión que llegar al día siguiente, que sobrevivir.

En eso se había convertido su existencia, levantarse, luchar y nunca rendirse, viendo a los nobles ricos que parecían estar nadando en la abundancia, mientras que los miserables como ella morían de sed a su alrededor.

Aquella tarde, Alodia permanecía sentada en un banco de piedra, mirando el mercado, que estaba concurrido por la llegada de mercaderes lejanos y de gentes de los pueblos de la sierra, que también traían productos para vender a la ciudad. Con el verano, comenzaban a venir abundantes frutos de Levante: naranjas, mandarinas, limones y, sobre todo, cerezas. Esa era la fruta más costosa y reclamada de toda la ciudad. Había quienes las miraban con deseo, a pesar de que no podían costear sus altos precios, otros las compraban y cuidaban como si fueran auténticas joyas. Aquellas cerezas que observaba tenían un color rojo intenso; Alodia las había probado en su niñez en Valencia. A su hermana Beatriz le encantaban, en cambio a ella no le gustaban más que otras frutas. Sin embargo, ahora que no podía comerlas, las deseaba más que nunca.

Sin monedas, sola y sin conocer a nadie, debía limitarse a intentar conseguir algo de lo que caía al suelo por descuido o que directamente tiraban. No era mucho, pero no tenía otra forma de salir adelante. No iba a permitir que nadie más volviera a tocarla. Además a los hombres les gustaban las mujeres lozanas, no querían jovencitas escuálidas y sin curvas como ella.

Cuando caía la noche y el mercado cerraba, los tenderos quitaban sus puestos, y los muertos de hambre como ella surgían como espectros, en busca de cualquier cosa que llevarse a la boca y llenar sus vacías tripas. Parecían más alimañas que personas, y quizás en el fondo mucho tenían de alimañas.

Alodia dormía al raso junto a uno de los molinos de la ciudad, tapada con un harapo raído y mordisqueado que encontró cerca del río. Esa era su única pertenencia, una túnica carcomida.

Un día más, otra jornada igual. Lejos quedaban los paseos con su madre y su hermana Beatriz, los juegos con sus amigas, el montar a caballo las yeguas de su padre, el ver nacer los potros. La ropa nueva, las deliciosas comidas, la cama siempre caliente y tantas otras cosas. Era como si todos aquellos recuerdos pertenecieran a otra vida o a otra persona. Había momentos que hasta dudaba de que fueran realmente suyos.

Pero sí, lo eran.

En ocasiones, pensaba que había tenido que hacer algo terrible. Aunque no supiera el qué, en algún momento había realizado un acto pecaminoso y, por ese motivo, el Señor la había castigado con aquel tormento.

No había otra explicación.

Tenía que ser eso, era su penitencia y debía aceptarla.

Había noches en las que deseaba que lloviera sobre la ciudad para ponerse más triste, porque por extraño que parezca aquello le hacía embriagarse de nostalgia y evadirse de la realidad.

Pensaba en Beatriz, había borrado los recuerdos de sus padres, como si nunca hubieran existido. Como si su hermana y ella estuvieran solas en este mundo.

Aquel día decidió salir extramuros; le daba miedo dejar la ciudad, como si los hombres que allí vivían no fueran igual de peligrosos o más que los campesinos y viajeros que podía encontrarse en los caminos cercanos.

Pero sí lo eran; las gentes del campo eran más rudas e ignorantes, hablaban de monstruos que habitaban en las montañas o de historias que habían escuchado a cualquier predicador ambulante.

Fue al río y lo cruzó por un vado, no podía subir por las empinadas pendientes de las montañas que rodeaban Albarracín, así que se introdujo por el bosque de matorrales y encinas que había en aquella orilla. No pretendía ir lejos, solo cambiar su rutina. Nada podía ser mucho peor que su día a día intramuros de la ciudad.

El bosque no era frondoso, los árboles tenían poca altura y follaje. Al estar cerca la ciudad, los que tenían buena madera habían sido talados, no solo por su valor sino para evitar que se usaran en caso de que la ciudad fuera atacada.

Encontró algunos hongos y frutos, aunque desconfió de comerlos, pues no los conocía. Tuvo más suerte con unas moras, que recordaba de cuando era niña y que la transportaban a aquella época.

El día pasó rápido y regresó hambrienta a la ciudad, pero el guardia no la dejó entrar. Así que fue directa al molino y allí pasó otra noche más.

Cada vez más gente dormía en aquel lugar. No era fácil encontrar cobijo extramuros de Albarracín, incluso si tenías con qué pagarlo. Los comerciantes llegaban en mayor número y la ciudad no podía guarecerlos a todos. Así que aquella zona empezaba a ser un burgo; había quien estaba levantando edificaciones de madera, un establo, incluso una taberna. Todo muy precario, una especie de caos organizado. Allí había hasta sacerdotes, o al menos uno.

—Alabado sea el Señor —decía subido en una caja de madera, oculto tras una capucha negra que impedía ver su rostro—; predicar en este tiempo es compartir la vida, la esperanza y la promesa que palpitan en el mundo de los otros. Predicar es caminar en la frontera entre compartir la vida de todos y compartir la promesa de la salvación, llevándoles la Buena Nueva de Jesucristo y descubriendo que Él ya ha ido a Galilea antes que nosotros.

Nadie atendió las palabras del religioso, que alzaba sus plegarias por encima del ruido mediante un profundo chorro de voz.

Alodia pensó que aquel no era el lugar más apropiado para predicar. Pero hacía tanto que no acudía a la santa misa que le resultó confortable escuchar la palabra del Señor, quizás era la única que podía darle consuelo.

O no, porque la evidencia decía que el Señor le había dado la espalda, de eso no había duda alguna.

Pensaba en ello mientras hallaba un refugio donde dormir, oculta tras unos barriles vacíos. Acomodada sobre el suelo de tierra escuchó unos gritos, algo habitual allí. Sin embargo, aquellos llamaron su atención, parecían los de una niña.

Una chiquilla acorralada contra la pared del molino recibía una somanta de palos de un hombre que le sacaba dos cabezas de altura.

Por primera vez en mucho tiempo sintió sincera aflicción por alguien.

El hombre descargaba toda su ira contra la niña, que tanto le recordaba a ella. Los habitantes del burgo pasaban, observaban la escena a lo lejos, pero miraban para otra parte. Incluso las mujeres volvían su rostro, inmunes a los gritos de socorro de la muchacha.

Alodia alzó la mirada al cielo.

«¿Dónde estás, mi Señor? ¿Por qué permites estas injusticias?»

Esperó una respuesta, una señal, un destello al menos. Nada recibió y aquella joven seguía siendo insultada, apaleada y humillada.

Bajó la mirada y buscó en su interior, la rabia estaba allí, deseando salir. Incluso se había hecho fuerte.

Cogió un ripio del suelo, se alzó sobre sus delgadas piernas, extendió su brazo todo lo atrás que pudo y lanzó la piedra como si la vida le fuera en ello. Esta describió una línea curva hasta impactar contra la cabeza del agresor, que lanzó un gruñido de dolor.

—¡Dios! —Se llevó las manos a la sien, de donde empezó a brotarle sangre de manera abundante—. ¿Quién ha sido? ¡Maldito bastardo! Sal ahora mismo, ¡demuestra que eres un hombre! ¡Cobarde!

No encontró respuesta alguna y eso todavía le enfureció más. Siguió blasfemando al viento, hasta que se giró hacia la muchacha que seguía agazapada en el suelo.

—Todo es culpa tuya, ¡malnacida! —gritó antes de soltarle un fuerte puntapié en el costado—. ¡No eres hija mía! ¡No eres hija de nadie! —Y la golpeó de nuevo, con fuerza.

La muchacha ya no gimió, ni se movió.

Quedó inmóvil, inerte.

Solo entonces aquel hombre se detuvo, se arrodilló junto a ella y le acarició su rostro ensangrentado. La cogió por la cintura y la elevó en brazos. Alodia observó toda la escena con lágrimas en los ojos. No debía haberlo enfurecido más, quizá no la hubiera pegado de nuevo.

Alodia se quedó mirando el cielo estrellado, pensó que de nada sirve apagar un incendio cuando lo que de verdad quieres es verlo todo arder.

—Sé quién es el culpable de mi desdicha y lo pagará con algo más que su vida. —Alodia cayó de rodillas, con la mirada en alto—. Juro que lo pagará con algo más que su vida —repitió.

Dejó su refugio y volvió al centro del burgo, donde ya permanecía escasa gente reunida. Se acercó al clérigo que había visto antes, y se quedó delante de él, ensimismada.

Él cesó en sus predicaciones.

—La palabra del Señor es sanadora, acércate. —Alodia obedeció—. No es lugar ni hora adecuada para una niña como tú.

—No tengo otro lugar adonde ir.

—El Señor nos pone a prueba y es entonces cuando debemos aferrarnos a nuestra fe.

—Yo la tengo, pero Él ha sido injusto conmigo. No merezco el castigo que he recibido.

—No eres tú quien debe juzgar eso, los caminos del Señor son inescrutables. Todo es obra suya, todo tiene un porqué.

—El Mal también lo es.

—Eso es más complicado de explicar.

—Habéis dicho que todo está hecho por Él.

—Sí, pero nosotros podemos elegir, el Maligno también y decidió traicionar al Señor.

—¿Sabéis cómo es? ¿Podéis distinguirlo? ¿Descubrir sus intenciones? —preguntó.

—Muchacha, soy un humilde predicador. No tengo autoridad para emitir juicios sobre las maquinaciones del demonio.

—Entonces no podéis ayudarme.

—Espera un momento, ¿cómo te llamas?

—Alodia.

—Si quieres un consejo, Alodia, aléjate de aquí. Eres demasiado joven para tener un alma tan oscura.

—Si supierais lo que he sufrido, lo que todavía sufro, no pensaríais que soy tan joven —espetó enojada—. Lo mejor sería morir, al menos así encontraría la paz.

—Dios no permite semejantes pensamientos, debemos vivir.

El religioso permaneció en silencio, escrutó a la joven desde la sombra de su capucha.

—¿Has visto al Señor?

—No, eso os lo dejo a vuestra condición —afirmó con una entereza impropia de su aspecto demacrado y que confundió al sacerdote.

—Eres de origen noble. —El religioso rompió su silencio y logró llamar la atención de Alodia—. No tienes marido, pero estuviste cerca de casarte.

—¿Cómo sabéis vos eso?

—Algo sucedió, algo terrible. Por eso estás aquí, aunque lo lamento, muchacha, te equivocas si crees que Dios te ha abandonado, lo que está haciendo contigo es ponerte a prueba.

—¡Eso no tiene sentido! ¿Quién sois vos? —Alodia perdió los nervios—. ¡Mostradme vuestro rostro!

—Moisés le pidió a Yahvéh: Déjame ver tu rostro. Y obtuvo esta respuesta: Mi rostro no podrás verlo, pues no puede verme el hombre y seguir viviendo... Tú te colocarás sobre la peña... Al pasar mi gloria te cubriré con mi mano hasta que yo haya pasado. Luego apartaré mi mano, para que veas mis espaldas; pero mi rostro no se puede ver.

El religioso se dio la vuelta y comenzó a caminar.

—¡Esperad! —Alodia fue hacia él—, no podéis iros.

—Mira qué tenemos aquí. —Un grupo de hombres cruzó en ese momento a su lado, y uno de ellos se dirigió hacia ella—. Hazme disfrutar un buen rato y te pagaré bien, mujer —le dijo mientras le agarraba de la muñeca.

—¡Suéltame!

El religioso desapareció del lugar mientras Alodia luchaba sin posibilidad alguna de zafarse de aquel mastodonte.

—Si es una fierecilla, ¡tanto mejor! Seré el primero en montarte. —Rio de forma escabrosa—. ¡Ven aquí!

—¡Déjame! —Alodia intentó zafarse—. ¡No me toques! ¡No lo hagas!

—Si te va a gustar, pequeña, ¡lo estás pidiendo a gritos!

Aquel hombre corpulento, como un animal en celo, se abalanzó sobre ella, sin darle ninguna oportunidad de escabullirse, y le sacudió con vehemencia en la cara, en los ojos. Alodia quedó totalmente aturdida.

Le rasgó la saya, dejando a la luz de la luna su blanquecina piel.

—Levántate —le ordenó una voz a su espalda.

—Ahora es mi turno, luego podrás hacer con esta furcia lo que quieras.

—El cuerpo no es para la inmoralidad sino para el Señor, y el Señor para el cuerpo.

—¿Cómo dices, desgraciado? —Se quedó sin habla al ver quién le sermoneaba—. Lo lamento, no sabía que...

—Márchate.

—Sí, claro. —Se apartó, bajó la cabeza, se subió las calzas y junto a sus compañeros abandonaron el lugar en silencio.

Alodia se incorporó mareada, el ojo derecho le sangraba y el dolor era muy intenso.

—Déjame ver. Tiene mala pinta, la pupila está llena de sangre.

—Da igual —balbuceó dolorida—, muchas gracias. ¿Por qué han huido? ¿Quién sois vos?

El hombre que le hablaba tenía el rostro perfilado y era corpulento, con las manos grandes y fuertes.

—Debo irme.

—Pero...

—Olvida lo que te ha sucedido, es lo mejor.

—¿Todo?

El desconocido se quedó confundido ante la respuesta, escrutó a la joven y tuvo una sensación extraña, como de amenaza.

—Cuídate, esta ciudad es peligrosa.

—Pero, ¿quién sois?

—Digamos que me han enviado a salvarte.

—¿Y eso qué significa? —preguntó ella confundida.

—Pronto lo sabrás.

Alodia no insistió más, algo le decía que debía ser así. Le había salvado, lo mínimo era mostrar gratitud y dejarle ir si esa era su voluntad.

Buscó un refugio más seguro para dormir, y creyó hallarlo alejándose de allí. Agazapada entre la paja del establo, no podía quitarse de la cabeza aquella mirada.

Alguien la había ayudado.

Qué cambiaba eso; seguía sola, hambrienta, desamparada, sin futuro.

21

Al despuntar el sol, los puestos del mercado estaban ya montados, hacía buena mañana y se veía buen género, sobre todo de fruta; también abundaban el vino y las pieles.

Alodia no tuvo problema en entrar en la ciudad junto con unos campesinos que traían sus propios productos para vender en las esquinas cercanas al mercado. Una vez intramuros, ese día, en lugar de esperar a ver lo que caía, decidió caminar entre los clientes del mercado. Sabía que la mirarían mal, pero si tenía cuidado podría obtener algo de provecho.

En uno de los puestos le llamaron la atención unos tejidos de color rojizo. Brillaban con la luz, parecían suaves y ligeros. Se colocó detrás de una mujer de amplias caderas, esperando la oportunidad de tocarlos. Pero un par de hombres bien vestidos le hicieron de muralla y la separaron de su preciado objetivo.

Maldijo su suerte.

—Las cosas pintan mal —murmuró el más alto de la pareja.

—El ambiente está revuelto por las noticias que llegan de Navarra, ese reino es el mayor aliado de Albarracín frente a castellanos y aragoneses. —Su compañero hizo una pausa, miró de reojo a Alodia, pero no le dio mayor importancia—. El rey navarro ha muerto dejando como heredero a su hija de tan solo dos años, que no tardará en tener numerosos pretendientes; esto va a originar la creación de tres bandos. El castellano será el menos fuerte, los franceses y aragoneses serán los que en verdad se van a disputar la mano de la niña.

—Con clara ventaja para estos últimos.

—Sí, quien se la lleve se hará también con el trono de Navarra.

—Escúchame bien; verás cómo la heredera no se casará con Pedro, el infante aragonés.

—¿Por qué dices eso? La Corona de Aragón es la que está en mejor posición para reclamar el trono navarro. Aragón y Navarra han compartido rey antaño y el monarca aragonés es el que más derechos tiene.

—No es cuestión de quién tiene o no más derechos, sino de quién sabe jugar mejor sus cartas. El error más grave que se puede cometer es vender la piel del lobo antes de cazarlo.

—¿Qué pretendes afirmar con tanta palabrería?

—Los aragoneses han enviado al infante Pedro a hacer valer sus derechos a Pamplona, pero sin ejército.

—No están en guerra.

—Por favor, no seas necio, un reino siempre está en guerra con otro.

—¿Con qué motivo iba a estarlo?

—Desde cuándo ha hecho falta uno para empezar una batalla, si no hay agravio o disputa se busca, es muy sencillo.

—No lo sé, creo que exageras.

—Esa niña no se casará con el infante aragonés. ¿Y sabes por qué? Te lo diré, porque ese rey Jaime es un estúpido, sabe menos de política que un asno. ¿Cómo se le ocurre mandar a su hijo sin ejército? Ahora los castellanos invadirán Navarra, lo harán porque ellos no tienen opciones a la mano de esa cría. Y cuando eso suceda, ¿a quién acudirán los ricos hombres de Navarra?

—A quien pueda defenderlos.

—Exacto, y como el audaz Jaime no ha reunido tropas, acudirán al único reino que puede protegerles de Castilla.

—Francia.

—Sí, Francia —reafirmó su compañero volviendo a comprobar de reojo que nadie les espiaba—. Esa niña cruzará la frontera y se casará con el heredero de Francia. Nunca ha tenido

Aragón tan cerca y fácil el trono navarro, y ya nunca lo tendrá. El Conquistador es un necio, no sabe interpretar lo que sucede a su alrededor.

—Bueno, eso es discutible, te recuerdo que bien mal lo tenía de niño y al final se impuso a toda la nobleza aragonesa.

—Fue más bien una cuestión de suma de intereses, a nadie le convenía seguir guerreando por el trono, sino centrarse en algo mucho más importante como fue conquistar Mallorca —hubo un silencio.

—Y los negocios, ¿qué? ¿Cómo afecta el tema navarro al comercio?

—Mucho, ¡cómo no! Pero lo peor es el reino de Valencia.

—¿Por qué?

—Hay mucha competencia. Las tierras de Murcia se han repoblado con muchos cristianos, sobre todo aragoneses que fueron a sofocar la última revuelta. Y demandan multitud de productos, entre ellos lana.

—¿Y qué hay de malo?

—Es una vía controlada. Desde Albarracín hay que ir a Teruel y después a Valencia, el pasar por Teruel nos supone un sobrecoste en tasas y peajes que hace poco rentable el viaje.

—Entiendo, ojalá tuviéramos acceso directo a Levante, nuestro futuro está ahí, siempre lo ha estado.

—Eso lo sabemos todos.

—Esta noche seguiremos hablando de ello...

—¿Donde siempre?

—Sí, en la Taberna del Cojo.

La pareja avanzó al siguiente puesto y Alodia quedó pensativa.

—¡Tú! ¿Qué quieres, haraposa? —le gritó el mercader—. ¿Vas a comprar algo?

Alodia negó con la cabeza.

—¡Vete de aquí! Que me espantas la clientela, ¡apestas!

Inspiró; era cierto, emanaba un hedor desagradable. La gente que la rodeaba se fue apartando, haciendo gestos de taparse la nariz, la empujaron y luego otra vez, hasta que alguien le soltó una patada en el trasero y cayó contra el suelo.

Ya solo escuchó burlas, hasta que un hombre se acercó con un barreño de agua.

—¡Para que te laves, guarra! —le gritó en la cara antes de lanzarlo sobre ella ante las carcajadas de todos los que la rodeaban.

Estaba helada; su corazón se le aceleró, intentó levantarse y se resbaló hasta tres veces. No tenía fuerzas, estaba avergonzada, mojada y no podía respirar. Le gritaban al oído palabras que no entendía; alguien le arrastró de los brazos, otro la intentó levantar. Al final lo consiguió ella misma, aunque no era capaz de mantenerse de pie, se tambaleó y tropezó de nuevo para caer.

A rastras logró huir del mercado y refugiarse en una callejuela.

Respiró hondo.

Ahora sabía que tenía una oportunidad, ella sabía que se podía acceder a Levante sin pasar por Teruel. La imagen de aquel mapa que vio desde el carromato todavía estaba en su mente, podía dibujárselo a quien lo quisiese.

22

Al día siguiente, Alodia se levantó dolorida. Fue directa al río a lavarse, el agua fría le sentaría bien. Buscó un rincón de la orilla poco concurrido, se agachó para tomar el agua con ambas manos y limpiarse el rostro. En ese instante observó su reflejo.

«¿Quién es esa mujer que la miraba desde el fondo?», se preguntó.

Ella no era así, no era esa la imagen que veía en los espejos de su casa de Valencia. No se parecía en nada a como su hermana y su madre la describían cuando hablaban entre ellas.

Estaba tan cambiada, tan mortecina. ¿Cómo iba a esperar que alguien le prestara atención? Hasta ella misma hubiera huido de alguien con su aspecto.

Hacía escasas fechas estaba radiante, vestida como toda una dama, engalanada para sus esponsales. Y ahora... Era solo una desahuciada que no importaba a nadie.

Pero era la misma, ella no había hecho nada para merecer semejante castigo.

No.

Y no se iba a rendir.

Observó a unas mujeres que llegaban con cubos llenos de ropa para lavar. Sumergieron las primeras prendas y comenzaron a golpear la ropa contra las tablas, frotando hasta sacar la suciedad.

«Ropa limpia», pensó.

Una de ellas se alzó y mostró una túnica verdosa, de poca

talla y con capucha, a su compañera, que la miraba con atención, asintiendo con la cabeza.

Dejó la orilla y fue hacia la zona más frondosa, buscó por el suelo varias ramas fuertes y las dejó junto a uno de los árboles. Luego hundió los dedos en el barro y se restregó el rostro con ellos, hasta tapar toda su piel.

Fue de nuevo hacia la orilla, oteó los alrededores, tomó aire y se acercó con sigilo a las lavanderas. Ellas seguían conversando y atareadas con su labor, así que no la oyeron acercarse hasta que fue demasiado tarde.

Gritó unos ruidos inteligibles y golpeó los barreños con las ramas que había tomado.

—¡Un monstruo del bosque! —gritó la primera de ellas, mientras se levantaba y salía huyendo.

Su compañera quedó paralizada, tapándose de manera poco inteligente con ambas manos, como si aquello pudiera servirle de algo. Alodia no tenía intención de golpearla, solo quería asustarla. Así que siguió haciendo aspavientos para ahuyentarla, pero el miedo de la lavandera era tal que estaba petrificada.

No podía perder más tiempo, tomó el montón de ropa que estaban lavando y lo lanzó al suelo, buscó la túnica verdosa, la cogió. Tomó también la piedra porosa que usaban y salió corriendo sin dilación.

Continuó hasta el otro lado del río, en una zona de aguas más profundas. Comprobó que nadie la veía y se desnudó. Se sumergió por completo y comenzó a frotarse con la piedra de las lavanderas en la piel, para liberarla de toda la suciedad. Metió la cabeza varias veces en el agua hasta que su rostro quedó limpio y fresco. Salió entonces y se vistió con la ropa robada.

Rasgó parte de sus antiguas ropas para lograr un trozo largo y estrecho, con el que recogerse el pelo.

Con su nuevo aspecto entró en la ciudad.

La Taberna del Cojo estaba más concurrida que las últimas noches; los comerciantes gastaban parte de sus beneficios en vino y mujeres, una pareja de músicos tocaba dulzainas para animar el ambiente y el mesonero, don Aurelio, había tenido que poner a trabajar a todos sus hijos para atender a tanto personal, entre ellos a su hija Elena, lo que implicaba que intentara manosearla todo el que la tenía cerca, pero el negocio era el negocio. Y el ruido de las monedas era más fuerte que las continuas quejas de la chiquilla. Su madre tampoco ponía muchos reparos, pues pensaba que ya era hora de sacar partido a la cría, que si bien no era agraciada en facciones, sí que tenía una radiante sonrisa y buenas formas y eso siempre gustaba a los hombres, pues cuanto más borrachos estaban menos se fijaban en la cara y más en el culo y los pechos de las mujeres.

Todas las ciudades dependían del comercio, no solo debido a la importancia que en el conjunto de los ingresos municipales tenían los procedentes de los impuestos sobre el tráfico mercantil, sino también por el peso de las necesidades de la vida cotidiana.

A esas horas todo eran carcajadas y risas, quizá por eso nadie se percató de ella cuando entró por la puerta. La capucha era amplia y permitía ocultar su rostro.

Fue de manera discreta hasta el fondo y se detuvo frente a una de las últimas mesas.

Guillermo Trasobares y su hijo bebían junto a otros dos comerciantes castellanos.

—Cada vez nos ponen más trabas en esta ciudad. Desde que han prohibido salir fuera de los muros a comprar, a los que traen productos para el mercado, nos han quitado un buen negocio.

—Yo no soy un regatón —afirmó Guillermo.

—Tú eres como todos, harías cualquier cosa si puedes sacar beneficio —dijo el más alto de los dos acompañantes, un hombre moreno, que tenía una poblada barba canosa y abría en exceso la boca al hablar, dejando ver los escasos dientes de su dentadura—. Estoy harto de que las mercancías que traemos no puedan ser puestas a la venta hasta que los regidores establezcan sus precios y que eso sea según lo que digan los tasadores que designan los vecinos.

—Además luego hay que esperar a que los precios se pregonen por todas las calles —continuó el otro.

—Y qué decir que hasta nos vigilan la exactitud de las pesas y medidas —intervino Guillermo.

—Ahí he de confesar que siempre que puedo cambio las pesas —soltó una carcajada—, es que de lo contrario no gano nada. —Y volvió a reír.

—Yo creo que el negocio más próspero está en la venta de mulos. Los gobernantes, en su afán de asegurar una cabaña caballar abundante y de buena casta, han perjudicado a la mular, ya que priman la cría de caballos en lugar de la de mulos.

—El mulo es un tipo de animal poco numeroso y costoso, reservado tan solo para labores muy concretas, y que el ganado asnal no puede realizar debido a la gran fuerza que requieren —comentó el primer castellano.

—Eso es verdad, los usan para los molinos de las huertas —añadió el otro.

—Por eso no es rentable, se utiliza para escasos trabajos —añadió el primero de ellos, el de mayor corpulencia.

—Sí, pero uno de esos empleos es el transporte de miembros de las casas reales, oficiales de la Corona y dignidades eclesiásticas. Además, con la prohibición que hay de que los miembros de las órdenes religiosas empleen caballos, estos también tienen permiso para su uso.

»Cruzar a las yeguas con asnos para obtener mulos es complejo —insistió el mismo hombre.

—Nadie dijo que fuera fácil.

—Lo pensaremos, ahora bebamos.

Y eso hicieron, mientras Alodia se acercaba hacia ellos con disimulo.

—Hoy ha sido un gran día, esta ciudad es fabulosa —añadió Guillermo Trasobares—, puede que me instale en ella.

—Ya lo creo. —El castellano más veterano bebió de una jarra de vino—. Ha sido un acierto venir aquí. La hija del mesonero no es una belleza, pero tiene un buen par de razones para querer conocerla. —Y soltó una carcajada.

—Necesito hablar con vos —les interrumpió Alodia, sin desvelar todavía su rostro.

—Pero... —El que bebía vino casi se atraganta—. ¿Quién demonios eres tú?

—Puedo ayudaros.

—¿Tú? —Le quitó la capucha y la olisqueó—. Pero si eres una mujer. No pienso pagarte por compartir cama...

—No vengo por eso. —Se volvió a cubrir—. Sé la manera de llegar a Levante sin pasar por Teruel.

—Sí, claro... Y te lo ha dicho el Espíritu Santo, ¿no? —le espetó entre risas—, si no vas a calentarme la cama es mejor que te vayas bien lejos.

Alodia decidió no responder y dejó aquella mesa. Observadora como era, hizo un repaso por el resto de la taberna, estaba claro que debía elegir muy bien con quién hablar. Era una joven rodeada de hombres bien provistos de alcohol. Quizás ese era el problema, no podía tratar con ellos, nunca confiarían en una mujer, no la tomarían en serio.

Abandonó la taberna, se tapó de nuevo la cabeza con la capucha y caminó por las calles de Albarracín. El cielo estaba cubierto de nubes negras que amenazaban tormenta, el ambiente estaba pesado y frío. No era buena noche para deambular por aquellos lares. Así que salió extramuros y buscó refugio en la zona que mejor conocía de los arrabales. Durmió con un ojo bien abierto y la mente buscando otro camino para sus planes.

A la mañana siguiente fue de las primeras en cruzar uno de los portales, la confianza es uno de los factores más importantes para no llamar la atención. No hay nada mejor para pasar desapercibido que no dudar. Así, pasó delante de guardias y gentes decidida, directa al mercado. Se fijó en todos los puestos y buscó aquel producto que se vendía en mayor número de ellos. Fue difícil, puesto que todo estaba muy especializado, cada comerciante atendía a una mercancía de manera importante, así que la competencia era reducida y el precio estaba prácticamente fijado, si bien era verdad que luego siempre se intentaba bajar, incluso comprando una cantidad mayor si se podía conservar por bastante tiempo.

Fue entonces cuando Alodia vio una oportunidad.

La mayoría de los compradores del mercado eran mujeres,

así que era factible pensar que a alguna de ellas sí podía ganársela. Empezó con las más jóvenes, pensando que por afinidad lograría mejores resultados, pero pronto se percató de que era todo lo contrario. Las de menor edad eran muy poco dadas a salirse del camino marcado, temerosas de sus maridos y de los hombres en general. Cuando se acercaba a ellas era como si no quisieran ni oírla, bajaban la cabeza y seguían su camino. Aquello le sorprendió, lejos de rendirse abordó a varias con tantos años como canas, que también la ningunearon con su propuesta. Iba a abandonar su plan cuando hizo un último intento con una anciana que caminaba agazapada, como si le pesaran los años.

—Buena mujer...

—Ixeya, me llamo Ixeya.

—Muy bien, Ixeya, quería proponeros un trato ventajoso para las dos.

—Bueno, bueno. —La anciana levantó la mano como diciendo que ella no quería saber nada de eso—. Deja, deja. Que yo ya soy vieja para tratos.

—Podríais ahorraros un buen dinero.

—¿Cómo dices, criatura? —Ixeya acercó el oído para escuchar mejor.

—Mirad, en el mercado se vende a un precio que no es el oficial, se baja o sube en función de la demanda. Por lo que vos podéis comprar a un precio la lana y yo a otro, ¿verdad?

—Eso pasa solo a veces.

—Pero sucede, mucho o poco, sucede.

—Sí, eso es cierto —reconoció Ixeya a regañadientes.

—Bien, lo que os propongo es lo siguiente. —Echó un ojo para comprobar que nadie las escuchaba—: Si conseguimos reunir a varias mujeres, yo puedo ir a comprar en nombre de todas, y al pedir la suma de las cantidades de cada una, lograr un precio menor.

—Hummm, te entiendo, pequeña, pero si se enteran los mercaderes que hemos hecho tal cosa, nos la jugarán —le advirtió—, a los hombres no les gusta que una mujer les engañe, así que menos aún un grupo como tú quieres.

—Confiad en mí, sé arreglármelas para que no sospechen.

—No sé, eres muy joven y no te conozco.

—Sí, por eso no podrán relacionarme con vosotras. Diré que compro para mi señor, un extranjero recién llegado a Albarracín.

—Desde luego lista sí que pareces, aun así...

—Conseguidme a varias mujeres, cuantas más mejor, y dejadme hacer. No os defraudaré.

—Espera, ¿y tú qué sacas de todo esto?

—De cada diez monedas que os ahorre, dos serán para mí.

—¿Dos no son muchas? —inquirió Ixeya, mirándola fijamente.

—Yo creo que es lo justo.

—Una y media, y además te doy de comer y te arreglo ese pelo. —Le tomó un mechón—. ¿Cuánto hace que nadie te lo cepilla y te lo corta?

—Mucho, os lo aseguro.

—Entonces, trato hecho. —Y estiró su mano, donde se marcaban todas las venas.

Alodia la estrechó.

23

Al día siguiente, Ixeya la esperaba a la entrada del mercado. La anciana, aunque encorvada por la edad y con los ojos hundidos por los pliegues del rostro, conservaba una agraciada sonrisa.

—¿Cuántas habéis conseguido? —preguntó Alodia nada más verla.

—Seis, es más de lo que esperaba —confesó—, necesitamos pimienta, un tarrito para cada una. Te damos seis monedas.

—Lo conseguiré por cinco.

—El que la vende es un mal bicho. Míralo, es ese de ahí. El que tiene la barba tan larga.

Alodia tenía un aspecto muy diferente al habitual, la túnica verdosa le daba un curioso aspecto, a la vez que le hacía pasar desapercibida. Su pelo largo y brillante era lo que llamaba la atención, así que procuraba ocultarlo bajo la capucha.

Esperó a que el mercader estuviera solo y fue directa hacia él.

—Buenos días —dijo seria—, quisiera seis frascos de pimienta.

—Muy bien, son seis monedas. —Y se apresuró a buscarlos.

—No.

—¿Cómo decís? —El mercader se detuvo sorprendido—. Cada uno vale una moneda.

—Así es, pero yo no quiero uno, sino seis —advirtió ella, la sobriedad de su mirada contrastaba con su juventud. Ahora que su aspecto era de nuevo agradable, se percibían con más evidencia sus escasos años.

—Disculpadme, pero no entiendo la diferencia.

—Pues es evidente, el precio no puede ser el mismo si compro uno que si compro seis.

—Mirad, no os conozco, quizás acabáis de llegar, porque aquí las cosas no funcionan así.

—¿Me quieres decir que cuando compras tus productos pagas igual si es una arroba que seis? ¿Te hacen el mismo precio?

—Eso es diferente, yo soy un comerciante, he de negociar, transportar las mercancías...

—Y yo soy una importante clienta que te compra de una tirada seis frascos de pimienta, ¿quién más hace algo así? —Y arqueó las cejas.

—Sí, pocos compran tanto. —El mercader se sintió incómodo—. Pero como os decía, yo tengo muchos gastos, no puedo daros un frasco sin pagar por él.

—Entonces no os compraré ninguno, la pimienta se puede sustituir por otras especias más baratas. —E hizo mención de irse—. Además mi señor acaba de establecerse en la ciudad, seguro que encontraré a alguien interesado en suministrarme, ahora que vamos a residir aquí.

—Un momento, esperad. —El comerciante se pasó la mano por la barba—. Está bien. Cinco monedas, pero a partir de ahora venid a comprarme a mí, estoy haciéndoos un precio especial.

—Así lo haré. —Intentó ocultar su sonrisa.

Al otro lado del mercado, un hombre alto y elegante, vestido con una túnica al estilo musulmán, la observaba desde la curiosidad de sus ojos verdes.

Alodia pronto se ganó el favor de un buen número de mujeres; ella les conseguía buenos precios en varias mercancías como la miel y el queso, y a cambio se llevaba un porcentaje. Tenía facilidad para los números y, con su peculiar memoria, lograba argumentos suficientes para derribar las reticencias de los comerciantes. Pudo alquilarse un dormitorio intramuros, cerca de donde vivía Ixeya.

Sus ganancias eran escuetas, pero le permitían vivir con dignidad.

Para Santa Ana, volvía tarde a su casa porque había estado discutiendo con un forastero sobre un posible nuevo negocio que tenía entre manos. Sabía que no podía seguir con las intermediaciones en el mercado, puesto que ya habría corrido la voz de que no servía a ningún señor.

Tomó la última calle y fue entonces cuando alguien la tomó por el cuello y la empujó contra el muro de una de las casas.

—¿Qué queréis?

—¡Cállate! —Y le apretó del cuello—. Así que tú eres la malnacida que nos está engañando.

—Yo no he hecho nada.

—Claro que sí, ¿te creías que no nos íbamos a dar cuenta? ¿De verdad pensabas que una mujer nos iba a engañar?

—Os daré lo que tengo, todo...

—¡Que te calles! —Y le sacudió una bofetada que la tiró al suelo—. No quiero volver a verte por el mercado. —Le dio un puntapié en el costado—. Márchate de Albarracín, escoria.

Alodia apenas podía moverse por el dolor, se arrastró por el suelo.

—¡Como te vea de nuevo te daré una paliza que no olvidarás! —gritó antes de propinarle otra patada.

El golpe fue tremendo, se protegió la cabeza con las manos. Sus costillas y su antebrazo no corrieron tanta suerte. Intentó levantarse, apenas tenía fuerzas para seguir con los ojos abiertos.

—Aguanta. —Creyó escuchar una voz—. Deja que te ayude.

Alguien la alzó justo antes de perder el conocimiento.

Despertó con un agradable olor que le hizo sentirse relajada, vio un ramo de flores dentro de un jarrón de cerámica esmaltado y brillante, con decoraciones verdosas. Se hallaba en una estancia llena de luz, de paredes blancas y un enorme ventanal por donde entraba el sol. Se incorporó sin molestia alguna, fue hacia aquel vano y se sorprendió al ver que daba a un patio interior; intentó alzar su vista por encima de los muros que rodeaban aquel lugar y no alcanzó a ver nada. Las paredes estaban cerca y eran demasiado altas para salvarlas con sus ojos. Vio entonces un pájaro revoloteando por el cielo, subiendo y bajando con el batir de sus alas. Más que volar parecía bailar para ella.

—Bonito vencejo, los animales son extraordinarios, ¿verdad? —Oyó una voz a su espalda.

—Sí, lo son. —Alodia midió sus palabras.

—Los vencejos comen, duermen y hasta copulan volando. Únicamente se posan para poner los huevos, incubarlos y criar a sus polluelos. Es grandioso —dijo el hombre con un profundo suspiro—. Permanecen en vuelo ininterrumpido durante nueve meses al año. Las crías abandonan el nido una mañana volando súbitamente, sin necesidad de aprendizaje previo, y no retornan a él jamás.

—Son muy diferentes a nosotros.

—Lo son, sin duda. —El anfitrión se detuvo a su lado y la observó—. ¿No quieres saber quién soy? ¿O cómo has llegado hasta mi casa?

—¿Me diríais la verdad?

—Por supuesto.

—Sinceramente, no me importa —respondió ella—. Pero si os agrada contármelo, os escucho.

—Ya veo. —Sonrió—. ¿Cómo te llamas?

—Alodia.

—Tu nombre no es habitual. —Sonrió—. Fue un acierto elegirlo, y tú tampoco pareces ser lo que se dice una niña corriente.

Alodia se sorprendió con el comentario, no estaba segura si era para bien o para mal. Quien lo había pronunciado era un hombre prominente, que podría tener casi cuarenta años, enjuto, con el cabello moreno y abundante. Sus ojos verdes eran como un fuego en la noche, no podías evitar mirarlos.

Vestía de forma similar a un monje, sin embargo no lo era. No portaba crucifijos, ni rosarios y no hablaba como un religioso. Observándolo bien, como ella siempre hacía, le pareció musulmán, por las ropas y su aspecto. Pero solo era una suposición; no estaba segura, prefería no apresurarse y equivocarse en algo tan importante.

—Te he visto deambulando por el mercado —afirmó él.

—Es posible.

—Sí, lo es. Has sido inteligente negociando los precios, pero a esos hombres no les gusta que nadie sea más listo que ellos, tarde o temprano iban a ir a por ti.

—Lo sé, pero no imaginé que sería tan pronto.

—Deberías haber evaluado mejor la situación. Cuando te he observado por el mercado, parecías investigar lo que se vendía, escuchar las conversaciones de los mercaderes, incluso espiarles. Alguien mencionó que una noche dijiste algo de una ruta para ir a Valencia sin pasar por Teruel.

—¿Por eso me habéis ayudado?

—Has despertado mi curiosidad, desde luego —respondió mientras contemplaba el vuelo del vencejo—, y no es la primera vez que te auxilio. Creo que un joven intervino una vez en tu defensa extramuros de la ciudad, ¿me equivoco?

—¿Cómo sabéis eso? —Alodia no salía de su asombro.

—Me dijo que intentaste ayudar a una niña en apuros, aunque no tuviste mucha suerte —afirmó aquel hombre de voz pausada—, tienes agallas, de eso no hay duda. Y perspicacia; te faltan otras cualidades, pero todo se andará.

—No sé qué queréis de mí...

—Tengo curiosidad, sé más cosas de ti de las que crees, llevo tiempo siguiendo tus pasos. ¿Es cierto que conoces una ruta para ir a Levante?

—¿Y si os dijera que sí?

—Necesitaría alguna prueba de ello.

—Primero debo saber una cosa. ¿Estoy presa aquí? —inquirió con firmeza.

—Tranquila, no es esa mi intención, te lo aseguro. —Dio un par de pasos por la habitación—. No tienes casa, ni familia, ni marido, ni bienes. Estás sola, eres extranjera y mujer, bueno, más bien una cría. Albarracín es peligroso y, de la forma que nos está gobernando Juan Núñez de Lara, puede llegar a serlo más todavía si cabe —carraspeó—. Yo soy un hombre pragmático, un superviviente, como tú.

—No creo que nos parezcamos en nada —musitó ella, mirando todo lo que decoraba aquella estancia.

—Pequeña, no te subestimes. Tiene mérito que sigas con vida, deambulando por las calles de esta ciudad. Yo me entero de todo lo que sucede aquí, necesito saberlo todo —afirmó con firmeza, aproximándose a ella lentamente—. Precisamente eso es lo que me interesa de ti, como ya te he dicho antes, me produces curiosidad.

—No os acerquéis a mí —dijo Alodia, apretando los dientes y los puños.

—En ese sentido nunca me arrimaré a ti, no te preocupes. —La miró a los ojos—. No es habitual tener una pupila de cada color.

—¿Cómo decís?

—¿Es que acaso no te has visto...? Espera un momento. —El anfitrión fue a un mueble y extrajo lo que parecía un espejo del interior de un cajón, volvió junto a ella y le mostró su reflejo.

—No es posible... —Alodia se llevó la mano a uno de sus ojos—. Está...

—Así que no es de nacimiento. Supongo que es consecuencia de alguno de los golpes que te dieron. Déjame ver. —Le tomó la cabeza y le estiró el párpado—. Tienes la pupila dilatada, puede que sea de forma permanente. Por este motivo y dependiendo de la luz, parece que tuvieras un ojo más oscuro que el otro, aunque los dos iris son del mismo color.

—¿Es eso posible?

—¿No lo estás viendo tú misma en el espejo? —Le señaló—. Una muchacha de ojos bicolor, no dejas de ser una caja de sorpresas, Alodia. —Y sonrió—. En cuanto a mí, tampoco soy muy convencional, que digamos... Bueno, es difícil de explicar. Verás, seguro que conoces a gente que tiene algún tipo de artilugio que le da confianza, suerte, fuerza —comentó de manera más amigable—, no tiene por qué ser exclusivamente religioso, ¿entiendes?

—¿Un amuleto para tener buena fortuna?

—No, un amuleto no. Los amuletos dependen demasiado del azar, no se fabrican, simplemente se encuentran —explicó—; yo te hablo de talismanes, objetos valiosos, creados con un objetivo claro. Ahora descansa, ya tendremos tiempo de conversar sobre ello.

24

Alodia había aprendido a desconfiar hasta de lo más evidente. No se conformaba con encontrar un río, meter la mano en la corriente y ver lo transparente que era. No, tenía que beberla para estar segura de que aquello era agua.

Si se guardaba mucho de algo tan simple, cómo no hacerlo del hombre que la cobijaba en su casa.

Ella llevaba tiempo examinando cuanto estaba al alcance de su vista. En cada frase que pronunciaba buscaba ganar tiempo para saber a qué se enfrentaba.

Estaba tensa, alerta, preparada para cualquier cosa.

Entonces él la miró de una manera que reconoció de inmediato; había visto antes esa expresión en un hombre de nefasto recuerdo, el que iba a ser su marido, don Antón de Rada. Estaba evaluándola, examinándola. Odiaba que hicieran eso con ella; detestaba que pensaran que era una mercancía que podían comprar y de la que podían disponer a su antojo.

Pero, en el fondo, a la vista de los hombres ella solo era un cuerpo que utilizar para unos u otros menesteres, ninguno agradable.

Fue en ese momento cuando algo cambió en los ojos que la observaban; Alodia tuvo una sensación extraña, un instinto, un pálpito.

—¿Sabes quién era el anterior monarca de Castilla? ¿El padre del actual rey Sancho?

—Sí. —La pregunta la sorprendió—. Alfonso.

—El décimo de su nombre —completó la respuesta—; el rey Alfonso ha convertido Toledo en una puerta a través de la cual se está transmitiendo un inmenso caudal de conocimiento atesorado por el mundo árabe durante siglos. Sin el esfuerzo de traducción llevado a cabo en esa ciudad, ya con anterioridad al monarca y continuado por él, todo ese saber habría estado vedado para los cristianos.

—Vos sois musulmán —se atrevió por fin a decir ella.

—Sí, has tardado en decirlo.

—No quería equivocarme, aunque lo pensé nada más veros. En mi tierra también hay como vos.

—¿De dónde eres?

—De... —Alodia dudó—; del norte.

—Así que del norte, muy bien, una cristiana del norte —dijo asintiendo con la cabeza—. Me llamo Ayub y soy mudéjar.

—Mudéjar... ¿Qué quiere decir?

—En mi lengua viene a significar domesticado. Se utiliza para designar a los musulmanes que hemos permanecido en territorio conquistado por los cristianos; se nos permite practicar nuestra fe, usar nuestra lengua y mantener nuestras costumbres. Vivimos en aljamas o morerías dentro de las ciudades, con cierto autogobierno, en Albarracín con mucho, ya que nos entregamos pacíficamente a la Casa de Azagra.

Ayub suspiró, y siguió con sus reflexiones.

—Uno debe adaptarse para sobrevivir, nada es eterno, todo es cambiante —afirmó señalándola—, tú ya deberías saberlo. No hay que juzgar a las personas por lo alto que llegan, sino por el camino que han recorrido. A veces no tenemos más remedio que recorrer un largo y peligroso trayecto a pie para alcanzar un humilde lugar, mientras que otros ascienden montañas —y se detuvo—, a lomos de sus caballos y con ayuda de sus sirvientes.

Alodia no dijo nada, Ayub se quedó mirándola, como esperando una afirmación, pero ella se mantuvo impasible.

—¿Te gusta mi hogar? —Y abrió los brazos como mostrándoselo.

—Es diferente; no se parece al mío —se excusó—, me sorprenden los textos pintados en las paredes y cosas que no había visto nunca antes.

—Mi mundo ha ido un paso por delante del cristiano en muchos aspectos.

—¿Como cuáles?

—Medicina, arte, armamento, construcciones y conocimiento —enumeró.

—Y, sin embargo, los cristianos os han vencido y... Domesticado.

—Vaya, no te muerdes la lengua. —Sonrió Ayub—. La historia tiene ciclos, y el que nos ha tocado vivir dista mucho de haber concluido.

—No sé lo que eso significa.

—Ya veo. —Juntó las manos a la altura de la cintura y las introdujo dentro de las mangas opuestas—. ¿Sabes leer y escribir?

—Sí, aunque mi padre siempre dijo que no me serviría para nada, que los hombres deben saber luchar y mandar, y las mujeres, parir y obedecer.

—Muy locuaz tu querido padre; para desgracia de mi pueblo no todos los cristianos piensan así. Por ejemplo, el anterior rey de Castilla, Alfonso X, fue un verdadero sabio. Supo conjugar las batallas con la sapiencia, virtud que no es muy habitual en la realidad. Además de rey, guerrero y diplomático, fue poeta y amante de la astronomía. Llamó a su corte de Toledo a los más famosos y experimentados científicos, fueran cristianos, judíos o musulmanes. ¿Sabes que crearon unas tablas sobre las estrellas y el orden de las esferas? Estudió más que nadie sobre ellas. He oído que una vez comentó que si él hubiese estado al lado de Dios cuando creó el universo, le habría dado algún valioso consejo.

—Entonces, ¿fue un buen rey?

—Los reyes no son buenos ni malos, son reyes. He ahí su grandeza y su condena, y por lo tanto la de sus súbditos —respondió Ayub con cierto aire de nostalgia.

—El pueblo necesita alguien que le gobierne.

—Eso no lo pongo en duda. Sin embargo...

—¿Qué?

—Alfonso se consideraba una autoridad de origen divino con poder autoritario sobre todos los demás. Por el contrario, la nobleza pensaba que el rey debía ser un *primus inter pares*; el clero deseaba ser el único intermediario con Dios, por lo que toleraba el origen divino de la monarquía; y las oligarquías de las pujantes ciudades querían incrementar sus privilegios y limitar la autoridad del rey en ellas. Mientras este condescendió a sus deseos, los tres estamentos respetaron a Alfonso X.

—Y cuando este no lo hizo, se alzaron contra él y acabaron destronándolo —se adelantó Alodia.

—Así es; sé que tú no eres una mujer vulgar —afirmó—, aunque te esfuerces lo imposible para que no lo sepan. Tienes conocimientos que solo pueden aprenderse en la casa de un noble.

—No es verdad.

—Como prefieras; no me importa tu origen, el mío propio no es nada del que sentirse orgulloso y, mira ahora, nadie puede dudar de que he sabido ganarme la vida, y sin usar una espada.

—Me alegro por vos.

—Gracias, no fue fácil, te lo aseguro. —Su rostro dejó de tener una expresión tan amable por un instante, como si un recuerdo amargo lo hubiera empañado—. Te estaba hablando del rey Alfonso X; él mandó recopilar y redactar una enorme cantidad de obras jurídicas, para poder justificar la superioridad de la autoridad regia, para erigirse en vicario de Dios, en legislador único y en juez supremo sobre todos los del reino.

—La Iglesia se opuso.

—Y la nobleza y las ciudades, hasta su propio hermano, el actual rey, le traicionó. —Se llevó las manos a la espalda y dio varios pasos alrededor de Alodia—. Alfonso era listo, y creyó que su victoria estaba más en el saber que en las armas. Pero los grandes conocimientos engendran las grandes dudas y lo peor que puede pasarle a un hombre es dudar.

—Quien aumenta su conocimiento aumenta su dolor.

—¿Dónde has oído eso?

—No lo recuerdo.

—Ya veo... —Sonrió Ayub.

Cada vez que Ayub sonreía, Alodia se sentía más a gusto. El

musulmán era educado, vestía con un gusto exquisito, la piel morena de su rostro era brillante y sus ojos verdes rebosaban sabiduría.

«¿Por qué no podía haber sido como él quien iba a ser mi esposo?»

—Todos los hombres buscan la manera de apaciguar sus dudas, su dolor —continuó diciendo Ayub—. Porque la vida es eso, dolor. ¿Y por qué? ¿Por qué el dolor? Ese es nuestro error, buscar las razones que causan el dolor, como si al conocerlas y eliminarlas, este fuera a desaparecer.

—¿Y no es así? —preguntó Alodia muy embriagada por las palabras que escuchaba.

—No, el dolor es inevitable; no hay que buscar eliminarlo sino aprender a convivir con él.

—¿De qué forma se puede aprender tal cosa?

—Hay muchas maneras; hay quienes buscan en el propio dolor, quienes lo hacen en el dolor ajeno, o quienes simplemente prefieren el dolor de la ignorancia, pero todos se equivocan. Solo existe una manera de sobrevivir al dolor.

—Conocerlo.

—Así es, el conocimiento. —Y señaló la estantería a su espalda.

—¿Libros?

—Sí, en ellos es donde está todo el saber de nuestro tiempo y, lo que es más importante, de los tiempos anteriores al actual.

—¿Ahí está resumido el pasado?

—Sí, ahí está la historia y lo más importante, la interpretación que cada pueblo hace de la misma.

—La historia es única, pasó lo que pasó, no hay más que decir.

—Te equivocas, para cada pueblo la misma historia puede ser diferente. Hay batallas que no ganó nadie, o ganaron todos, reyes que fueron buenos para la mitad y terribles para la otra mitad, incluso hechos que nunca sucedieron.

—¿Cómo es eso posible?

—La historia es un arma poderosa, pronto lo aprenderás —afirmó con sus educados modales—. Independientemente de las interpretaciones, lo que está claro es que el hombre crece por acumulación de conocimiento. Cada cultura y cada época aporta avances, en la forma de construir, o de cultivar el campo, o en la curación de enfermedades o en tantas otras cosas de la vida, mejor dicho, ¡en todas! —añadió con entusiasmo.

—¿Y todo eso está en los libros?

—Sí.

—Por tanto, el lugar con más libros será el de mayor conocimiento, el de mayor poder —murmuró Alodia—; he oído más de una vez que algunos monasterios poseen extensas bibliotecas.

—Eso es cierto, aunque en las bibliotecas de los monasterios cristianos solo se conserva una pequeña parte de todo el saber antiguo: el *Timeo* platónico, los tratados lógicos de Aristóteles y compilaciones como las de Isidoro de Sevilla, Boecio o Alcuino —admitió sin demasiada pasión—. En cambio, el Islam ha conservado textos antiquísimos, en Bagdad dicen que hay hasta treinta y seis bibliotecas, y que la biblioteca de Trípoli, llamada Dar Al 'Ilm, o lo que es lo mismo, «La casa de la ciencia», albergaba millones de pergaminos hasta que los cruzados la quemaron a comienzos del siglo pasado, cuando lograron penetrar en ella.

—No sabía de esas maravillas.

—El Islam ha protegido el legado de grandes sabios griegos como Ptolomeo o Euclides, estudiosos de las matemáticas, la astronomía, la medicina...

—¿Y la Iglesia?

—Las religiones son complejas, deben serlo, no me entiendas mal —corrigió Ayub a la vez que levantaba una de sus manos—; sin religiones el mundo sería un caos y los hombres, solo animales. No hay nada que temamos más que la incertidumbre, la duda; no puede haber objeto, persona o cosa carente de explicación, de lo contrario esa indecisión, esa vacilación crecerá hasta destruirnos. La religión nos da todas las respuestas y no nos hace preguntas; en eso es tan bueno el Islam como el cristianismo, por eso vencieron a las antiguas divinidades.

—¿Qué dioses había antes?

—Muchos, demasiados, había dioses para todo —respondió Ayub con su agradable y pausada voz—. Hace más de mil años, casi todo el mundo conocido formaba parte de un mismo estado, el Imperio Romano, un vasto territorio de ricas ciudades, magníficas construcciones, poderosos ejércitos de cientos de miles de soldados y dioses, muchos dioses.

—No me imagino un mundo así.

—Y, sin embargo, existió; a los gobernantes romanos las divinidades no les importaban en exceso, les preocupaba más su vida terrenal, *Carpe diem, quam minimum credula postero*, «Aprovecha el día, no confíes en el mañana», decía un poema de uno de sus mejores poetas, Horacio.

—Una época tan distinta a la nuestra, parece mentira que fuera posible.

—Júpiter, Minerva, Venus, Baco... Son tantos —afirmó gesticulando con las manos—; cuando conquistaban un nuevo territorio, lo primero que hacían era levantar un nuevo templo en Roma para el dios o los dioses de esas tierras. Respetaban todas las religiones y cultos, pero todo cambió cuando apareció el cristianismo.

—Porque los cristianos solo adoran a un único dios.

—Por eso y porque para los romanos la religión consistía en ir a un templo y realizar una ofrenda, realizar una petición a ese Dios. No tenían que escuchar sermones, ni Dios los exigía —explicó con un tono por primera vez severo—; en cambio el dios cristiano les decía que esta vida no valía nada, que se olvidaran del *carpe diem*, puesto que hay otra vida después, una vida mejor. Que deben seguir muchos mandamientos, que lo importante no es este mundo, sino el de más allá; que resucitarán y entonces empezará la verdadera existencia. Los sacerdotes cristianos hablaban y hablaban, no había edificios para albergar a tantos fieles. El cristianismo rompía la forma de vida, la esencia del pueblo romano.

—Se convirtió en una amenaza.

—Desde luego, lo prohibieron y lo persiguieron. De tolerar todas las religiones a perseguirlas con una violencia nunca antes conocida.

—Pero el cristianismo venció; ya no existen esos viejos dioses.

—Y tiempo después surgió el Islam y ahora ambos cultos luchan entre ellos, pero hay algo que ha sobrevivido a las religiones: la magia.

—¿Magia? —preguntó Alodia desconcertada.

—Sí, aunque muchos lo ignoran, los peregrinos cruzan los Pirineos con dos destinos. La inmensa mayoría, el Camino de Santiago; pero también existe una minoría ilustrada, que viene en busca de conocimiento y tiene como destino Toledo, donde el rey Alfonso creó un *scriptorium,* con diferentes colecciones: derecho, historia, poesía... Y la más amplia de todas es la relacionada con la magia. Estos peregrinos van a Toledo en busca de ese conocimiento; y, cuando regresan a sus reinos de origen, corren el grave peligro de ser tachados de magos o nigromantes.

—La magia son supersticiones, ¿por qué iba a estar interesado un rey en libros de ese tipo?

—Era un monarca que se sentía con la obligación moral de conocer todo lo que podía ayudarle en su inmensa labor a la cabeza de unos reinos como los de Castilla y León. Él sabía de los influjos que los astros tienen sobre todas las especies, las plantas, minerales y también los hombres —observó la mirada dubitativa de Alodia—. Cómo podría explicarlo de manera que lo comprendieras... Verás, todos tenemos...

—¿Cualidades ocultas?

—¡Exacto! —contestó complacido—; la fuerza, la altura, la rapidez... Son virtudes visibles. No obstante, existen otras que no lo son, que se rigen por fuerzas desconocidas y que son más vitales para nuestras vidas que todas las que conocemos a simple vista.

—Por favor, contadme más —le conminó Alodia, fascinada.

25

Alodia recuperó su pasión por la lectura, los libros de Ayub eran mucho más interesantes que los de su familia. En cierto modo, era como si fuera otra vez una niña y Ayub... No quería pensar mucho en esos recuerdos tan dolorosos.

Ayub pronto se percató de la habilidad memorística de la joven y comenzó a utilizarla, le hacía leer ciertos volúmenes y recurría a ella cuando necesitaba recordar algún pasaje.

Ella pasaba largas horas en aquella casa, así aprendió cada uno de sus rincones. Sobre la pared de una de las estancias contiguas colgaba un espejo de dimensiones considerables. Alodia lo había visto hacía tiempo, pero hasta aquel momento no se había dado cuenta de su relevancia, ¿por qué motivo tendría un hombre como Ayub un espejo tan grande?

Tenía que haber alguna razón que le quedaba lejana, de ninguna manera podía ser casual. Se miró en el espejo, un segundo. Comprobó cómo su ojo derecho había cambiado de color, y ahora parecía de un verde intenso, como le había dicho Ayub, y sería por la paliza recibida por aquel energúmeno...

La joven volvió a centrar su mirada en su anfitrión y observó cosas que no había visto antes. Sí; vio serenidad, vio a la vez tensión en sus músculos, vio pequeñas heridas en su piel, vio un cabello moreno, algo canoso, y perfectamente cortado, y vio algo mucho más importante, vio esperanza.

Ayub tenía un aspecto cuidado, muy pulcro, perfumado.

Vestía ropas moras, amplias y de colores azulados, tenía la piel morena como ella, y los ojos verdes.

Pasaba la mayor parte del tiempo rezando y leyendo. Tenía un alargado escritorio donde extendía voluminosos libros y pergaminos. Cuando salía de la casa siempre era con algún libro en su bolsa y siempre volvía con otros.

Recibía visitas en la habitación contigua a la puerta de acceso, pero en ocasiones también se reunía en otra estancia más interna. Solía venir a verle un hombre enfundado en una capa negra y que no dejaba ver su rostro.

Alodia sentía curiosidad por él; en más de una ocasión intentó ver de quién se trataba, pero el visitante y Ayub se encerraban en aquel lugar y ella quedaba al margen.

Los días comenzaron a pasar muy deprisa, en presencia de Ayub siempre había algo nuevo que aprender y el tiempo se consumía como una vela encendida. Ayub comenzó a formarla en diversos conocimientos, cuya reflexión y estudio le suponían a Alodia largas horas de esfuerzo. Así pasaron varias semanas, con una dedicación plena, y que tiempo después Alodia recordaría con cierta nostalgia.

Pasados unos meses, Alodia comenzó a estar ansiosa por conocer quién era el hombre misterioso que visitaba a Ayub. Nunca tenía oportunidad de ver su rostro, así que optó por intentar averiguar algo respecto a él de otra forma. Se acercó a la estancia donde ambos se reunían mientras Ayub estaba ausente, rezando en otra de las habitaciones. Le fue fácil acceder, el interior no destacaba del resto de la casa. Buscó algún indicio que pudiera ayudarle en sus pesquisas y posó sus manos en uno de los libros que había sobre una de las mesas. Aquellos objetos le parecían fascinantes, se preguntaba quién los habría escrito, por cuántos dueños habrían pasado antes de llegar allí. Tenían algo de mágicos, se imaginaba leyéndolos a la luz de una vela, y que aquellas palabras cobraban vida.

Ojalá pudiera leer todos esos libros.

Solo grandes hombres podían haberlos escrito, ella los imaginaba sentados frente a un pergamino en blanco, con la pluma entre sus dedos, dejando que la tinta plasmara sus pensamientos.

¿Acaso podía haber algo más mágico que el conocimiento?

Tan emocionada estaba que no pudo evitar abrir el libro que tenía frente a ella.

Estaba escrito en lengua árabe y no entendía lo que decía, pero había unas extrañas miniaturas pintadas con pan de oro; eran seres extraños, con forma de hombre pero con atributos que no les correspondían. Le pareció tan extraño que lo dejó y se fijó en uno de los pergaminos donde estaban dibujadas unas esferas que recorrían unas circunferencias. Aquel texto sí lo entendía, era latín, su madre había puesto énfasis en que aprendieran esa lengua cuando ella y su hermana eran pequeñas.

—Hay libros secretos... —Ayub regresó del rezo y la sorprendió—, que nos hablan de las propiedades ocultas y los efectos mágicos que se pueden inducir en objetos y personas por medio de las ceremonias adecuadas —explicó en un tono muy cercano, sin que pareciera importarle que estuviera en esa sala.

—Pero la magia... No sé... ¿Me estáis diciendo que de verdad existe?

—¿Acaso lo dudas? Crees en la religión, ¿y no en la magia? Siempre ha habido dioses, de la misma manera que siempre ha habido magos; y el límite entre unos y otros es difuso. Al final todo se reduce a la utilidad; la religión es necesaria, imprescindible, tenemos que creer que alguien o algo ha creado todo esto, la causa primera de todo.

—Dios.

—¿Qué dios? ¿O qué dioses? Sin la religión el mundo caería en el caos más absoluto, por esa razón la magia ha sido arrinconada. Se puede vivir sin magia, la mayoría de la gente lo hace, pero no se puede vivir sin un dios.

—¿Y qué hago yo escuchando esto? ¿Qué queréis de mí?

—Yo construyo talismanes, objetos hechos de materiales especiales que adquieren determinadas propiedades mágicas a través de mi intervención —expuso de manera muy académica—. La construcción de talismanes es compleja; para que realmente funcionen hay que realizar todo el proceso sin fallos. Hay demasiados charlatanes y agoreros, y gentes peores, de las que no conviene hablar, que venden falsos talismanes.

—¿Sois capaz de construir uno que funcione?

—Sí, aunque solo para algunos usos —puntualizó—, y con los materiales y conocimientos adecuados.

—Pero seguro que disponéis de los libros donde se explica cómo hacerlo y si quisierais podríais construir uno para cualquier finalidad.

—Cuidado, estás entrando en un terreno peligroso.

—Luego es verdad.

—Verdad dices —sonrió y la miró como se hace con un niño—; la verdad se ha utilizado demasiadas veces para causar el mal.

—No me gusta que me traten como a una estúpida —musitó Alodia enfadada—; ¿para qué me necesitáis? Creo que ya es hora de que me lo digáis, ¿no os parece?

—Buena pregunta, eres despierta, rápida de mente y acostumbrada a sobrevivir. La capacidad de un hombre, o una mujer —puntualizó—, para sobreponerse a las adversidades es un valioso don con el que muy pocos están bendecidos. Créeme; he visto a los más forzudos y diestros caballeros venirse abajo en una batalla, paralizarse y sucumbir.

—Si supierais por lo que yo he pasado, os aseguro que lo último que diríais es que tengo un don.

—Eso debes dejarlo atrás —afirmó con rotundidad—, si pretendes juzgar el pasado, perderás el futuro.

—¿Pretendéis que me olvide de ello?

—De ninguna manera; si no somos capaces de recordar el pasado estamos condenados a repetirlo. No es eso lo que te estoy diciendo, Alodia. El pasado está escrito en nuestra memoria y ahí debe seguir; en cambio, el futuro está presente en el deseo. Ahí reside su enorme fuerza. —Ayub hizo una pausa—. Dime, Alodia, ¿tú qué deseas? No hace falta que me lo digas a mí, pero tú sí debes tenerlo claro, pues serán tus deseos los que muevan tu futuro.

—¿Y vos? ¿Qué deseáis? —replicó, sin dejarse intimidar por la contundencia y destreza en la forma de hablar de aquel misterioso hombre, que parecía querer dominarla con palabras—. ¿Cuál es vuestro futuro?

—Ya te lo he dicho antes, sobrevivir al dolor, como todos.

—¿Qué dolor es ese que tanto os oprime?

—Ten cuidado con lo que dices, eso no te incumbe y hay que saber hacer las preguntas adecuadas en cada momento —respondió él por primera vez a la defensiva.

—Sí, sí que me incumbe si estoy yo en él. —Alodia pasó decididamente al ataque—. Decidme, qué pretendéis obtener de una simple niña como yo.

—Que me ayudes.

—¿A qué?

—Necesito alguien que no llame la atención, que sea inteligente y observadora. Sé que tú lo eres, desde que entraste en esta casa no has hecho sino observar todo lo que había. También me he dado cuenta de que tienes una memoria excelente, algo muy inusual.

—Me fijo en las cosas, ¿y qué?

—No solo te quiero por eso, quiero a alguien que pase desapercibido en esta ciudad y que pueda salir de ella. Que conozca caminos y pasos poco transitados —siguió explicando.

—¿Queréis que lo haga yo? Por eso me salvasteis y trajisteis aquí... —murmuró las últimas palabras.

—Qué mejor que una muchacha para ello, ¿no crees? Los hombres desprecian a las mujeres y a los niños. Pasarás desapercibida en la ciudad, serás como un gato en el que nadie se fija y que, sin embargo, está en todos sitios.

—Eso puedo hacerlo.

—Al mismo tiempo, es preciso que sepas arreglártelas sola.

—Ya. —Pensó lo que iba a decir—. Me parece bien lo que proponéis. —El rostro de Alodia lucía una sonrisa por primera vez en mucho tiempo.

—Te pagaré bien —buscó dentro de su túnica, extrajo una pequeña bolsa, la abrió para que Alodia observara las monedas que guardaba y se la entregó.

—Si me dais esto ahora, ¿quién os dice que no me escaparé y no volveréis a saber de mí?

—Tu inteligencia —respondió Ayub sonriente—. Si huyes con esas monedas, sí, podrás vivir bien un tiempo. Eres una mujer en edad de casarte, no tienes apellido ni casa, nadie de buena posición querrá desposarte.

—¿Y si no me caso?

—Bueno, siempre puedes meterte a monja.

—Mal... —Alodia casi perdió los nervios al recordar el viaje hacia el convento—. ¿Y si tampoco me hago religiosa?

—Como prostituta durarías unos años, pero y luego...

—Puedo valerme por mí misma, puedo...

—No, no puedes hacer nada. No eres un hombre, y aunque lo fueras tampoco podrías. ¡Crece de una vez! Tu mejor opción es servirme, no solo por esas monedas —señaló alzando la voz—, sino por todo lo que después puedo hacer por ti.

—¿Qué?

—Sí, escuchas bien. Las monedas solo son un acto de confianza, para que veas que mis intenciones son buenas. Si me ayudas en mis objetivos, te aceptaré como mi sobrina, te daré un apellido, una casa, un futuro y, lo más importante, acceso a la sabiduría de los libros —remarcó—; tú eliges.

—Pero... ¿Por qué yo? ¿No sería mejor un...?

—No, no me fío de los hombres. Tiene que ser una mujer y tienes que ser tú.

Alodia se quedó pensativa frente a la mirada verdosa de Ayub.

—Tengo un regalo para ti —dijo él.

Con ambas manos le aproximó un objeto envuelto en una hermosa tela rojiza. Ella lo desenvolvió, ocultaba una daga con una vaina de cuero oscura, la empuñadura tenía una piedra negra incrustada.

—No solo es para defenderte —le dijo mientras la desenvainaba—, te protegerá en todos los sentidos, la he mandado fabricar expresamente para ti.

Alodia la tomó en sus manos, era ligera, su hoja estaba muy afilada, casi se cortó al pasar sus dedos por ella. La envainó de nuevo y se quedó mirando la piedra negra.

—Es un talismán, ¿verdad?

—Sí, lo es.

26

En poco más de un año, Alodia logró controlar los entresijos de la ciudad, y enterarse de todo lo que pasaba y, sobre todo, de lo que decían que no pasaba. La información no solo era valiosa para facilitar el comercio, sino que era una mercancía en sí misma.

Esto último le costó entenderlo.

Ayub le demandaba información de todo; al principio ella misma se preguntaba la razón.

¿Para qué quería conocer el precio que iban a fijar los tasadores para el pan? ¿O si la catedral iba a necesitar un nuevo cargamento de cera? ¿O qué vino usaban en cada taberna?

Lo hacía para comerciar con esa información y obtener otra que le sirviera en sus negocios.

Por esa razón Alodia tenía que visitar con frecuencia las iglesias de Santa María y Santiago, y también la catedral. Allí es donde más se hablaba, y era fácil escuchar las conversaciones en lugar sagrado. Así que a veces se ocultaba en el templo y esperaba en silencio, hasta que solo quedaban los sacerdotes.

En otras ocasiones vigilaba las tabernas, controlaba qué extranjeros entraban y salían de Albarracín; era fácil, solo había tres portales. Así que se subía a las murallas que iban hacia la torre del Andador y desde allí examinaba por qué camino se acercaban nuevos visitantes. Bajaba al portal correspondiente, escuchaba las explicaciones que daban a los guardias y luego les seguía. Si iban a una de las tabernas entraba tras ellos y escuchaba sus charlas.

Era fácil, como le dijo Ayub; nadie se fijaba en ella. Lograba pasar siempre desapercibida. A veces tardaba mucho en conseguir información, pero los hombres son todavía más estúpidos cuando han bebido una jarra entera de vino. Así que todo era cuestión de tiempo.

Las tabernas eran peligrosas, las peleas eran frecuentes y una vez que empezaban no se libraba nadie. Además abundaban los ladrones y criminales, por lo que había que andarse con mucho ojo.

Una noche, Alodia andaba detrás de un comerciante de cera que venía de Ricla, un pueblo de Zaragoza, con intención de aprovisionar a la catedral. Estuvo siguiendo sus pasos toda la noche. Tenía buen beber, aguantó jarra va y jarra viene hasta las horas más oscuras. Le sacó lo que quería, el precio al que vendía la cera y los plazos que iba a acordar con los curas.

Se fue borracho hasta las orejas cuando no quedaba casi nadie en la taberna, solo un par de extranjeros. Fijó su vista en uno de ellos y el corazón le dio una tremenda sacudida. Lo reconoció de inmediato. Cómo poder olvidarlo.

Un torbellino de recuerdos azotó su mente, recordó Valencia, a su hermanita, a sus padres, a sí misma montando las yeguas de sus tierras. El mar, cuánto echaba de menos su olor, el sonido de las gaviotas, cómo extrañaba su casa, su infancia.

La tormenta dentro de su cabeza se había desatado con todas sus consecuencias, el señor de Rada también regresó a su memoria, y el carromato con aquellas dos desgraciadas niñas, y el hombre que ahora estaba en aquella taberna.

Su olor. Su fetidez. Hay cosas que se pueden olvidar a lo largo de toda una vida, pero ese olor no era una de ellas.

Miró a un lado y a otro, era hora de ajustar cuentas. Debía pensar rápido, eran dos y corpulentos. Aunque a esas horas el alcohol ya debía de fluir en abundancia por sus venas.

No tenían ni idea de lo que se les venía encima.

Se acercó con disimulo, situándose cerca de ellos. Creyó averiguar que venían de Tierra de Campos, entre los reinos de León y Castilla. Estaban de paso con algún negocio entre manos, aunque le dio la impresión de que no era de mucha importancia.

El comerciante de cera se le había escapado, pero no le importaba, ya daría con él más tarde. Debía de pensar con rapidez, y de verdad que lo hizo, pues no le quedó más remedio ya que la pareja se levantó de la mesa y fue hacia la puerta.

Abandonaron la taberna, ella fue detrás, esperó a que llegaran a una calle con poca luz y aumentó su paso para darles caza.

—Vosotros —llamó su atención.

Ambos se giraron echando mano al cinto.

—¿Qué quieres? —preguntó el que conocía.

—Solo buscaba compañía. —Y se quitó la capucha de la túnica, para dejar ver su pelo largo y suelto cayendo sobre los hombros.

Aquel simple gesto era una invitación que cualquier hombre solo y borracho no iba a desperdiciar.

—Vaya, qué sorpresa. —Sonrió y relajó su cuerpo—. Muy joven eres tú, no sabía que en esta ciudad las mujeres lo buscaban a uno por la calle.

—No a todos, tú has tenido suerte.

—Hemos —corrigió su compañero—, porque yo también quiero.

—Claro, hay para los dos.

Los ojos de ambos hombres brillaron como si hubieran encontrado un tesoro de gemas preciosas y monedas.

—Ven aquí. —El primero de ellos se abalanzó de manera torpe y brusca.

—No me hagas daño, no me resistiré.

—Mucho mejor —dijo mientras comenzaba a besuquearla.

—Si me das una moneda, haré lo que me pidas, cualquier cosa que te dé placer.

—¿Cualquiera?

—Sí, incluso puedo sugerirte alguna, si no tienes mucha imaginación. —Alodia intentó fingir una voz seductora...—. Pero que ese nos deje solos, no quiero que mire.

—¡Por Dios! Hoy es mi día de suerte, toma. —Y rebuscó en el interior de sus ropas, ella vio dónde llevaba las armas y qué ocultaba bajo la capa mientras le daba la moneda—. Ya la has oído, déjanos solos. Luego te tocará a ti.

El otro hombre gruñó, a regañadientes aceptó y se alejó hasta cruzar la primera esquina.

—Ven aquí, pequeña.

La cogió por los brazos y pasó la lengua a lo largo de su cuello, manoseándola toda, metiendo sus dedos bajo su piel.

Alodia no lo dudó.

Sacó su daga despacio, mientras el tipo gemía y pronunciaba obscenidades en su oído; tuvo cuidado de hacerlo bien, palpó su pubis, y eso le puso más nervioso aún.

Agarró fuerte la empuñadura y le clavó la hoja entre sus piernas, en un solo gesto. Se apartó súbito de él.

—¡Qué has hecho, maldita! ¡Qué has hecho!

Comenzó a gritar y llorar como un crío.

—Cállate. —Y le soltó una bofetada.

—Me la has cortado, ¡estás loca! —Lloraba sin parar.

—¿Te acuerdas de mí?

Él solo gemía e intentaba taparse la herida con ambas manos.

—No, ¿verdad? Pues te diré mi nombre para que lo recuerdes en la otra vida, Alodia, me llamo Alodia. Tú me violaste y esta es mi venganza.

Lo tomó del pescuezo y le rebanó la garganta como a un cerdo.

Su compañero debía de estar por ahí, tenía que buscarlo cuanto antes.

No hizo falta; justo en ese momento llegó alarmado por los gritos. Vio al muerto en el suelo y fue hacia a Alodia enfurecido, sacando su daga del cinto. Era fuerte y alto, pero, a esas horas de la noche, todos los hombres andan torpes por el vino. Alodia estaba preparada, esquivó su primer ataque. En el segundo, el filo de su hoja casi le rasga el brazo, pero antes de que le diera tiempo a un tercero, se giró hacia su lado izquierdo y saltó para meterle cuatro dedos de acero en el cuello.

Se echó ambas manos a la herida, pero la sangre brotaba como una fuente y terminó desmoronándose junto a su compañero, balbuceando y desangrándose. Alodia no quiso correr riesgos. Lo cogió del pelo y le hizo que levantara la cabeza para que viera bien sus ojos, los ojos que le iban a quitar la vida.

27

Aquellas muertes y otros altercados hicieron cada vez más peligrosas las tabernas; había que andarse con buen ojo. Además, solo estaban concurridas de noche; de día el mercado semanal era casi el único lugar donde poder recolectar algo de información, pero el que fuera precisamente solo una vez a la semana disminuía mucho su utilidad.

Sin embargo, había un sitio abierto todos los días y que Alodia ya conocía bien, las iglesias de la ciudad.

Así que se convirtió en un hábito el acudir a todas las misas que se celebraban, que eran muchas. No siempre obtenía algo, pero le servía para conocer a las gentes, sus hábitos, los nacimientos, las defunciones, las bodas; todo evento importante pasaba por la iglesia, previo pago, claro está.

Así fue como Alodia se percató de la importancia de los templos en la vida de la ciudad, y de que la diócesis, con la catedral a la cabeza, era una compleja y extensa cadena de obtener riqueza.

En uno de esos días en los que vigilaba uno de los templos, la iglesia de Santiago, cuando Alodia ya se iba a ir, entró una señora, habitual de las misas. Venía sola, lo cual le pareció extraño a la muchacha, porque siempre la había visto acompañada de sirvientas. De hecho, Alodia se había fijado que recientemente la señora había incorporado una criada nueva, una campesina que parecía muy servicial. Por eso fue tan extraño verla sin compañía.

La señora se quedó quieta en uno de los laterales nada más entrar, parecía buscar a alguien. Al poco tiempo, uno de los curas de la iglesia, uno de los más viejos, salió de la sacristía y fue hacia ella.

Alodia reaccionó con prontitud, se movió de forma sigilosa hasta llegar lo suficientemente cerca de ellos para escucharles sin ser vista.

—¿Ha traído el pago?

—Sí, padre Melendo —contestó ella, y sacó una bolsita que le entregó al religioso.

—¿Dónde lo tiene?

—Fuera.

—Hágalo pasar, rápido.

La señora se dirigió a la puerta de acceso y regresó acompañada de una de sus jóvenes sirvientas, que llevaba algo en los brazos. Alodia no lograba ver qué era, parecía un bulto, como si fuera ropa o comida envuelta.

El sacerdote avanzó por el templo hasta un lugar que no tenía nada de particular, no había ni figuras ni cuadros colgando de las paredes cercanas. Señaló el suelo y la mujer asintió. Luego él fue hasta una de las paredes y tomó algo que estaba escondido tras unas sillas, una pala. La sirvienta entregó, con mucho cuidado, el bulto a la señora, y tomó la herramienta.

A continuación, y siguiendo las órdenes del cura, comenzó a excavar en el suelo de la iglesia.

Alodia asistió atónita a los hechos, sin entender qué estaba sucediendo.

La criada terminó su labor y se echó a un lado. La mujer se puso frente al pequeño agujero que había excavado y el párroco tomó una pequeña Biblia, la abrió y empezó a leer en voz baja. Las dos mujeres agacharon la cabeza hasta que el cura pareció terminar la oración. Acto seguido, la señora dejó el bulto en la oquedad y la sirvienta volvió a tomar la pala para taparlo.

Después abandonaron la iglesia.

Alodia regresó aquella noche a casa de Ayub bastante confundida, y nada más entrar lo buscó para relatarle lo acontecido. Él estaba sentado ante su mesa de madera, leyendo un pergamino que tenía extendido. Escuchó con paciencia las palabras apresuradas de la joven.

—¿De verdad no sabes lo que acabas de ver?

—No estoy segura.

—Enterrar a los muertos es un acto material que posee una fuerte dimensión espiritual —dijo él con su agradable tono de voz—. La gente necesita dar sepultura a los restos, es parte del proceso.

—¿Proceso?

—Sí, o círculo, llámalo como quieras. Necesitamos cerrar el círculo de la vida, nacemos, crecemos y todo lo demás, y finalmente morimos y somos enterrados. Polvo eres y en polvo te convertirás.

—Sí, pero...

—Todos los familiares y amigos necesitan un lugar al que acudir para rezar por sus difuntos que ya no están. Es bueno para todos, en especial para los vivos. Los vivos acuden frente a los que no están, para reflexionar sobre la muerte y sobre el sentido de la vida.

—¿Y por qué han enterrado a un niño a escondidas dentro de una iglesia? —preguntó todavía confundida.

—Es que dar sepultura dentro de las iglesias es una costumbre muy dañina. Se ha intentado prohibir por ser perjudicial para la salud, por ir contra las disposiciones de concilios, cánones y soberanos —explicó—, y porque es indecoroso y profana el templo de Dios.

—Pero se sigue haciendo.

—Como tantas otras cosas que están prohibidas, parece mentira que te extrañes tanto de esto.

—Es solo que no lo esperaba —intentó excusarse Alodia—, ¿nunca ha estado permitido?

—Sí, claro que sí. —Su maestro se levantó de la silla y recogió el pergamino que consultaba—. Aunque es verdad que hasta el tiempo del emperador Constantino solo los mártires se enterraban en los templos —puntualizó—. Luego se extendió la costumbre y ahora es difícil eliminarla. Intenta comprender lo perjudicial que es respirar un aire ensuciado por la acumulación de cadáveres en un lugar húmedo, cerrado y poco ventilado como es el subsuelo de una iglesia. Si las aguas estancadas corrompen el aire, ¿qué no puede hacer la descomposición de un cuerpo?

—Entonces, cuando estamos en los templos... Respiramos...

—Sí, un aire nocivo, podría decirse que hasta venenoso.

—Eso es terrible, la gente debería saberlo.

—Te equivocas, la gente no quiere saber eso, lo que quiere la gente es enterrar a sus muertos ahí dentro, bajo sus pies.

—Si supieran lo peligroso que es para ellos...

—Lo harían igual, estás entrando en tierras muy embarradas, lo más importante para la gente inculta son sus creencias, no puedes ir contra ellas sin más —le recriminó, algo impaciente—; tenlo siempre en cuenta.

—Entiendo.

—No, no entiendes nada, ¿dónde quieres que entierren a sus seres queridos? Los cementerios que están a las afueras de la ciudad se perciben como un destierro para sus muertos. Así que el pueblo solo quiere que lo entierren en las iglesias. —E hizo una pausa para tranquilizarse—. Yo he visto de todo, hay quienes han llegado a falsificar los entierros metiendo piedras y troncos de madera dentro del ataúd, o cambiando el cuerpo de su ser querido por el cuerpo de otro muerto que habían robado. Sí, Alodia, ¡no me mires así!

—¿Y los curas lo permiten?

—Alodia, despierta. ¿Te das cuenta de los ingresos que suponen para muchas parroquias los enterramientos?

—Si te mueres, qué más da dónde te entierren —musitó ella—. Tu cuerpo se va a pudrir igual.

—Aunque suene extraño, una de las cosas más importantes de la vida es la muerte. ¿Nunca te has preguntado por qué se da sepultura bajo tierra a los cuerpos? —preguntó el maestro—. El enterramiento de los cadáveres se remonta a la edad más remota de nuestra historia. En la antigüedad, las necrópolis se situaban fuera de las ciudades y poblados. No demasiado lejos, en lugares de paso, evitando el olvido de los antepasados y propiciando, a la vez, la seguridad de estos lugares.

—Eso tiene bastante más lógica que hacerlo bajo una iglesia, ¿son los cristianos los que cambiaron la costumbre?

—En sus orígenes el cristianismo fue perseguido de manera brutal y sanguinaria, representaba una oposición al orden establecido, una auténtica revolución. Ello obligó a los primeros cristianos a enterrar los cadáveres de sus familiares y amigos en las catacumbas, en galerías excavadas en el subsuelo de las ciudades —explicó el maestro con esa peculiar voz suya, que susurraba cada palabra—. Con el tiempo, esas galerías fueron incapaces de albergar tantos cuerpos y algunos ciudadanos romanos ricos, convertidos al cristianismo, ofrecieron sus tierras para sepultar a sus hermanos de religión. Este es el origen de los cementerios cristianos.

—Eso también me parece racional.

—Es que la razón y la fe no se entienden bien mutuamente, Alodia.

—Sí, eso ya lo sé, no hace falta que me lo digáis.

—Pues a veces parece que lo olvidas con demasiada facilidad.

—No es verdad.

—Si tú lo dices —suspiró—. Llegó un momento en que las iglesias dejaron de ser un simple lugar de encuentro para la liturgia, la misa y el culto a los santos para convertirse en punto de referencia y cita con la vida y la muerte. Así, la costumbre de enterrar a los muertos en el interior de los templos se extendió sin medida.

—Es solo una superstición, se supone que la Iglesia está en contra de esas cosas.

—Alodia, qué ingenua eres a veces. La Iglesia no está en contra de las supersticiones, sino de las supersticiones que no puede controlar —le corrigió—. La gente cree que los enterramientos en el interior del templo facilitan el recuerdo de los muertos y favorece la intercesión de los santos. Y la Iglesia no lo desmentía porque, a la vez que conformaba a los creyentes, constituía una muy buena entrada de dinero en las arcas eclesiásticas.

—Entonces, al final es un tema de monedas.

—Siempre lo es, lo ha sido y lo será, eso no va a cambiar en los hombres por muchos siglos que pasen. El oro nos cegará dentro de ochocientos años tanto como lo hace ahora.

—Cuando yo muera quiero que quemen mi cuerpo, no necesito que nadie me recuerde.

—Lástima que cuando mueras no podrás decir eso, serán otros los que te entierren.

—Eso ya lo veremos.

—Bueno, tu información es interesante, difícil sacar partido de ella, pero nunca se sabe —reflexionó Ayub en voz alta—. Antes de la llegada de los invasores del Islam, los visigodos ya impidieron el entierro de los cadáveres en las iglesias y, en Castilla, el propio Alfonso X intentó prohibir enterrar a los muertos dentro de las iglesias, aunque siempre existen justificaciones y personas que, por posición o porque pueden pagarlo, se entierran en ellas.

—Al final parece que unos lo permiten por dinero y otros lo hacen por superstición.

—Y no lo dudes, Alodia. Ahora el suelo de las iglesias es más codiciado que sus tesoros, un palmo de tierra santa vale mucho.

—Entierran cuerpos unos a revueltas de otros, excavan sin preocuparse de dónde, con hacer un hueco donde quepa el nuevo muerto les sirve, esperan con ello una garantía de salvación —suspiró—; es patético. De pequeña vi cómo enterraban a mi abuela, fue al lado de la iglesia. Estaba envuelta en un simple sudario, sin ataúd; la colocaron boca arriba, con el cuerpo estirado.

—La muerte retrocede ante Aquel que es la resurrección y la vida. A partir del gran acontecimiento de la Resurrección la relación entre los hombres y la muerte cambió. Quien cree en Cristo no tiene que temer a la muerte porque aunque muera vivirá. Esa es la ganancia que ofrece la fe cristiana.

—¿De verdad creéis que un día todos resucitaremos?

—Sí, pero no todos iremos al paraíso. Los descreídos y los que no permanecen fieles al Islam serán castigados en el Yahannam, un lago de fuego sobre el que pasa el puente que todas las almas deben cruzar.

28

Desde que Alodia descubrió la venta de suelo en las iglesias para enterramientos ilegales, una idea estuvo rondando por su cabeza. Seguía con sus labores, controlando la información de la ciudad, trabajando en todo lo que le ordenaban, pero también planificando su secreto proyecto.

Un día, al final del invierno, Alodia acudió tarde a la casa de Ayub; se había entretenido con unos viajeros francos. Llamó como de costumbre, pero no obtuvo respuesta. No era habitual que Ayub se ausentara. Insistió y, ante el nulo éxito, tuvo la sensación de que algo malo había sucedido. La casa era como un torreón, sin vanos por donde acceder, solo aquella gruesa puerta de madera. Todas las ventanas daban al patio interior, así que escaló la fachada con dificultad, subiendo hasta el mismo tejado. Caminó sobre él hasta descolgarse por la fachada trasera y colarse por la primera ventana que encontró.

No había estado en aquella parte de la casa antes, era una especie de sala de rezos, con alfombras y cojines. Avanzó con precaución, cruzó el umbral de una puerta y escuchó unas voces al fondo.

Asomó la cabeza, era una sala que siempre había visto cerrada. De ella salió un hombre encapuchado. Echó mano de su daga, ella sabía que algo andaba mal, había tenido ese presentimiento.

Esperó a que el intruso le diera la espalda y entonces fue directa hacia él, alzó el brazo, pero aquella sombra se revolvió y le cogió de la muñeca, para darle un giro completo, que le obligó a tirar el arma y la aplastó contra la pared, golpeando de una forma brusca.

—¿Qué estás haciendo, Alodia?

—Ayub. —Se sorprendió al verle aparecer.

—¿Por dónde has entrado?

—La ventana de allí, creía que estabais en peligro. —Y miró al intruso mientras este le seguía retorciendo la muñeca.

—Déjala, solo es una idiota. —El desconocido la soltó.

—¿Quién es él? —preguntó Alodia mientras intentaba aliviarse el dolor que le había producido.

—Eso no te incumbe.

El encapuchado no dejó ver su rostro, hizo una inclinación a Ayub y desapareció por las escaleras que bajaban a la entrada de la casa. Alodia notó algo familiar en él, como si lo hubiera visto antes.

—Podía haberte matado, ¿en qué estabas pensando?

—Lo siento, pensé que...

—No vuelvas a entrar sin mi consentimiento, ¿entendido?

—Es quien me ayudó en el mercado, ¿verdad?

—Sí, es mi aprendiz —respondió Ayub con naturalidad—; quizás algún día tú también lo seas, aunque todavía te falta un largo camino que recorrer hasta entonces.

La primera noche de primavera había luna llena, y ese era un acontecimiento temido en la ciudad. Solía ser noche de sucesos extraños, y muchos preferían cerrar bien la casa y permanecer en el interior. Otros olvidaban las supersticiones y se reunían para contar las leyendas que brotaban de aquellas montañas.

En torno a una hoguera junto a la fuente, un anciano bebía vino; a su alrededor los hombres le imitaban y le pedían que contara una de aquellas historias que tanto temían, y a la vez deseaban escuchar.

El viejo se hizo de rogar, pero por fin les dio gusto.

Comenzó a relatar una historia sobre una muchacha que vivía cerca de allí, en la aldea de Ródenas, en época de los moros. Al parecer era hija de un cristiano viejo que tenía abundantes tierras y bienes, pero se enamoró del hijo del poderoso Señor de Albarracín.

Al ser un infiel, el padre de la joven prohibió que se vieran nunca, incluso cuando él faltase, y, para asegurarse de ello, vendió todo su patrimonio y escondió su fortuna para que nadie supiera dónde la guardaba. De esa manera, él decidiría con quién casaba su hija, ya que nadie quería tomar como esposa a una mujer sin dote.

Ella seguía profundamente enamorada del musulmán y lloraba sin medida la ausencia de su amado. Su madre también sufría, pues veía todos los días la pena de su hija.

Llegó un día en que el padre enfermó y murió. A pesar de que había escondido su dinero, su mujer lo encontró, y se lo dio a su hija como dote para que pudiera casarse.

Los enamorados acudieron ante el Señor de Albarracín y este aceptó la dote, pero luego pensó que aquello podía resultarle muy rentable. Así que recluyó a la joven en su castillo de la Atalaya y le pidió más dote a la madre a cambio de liberar a su pobre hija.

La madre maldijo la hora en la que su hija se enamoró y decidió no pagar el rescate. Si el hijo del Señor de Albarracín la amaba, encontraría la manera de hacer cambiar de opinión a su padre y liberarla.

Pero no fue así, y el amado de su hija la dejó morir en la torre del castillo.

Aquello provocó la locura de la madre, que escondió sus riquezas, nadie sabe dónde, y maldijo al responsable de su tragedia. El Señor de Albarracín murió y su hijo llegó al poder. Pero al poco tiempo fue destronado, abandonando la tierra en la mayor de las miserias. Así se materializó la maldición...

Dicen que el tesoro sigue oculto, en un lugar que hoy se llama Moricantada, donde estaba la Atalaya en la que murió la joven enamorada.

Alodia no esperaba ni dotes ni tesoros, ella sabía bien cómo buscarse la vida sola. Pero le gustaba escuchar esas historias llenas de leyendas y supersticiones, que decían mucho de la gente de aquella ciudad.

Esperó a que cayera la noche y a que Melendo, el cura de la iglesia de Santiago, saliera del templo. Llevaba varias semanas siguiéndolo, sabía que siempre abandonaba solo el edificio y que no era tan buen cristiano como muchos creían, pues en ocasiones seguía hacia el arrabal y llamaba a una de las casas más humildes. En ella vivía una mujer, Tolda, y sus cuatro hijos. Se había quedado viuda hacía un par de años y con tanta boca que alimentar había tenido que buscarse cómo ganar cuatro monedas; las opciones no eran muchas y terminó de curandera.

Decían que era buena; en una ocasión Alodia le consiguió unas hierbas que necesitaba y Tolda fue generosa en el pago y, sobre todo, una buena fuente de información; todavía recordaba aquel encuentro.

—Muchacha, déjame ver tu mano —le dijo la curandera en esa ocasión y Alodia obedeció—; tú no tienes líneas de mujer, tú las tienes de hombre.

—¿Y eso qué quiere decir?

—No estoy segura, las líneas de las manos anuncian nuestro destino, pero luego depende de nosotros mismos cumplirlo.

—Eso es lo mismo que no decirme nada: puede que te pase esto, pero es cosa tuya.

—Es que el destino no es lo mismo que el futuro.

—¿Cómo? —Aquellas palabras confundieron a Alodia.

—Lo que te digo, una cosa es el futuro, eso nadie puede saberlo. No podemos adivinar qué harás dentro de diez años, ni siquiera mañana. Pero sí podemos saber cuál es tu destino, lo que está escrito que serás dentro de esos diez años. —La miró con tristeza—. Sé que es complicado, pero ya lo entenderás.

—La verdad es que me da igual.

—Como quieras, yo debo irme al bosque, que esta noche es buena para recoger eléboro.

—¿Por qué hoy?

—Porque cada planta tiene su signo en el cielo —le respondió como si aquello fuera lo más común del mundo y debería saberlo—. La belladona, el cáñamo, la datura y la mandrágora deben cogerse durante los signos de Escorpión, Sagitario y Capricornio, es decir, después de la fructificación y cuando la savia no es mucha.

—No tenía ni idea...

—Por el contrario, el beleño ha de ser recogido bajo el signo de Aries, cuando la savia sube y la planta se carga de alcaloides —explicó Tolda como si aquellos conocimientos fueran lo más natural del mundo.

—Yo he oído a un campesino en el mercado que la lechuga alivia el insomnio, pero perjudica la vitalidad y la vista, ¿es verdad?

—Así es, pero ese efecto puede moderarse si se le agrega apio.

—Todo eso parecen ser supersticiones... ¿No?

—No; los campesinos todavía recitan antiguas canciones y usan palabras mágicas para lograr que sus campos sean fértiles. También consultan a magos y hechiceras si tienen algún problema.

—¿Magos?

—Así es, la magia es muy poderosa en estas montañas. La Iglesia ha obligado a los campesinos a agregar a sus cánticos paganos oraciones de origen cristiano. Cuando el hijo de un campesino se enfermaba, era común que dijeran —comenzó a cantar— «... sal, gusano, con nueve gusanillos, pasa de la médula al hueso, del hueso a la carne, de la carne a la piel y de la piel a esta flecha» —sonrió Tolda—, y luego, obedeciendo a la Iglesia y procurando también evitarse problemas con su señor, decían: «Así sea, Señor.»

«¿Para qué iría el sacerdote a casa de una curandera?», se preguntó Alodia.

Se percató de que esa misma pregunta que ella se estaba haciendo, en ese preciso momento, se la haría mucha más gente si supiera de esa visita. Sería un escándalo.

Así que esperó hasta que el religioso salió de la casa de Tolda, y lo siguió de nuevo hasta la suya. Ante su puerta, le saludó.

—Buenas noches, padre Melendo.

—¿Quién eres? —preguntó el cura, apretando los ojos para intentar ver mejor en la oscuridad—. Te conozco, tú eres esa joven que deambula por las calles, sin casarse, ¡qué vergüenza!

—Esa soy yo.

El rostro picado del sacerdote se constriñó de rabia.

—Dios te castigará por desobedecer tu naturaleza, a saber con quién te acuestas cada noche. —Y escupió al suelo—. El mismo Satán visitará tu cama, ¡maldita seas, pecadora!

—Sí, seguro. ¿Y qué le diríais a vuestros devotos parroquianos si supieran que vos estabais en la casa de la curandera Tolda, y a estas horas tan oscuras?

El anciano sacerdote se quedó blanco del susto, le entró un temblor en la mandíbula que no paraba de crecer y las palpitaciones amenazaban con hacerle desplomarse allí mismo.

—Ni se te ocurra...

—Tranquilo, soy una mujer de negocios.

—¡Una furcia es lo que eres!

—No, eso no. —Y Alodia dio dos pasos hacia él—. Soy una mujer de negocios y quiero proponeros uno muy ventajoso para ambos.

—¿Qué estás diciendo? ¿Cómo vamos a hacer tratos tú y yo? —El viejo la intentó apartar a un lado y marcharse.

—Sé lo de los enterramientos en el interior de la iglesia.

El padre Melendo se detuvo y se dio la vuelta muy despacio.

—¿De qué estás hablando?

—Lo sabéis muy bien. —Y Alodia dio un paso al frente—. ¿Qué piensan de ello en el obispado? Ah, claro, que no lo saben.

—¡Maldita!

—Cuidado con esas palabras, sois un hombre de fe —y sonrió—, así que el señor obispo no está al corriente de esa práctica, ya veo...

—Lo sabía, el Maligno te envía... ¡No! Es todavía peor, tú, tú eres el diablo convertido en mujer, ¡aléjate de mí!

—Callaos. —Y Alodia le soltó una bofetada que retumbó en la noche—. Y escuchadme. Sé que visitáis a la curandera para que sus brebajes, prohibidos por la cristiandad, os curen los achaques de anciano. Sé lo de los muertos que enterráis en la iglesia, y quiero ofreceros un negocio.

—Nunca te van a creer.

—¿No? A mí es posible que no me crean, pero es muy fácil

hacer circular un rumor por estas calles, sobre todo si es cierto —advirtió ella impasible—, ¿os imagináis si todos supieran que se realizan enterramientos dentro de la iglesia de Santiago, y a cambio de unas monedas...? ¿Creéis que eso no llegaría a oídos del obispo?

—¿Quién eres tú, maldita seas?

—A partir de ahora soy vuestra colaboradora.

—¿Qué quieres decir? —El anciano sacerdote estaba confuso y miraba asustado a Alodia.

—¿Cuánto cobráis a esos pobres desgraciados por cada enterramiento? —le preguntó desafiante.

—Eso no te importa.

—Veo que no entendéis la situación —afirmó ante la cara de estupor del sacerdote—, tenéis dos opciones: una, os retiráis, y hago que todo el obispado se entere de vuestras prácticas; dos, pasamos a colaborar y no solo nadie se entera, sino que además consigo traeros a más gente para enterrar.

—¿Y tú qué quieres a cambio?

—Pues la mitad de los beneficios.

—¿Cómo? ¡Maldita mujer! —Melendo entró otra vez en cólera—. Estás loca si te crees que voy a compartir contigo la mitad de lo que gano. Pero ¿quién te has creído que soy?

—Veo que seguís sin entenderlo. —Suspiró y se encogió de hombros—. Repito, tenéis dos opciones, vos decidís.

—¡Eres una bruja!

—Ojalá lo fuera, así podría convertiros en un cerdo.

—¿Cómo te atreves...?

—Mi tiempo se acaba. —Y Alodia se acercó hasta poder sentir el apestoso olor a muerte del cura—. Elegid.

—¿Cómo vas a conseguir más gente? —preguntó Melendo en un tono más sumiso y dialogante.

—Eso es cosa mía, ¿cuánto les cobráis?

—Depende.

—¿De qué depende? No tengo tiempo para tonterías, ¿de lo grande que es el muerto o qué?

—No, idiota. —Y miró a un lado y otro—. Del lugar donde quieren dejarlo dentro de la iglesia.

—¿Del lugar?

—Sí, cuanto más cerca del altar, más caro.

—¿Es eso verdad?

—¡Serás estúpida! Te lo estoy diciendo, cuanto más cerca del altar, más cerca de Cristo. Además, en esa zona es donde hay más religiosos enterrados, casi no hay espacio.

—Pero entonces cuando hacéis un nuevo agujero... Ya hay un muerto enterrado ahí o...

—Pues claro, está todo lleno, hay que hacer hueco —murmuró—; pero hay zonas donde es más fácil, como en los laterales; de ahí el diferente precio. —El sacerdote la miró con desagrado, y cedió—. Te daré una cuarta parte, no más.

—De eso nada, la mitad.

—¡Maldita hija del demonio! —Melendo parecía que iba a explotar—, ¿con quién te crees que estás hablando?

—Con un viejo cura que permite a la gente enterrar a sus muertos en el suelo de su iglesia, a costa de remover otros muertos y a pesar de estar prohibido por el obispado y el concejo de la ciudad —respondió Alodia muy seria—; estoy en lo cierto, ¿o me he dejado algo más?

El padre Melendo gruñó, se mordió el labio y apretó los dientes:

—Te daré la mitad, pero más vale que traigas muchos.

—Id haciendo hueco en el altar, porque serán de los caros —afirmó ella sonriente, antes de darse la vuelta y marcharse de allí.

Melendo volvió a maldecirla en voz baja.

29

Tras el relato de Alodia, Martín y fray Esteban miraban con atención a la hipnótica mujer. Después de su historia les costó volver a la realidad de aquella húmeda y desagradable mazmorra del palacio episcopal de Albarracín. El joven sacerdote nunca había asistido a un interrogatorio; a pesar de ello estaba convencido de que aquel no era precisamente uno que pudiera considerarse al uso. Tampoco aquella mujer era una acusada habitual, e incluso podría considerarse la presencia del dominico como un hecho fuera de lo común.

—¿Y así te has ganado la vida? —inquirió el dominico—, ¿o algo más que eso? Es un negocio lucrativo, has debido de lograr buenas ganancias. ¿Y ese sacerdote...? —continuó fray Esteban.

—Creo que murió.

—¿Causa natural, supongo?

—Eso no lo sé. —Alodia esperó unos instantes para explicarse mejor—. No puedo asegurar por qué ha muerto alguien, existen muchas maneras de matar y que parezca algo natural.

—No está muerto —intervino Martín.

—¿Cómo? —Fue la primera vez que Alodia pareció sorprendida e incómoda desde su llegada.

—El padre Melendo es muy mayor, es verdad, pero puedo aseguraros que sigue con vida —continuó Martín por sorpresa—; solo puede ser él, nada ocurre en la iglesia de Santiago sin que Melendo lo sepa.

—¿Alodia, tienes algo que decirnos de ese religioso? —insistió fray Esteban.

—No, supongo que escuché mal cuando oí la noticia de su muerte —respondió mordiéndose la lengua.

—¿Seguro?

—Del todo.

—Ahora entiendo lo que leo aquí. —Fray Esteban tomó un documento—. Unos hombres te acusaron de desenterrar el cadáver de un niño y transportarlo a la iglesia para hacer prácticas demoníacas con su cuerpo.

—Su madre no tenía valor para hacerlo y llevarlo a la iglesia para enterrarlo de nuevo, me pagó para que lo hiciera yo.

—Eso es una barbaridad a los ojos de Dios.

—Pues Dios debería abrirlos más, porque no se puede imaginar cuántas tumbas vacías hay en esta ciudad —pronunció Alodia con arrogancia—, más de cuarenta enterramientos le facilité al cura, ¡cuarenta! Así que no seáis necios, ¿quién os dice que ahora mismo no haya alguien haciendo un agujero en la catedral para meter ahí a un ser querido? ¿O es que acaso solo los religiosos y los nobles tienen derecho a ser enterrados en suelo santo?

—Eso no te incumbe.

—Pero es verdad.

—No pienso perder más el tiempo, nada de lo que has dicho te sirve para salir de aquí —le dijo con seriedad—. ¿Tienes algo más que decirme sobre ese mago, Ayub?

—No.

—Está bien, lo detendremos de inmediato por prácticas demoníacas.

—Él nunca hizo nada demoníaco.

—Eso tú no lo sabes, es un mago, no sabemos todo de lo que es capaz, ¿verdad? —No obtuvo más respuesta—. Me temo que ya hemos terminado. ¿Dónde se esconde ese Ayub?

—Él... Está muerto.

—Piensas engañarme otra vez con lo mismo... ¿De verdad? —Fray Esteban la miró indignado—. ¿Cuándo murió?

—Hace unos días, hubo un incendio. Cuando yo llegué el

edificio ya estaba envuelto en llamas, entré para salvar a Ayub, pero... No pude —dijo con pesadumbre—, inhalé demasiado humo y me desvanecí.

—¿Y entonces cómo es que sigues con vida?

—Me rescataron, un alguacil...

—Esto que me estás contando no te va a servir de nada —advirtió el dominico con desasosiego, cansado de escucharla.

—Fray Esteban, puede que esta vez diga la verdad —intervino Martín—, hace unos días fue pasto de las llamas una casona de la morería. Creo que no encontraron con vida a su dueño.

—Así que nuestro mago ha muerto en un incendio... Ahora que íbamos a atraparle, qué casualidad. —El dominico entrecruzó los dedos de sus manos—. Ayub parecía tenerte en mucha estima, por lo que nos has contado, ¿qué te dijo cuando se enteró de tu negocio con el cura?

—No le gustó, no.

—Ya veo, te echó de su casa, ¿verdad?

—Sí.

—Pero hay algo más, dínoslo, ¿qué más sucedió entre vosotros?

—Yo llevaba tiempo preguntándole por su magia —respondió Alodia—, quería aprender de él.

—¿Y? Él no estaba dispuesto a mostrarte nada.

—Todavía no; según decía, yo no estaba preparada. Él ya tenía un discípulo, yo era solo una aprendiz. —Alodia parecía sincera por su forma de responder, el tono de su voz y hasta la postura de su cuerpo.

—¿Y no sabes quién era ese discípulo?

—Nunca lo vi, era... No sabría deciros. Pero desde luego hacía todo lo posible para que nadie supiera quién es.

—¿Por qué motivo?

—Supongo que no quería que nadie conociera que era seguidor de Ayub.

—Es posible. —Y a fray Esteban le brilló la mirada—. O quizás es más complejo y lo hacía porque era alguien importante de la ciudad, ¿un cristiano quizás? ¿Un sacerdote?

—Fray Esteban... ¿Un sacerdote? —Martín no pudo contener su lengua.

—Sí, padre, creo que no podemos descartar ninguna opción en estos momentos. —El dominico se levantó de sopetón y fue hacia uno de los muros, se detuvo y se dirigió hacia Alodia—. Por eso te entregaste, ¿verdad? Ese aprendiz te persigue; muerto Ayub, ahora él es el mago y tú... Tú solo puedes estorbarle. Por fin empiezan a encajar las piezas de esta historia.

—Así es. Me persiguió. Intenté huir y llegué hasta el tejado de la catedral. No tenía escapatoria, iba a matarme. Tuve que llamar la atención y lo único que se me ocurrió para que me apresaran antes de que él acabara conmigo fue inculparme de esos crímenes de los que todos hablan en la ciudad.

—Se te podía haber ocurrido otra cosa, ¡qué barbaridad!

—Ahora ayudadme. —Era la primera vez que Alodia se mostraba vulnerable—. Os he dado mucho —afirmó con fuerza Alodia—, más de lo que podíais imaginar; ahora es justo que me ayudéis.

—¿Por qué razón preferías hablar con el alguacil de esto?

—Eso me daba igual.

—No, insistías en que te detuviera y te interrogara él, no querías terminar en manos de la Iglesia —le recordó—, ¿la razón? Pensabas que no seríamos tan indulgentes, ¿verdad? Hummm. —El dominico pensó mejor sus palabras—. No, no es eso. Contigo siempre hay algo más, algo que ocultas, tienes una indudable habilidad para no decir nunca toda la verdad.

Alodia le miraba en silencio, mordiéndose la lengua, agazapada, como una serpiente de cascabel antes de estirarse para morder a su presa.

—Es por el mago, hay algo más que no nos has contado.

—Debéis ayudarme, yo no maté a esos hombres.

—No soy yo a quien debes demandar tal cosa. Dios es misericordioso, pero yo solo soy un humilde siervo —recalcó—; jamás me atrevería a otorgar el perdón a un cristiano.

—Entonces, ¿qué hemos estado haciendo todo este tiempo?

—Decidir si debes ser castigada o no.

—Es lo mismo.

—No, tu alma puede ser perdonada, pero tu cuerpo ha de sufrir la pena por tan atroces crímenes.

—Solo ayudé a la gente, tanto humilde como noble, para que pudiera dar descanso a sus familiares.

—Dijiste que sabías qué buscaba el asesino de los gremios, pues bien, creo que ha llegado el momento de que nos lo cuentes, ¿no crees?

—No estoy segura.

—Así que nos has estado engañando todo este tiempo; no sabes nada de nada. —Fray Esteban tomó un tono agresivo.

—Está claro que Ayub debió de ocultar alguna crucial información, y de algún modo los gremios formaban parte de su estrategia para mantenerla a salvo.

—¿Y no sabes nada más?

—No.

—De acuerdo, nosotros ya hemos terminado aquí —zanjó fray Esteban, volviéndose hacia Martín—, vámonos.

El padre Martín asintió en silencio, atenazado por la tensión de la conversación de la que estaba siendo testigo. Abrió la puerta de la mazmorra y dejó pasar al dominico. Salió a continuación y cerró tras él. Se encaminaron hacia la salida de aquel desagradable lugar, antes se dio la vuelta y contempló la sombra de la mujer. Su rostro volvía a estar envuelto por la penumbra. Fue una sensación extraña, no se detuvo más y dejó la celda.

El carcelero les acompañó hasta la primera puerta. El enviado papal salió del túnel en silencio; señaló con su mano si seguía el camino correcto para salir de las catacumbas del palacio episcopal, a lo que Martín asintió con la cabeza.

Accedieron a una estancia superior del palacio, y después al patio que precedía a la salida del edificio. Allí se detuvieron, fray Esteban inspiró aire sano y miró a la plaza; el cadalso para el ahorcamiento estaba frente a ellos.

—¿La ahorcarán? —preguntó Martín casi como si fuera una afirmación.

—Esa mujer está condenada a muerte, nos habría contado cualquier cosa para que la dejáramos libre —afirmó el dominico, ante la cara desencajada del joven sacerdote.

—No la creéis.

—Sí, claro que la creo, pero no dice todo lo que sabe. Eso a ojos de Dios es lo mismo que mentir.

—Pero ella no mató a esos hombres.

—Martín, Nuestro Señor nos ofrece muchos caminos para servirle. La oración, la penitencia, el sacerdocio, también otros más oscuros —explicó de manera amigable—. Él sabe perdonar nuestros pecados si nos arrepentimos de ellos. ¿Que lo de los enterramientos es verdad? Ya lo sé, pasa en todas las ciudades, la Iglesia lo intenta, y aun así no puede evitarlo.

—Es una práctica abominable, la Iglesia no puede permitirlo.

—A veces tenemos que cerrar los ojos para seguir adelante.

—No estoy de acuerdo, somos cristianos, no podemos permitir prácticas así.

—Todo a su debido tiempo, debes ser más paciente, Roma no se construyó en un día. Tenemos asuntos más importantes que tratar; no me fío de esa mujer, no me fío de ninguna.

—¿Y si es verdad que no sabe nada? —insistió Martín—, ¿y si cometemos un error con ella?

—Estoy dispuesto a correr ese riesgo —afirmó el dominico—, ¿que si me da pena esa pobre mujer? No te imaginas cuánta; me gustaría llevarla conmigo y ayudarla a encontrar la fe de Cristo. Pero ¿crees que sería posible?

—Dios todo lo puede, pero nosotros solo somos unos humildes pecadores.

—Así es. Y recuerda, Martín, por el bien de la Iglesia podemos hacer cualquier cosa —pronunció de forma rotunda mientras seguían caminando.

El deán, acompañado de otras autoridades religiosas, les salió al paso de inmediato.

—Fray Esteban, decidnos, ¿qué os ha contado esa alma perdida?

—Alodia es una mujer perspicaz y peligrosa, de eso no hay duda —respondió el emisario papal, negando con la cabeza y levantando su dedo índice en señal de advertencia.

—Creo que eso es obvio, ha matado a cinco hombres —afirmó un religioso que acompañaba al deán, anciano, alto y enjuto—, ¡debemos colgarla cuanto antes! Que sirva de escarmiento a todos, ¡no debemos flaquear!

—¿Tan seguro estáis de eso?

—Vos mismo habéis dicho que... —aquel religioso no pudo terminar sus palabras.

—No pongáis en mi boca palabras que mis labios no han pronunciado —le interrumpió fray Esteban antes de que pudiera continuar—, ¿quién sois vos?

—Perdonadle, fray Esteban, es el padre Melendo, forma parte de la curia de la catedral. En los últimos días los acontecimientos se han precipitado y estamos todos nerviosos.

—Padre Melendo, ¿cuál es vuestro cometido en esta diócesis?

—Soy el titular de la iglesia de Santiago, ¿por qué lo preguntáis? —preguntó rascándose las marcas de una de las mejillas de su rostro.

—Seguro que lleváis muchos años en ese templo.

—Treinta años ya —respondió orgulloso.

—Acusáis a esa mujer de lo sucedido en la catedral, ¿estáis completamente seguro de su culpabilidad?

—Así es, fray Esteban. Debemos tomar una decisión con ella, el pueblo debe tener claro que los pecados se pagan y rápido, es importante que no nos tiemble la mano —insistió el anciano sacerdote.

—Sí, en eso os doy la razón, sin duda. Pero ¿por qué estáis tan seguros de que ha matado? ¿Con qué pruebas contáis? Ella nos ha explicado una interesante historia sobre la iglesia a vuestro cargo, ¿sabéis de qué os hablo?

—A saber qué historias se ha inventado esa servidora del Maligno...

—Padre Melendo. —Y le cogió del brazo ante el asombro del religioso—. ¿Hay algo más que deba saber yo?

En ese instante llegó un joven novicio y le dijo algo al oído al deán, algo que le cambió la expresión del rostro. Todos los allí presentes se percataron de la gravedad del asunto.

—Debemos actuar con prontitud, hay noticias preocupantes de la frontera —contestó el deán.

—¿Frontera?

—Aragón... Un enviado del obispado de Teruel nos ha informado de que el rey de la Corona de Aragón, Pedro III, está agrupando tropas en todas las plazas fuertes, castillos y ciudades; y que se habla de atacar Albarracín.

—Guerra entre cristianos. —A fray Esteban le cambió la cara—. Con Granada necesitando ser reconquistada y liberada de los infieles; espero que todo sea un error.

—El rey aragonés fue excomulgado por el Santo Padre, no lo olvidéis —recalcó el deán—, pero atacar una plaza cristiana como esta...

—Esta ciudad ya ha sido atacada por cristianos en otras ocasiones no tan lejanas —recordó Melendo estirándose bien hacia atrás, con orgullo—. No podemos dejar que cunda el pánico si se avecina una guerra, ¿entendéis? Debemos colgar a esa sierva del Maligno.

—Entiendo perfectamente que deseéis que esa mujer sea la asesina de la catedral y por tanto sea justamente condenada —afirmó fray Esteban, que tenía un tono de voz mucho más humilde que el del anciano sacerdote.

—No olvidéis que los hombres son pecadores y que debemos anticipar sus acciones —insistió Melendo, que parecía querer plantar cara a la autoridad del enviado papal.

—Y vos recordad que servís a Dios.

—Fray Esteban, esta ciudad mantiene el equilibrio de todos los reinos que nos rodean. Esta tierra de Hispania es un complicado juego; si una pieza cae, las consecuencias son imposibles de saber —murmuró el deán de manera conciliadora, poniendo paz entre ambos religiosos—; necesitamos saber si esa mujer es una asesina y en tal caso ahorcarla de inmediato en la plaza para que sirva de escarmiento. El pueblo siempre disfruta con las ejecuciones y más aún de una mujer.

—¿Y si además es un arma del Maligno? —interrumpió Melendo—. ¿Y si ha sido enviada por él?

—El demonio nos pone a prueba constantemente, de eso no hay duda. Y sabe Dios que esa mujer, esa Alodia, lleva el pecado como estigma, pero si fuera una enviada de nuestro enemigo, yo lo habría sabido —respondió con seguridad fray Esteban—.

Por eso... —miró de reojo a Martín antes de decir su última frase—, necesito más tiempo, todavía no podéis ejecutarla.

Martín no pudo expresar su aprobación a las palabras del dominico, pues unos guardias aparecieron ante el grupo de religiosos. No escuchó con claridad lo que hablaban con el deán. Pero conminaron a fray Esteban a acompañarlos de inmediato.

Al parecer había sucedido otra muerte y el alguacil general requería su presencia.

PARTE III

LA PARTIDA

30

Cuando Martín quiso darse cuenta ya andaban a paso rápido detrás de aquellos hombres hacia el otro lado de la ciudad. Al emisario papal le costaba seguir el ritmo de los guardias por las empinadas calles de Albarracín. Cruzaron por debajo de la poderosa alcazaba que dominaba la ciudad; en lo alto colgaban los emblemas de la ciudad y de la Casa de Lara, agitados por el viento. Se adentraron en la morería y avanzaron por sus callejuelas hasta llegar a uno de los extremos de la ciudad. Pasando al lado de la iglesia de Santa María, a sus pies, rodeando el acantilado sobre la que se asentaba, se veía la muralla que se había levantado desafiando la lógica, colgada sobre el río y forrando el escarpe natural. Unos pasos más adelante llegaron hasta una torre exenta que defendía uno de los flancos débiles de Albarracín, justo por donde el río abandonaba la ciudad.

—¿Por qué el templo de Santa María está en el barrio musulmán? —inquirió fray Esteban.

—Es el más antiguo de la ciudad. —Martín alzó al vista para ver mejor la fachada del templo—. Es la iglesia de los mozárabes que vivieron aquí sometidos a los Banu Razin durante la dominación islámica. Es por ella que los que viven en esta ciudad son vasallos de Santa María y señores de Albarracín.

Siguieron hasta el acceso a la torre de planta cuadrada, donde un par de guardias hacían de retén.

—¿Qué ha sucedido? —preguntó el dominico con su peculiar tono de voz.

—No puedo hablar de ello, es un tema de seguridad.

—¿Sabéis quién es? Es un emisario papal —intervino Martín ante el rostro de estupor del hombre de armas.

Fray Esteban observó el tono autoritario que utilizaba su acompañante. Martín parecía haber madurado durante las últimas horas.

—Lo siento, pero... Yo cumplo órdenes.

—¿De quién? —insistió el joven sacerdote.

—De mí. —Tras la puerta de acceso a la torre surgió la silueta de un hombre en la flor de la vida, talludo, vigoroso, de ojos verdes y piel clara—. Soy Alejandro de Ferrellón, alguacil general de la ciudad. Sé quién sois, me han informado puntualmente de vuestra presencia en la ciudad. Y he pensado en llamaros para obtener vuestra opinión sobre lo que ha pasado aquí.

—Todo un detalle.

—Disculpad a mis hombres, cumplen las órdenes fielmente, y no solemos hacer miramientos —afirmó el alguacil general, cuyo aspecto recordaba más al de un noble que al de un alguacil y que mantenía firme y fija la mirada cuando hablaba—. Mi familia desciende de tierras navarras, de Tudela, sé que habéis estado en aquellos lares.

—Hace mucho de eso...

—Y sin embargo... —Se mordió el labio inferior—, aún os recuerdan en el monasterio de Fitero.

—Veo que habéis hecho bien vuestro trabajo —admitió fray Esteban sin inmutarse por las extrañas palabras del alguacil general—; eso queda muy lejos de nuestros días, vivimos una nueva época, ¿no creéis?

—Es posible.

—¿Vais a contarnos qué ha sucedido en la torre? Tenemos autoridad del obispo para movernos por la ciudad y acceder a todas sus dependencias —recalcó Martín sin apenas moverse y cambiar el gesto de su rostro.

—Como queráis, aunque no os gustará lo que vais a encontrar. —El alguacil se hizo a un lado y les pidió que le siguieran.

Entraron en la fortificación; los dos religiosos pisaron el suelo de tablas de madera y tomaron la incómoda escalera que subía al siguiente nivel. Allí la estancia era más generosa en dimensiones. Los muros de las torres siempre recrecían en altura y la estancia noble a menudo se hallaba un par o tres niveles por encima del nivel de entrada. En la sala, les esperaban los alguaciles Diosdado, de mayor edad, y otro más joven y de buena planta, Lízer.

El alguacil general no mentía; era una visión desagradable.

Un cuerpo colgaba de una soga en lo alto del techo; tenía el cuello roto, y el rostro, en una expresión grotesca. Fray Esteban se acercó al cadáver y advirtió su extrema delgadez, su pelo largo y lacio, y su prominente barba, y se quedó sorprendido al examinar sus manos. Comprobó todos sus dedos y no pareció gustarle lo que vio.

El muerto portaba ropas negras y un fino hilo de lino ceñía su escueta cintura; colgando de ella portaba una bolsa. El dominico la desató y la abrió; en su interior halló unos finos trozos de papel enrollados. Al abrirlos se percató de que estaban escritos en escritura árabe.

—¿Era musulmán?

—No, al parecer vivía en la última zona del barrio cristiano, nadie sabe a qué se dedicaba —respondió el alguacil general, que observaba el cadáver sin ningún tipo de pudor.

—Está extremadamente delgado, como si hubiera estado guardando ayuno. —Fray Esteban observó las carnes del muerto.

—Comería poco, no tendría recursos para adquirir comida, ya os he dicho que nadie sabía a qué se dedicaba, y estos tiempos que corren no son los mejores —respondió el alguacil—. Además, ¿qué importa eso? Se ha quitado él mismo la vida, no hay mucho más que indagar; ojalá todas las muertes fueran como esta, sé de lo que hablo.

—¿Tan seguro estáis?

—¿Por qué lo decís? ¿No estáis de acuerdo? —Por primera vez el alguacil general cambió su gesto—. Su cuerpo cuelga de una soga atada al cuello.

—Sí, eso ya lo veo, pero ¿desde dónde saltó este hombre? —Fray Esteban hizo ademán de buscar el lugar y dio varios pasos a su alrededor con los brazos abiertos y una interrogante dibujada en la expresión de su rostro.

—No soy ningún estúpido —carraspeó Alejandro de Ferrellón—; mirad allí, ¿veis la ventana? El eremita se subió ahí arriba y se lanzó con la soga atada; el resto ya os lo imagináis.

—¿Habéis dicho eremita?

—Bueno, con ese hábito y el aspecto demacrado que tiene, parece un eremita que no ha probado la carne en meses; vos mismo lo habéis dicho, se encuentra delgado en exceso.

—En eso puede que tengáis razón —murmuró fray Esteban—, ¿cómo va la investigación de los asesinatos del curtidor, el panadero, el carpintero, vuestro alguacil, y nuestro sacerdote? Cinco crímenes...

—Decídmelo vos; la presunta culpable sigue en vuestras mazmorras y no se me está permitido interrogarla, así que poco puedo saber yo.

—Alguacil, ¿de verdad creéis que esa mujer pudo asesinar y torturar a esas personas?

—Claro que no, pero no os puedo decir nada más.

—Si me ayudáis, yo puedo ser recíproco con vos y compartir lo que he averiguado al interrogarla.

—Por fin alguien razonable; tuvo que matarlos un hombre y muy corpulento.

—Eso ya lo imagino, y esta muerte, ¿podría estar relacionada?

—El muerto no pertenecía a ningún gremio.

—¿Seguro? ¿Lo habéis indagado bien? —insistió fray Esteban—; decís que no se le conoce trabajo, quizá sería interesante estar seguros de eso, ¿habéis visto sus manos?

—¿Sus manos? No, ¿por qué?

—Miradlas bien, están teñidas. —El alguacil le obedeció y fue a comprobarlo—. ¿Sabéis lo que eso significa?

—Me temo que sí. Podría ser tinte, tinte para ropas.

—¡Ha sido ella! ¡Ella lo ha matado! —gritó un hombre vestido con harapos junto a la puerta—. Os lo dije, yo la vi, yo la vi.

—¡Cállate, borracho! —Diosdado le atizó con la empuñadura de su espada en la cabeza, tumbándole en el suelo, para luego propinarle una patada en el costado.

—Diosdado, basta ya.

—Como ordenéis, señor. —Y dejó de golpearle.

—¡No! Fue Blanca, ¡Blanca lo mató!

—¿De qué habla ese desgraciado? —inquirió fray Esteban.

—Apesta a vino, no se lo tengáis en cuenta —apostilló Diosdado, que volvió a soltarle un puntapié.

—¿Por qué me pegáis? Yo solo digo la verdad —balbuceaba el pobre hombre dolorido—. Fue Doña Blanca, ella lo castigó.

—¿Quién es esa Doña Blanca? —insistió el dominico.

—Se trata de una leyenda —dijo Martín, que había permanecido a su espalda.

—Quiero oírla —afirmó fray Esteban con una media sonrisa—, buen hombre, contádmela.

—Todos lo saben; sucedió cuando el hermano de la infanta de Aragón, Doña Blanca, subió al trono. La mujer de su hermano estaba celosa de su belleza y sus virtudes, así que su entorno recomendó a Doña Blanca huir de la cercanía de su cuñada. Con una brillante comitiva vino hasta nuestra ciudad, con la esperanza de que, al poner distancia con ella, los celos desaparecerían y podría volver pronto a la corte. —El borracho gesticulaba de forma airosa con cada frase—. Sin embargo, la infanta quedó recluida en esta torre y su comitiva partió de nuevo a Aragón sin ella. —El hombre hablaba con cordura, aunque sus ropas y su olor eran lo más desagradable que podía pensarse—. Doña Blanca pasó los días aquí encerrada, nadie venía a verla, nadie la animaba, nadie la quería. Dicen que Doña Blanca murió de melancolía, sola y triste. Cuentan desde entonces que las noches de luna llena se ve bajar una sombra de la torre con etéreos vestidos para bañarse en las aguas del río Guadalaviar.

—Ya os he dicho que solo es un borracho —recalcó el alguacil Diosdado, mientras le golpeaba—. ¡Vamos! ¡Largo de aquí!

—Alguacil general, espero que podamos volver a hablar cuando averigüéis algo más.

—Así lo haré, me habéis sido de gran ayuda.

—Muy bien. —Se dio la vuelta—. Vamos, Martín.

Abandonaron la torre. El dominico caminaba pensativo y en ausencia de palabras llegó al complejo religioso.

—Martín, voy a retirarme a mi celda a rezar.

—Os acompaño...

—No es necesario, ya conozco el camino —respondió con gesto de agradecimiento—. Nos veremos más tarde en la misa.

Fray Esteban no dijo más y dejó al sacerdote sorprendido.

31

Al irse la pareja de religiosos, Alejandro de Ferrellón se quedó a solas con sus alguaciles en la torre de Doña Blanca. Descolgaron el cadáver del presunto eremita y volvió a examinar sus manos, cuyas yemas presentaban diferentes colores.

—Diosdado, dale cristiana sepultura —ordenó—; Lízer, ven conmigo, tenemos trabajo.

Bajaron hacia el río, a los almacenes de paños, donde los comerciantes traían sus productos a la ciudad y se vendían los que exportaban los talleres de la ciudad. Era uno de los negocios más ricos de Albarracín, puesto que sus lanas eran de una extraordinaria calidad; aquellas montañas proporcionaban unos excelentes pastos.

En el taller, las lanas se amontonaban en la entrada, y había mucho movimiento de gentes y productos. Alejandro de Ferrellón caminó hacia el fondo, a una zona reservada para el tinte. Un oficio mal visto por la Iglesia, prohibido a los clérigos y desaconsejado al común de los creyentes. Los tintoreros estaban muy vigilados e incluso se les marginaba en las ciudades; nadie los quería como vecinos.

—¿Quién de vosotros es el maestro tintero?

—Nadie —respondió una voz a su espalda—; ese gremio ya no existe.

Era un espigado comerciante el que les hablaba.

—El oficio de tintorero lo hemos asumido los comerciantes de paños.

—Hay una reglamentación muy severa para ese oficio, con un amplio listado de los colorantes permitidos y de los prohibidos —advirtió Alejandro de Ferrellón.

—Que cumplimos a rajatabla.

—¿Qué pasó con los tintoreros?

—Bueno, ya sabéis que los paños dan muchas ganancias en esta ciudad, lo cual provoca también tensiones. Los tintoreros creaban frecuentes enfrentamientos con otros gremios como pañeros, tejedores y curtidores. Tenían estatutos, leyes y reglamentos que les reservaban a ellos el monopolio de las prácticas de teñido, no pudiendo dar color a las fibras textiles los pañeros ni tejedores, lo cual daba origen a constantes litigios.

—Por esa razón los echasteis de la ciudad y asumisteis su trabajo.

—Puede decirse que sí; es un trabajo complejo, no se puede teñir una tela o trabajar con una gama de colores para la que no se tenga licencia. Ya sabéis que en el caso de la lana, si se es tintorero de rojo, no se puede teñir de azul y viceversa. Sin embargo, los tintoreros de azul con frecuencia sí se hacen cargo de los tonos verdes y los tonos negros, mientras que los tintoreros de rojo asumen la gama de los amarillos.

—¿Por qué todos esos problemas con los tintes?

—La Iglesia, alguacil general, tiene una aversión bíblica por las mezclas, es un acto que dicen los curas que trasgrede la naturaleza y el orden de las cosas impuesto por Nuestro Señor.

—No estamos aquí para hablar de teología, ¿qué ocurrió con el último maestro de los tintoreros?

—Pues no lo sé, era un marginado, vivía solo por el barrio cristiano, parecía un fantasma.

—Ya veo.

—¿Por qué lo preguntáis? Ya tenéis a vuestra asesina, la que se quería tirar desde el tejado de la catedral, ¿qué ocurre ahora?

—Nada que te incumba —respondió Alejandro de Ferrellón—; nos vamos, cuidado con las mezclas, no quiero sorpresas.

—Y yo tampoco.

Pero iba a haber más sobresaltos aquel día de abril.

Remontaron las calles que llevaban hacia el centro de Albarracín y se encaminaron al edificio donde se encontraban las dependencias de los alguaciles. En la puerta hacían guardia un par de hombres de armas; Alejandro de Ferrellón se encontró dentro con uno de los nobles más importantes de todo Albarracín, don Pablo de Heredia, responsable de la seguridad de la ciudad, que iba acompañado de su hijo Atilano y dos de sus caballeros. Diosdado ya había regresado de la torre del templo de Santa María.

—Don Pablo de Heredia, es un placer recibiros. —Y le hizo una reverencia.

—Alejandro, ahórrate el sarcasmo. Esto es muy grave —le dijo en un tono serio—. ¿Cuántos muertos van ya? Un curtidor, un panadero, un carpintero, un alguacil, un sacerdote en la propia catedral y ahora este último crimen —suspiró—. La ciudad está fuera de control.

—Eso no es verdad, Pablo, y tú lo sabes.

—Lo que yo sé es que un ejército extranjero se está concentrando en el castillo de Gea, a las puertas de la ciudad, y mientras tanto aquí no paran de suceder asesinatos, visiones del Maligno y qué sé yo qué más.

—Exageras.

—¿Cómo te atreves a contradecir a mi padre? —saltó Atilano de Heredia.

—No estoy hablando contigo, jovenzuelo, ten respeto al dirigirte a mí.

—Soy un Heredia, no me digas lo que tengo que hacer.

—Tranquilo, hijo, déjame a mí. —Y le hizo una señal para que se retirara unos pasos.

—Tu bastardo siempre me ha parecido demasiado ambicioso.

—No le llames así, ahora es mi primogénito de pleno derecho —le advirtió Pablo de Heredia.

Alejandro de Ferrellón echó una mirada al joven Heredia. Era alto y muy moreno, a diferencia de su padre, rubio, de piel blanquecina y ojos claros. Por mucho que lo observaba, no veía a un verdadero Heredia en él.

—Me temo que esta vez no voy a poder ayudarte —prosiguió Pablo de Heredia—. Alejandro, te conozco desde que éramos solo unos niños, así que sabes que no hablo por hablar. Hay una mujer esperando ser ahorcada como responsable de las muertes de los maestros de los gremios, más vale que sea la culpable.

—Eso no es responsabilidad mía, la tiene presa la Iglesia.

—Tú eres el alguacil, claro que es tu responsabilidad.

—Pablo, tienes que apoyarme en esto, sé que estoy a punto de...

—No, esto me duele a mí más que a ti, pero debo hacerlo. —El rostro del noble estaba compungido, Alejandro de Ferrellón intuyó que las próximas palabras de Heredia no le gustarían nada...

—¿De qué estás hablando?

—Quedas relevado del puesto de alguacil general.

—¿Cómo? ¡No puede ser! —Miró a su alrededor buscando alguna cara comprensiva y solo encontró la mirada maliciosa del hijo de Heredia.

—Destino a tus hombres a vigilar las puertas de la ciudad —afirmó Heredia con el mismo gesto firme—. A partir de ahora los hombres de armas al mando de don Diego de Cobos serán los que velen por la seguridad de Albarracín. No podemos permitir ni una sola muerte más, ya hemos tenido más que suficiente.

—Pablo, no puedes hacerme esto.

—No te lo hago yo, solo he venido porque somos amigos y he creído que era más conveniente que te lo comunicara yo mismo. Esto te lo has hecho tú solo, y son órdenes del mismísimo Señor de Albarracín, ¿quieres discutirlas con él?

—¿Serviría de algo?

—¿No te das cuenta de que estamos amenazados y que lo último que necesitamos es mostrar debilidad o división? —le advirtió en un tono más conciliador—. Si Pedro III se entera, que seguro que lo ha hecho, pues tendrá espías aquí dentro, si tenía alguna duda de atacar, créeme, atacará.

—He avanzado con la investigación.

—¿Sí? ¿En qué? —Pablo de Heredia se encogió de hombros—. ¿En el número de muertos?

—En...

—No quiero oír ni una palabra más —le cortó—, márchate a tu casa. Los hombres que me acompañan guiarán a los tuyos a sus nuevos destinos; no hay tiempo que perder, la ciudad necesita sentirse segura. Lo lamento, Alejandro, esos crímenes han sucedido en el peor de los momentos. —Se dio la vuelta y se alejó.

Alejandro observó cómo Atilano, el hijo de su amigo Heredia, sonreía de una manera maliciosa al volverse para seguir a su padre.

Lízer fue hasta su jefe.

—Señor, ¿qué vamos a hacer?

—Tú a vigilar las puertas, ya le has oído.

—No podéis permitir que esto quede así.

—¿Me vas a decir lo que puedo o no puedo hacer? ¿Estás seguro? —le preguntó arqueando las cejas.

—El muchacho tiene razón —intervino Diosdado—, vos y Heredia sois amigos, ¿qué ha pasado?

—Éramos amigos, cuando mi apellido podía nombrarse junto al suyo, pero eso fue hace mucho.

—Su padre hizo lo que tenía que hacer. —Diosdado dio un golpe sobre la mesa—. Fueron muy injustos con él.

—De lo último que deseo hablar en este momento es de mi padre y su...

—¿Qué sucedió con su padre? —Lízer supo que era una mala pregunta cuando ya la había hecho.

—Testificó contra otro noble.

—Vio cómo violaban a una criada y lo denunció al Señor de Albarracín —confesó—, sus iguales no le comprendieron. Un noble acusando a otro por una simple sirvienta, por una hija de campesinos que había venido a servir a la ciudad.

—Le despojaron de parte de sus bienes para dársela a él —continuó Diosdado—, era un buen hombre, pero a partir de entonces fue consumiéndose y...

—¡Basta ya! Marchad a vuestros nuevos destinos y no se hable más.

—Pero no le habéis dicho lo de los símbolos ni lo de las lenguas cortadas —murmuró Lízer por lo bajo.

—No.

—Este último, el de la torre, también la tenía cortada, es la mejor pista que tenemos. —Vio que ambos alguaciles cambiaban la expresión de su rostro, aunque lo disimularan con rapidez—. ¿Qué sucede?

—Díselo.

—¿Estáis seguro, señor?

—Sí, ¿ahora qué más da? Y ya no soy tu superior.

—De acuerdo —asintió Diosdado—, más te vale que sepas tener esa bocaza cerrada, muchacho.

—¿Otro círculo? —murmuró Lízer.

—Sí, al lado de este cadáver también había un círculo, con un crecente arriba y una cruz abajo. ¿Y sabes qué? —Alejandro de Ferrellón sonrió—, esta vez sí sé lo que significa.

32

El corcel negro cabalgó sin descanso toda la noche; no hizo parada en ninguna venta ni posada. Rodeó las montañas por el sendero menos transitado, a fin de no encontrarse con inoportunos compañeros; eso le hizo perder varios días de marcha, pero ya contaba con ello. No en cambio, con la lluvia, que cayó como punta de flecha sobre él y su montura. El camino se embarró. El jinete desmontó y tiró de su caballo, el animal apenas podía avanzar por el lodazal en el que se convirtió la senda.

Se llamaba *Negro* y lo había comprado a un tratante portugués en el mercado de Ágreda. Desde que lo vio por primera vez supo que sería suyo. Era caro, muy caro; así que tuvo que encontrar la forma de llegar a un acuerdo con su vendedor. Todo hombre tiene un precio, solo hay que saber encontrarlo.

Y él lo encontró; siempre lo hacía.

A partir de aquel día se convirtieron en uno solo. *Negro* era mucho más que un valioso caballo, no necesitaba de nombres rimbombantes, y era más inteligente que muchas personas con las que se había cruzado en la vida. También más noble y fiel que la mayoría de los súbditos de los reinos que recorría, siempre dispuesto a dar su último aliento de fuerza si él se lo pedía.

Por eso supo que no se iba a dar por vencido a pesar de la trampa de lodo en la que se había convertido el camino. Así que lo espoleó para que hiciera un último intento. *Negro* clavó bien sus patas traseras e hizo un esfuerzo titánico por sacarlo de allí, pero no pudo.

Resopló exhausto y él entendió que era inútil continuar.

En medio de aquella sierra buscó dónde refugiarse, sabía que la ganadería era el principal medio de riqueza en la zona, por lo que debería haber lugares para que los pastores y el ganado se resguardaran en caso de necesidad.

Aunque el sendero apenas se veía con la tormenta, lo siguió hasta dar con un abrigo donde refugiarse durante media jornada. Después la lluvia amainó; el hombre no esperó a que los caminos se secaran, sino que partió de inmediato en su caballo, ya había perdido suficiente tiempo.

Al fin logró alcanzar su destino.

Una fortaleza de piedra anaranjada, levantada en un lugar imposible, que desafiaba la lógica y la razón. Un peñón que era sin duda uno de los emplazamientos más enriscados que él había visto nunca.

Los guardias del castillo de Zafra lo detuvieron a la entrada. A *Negro* no le gustaron los modales y su dueño tuvo que pasarle la mano por el lomo para tranquilizarlo.

Uno de los guardias se acercó a pedirle credenciales para entrar en la fortaleza.

—El señor me espera —dijo él antes de ser preguntado.

—¿Y por qué razón?

El guardia echó un ojo a *Negro*, uno de los corceles más magníficos que había pasado por delante de sus ojos, superior a los mejores de su propio señor. De pelo negro, de al menos cinco pies de alzada, patas fuertes, ojos grandes y penetrantes, y una vistosa cola terminada en un mechón blanco. Estaba sucio y cansado, resoplaba por lo que debía de haber sido un duro viaje, las pezuñas las tenía ensangrentadas y embarradas hasta el lomo.

Ver un animal tan majestuoso en un estado tan reprobable le pareció imperdonable. Quién se creía ese caballero para montar semejante animal. Iba a decirle un par de palabras a ese hombre que se atrevía a tratar así a un caballo digno de un rey. Cuando alzó la vista dispuesto a hacerlo, en vez de ojos se encontró con dos agujeros negros como la noche más oscura.

Jamás se había cruzado con una mirada tan siniestra y aterradora.

El jinete vestía del mismo color que su caballo, lo cual le otorgaba un semblante espeluznante. Al igual que el animal, su aspecto era demacrado, con la capa roída, las botas cubiertas de barro hasta la rodilla, el pelo grasiento y un pestilente olor emanando de su cuerpo. Pero lo más visible en él era una alargada cicatriz que nacía en el cuello y que llevaba medio tapada por su largo cabello.

—¿Quién eres?

—Ya te he dicho que tengo que ver a tu señor, me está esperando. No quiero volver a repetirlo.

El guardia miró a su compañero y este levantó la mano, dos ballesteros asomaron de inmediato entre las almenas que coronaban la puerta, apuntando con sus dardos al visitante.

—Te lo preguntaré una vez más, ¿quién eres?

—Estoy cansado para matar —respondió con desánimo—, preguntad a vuestro señor.

—No voy a molestarle porque un pobre miserable como tú venga y me diga...

—Has estado mirando mi caballo, ¿crees de verdad que soy un pobre? —El guardia tragó saliva—. No, ¿verdad? —Abrió la capa y dejó entrever la empuñadura de su espada—. Dime, ¿es esta la espada de un miserable?

El guardia, nervioso, observó la empuñadura en forma de cruz, coronada en su extremo por la cabeza de un dragón.

—¡Dejadle pasar! —gritaron desde lo alto de una de las torres.

El guardia no daba crédito; era el mismísimo Señor de la Casa de Lara quien lo ordenaba.

El visitante tiró del caballo y entró despacio en el castillo, ante el más absoluto silencio; ninguno de los guardias dijo o hizo nada.

—¿Sabes quién es? —le susurró el otro vigilante de la puerta, que se acercó a su compañero.

—No, y creo que no quiero saberlo.

El caballero dejó su montura en el patio de armas, allí estaba concentrada buena parte de las tropas de los territorios bajo el dominio de la Casa de Lara. Varios cientos de caballeros bien pertrechados con armas y caballos. En una rápida prospección se percató de que llevaban varias jornadas, a tenor de las cenizas de las hogueras y del aspecto relajado de muchos de ellos.

Le extrañó semejante concentración de tropas, no era habitual. Para realizar escaramuzas en la frontera no era necesaria tal fuerza armada.

Presto se dirigió a la torre del homenaje, que se alzaba sobre la roca madre donde se había erigido tal sublime fortaleza. El peñasco sobre el que se asienta fue tallado de forma que aún acentuara más su verticalidad.

El castillo de Zafra no era un castillo más; era el bastión inexpugnable de la Casa de Lara. Fue asediado en tiempos del rey Fernando III el Santo, abuelo del actual rey castellano. El Señor de la Casa de Lara, rebelado contra el monarca, se refugió en él; acabó rodeado por completo por las huestes reales, pero estas fueron incapaces de tomar por las armas el castillo. Y hubieron de pactar la Concordia de Zafra, por la cual el Señorío de Molina de Aragón pasó a formar parte de la Corona de Castilla.

El mercenario había estado ya antes en el interior del castillo; conocía lo reducido del espacio intramuros. Lo que pocos sabían es que bajo aquel pequeño patio de armas se abrían galerías que bajaban hasta enormes cuevas excavadas en la roca sobre la que se asentaba la fortaleza. El cabeza de la Casa de Lara mantenía siempre bien provisto el recinto de víveres y armas, por si volviera a tener que refugiarse allí, seguro como estaba que no había hombre ni rey capaz de conquistar aquel sublime castillo.

Accedió a la torre por una escalera móvil de madera, que en caso de ataque era quemada para que no fuera posible usarla. El primer nivel estaba destinado al servicio; subió a la planta noble por una escalera interior, también de madera, y llegó a la estancia principal, de donde nacía otra escalera de caracol que subía a la terraza almenada que coronaba la torre, donde ondeaba el estandarte del linaje de los Lara.

El Señor de la Casa de Lara le esperaba sentado frente a un enorme fuego alimentado por troncos de olivo y almendro. Al entrar en la estancia, el visitante se despojó de su capucha y dejó la capa cerca del fuego.

Tenía un porte de confianza extrema, de estar seguro de cada paso o movimiento que daba, por pequeño que este fuera, incluso aunque lo hiciera sobre un terreno movedizo. Parecía uno de esos rivales que nunca quieres tener en tu contra. El tipo de hombres sobre los que prefieres no saber nada, porque en el fondo sabes que guardan profundos secretos.

Capaces de todo, incluso de cosas que un hombre normal no puede siquiera llegar a imaginar.

—Llegas tarde y hueles a vómito de cerdo, Matalobos —dijo el anfitrión.

—Costó más de lo previsto obtener lo que deseabais —dejó algo envuelto en una tela negra sobre una mesa de haya tallada—, y la vuelta ha sido compleja.

—No me importan los detalles, pero al menos podías haberte lavado antes de acudir a mi presencia.

—Creí que el tiempo apremiaba.

—Y lo hace, ya lo creo que lo hace —asintió el poderoso noble castellano—. Los acontecimientos se precipitan, el rey aragonés se mueve rápido, no sé a quién ha salido, con lo previsible que era su padre. Y luego está nuestro querido usurpador, Sancho de Castilla, valiente traidor. Desde que murió su hermano Fernando, el legítimo heredero, no hemos levantado cabeza. Sus hijos, los infantes de la Cerda, son los verdaderos herederos al trono de Castilla y León y no su cobarde tío.

—Estas cosas pasan, la muerte nos puede llegar a cualquiera, en cualquier momento y cualquier lugar.

—Eso ya lo sé, pero llegó en la peor fecha... ¡Entonces, que estábamos tan cerca del trono! —Su rostro se llenó de cólera y rabia.

Juan Núñez de Lara, Señor de Albarracín, Cañete y Moya, era un noble de pesados apellidos, con una amplia y acaudalada espalda para llevarlos. Ya tenía un buen puñado de años, e irradiaba una fuerza y determinación que solo poseen los que saben que con un simple gesto de su mano cientos de hombres están dispuestos a morir por él.

No era un rey, pero lo parecía.

De verdad que los que le rodeaban creían que la sangre que corría por sus venas era diferente a la de cualquier otro hombre.

Tenía que serlo.

—Recuerdo cuando el difunto rey contrajo matrimonio con Violante de Aragón —prosiguió el Señor de Lara—. Él era un imberbe infante y durante los primeros años la reina no lograba quedar encinta. Se llegó a preparar la separación matrimonial; yo me negué, por supuesto. No es propio de un buen cristiano tal acto —dijo apretando el puño—. Aun así entramos en negociaciones con el rey de Noruega y se solicitó la mano de su hija; pero cuando la princesa llegó a Castilla, Dios había sido misericordioso y la reina había dado a luz una infanta, después a otra, y, por fin, en Burgos, nació el infante don Fernando, que fue jurado y declarado heredero de la Corona de Castilla por todos los nobles. —Le miró con orgullo—. ¡Todos!

—Era el elegido, nieto de dos grandes reyes, Fernando III de Castilla y Jaime I de Aragón.

—Y yerno del rey de Francia —intervino el señor de Lara levantando el dedo índice de su mano derecha hacia el techo—, sobrino de los monarcas de Inglaterra y descendiente del emperador de Alemania... Imagina qué descendencia, qué cimientos sobre los que construir un poderoso reino, un imperio. —El Señor de Lara parecía alterado—. Sigue fresco en mi memoria el recuerdo del día de la boda; él portaba un birrete con cuartelados de leones y castillos hechos con abalorios azules... —Hizo un gesto con los dedos—, sobre una superficie de plata dorada, dispuesta sobre un fondo rojo de cuentas vítreas. Parecía que el mismo Dios nos lo enviaba para convertir este reino en el más grandioso de toda la cristiandad, el que expulsaría a los infieles, el que pondría su pie en África.

—Yo también lo recuerdo, han pasado muchos años.

—Tú estabas allí, Matalobos, es cierto. Su boda fue algo increíble, ¿verdad? —continuó el noble absorto en sus pensamientos, como si su mente hubiera olvidado el presente y de verdad estuviera viviendo aquel pasado lejano—; casó con la princesa Blanca, hija del rey de Francia. En el cortejo figuraron los reyes de Castilla, el rey de Aragón, el rey de Granada, la emperatriz de Constantinopla, los príncipes herederos de las coronas de Francia, de Inglaterra, el hermano del rey de Jerusalén; además de los prelados, nobles, ricoshombres, de Castilla, Aragón, y nobleza de Francia, que habían venido acompañando a la novia.

El mercenario, llegado ese momento, decidió sentarse en una silla mientras escuchaba con poco interés a su señor.

—Cómo lucía Burgos en aquellos días; y cuán grande era la admiración del pueblo, cuando desfilaba ante sus ojos el cortejo, formado por castellanos, aragoneses, franceses, moros, ingleses y alemanes. —Recordó con los ojos radiantes—. Además de treinta damas enlutadas que habían llegado acompañando a la emperatriz de Constantinopla —y alzó la voz—, que había solicitado del monarca castellano ayuda económica para liberar a su esposo, prisionero de los turcos.

Mientras escuchaba a Juan Núñez, el caballero repasó con la mirada la estancia y acercó la silla al fuego de la chimenea, donde ardían con frenesí los troncos de leña. El Señor de Lara seguía embriagado por la belleza del pasado; él, en cambio, era un hombre poco dado a ese vicio. Si algo esperaba en lo que le quedaba de vida era alejarse todo lo posible de los recuerdos.

A veces, cuando cabalgaba a lomos de su espléndido corcel, pensaba que lo que hacía era precisamente huir del pasado. Solo entonces, al galope, sus pesadillas se quedaban atrás y no podían alcanzarle. Aunque, por bravo que fuera *Negro*, llegaba un momento en el que debía detenerse, por mucho que él le obligara a llegar hasta el límite físico del que el animal era capaz. Y entonces los recuerdos le alcanzaban, y todo volvía a teñirse de negro, de esa penumbra que se había adueñado de su cuerpo, su alma y su mirada. La oscuridad se había pegado a su piel y le acompañaba allá donde fuera. Aunque, pensándolo bien, quizás era la forma de que, al caer la noche, sus tormentos no pudieran encontrarle.

Don Juan Núñez de Lara continuaba narrando la boda. El

mercenario miraba la llama, extendió sus manos para calentarlas y las acercó hacia sí, girando las palmas. Observó las líneas de sus manos, cerró los puños y levantó la vista hacia las dos espadas que colgaban de la chimenea. Empuñar armas le liberaba del dolor; quizá podía parecer cruel, pero infligir dolor le aliviaba del suyo propio. No le avergonzaba reconocer que gozaba matando, no era vanidad ni orgullo, no quería demostrar su habilidad ni destreza, era algo mucho peor. Mataba por placer y no sentía pena al quitar una vida, ni un atisbo de compasión, ni una sombra de duda.

Nada.

Eso es lo que sentía: nada.

Por eso era tan placentero para él; le permitía recordar un sucedáneo de eso que algunos llamaban felicidad...

Sí, para él lo más cerca posible que podía estar de ese extraño sentimiento era luchando, espada en mano, sin tiempo que perder.

Matar, quitar vidas, le hacía olvidar el dolor.

—Los reyes castellanos atendieron durante treinta días a sus huéspedes en Burgos —el Señor de la Casa de Lara seguía narrando de forma emocionada la boda del difunto infante—. Se celebraron torneos, justas, juegos de ajedrez y recitales de música, que causaron la admiración de los extranjeros. El rey Alfonso armó caballero al infante don Fernando, y este a su vez a sus hermanos, los también infantes don Juan y don Pedro. Juglares y trovadores dedicaban a las damas sus más bellas composiciones. En una reunión de tantos reyes, príncipes, embajadores, no faltaban las conversaciones de tipo político, militar y diplomático. Créeme si te digo que en aquellos días se fraguaron más alianzas y matrimonios reales que en todo un año de negociaciones. La felicidad era inmensa, más aún cuando los embajadores de Alemania aprovecharon para ofrecer la Corona Imperial al rey Alfonso X.

—Todos esos lujos y magnificencias siempre los pagan los mismos desgraciados, el pueblo. —El mercenario ya no aguantó más la palabrería, dejó el calor del fuego y caminó hacia el centro de la sala.

—Cierto, el pueblo, Castilla. El rey necesitó dinero para su proyecto imperial y exigió tributos, medida que siempre es mal recibida, no cabe duda —reconoció Juan Núñez sin inmutarse—. Por ello, ante el malestar de los nobles que debían aportar más al tesoro real, el rey terminó viéndose obligado a reunir Cortes y rebajar los impuestos.

—Sabéis que a mí esos asuntos no me conciernen.

—Desde luego... —le dedicó una sonrisa como si se compareciera de él—, eres realmente un hombre peculiar. No sé todavía si eres una bendición o un peligro. Sí, no me mires así, alguien dotado de tus dones es siempre un riesgo, incluso si sirve a tu interés.

—Eso no es cierto.

—Bien sabes que sí. Bueno, no quiero discutir sobre eso, ya lo veremos con el devenir de los acontecimientos.

—Puedo ser muchas cosas, pero no soy un traidor.

—Sí, puedes ser muchas, puedes ser cualquiera —le replicó—. La traición es algo que portamos en la sangre. Los súbditos siguen a su señor siempre que piensen que este actúa como tal, de lo contrario... Observa al difunto rey Alfonso X, que Dios lo acoja en su seno. Heredó una corona poderosa con todo a favor para seguir su expansión hacia Granada, y sin embargo perdió el buen juicio.

—Todos enloquecemos en algún momento de nuestra vida, eso también lo llevamos en la sangre.

—No digo que no, pero un rey... Alfonso quiso aspirar a la Corona Imperial de Alemania. Todos sus esfuerzos, todo su tiempo, toda su riqueza fueron a parar a esa obsesión.

El jinete no se alteró por las palabras del noble.

—Tuvo que ser su hijo, el infante Fernando, quien convocara a todos los de su reino para que acudieran a detener al ejército musulmán, que había cruzado el estrecho. Fijó como lugar de concentración Villa Real, y allí enfermó y murió, por deseo de Dios, Nuestro Señor. —Aquellas últimas palabras recorrieron las frías paredes de piedra de la torre del homenaje como un mal augurio—. El rey estaba en el extranjero cuando murió su hijo; los moros asolaban los territorios castellanos; ¿y qué sucedió en Villa Real con el heredero muerto y su padre en el extranjero?

—Que el segundo hijo del rey no dejó pasar la oportunidad —contestó su interlocutor, de forma más pausada.

—El infante don Sancho se presentó en Villa Real, pactó con el poderoso señor de Vizcaya, don Lope Díaz de Haro, asumió el mando de las tropas y se declaró heredero de los reinos. Todo ello a pesar de que, según las partidas del rey Alfonso, correspondía el trono a los hijos del primogénito, don Fernando.

—Vientos de guerra.

—Sí, entre tío y hermanos. Una guerra se cernió sobre los fértiles campos de Castilla.

—¿Y qué papel jugasteis vos en ella?

—El que debía. —Y sonrió—. Mira. —Señaló al estandarte que colgaba de lo alto de la pared.

—Hermoso emblema.

—Sí, dos calderos, que representan las numerosas tropas que la Casa de Lara recluta entre sus vasallos, y también simbolizan el poder que implica ser capaz de financiarlas y alimentarlas. Igual que te pago y te mantengo a ti, no lo olvides —advirtió el noble con voz más ronca—. Debes ir a Albarracín.

—Pero es vuestro feudo.

—Sí, por esa misma razón, no puedo permitir que suceda nada que no esté bajo mi control.

Juan Núñez de Lara le puso en antecedentes sobre todo lo que había ocurrido en Albarracín, desde los asesinatos de los gremios a la mujer prisionera y la presencia de un enviado papal.

—Entonces queréis que encuentre al verdadero asesino.

—Sí, y quiero saber lo que busca, siempre he sabido que había un secreto entre aquellas murallas, ahora averiguaremos cuál es. —Juan Núñez se pasó la mano por el rostro y luego hizo crujir uno a uno sus nudillos—. No me fío de nadie en Albarracín. Es un señorío estratégico y rico, pero problemático.

—Es vuestro por vía matrimonial.

—Así es, sus tierras y aldeas me repercuten buenas rentas, pero es dentro de sus murallas, en la ciudad, donde encuentro todos los problemas. Por eso quiero que te dirijas allí y averigües todo lo que puedas. Tienes carta blanca para hacer lo que creas oportuno. Una vez allí no debemos vernos nunca.

—¿Y cómo contacto con vos?

—No lo harás, no quiero verte allí. Haz lo que tengas que hacer, dentro de seis meses regresa a este castillo e infórmame.

—Lo acordado, pues; mi palabra empeño.

—Más te vale, y no solo por tu palabra. Sé que sigues sufriendo —dijo en tono más conciliador—; la redención es posible, pero el precio es muy alto. Eso debes tenerlo claro.

—No necesito la redención, solo conocer la verdad.

—¿La verdad? —carraspeó el noble—. No existen verdades, el mundo es un lugar para cultivar las dudas.

—Vos dijisteis que, si os trabajaba bien, me ayudaríais a conocer la verdad de lo que sucedió.

—Sí, y te ayudaré, pero te repito que no existen las verdades. Quizá lo que descubras no sea la verdad, sino la duda.

—No os entiendo.

—Es comprensible, si lo hicieras no seguirías a mis órdenes, ¿o no es cierto lo que digo?

El mercenario asintió con la cabeza.

En ese instante, golpearon dos veces la puerta.

—Entrad —dispuso el amo del castillo.

—Mi señor, con su venia. —Un hombre de armas accedió a la sala—. Permiso para hablar.

—Sí, ¿qué nuevas traéis?

—El rey Pedro III ha dado orden de reunir tropas.

—¿En Aragón?

—Sí, y también en Cataluña y Valencia.

—Eso es preocupante, hay que seguir con el plan, puede que muerda el anzuelo. —Se quedó pensativo—. Informad al rey de Francia, ¡rápido!

El vasallo salió de inmediato.

—Cuidado con tensar la cuerda en exceso, podría romperse —advirtió el mercenario.

—No lo dudo, pero si quieres vencer debes arriesgar —afirmó con tono serio—. Debo regresar a mi feudo de Albarracín con las tropas; debes llegar antes y que te vean, no quiero que nos relacionen por nada del mundo.

—Entiendo. —El caballero se colocó de nuevo la capa y la capucha—. Quizá no volvamos a vernos.

—Quizá.

Acto seguido dejó la estancia, ante la atenta mirada del máximo representante de la Casa de Lara y quinto Señor de Albarracín.

El mercenario salió de la torre, esa noche dormiría en el castillo de Zafra.

A la mañana siguiente se levantó con premura, caminó hasta el establo y ensilló su feroz montura. *Negro* había comido y descansado, estaba limpio y ensillado.

El mercenario partió hacia Albarracín.

33

A lomos de *Negro* cabalgó sin descanso hasta la frontera con la corona aragonesa, y la cruzó por un sendero en las estribaciones de El Pedregal. Durmió en un abrigo cerca de allí y al día siguiente alcanzó el camino real que unía Zaragoza con Teruel. Llegó a un cruce donde había varias postas que formaban una especie de aldea con el nombre de Caminreal. Estaba bajo la protección de una de las extrañas comunidades que había en el sur de Aragón y que dependían directamente del rey.

Una cerca de madera daba cierto aire de resguardo a las edificaciones; aunque no podría servir para defenderse de un ataque planeado, pero quizá sí de alguna cuadrilla de bandidos y ladrones, poco más.

Columnas de humo blanquecino buscaban con ahínco el cielo de la tarde. En los establos se veían numerosas monturas y carromatos. Aquellos lugares solían ser más seguros que las solitarias postas, donde cualquier visita llamaba la atención. Por el contrario, solían encontrarse más concurridos y era posible ser reconocido o reencontrarse con antiguos amigos que juraste no volver a ver.

Sopesó la situación. *Negro* necesitaba comer bien, así que lo dejó al cuidado de un chico al que pagó con una moneda para que lo alimentara, limpiara y diera acomodo en el establo. Cuando se alejaba, *Negro* pareció lanzarle una mirada de atención, como queriéndole recordar que debía pasar desapercibido en aquel lugar.

Entró en la posada con la mirada baja. Conocía de sobra esos lugares en medio de la nada, donde concurrían viajeros de toda índole. Desde mensajeros a mercaderes, sin olvidar a contrabandistas, mercenarios y algún timador o incluso algo peor.

Se sentó al fondo, en una mesa alargada que compartía con otros dos clientes a los que ni saludó ni miró a la cara. Pidió una jarra de vino y un caldo de puerros con pan. La comida estaba caliente y tenía cierto sabor, por lo que no le desagradó. El vino era mejor, fuerte, para calentar las entrañas.

Luego le dieron algo de queso, carne de conejo y cerdo. Cuando estaba terminando de comer, un hombre enjuto y sonriente se situó en medio de la estancia, alzando la voz:

Espoleó mío Cid, se iba todo adelante,
Allí se fijó en un poyo que está junto a Monreal;
alto es el poyo, maravilloso y grande,
no teme un asalto, sabed, por ninguna parte.

Era un juglar de esos que se ganaban la vida relatando cantares por las aldeas y ciudades; aquel que recitaba ahora era conocido en toda la frontera.

—Este no sabe lo que dice —comentó uno de los hombres que estaba sentado en su misma mesa, un personaje entrado en años y kilos—. En la época de ese al que llaman el Cid, Monreal no existía. Fue el rey Alfonso el Batallador quien lo edificó tras la batalla de Cutanda contra los almorávides —afirmó entre evidentes signos de embriaguez—, si ya sabéis lo que dicen, más se perdió en Cutanda.

Le miró sin mediar palabra.

—No pongáis esa cara; estos charlatanes, juglares o como Dios quiera que se llamen, me alteran la sangre, meten en la cabeza de la gente historias fraudulentas. Falsedades que, a base de repetirse una y otra vez, van calando y terminan creyéndose todos. Cuando alguien escucha la misma historia por varios sitios diferentes, le da más verosimilitud. —Hizo una pausa para mover la boca como si masticara algo—. Así se crea una buena mentira, la sueltas en varios rincones, teniendo mucho cuidado de que pueda llegar al verdadero objetivo por dispares mensajeros. Y sobre todo, que esa mentira tenga algo de verdad, no hay mejor mentira que una verdad a medias.

—Yo no tengo tiempo para esas pamplinas.

—Bueno, lo entiendo. Solo quería dejaros claro que yo no digo falsedades —frunció el ceño hasta crear un verdadero pliegue en su piel—. Os aseguro que el gran Alfonso el Batallador fue quien levantó un castillo en Monreal, en las fuentes donde nace el río Jiloca, y que llaman los de allí Los Ojos, para controlar esta inmensa llanura donde nos hallamos ahora y que por entonces andaba despoblada. También creó una milicia, la de San Salvador de Monreal, la *Militia Christi*, a semejanza de las órdenes militares de los templarios, sanjuanistas y del Santo Sepulcro, dicen que fue la primera fundada en estas tierras. Eso yo ya no lo sé.

—¿Cómo es ese lugar donde nace el río?

—¿Los Ojos?

—Sí. —Hasta él mismo se sorprendió de que le hubiera prestado atención—. ¿Qué más sabéis de ellos?

—Es un lugar donde manan aguas subterráneas, que vaya a saber vos de dónde vendrán. En torno al manantial se forman unos espacios circulares y alrededor de estos Ojos se abre un frondoso prado. Es un lugar mágico; en el invierno, emana vapor por la diferencia de temperatura, creando un ambiente de nieblas bajas sobre las aguas, un paisaje de mitos y leyendas. Ya os he dicho que el lugar es mágico y muchos se pierden en Los Ojos o creen ver cosas.

—¿Cosas?

—Oh sí, criaturas de la noche. Hace ya tiempo que allí desaparecieron unas damas. Sí, no me miréis así, os estoy contando la verdad. —Y dejó el vaso de vino sobre la mesa—. Una era la hija del alcaide musulmán del castillo de Daroca, y la otra su dama de compañía. Ambas eran de abrumadora belleza; salieron huyendo hacia Valencia ya que a la hija del alcaide no le agradaban sus pretendientes, y, además, a pesar de que Daroca es una ciudad hermosa, las jóvenes soñaban con vivir en Valencia, junto al mar. Imaginarse en sus orillas, junto a las olas, con el perfume de azahar y durmiendo bajo la luz de la luna. ¿Sabéis quién metió esas fabulaciones en la cabeza de las dos jóvenes? Pues juglares como este bravucón que tenemos la desgracia de escuchar esta noche aquí.

—He oído muchas historias de doncellas.

—No como esta, pues el alcaide de Daroca buscó a cinco pretendientes para la mano de su hija; y a todos ellos puso una difícil prueba si querían desposarla. El primero de ellos debía acabar con los cristianos de las tierras de Medinaceli, Sigüenza y Molina. El segundo debía viajar hasta la capital del califato, Córdoba, y convertirse en un espía al servicio del alcaide. El tercero tendría que lograr azafrán y ricas especias de Oriente. El cuarto, construir canales que regaran las secas tierras de Daroca. El quinto y último gozaría de la difícil misión de conspirar con los reyes moros y cristianos para debilitarlos y hacer más fuerte a Daroca.

—¿Qué les pasó a las dos mujeres? —preguntó él sin levantar la vista de la copa de vino.

—Huyeron, por supuesto. Los sueños son peligrosos, se introducen hasta lo más profundo de nuestra alma, y nos embriagan de ensoñaciones, y cuando has probado su veneno, no existe cura alguna —relató con pasión—. Lograron un carruaje y escaparon por el valle del Jiloca. Tanta prisa tenían que no dieron descanso a las caballerías y estas terminaron extenuadas. Cuando la comitiva pasó por Los Ojos los caballos se lanzaron a calmar su sed. Pero en Los Ojos nada es lo que parece, y si te acercas demasiado a ellos hay quienes escuchan una música, una dulce melodía que los atrae hasta que provoca que caigan en su interior. Eso les sucedió a las dos damas, el carruaje donde viajaban cayó a las aguas y se ahogaron en ellas.

—¿Y ahora se las veis pasear por allí? ¿En serio pretendéis que me crea esa leyenda?

—No, no se las ve, se las oye. Ahora son sus voces las que se escuchan desde el fondo de Los Ojos y atraen a los viajeros que acuden a ellos ignorantes del peligro de ese lugar.

El juglar continuaba relatando un cantar de gesta:

En Santa María de Albarracín tomaban posada,
espolean cuanto pueden los infantes de Carrión,
ya están en Molina con el moro Abengalbón.

Dio el último trago de vino, terminó el pan y el queso, dejó los huesos de la carne y acto seguido se levantó.

—Debo irme.

—Volveremos a vernos. —Levantó su vaso de vino tan alto como pudo y parte de la bebida se derramó sobre la mesa—. Me llamo Guillermo Trasobares y ese es mi hijo. —Y señaló al muchacho que tenía enfrente y que no parecía muy avispado.

—No estéis tan seguro...

—Viajo mucho. —Bebió.

—Mejor para vos, pero eso no quiere decir que nos volvamos a ver. —Sin mediar más palabras dejó aquella compañía.

Preguntó al mozo que atendía a *Negro* por un lugar donde poder dormir y este le indicó un cuartucho del piso superior. Allí pasó la noche; al alba ensilló su caballo y partió antes que nadie. El descanso había venido bien al animal, que galopó presto y veloz hacia su destino. Dos jornadas tardó en alcanzar las estribaciones de la sierra y al coronar un altiplano divisó las almenas que recortaban el cielo sobre Albarracín. Los meandros del río la rodeaban y protegían de cualquier enemigo, sus murallas remontaban los barrancos en busca de los tres castillos que la guarnecían. Sus casas parecían un mosaico de coloridas teselas, donde el rojo yeso daba color a la mayoría de ellas.

Descendió hasta el río, continuó por una serpenteante orilla; allí había gente humilde que malvivía como podía. No le produjo ninguna pena, pero le hizo estar más alerta de lo habitual. Quien no tiene nada que perder puede hacer cosas desesperadas, debía tenerlo en cuenta.

Llegó hasta un sencillo puente de madera que no estaba vigilado y lo cruzó para llegar al otro lado. Siguió un camino bien marcado y acondicionado que llevaba hasta las murallas de la ciudad. En su portal de entrada, un alguacil armado con una lanza esperaba de pie la llegada de forasteros. Estaba entrado en años, no era demasiado corpulento y le faltaban un par de palmos de altura para que él lo tomara en consideración como rival.

—Alto ahí, ¿quién eres y qué vienes a hacer a nuestra ciudad? —inquirió con un tono forzadamente autoritario.

—Dejadme pasar.

—¿Cómo?

—¿Queréis dejarme pasar? Sabéis que es lo mejor —pronunció con una voz que rasgaba su garganta.

—¿Qué estás diciendo?

Levantó el tabardo oscuro que le abrigaba y mostró la vaina de su espada al guardia.

—Podéis haceros el héroe e intentar atacarme con esa lanza, que no os dará tiempo a usar pues es un arma para más distancia, por lo que mi espada os rajará la garganta tan rápido que ni siquiera podréis claudicar —le murmuró—. O podéis dejarme pasar, olvidar que he venido y seguir con vida —afirmó en un tono pausado—. Nadie sabrá que me dejasteis entrar, vos me olvidaréis y seguiréis con vuestra placentera existencia. Seguro que tenéis una extensa familia, ¿verdad?

—Sí —tartamudeó.

—Mujer, hijos y hasta nietos; pensad en ellos, ¿vale la pena detenerme y no volver a verlos?

El guardia no contestó, ya solo unos ruidos torpes salían de su boca. Su rostro se tornó rojizo y la respiración acusada. Dio un par de pasos atrás y el jinete entró en la ciudad.

Al ver su espalda descubierta pensó en atacarle con su lanza, pero no lo hizo. Se volvió y siguió vigilando la puerta de Albarracín.

34

Caía la fría noche sobre Albarracín; las fachadas de yeso rojo se iluminaban con los últimos rayos de sol de aquel día de primavera. Pronto cerrarían sus puertas, las calles quedarían vacías y sus habitantes, resguardados en sus casas, a salvo de los peligros que encerraban sus murallas, o al menos eso decían.

Era en las horas más oscuras cuando las montañas que rodeaban la ciudad parecían cobrar vida, como si fueran gigantes que la vigilaban en silencio, como dormidos, pero que en cualquier momento podían despertar.

La silueta de las murallas recorría arriba y abajo los cerros, y cualquier sombra que se movía en ellas tomaba un siniestro aspecto.

Martín estaba de pie en uno de los baluartes más altos, sobre la primera línea de muralla de época musulmana. A sus pies un par de guardias hacían su ronda; más abajo, en el cinturón principal, el construido en tiempos de los primeros Azagra, el movimiento y los fuegos eran mayores, pues era la primera línea de defensa de la ciudad.

Los guardias se percataron de su presencia y le pidieron que abandonara aquella zona militar. Martín asintió y siguió caminando hacia el portal del Agua; necesitaba pensar y creyó que la mejor manera de hacerlo era caminar por las calles de la ciudad, aunque fuera de noche.

En realidad lo que pretendía era ver a esa sombra de la que

tanto hablaban en la ciudad, aunque era verdad que los rumores sobre el Maligno habían cesado en los últimos días. Muchos pensaban que el encarcelamiento de la mujer había dado sus frutos, lo cual no jugaba a favor de ella.

Él miraba a un lado y a otro, en busca del mal. Pero no hallaba a nadie; tan decidido estaba que buscaba las callejuelas más estrechas y por ellas transitaba. Así llegó al portal del Agua y se quedó pensativo, mirando las cumbres que rodeaban Albarracín. Con una imagen que revoleteaba en su cabeza como una mariposa.

Sabía que aquello no estaba bien.

Y al mismo tiempo no podía evitarlo.

Era Alodia la que le perseguía en sus pensamientos, la que le impedía conciliar el sueño. Aquella mujer iba a ser ejecutada en pocos días y él sabía que era inocente de los crímenes de los que se le acusaba.

El relato de su vida le había sobrecogido de una manera que nunca había podido imaginar. Desde su niñez, pasando por su llegada a esta ciudad, cómo había sido reclutada por el mudéjar, y la manera en la que comerciaba con los entierros dentro de la iglesia.

No era una mujer al uso.

Desde luego que no.

Pero iba a morir.

De algún modo, escuchar la infancia de Alodia le hizo recordar la suya. Aunque no podía reconocerlo ante sus superiores, él había disfrutado de su niñez. Es verdad que creció rodeado de herejes, pero eran buenos hombres y mujeres, sus enseñanzas eran bondadosas, nunca vio maldad en sus palabras. Aun así, eran acosados por la Iglesia y ese estigma le había perseguido toda la vida, por esa razón su padre le obligó pronto a coger los hábitos, decía que era la única forma de salvarlo.

Él sabía que su padre se arrepentía de haberle dejado convivir con los herejes, pero era su trabajo. Quizá por ello, para no verle sufrir, Martín puso tanta devoción en su carrera eclesiástica, aunque muchas veces tuviera dudas de ella.

Suspiró y observó las estrellas que colgaban de la bóveda celeste. Los cielos estrellados de Albarracín eran especialmente hermosos; el aislamiento de la ciudad hacía que todo fuera diferente allí. En verdad que parecía otro mundo, alejado de las guerras, de las disputas entre reyes y nobles, y hasta del mismo paso del tiempo. Todo era una mentira; aquel pequeño pedazo de tierra estaba en el centro de todo, aquella falsa calma escondía más maquinaciones, traiciones y conspiraciones que las grandes ciudades de Toledo, Sevilla o Zaragoza.

Y entonces volvió a su mente la imagen de esa mujer, medio desnuda, sucia, maloliente, recostada sobre el suelo de tierra de la mazmorra.

«¿Por qué?»

«¿Por qué me asedia esa visión?»

«¿Por qué no puedo dejar de pensar en ella?»

Había oído hablar de lo que le estaba sucediendo, le habían advertido una y mil veces del peligro de las mujeres. Desde el pecado original, el hombre se había convertido en pecador, aunque había sido creado a imagen y semejanza de Dios. Y la culpa de ello era una, solo una: la mujer.

Sufrirás preñeces difíciles, parirás con dolor y buscarás con ardor a tu marido, que te dominará. Las mujeres eran rebeldes, seres a los que había que dominar, y estaban obsesionadas por una ardiente sexualidad que solo podían apaciguar yaciendo con ellos.

Todas las mujeres son evas, pero deben intentar ser marías, abrazando la fe en un convento, o bien mediante el matrimonio cristiano, que las redime de sus pecaminosas inclinaciones. No puede haber mujeres libres; sin marido, no, eso es la perdición. Son seres débiles y propensos a pecar, por lujuria sobre todo, y, además, incitan a los hombres a cometer esos pecados.

Aquella mujer, Alodia, era una prueba del Señor; la había puesto frente a él para probar su fe. O peor aún, ¿y si era un castigo? ¿La penitencia por sus pecados? Era una mujer de una belleza inusual, que no residía tanto en su naturaleza. Sino que más bien estaba en cierto modo forjada por ella misma a base de haber sido capaz de superar tantas adversidades.

Cuando la mirabas veías que rebosaba una fuerza que te

atraía sin remedio. No era una fachada deslumbrante, sino que se percibía un interior fascinante.

Dios le ponía a prueba y él no podía fallarle.

Escuchó un ruido a su espalda y temió lo peor. Guardó la calma, tranquilizó su respiración y...

Se volvió tan rápido como un animal en peligro y se detuvo justo a tiempo de no cometer un error.

—¿Qué hacéis vosotros aquí? —espetó perplejo al ver a los dos críos que se ocultaban en una esquina, Alfonso y Blasco.

—Padre, disculpadnos, solo volvíamos a casa —respondió Alfonso, el más mayor de los dos.

—¿Estáis mal de la cabeza? ¡No podéis estar en la calle a estas horas! —exclamó Martín fuera de sí—. ¿Dónde está vuestro padre?

—Nos ha mandado buscar unas medidas al portal de Molina, tiene mucho trabajo para reforzar las defensas y por eso le ayudamos —explicó asustado Alfonso.

—Está bien. —El joven sacerdote se fue tranquilizando—. Pero no se os ocurra acercaros así, por la espalda.

—¿Quién se creía que éramos? —preguntó con una débil vocecilla el más pequeño, Blasco

—Si yo os dijera... Anda, id a casa a dormir.

En ese momento repicaron las campanas de la catedral y todos corrieron a las murallas. El sol hacía tiempo que se había ocultado tras las montañas. Las antorchas se encendieron una a una, manchando la penumbra de la noche con cientos de puntos ardientes. Así debía hacerse, así se había hecho desde siempre. Las campanas se detuvieron y entonces comenzó a oírse un susurro tenue, como un eco lejano.

Martín no había visto jamás nada parecido. En medio de la noche, los hombres de Albarracín abandonaron sus casas y salieron a las calles, caminando hacia el portal de Molina, que abrió sus puertas. Los habitantes de la ciudad formaron un pasillo y comenzaron a entonar un canto, mientras las mujeres les acompañaban desde las ventanas y vanos de sus casas.

Era un cántico de batalla, servía para dar la bienvenida a los caballeros rojos en tiempos de guerra; hacía décadas que no se entonaba en Albarracín, estaba prohibido cantarlo en tiempos de paz. Si alguien se atrevía a tararearlo en público era encarcelado y castigado sin piedad. Se enseñaba en cada hogar nada más nacer, de noche en el interior de todas las casas, al calor del fuego y de las historias que habían hecho inconquistable a Albarracín.

Todos conocían la letra, pero era la primera vez que muchos lo cantaban.

También Alfonso y Blasco, que jamás imaginaron que sonaría así de sobrecogedor. Estaban exultantes de alegría. Era verdad lo que les habían contado sobre el cántico. Los que ya lo habían escuchado antes decían que encerraba un tremendo poder, que nadie sabe quién lo escribió, que su letra se guardaba con recelo en la ciudad. Ninguno de sus enemigos debía conocerla nunca, pues perdería su poder, su magia.

El canto remontó los empinados barrancos que rodean la ciudad, sobrepasó la torre del Trovador, descendió después hasta los meandros del río, y recorrió las altas murallas hasta alcanzar la alcazaba. Allí, en su extremo de poniente, lucía una alta hoguera que se replicaba en el castillo de la montaña más al sur; y a su vez se repitió en cada una de las torres de las antiguas arquerías que poblaban los dominios del Señorío de Albarracín.

Comenzaron a entrar en la ciudad los caballeros rojos, pues ese era el color de su sobrevesta, pues ese era el color de Albarracín y de sus sierras. Gentes de armas, robustos, pesados. Intimidaban con su mirada, se percibía su poder, su fuerza.

Solo el susurro del canto de sus vecinos les acompañaba.

El metal de sus cotas de malla relucía bajo las antorchas. Los yelmos calados sobre su rostro y la desgastada piel que recubría sus escudos mostraba las evidencias de muchas batallas, todas victoriosas.

No existían mejores guerreros que ellos. Albarracín nunca había sido conquistada, y nunca lo sería. Ellos eran los encargados de defender sus murallas, pero también de castigar a sus enemigos y de traer riquezas a la ciudad.

Al lado de Alfonso, su hermano Blasco resoplaba; juntos luchaban cada mañana en el patio de su casa. Alfonso era un par de años mayor, fuerte como su padre, con mechones rubios cayendo sobre su rostro y escondiendo sus ojos grises. No era rápido, pero sí contundente en sus golpes, y tenía habilidad para esquivar y moverse, a pesar de su corpulencia.

Todos los habitantes de Albarracín debían saber blandir la espada. Aunque no podían ser nombrados caballeros, sí les era permitido luchar a pie y salir en alguna algarada contra Aragón o Castilla, o incluso frente a los musulmanes de Murcia. La frontera contra los infieles había avanzado bastante desde la toma de Valencia, pero aún era posible redimir o capturar esclavos, y eso siempre daba buenas ganancias.

La columna de caballeros rojos continuó hacia la alcazaba y las puertas se cerraron de nuevo tras ellos.

Martín supuso que la llegada de los caballeros no podía ser una buena noticia; si el Señor de Albarracín concentraba sus huestes en la ciudad, por algo sería. Aquel rincón de la cristiandad era un nido de conspiraciones, ambiciones y secretos. Entre las grandes coronas de Castilla y Aragón, permanecía independiente desde hacía un siglo. Con la muerte del cuarto Señor de Albarracín sin descendiente varón, su hija Teresa heredó el señorío y casó con el Señor de Lara, una de las Casas más importantes de Castilla. Desde entonces no habían parado los rumores, lo que estaba claro era que esta ciudad nunca se arrodillaría ante ningún rey. Si alguna de las coronas la quería, debería tomarla por las armas, y cualquiera que haya estado aquí sabe que no sería fácil. Los de Albarracín sabían defenderse; el emplazamiento de la ciudad se levantó con el firme propósito de ser inconquistable, y hasta la fecha había demostrado seguir fiel a esa idea.

Ni siquiera Jaime I, al que llamaban el Conquistador, pudo asaltar estas murallas, y tuvo que retirarse con el rabo entre las piernas.

35

Fray Esteban había dormido mal la pasada noche. Entre el alboroto por la llegada de los soldados y las dudas que se cernían sobre el interrogatorio, no había podido conciliar el sueño. Demasiado ruido... Cada vez tenía más ganas de terminar con su labor allí y marcharse en busca de la más absoluta soledad.

Solicitó al padre Martín que le llevara hasta la iglesia de Santiago para el oficio de la mañana; necesitaba escuchar la palabra del Señor y que este le mostrara el camino a seguir. El dominico y el joven religioso asistieron a la santa misa oficiada por el padre Melendo, después esperaron a que todos los feligreses y religiosos abandonaran el templo.

La iglesia quedó vacía.

Fray Esteban caminó hacia el altar y se detuvo frente a él, se santiguó y bajó la mirada, escrutó la zona con detenimiento. Se arrodilló y posó su mano sobre las losas del suelo.

—Se han movido recientemente, no hay duda —comentó—; quien las ha vuelto a colocar tuvo cuidado de que no se notara, pero no pudo evitar que quedaran más flojas que las antiguas.

—Así que aquí han enterrado a gente hace poco.

—Podría ser. —El dominico seguía inspeccionando el lugar—. Deberíamos levantarlas para comprobarlo. Trae algo para hacer palanca y salgamos de dudas.

—¡Es un lugar sagrado!

—Creo que nada en las Santas Escrituras impide levantar el suelo de una iglesia, ¿verdad?

—¡Santo Dios! No podemos abrir una tumba.

—Martín, ¿hay en esta ciudad reliquias? —preguntó el dominico para sorpresa del sacerdote.

—En la catedral, por supuesto.

—¿Y sabes qué es una reliquia?

—Fray Esteban, ¿por qué me preguntáis tal cosa? —Martín no solía mostrar su enojo, pero aquella última pregunta le había molestado—. Son restos que corresponden a los cuerpos de los santos...

—Para ser más exactos, una reliquia es el cuerpo entero o cada una de las partes en las que se divide, aunque sean muy pequeñas. Además, también son reliquias los ropajes y objetos que pudieran haber pertenecido al santo en cuestión o hubieran estado en contacto con él.

—Ya entiendo lo que pretendéis decirme, pero no es lo mismo.

—Yo no te he dicho nada —afirmó con serenidad—, solo te cuento una realidad. Lo que sí te diré es que las reliquias se han comprado y vendido entre cristianos sin miramientos. Incluso han provocado conflictos. La adquisición de una reliquia fue motivo de una disputa entre las ciudades de Poitiers y de Tours, que mantuvieron una larga reyerta por la posesión del cuerpo de san Martín, precisamente.

—Y las primeras basílicas fueron construidas encima de las criptas donde yacían los cuerpos de los mártires —continuó Martín, mientras fray Esteban se mostraba complacido con los conocimientos del sacerdote—; hasta la segunda mitad del siglo cuarto no empezaron a fragmentar los cuerpos de los santos para repartirlos. Las reliquias se convirtieron en instrumento de prestigio, fuente de ingresos y, cómo no, comenzaron a falsificarse.

—¿Falsificarse?

—Sí, se prohibió la veneración de reliquias sin certificado de autenticidad; así, el comercio de reliquias, que había ido en auge en los últimos siglos, se detuvo, y con ello se interrumpió un rico tráfico de las mismas. —Entonces se rascó la nuca y se quedó en silencio con ese gesto de confusión característico de su rostro—. O quizá no, y se haya seguido falsificando y vendiendo a espaldas de la Iglesia...

—¿Es eso posible?

—Quién sabe. En tal caso, lo habrán hecho a precios mucho mayores, ya que hay menos manos falsificando reliquias.

—Buen apunte, Martín —respondió—, ahora tendrás que ayudarme. Si no levantamos este suelo no sabremos si hay tumbas.

—No, yo no puedo... —dijo mientras hacía gestos de negación con ambas manos.

—Te recuerdo que no están permitidos los enterramientos aquí, luego no debería haber nada debajo de nosotros.

Martín reconoció que aquellas palabras eran verdaderas, pero... No podía hacer lo que le pedía.

—Es esencial saber qué hay debajo; tú quieres salvar a esa mujer, ¿verdad?

—Yo solo quiero saber la verdad.

—Lo mismo me da; ayúdame o lo haré yo solo.

Martín se dio por vencido y buscó un antorchero con el que levantar las losas de piedra. Les costó varios intentos, hasta que entre los dos lograron mover una de ellas.

Ambos se santiguaron; sí había restos. Fray Esteban pronunció una oración. Lejos de arrepentirse de lo que acaban de hacer, el dominico se agachó y tomó dos cráneos que había muy juntos al lado de una gran cantidad de huesos de costillas, brazos y piernas.

—Son de diferente época.

—Es increíble que pueda saber algo así...

—Este todavía tiene restos de carne. —Y señaló unos tejidos pegados al orificio de la nariz—. El otro no. Es un enterramiento reaprovechado, la mujer tiene razón. Aquí se ha seguido sepultando a cristianos, comerciando con la muerte.

—¿Y qué vamos a hacer?

—Por ahora volver a taparlos, luego ya veremos.

Eso hicieron antes de que nadie los viera, pero un ligero crujido llamó la atención de fray Esteban, que sin embargo no dijo nada ni miró en la dirección del sonido.

Abandonaron la iglesia y tomaron el trayecto de regreso hacia el palacio episcopal. Caminaron por los retorcidos callejones de la ciudad; en una de las plazuelas, unos hombres tenían colgado de una soga a un enorme puerco. El dominico se detuvo ante ellos; había al menos una veintena de hombres y mujeres, todos con actitudes joviales, mientras una anciana armada con un cuchillo con el que más de un hombre habría ido contento a la guerra se disponía a rajar al gorrino.

—Se efectúa una vez al año —comentó Martín a su lado—, coincidiendo con los días más fríos del invierno. Además de por la comida, es una celebración.

—Estamos ya en primavera.

—Sí, el invierno ha sido muy vehemente, así que algunos han esperado hasta estas fechas.

—¿Sois consciente de que es una celebración que roza de manera peligrosa las costumbres paganas?

—No, fray Esteban. Tened en cuenta que es el final de un largo proceso, por esa razón lo celebran. Primero el del engorde; desde la compra del cerdo se le va cebando, lo usual son diez meses. La matanza en sí suele durar dos o tres días —explicó Martín en un tono académico que sorprendió al emisario papal—. Luego está el curado, que puede durar desde días hasta meses.

La mujer cogió un gancho con el cual enganchó al cerdo por la mandíbula y, ayudada por dos fornidos hombres, lo llevó hasta un banco de madera. Ellos sujetaron al animal con unas cuerdas; y varias mujeres y niños corrieron con cubos para situarse alrededor. La mujer alzó su brazo y clavó el arma en el cerdo, que gritó de manera ensordecedora. La sangre comenzó a brotar como si se tratase de un manantial, y los mismos niños y mujeres que habían llegado con cubos se dispusieron a recogerla.

El cerdo chillaba de manera desesperada, sus gritos tenían que oírse hasta fuera de la ciudad. El religioso contempló aquel sufrimiento desmedido, unido a la alegría de chiquillos, hombres y mujeres que lo rodeaban. La sangre no dejaba de brotar; el objetivo era drenarla toda, que no quedara dentro del animal ni una gota de vida. Los niños, con los cubos repletos, la removían con cucharas de madera para evitar que se cuajara.

—Sigamos, Martín, he visto suficiente.

Continuaron hasta la entrada a la catedral, subieron la escalinata y antes de acceder, el dominico observó las montañas.

—El invierno tiene que ser duro en esta tierra —murmuró fray Esteban con aire pensativo.

—Lo es, es su castigo y su fortuna.

—¿Qué insinúas?

—Veréis, el clima tan frío hace que la vida sea difícil en esta época del año, pero también es una de las claves de que Albarracín siga independiente. Las murallas, los acantilados y los meandros del río detienen los ejércitos enemigos en primavera y verano; si el asedio se prolonga llega el invierno, y no hay ejército que pueda resistir acampado las heladas temperaturas —recalcó con un gesto hacia arriba de sus labios y abriendo sus ojos—. Si no fuera por este clima, la ciudad ya sería de aragoneses o castellanos.

Fray Esteban se volvió hacia la entrada y permaneció observando el pórtico, que sobresalía del edificio y estaba formado por arquivoltas que se apeaban sobre seis pares de columnillas con capiteles historiados.

Se acercó a ellas para verlas mejor; en la izquierda había escenas del Génesis y del Éxodo, en la derecha. Entre los motivos vegetales de la decoración de su portada, semiocultas, se hallaban unas pequeñas criaturas esculpidas, de cuyas bocas parecían surgir las volutas vegetales que la decoraban. Lo que más llamó su atención fue un reloj de sol, con indicación de las horas para la comunidad religiosa: Prima-Tertia-Mediodía-Nona-Vísperas.

El dominico empujó la puerta y accedió a la nave del templo; el interior era igual de sobrio que la fachada. Él, que había visto las nuevas catedrales que empezaban a construirse en Francia, llenas de luz, con las paredes rasgadas por vidrieras y con los muros aligerados para ganar altura, sintió cierta nostalgia en el interior de aquella catedral, pues le recordaba a las de otras épocas. Avanzó hasta el altar, se tumbó con los brazos en cruz y rezó en silencio. Minutos después se incorporó y alcanzó la zona del ábside; en el suelo todavía había manchas de sangre.

—Fray Esteban, ¿qué estáis pensando?

—El charco de sangre está muy localizado, no se extendió. La piedra lo chupó rápido o...

—¿O qué? Decidme lo que estáis pensando.

—No sé... Podría ser que el de Santiago no sea el único templo donde se hagan enterramientos clandestinos.

—¿En la catedral? —Martín no daba crédito—, eso no puede ser... Solo los obispos y grandes nobles pueden tener su sepulcro aquí.

—Sí, en teoría. —Y el dominico se frotó las manos por el frío—. Pero para que un líquido se filtre de esta manera, las losas del suelo deben estar sueltas y encontrar grietas por donde colarse. Esta iglesia es antigua, ya no se construyen así. Estoy seguro, este suelo que pisamos ha sido levantado hace poco tiempo.

—Eso quiere decir que alguno de los responsables de la catedral también vendía el terreno sagrado. —Martín miró confuso a su alrededor—. ¿El deán? Eso no es posible, me niego a pensar algo así.

—Yo no me atrevería a afirmar tal acusación, aunque él es responsable del edificio catedralicio; si no participa en la venta de suelo debe ser informado, y si ya lo sabe... Tenemos un grave problema.

—Esto se está complicando demasiado, ¿no habrá otra causa? Quizás exista alguna estancia inferior.

—¿Tenéis constancia de tal cosa?

—No, pero la iglesia se construyó hace casi dos siglos; quizá... —Martín se apresuró a dar una respuesta—. No lo sé, pero me parece más lógico pensar que quizás haya alguna construcción antigua y abandonada debajo de nosotros; y no que hayan levantado las tumbas de los obispos...

—Toda causa tiene su efecto; a veces no es fácil encontrar la relación, en otras ocasiones hay sucesos intermedios que descubrir hasta llegar hasta la causa final, pero siempre hay indicios, aunque estén muy alejados —explicó el dominico—. Cualquier detalle puede ser importante, cualquiera, Martín. —Y bajó de la zona del altar.

Juntos abandonaron la catedral y regresaron al frío exterior. Justo entonces las campanas empezaron a tañir a muerto y un grupo de hombres armados cruzó delante del templo.

—Martín. —El dominico se encaminó a seguirles—. Me temo que tenemos más trabajo.

36

Pablo de Heredia miraba el interior de la copa de vino como si el brebaje pudiera revelarle alguna verdad escondida. Por mucho que lo hacía, no hallaba en él sino una rojiza espuma y un apestoso olor a alcohol. Cada vez estaba más convencido de que el vino del mercado lo traían del sur y por eso le producía tanta acidez. Lo dejó sobre la mesa de madera labrada y se reclinó sobre el respaldo de cuero del sillón.

—Pronto hará diez años de la ofensiva contra los moros de Granada y los africanos que les apoyaban.

—Decían entonces que iba a ser la definitiva, que los echaríamos al otro lado del mar. —Diego de Cobos a su lado rio amargamente.

—Murió quien iba a comandarles, el heredero del rey de Castilla. El monarca, su padre, ni siquiera se encontraba allí —recordó Heredia con amargura—, sino de viaje en Francia, conspirando junto al papa por la corona imperial —reflexionó en voz alta—. Todos los magnates, hidalgos, obispos y gentes de guerra de Castilla y de León estaban en la meseta castellana, sin nadie que les guiara a la batalla.

—Yo estaba allí cuando llegó el infante Sancho, y no lo hizo solo —recordó Diego de Cobos—; el señor de Vizcaya, Díaz de Haro, se convirtió aquel día en su mano derecha. Es el único noble que puede actualmente hacer sombra a la Casa de Lara en toda Castilla.

—En efecto. —Pablo de Heredia dio otro trago de vino—.

Mientras el Señor de Albarracín recogía el cadáver del heredero al trono, y lo llevaba hasta el Panteón Real de las Huelgas en Burgos, Díaz de Haro y el infante Sancho conspiraban para proclamar a este último como heredero al trono de Alfonso X.

—Los Lara enterraron a su elegido y los de Haro apoyaron al suyo, que partió hacia Andalucía, derrotando a los moros y erigiéndose como el nuevo heredero, y que ahora se sienta en el trono de Castilla como Sancho IV.

—Así son las cosas, la codicia, la ambición... Parece que en la realeza todavía son más fuertes que en las gentes más normales.

—No os engañéis, todos somos avariciosos y traicioneros.

—¿Vos también, Diego? —le preguntó Heredia, mirándole fijamente.

El aspecto de un hombre puede decir mucho de él o todo lo contrario, ocultar su verdadera naturaleza. Cuando Pablo de Heredia miraba a Diego de Cobos, sabía que era un hombre fiel y leal a Albarracín, pero también estaba convencido de que no le gustaba que un castellano fuera su señor.

—Yo soy un caballero; habladme de luchar, no de conspirar —afirmó Diego de Cobos—, bastante tenemos con esas terribles muertes y además ahora me tengo que hacer yo cargo de la seguridad intramuros. —Y echó un vistazo al hijo de Heredia, que permanecía sentado en la misma mesa, pero a cierta distancia—. ¿Vuestro hijo habla o solo observa?

—Por ahora aprende, ya le llegará el momento de alzar la voz —respondió—; empecé tarde a educarle para dirigir esta Casa, pero aquí estamos, espero llegar a tiempo.

—Tiene un fuego intenso en la mirada, no se parece a vos, pero se le ve fuerte y con buena planta —comentó Diego de Cobos mostrando interés en él—. Atilano, ¿qué pensáis vos de los eventos de Albarracín? ¿Será verdad que esa mujer es una asesina capaz de matar y torturar a tantos hombres?

—Mi señor, si algo he aprendido de mi padre es que nunca hay que fiarse de nadie. Es mejor no hablar mal del puente hasta haber cruzado el río.

—Sabias palabras —asintió con la cabeza—, la prudencia es importante, más con vuestra edad. Os voy a decir algo, las gentes de esta ciudad se creen a salvo tras sus murallas. Mil veces he oído ya eso de que son inexpugnables, ¡malditos sean si piensan eso! La prudencia es el más excelso de todos los bienes y Albarracín la ha perdido hace mucho.

A veces, Pablo de Heredia se sorprendía con la capacidad de su hijo para agradar a nobles y ricoshombres. Con ellos sabía comportarse como un verdadero hijo de la Casa de Heredia, en cambio con los de baja estirpe o menor posición, era prepotente y agresivo. No sabía si era una dualidad de su personalidad o una manera intencionada de medrar o despreciar, según el tipo de persona con la que hablaba.

—¿Creéis que estamos en peligro, don Diego?

—Sí, lo creo —respondió firme a la pregunta de Atilano.

—Pues entonces no deberíamos quedarnos con las manos cruzadas. Un hombre tiene que escoger, en esto reside su fuerza: en el poder de sus decisiones.

—Ya basta, Atilano. —Su hijo le miró enojado—. Ve a ver si hay nuevas, ya hablaremos después.

El joven se levantó furioso y dejó la sala sin mediar palabra.

—Ese hijo vuestro apunta maneras, tiene agallas.

—A veces pienso que demasiadas, le veo muy ansioso...

—Peor sería lo contrario, os lo aseguro.

—No lo sé, la verdad es que no lo sé.

—Al menos no tenéis más descendencia, así no se pelearán por vuestro legado, como ha sucedido con Alfonso X.

—Es deber de un padre dejar bien atadas esas cuestiones.

—En efecto, pero si solo hay un varón todo es más fácil, y además hay hijos e hijos... Alfonso X no tuvo suerte, hay que reconocerlo. —Y bebió inclinando la cabeza todo lo que pudo para atrás y así lograr alcanzar las últimas gotas de vino que cayeron de la copa.

—No lo exculpéis, el primero legisló en las Partidas que el sucesor sería el hijo de su primogénito, y luego aceptó que fuera su hijo segundo, Sancho. No dejó de llevarse el oro de Castilla para pagar sus sueños imperiales; y permitió que los Lara y los Haro lucharan entre sí para que el elegido de cada bando fuera el próximo monarca.

—Él era el rey, podía hacer lo que deseara. En eso consiste llevar una corona sobre la cabeza.

—En Castilla no basta con ser rey, hay que demostrarlo —recalcó Heredia.

—No estamos ahora en Castilla —suspiró Diego de Cobos—. ¿Y Albarracín? ¿Qué papel juega en todo esto? Su anterior señor, el último Azagra, se apartó de la alianza con el rey aragonés Jaime, el que osan llamar el Conquistador.

—Eso es lo que no he logrado entender nunca, ¿por qué? ¿Por qué cambiaría de bando?

—¿Por qué va a ser? Para mantener la independencia de Albarracín. Aunque nunca fue titulado como rey, los Azagra se creían gobernadores de un reino. Por ello reorientó sus alianzas hacia Castilla —explicó Diego de Cobos, con seguridad en sus palabras—. Siempre tuvo relaciones con las grandes coronas, pero con Castilla llevaban tiempo apartadas, que no interrumpidas ni olvidadas.

—Mantener el equilibrio es difícil, hay que moverse de un lado a otro, ¿habéis jugado alguna vez al ajedrez?

—No, pero conozco el juego y sus reglas.

—Pues la guerra, la diplomacia y el gobierno de un reino están ahí reflejados, y nunca hay que perder de vista el centro del tablero.

37

Lízer terminó la guardia en el portal de Zaragoza; desde la destitución del alguacil general su trabajo se limitaba a eso, vigilar las entradas a la ciudad. El mismo destino había tenido Diosdado, quien hacía turnos de día en otro de los portales de Albarracín.

Alejandro de Ferrellón había desaparecido por completo; la seguridad de la ciudad había pasado al control de Diego de Cobos, que tenía fama de ser severo y resolver cualquier problema de la manera más tajante posible.

Durante aquellos días, Lízer pensaba en aquella mujer, en aquella mirada bicolor; su mayor ambición ahora era volver a ver esos ojos. Se desesperaba por volver a saber de ella. Apenas la había visto dos veces y, sin embargo, no podía evitar echarla de menos. Quizá todo aquello era porque no hay nostalgia peor que la que sientes por lo que nunca ha sucedido...

Recordaba la casa ardiendo y el momento en que la cogió en brazos para salvarla. Fue algo instintivo, se jugó la vida por una mujer que no conocía. No podía explicarlo, era como si todo tuviera un sentido. El incendio, Alodia tirada en el suelo a punto de morir, el tejado de la catedral, y de nuevo Alodia salvaba la vida.

Siempre que la había visto había sido en circunstancias extremas y aquella mujer había logrado salvarse. Sabía que tenía algo especial, lo podía percibir. Tenía que ser eso lo que la atraía de ella, porque no la conocía, ni habían hablado. Debía de ser eso, no existía otra explicación.

Fuera lo que fuese, no podía soportar encontrarse apartado de la investigación sobre los asesinatos de los gremios. En su posición actual poco podía hacer, más aún cuando la ciudad daba por culpable a Alodia. Así lo había dictaminado la Iglesia, y contra su voluntad poco o nada podía hacerse.

Él estaba convencido de que Alejandro de Ferrellón seguía investigando por su cuenta. Que sabía lo que significaba el cuarto signo y eso suponía una buena pista para dar con el verdadero culpable. El problema es que no había compartido esa información con nadie. Debía de tener alguna poderosa razón para ello, pero ¿cuál?

Nadie más que él quería salvar a la mujer, pero sin su antiguo superior tenía poco por dónde buscar.

Lízer decidió pasar por la Taberna del Cojo; allí siempre podía enterarse uno de lo que acontecía en la ciudad.

La clientela había descendido mucho; era de esperar, con los invasores a las puertas de la ciudad. Echó un ojo por si reconocía a alguno de los parroquianos del lugar. No encontró ningún rostro que le pareciera interesante para intercambiar una conversación; había pensado que incluso Alejandro de Ferrellón podía estar por allí, ahogando sus penas en el vino, pero no tuvo suerte.

—¿Qué hace un alguacil por aquí? —La hija del tabernero se acercó con una jarra entre las manos.

—Elena.

—Veo que recuerdas mi nombre.

—Tengo buena memoria; está todo tranquilo por aquí...

—Sí, demasiado —respondió ella—, mi padre está preocupado; teme tener que cerrar. Al menos dentro de dos días será la ejecución, quizás ese día la gente se anime.

—¿Ejecución?

—Sí, de esa mujer.

—Alodia.

—También sabes cómo se llama ella, ¿tienes buena memoria para todos los nombres o solo para los de las mujeres?

—Ella es inocente.

—No es lo que se dice por aquí, están todos ansiosos por verla ahorcada; hace mucho que no ejecutan a una mujer.

—Debo irme. —Y se levantó.

—Pero ¿adónde vas? ¡Lízer! Tú y yo tenemos que hablar...

—En otro momento, ahora tengo que hacer algo importante.

Salió de la taberna inquieto; si solo quedaban dos días para el ahorcamiento debía darse prisa. Por extraño que sonara, la única posibilidad que tenía Alodia de salvarse era que hubiera una nueva muerte en uno de los gremios. O que se probara que la muerte del tintorero había sido un asesinato, y no un suicidio.

«¿Se detendría el asesino ahora que había alguien inculpado de sus crímenes?»

Era una buena pregunta.

Ahora tenía más dudas que nunca sobre qué camino seguir, porque, hiciera lo que hiciese, iba a traicionar a alguien. Nunca pensó en encontrarse en una situación así. Pero ahí estaba, confuso y abatido.

Tocaron llamada a misa.

Lízer tomó una decisión; iba a recurrir a su última carta, solo esperó no estar cometiendo un terrible error.

Caminó hasta la iglesia de Santiago y vio cómo los religiosos iban entrando. Esperó paciente, hasta que vio al que buscaba. Con toda la precaución posible fue hacia el padre Melendo y chocó de manera disimulada.

—Hay que enviar un mensaje a vuestro cura de Teruel.

—¿Qué debe saber?

—Ya visteis cómo llegaron los caballeros el otro día. Juan Núñez está agrupando en Albarracín a por lo menos ciento cincuenta caballeros y mucha gente de a pie. Se prepara para recorrer Aragón y arrasar su tierra —murmuró Lízer—, hacédselo saber. En la ciudad no tiene víveres guardados en gran cantidad, he revisado los almacenes. Juan Núñez confía tanto en nuestras defensas que no cree que vaya a ser asediada.

—¿Queréis que le aconseje que ataquen?

—No. —Lízer miró enojado a los ojos del sacerdote—. Hacedle saber solo lo que yo os he dicho, ni una palabra más.

—Está bien.

Lízer observó a un joven sacerdote que entraba tarde a la iglesia.

—¿Quién es ese cura?

—El hijo de un hereje... Martín —respondió Melendo con desagrado—, es el que acompaña al enviado papal.

—¿En los interrogatorios a la mujer?

—Sí.

—Quién iba a pensar que pasaría esto, cuando enviamos la carta a Roma —se lamentó Lízer, apretando los puños.

—Inmiscuir al papa parecía entonces una buena idea —se intentó excusar Melendo—, no podíamos permitir que la relación de Albarracín con Roma siguiera siendo tan estrecha.

—Está claro que no lo fue, ¿y por qué acompaña al dominico ese sacerdote y no vos? —le inquirió con desagrado.

—El deán lo tiene en gran estima, no sé qué ha podido ver en él...

—Hazle llegar el mensaje, no deben vernos juntos. —El alguacil se marchó sin despedirse y corrió detrás del joven sacerdote.

Para entonces Martín ya había alcanzado la puerta del templo.

—Perdonad, padre.

—Pero... —El cura lo reconoció—. ¿Tú eres...?

—Soy Lízer, ayudante del alguacil general. Nos vimos en la torre de Doña Blanca cuando vinisteis a ver al hombre que parecía haberse suicidado.

—Sí, te recuerdo. Pero ¿no fue un suicidio?

—Mi jefe y vuestro dominico pensaron en un asesinato, cometido por la misma persona que mató a las anteriores víctimas. Por eso tengo que hablar con vos, donde nadie nos escuche.

—Lo siento, Lízer, tengo obligaciones —afirmó, intentando escaparse.

—Martín —susurró—, se trata de algo urgente. Es sobre la mujer que tenéis presa en las mazmorras del palacio episcopal.

—Ese asunto no te incumbe.

—El dominico a quien acompañabais el otro día es el encargado de hacerla confesar, ¿vos también asistís a los interrogatorios?

—¿Por qué quieres saberlo?

—Es importante, esa mujer es inocente. —Le miró a los ojos—. Os lo juro.

El sacerdote cambió su rostro, miró a un lado y a otro.

—Ve detrás de la iglesia, hay un establo, sé precavido y espérame dentro.

Lízer asintió; vio que venían varios religiosos rezagados y se alejó de inmediato. Siguió por una callejuela que subía hacia las murallas, y dio una vuelta para disimular sus intenciones; después bajó de nuevo hacia el templo por el otro lado y buscó el establo, fue fácil de identificar. Comprobó que nadie lo veía y se coló en su interior.

Hacía calor allí; Lízer tuvo tiempo de pensar muy bien lo que estaba a punto de hacer.

Oyó unas pisadas, miró de reojo y comprobó que quien venía era el joven cura.

—Soy yo, ve al grano. —Martín echó un ojo a su espalda—. ¿Por qué estás tan seguro de que ella es inocente?

—Primero, porque una mujer no puede atormentar así a unos hombres, ni moverlos, y mucho menos crucificarlos —respondió Lízer—; segundo, porque el hombre ahorcado en la torre de Doña Blanca también pertenecía a un gremio, el de los tintoreros, aunque hacía tiempo que ya se había extinguido en la ciudad, por eso no se le relacionó en un primer momento. Y tercero, porque hay detalles que no sabéis sobre las muertes.

—¿Cuáles?

—Junto a los muertos aparece siempre un símbolo, distinto en cada ocasión.

—¿Un símbolo...?

—Un círculo con un punto dentro; otro círculo del que sale una raya; un tridente; y el último es un círculo como con cuernos, y una cruz en la parte de abajo.

—¿Y no sabes lo que significan?

—No. —Entonces Lízer se percató de un brillo en los ojos del sacerdote—. ¿Es qué acaso vos sí?

—Es posible, podrían ser representaciones de los astros.

—¿Cómo decís?

—Sí, símbolos antiguos para referirse a los planetas —explicó Martín—: el Sol, Marte, Neptuno y Mercurio. Por ejemplo, Mercurio contiene el signo de la mujer, de Venus, pero también tiene unos cuernos que en realidad son el sombrero de alas que llevaba el dios griego Hermes, el mensajero de los dioses.

—¿Y qué sentido tienen? —Lízer no podía creer aquello—. ¿Por qué aparecen junto a los muertos?

—No lo sé, eras tú el que me tenía que contar algo, no yo.

—Lo veis, esto es muy complejo. —Lízer estaba cada vez más nervioso, le temblaban las piernas—. Debéis liberarla.

—Pero ¿quién te crees que eres para pedirme algo así?

—Estoy seguro de que sabéis tan bien como yo que es inocente —afirmó agarrándole del brazo—, ¿habéis hablado con ella? Sí, ¿verdad? Entonces me entendéis, Alodia es inocente y lo sabéis.

—Lo que opine yo importa poco; son el deán y ahora el enviado papal quienes deciden.

—¿Y qué piensa ese dominico?

—No lo sé, es un hombre reservado.

—Contadle lo de los símbolos, así entenderá su inocencia.

—Pero no solo son los crímenes, dicen que esa mujer ha realizado prácticas demoníacas —afirmó Martín—; siento decirte que es imposible que se salve, la condenarán por una cosa o por otra, sea o no culpable.

—Ayudadla, os lo suplico. —Lízer le cogió de las manos y las apretó con fuerza—. Salvadla.

—No me pidas eso, yo no puedo hacer nada.

—¿Estáis dispuesto a llevar sobre vuestra conciencia la muerte de una inocente? —dijo en un tono amenazante—. ¿Estáis seguro de ello, Martín?

—Yo no estoy seguro de nada en esta maldita ciudad.

—¿Y pensáis que se puede ejecutar a alguien sin estar seguro del todo? ¿Sin tener el menor atisbo de duda?

—Es imposible no tener ninguna duda... Pero, ¿por qué haces esto? ¿Qué necesidad tienes de importunarte con el destino de una mujer como esa?

—Vos sois religioso, no lo entenderíais.

—También soy un hombre...

—¿Así que la habéis mirado bien? ¿La habéis visto con los ojos de un hombre?

—Yo... ¿A qué viene eso?

—Necesito volver a verla, hablar con ella —afirmó Lízer con la voz entrecortada—, por alguna razón necesito hacerlo, debo salvarla.

—Pero me estás pidiendo que sea yo quien la salve, no tú.

—No lo comprendéis, me da igual quién la salve, mientras siga con vida. —Y Lízer le cogió del brazo—. A todo hombre le llega un momento en la vida en el que se halla ante la encrucijada de elegir entre lo correcto y lo que le conviene. No es una decisión sencilla, y nunca sabes cuándo va a llegar ese día, pero debes tener muy claro que, en función del camino que decidas elegir, hagas lo que hagas, el sacrificio será enorme. Pero es ahí donde reside la diferencia entre un buen hombre y el que no lo es.

38

Guillermo Trasobares y su hijo Rodrigo terminaron de guardar la mercancía que venderían al día siguiente. Había algo de carne a la que no lograban dar salida desde hacía días, así que la sumergieron en vinagre y le echaron sal. El mercader prefería usar pimienta, pero era más cara, y no estaban para derrochar. Trasobares tenía su propio secreto, utilizar sal fina y carnes grasientas; el salazón en seco hacía que esa sal penetrara fácilmente en las fibras de la carne para preservarla. El único inconveniente era que luego la gente que la compraba tenía que enjuagarla con agua antes de usarla, para diluir el fuerte sabor de la sal.

Hacía mucho que ya no usaban el humo para conservar la carne; Guillermo había decidido que era demasiado trabajo. Había que preparar abundante madera, y a veces había que salar de todas maneras la carne antes, y luego dejarla junto al fuego durante semanas.

—Hay que tener mucho cuidado, hijo —le decía mientras abandonaban el almacén camino de la Taberna del Cojo—. Un descuido y le vendemos carne podrida a cualquiera y se nos muere, que esos estúpidos son incapaces de no darse cuenta.

—Pero si la carne en mal estado huele fatal.

—Tú que aún tienes olfato, aquí hay gente que no tiene ni nariz, como para pedirles que distingan si se puede comer o no —le recriminó—; además, el ambiente de las ciudades es muy insano, ¿o no lo ves? Casi todas las calles están sin empedrar, caminamos entre barro, como campesinos.

En ese mismo momento se oyó un grito y un cubo lleno de excrementos cayó frente a ellos.

—Santo Dios; qué se puede esperar de gente así...

—¿Sois Guillermo Trasobares? —Una voz infantil sonó a su espalda.

—Claro que lo soy, muchacho, ¿quién eres tú?

—Alfonso, y este es mi hermano, Blasco. —Y le dio un golpe en el brazo—. Nuestro padre nos envía a por vino.

—¿Y cómo piensan pagarme dos granujas como vosotros?

Alfonso enseñó las monedas y Guillermo Trasobares hizo un gesto a su hijo.

—Ahora lo traemos, ¿cómo está ese viejo forjador? Pronto comenzaréis a trabajar el hierro con él, supongo.

El padre de Alfonso y Blasco era herrero; el padre de su padre lo había sido antes, y su padre antes que él. Y ellos también serían herreros, y suerte que tenían, pues aquel era un buen trabajo; mucho peor era salir a cultivar o a pastar los rebaños de los nobles: al menos ellos podían aprender un oficio, aunque odiaran la fragua y el yunque.

Ese era su destino y también sería el de sus hijos y los hijos de sus hijos.

No podían ser lo que deseaban, no en este mundo, no en este tiempo, no en esta ciudad.

—Aquí tenéis el vino. —Rodrigo llegó con una botella de cristal recubierta de mimbre—. Traedla de vuelta, ¿entendido? Que no tenga que ir yo a por ella porque será peor.

Los dos muchachos se marcharon de inmediato, doblaron la esquina y bajaron por un pasadizo cerrado. Al llegar junto a unos árboles, Alfonso se detuvo y saltó una tapia para esconderse al otro lado.

—¿Qué estás haciendo? —preguntó su hermano.

—¿Tú qué crees? Habrá que probarlo, ¿no?

—Padre nos matará si se entera.

—Pero es que no lo sabrá, y si lo hace, será porque tú le digas algo.

—¡Eso no es verdad! —le gritó su hermano pequeño; Alfonso se acercó a él y le prendió por el brazo, Blasco se revolvió.

—¡Suéltame!

—¿Te quieres estar quieto? —Alfonso lo cogió del cuello y lo inmovilizó contra la pared de una casa—. ¿Se puede saber qué te pasa?

—Que no quiero ser herrero, que quiero ser caballero. ¡Eso es lo que me pasa! —respondió enrabietado.

—Blasco, nunca tendremos un caballo. ¿Te enteras? ¡Nunca! Somos lo que somos, nada más, ¡estoy harto de que siempre estés fantaseando! Como te oiga decir eso padre te quitará esa idea a palos.

—¡Yo sí que estoy harto de todo! —Y echó a correr calle abajo.

39

Fray Esteban golpeó la puerta tres veces, el ventanuco se abrió y los ojos amarillentos surgieron tras él.

—Quiero ver a la prisionera. —El guardián ni dijo ni hizo nada, su mirada seguía allí clavada en el dominico—. ¿Seguro que no puedes abrir desde el interior?

Soltó un gruñido.

—Te está prohibido, ¿verdad? El deán te ha amenazado con un castigo terrible, pero yo sé que tú tienes una llave, aunque no te esté permitido utilizarla.

No obtuvo respuesta.

—Vengo solo, el padre Martín está ocupado y el deán se encuentra despachando asuntos con el obispo, ya me viste venir con él. Sabes que soy un enviado de Roma, del Santo Padre.

Hubo un tiempo de silencio.

—Ten fe, hermano, no desconfíes. Yo solo rindo cuentas al papa, debes abrirme, yo te protegeré del deán, incluso del obispo si es necesario.

La puerta por fin se abrió, y el dominico puso sus pies al otro lado. El guardián le acompañó hasta la siguiente puerta y se quedó a su lado sin hacer nada.

—Necesito entrar, ábreme.

Pronunció un gruñido de negación.

—Sí, claro que tienes la llave —afirmó fray Esteban—, sé que no te dejan usarla más que en casos de emergencia. Este lo es, esa mujer va a ser ejecutada. Necesita recibir la extremaunción; si no, morirá en pecado mortal.

Volvió a gruñir.

—Guardián, no conozco tus pecados para que vivas esta penitencia. —Le miró fijamente a sus ojos marchitos—. Y espero que encuentres la redención, por eso debes ayudarme. —Puso la mano en su brazo—. Dios sabrá perdonarte.

No dijo nada, pero su mirada se entristeció.

—Él te quiere, todos somos hijos suyos. —Le tomó por los hombros—. Debes tener fe, debes creer en el perdón.

El guardián movió la cabeza de un lado a otro.

—Tus pecados seguro que fueron terribles, pero tu servicio a Dios ha sido loable, eso Él lo sabe. —Fray Esteban le sonrió—. Conoce que estás aquí, haciendo un trabajo duro y necesario para la diócesis, ¿verdad? Abre la puerta, ahí también hay alguien que debe ser perdonado antes de morir.

El guardián metió la mano por sus ropas y sacó una llave cogida a una cadena; la introdujo en el cerrojo y lo liberó.

—Gracias, hermano, necesito que abras también la primera celda. —Le pidió de forma amable.

Tomó otra llave que colgaba de un manojo que llevaba en el cinto e hizo lo mismo.

—Puedes irte, te llamaré cuando termine.

El guardia obedeció, y antes de marcharse iluminó dos de las antorchas que colgaban de la pared. Fray Esteban entró en la mazmorra. La humedad le iba fatal a sus viejos huesos, la pasada noche había sufrido las consecuencias de su anterior visita a aquel subterráneo. Aun así debía hacerlo, tenía que hablar con ella.

Y tenía que hacerlo a solas.

Alodia estaba sentada en el suelo, con las piernas cruzadas y las manos sobre sus rodillas; el pelo negro le caía por el rostro, ocultando sus brillantes ojos. Todo era silencio, solo el ruido del guardia al cerrar la puerta retumbó allí abajo.

—He venido a hablar contigo de un tema que quedó pendiente, antes de que ya sea demasiado tarde.

—Venís solo.

—Así es, y tenemos poco tiempo.

Alodia se levantó y emergió de entre las sombras de aquella tenebrosa cárcel, con la piel tan pálida que parecía enfermiza, su pelo oscuro y sus ojos bicolor. Caminó despacio hacia su visitante y se detuvo antes de que los grilletes tiraran de sus delgados tobillos.

—¿Qué queréis de mí?

—Confesaste cómo te ganabas la vida con los enterramientos ilegales en la iglesia. Y nos contaste de tu terrible venganza hacia el hombre que te violó y su compañero. Ello demuestra que estás dispuesta a decir la verdad, nadie mentiría sobre unos pecados de tal magnitud... También nos relataste cómo comerciabas para el mudéjar Ayub —afirmó él con un tono más propio de un juicio—, por lo que has viajado fuera de los muros de Albarracín, ¿verdad?

—Es posible.

—Supongo que eso es un sí, ¿fuiste alguna vez a Toledo?

—No lo recuerdo bien —respondió ella dando un par de pasos hacia su derecha y con la mirada fija en el suelo de la mazmorra.

—También lo tomaré como una respuesta afirmativa, ¿adónde más viajaste?

—Gerona, Barcelona, Valencia —relató con cierta nostalgia en la voz—. Una vez llegué a cruzar el mar y viajar hasta Mallorca.

—¿Y qué traías a Albarracín?

—Casi siempre libros.

—No dijiste nada de eso la otra vez.

—Porque no me preguntaron sobre mis viajes, solo por lo que hacía en Albarracín.

—Ya veo, ¿qué tipo de libros traías? —preguntó inquieto fray Esteban.

—No sé, de todo tipo.

—¿Religiosos?

—Sí, pero también escritos en otras lenguas, tratados de plantas, tratados médicos... —Alodia intentaba hacer memoria—. Libros en general.

—Y en esos casos, ¿solo transportabas libros? ¿Nada más?

—No, cuando me enviaban a por libros en ocasiones tenía la sensación de que solo era un pretexto.

—¿Un pretexto para qué? —Fray Esteban se mostraba de lo más interesado.

—Creo que lo que de verdad era importante eran los materiales que Ayub me hacía traer.

—¿Joyas? ¿Oro?

—Eran objetos que a veces parecían joyas; eran brillantes, de un tacto que no había sentido nunca antes —explicó Alodia frotándose las manos—. Otras veces oscuros, negros como la noche. Algunos eran hermosos; otros en cambio no, parecían vulgares.

—¿Para quién iban destinadas esas mercancías?

—El maestro las utilizaba como materia prima.

—¿Él mismo las trabajaba?

—Sí, con ellas creaba una especie de amuletos.

—Talismanes —afirmó fray Esteban—, usaba esos materiales para fabricar talismanes por encargo. Esto es mucho más grave de lo que creía. Estamos hablando de magia, de nigromancia, en un reino cristiano. —El dominico frunció el ceño y se quedó muy pensativo—. ¿Qué hacía luego con ellos? ¿A quién se los vendía?

—A ricoshombres, a nobles que enviaban compradores hasta aquí, y también a obispos. —Las últimas palabras las pronunció Alodia con malicia en su mirada, y eso no gustó a fray Esteban—. Algunos venían, como vos, de Roma.

—¿Y de Castilla? —preguntó, ignorando las últimas palabras de Alodia.

—Por supuesto.

—¿Alfonso? ¿El rey castellano era uno de los compradores? —inquirió muy interesado el religioso.

—No lo sé, no tengo esa información; yo me limitaba a hacer mi trabajo, desconozco quiénes eran todos los compradores, y aún menos si había un rey...

—Ya veo... —Fray Esteban se puso las manos a la espalda y dio un par de pasos, rodeando a Alodia—. ¿Y qué sucedió después? Cuéntame cómo has terminado aquí, pero cuéntame la verdad. Yo no soy un clérigo de esta diócesis, así que no me atañen los problemas que pueda tener. Estamos tú y yo solos en esta mazmorra; nadie más nos podrá escuchar, estas paredes no tienen oídos.

Alodia permaneció callada, sin responder. Alzó su mirada hacia el techo húmedo y rocoso; después recorrió la celda entera con la mirada, como queriendo recordar bien dónde estaba, antes de responder.

—¿Qué te ocurre? —Fray Esteban se impacientó—. ¿Ahora pretendes quedarte callada...? Eso sería poco inteligente por tu parte; soy la única persona en toda la ciudad que quiere, y puede, ayudarte.

—¿Habéis jugado alguna vez al ajedrez?

—No, ¿a qué viene esa pregunta ahora?

—Es un juego muy interesante, ¿sabéis?

—La Iglesia prohibió su práctica hace casi dos siglos. Es peligroso, despierta las peores pasiones de los hombres. Es capaz de infundir grandes alegrías o tristezas, así como furias incontenibles. La bula que lo prohibió lo consideró demoníaco.

—Y, sin embargo, esa prohibición no fue suficiente para que en los monasterios y en los castillos se continuara jugando.

—El hombre no hace siempre caso a la Iglesia; he ahí uno de sus peores pecados y la explicación de sus males.

—Dios quiere que los hombres encuentren alegría en los juegos, para compensar las cuitas y trabajos cotidianos.

—Veo que crees que puedes jugar conmigo. No te confundas, soy viejo, pero no tonto; no recites frases pensando que vas a impresionarme.

—Ya veo. —Sonrió Alodia.

A fray Esteban aquella mujer le producía una extraña curiosidad, pocas veces había conocido una criatura así. Llegó a pensar si no estaría realmente poseída por el Maligno; fuera cierto o no, sentía la imperiosa necesidad de averiguar más de ella.

—Las mujeres son unas grandes jugadoras de ajedrez —afirmó Alodia para sorpresa del dominico—; Ayub me contó una vez la leyenda de una bella princesa árabe, Dilaram. Era la favorita del gran visir Murdaui, un entusiasta del ajedrez. Seguro de su fuerza en el juego, y menospreciando la de su rival, el visir retó a una partida al mejor ajedrecista del reino, siendo el premio, en caso de derrota, su favorita.

—Los hombres pueden llegar a ser unos verdaderos necios.

—En eso estamos de acuerdo —murmuró ella—; en aquella partida se alcanzó una posición aparentemente perdida para el visir. Pero su favorita, Dilaram, había aprendido viéndole jugar, y ante la desesperación de su señor, que no veía cómo evitar el jaque mate, exclamó: ¡Sacrifica tus dos torres y salva así a tu mujer!

—Y supongo que la salvó...

—Así es.

—Esa historia es muy entretenida, pero no tengo tiempo para esto.

—Me habéis preguntado por el anterior rey de Castilla, ¿por qué lo habéis hecho? —inquirió ella, tomando el mando de la conversación—; ¿es por el Fecho del Imperio, la pretensión de Alfonso X de ser emperador de toda la cristiandad?

—Eres una mujer inusualmente culta.

—El conocimiento es poder, leer es como entrenarse para la guerra. Un buen guerrero debe practicar con la espada, el arco, buscar una buena cota de malla, saber montar con destreza un caballo... —dijo con un tono más pausado, más propio de alguien de mayor edad—. En mi caso, y en el de Ayub, hay que poseer sabiduría, conocer la historia, las pasiones de los hombres, sus debilidades, sus deseos. La vida es una lucha sin cuartel, y todo conocimiento nos hace más fuertes para la batalla.

—Puedo estar de acuerdo con parte de lo que afirmas, pero ya te he dicho que a mí no se me impresiona con facilidad; yo viví todas aquellas maquinaciones, disputas, enfrentamientos y pérdidas de tiempo del Fecho del Imperio. El trono de emperador solo nos da problemas a la cristiandad, debería abolirse para siempre.

—Eso nunca se hará; es demasiado tesoro para un hombre,

para un rey, poder coronarse emperador. —Alodia hizo el gesto de poner una corona imaginaria sobre su cabeza.

—Es la mayor dignidad laica de la cristiandad. Pero el Fecho del Imperio acabó con muchas vidas, trajo muchas desgracias e hizo que un rey perdiera la cabeza. La cristiandad cuenta con un emperador desde el año ochocientos, cuando fue solemnemente coronado por el papa, en Roma, Carlomagno. De esa forma renació el viejo Imperio Romano, aunque ligado a la Iglesia. El título fue muy codiciado y pasó a ser electivo.

—Lo cual contrasta con las monarquías de los reinos cristianos, que son todas hereditarias —recalcó Alodia.

—Es bastante singular, de eso no hay duda. En ciertas ocasiones de la historia se han producido graves disputas entre la Iglesia de Roma y los emperadores electos. Y el último gran emperador fue Federico II, el cual era, al mismo tiempo, rey de Sicilia. —Hizo una pausa y volvió a rodear a Alodia por el otro lado—. El papado siempre ha querido que el reino de Sicilia no estuviera adscrito al emperador germánico de turno porque, si así es, se encuentra rodeada por dominios imperiales.

—Ahora el rey de Sicilia es Pedro III de Aragón.

—Sí, y por esa razón está excomulgado.

—¿Tan importante es el reino de Sicilia?

—Roma no puede permitirse perder el control de Italia.

—Sí, pero vos sabéis lo complicada que es la elección de cada emperador.

—Desde luego que lo sé —respondió el dominico con pesadumbre en la voz—. Hace veinticinco años ya que falleció el emperador Federico II, abriéndose entonces en las tierras alemanas una fase de fuertes tensiones en la pugna por el trono imperial. Se lo disputaban el hijo del emperador y Guillermo de Holanda, el cual contaba con el apoyo del bando papal. Pero ambos abandonaron este mundo, dejando de nuevo el imperio sin candidatos, así que la ciudad italiana de Pisa decidió enviar una embajada a las tierras de la corona de Castilla, con el objetivo de elegir al monarca Alfonso X. Para ello no dudaron en dedicarle todo tipo de elogios.

—Arte para ello debían de tener, porque lograron convencerle —afirmó Alodia con una media sonrisa dibujada en el rostro—. Las adulaciones son peligrosas, pueden hacer perder a un hombre la cabeza. Engañaron al rey castellano, decidlo claramente. Necesitaban a un monarca cristiano con recursos y en ese momento el rey de Castilla era uno de los más poderosos.

—Pisa no fue la única, la ciudad de Marsella también envió una delegación a Castilla. Alfonso X se consideraba en cierto modo una especie de emperador de todos los reinos al sur de los Pirineos. Es muy posible que lo que él buscaba, al margen de su posible coronación como emperador del ámbito germánico, era ser el legítimo rey del antiguo reino de los visigodos, es decir, de toda España.

—No veo posible unir todos los reinos; son tan distintos, enemigos entre sí muchos de ellos o falsos aliados.

—Hablo tu lengua porque la aprendí cuando peregriné a Santiago en mi juventud y pasé después varios años en el reino de Navarra, aunque yo soy de Baviera —dijo el dominico—; y nunca he llegado a comprender bien a las gentes del sur de los Pirineos, pero sé de la naturaleza de los hombres. Te recuerdo que todo lo que hoy es la cristiandad y todos los territorios que rodeaban el mar Mediterráneo en esa época eran un solo reino, el Imperio Romano. ¿Te imaginas ahora a ingleses, franceses, noruegos o venecianos con un mismo rey? Por no hablar de los musulmanes. ¿De verdad crees posible que todos esos reinos puedan algún día estar bajo una misma corona?

—Todo es posible, pero ni vos ni yo lo veremos, fray Esteban.

—Pero sé por experiencia que lo que se rompe, aunque vuelva a unirse, ya nunca será igual. A veces solo logramos que se vuelva a romper, y esta vez con peores consecuencias si cabe —reflexionó—. Ese Ayub te ha enseñado bien; no es propio de una mujer tratar estos temas y de esta forma tan coherente.

—No os habéis parado a pensar que lo que no es usual es que un hombre nos escuche a nosotras.

—Desde luego que tú no eres lo que yo esperaba encontrar al hablar con una mujer.

—Eso mismo decía Ayub, por eso me eligió. Quería a alguien a quien los hombres no temieran, no prestaran importancia.

—No creo que te escogiera solo por eso, eres inteligente y sabes buscarte la vida. De eso no cabe duda, viniste con nada y te abriste camino. Ese Ayub supo ver mucho potencial en ti.

—Él y vos sois más parecidos de lo que os podríais imaginar.

—Permíteme que lo dude. Aunque es una lástima no poder hablar con él... —el dominico la miró unos instantes en silencio—; seré franco contigo, me preocupa ese discípulo suyo que nombraste, ¿qué más sabes de él?

—Nada, ya os dije que era muy discreto, nunca le vi el rostro.

—¿Y no tienes una idea, aunque sea vaga, de quién puede ser?

—No —respondió Alodia de forma tajante.

—¿Dónde estaba él cuando se produjo el incendio en casa de Ayub?

—Lo ignoro, Ayub era un hombre reservado, estaba siempre con sus libros —explicó menos tensa de lo habitual, como si el dominico hubiera logrado cierta afinidad entre ellos—; venía con ellos, se iba. Siempre tenía nuevos volúmenes.

—Que tú le proporcionabas.

—No, a mí me enviaba de vez en cuando a conseguir libros, pero para nada era yo su fuente principal. No os podéis hacer una idea de la cantidad de libros que vi pasar por su casa en el tiempo en el que estuve allí...

—Muy interesante. —Fray Esteban se quedó pensativo—. ¿Y por qué quiere matarte ese hombre, ese aprendiz de mago? Al fin y al cabo erais compañeros, ¿hubo algún problema entre vosotros?

—Ninguno; jamás intercambiamos palabra.

—Entonces tiene que ser porque representas un peligro para él —afirmó el dominico, muy ensimismado en sus pensamientos—; tienes que saber algo que le afecta, algo que no quiere que se conozca, porque puede suponerle un riesgo.

—Ya os he dicho que yo no conozco quién es él, no sé qué puede temer de mí.

—Quizás ese es el problema, tú no lo sabes, pero debe de haber algo. —Fray Esteban se golpeaba la sien derecha con uno de sus dedos mientras tenía la mirada perdida—. Puede ser algún detalle que pudiera desvelar su identidad, puede ser alguna información que comprometiera sus planes... Quizás algo a lo que no le das importancia, pero que para él la tiene, y mucha.

—En el incendio se consumió todo lo que poseía Ayub. —Alodia estaba confusa—. En el fondo su discípulo y yo somos lo único que queda.

—Eso es cierto; y debes empezar a pensar que quizás Ayub no murió de forma accidental, que ese incendio no fue por mala fortuna.

40

El frío de aquella mazmorra se metía hasta lo más profundo de los huesos. A fray Esteban le seguía sorprendiendo la delgadez enfermiza de aquella mujer. Pensándolo bien, casi era un milagro que siguiera con vida, que tuviera las fuerzas de mantenerse en pie y contestar a sus preguntas.

—Ya entiendo por qué me han enviado; no puede ser casual —murmuró el dominico—, en Roma debían de saber ya algo... Y no me lo dijeron. He sido un estúpido, un ingenuo.

—Veo que no solo han jugado conmigo...

—No tienes ni idea de la gravedad de lo que me has contado, los infieles de estas tierras siempre han tenido curiosidad por las ciencias ocultas, la magia, la astrología o el estudio de los presagios, pero en la cristiandad...

—Ellos creen que hay genios buenos y malvados; femeninos y masculinos. Les otorgan hasta nombres y los invocan, incluso algunas enfermedades son consideradas obra de los genios o de alguien que haya recurrido a ellos.

—La gente cree en la magia; no es ningún secreto.

—¿Y qué esperáis? —dijo Alodia—. No podéis pensar que los hombres se van a quedar de brazos cruzados ante su destino. Harán todo lo posible para influir en él. Si una madre ve que su hijo va a morir, recurrirá a lo que sea para salvarlo, a lo que sea, ¿entendéis?

—Eso es contrario al mensaje de Dios. Él es quien decide, nosotros no podemos alterar su voluntad divina.

—Sin embargo, todos van a rezar, a pedirle, se encomiendan a santos y vírgenes, pierden la cordura por tocar las reliquias que les ayudarán a alcanzar sus deseos, ¿acaso esos cristianos no buscan también actuar sobre su destino?

—En el fondo son supersticiones; la Iglesia se equivoca en no condenarlas, pero tampoco hacen mal a nadie —se excusó dubitativo—; de todas formas, lo más peligroso no son todas esas cosas, sino los talismanes. Ya sabes cómo se construyen, a través de conjuros y el uso de simbología sagrada. Los infieles escriben con tinta de azafrán o sangre de animal aleyas de azoras del Corán, jaculatorias o incluso palabras mágicas que guardan enrolladas en un cartucho de metal, madera o tela.

—Sí, hay talismanes con muchas formas, e incluso hechos con pedrería y oro o plata. Yo los he visto, Ayub me mostró varios en su casa.

—El material es importante, pero más lo es la astrología, tanto cristianos como musulmanes creen en horóscopos y vaticinios. Todo en el mundo está interrelacionado con el hombre, las estrellas influyen en todo. Alfonso X desarrolló tablas dedicadas al cálculo de las posiciones planetarias.

—A veces las cosas no salen como planeamos —advirtió Alodia.

—Yo sí te voy a contar lo que creo que ha pasado. El rey Alfonso mandó hacer un talismán siguiendo las directrices de los libros que había ido recopilando en Toledo —explicó el dominico—. Tenía todo el saber necesario, a los traductores y pensadores, a los magos que podían construirlo. La confección del talismán debe ser sumamente cuidadosa, para poder así representar con la mayor exactitud posible la armonía entre las fuerzas universales; cuanto más exacto es el simbolismo, más sencillo es atraer la fuerza. En Toledo solo le faltaba una cosa para crearlo.

Hizo una pausa. Alodia lo escuchaba interesada.

—Le faltaba la materia adecuada —siguió el dominico—, la única escuela de nigromancia de toda la cristiandad está en Toledo; se creó en paralelo a la escuela de traductores. Como te he dicho antes, las obras dedicadas a la astrología eran las más numerosas del *scriptorium* del rey Alfonso; también poseía libros de magia y de la Cábala hebrea.

—Parece increíble.

—Lo es, pero lo más importante para esos magos es siempre el material con el que se crean los talismanes, ahí reside su poder.

—¿Y cuál se suponía que era la sustancia adecuada para ayudar al rey Alfonso a ser emperador?

—Tenía que ser un material que lo relacionara con el trono imperial, a ser posible con el primero de los emperadores.

—Con Carlomagno.

—Sí, eso daría un gran poder al talismán, no hay duda... —Fray Esteban se quedó pensativo.

—Os habéis dado cuenta de algo, ¿no es así? —preguntó Alodia siempre incisiva.

—Es solo una idea vaga.

—Contádmela, ¿por qué os vais a callar ante mí? —Y abrió los brazos—. Estoy prisionera y condenada, no puedo decir ni hacer nada.

—En la ciudad de Reims guardan un famoso talismán que perteneció a Carlomagno; dicen que fue regalo del califa Harún al-Rashid. Realizado en oro, esmeraldas, perlas y zafiros, y en cuyo interior contiene una astilla de la Santa Cruz. Este talismán se encontró en el cuello del emperador tras ser exhumado en el siglo pasado.

—Entonces podrían haber utilizado ese talismán...

—No funciona de esa manera. —Negó con la cabeza y frunció el ceño—. No consiste en robar un talismán a un muerto. Ese talismán tendrá su propio poder, el rey de Castilla necesitaba que se hiciera uno nuevo, con un objetivo expreso, y debía realizarse siguiendo unas instrucciones complejas. ¿Trajiste alguna vez un material especial? Esa es la clave que necesito saber.

—¿Puede ser un objeto?

—Si es un metal y una joya que pueden fundirse o tallarse de nuevo sí, claro que puede ser.

—Su espada.

—¿Cómo dices?

—Una vez traje una empuñadura; debía de ser del arma propia de un rey, un califa o...

—O un emperador... ¡Santo Dios, qué locura! —Fray Esteban se llevó las manos a la cabeza.

—¿No me creéis? Me habéis pedido que os cuente la verdad; si no os gusta, podéis detenerme.

—No; no es eso, es que conozco la espada del primer emperador. Cuenta la leyenda que fue forjada por la mano de un famoso herrero, que demoró tres años en terminarla. Varios magos intervinieron en su construcción, otorgando propiedades místicas al metal para convertir la espada en un arma mágica. Dicen que cuando la hoja es erguida por un rey valiente, esta resplandece con tanto brillo que deja ciegos a los enemigos en el campo de batalla. «Brilla tanto como doce soles», redactó en una ocasión un cronista. Se trata de una espada capaz de deshacer maldiciones y hechizos, y de apuntar en la dirección de cualquiera que conspirara contra su dueño —relató el dominico.

—El objeto que traje era más bien un guardamano, lo recuerdo muy bien —afirmó Alodia—; era como una cruz de oro. Me costó conseguirlo, el rey castellano contaba con aliados en Francia, dispuestos a ayudarle en su elección como emperador. A través de uno de ellos obtuve el guardamano, que tuvimos que sustituir en la espada por otro idéntico, para no levantar sospechas. En el último momento tuve que negociar con el noble francés que pretendía encarecer el precio. Pero conseguí llegar a un acuerdo con él.

—Entonces, con ese material se pudo forjar un talismán para realizar el sueño del monarca de Castilla, titularse emperador, dominar toda la cristiandad. ¿Qué pasó, entonces? —Fray Esteban no podía ocultar su interés—. Porque ya sabemos que eso nunca sucedió, y que Alfonso X murió solo, humillado y derrotado.

—Yo creo que el talismán nunca estuvo en sus manos —afirmó Alodia para sorpresa del dominico—, ¿por qué creéis que recurrió a mi maestro? Es muy sencillo, había espías vigilando en todas las grandes ciudades de Castilla. Traer el guardamanos desde Francia implicaba cruzar numerosos territorios hostiles, así que Ayub me preparó una vía alternativa —siguió relatando Alodia—. El objeto viajó por Borgoña hasta la Provenza y llegó a la Lombardía, de ahí pasó por los propios Estados Pontificios y recaló en el reino de Sicilia. Un navío lo llevó hasta Mallorca, allí me lo entregaron, y luego navegué hasta el puerto de Valencia. Pero el rey de Aragón fue excomulgado, y eso lo complicó todo, así que se buscó un lugar discreto y seguro para poder protegerlo hasta que llegaran los enviados del rey de Castilla.

—Albarracín era la mejor ciudad para eso.

—Exacto, un señorío independiente en la frontera. Demasiado pequeño a ojos de reyes y papas, pero al mismo tiempo una plaza inexpugnable, donde nadie podría entrar por las armas. —Alodia movió los dedos de ambas manos de manera rítmica—. De esa manera llegó hasta aquí.

—Todo estaba bien pensado, pero tu maestro murió y su casa fue pasto de las llamas. —El dominico miró al techo abrupto de la mazmorra—. Habría que ser muy ingenuo para pensar que fue un accidente.

—En eso estamos de acuerdo.

—Se perdieron todos sus libros, todos sus conocimientos... A no ser... Que te instruyera a ti en su magia.

—Yo era solo su aprendiz.

—O a ese discípulo misterioso del que no sabemos nada.

—Creo estar segura de un detalle sobre él: era de esta ciudad. Lo sé por la forma de hablar y por las cosas que decía las pocas veces que yo pude escucharle.

—Un aprendiz de mago, eso es muy peligroso. E imagino que el guardamano de la espada se perdió en el incendio, o lo robaron —reflexionó el dominico en voz alta.

—Puede estar oculto.

—Oculto, ¿dónde?

—El maestro no era estúpido, desde que lo traje no volví a verlo. Ayub era muy precavido, yo nunca sabía dónde estaba. Desaparecía a menudo, evitaba que le siguieran, solo hablaba con determinadas personas de la ciudad.

—¿Con quiénes?

—Gente importante, él conocía a las autoridades, a los maestros de los gremios, a...

—Espera, ¿has dicho a los maestros de los gremios?

—Sí, pero es imposible que él tuviera nada que ver con sus muertes.

—Yo creo que te equivocas, han muerto cuatro responsables de los gremios de la ciudad y dices que Ayub los conocía. —El dominico miró en el fondo de los ojos bicolor de Alodia—. Él era tu maestro; en el fondo, vosotros mismos erais como un gremio de magia. Tú eres una simple aprendiz, y ese otro hombre del que hablas era un oficial que algún día llegaría a maestro. ¿Sabes qué es lo que mejor sabe hacer un gremio?

—Su trabajo —respondió Alodia—; los panaderos, el pan; los ebanistas, los muebles; los alfareros, la cerámica...

—No, estás equivocada —la detuvo el dominico—; lo que mejor hace un gremio es guardar los secretos de su oficio. Creo que Ayub pudo utilizar a esos miembros de los gremios, y por eso están muertos, al igual que él.

—¿Para qué iba a querer tratar Ayub con panaderos, curtidores, carpinteros o tintoreros?

—Ya te lo he dicho, lo que mejor hace un gremio es custodiar un secreto —contestó fray Esteban—; él les confió algún conocimiento. Ignoro cuál, pero eso es lo que debió de suceder. Y el mismo asesino que lo mató a él fue a por los maestros para obtener esos secretos.

—¿Y por qué los tortura?

—Para que confiesen, además lo hace siempre de una forma relacionada con el gremio al que pertenecen, para que sirva como advertencia al resto; quien no coopere ya sabe lo que le espera...

Se quedaron pensativos un instante. Alodia reaccionó la primera.

—Ya tenéis lo que queríais; yo os he contado todo, merezco vuestra compasión —espetó Alodia con una mirada desafiante—; y si queréis encontrar al asesino, os puedo ser de mucha utilidad.

—Sabes que no puedo hacer eso. —El emisario papal se incorporó y echó la silla a un lado—. No debiste confesar en el tejado de la catedral.

—El aprendiz de Ayub estaba allí, me seguía, iba a matarme, ¡entendedlo! Si solo hubiera gritado nadie me habría ayudado, tuve que llamar la atención.

—¿Y no se te ocurrió otra cosa que decir que mataste a los maestros de los gremios?

—No pensé que me traerían aquí, esperaba que me llevaran los alguaciles.

—¿Qué más da en qué mazmorra te encierren?

—Yo no me fío de la curia de Albarracín, confiaba en que alguno de los alguaciles me ayudaría después —murmuró con la mirada baja—. Por favor, seguro que alguien con vuestros recursos sabe cómo liberarme. Sin mí no encontraréis nada, yo conozco la ciudad, yo conozco a sus habitantes.

—Debo dejarte ya, necesito ver la luz del sol, esta humedad me está matando los huesos —sentenció con un gesto inusual en el dominico.

41

Después de abandonar las mazmorras, fray Esteban salió a la calle; lucía un brillante sol en el cielo, parecía que el frío se alejaba de Albarracín. Sin embargo, no tenía tiempo para disfrutarlo, las cosas se habían complicado. Quién iba a pensar que aquella remota ciudad entre reinos iba a deparar tantas sorpresas. Es como si llevara tiempo acumulando secretos, olvidada, sin que nadie se hubiera interesado por descubrirlos y, ahora, salían en tropel a relucir. Como cuando levantas una piedra y encuentras un nido de insectos que se han multiplicado durante largo tiempo, bien escondidos entre las sombras.

Ahora le tocaba a él acabar con aquella plaga de mentiras, ocultamientos, negocios blasfemos y falsas acusaciones.

Solo había un problema.

Estaba demasiado viejo para eso.

Tenían que haber mandado a otro; él ya se lo dijo a sus superiores. Les rogó con todas sus fuerzas que enviaran a alguien más joven, con más energía, que eligieran a quien fuera, pero no a él.

No le habían dado la razón, y ahí estaba, teniendo que encontrar a un constructor de talismanes, y a partir de una antigua espada, un objeto rodeado de muertes atroces, de mentiras.

«¿Qué más podía descubrir en Albarracín?», se preguntaba.

En los momentos de duda, siempre había algo que le ayudaba a seguir adelante. Rezaba a su santo, san Esteban. El primer mártir del cristianismo; uno de los pocos santos, al margen de los apóstoles o la propia familia de Jesús, que era mencionado en los Evangelios. San Esteban reprendió a los judíos por haber llegado al extremo de no solo no reconocer al Salvador, sino además de haberlo crucificado. Llenos de ira, estos lo arrastraron fuera de Jerusalén y lo lapidaron. Ello supuso el final del cristianismo como secta del judaísmo, al separarse el culto cristiano del judío.

San Esteban atacó a sus compañeros, los puso frente a un espejo y, como lo que estos vieron no les gustó, en vez de cambiar y seguir el buen camino, decidieron romper el espejo.

«¿Y si esos talismanes tenían de verdad poder para actuar sobre los acontecimientos?», pensó.

Un rey no cae en una mentira como esa tan fácilmente y menos aún uno tan sabio como Alfonso X.

Cristianos, musulmanes y judíos comparten su confianza en ellos. ¿Qué otra cosa puede unir a las tres religiones del libro?

Ninguna.

Si los talismanes existen, entonces los hombres pueden alterar la voluntad del Señor, ¿es eso posible? Y lo más importante, ¿es cristiano?

Subió a su dormitorio y cerró la puerta, se sentó frente a la mesa de trabajo y extendió algunos documentos.

Había llegado la hora de examinar todo el caso en su conjunto.

Si Alodia no era la culpable de los muertos, ¿quién lo era?

Primero, un alguacil asesinado. Seguramente de manera circunstancial. Lugar y momento inadecuados; no era un interrogante, solo un anexo al problema principal.

Segundo, un curtidor desollado.

Tercero, un panadero quemado vivo.

Cuarto, un carpintero crucificado.

Quinto, un antiguo tintorero, ahorcado.

Sexto, un sacerdote muerto en la catedral, seguramente también de forma circunstancial.

Séptimo, una mujer encerrada y acusada de todos estos crímenes, aprendiz y ayudante del mago.

Octavo, un maestro constructor de talismanes, un mago, muerto en un incendio.

Por último hasta la fecha, un aventajado oficial de mago, sin nombre ni rostro, pero que vive con toda seguridad en la ciudad. Y que todo indica que podría ser la sombra del Maligno que recorre Albarracín.

Aunque siempre está la duda, ¿y si de verdad fuese el Maligno? ¿Y si él estuviera menospreciando las señales? Muertos, torturas, profanación de tumbas, magia... Quizá la verdad fuera lo más evidente; era posible que el Señor de las Tinieblas hubiera elegido esta ciudad para sus fines.

¿Por qué no? Dios existe, por tanto también existe el Maligno.

Pero no; debía volver a las evidencias, a lo tangible. Hechos, motivos, todo efecto tiene su causa, y viceversa.

Los hombres resistimos mal el dolor, tanto físico como mental. Es probable que la tortura de los trabajadores de los gremios tuviera éxito, que esas víctimas revelaran lo que ocultaban; eso tendría sentido. Se asombró de la inteligencia de ese mago, confió en los herméticos gremios sus secretos; hábil, sin duda.

No sabía por qué, pero tenía la sensación de que se le escapaban todavía muchos detalles, y algunos no precisamente pequeños.

Se incorporó y tomó la Biblia que llevaba siempre consigo; buscó un versículo en concreto:

«Y cuando llegó la noche, trajeron a él muchos endemoniados; y con la palabra echó fuera a los demonios, y sanó a todos los enfermos (Mateo 8:16).»

Lo leyó y quedó pensativo.

Otra duda vino a su mente, ¿quién había enviado una carta a Roma alertando de extraños sucesos en la diócesis de Albarracín?

Quien lo hubiera hecho debía de poseer información.

Necesitaba salir de allí, un paseo podía abrirle la mente.

Bajó de nuevo a la calle y cruzó cerca de uno de los puestos del mercado que todavía seguían allí, aunque los mercaderes parecían estar recogiéndolo todo.

Algo llamó su atención.

—Esas nueces, ¿son buenas?

—Están muy ricas —respondió un muchacho muy voluminoso, con la mirada más infantil que su aspecto.

—¡Son las mejores! —Detrás de él surgió un hombre con la típica sonrisa de un comerciante—. Y para vos, padre... —Lo escrutó bien—, quiero decir, fraile, están a un precio especial.

El dominico observó cómo el corpulento zagal se echaba a un lado; no percibió familiaridad en los rasgos de ambos.

—Confío en tu palabra, dame una docena.

—Hijo, ya has escuchado.

El joven parecía callado y tímido. Le dio los frutos secos y bajó la cabeza para volver a sus quehaceres.

—¿Vosotros comerciáis con todo tipo de productos? —inquirió el dominico, como sin dar importancia a la pregunta.

—Sí, podemos conseguir casi cualquier cosa, todo depende del precio que se esté dispuesto a pagar.

—¿Suministráis a la diócesis?

—No es nuestro principal cliente; trabajamos más para otro tipo de gentes.

—Entiendo, y si, por ejemplo, se os demandara una gema, ¿podrías obtenerla?

—Sí, claro. —Guillermo Trasobares empezó a mirar con recelo al religioso—: Cosas mucho más raras nos piden.

—Ya veo... ¿Y pergamino? ¿Sería difícil de conseguir?

—No, tenemos algún cliente que ya nos lo solicita.

En ese mismo instante, las campanas de la iglesia de Santa María comenzaron a tocar. No era un tañir religioso, sino de alerta; a ellas les siguieron las de la catedral, las de la iglesia de Santiago, y las del resto de las iglesias de la ciudad.

Al mercader le cambió la cara, como si hubiera oído al diablo en vez del sonido celestial de las campanas. Tal fue así, que salió de su puesto, miró a lo alto del castillo del Andador, se llevó las manos a la cabeza y se volvió a su hijo.

—Vamos, Rodrigo, ¡rápido! Recoge todo, ¡todo!

Fray Esteban no entendía el porqué de tal urgencia.

—¡Ya vienen! —gritó una mujer que pasó a su lado.

—¡La señal! —Otro hombre llegó corriendo y señalando a la montaña.

Había comenzado a arder uno de los montículos hechos con madera y con forma de torre que había en lo más alto y que servían para dar la alarma. Una vez prendida, la señal fue repetida en la torre de la otra colina y en el cerro más cercano.

Para cuando fray Esteban quiso darse cuenta, la gente corría de un lado a otro, y los bramidos sonaban por todas partes. Un frío extraño remontó las calles de Albarracín y un grito colectivo comenzó a coger fuerza.

—Y por si fuera poco, ahora además esto —murmuró, llevándose las manos al pecho.

Una anciana se acercó y cayó de rodillas frente al dominico.

—¿Qué va a ser de nosotros? Que Dios nos ayude, padre. Que nos proteja y nos ampare.

—Hija mía, tranquila, no va a suceder nada malo.

—Dicen que son muchos, que el mismo rey los encabeza, ¿qué vamos a hacer? ¡Santo Dios! ¿Qué será de nosotros? Ya están aquí... Van a asediar la ciudad, ¡nos matarán!

—Eso no lo sabemos, hay que esperar. —Fray Esteban intentó calmarla y dirigió su mirada al mercader, que negaba con la cabeza.

—¡Nos van a sitiar! —gritaba la anciana—, ¡que Dios nos ayude! Santa María, llena eres de gracia... —comenzó a rezar.

—¿Es eso cierto? —El dominico se hallaba fuera de contexto—. ¿Es un asedio?

—¡Claro que sí! —contestó el mercader acelerado, mientras desmontaba su puesto—. Ha llegado la avanzadilla del rey de Aragón y han acampado al otro lado del río.

Todas las puertas de la ciudad se cerraron de inmediato.

Arqueros cargados de flechas se posicionaron en los adarves, asomando sus arcos por las almenas. En formación, compañías de doce hombres tomaron las calles, con las picas y los escudos bien altos. Jinetes pertrechados para la batalla comenzaron a surgir de los establos de la ciudad, los caballeros rojos con sus cotas de malla. Sus brillantes yelmos y sus afiladas armas se cuadraron frente a la alcazaba. Desde lo alto, Juan Núñez de Lara,

Señor de Albarracín, de Cañete y de Moya, desenvainó su espada y la alzó en alto.

Un grito de guerra brotó de las gargantas de los cuatrocientos caballeros rojos de Albarracín, ascendió por las murallas de la ciudad y saltó a las montañas. Su eco retumbó entre las paredes de piedra de aquella sierra.

Giraron a su derecha y comenzaron a desfilar hacia cada una de las puertas de la ciudad.

El ruido de las pisadas rítmicas de los soldados aumentó la sensación de temor en las calles. Avanzaron por las principales vías y se situaron en cada uno de los accesos. Los estandartes de la Casa de Lara se izaron en las torres y en la alcazaba, y un cuerno sonó en lo alto del castillo del Andador.

Albarracín se preparaba para la guerra.

PARTE IV

EL ASEDIO

42

Juan Núñez de Lara no iba a permitir que nadie amenazara la ciudad. Nada más conocer la llegada de la avanzadilla extranjera, ordenó convocar una mesnada de sesenta caballeros listos para cabalgar, que fueron reunidos junto al portal de Molina.

Todos iban bien pertrechados: cotas de malla, lorigas, espadas, escudos con los blasones de cada casa, yelmos calados, caballos ansiosos por salir y, ante todo, silencio.

Mucho silencio.

El plan del Señor de Albarracín era claro; debían abandonar la ciudad antes del alba y bordearla hacia la salida del río, para llegar sin ser vistos allí donde se habían situado los extranjeros. No podían permitir que se asentara la avanzadilla frente a la ciudad.

Los vigías habían sido concisos; no eran más de cincuenta hombres de armas, sin caballería. Si eran rápidos, podían acabar con todos ellos antes de que llegaran refuerzos de los otros asentamientos, que al parecer se habían ido estableciendo desde el día anterior en diversos puntos del río.

Era el momento de actuar, antes de que llegara la caballería con el grueso de las fuerzas de Pedro III, que habían salido desde Calatayud, Daroca y Teruel.

Por eso era tan importante el silencio.

Juan Núñez, desde lo alto de una de las torres que defendían aquel portal, levantó la mano. El obispo apareció tras él con una brillante cruz de plata sostenida por una barra de recia madera de nogal. Todos hincaron la rodilla, se santiguaron, bajaron la cabeza y comenzaron a rezar.

El obispo les bendijo desde lo alto.

Estaban listos para entrar en batalla.

El hijo de Diego de Cobos dirigía la salida. Su padre lo observaba orgulloso; sería el primer hecho de armas de su primogénito. Nada más y nada menos que en la defensa de la ciudad. No había mejor forma de comenzar a labrarse su propia reputación y que además estuviera acorde con el emblema que portaba en la sobrevesta.

Pedro de Cobos asintió con la cabeza y cuatro hombres liberaron la tranca que cerraba la puerta de gruesa madera reforzada con placas de hierro. Miró a su padre, después a su señor, y este le dio su permiso. Tiró de la montura, esta dio un par de pasos hacia atrás, y bajó el morro para luego intentar alzarse sobre sus patas traseras. En ese momento Pedro de Cobos espoleó a su caballo y cruzó el umbral de la ciudad.

La suerte estaba echada.

Por parejas, los caballeros fueron abandonando la protección de las murallas, en un silencio sepulcral.

Pablo de Heredia comandaba su hueste de doce caballeros, todos eran leales a su casa desde los primeros tiempos de la ciudad. Algunos habían crecido con él desde niños; sus padres habían luchado juntos atacando la frontera. Ahora esos linajes les estarían observando desde lo más alto, impacientes por comprobar que eran dignos descendientes de su estirpe.

Desde una de las torres de la alcazaba, doña Teresa de Azagra, Señora de Albarracín, contemplaba a sus valientes caballeros avanzar para defender su ciudad. Siempre le había gustado examinar las huestes cuando salían de Albarracín; de pequeña corría a despedirse de su padre cuando este partía a la frontera y, hasta su vuelta, subía cada día a la torre del Andador y le esperaba impaciente, para ser la primera que le recibiera.

Su padre ya no estaba, y ahora que veía alejarse a los defensores de la ciudad sentía miedo. Tiempos aciagos estos que le habían tocado vivir, pero una no puede elegir cuándo nace, quizá sí cuándo muere.

Más allá de la ciudad, Pedro de Cobos encabezaba la bajada al río; atravesaron por un vado que solo los habitantes de la ciudad conocían, y fueron avanzando en dirección al campamento enemigo.

Mandó detener la marcha; dos hombres bajaron de la montura y subieron a una de las rocas más altas. Desde allí hicieron la señal, el campamento estaba a su merced, la vigilancia era escasa.

—Heredia —le llamó Pedro de Cobos—; vamos a atacar por dos flancos, veinticinco hombres por cada lado. Vos esperad aquí con otros diez, seréis la reserva.

—¿Qué estáis diciendo? No debéis dividirnos.

—Sé lo que hago, he oído a mi padre narrar sus emboscadas en la frontera.

—Pero esto no es un pueblo fronterizo; es un campamento de asedio, saben que podemos intentar una escaramuza.

—Estos se creen que no les atacaremos, no conocen a los caballeros de Albarracín.

—Dejadme ir con vos. —Le cogió del brazo.

—Os he dado una misión, obedecedme. —Le miró como si quisiera matarlo a él en vez de a los extranjeros y Heredia le soltó—. Necesitamos una fuerza de reserva, debéis aseguraros de que podemos retirarnos una vez que hayamos acabado, y si llegan refuerzos, retenerlos.

—Hemos venido a luchar.

—Habéis venido a hacer lo que yo os diga, ¿pretendéis contradecirme en batalla? —le inquirió.

—No, por supuesto que no.

Heredia se retiró con sus caballeros, mientras Pedro de Cobos organizaba los dos grupos y marchaba por el flanco izquierdo del campamento. Mientras, Heredia se asomó y vio cómo en efecto solo había un par de guardias vigilando la entrada; lo habían fortificado, pero no de manera adecuada. No había foso, solo una empalizada de madera de cinco pies. Sobre una zona escarpada que lo dominaba desde lo alto, había situado un vigía y por dentro del campamento se veía a otros que se encargaban de revisar cada flanco.

Pedro de Cobos tenía razón, no los esperaban.

Se fijó bien en su apariencia.

«¿Aquellos eran la vanguardia de la Corona de Aragón?», se preguntó sorprendido.

No se veían caballos, solo eran hombres de a pie, armados con unos escudos redondos ridículos y unas extrañas espadas cortas. Llevaban unas barbas crecidas y vestían de manera miserable, con un camisón corto y un grueso cinturón, con calzas y abarcas de cuero.

Más que un ejército real parecían unos asaltadores, bandidos o renegados.

Entonces Pedro de Cobos dio la señal.

Dos hombres se adelantaron, tensaron sendos arcos y esperaron. En ese momento Pedro de Cobos espoleó su montura y se lanzó al ataque seguido de todos sus caballeros. Salieron a la planicie que había antes del campamento cuando dos flechas derribaron al vigía de lo alto. Los guardias de la entrada no vieron lo que se les venía encima hasta que ya era demasiado tarde y, cuando corrieron a dar la alarma, fueron derribados por más flechas.

La primera hueste entró sin oposición, mientras la otra asaltaba la empalizada por el costado contrario. Los otros dos guardias no pudieron sino correr despavoridos para ser masacrados. Una vez dentro, los caballeros de Albarracín se lanzaron con fiereza sobre las tiendas, antes de que nadie más pudiera tomar las armas para defenderse.

Pedro de Cobos rasgó la primera de ellas y no dejó de soltar golpes de espada hasta que quedó destrozada. Pasó a la siguiente, que su caballo se llevó por delante, y cuando fue a rematar a los pobres desgraciados que allí había se llevó una terrible sorpresa.

Alzó entonces la vista y vio cómo, del mismo bosque que ellos habían cruzado, iban saliendo sombras que avanzaban rodeando el campamento.

Miró a un lado y a otro, para entonces todos los caballeros se habían percatado del engaño.

—¡Salid! —gritó uno de ellos—, ¡tenemos que salir! ¡Esto no es un campamento, es una trampa!

Fue entonces cuando Pedro de Cobos fue consciente de la magnitud de la farsa. Bien cierto era que no había foso defensivo fuera de aquel asentamiento, porque estaba dentro, y la empalizada estaba reforzada en el lado interior por estacas afiladas que apuntaban hacia ellos.

¡Era una jaula!

Los caballeros más cercanos a la puerta corrían a escapar cuando un grupo de hombres llegó con un parapeto para bloquear la salida. Dos de los caballeros lograron salir a campo abierto, pero media docena de enemigos salieron al paso. Iban a pie, sin largas picas ni prominentes escudos, solo simples palos con un pincho de hierro. No deberían ser obstáculo para los caballeros rojos, pero entonces lanzaron sus lanzas a gran distancia, derribando a ambos hombres. Una vez en el suelo llegaron con sus extrañas espadas de hoja ancha y curva, y degollaron sin piedad a los caídos.

Pedro de Cobos maldijo su suerte, y pensó en todos sus antepasados; no podía fallarles, ni a ellos ni a su padre.

Había que escapar de aquella trampa, y para ello solo había una opción; tenían que saltar la empalizada, era la única escapatoria. Y más aún cuando comenzaron a caer flechas ardiendo sobre las tiendas y sobre el suelo, que pronto se descubrió que estaba cubierto de paja seca para que ardiera mejor. Más lanzas cortas comenzaron a llover desde todos los lados. Aquello se convirtió en la peor pesadilla.

Los caballeros de Albarracín caían, uno tras otro, sin poder siquiera defenderse. Los que de manera desesperada intentaban saltar la empalizada terminaban chocando contra ella, pues el foso y las estacas impedían acercarse lo suficiente para salvarla con un salto de caballo.

Los hombres que les habían tendido aquella trampa gritaban, reían y se burlaban, con sus barbas largas y sucias, sus pelos grasientos y sus rostros pintados como salvajes.

Entonces, junto al parapeto que bloqueaba la puerta, Pedro de Cobos comenzó a ver que algo sucedía. Arengó a su caballo para que le acercara hasta allí.

¿Qué podía ser aquello?

¿Otra trampa?

No, porque apareció un pequeño grupo de jinetes rojos que acabaron con los enemigos que les custodiaban y pudieron liberar el acceso.

Eran Heredia y los suyos.

—¡Rápido! —les gritó antes de rasgar la garganta de un pobre infeliz que le atacó por la retaguardia—. ¡Salvemos la vida!

Pedro de Cobos tiró de las riendas de su caballo y se precipitó hacia la salida; una azcona casi le derriba y otra pasó tan cerca de su cabeza que pensó que sería lo último que vería. Con un último esfuerzo logró salir de aquella trampa al mismo tiempo que Heredia le salvaba de una muerte segura, pues otro de aquellos salvajes le esperaba para derribarle y fue él quien enfiló la hoja de su espada hacia el enemigo, cortándole la cabeza de un solo tajo.

Pablo de Heredia y Pedro de Cobos cabalgaron juntos, tan rápido como desesperadamente. No se detuvieron hasta llegar al otro lado del río; allí miraron atrás, la columna de humo ascendía hacia el cielo, junto con sus esperanzas.

No había tiempo para lamentaciones, siguieron hasta el camino que llevaba hasta la ciudad y volvieron a entrar por el portal de Molina. De los sesenta caballeros rojos que habían abandonado Albarracín al alba, tan solo dos regresaron.

43

Juan Núñez, Señor de Albarracín, observaba impasible a los dos supervivientes del ataque; permaneció largo tiempo en silencio, ante la mirada expectante de todos los presentes en la sala de audiencias de la alcazaba.

—¿Tan necios son los caballeros de Albarracín que caen en la primera trampa que encuentran?

No obtuvo respuesta alguna.

—¿Tan estúpidos son, que no se dan cuenta de que están luchando contra almogávares?

—Todo estaba organizado de manera perfecta... —se atrevió a responder Pedro de Cobos.

—¿Qué? Esa es vuestra defensa, ¿ya está? No me extraña que os engañaran como a un burdo campesino.

—Mi señor...

—¡Maldita sea! Y vos, Heredia, os tomaba por un hombre más cabal. ¿Cómo se os ocurre quedar en la retaguardia?

—Fue un error.

—Ya lo creo que lo fue.

—Se lo ordené yo. No eran infantes normales aquellos con los que luchamos. Nunca había visto soldados así... —balbuceó Pedro de Cobos.

—¡Silencio! ¡Cállate y baja la cabeza ante tu señor! —intervino su padre, Diego de Cobos—. Conozco a esos que llaman almogávares —siguió—, no viven más que para el oficio de las armas. No frecuentan ni las ciudades ni las villas, sino que habitan en montañas y bosques. Solo tienen un fin en la vida: guerrear, todos los días si es preciso. Penetran en tierra de sarracenos, saquean y toman botín y cautivos; de eso viven. Soportan condiciones de existencia más propias de animales. Son fuertes y rápidos, tanto para huir como para perseguir catalanes, aragoneses y sarracenos. Solo entienden de muerte.

—No estamos acostumbrados a luchar con gentes así —añadió Pablo de Heredia.

—A partir de ahora debemos ser cautos —intervino Diego de Cobos—, no caer más en sus trampas ni provocaciones. Esos almogávares no se rinden jamás; ni la privación de miembros contiene su empuje, si les cortas una mano luchan con la que les queda, si les cortas las dos luchan con los pies, no sienten la falta de miembros, sino solamente el no poder usar su destreza, y no dan ningún valor a morir en combate.

—Yo también he oído esas historias. —Era el sobrino del Señor de Albarracín quien hablaba, Álvar Núñez de Lara—. Pero no les tengo miedo. Olvidáis dónde estáis, esta ciudad es inconquistable, no es la primera ni será la última vez que la atacan.

El recién llegado miembro de la Casa de Lara, y sobrino de Juan de Núñez de Lara, era un caballero de buena planta, de unos cuarenta y pocos años, robusto y de una considerable altura. Su aparición había cogido a muchos por sorpresa en la ciudad. Nadie sabía mucho de él, solo que era un Lara, con todo lo que ello implicaba. Su presencia no podía tener nada de casual. Un miembro más de la Casa de Lara implicaba forzosamente que había sido requerido para una posición importante dentro del gobierno o, tal como estaban las cosas, en la defensa de la ciudad. Estaba por ver qué labor se le otorgaba, pero más de uno temía ya por su puesto dentro de Albarracín.

—Deberíamos aprender del optimismo de mi querido sobrino, nadie puede dudar de que la sangre de los Lara corre por sus venas —afirmó el Señor de Albarracín—; todos habéis hablado y a todos he escuchado. ¿Creéis que no conozco a esos miserables? Llevo toda la vida guerreando en la frontera entre Aragón y Castilla, he matado más almogávares que los que han derrotado al joven Pedro de Cobos. No quiero más excusas; hemos perdido una batalla, ya está, la guerra es larga y, como bien dice mi sobrino, esta ciudad posee grandes defensas.

—Si penetran en la ciudad no dejarán nada, lo arrasarán todo —afirmó el obispo asustado.

—Desde luego que lo harán, es su modus vivendi, hacer algaras o correrías allá donde van —intervino de nuevo Pablo de Heredia—; ya conocéis nuestra valía frente a cualquier caballero cristiano o infiel a caballo, pero si esas bestias entran en la ciudad, no podremos defender a la población.

—¡No entrarán! —exclamó el Señor de Albarracín—. Sí, nuestra salida de castigo ha sido un total desastre, asumámoslo; nos han derrotado en nuestro propio territorio. Creíamos que les íbamos a sorprender y nos han enseñado que no somos ni tan buenos ni tan listos como nos creíamos.

—No importa lo dura que haya sido esta derrota, lo importante es que aprendamos de nuestro error —añadió su sobrino—; de ningún modo podemos fallar cuando ataquen la ciudad. Vamos a tener que defender las murallas palmo a palmo, y si entran vamos a luchar calle a calle, casa a casa, porque no nos van a dar tregua.

El rostro de todos los presentes fue de preocupación.

—Necesitamos más hombres —añadió el Señor de Albarracín—; así que iré a buscarlos.

44

La catedral estaba más llena que nunca; la misa de aquella mañana era la primera con la ciudad asediada. La tensión era palpable en los rostros de los feligreses. Todos los sacerdotes de Albarracín estaban allí presentes, el obispo en persona celebraba la eucaristía.

—Entonces vi el cielo abierto; y he aquí un caballo blanco, y el que lo montaba se llamaba Fiel y Verdadero, y con justicia juzga y pelea. Sus ojos eran como llama de fuego y había en su cabeza muchas diademas; y tenía un nombre escrito que ninguno conocía sino Él mismo.

Martín escuchaba las palabra del Apocalipsis de labios del obispo y observaba cómo los fieles asentían con la cabeza. No cabía duda de que estaba preparándolos para la batalla.

Buscó al Señor de Albarracín en las primeras filas, pero solo halló a su mujer, doña Teresa; había rumores de que Juan Núñez había marchado en busca de refuerzos.

—Y vi a la bestia, a los reyes de la tierra y a sus ejércitos, reunidos para guerrear contra el que montaba el caballo, y contra su ejército. Y la bestia fue apresada, y con ella el falso profeta que había hecho delante de ella las señales con las cuales había engañado a los que recibieron la marca de la bestia, y habían adorado su imagen. Estos dos fueron lanzados vivos dentro de un lago de fuego que arde con azufre.

La misa por los caballeros muertos en la escaramuza fue de una tristeza a la que Martín no estaba acostumbrado. Esposas desconsoladas, hijos de todas las edades envueltos en lágrimas, todos clamando venganza en sus miradas. La catedral a rebosar, con toda la curia haciendo hincapié en la enorme prueba a la que se les estaba sometiendo y recalcando que no debían olvidar que Dios estaba con ellos y que el rey que les amenazaba había sido excomulgado por el Santo Padre. El obispo terminó su homilía y los allí congregados rezaron.

Todos los sacerdotes, monjes y novicios habían acudido a aquella misa extraordinaria. Más que un acto religioso había sido una reunión de toda la ciudad.

La diócesis de Albarracín sabía cómo lidiar con estos conflictos; llevaba haciéndolo desde su fundación, cuando el primer Señor de Albarracín, el caballero Pedro Ruiz de Azagra, ante la imposibilidad de que el Señorío fuese gobernado eclesiásticamente por el obispo de Pamplona, consiguió que fuese regido por el arzobispo de Toledo, que consagró al primero de sus obispos. Así, con permiso del legado pontificio de Alejandro III, se restauró el obispado.

A mitad del siglo actual cayó en manos cristianas la ciudad de Segorbe y el papa decidió la unión de ambas sedes por una bula. De este modo, la diócesis englobaba ahora a ambas iglesias.

Con todo ello y a pesar de la experiencia, había temor entre el clero de la ciudad a lo que podía suceder si el rey Pedro III entraba en la ciudad, si correrían riesgo sus vidas o si el tesoro catedralicio pudiera ser expoliado. Por eso se decidió ser precavidos, como siempre lo era la Iglesia, y poner a salvo las riquezas de la diócesis. Era de vital importancia que toda la orfebrería se pusiera a buen recaudo: candelabros de plata, copones, crismeras, cruces de oro, acetres y cálices. Sabido era lo peligroso de los hombres de armas cuando buscan un botín como recompensa por haber puesto su vida en juego y por todos los días que han pasado sufriendo privaciones y desgracias. Ir a la guerra por tu rey o tu fe es muy gratificante, pero los hombres son hombres, y todos quieren sacar algo a cambio.

Así que se organizó el trabajo por partidas; había que ir a las iglesias de Santiago y Santa María, a las casas que poseían en la ciudad y a las iglesias parroquiales de las aldeas que dependían de la diócesis. Todo debía ser escondido hasta que pasara el peligro.

Martín observó aquel esfuerzo por salvar los bienes materiales de la diócesis con cierta indiferencia.

«¿Ese es el verdadero cometido de la Iglesia?»

«¿Salvar sus riquezas?»

No compartía esa preocupación por lo material; la fe y las gentes de Albarracín deberían ser lo más importante. En ellos debería estar pensando ahora el obispo, y no en sus tesoros.

Para él, ese era el gran mal de la Iglesia: su apego a los bienes materiales. En los últimos concilios de Lyon nada se había tratado sobre ese tema, ni siquiera en el de Letrán, de principios de siglo. Por muy ecuménico que fuera, acudieron más de cuatrocientos obispos, y casi lo único que se hizo fue condenar a los cátaros y valdenses, unas herejías que, entre sus principales diferencias con la jerarquía actual de la Iglesia, estaba precisamente la pobreza material. Parecía que en los últimos concilios lo único importante era tomar decisiones sobre la elección de los papas, convocar inútiles cruzadas y excomulgar a reyes y gobernantes.

Siempre temas materiales.

«¿Y la fe?», se preguntaba.

«¿En qué lugar queda la fe en esas reuniones de las principales autoridades católicas?»

Siguió caminando, necesitaba respirar un aire limpio, que no estuviera viciado por la codicia y el egoísmo.

Aquella mañana, lejos de encontrar paz en la palabra del Señor, Martín solo lograba enfurecerse más con las actuaciones de la curia. Buscó con la mirada a fray Esteban, estaba seguro de que el dominico pensaría lo mismo que él. Logró localizarlo a escasos metros de una de las columnas que soportaban la bóveda de la nave. Con el semblante serio, situado de manera discreta entre varios sacerdotes. Con su austero aspecto, para Martín aquel anciano representaba los valores de la Iglesia con mucha más fuerza que la jerarquía eclesiástica.

Costaba respirar en la catedral, el ambiente se había vuelto más pesado y opresivo. Era como si la ciudad se hubiera vuelto más pequeña. Aunque todavía no habían sido atacados, los caminos estaban cortados, la comunicación con las aldeas que rodeaban Albarracín era del todo imposible, y se veía el humo de los campamentos de la vanguardia.

Todos hablaban de lo mismo, de los almogávares.

La gente estaba preparada para un ataque, pero no para que sus caballeros fueran masacrados por unos hombres de a pie en una miserable trampa, en su propia tierra, la que mejor conocían.

Muchos no entendían cómo había podido suceder una calamidad así.

«Eso antes no pasaba», se oía decir a los más críticos con el Señor de Albarracín.

Con los Azagra ningún ejército aragonés, castellano o musulmán había logrado vencerles ni una sola vez. Y ahora, mandados por la Casa de Lara, sufrían una humillación de tal calibre que ya había quienes desconfiaban de Juan Núñez para la defensa de la ciudad.

—Martín, te veo muy pensativo esta mañana.

—Sí, fray Esteban, la derrota ha crispado el ambiente.

—No cabe duda de ello. Pero no es solo eso; el tener a tantas gentes de armas intramuros suele dar problemas. Son gente violenta, acostumbrada a andar siempre en sus algaradas por la frontera, haciendo botín u hostigando a los aragoneses y castellanos. Ahora están hacinados entre estas murallas. Si su valentía y arrojo son estimables a campo abierto, en la batalla, sus ingestas de vino, sus necesidades carnales y sus modos bruscos y prepotentes son imprudentes dentro de una ciudad.

—Desde luego sois perspicaz en todo.

—No, Martín, lo que soy es viejo. —Y sonrió.

Varios de esos hombres pasaron a su lado; uno de ellos tenía una enorme cicatriz que le subía desde el cuello atravesándole toda la cara, y aunque intentaba ocultarla bajo varios mechones de pelo, era demasiado evidente.

—Tengo algo que contarte —dijo el dominico al joven sacerdote.

—Os escucho.

—No, aquí sería imprudente —afirmó—; ayer descubrí algo que quiero compartir. Da un paseo, comprueba que nadie te sigue y vente a mi dormitorio.

—¿Quién me va a seguir?

—Hazme caso, toda precaución es poca. Lo que voy a contarte no te va a gustar, te lo advierto, Martín. —Y se despidió inclinando la cabeza.

El monje se marchó caminando despacio, como si lo que le había dicho fuera lo más habitual del mundo.

Martín se quedó confuso; siguió mirándole hasta que decidió hacerle caso. Comenzó a andar sin un rumbo fijo, no estaba acostumbrado a tener que hacer lo que le había pedido el dominico, así que un par de veces fue comprobando de forma torpe si alguien iba detrás de él.

Cuando alzó de nuevo la vista, observó la cuerda que colgaba sobre el cadalso de la plaza.

Pensó que, quizá, con tanto ajetreo, con el nerviosismo del asedio y todo lo que ello deparaba, fuera posible que se olvidaran también de ejecutar a Alodia.

Reanudó la marcha y, escuchando a las gentes que hablaban en los corrillos, se percató de que esta vez temían de verdad que los extranjeros fueran a tomar la ciudad; era eso lo que amargaba el aire que respiraban.

Corrían los rumores sobre los almogávares; con solo nombrarlos a más de uno le flojeaban las piernas y se le hacía un nudo en la garganta. La imaginación es mala compañera en situaciones así y los almogávares se habían convertido en enviados del mismísimo Maligno.

Por esas mismas calles, Alfonso y Blasco cargaban con un saco de grano y una pierna de cordero que habían ido a buscar por orden de su padre. Llevaban oculta su carga en una carretilla de la que tiraban ambos, bajo unas mantas y un manojo de sarmientos y leña menuda. Para disimular el olor habían esparcido algo de cieno por encima. Tenían órdenes estrictas de no detenerse por nada, de no hablar con nadie y, si les preguntaban qué portaban, decir que era leña para la fragua de la herrería. Sobre todo, no debían llamar la atención. Con las tropas de Pedro III cerrando el cerco alrededor de la ciudad, la gente estaba muy nerviosa y tenían que ser cautos.

Estar callados y sin hacer diabluras, algo que en otro momento cualquiera habría sido complicado, aquel día resultaba más que sencillo, puesto que ambos hermanos no se hablaban. Blasco seguía enojado y Alfonso había decidido ignorarle todo lo posible y más.

Así habían recorrido casi todo el camino desde el portal del Agua; la carga pesaba y las cuestas eran tan prolongadas que se hallaban exhaustos, pero ya quedaba menos. Pasaron por la catedral, donde el bullicio era como nunca antes habían visto. Un ir y venir de gentes, con todo tipo de enseres. Al mismo tiempo, los hombres de armas aparecían por todos los lados, en grupos grandes y pequeños, portando ballestas, picas, espadas y escudos; incluso los había que llevaban toneles con brea y carros de piedras de forma esférica. Toda Albarracín se disponía para la lucha, las cotas de malla brillaban bajo el sol, los pendones de todas las casas ondeaban más alto que nunca. Todo hombre capaz de portar una espada había sido llamado para la defensa, desde viejos que se sentían rejuvenecidos al empuñarlas de nuevo, hasta críos que se creían hombres, con arcos casi tan altos como ellos y con picas que les pasaban varias cabezas.

Lejos de lamentarse por su suerte, los habitantes de la ciudad parecían animados y dispuestos a enfrentarse con cualquiera que amenazase sus hogares y su libertad, por mucho que fueran esos almogávares de los que tanto se hablaba.

Quizá por todo ello no se oyó el primer grito.

Ni el segundo.

No fue hasta que una mujer se subió a un carromato, haciendo grandes aspavientos y llamando a los guardias, cuando la gente allí congregada empezó a darse cuenta de que algo había sucedido.

—Blasco. —Alfonso le señaló el bullicio con la cabeza.

—Da igual, no podemos detenernos; padre nos matará si no llegamos con la comida.

—Es solo un momento, todo el mundo va para allá.

—¡Alfonso! Son los víveres para el asedio, si les pasa algo o nos los quitan no tendremos qué comer.

—¿Quién nos lo va a quitar? Vamos, hermanito, que tiene que ser algo muy gordo para que todos hayan dejado lo que estaban haciendo. —Alfonso no dio opción y dirigió la carreta hacia el tumulto.

Para entonces Blasco ya no ofrecía resistencia y empujó en la misma dirección.

Cuando llegaron era imposible asomarse entre tanta gente, Alfonso se subió a la carreta; aun así no podía saber qué había sucedido.

—Espérame aquí —le ordenó a su hermano.

—No, Alfonso, ¿qué haces?

Era demasiado tarde, las ansias por saber qué había podido ocurrir podían más que la razón. Y el pequeño Blasco quedó como único responsable de la preciada carga. Con la mirada baja, intentó no llamar la atención, pero cada vez se acercaba más gente, y lo empujaban, alguno rozaba la carreta y Blasco temía que en cualquier momento alguien despistado la empujara, cayeran al suelo los sacos y todos supieran qué escondían y se lanzaran a robarlo.

Estaba nervioso, le faltaba el aire, algo dentro del pecho quería explotar... Y él solo deseaba que su hermano regresara y poder marcharse de allí.

Alfonso al fin apareció, a duras penas pudo salir de entre la gente. Pero lo logró y caminó hacia su hermano.

—¡Vámonos, Alfonso!

—Sí, ahora te cuento. —Y ambos empujaron la pesada carretilla camino de la herrería.

Cuando se alejaron lo suficiente del bullicio, Alfonso se detuvo y miró a su alrededor. No había nadie, todo el mundo había corrido hacia el acontecimiento; la ciudad era así, podía estar bajo amenaza de asedio, pero ante un hecho insólito todos corrían como locos a enterarse de lo sucedido. Alfonso le pidió a su hermano que se acercara.

—Era un muerto —le murmuró.

—¿Lo han matado? —Blasco se tapó la boca con ambas manos.

—Se ha caído por una ventana, a la calle. Tiene la cabeza abierta, se veían todos los sesos, te habría encantado.

—¿En serio? —Blasco se mordía las uñas nervioso solo con la ilusión de haber podido verlo.

Alfonso se quedó callado al ver pasar a un hombre vestido como un sacerdote por la calle de al lado; andaba deprisa y en dirección contraria adonde todos estaban. Bajo su brazo portaba algo que no llegó a ver bien.

—¿Qué pasa ahora? ¿Por qué pones esa cara de susto? —le inquirió su hermano Blasco.

—Ven.

—¿Adónde? Llevamos la carreta, tenemos que ir a casa, al final vamos a meternos en un lío.

—Entonces espérame aquí —le dijo mirándole directamente a los ojos, para luego echar a correr sin darle opción de réplica.

Alfonso llegó hasta la primera esquina y torció por ahí.

Blasco suspiró, como hacía siempre. Miró a su alrededor y se vio solo, en una perdida calle de la ciudad y con un cargamento vital para poder sobrevivir aquellos días. Estaba asustado; no le gustaba separarse de su hermano y mucho menos en aquellas condiciones.

Alfonso siempre le decía qué había que hacer y qué no, le dirigía a su antojo, y eso a él no le gustaba. Pero era mayor que él y siempre se salía con la suya, también este día.

Oyó un grito.

Blasco tuvo un mal presentimiento.

Era Alfonso; estaba seguro, reconocería su voz en cualquier lugar.

No supo qué hacer, miró la carretilla. No podía empujarla él solo por aquella empinada calle.

Se armó de valor, dejó la carga y avanzó dubitativo hacia la esquina por donde su hermano había girado. Miró de nuevo la carretilla; su padre les mataría si la perdían. Se pasó la mano por toda la cabeza, como rebuscando una mejor idea; no la encontró.

Dobló la esquina, y la carga quedó fuera de su vista.

Allí encontró a un hombre vestido de oscuro, con el rostro oculto por una máscara negra, ni siquiera se distinguían sus ojos. Lo peor es que estaba sujetando a Alfonso por el pescuezo; su hermano pataleaba e intentaba zafarse sin éxito de su agresor.

—¡Suéltalo! —gritó Blasco con todas sus fuerzas.

Alfonso estiró la mano pidiendo ayuda, y cuando Blasco iba a echar a correr hacia él, vio cómo aquel hombre cogía la cabeza de su hermano con las dos manos, y despacio, dio un brusco giro.

Lo siguiente que escuchó fue un crujido.

Los ojos brillantes de Alfonso, los mismos que había visto desde el primer suspiro de su vida, se apagaron en ese mismo instante.

Mientras su hermano caía contra el suelo, pudo sentir cómo se iba, cómo abandonaba aquel cuerpo que chocaba contra el empedrado de la calle.

Alfonso quedó tendido, con el brazo todavía estirado, inmóvil e inerte.

El hombre de la máscara dejó a su víctima y avanzó con grandes pasos hacia Blasco, que había quedado petrificado, como si parte de él también se hubiera marchado con su hermano mayor. El hombre estaba cada vez más cerca y Blasco era incapaz de moverse o de ni siquiera gritar.

Miró de nuevo a Alfonso; sus ojos apagados todavía le seguían observando.

Muerto.

Su hermano estaba muerto frente a él.

Levantó la vista y vio las manos del asesino acercarse a su cuello, las mismas manos que habían matado a Alfonso.

Y reaccionó sin pensar; echó a correr.

El niño se agachó para esquivar al encapuchado y le sorteó por su derecha, para ganarle la espalda y seguir corriendo hacia donde su hermano yacía. Lo miró por última vez y fue entonces cuando se percató de que a sus pies había algo envuelto en una tela. Se inclinó y lo cogió, temiendo que fuera pesado. Aunque lo era, podía seguir corriendo con ello.

—¡Noooooo! —gritó el enmascarado de forma desgarradora.

Blasco se detuvo y le miró desde la distancia; ahora era el desconocido quien estiraba la mano pidiendo su ayuda.

—Deja eso —le dijo con una voz quebrada—; déjalo en el suelo y vete, no te perseguiré, te lo aseguro.

—Has matado a mi hermano.

—Esa no es razón para que haga lo mismo contigo —respondió dando un par de pasos al frente—. Déjalo, vete y vive.

—No... —Blasco abrazó con fuerza el objeto.

—Si tu hermano me hubiera hecho caso, si no me hubiera seguido, ahora estaría contigo —afirmó mientras daba un nuevo paso—; él se buscó su final. Tú pareces más listo, ¿qué vas a hacer con eso? No te sirve de nada.

Blasco miró a un lado y a otro, no había nadie.

«¿Dónde está la gente?», se preguntó.

«¿Por qué no hay nadie a quien pedir ayuda?»

—Aquí no van a venir a salvarte. Déjalo, aunque huyas te atraparé y entonces no seré tan condescendiente como ahora.

—No, el que te encontrará más tarde o más temprano seré yo, y me vengaré, juro aquí y ahora que te mataré.

Estiró el brazo y lanzó aquel objeto envuelto por encima del muro del huerto de una casa.

Y echó a correr.

Al mirar atrás, el encapuchado estaba saltando aquel muro.

Martín seguía caminando, esquivando los grupos que se iban formando en las calles, las gentes que hacían acopio de víveres, los agoreros que anunciaban el fin de la ciudad. Conforme llegaba al palacio episcopal, comenzó a oír gritos, y más bullicio del habitual. Uno de los sacerdotes más ancianos de la diócesis apareció resoplando, con el rostro enrojecido y santiguándose.

—¿Qué sucede? —Martín le detuvo, y él aprovechó para apoyarse y tomar aliento—. ¿A qué viene tanto alboroto?

—¡Santo Dios! Martín, ¡qué desgracia tan grande! ¡Qué desgracia! —afirmó antes de santiguarse de nuevo y llevarse las manos a la cabeza.

—Dejadme que os ayude. —Y lo auxilió apoyándolo contra el muro—. Respirad con calma y contadme qué sucede.

—El... El enviado del papa, el dominico.

—¡Fray Esteban! ¿Qué sucede con él?

—Está en los establos.

—¿Y qué hace allí?

—No, Martín, no me entiendes. Ha caído a los establos desde lo alto de los dormitorios.

—¿Cómo que ha caído? —Y entonces recordó la ventana abierta.

—No sabemos cómo, pero ha tenido que caer desde allí. ¡Está muerto! Martín, el enviado del papa muerto en Albarracín, ¡qué desgracia tan grande! ¡Qué desgracia!

45

La noticia del fallecimiento de un religioso corrió presta y veloz por las tortuosas calles de la ciudad, aunque ni por instante dejó de hablarse del asedio. En otro momento, aquello habría revolucionado la ciudad, pero ahora solo se hablaba de la invasión, hasta los crímenes de los gremios parecían ya olvidados.

Martín regresó de nuevo al palacio justo cuando el deán salía acompañado del padre Melendo, preso de un ataque de nervios, llevándose la mano al pecho y deteniéndose frente a él.

—El dominico se ha quitado la vida —dijo de inmediato Martín.

—Eso es imposible. —El deán se llevó la mano a la cabeza y se mesó varias veces el cabello.

—Cayó desde el dormitorio...

—Un enviado del Santo Padre muerto aquí, cuando además nos rodean los ejércitos enemigos. —El rostro desencajado del deán no parecía tener consuelo.

—Es posible que no fuera un accidente...

—Martín, ¿qué estás diciendo? —El deán se enervó.

—Me había citado con él, tenía algo importante que contarme —contestó—, había descubierto algo relacionado con los asesinatos de los gremios, tenía alguna prueba sobre su asesino.

—¿Querrás decir asesina? —inquirió enojado el deán—. El dominico sufrió una desgraciada caída, eso es todo.

—Creo que os equivocáis, tuvieron que empujarle.

—Pero ¿qué demonios estás diciendo? ¡No tiene ningún sentido! —El deán se enfureció todavía más—. Ha sido un triste y lamentable accidente, eso es lo que sucedió, ¿entendido, padre Martín? ¿Necesitas que te lo vuelva a explicar? Porque más te vale tenerlo muy claro, no quiero oír nada más.

El deán nunca le había hablado en ese tono. Martín, sumiso, asintió con la cabeza.

—No volveremos a hablar de este asunto, nunca. —Su superior se marchó enrabietado.

El sacerdote se quedó estupefacto, pero estaba ya harto. Cansado de la jerarquía eclesiástica, de sus intrigas, de sus inclinaciones hacia lo material, de su alejamiento de lo que él consideraba los ideales cristianos.

«Dios no puede estar de acuerdo con esto, no es el Dios en el que yo creo, el que me habla en la Biblia.» Y con todo el dolor de su corazón, decidió hacer caso omiso al deán.

Entró en el palacio, subió la escalera, y llegó a los dormitorios. Abrió la puerta del dormitorio de fray Esteban decidido a descubrir qué es lo que había pasado en realidad, por mucho que disgustara al deán. Lo que nunca hubiera podido imaginar era a quién encontraría allí dentro...

El padre Melendo.

—Martín, ¿qué haces aquí?

—Nada... Venía a...

—Quizá venías a ver qué le ocurrió realmente a fray Esteban —sugirió el viejo sacerdote—; es complicado que alguien pueda saltar desde aquí, el grosor de la pared hace difícil llegar al otro lado, a no ser que te apoyes en una silla.

—El deán dice que se cayó.

—Ya lo sé, por eso estoy aquí. Me da igual lo que piense, creo que tú y yo sabemos que eso no es verdad.

Martín no podía estar más de acuerdo, pero le sorprendía la actitud del padre Melendo. Contrastaba tanto con la imagen que se había hecho de él después de escuchar a Alodia.

Echó un vistazo rápido a la estancia. No había nada fuera de lugar, la estancia era austera y el equipaje del dominico, escaso.

—¿Alguna idea?

—Todavía no; fray Esteban era hermético, era imposible conocer sus pensamientos —suspiró antes de continuar—; pero creo que había descubierto algo importante. Me citó aquí, no llegué a tiempo de que me lo contara.

—Tiene que haber alguna pista sobre lo que tenía entre manos.

El joven sacerdote se agachó para mirar por los bordes del jergón; solo encontró rastro de unas cáscaras, parecían de nuez.

Se levantó y suspiró.

Había poco más donde buscar; abrió el armario y encontró lo mismo: nada.

—Yo ya he buscado, esperaba que tú tuvieras más suerte. —Melendo se fue hacia la puerta—. Tengo cosas que hacer, he de preparar mi parroquia para el asedio.

El sacerdote abandonó aquella estancia sin mediar más conversación.

Martín quedó entre las pertenencias del difunto fray Esteban, comenzó a agobiarse. Se arrodilló al lado de la cama; frente a ella colgaba una sencilla cruz.

Cerró los ojos y comenzó a rezar.

Tiempo después, la noche le sorprendió allí. Seguía intranquilo, tenía un espantoso agobio, le costaba respirar. Sentía que algo terrible estaba sucediendo a su alrededor y que debía hacer algo.

«¿Qué?», se preguntó.

«¿Qué puedo hacer yo?»

La imagen del dominico muerto; la de la condenada en la mazmorra relatándoles su atroz infancia; los hombres asesinados; las tropas de la Corona de Aragón asediando la ciudad; la desesperación de las gentes de Albarracín que se preparaban para un largo sitio sin lamentarse, con una gran entereza, pero a la vez con una profunda preocupación... Todo aquello en tan poco tiempo; era como si una maldición hubiera caído sobre la ciudad.

Se levantó incómodo y se asomó a la misma ventana por la que se precipitó fray Esteban. Aquella noche era la luna la que se colaba por ella. La miró con melancolía, desde niño le había gustado mirar al cielo estrellado. La vocación religiosa apareció mucho después, cuando su hermano mayor se casó y tuvo su primer hijo. Entonces, su padre le llevó al campo y le habló de sus antepasados, de las tierras y posesiones, de lo difícil que es tener una familia y, sobre todo, de lo complicado que es que perdure.

Su padre había servido a la Iglesia de una manera muy especial. Era occitano, de un pueblo cercano a Toulouse. Fiel católico, fue alistado para infiltrarse entre una corriente cristiana que se oponía a la jerarquía de Roma y sus costumbres. Logró ganarse su confianza, pero cuando se envió una cruzada contra ellos tuvieron que huir. A él se le encomendó la misión de viajar con ellos y ver dónde se escondían. Cruzó los Pirineos, siguió por el valle de Arán, atravesó el gran río Ebro y se asentó en una tierra entre el reino de Aragón, el reino de Valencia y el condado de Barcelona, conocida como el Maestrazgo.

Allí vivió más de diez años, durante los cuales nació Martín. Su padre siguió espiando para la Iglesia hasta que se le permitió volver y establecerse en la costa de Tarragona.

Aquella fue la época más feliz de su vida. Aprendió mucho viviendo en aquella comunidad cristiana. Al volver al cristianismo romano tuvo que abjurar de todo lo aprendido, pero hay cosas que nunca se pueden olvidar.

Habían pasado demasiados años desde aquello, pero lo recordaba como si hubiera sido ayer.

En Calafell su padre fue bien recompensado por su trabajo y se asentaron como pequeños nuevos nobles. Por aquel entonces, él disfrutaba de montar a caballo, de salir con el ganado hacia las tierras de Levante y de viajar a los mercados de Valencia y Teruel con su padre. Le encantaba el bullicio de aquellas ciudades, los variados colores, los distintos acentos y los nuevos productos que descubría en cada visita, objetos y materias primas que le sorprendían y maravillaban al mismo tiempo.

Todo aquello cambió ese día en que su padre le explicó que no dividiría sus posesiones, que la última vez que se hizo en la familia, hacía tres generaciones, supuso casi la desaparición de su estirpe y el que él hubiera tenido que pasar tantas calamidades. Una vez recuperada su posición no iba a cometer otra vez el mismo error, cuando la división de la herencia de sus ancestros produjo un enfrentamiento entre hermanos y, especialmente, entre sobrinos. Que conllevó derramamiento de sangre y que, desde entonces, todas las tierras y bienes debían ir al primogénito una vez que este se hubiera casado y logrado un varón de descendencia.

Eso ya había sucedido, así que a Martín solo le quedaban dos opciones.

Su padre se lo dejó claro; él no creía que Martín estuviera dotado para las armas. Montaba bien a caballo, pero en el manejo de la espada era muy deficiente, no tiraba bien con el arco, era demasiado delgado para pelear y no tenía el coraje ni la mirada de un verdadero hombre de armas.

Si no podía ir a la guerra, el futuro de un segundón estaba claro: debía ingresar en el clero de inmediato e intentar hacer carrera.

Fue duro, claro que lo fue. Porque la verdad es que él nunca había sentido la vocación religiosa, no había oído la llamada de Dios hasta aquella tarde en que su padre le mostró su destino.

Él no dijo nada, ni pidió explicaciones más allá de las que recibió; ni se lamentó ni buscó excusas, ni alternativas. No hizo nada, asintió y aquella noche estuvo en vela mirando la luna, tal y como hacía ahora.

Aquella noche fue por la incertidumbre de su futuro; esta, por las dudas sobre lo que estaba pasando a su alrededor. Ingresar en la Iglesia fue difícil; le costó encontrar la vocación, acostumbrarse a los votos, a la disciplina, a la austeridad cristiana. Quizá no lo hubiera logrado si no llega a ser por la lectura de la Biblia y en especial de Tomás de Aquino.

Su segunda vía de la demostración de la existencia de Dios, basada en la causalidad eficiente, le impactó de una manera inimaginable. En el mundo sensible, hay un orden de causas eficientes, orden que no puede llevarse hasta el infinito; por tanto, es necesario admitir una causa eficiente primera, Dios.

Si Dios era la última causa de todo, también lo era de su ingreso en la Iglesia, y, siendo esto cierto, Él debía tener un objetivo para haber provocado tal destino.

«¿Y si era precisamente aquello? ¿Y si la causa elegida por Dios era resolver aquel misterio?»

Sí, tenía que ser eso.

Por tanto, debía actuar, de inmediato.

¿Qué podía hacer? Era fray Esteban el que debía dirigir las pesquisas para saber quién era el causante de las muertes, incluso la suya, si en verdad esa mujer era una enviada del Maligno. Todo ello mientras las mesnadas de un rey excomulgado asediaban la ciudad.

No, él no podía llevar a cabo una misión tan importante.

O al menos no podía hacerlo solo.

46

Pablo de Heredia entró en su casona con paso decidido, el peso de su apellido pesaba tanto como los propios cimientos del edificio. Él era digno sucesor de su linaje, se mantenía fuerte y ágil, montaba a caballo con suma destreza y sostenía la espada con la misma firmeza que cuando saqueaba la frontera de los reinos de Aragón y Castilla.

Revisó su palacio; las ventanas y las puertas estaban reforzadas, tal y como él había ordenado. Todos los accesos se habían tabicado y los víveres debían ser trasladados, la mitad a las bodegas y la otra parte escondida en varios lugares dentro del edificio. Por ello había ordenado cavar un hoyo bajo el establo, para ocultar allí vino, agua y grano, volverlo a tapar y colocar encima toda la paja seca.

Toda precaución era poca.

—Atilano, ¿dónde estás? —llamó por la escalera; no encontraba a su hijo por ninguna parte.

Preguntó a los criados y no obtuvo mejor suerte. Así que se dirigió hacia las estancias del ala este, que tan poco frecuentaba él y que sabía que su hijo rondaba desde hacía tiempo.

Era una zona del palacio que había quedado inservible por problemas en las vigas de madera; había que reemplazar la mayor parte, pero desde la llegada de los castellanos al gobierno de la ciudad sus ingresos habían bajado de manera considerable y no podía acometer una obra de semejante coste.

Además, aquellas estancias nunca le habían gustado en demasía; daban al norte, tenían poca luz, eran frías y antiguas.

Al ir a entrar en ellas se sorprendió al encontrar la puerta de acceso bloqueada por un cerrojo que él no había mandado colocar. Era la primera vez que veía algo así en alguna de sus propiedades. El enojo que fue creciendo en su interior no tenía parangón; en su propia casa, una puerta cerrada, eso era imperdonable. Su hijo había cruzado el límite.

—¡Atilano! —gritó enfurecido.

Se oyeron unos pasos y una tranca que corría por las guías; la hoja se abrió y su hijo esperaba al otro lado.

—Padre.

—¿Desde cuándo hay en esta casa llaves que no poseo?

—Disculpadme; es solo una medida de seguridad.

—¿Qué estás diciendo? Esta es mi casa, yo tomo las medidas de seguridad que me place.

—Desconfío de todo el mundo, padre; nunca sabes quién puede traicionarte —murmuró Atilano.

—No sé de qué estás hablando, ¿y qué haces en estas estancias? Hace años que no se utilizan, no están en buenas condiciones, ¡ahora eres mi hijo! Compórtate como tal.

—¿Ahora? —carraspeó—; padre, a mí me gustan, son espaciosas y tranquilas.

—Quiero ver el interior.

—¿Por qué? Vos mismo habéis dicho que estas estancias no están acondicionadas y no son de vuestro agrado.

—Hijo, déjame pasar, esta es mi casa.

—Por supuesto. —Y se hizo a un lado.

Heredia caminó por el suelo carcomido, entre muros desplomados, vigas y marcos de puertas podridas, con un nauseabundo olor a humedad y desperdicios, con los vanos cerrados y apuntalados.

—Pero, hijo, ¿por qué estás aquí? —preguntó confuso y preocupado—; está peor de lo que lo recordaba.

—Eso es porque hace mucho que no venís.

Encontró una puerta diferente, que estaba en mejores condiciones, aunque era antigua. Alguien se había tomado la molestia de salvar la madera de la enfermedad y parecía mantenerse fuerte. Cuando intentó abrirla, descubrió que también estaba cerrada.

—Permitidme, padre —extrajo una llave de su cinto y la alojó en la cerradura—; vos primero.

Heredia inspiró y entró con el gesto torcido; no podía creer que su hijo se hubiera apoderado de esa manera de parte de su propia casa, por mucho que no estuviera en uso.

—Tienes las ventanas tabicadas también aquí...

—Vos lo ordenasteis —dijo Atilano desde las sombras—; ahora la ilumino.

Atilano desapareció unos instantes, Heredia se sentía incómodo en esa estancia. Había un extraño olor que no sabía identificar, fuerte y desagradable. No era solo eso, había algo más allí dentro. Una sensación de desconfianza hacia su hijo, un pálpito de que iba a descubrir algo que no esperaba, y la oscuridad, una profunda negrura, como si alguien se hubiera encargado a conciencia de que ni el más mínimo rayo de luz natural entrara en aquel lugar. Heredia no temía la penumbra, pero allí solo, en su propia casa, en la que había nacido y vivido toda su vida, la oscuridad por primera vez lo amedrentó.

—Ya estoy aquí, padre.

Atilano regresó con una vela en sus manos y avanzó varios pasos por la dependencia, para encender unos velones que había dispuestos en un lateral. La luz iluminó todo a su alrededor y su padre quedó sin palabras.

La puerta se cerró.

—¿Qué estás haciendo, hijo?

—Nada, padre. Según vos, yo no hago nunca nada, ¿verdad?

—Atilano, ¿qué es todo esto? ¿Qué demonios has estado haciendo aquí...?

—Me gustaría explicároslo, ya lo creo —afirmó mientras se acercaba hasta situarse a un palmo del rostro de su padre—; por desgracia no tengo tiempo, los acontecimientos se han precipitado.

—¿Qué...?

—Os quiero. —Y sacó una daga para clavarla en el costado de su padre—. Ahora sí soy vuestro hijo, ahora soy vuestro único hijo; mi trabajo me ha costado.

Metió la afilada hoja hasta el fondo de las entrañas de Pablo de Heredia y la extrajo muy despacio; se separó de su padre y este cayó al suelo. La sangre alcanzó las botas de Atilano, que contemplaba impasible cómo agonizaba su progenitor.

—¿Por qué, hijo? —preguntó con el que podía ser su último aliento.

—¿Por qué? ¿Por qué he hecho todo esto desde hace tantos años? —Se agachó para que le escuchara mejor—. No fue fácil, la primera vez que maté tuve mis dudas, no lo creáis. Mi hermano era más mayor y fuerte que yo, pero también confiado.

—¿Cómo? ¡Eso no es posible!

—Sí, claro que lo es, yo lo empujé desde aquel acantilado. Teníais que haber visto su rostro mientras caía —afirmó con una media sonrisa—. Y su madre, era tan... Tan dulce, ¿verdad? Fue tan difícil para vos ver cómo se consumía sin saber por qué. Por aquel entonces yo todavía no sabía medir bien las dosis, y el veneno que le di era menos potente de lo que decían los libros. Por esa razón murió despacio, tuve que administrárselo varias veces, tanta agonía para... Bueno, de todo se aprende.

—Tú los mataste.

—Con vuestra segunda esposa fue mucho más fácil, era dócil y débil. Se tomaba cada día su leche con su dosis, era mucho más frágil, murió rápido, ¿verdad? Vuestra tercera mujer era diferente, y yo sabía que debía hacerlo de manera más tradicional. Además la dejasteis encinta tan pronto... No podía permitir que naciera ese hermanito, ¿lo comprendéis, padre? ¿Entendéis por qué lo hice?

—Eras mi heredero, no tenías por qué hacerlo.

—Claro que tenía que hacerlo. Cuando era niño e iba por la calle, oía los rumores, los murmullos: ahí va el «bastardo de los Heredia», decían. Mi propio hermano me lo dijo una vez: «solo eres un bastardo». Vos mismo me llamabais así cuando no os oía, padre. Escuchaba todo lo que decíais en vuestra sala de audiencias, desde la habitación contigua hay un orificio en el armario, lo sé todo sobre vos.

—Eres mi hijo.

—Sí, lo soy, y quería que estuvierais orgulloso de mí, que comprobarais que tengo iniciativa y que no tengo miedo —murmuró—. Una vez, cuando era niño y me enseñabais a luchar con la espada os dije que tenía miedo a morir. Entonces me dijisteis: Hijo, el miedo a morir es lo que te hará mantenerte con vida. Lo entendí, padre, el miedo es la mejor arma que tenemos.

—Qué he hecho contigo... ¿En qué te has convertido?

—Soy vuestro hijo, nada más. —Y le miró con cierta pena—. Ahora tengo que deshacerme de vuestro cuerpo, ¿sabéis si han comido los cerdos hoy?

47

Guillermo Trasobares observaba con preocupación su almacén, repleto de carne en salazón y vino. La puerta estaba atrancada y su hijo aguardaba detrás de ella con un cuchillo provisto de una enorme hoja, el que usaban para cortar las piezas más grandes.

—No tardarán en venir.

—¿Qué podemos hacer? —Su hijo apretaba con fuerza la empuñadura de aquella improvisada arma.

—Debemos huir.

—¿De qué nos servirá? Las mercancías no podemos llevarlas con nosotros —advirtió su hijo con la voz entrecortada.

—Hay que venderlas ya.

—¿A quién? Sabéis mejor que nadie que en breve nos las confiscarán las autoridades de la ciudad.

—Lo sé, la ciudad no estaba aprovisionada para soportar un asedio, es como si los extranjeros lo supieran y por eso nos han atacado...

Alguien llamó a la puerta; padre e hijo se miraron asustados. Guillermo Trasobares cogió una vara de madera y le hizo una señal para que estuviera atento por si debían defenderse.

—¡Abrid! —se escuchó—, ¡abrid! Soy Diego de Cobos.

No obtuvo respuesta.

—No lo repetiré, ¡abrid!

Guillermo Trasobares suspiró con resignación, caminó hasta la puerta para liberarla de la tranca, al abrirla encontró a Diego de Cobos y una docena de hombres armados.

—Queda todo confiscado —sentenció Diego de Cobos.

Los Trasobares dejaron las armas y no opusieron resistencia, tan solo se hicieron a un lado y salieron a la calle para no contemplar el desastre.

—Sabíais que esto pasaría. —Su hijo movía la cabeza de un lado a otro—. Todo se está requisando.

—Siempre pagamos los mismos.

—No creáis. —Diego de Cobos salió del almacén mientras sus hombres cargaban con las mercancías—. Incluso en esta situación, un hábil mercader como vos podría obtener ventaja.

—¿De qué estáis hablando? —Guillermo Trasobares, apoyado en el muro, lo miró con desconfianza.

—Estos asuntos es mejor no airearlos en público, en esta ciudad no solo oyen las paredes, sino hasta los árboles y los pájaros, hay que andarse con buen ojo —murmuró Diego de Cobos mientras se acercaba a ellos—; mis hombres se encargarán de esto, ¿podemos ir a un sitio más tranquilo?

—Tengo una bodega abajo.

—Vayamos.

Diego de Cobos siguió al mercader por el almacén; tras unos barriles había oculto un portón que se encargó de liberar. Unas traicioneras escaleras bajaban al subsuelo. El mercader las iluminó, eran media docena de escalones y la bodega estaba mejor acondicionada de lo que podía suponerse.

—Esto que os voy a decir debéis mantenerlo en secreto. —Echó un último vistazo al espacio antes de continuar—. El rey de Castilla es un estúpido —afirmó en un tono desagradable Diego de Cobos—; el aragonés juega con él. Si Albarracín es conquistada el equilibrio se rompe, Aragón seguirá teniendo a los infantes de la Cerda en su poder y Francia no apoyará a Castilla jamás.

—Francia es enemiga de Aragón, no de Castilla.

—Exacto, y si Castilla colabora en acabar con el Señor de Albarracín, un aliado de Francia, el rey francés no olvidará tal ofensa —continuó Diego de Cobos—. Pedro III va a conseguir todo lo que desea: conquistar Albarracín, acabar con los aliados franceses al sur de los Pirineos y seguir con los infantes en su poder para controlar al nuevo rey castellano. ¿Sabéis qué pasará si dejamos de ser independientes? —inquirió Diego de Cobos alzando la voz.

Trasobares negó con la cabeza. De Cobos continuó.

—Pasaremos a un segundo plano, tanto los nobles como los mercaderes. En Barcelona, Valencia o Zaragoza hay familias tan poderosas que, aunque gritáramos con todas nuestras fuerzas, apenas oirían nuestra voz. Y comerciantes en sus puertos y villas... Ni os imagináis.

—Sí, tenéis razón... —dijo de mala gana el mercader.

—La historia siempre se repite, eso lo saben los buenos reyes, por eso Alfonso X mandó escribir la *General Estoria*. Él sabía que conocer la historia daba poder, que la historia es un arma, tan poderosa como la mejor espada, y mucho más difícil de controlar y detener.

—El pasado es el pasado, y ya está —afirmó Guillermo Trasobares.

—Os equivocáis, el pasado es lo que nos cuenta qué ha sido, no necesariamente lo que fue. La Iglesia, de manera muy inteligente, se ha afanado siempre en controlar el relato del pasado. La *General Estoria* fue un ambicioso proyecto de creación de una historia universal global, que combinara fuentes bíblicas y paganas, al mismo tiempo que hacía referencia a autores latinos y vernáculos. Recopila todos los acontecimientos relacionados con las seis edades del mundo que nos llevarán a la séptima y última etapa de redención —explicó con templanza.

—Los reyes son ambiciosos.

—Sí, lo son, como los hombres —carraspeó Diego de Cobos midiendo mejor sus próximas palabras—; el lugar de un rey debe legitimarse siempre mediante su linaje, su capacidad de afrontar cualquier situación política y militar, y su elevada talla moral, a través de lo cual debe conquistar y mantener la lealtad y el respeto de sus súbditos —dijo convencido de ello—, que solo aceptarán y obedecerán a sus soberanos si estos tienen un comportamiento ejemplar.

—Es decir; siempre y cuando eviten los vicios y las tentaciones, llevando una vida honrada y digna de imitación —añadió el mercader.

—Dentro de la *General Estoria*, en el Libro primero de los reyes, en la parte de la Antigüedad —prosiguió con calma—, se habla del rey Solón, quien logró imponer un sistema legal que regulaba los diferentes aspectos de la vida civil en Atenas. Tras el reinado del rey Sodro, la situación en Atenas se volvió inestable, la razón fue abolir el acceso al trono por medio del linaje, permitiendo así a los ciudadanos elegir libremente a sus gobernadores.

—¿Libremente? —Guillermo Trasobares no pareció muy conforme con aquellas palabras.

—Sí, en una especie de votación, por la que podían acceder al máximo poder gentes sin linaje.

—¿Qué barbaridad es esa? ¡Os imagináis al hijo de un campesino como rey? El infierno sería una bendición comparado con ese reino.

—Dios quiera que no lo veamos nunca —añadió el noble.

—Que así sea.

—Os preguntaréis por qué os cuento todo esto, lo sé —afirmó el noble—. Es por una sencilla razón: Juan Núñez de Lara, Señor de Albarracín, acaba de abandonar la ciudad.

—¿Qué estáis diciendo? —Guillermo Trasobares quedó con la mirada perdida, intentando comprender lo más rápido posible las implicaciones de tal acto.

—Lo que oís.

—Eso es imposible... —Y dio varios pasos, a un lado y a otro.

—Ha dejado como gobernador a su sobrino, Álvar Núñez de Lara.

—¡Pero si es un recién llegado! —espetó indignado el mercader mientras se llevaba las manos a la nuca.

—Así es, se ha marchado a buscar refuerzos, un ejército que nos libere del cerco —musitó Diego de Cobos—. Esperemos que así sea, aunque... —Hizo una pausa y por primera vez dirigió sus pasos hacia uno de los muros de la bodega—, si Juan

Núñez no regresa habrá que tomar una decisión. Como os decía antes, conocer la historia es esencial para poder comprender el presente que nos toca vivir, por eso sé que no volverá ni con refuerzos ni sin ellos.

—Cuidado con lo que decís, no podemos levantar la espada contra el Señor de Albarracín, ni contra un gobernador designado por él.

—Levantarla no, pero bajarla sí —murmuró Diego de Cobos.

—Ahora comprendo lo que queréis. —El mercader resopló ante lo que temía—. Hay que tener preparada una salida. Por lo que me habéis hecho bajar aquí y escuchar toda esa retahíla de la historia es porque queréis escapar de Albarracín...

—Si la ciudad se rinde, quiero una vía para escapar de aquí, para mi hijo y para mi persona.

—¿Por qué me decís eso a mí? Yo solo soy un mercader...

—Porque sois listo y porque de alguna forma lográis introducir vino del sur en la ciudad sin ser vistos; todos lo saben, aunque nadie tiene ni idea de cómo lo hacéis. Igual que entráis, se tiene que poder salir.

48

Eran los primeros días de mayo, la noche estaba cayendo y la ciudad se había transformado. El frío se iba alejando de manera definitiva, pero algo mucho peor se acercaba. Las luces de los guardias se habían multiplicado y salpicaban toda la muralla que subía hacia la torre del Andador y volvía a descender hacia el río. Albarracín estaba en silencio; fue entonces cuando se oyó repicar el primer tambor.

Sonó lejano, como un eco perdido.

A ese siguieron otro y otro, y la noche adquirió un sonido ajeno. Las gentes se asomaron a las ventanas de las casas y dos guardias cruzaron corriendo la plaza del mercado. El retumbar se tornó aterrador, como el latido de un dragón que se acerca despacio, a la vez que imparable, sobre su presa.

El rey Pedro III en persona llegaba para encabezar sus tropas: aragoneses, catalanes, valencianos y almogávares. Albarracín se disponía a resistir un terrible ataque. Ya no era solo un asedio; la intervención directa del monarca dejaba claro que quería tomar la ciudad por las armas, no tenía la intención de vencerla por hambre.

Albarracín estaba rodeada.

El movimiento era incesante; los hombres de armas se apostaban en las defensas, mientras el pueblo fortificaba los puntos débiles.

Fuera de la ciudad, Pedro III observaba las murallas ante sí. El monarca, nacido en Valencia, era hijo de Jaime I el Conquistador y su segunda esposa, Violante de Hungría. Había sucedido a su padre en los títulos de rey de Aragón, rey de Valencia y conde de Barcelona; además, con el uso de las armas se acababa de coronar rey de Sicilia, para mitigar en cierta forma no haber heredado los títulos de rey de Mallorca, conde del Rosellón y de la Cerdaña y señor de Montpellier, que habían recaído en su hermano menor, Jaime.

Algo terrible a la vista de todos, dividir los territorios de la Corona de Aragón entre sus dos hijos, había sido el último de los desmanes de su anciano padre, el monarca Jaime I. Una barbaridad de todavía impredecibles consecuencias, pues muchos temían una posible guerra entre hermanos.

El hijo de Heredia, Atilano, escuchaba las órdenes del gobernador junto a otros nobles de la ciudad. Por fin se hallaba donde tanto tiempo llevaba deseando estar, donde le pertenecía por derecho de sangre.

A su lado, un viejo amigo de su progenitor, Íñiguez, resoplaba y se frotaba las manos sin cesar.

—¿Dónde está tu padre? —le preguntó al percatarse de que lo miraba.

—Indispuesto, con fiebre —respondió—; ha intentado levantarse, pero ha sido del todo imposible, los años le pesan.

—Justo ahora que tanta falta hace... El sobrino de Juan Núñez lleva la audacia de la Casa de Lara en la sangre —dijo refiriéndose al nuevo gobernador—, pero no conoce la ciudad, ni a sus habitantes, ni mucho menos el peligro de tener como rival a un rey tan obstinado como Pedro III de Aragón.

—Quizá lo infravaloráis.

—Eres demasiado joven, Atilano, es tu padre quien debería estar hoy aquí —afirmó sin sutilezas—, esperemos que mejore pronto.

—Yo también lo deseo, pero conozco la ciudad tan bien como él y llevo aprendiendo desde niño cómo se tratan los asuntos de su gobierno. No es justo valorar a alguien solo por si tiene o no canas.

—Si tu padre te escuchara... —dijo con cautela Íñiguez—, no quieras correr antes de aprender a andar.

Atilano de Heredia se contuvo para no responderle, pero tenía otras formas de hacerle pagar aquel desprecio.

El nuevo gobernador, Álvar Núñez de Lara, parecía apto para su difícil misión; como un Lara que era, tenía su aplomo y su obstinación. Pero que su tío hubiera dejado a un castellano al mando de la defensa de la ciudad le había dejado en mal lugar, no había sentado bien a las casas más antiguas de Albarracín.

—¿Qué sabemos de la forma de guerrear de ese rey hereje? —inquirió el gobernador a su consejo.

—Mi señor, el rey de Aragón es un hombre alto y corpulento, un guerrero impasible, dicen que en batalla maneja una pesada maza, que es su arma preferida en combate —afirmó uno de los señores castellanos en los que tanto confiaba Juan Núñez y que había dejado junto a su sobrino.

—¿Y? Un rey no debe destacar por su violencia en la guerra, sino por su habilidad en el trono —masculló Álvar Núñez de Lara con una peculiar forma que tenía de hablar, una mezcla de seguridad y menosprecio difícil de calibrar—. Su padre era un inepto, Jaime el Conquistador dividió tantas veces su reino que cuando murió uno no sabía a cuál de todos sus testamentos atenerse. Un rey tan nefasto no merece un hijo mejor.

—Los reyes son complicados —murmuró otro noble castellano.

—Eso en Castilla lo sabemos bien. —El nuevo gobernador suspiró—. Los reyes están cambiando... El rey Alfonso diseñó un nuevo tipo de monarquía, en la que el monarca se concibe como Vicario de Cristo en la tierra y como cabeza, alma y corazón del reino —explicó con detenimiento mientras caminaba hacia el ventanal y miraba desde él las murallas.

—Pedro III de Aragón solo ha copiado sus ideas —intervino por primera vez Diego de Cobos— y ahora se cree con derecho a conquistar esta ciudad.

—A veces hasta a los reyes hay que marcarles dónde está el límite —continuó Álvar Núñez de Lara—; mejor dicho, a ellos es a quienes más claro hay que dejarles hasta dónde se puede llegar. Los nobles no podemos permitir que los reyes se crean amos y señores de todo; el día que lo hagamos estaremos perdidos. Ellos no son nada sin nuestro apoyo, así debe ser.

—Esta ciudad no debe vasallaje a ningún soberano, ni castellano ni aragonés ni francés ni navarro. —El hijo de Heredia pronunció aquellas palabras entre una evidente tensión.

—Bien dicho, Albarracín es el equilibrio, por eso Castilla, Francia y Navarra nos ayudarán, por eso mi tío regresará con un ejército capaz de acabar con este maldito asedio y dar su merecido a ese rey excomulgado. —Miró a los caballeros que allí había reunidos—. Hemos terminado.

—¿No deberíamos ser más cautos? —musitó Diego de Cobos, cuya firmeza en la forma de hablar le otorgaba una gran presencia en aquel consejo—. Enfurecer a un monarca como Pedro de Aragón es peligroso. Él no es como su padre, no esperará acontecimientos, mirad lo sucedido en Sicilia y en Burdeos.

—¿De verdad creéis lo que dicen? ¿De verdad pensáis que fue hasta allí? —inquirió Álvar Núñez de Lara.

—Claro que sí, todos saben...

—¿Qué? ¿Qué saben todos? Venga, no os detengáis, contadnos eso que es tan evidente.

—Bueno, ya sabéis... —Diego de Cobos prosiguió—, a los pocos meses de ser excomulgado el rey de Aragón por el papa francés, por arrebatar Sicilia a los Anjou... Al poco tiempo, el Sumo Pontífice otorgó todos los estados de la Corona de Aragón al rey de Francia. Así que, para evitarlo, Pedro III se encaminó a un desafío declarado por Carlos de Anjou en Burdeos, disfrazado como mozo de mulas y guiado por un tratante que decían que era buen conocedor de los caminos. En el camino, este mercader llegó a hacerse servir la mesa por el rey aragonés para pasar desapercibido. Sí, tal como oís —continuó Diego de Cobos—, cruzó los Pirineos como un vulgar criado y se presentó al palenque en Burdeos. Se suponía que aquella ciudad era neutral, pero en realidad estaba repleta de soldados franceses. Pero el aragonés se las ingenió para recorrer el palenque a caballo antes de que llegara el rey francés; así declaró que el duelo era nulo por no comparecer Carlos de Anjou.

—Eso hizo, ¿y qué? —inquirió el gobernador.

—Pues que mal haríamos en confiar nuestra suerte solo a unas murallas; el rey de Aragón no ha venido hasta aquí para ser derrotado.

—Su padre también desafió estos muros y huyó con el rabo entre las piernas.

—El hijo nada tiene que ver con el padre, aquel era perezoso y demasiado prudente. Este es osado, a veces hasta temerario, como demostró en Burdeos.

—Caballeros, no debemos dudar de la valía de nuestras defensas ni de nuestros caballeros, y mucho menos de nuestros aliados. Los franceses se están congregando para atacar a Pedro III entrando por Navarra y Cataluña, en apoyo de Albarracín y en virtud de la excomunión lanzada por el papa contra Pedro III por la incorporación de Sicilia a su corona.

—¿Y Castilla?

—No obtendrán su ayuda nuestros enemigos; los musulmanes han desembarcado al sur, y tropas benimerines del rey de Marruecos asedian Jerez. Sancho marcha con todos sus hombres, incluidos los de la Casa de Haro, a romper el cerco de la plaza. La suerte nos sonríe, hay esperanza para Albarracín.

—No tiene sentido que el rey de Aragón nos ataque con todo su ejército; si concentra sus tropas aquí, deja indefensas Cataluña y Navarra —advirtió Diego de Cobos—, y los franceses entrarán en sus territorios.

—Si quiere vencer, debe tomar esta ciudad rápido. Y eso nunca se lo permitiremos; si quiere guerra la tendrá, y será larga, dura y fría, muy fría. —Sonrió Álvar Núñez de Lara—. Cuando llegue el invierno tendrán que levantar el asedio, si no, morirán bajo la nieve y el hielo.

La reunión concluyó; los presentes abandonaron la alcazaba con la firme idea de que solo debían aguardar a la llegada del invierno. El frío barrería a los extranjeros, como siempre lo había hecho.

Atilano de Heredia salió junto a Diego de Cobos; se detuvieron antes de bajar hacia el centro de la ciudad.

—Espero ver pronto a tu padre. Tenemos nuestras diferencias, no lo voy a negar. Pero en estos momentos él es necesario, y salvó a mi hijo de los almogávares, eso no puedo olvidarlo.

—Yo no soy como él, quizá nosotros sí podamos entendernos bien.

—Vaya, vaya. Y yo que siempre pensé que solo eras un maldito bastardo...

—Incluso los monstruos existen, porque forman parte del plan divino.

—¿Cómo dices, muchacho?

—Hasta en las más horribles acciones de los hombres se revela el poder del Creador. Incluso en la más sangrienta de las guerras o en la más manipuladora de las maquinaciones, hay un resplandor de la sabiduría divina.

—Santo Dios, si tu padre te escuchara decir eso...

—Ya no hay secretos entre mi padre y yo, os lo aseguro —respondió Atilano, que parecía ganar autoridad a cada instante que pasaba—, ahora sed sincero conmigo, nadie nos escucha, ¿qué opinión tenéis de Pedro III?

—Es inteligente y estratega; aliado con Castilla, ahora también lo está con Portugal, ha casado a su hija mayor con su rey. Y ha acordado una tregua de cinco años con el emir de Granada.

—Desde luego no es un monarca más...

—Mira, hay decisiones que una vez que se toman, marcan toda una vida —siguió Diego de Cobos—; de la misma manera que hay otras que, al no tomarse, nos condenan para el resto de nuestros días. Arrepiéntete de lo que has hecho, no de lo que has dejado de hacer. Pues esto último es el peor de los venenos y puede hacerte sufrir toda la vida.

—Estoy de acuerdo, contad conmigo si necesitáis un aliado.

—Parece que tienes las cosas claras; es importante. La mayoría no tiene un objetivo en la vida hasta que llega alguien o algo que se lo muestra. Puede parecer que las decisiones que vayan a marcar una vida tienen que ser cruciales, la mujer con la que eliges casarte, el lugar donde decides residir o los hijos que vas a tener... Pero no; no es así, a veces la cosa más insignificante puede cambiarlo todo.

—Dios es quien marca nuestros pasos.

—Creo que Él —dijo el hombre mayor mirando al cielo— nos deja hacer, en eso consiste, ¿no?

—Libre albedrío; llegará el día en que seamos juzgados por nuestras decisiones.

—Sí, pero no es tan sencillo, hace unos días caminaba cerca del portal de Molina y decidí pararme un instante para observar bien a una mujer, cosa que casi nunca hago, los hombres somos así, débiles a la carne. —Sonrió—. Continué avanzando y, en eso, ante mis pies cayó una piedra de la ventana de un alero que estaban reparando. No sé si eso me hubiera matado o provocado una herida seria; no sé si el tiempo durante el cual estuve parado ante la hermosa mujer fue el preciso para que la piedra y mi cabeza no llegaran a encontrarse. Lo que sí sé es que aquel insignificante acto pudo cambiar mi destino.

—Entiendo.

—No debemos temer las grandes decisiones, pues a lo largo de toda una vida son escasas y a veces no tan trascendentales.

—Los pequeños actos que cometemos cada día tienen mucha más relevancia en nuestro futuro de lo que nosotros creemos —afirmó Atilano, para satisfacción de Diego de Cobos.

—Exacto; y donde está el peligro, ahí surge también la salvación.

49

Lízer tenía que ver a Alejandro de Ferrellón. Aunque había dejado de ser el alguacil general de la ciudad, no sabía a quién más recurrir. Le habían dicho que vivía cerca de la iglesia de Santa María y hacia allí se encaminó. Preguntó un par de veces antes de llegar, y le indicaron que su casa era una con un banco de piedra junto a la puerta. Le fue fácil de encontrar, la construcción tenía un aspecto decadente. Parecía la casa de un caballero que la hubiera abandonado hacía treinta o cuarenta años. Necesitaba arreglos en el tejado y las ventanas, y una amenazante grieta asomaba por la fachada principal, desde los cimientos hasta el alero. Aun así, aquel edificio seguía manteniendo un porte de gran casona y cierto esplendor intemporal.

Llamó a la puerta.

No obtuvo respuesta alguna, se separó unos pasos de ella y observó de nuevo la propiedad; daba verdadera lástima verla en ese estado. Una de las ventanas inferiores estaba entreabierta; se asomó y comprobó que no tenía barrotes. Empujó la contraventana y esta se abrió.

Dudó.

Miró a su alrededor, en ese momento no pasaba nadie por allí.

Sabía que podía ser un error adentrarse solo en esa casa, pero cuando puso un pie dentro ya era demasiado tarde para echarse atrás. El cuarto al que accedió estaba casi vacío, solo unos baúles cubiertos de polvo lo evitaban. Progresó con sumo cuidado, y atravesó una puerta abierta para llegar hasta el inicio de la escalera que daba al primer piso. Tenía una hermosa barandilla de forja; fue subiendo uno a uno los escalones. No sabía si era mejor alzar la voz para avisar de que había entrado o seguir.

Y ante la duda, Lízer no hizo ninguna de las dos cosas. Se detuvo en el último escalón, respiró y afinó el oído.

Nada.

Eso fue lo que oyó.

Cuando no oyes nada, sabes que debes preocuparte.

Siguió hasta la primera puerta que encontró, y la halló cerrada. Apoyó su mano en la cerradura, la movió y se fue abriendo la hoja. En ese momento Lízer supo que su propia vida podría estar en peligro.

Tirados en el suelo había dos cuerpos ensangrentados.

Desenfundó su espada y giró sobre sí mismo, buscando enemigos a su espalda, que nunca aparecieron. Volvió a virar al frente, listo para defenderse. Repasó toda la estancia con la mirada, más tranquilo, y llegó a la conclusión de que no había nadie.

Corrió a comprobar si los cuerpos estaban con vida.

Cuando les vio la cara no pudo creerlo.

El primero de ellos era Alejandro de Ferrellón.

El segundo, Diosdado.

Los dos alguaciles muertos, los dos con un corte en la garganta.

50

Martín salió a la calle, seguía confuso. Caminó hasta llegar de nuevo al cadalso, desde allí observó la ventana desde donde cayó fray Esteban y luego volvió la vista hacia la soga que colgaba frente a él.

Pasó al lado de un comerciante que intentaba vender las cuatro cosas que le quedaban; le habían confiscado todo lo demás para las reservas de la ciudad, parecía mentira que todavía tuviera algo que vender. Pero los mercaderes siempre tienen algún lugar donde ocultar mercancías, son más listos que nadie.

—¡Fruta! Me queda fruta. ¡Y nueces! ¡Las únicas nueces de todo Albarracín! —gritaba, dejándose la voz.

Martín se detuvo y volvió atrás.

—¿Has dicho las únicas?

—Sí, no es temporada, nadie más que yo las vende —dijo orgulloso—; con el asedio me las quitarán de las manos.

—¿Estás seguro de ello? Eres el único que las vende, has dicho eso —recalcó—, ¿cierto?

—Jamás mentiría a un cura como vos. —Y el comerciante se santiguó, por dos veces—. Solo yo las vendo; mirad aquel puesto —señaló a su derecha—, que es de un comerciante de Valencia, es el único que tiene pasas e higos. Aunque creo que le han quitado todo, solo vende algo de carne, y en dudoso estado.

—Por casualidad... —Martín se pasó la mano por la nuca—, ¿no venderías nueces a un religioso hace uno o dos días? Un anciano con los ojos hundidos y que vestía de manera humilde.

—Pues no sé. —El hombre se rascó la barbilla, como haciendo un claro esfuerzo por acordarse—. ¡Esperad! Sí, ¡lo recuerdo! Hablaba poco, parecía pensativo. Fue justo antes de la llegada de los extranjeros, enseguida tañeron las campanas y tuvimos que irnos.

—¿Le notaste algo extraño?

—Parecía no tener mucha prisa, como vos ahora —apuntó—, y eso que la ciudad estaba acelerada, todos corriendo, todos trabajando, todos nerviosos... Pero él parecía tranquilo.

—Él era así... ¿Recuerdas algo más? Quizás algo especial, que te llamara la atención en ese momento.

—Pues sí, ahora que lo decís, hubo algo que me pareció singular.

—¿Y se puede saber qué fue?

—Me hizo una pregunta muy extraña —dijo el comerciante—; quería saber quién era el comerciante que vendía pergamino.

—Curioso, ¿y qué le dijiste?

—Que yo era el más indicado, pero luego empezó el asedio, no dijo nada más y se fue —afirmó—, eso fue todo.

—Gracias por decírmelo.

—Mirad, por fin lo van a hacer, ya era hora —dijo, señalando al cadalso.

Martín no necesitó preguntar; sabía perfectamente lo que estaban preparando. Lo había visto otras veces, era habitual colocarlo en el recinto donde se hacía el mercado o en las proximidades de la catedral. Allí se exponía al condenado a las burlas del pueblo. En otros reinos recibía el nombre de picota; el espacio estaba definido por una columna de piedra dotada de argollas y garfios, que se erigía en las afueras de los pueblos. También se usaba para exhibir las cabezas decapitadas de los ajusticiados. La columna de la picota estaba sobre una plataforma de varias gradas para que el reo pudiera ser visto aun habiendo mucha gente alrededor.

A los blasfemos, vagabundos y acusados de falso testimonio se les condenaba a cárcel, a recibir cincuenta azotes y a ser expuestos con una argolla al cuello en la plaza. A los ladrones de la ciudad se les podía imponer la pena durante un día o más, igual que a los que cogían frutas en las heredades ajenas, que eran colocados junto a la mercancía robada.

En Albarracín, los condenados a muerte eran ahorcados. La ejecución de aquella mujer iba a tener un doble propósito: acallar los miedos y las preguntas por los crímenes, y avisar a todos los habitantes de lo que sucedería a partir de entonces con cualquiera que quebrantara la ley. En estado de asedio, mantener la paz dentro era tan importante como defender las murallas de la ciudad.

Martín dejó al vendedor, y casi tropezó con un carro tirado de dos machos y que portaba barriles llenos de brea camino de lo alto de las murallas para ser lanzados desde allí, hirviendo, contra los atacantes. En ese momento, se le acercó el padre Melendo.

—Padre Martín, parece que pronto veremos a la endemoniada colgada, ¡ya era hora! ¿Logró fray Esteban que ella confesara antes de su muerte?

—No del todo.

—Bueno, si me hubieran dejado a mí habría sido de otro modo...

—Estoy seguro de ello —afirmó Martín con cierta desgana.

—¿Has tenido alguna idea sobre la muerte del dominico? —preguntó en voz baja Melendo.

—Vos también seguís pensando que no saltó ni se cayó accidentalmente, ¿verdad?

—Yo pienso muchas cosas, Martín. Pensar es una de las cosas que más debería hacer un hombre —afirmó con su ronca voz—. Si lo hiciéramos más no estaríamos en esta situación, asediados por cristianos como nosotros. Somos así, dejamos que nos controlen nuestros impulsos más bajos, en vez de reflexionar y rezar, y que la fe guíe nuestros pasos; y no la codicia, la ambición y la venganza.

—Estáis en lo cierto.

—Pero pensar demasiado... Es peligroso.

—¿Peligroso?

—Sí, la razón puede nublar nuestra mente, desviarnos de la fe y de Dios. La razón es un arma de dos filos; si no sabes usarla puedes cortarte con ella, por eso debemos mantenerla alejada de las mentes débiles —dijo mientras miraba pasar a los habitantes de la ciudad—; ellos no necesitan pensar, en cambio, sí precisan de la fe. Un pueblo sin fe está condenado.

—¿Y sin razón?

—Martín, que yo sepa pocos pueblos usan la razón y ahí siguen. Pero la fe... Dios es el único que puede y debe iluminarles.

—Claro, padre Melendo.

—No pienses tanto en el difunto fray Esteban. Que es muy posible que lo empujaran, te diré que desde luego que sí. Pero ¿para qué te va a servir? Solo te va a causar dolor, hay que saber cuándo dejar a un lado nuestras ansias personales y centrarse en un bien superior. En la situación en la que estamos debemos centrar los esfuerzos en proteger las iglesias de la invasión.

—¿Los templos? ¿Proteger su interior, queréis decir?

—Cuando un ejército toma una ciudad, por muy cristiano que sea, siempre buscará botín. Más aún con un rey excomulgado por el papa y con esos demonios de los almogávares entre sus filas.

—Esperemos que nuestras defensas resistan.

—Mejor recemos.

—Sí.

—Al menos la ejecución tendrá lugar como estaba previsto —afirmó el padre Melendo complacido—, cuanto antes mejor.

—Yo no creo que sea lo más conveniente...

—No subestimes el efecto de un buen ahorcamiento, también debemos dar alguna distracción a estas pobres gentes ignorantes. Además, ejecutar a esa mujer servirá para apaciguar los ánimos y demostrar autoridad —espetó el religioso con las manos juntas a la altura del pecho—. Nuestros feligreses son un amplio rebaño que necesita disciplina; el Señor es nuestro pastor y nosotros sus perros guardianes, si dejamos que una sola oveja se extravíe, el ejemplo cundirá entre el resto. Seguro que lo entiendes, ¿verdad?

—Por supuesto.

—Esa mujer es la misma imagen del diablo, tú has asistido a los interrogatorios que realizó el pobre fray Esteban. ¿Qué ha contado esa sucia mentirosa? Dicen que cuando el Maligno se encuentra acorralado es capaz de utilizar las mayores de las mentiras para confundirnos y escapar.

—No habló mucho... —Martín tardó en responder—. Esa mujer ha tenido una vida difícil. Su infancia fue feliz pero cuando llegó a edad casadera se convirtió en un infierno.

—Sus pecados solo tienen una respuesta posible, la horca. Esa mujer es el mismísimo demonio.

—Eso no le exculpa, no; estáis en lo cierto.

—¿Y no ha contado nada más? ¿Cómo se ganaba la vida? Quiero decir, además de sus conjuros diabólicos...

—No dijo nada más al respecto —mintió Martín.

—¿No sabéis si tenía colaboradores en la ciudad?

—¿Colaboradores? ¿De qué tipo? —inquirió con malicia Martín—; creíamos, mejor dicho, fray Esteban pensaba que ella actuaba sola, ¿no es así?

—Supongo que sí, solo era una pregunta retórica —reculó el padre Melendo—, este ambiente de guerra no me sienta bien. Tú eres más joven, te aclimatas mejor —cambió el sentido de la conversación—. Por cierto —Melendo miró de reojo al joven Martín—, aún no entiendo cómo has logrado ascender tan rápido, llegaste aquí hace pocos años y ya gozas de la máxima confianza del deán.

—No sabría deciros, trabajo mucho.

—Sí, será eso. —Siguió mirando a las gentes de la ciudad.

—Pues no me aclimato bien, no; estamos incomunicados, con todos los caminos cortados, sin recibir noticias del exterior... Es algo complicado de asumir, ¿verdad?

—Siempre hay medios de saltarse un cerco.

—¿Es eso cierto? —preguntó un sorprendido Martín.

—Por supuesto, gentes que saben la forma de entrar y salir de la ciudad sin llamar la atención —recalcó el padre Melendo en voz más baja.

—¿De verdad creéis que eso es posible? —Martín le miró sorprendido—. ¿Salvar un sitio?

—Mira. —El padre Melendo señaló a una pareja de hombres que pasaron frente a ellos—. Judíos. Sé de uno de ellos que seguro que se las arregla para sacar beneficio de situaciones como esta.

—¿Qué queréis decir con eso?

—Decías que no podemos recibir comunicación del exterior, te aseguro que un tal Abraham tendrá una manera. Vive fuera de la judería y es médico, Dios sabrá castigarle cuando llegue su día por profanar el cuerpo de los hombres.

—¿Y él sabe la forma de salir de la ciudad sin ser visto?

—Seguro que sí, y cobrará por ello, y no será barato —le advirtió—, ¿y por qué quieres saber tú eso? Ten cuidado, Martín, la tentación se nos presenta siempre, Dios nos pone a prueba, no podemos fallarle —le advirtió mientras se marchaba.

Martín quedó dubitativo.

Frente a él pasaron tres religiosos portando un relicario de oro, decorado con joyas y con forma de cofre.

—Vamos, hay que llevarlo a las mazmorras del palacio —murmuró uno de ellos, el más joven y esbelto.

Martín escuchó aquello y no hizo sino recordar la imagen de Alodia. Iba a morir hoy, claro que iba a hacerlo. A nadie le convenía tener presa a una mujer mientras la ciudad era asediada.

Buscó la figura de Melendo camino de la iglesia de Santiago; ya se había perdido por las callejuelas de la ciudad.

Aquel sacerdote le daba cierto temor; aunque también creyera que fray Esteban no cayó de manera accidental por la ventana de palacio, no podía fiarse de él. Sin embargo, llegado el momento, quizá pudiera serle de utilidad.

51

El sol daba los últimos coletazos en forma de un atardecer que cegaba si lo mirabas fijamente. El bullicio comenzó a formarse en la plaza y las campanas repicaron, las gentes de la ciudad estaban ansiosas por la ejecución. Por fin la asesina de tantas personas iba a ser castigada.

El pueblo estaba ansioso; asediados como estaban, un ahorcamiento era la mejor manera de evadirse de la cruel realidad. Y no iba a ser una muerte más, iban a colgar a una mujer que estaba poseída por el Maligno.

Las expectativas estaban muy altas, debía ser una ejecución memorable. Nadie quería perdérsela; las madres habían llevado a sus pequeños, los ancianos se habían arrastrado hasta allí aunque les costara caminar. Los puestos de las primeras filas llevaban ocupados desde las primeras horas del día y hasta la mayoría de los hombres de armas y los defensores tenían puesto un ojo en aquel espectáculo.

Martín estaba atemorizado, pero había aprendido que el miedo era un aliado, te mantenía alerta. Solo los ignorantes carecían de él. No era una debilidad, todo lo contrario: era algo útil, como el dolor, que nos anunciaba cuándo una parte de nuestro cuerpo sufría. No había nada malo en sentirlo, lo importante era soportarlo. Lo mismo ocurría con el miedo, había que superarlo, no ignorarlo.

Moviéndose por las dependencias episcopales no sintió temor alguno, pues las conocía bien y, aunque le había costado tiempo, había logrado ganarse el favor del deán de la catedral y los otros sacerdotes. Solo el viejo Melendo le había tratado con reservas en ciertas ocasiones; es cierto que el diablo sabe más por viejo que por diablo. Aquel cura de mirada oscura y rostro demacrado, atacado por alguna enfermedad que lo había picado de una manera exagerada, era quien más reparos le había puesto desde su llegada a Albarracín.

Desde muy niño, se le había dado bien engatusar a las gentes. Su aire infantil ayudaba a ello, su trato amable y su manera comprensiva de escuchar.

Martín era curioso, observaba todo a su alrededor. Jamás ignoraba un gesto, una mirada. Nunca despreciaba a alguien por su aspecto, por infundadas que parecieran sus precauciones. Porque él mejor que cualquier otro sabía que no había que fiarse nunca, de nadie.

Golpeó por dos veces una puerta gruesa y de buena madera. Tardó, pero pasados unos instantes se entreabrió y la mirada amarillenta asomó ante él.

—Ya es la hora —afirmó el joven sacerdote.

El carcelero gruñó, como interrogante.

—Sí, estoy solo, voy a confesarla —respondió firme—; en breve vienen a por ella. Tengo poco tiempo, déjame entrar.

El hombretón se hizo a un lado y la puerta se cerró tras Martín, que avanzó sin vacilar hasta la siguiente, que abrió él mismo. Al otro lado estaban las celdas; tomó la antorcha de la entrada y fue directo a la de la condenada. La llave colgaba de una argolla clavada en el muro, la tomó y liberó el cerrojo. Encendió los candiles y la oscuridad fue poco a poco desapareciendo.

Allí estaba ella, Alodia.

Con su mirada desafiante, a pesar de lo harapiento y demacrado de su aspecto. Con el pelo largo, suelto, sucio y lacio. El rostro ennegrecido y las ropas hechas jirones, un olor pestilente emanando de su piel y la delgadez por bandera.

A pesar de todo eso y otras penalidades, ahí estaba ella.

Con ese sentimiento de dignidad que algunas personas llevan como si fuera un rasgo más de su físico, algo que no puede perderse, a no ser que te desgarren la piel para extirparlo.

—Ha llegado la hora —pronunció Alodia desde las sombras.

El sacerdote no pudo evitar mirarla, escrutarla con curiosidad. El moreno de su pelo y de su piel. Unas piernas largas, interminables, una cintura pequeña, fácil de coger con ambas manos, unos pechos que se insinuaban bajo aquella saya harapienta, una barbilla redondeada que eran el inicio de un rostro que, aunque sucio, brillaba entre aquella oscuridad..

—¿Te han...? —Martín estaba compungido por el depauperado aspecto de aquella mujer, su aspecto era mucho peor que la última vez que la vio y le costaba pronunciar las palabras—, ¿han abusado de ti los guardias?

—Me tienen miedo —respondió Alodia con un débil hilo de voz—, no me han tocado.

—Es un alivio.

—En esta ciudad todos me temen —dijo a continuación, con más seguridad y fuerza.

La mujer dio un paso al frente y él retrocedió.

—Tranquilo, no voy a hacerte daño.

—No quiero que te muevas —dijo con toda la autoridad de la que era capaz.

—Vienes solo, ¿por qué?

—Eso... No te importa.

—Dime por qué estás aquí. —Alodia dio un par de pasos a la derecha, como queriendo rodearle—. Le ha pasado algo a tu superior —se detuvo—, el otro sacerdote ha muerto, ¿verdad?

—Es imposible que tú sepas eso, estás aquí encerrada —Martín subió el tono de voz—, a no ser que...

—¿Qué? ¿Qué te crees que soy? —le preguntó ella desafiante, alzando su cabeza—. Me tienes miedo, puedo olerlo.

—Van a ejecutarte en menos de una hora, no tengo razón alguna para temerte.

—Y sin embargo me temes, así que debes de pensar que soy capaz de liberarme y hacerte daño. Bueno, ojalá pudiera hacerlo, ¿por qué no? Ojalá pudiera mataros a todos con mis propias manos. De todas formas, estáis asediados; pronto pereceréis, pronto Albarracín se teñirá con el color de vuestra sangre.

—¡Cállate!

—Martín —pronunció ella muy despacio para sorpresa del joven sacerdote—, sí, conozco tu nombre, oí cómo te llamaba el viejo cura. ¿Qué? ¿Pensabas que lo había adivinado? Qué atrevida es la ignorancia.

—Si estoy aquí es porque quiero saber la verdad, ¿quién mató a fray Esteban?

—¿Y cómo voy a saberlo yo? Estoy aquí encerrada. —Y señaló los muros que la rodeaban.

—No lo sé, pero puedes decírmelo, de eso estoy seguro.

—Tú no sabes nada, Martín. —Y se acercó todo lo que le permitían los grilletes—. No sabes absolutamente nada, ignoras quién gobierna esta ciudad, desconoces por qué os asedian, y lo más importante, no tienes ni idea de cómo murió ese cura. ¿Y sabes por qué?

—¿Por qué? —se atrevió a preguntar tartamudeando.

—Martín, Martín, ¿qué ocultas bajo tu fe? ¿Qué es lo que no te deja dormir por las noches? ¿Qué es lo que piensas de mí?

—No sé de qué estás hablando.

—Claro que sí, de lo contrario no estarías aquí —respondió ella retrocediendo varios pasos—; ¿qué es lo que tanto deseas?

—La verdad.

—¿Nada más? ¿Seguro? —Alodia se acercó más hasta él—; he visto cómo me mirabas en el interrogatorio, ¿o es que acaso te creías que no me daba cuenta?

El tañer de las campanas se colaba por un pequeño orificio practicado en el techo de la celda; no era una llamada religiosa, por el estruendo y la duración estaba claro que era una señal de alerta.

—Ya vienen, Martín, ya están aquí.

—¡Cállate!

—A veces huir es solo un pretexto para ser alcanzado, ¿qué vas a hacer ahora?

Martín fue hacia ella y con la misma llave que había abierto la puerta de la celda soltó los grilletes de sus tobillos. Alodia era libre, libre para intentar escapar, para abandonar aquella prisión, aquella ciudad que la despreciaba.

No lo hizo.

Sus ojos se encontraron y se entrelazaron por un brevísimo instante. Martín cayó en lo profundo de ellos y vio algo en su interior que le provocó que el corazón le palpitara con emoción.

Alodia sostuvo la mirada en silencio.

—Debo decirte algo. —Martín necesitaba escapar de aquellos ojos—. Me han pedido que te salvara.

—¿Quién?

—Parece que tienes más amigos de los que crees. Un alguacil.

—Sé que me van a ahorcar, el cadalso me espera en la plaza —susurró muy despacio—, es mi destino.

—¿Es que no lo entiendes? —Martín la cogió por los hombros y la balanceó con fuerza, como queriendo que despertara o reaccionara de algún modo—. He venido para liberarte.

—Eso es una estupidez, ¿adónde voy a ir? La ciudad está sitiada y todos me quieren muerta.

—Lízer tiene un plan.

—Ha sido él... Pobre, ya me salvó una vez. —Y los ojos le brillaron—. ¿Quién se cree que es?

—Yo no entiendo mucho, pero creo que él te quiere...

—¿Amor? ¿Por qué a los hombres os cuesta tanto pronunciar esa palabra?

—Yo soy sacerdote, no soy el más indicado para hablar sobre ello. —Martín tenía un profundo peso en el pecho que le impedía hablar y también respirar—. No tenemos tiempo, ¡debemos escapar!

52

Martín golpeó dos veces la primera puerta de las mazmorras, el cerrojo se liberó y los ojos amarillentos surgieron tras ella.

—Necesito que me ayudes —pronunció el sacerdote—, la mujer ha hecho algo terrible, yo... No sabría decirlo... Creo que deberías verlo con tus propios ojos...

El carcelero abrió más la hoja de la puerta y dio un par de pasos al frente. Soltó un gruñido, salió decidido y se encaminó hacia las celdas.

En ese mismo instante, Alodia surgió de las sombras y le ganó la espalda al guardián. Cuando este quiso darse cuenta, Martín cerró la puerta y bloqueó el cerrojo con la propia llave, dejando al carcelero atrapado al otro lado.

El hombre gimió de manera brutal a la vez que golpeaba el portón.

La puerta se balanceó por las embestidas y casi dio la impresión de no poder soportarlas. Había sido creada para resistir cualquier intento de fuga, así que ni siquiera aquel gigantón podía derribarla. Sus gruñidos intentaban colarse por las rendijas.

—Vamos, aún nos queda mucho para lograr salir de aquí. —Martín cogió de la mano a Alodia.

Ambos corrieron por el pasadizo, abrieron la primera de las puertas, cogieron la llave y la cerraron desde fuera. Después la ocultaron detrás de unos toneles que había allí. Continuaron hasta la salida al palacio episcopal, Martín asomó la mirada y se percató de la presencia de clérigos junto a la escalera; en la puerta no había nadie.

Pensó rápido.

Miró a Alodia. No podían salir del palacio a cara descubierta, llamaría demasiado la atención.

—Espera aquí.

—¿Adónde vas?

—Confía en mí —le susurró, mirándola con unos ojos brillantes—, volveré en un instante, que no te vea nadie.

—Como si eso fuera tan fácil.

Martín agitó la cabeza, salió de su escondite y caminó hacia la escalera. Saludó a los sacerdotes con un leve movimiento de cabeza y prosiguió hasta una discreta puerta que había al otro lado. La abrió y desapareció tras ella.

Mientras tanto, Alodia permanecía agazapada, con los ojos bien abiertos.

Los religiosos de la escalera se despidieron y uno de ellos remontó la escalinata; el otro, en cambio, se dio media vuelta y se encaminó en la dirección en la que se encontraba la mujer. Alodia se ocultó de inmediato, guardó silencio y escuchó cómo las pisadas del sacerdote se oían cada vez más cerca. Se acurrucó todo lo que pudo detrás de la puerta, esperando poder pasar de nuevo inadvertida, como en las mazmorras. Entonces la sombra del religioso se dibujó en el suelo, haciéndose cada vez más grande, hasta que su figura cruzó el umbral.

La tonsura en su cabeza fue lo primero que vio de él, era alto y con una espalda ancha. Alodia aguantó la respiración todo lo que pudo, pero su olor la delató. El clérigo se giró hacia ella y enmudeció al encontrarse con su mirada bicolor.

Un golpe seco en su nuca le derribó antes de que pudiera gritar.

Martín apareció tras él, armado con un antorchero de hierro.

—Ponte esto —y le dio una túnica con capucha—, ¡vamos! Tenemos que salir de aquí.

Dejaron aquel cuerpo inconsciente y salieron al exterior. La plaza estaba a rebosar de gente esperando la hora de la ejecución, una comitiva de hombres armados acompañaba al deán hacia el palacio.

—Vamos, rápido.

Prosiguieron hacia la parte alta de la ciudad, donde las callejuelas eran más estrechas. La gran mayoría de la población estaba esperando la ejecución y los hombres de armas, en las defensas, por lo que las calles de aquella parte de Albarracín se encontraban desiertas.

A buen paso remontaron una empinada cuesta y llegaron hasta el barrio más antiguo, el que los infieles musulmanes habían fundado hacía varios siglos. Martín no lo dudó, se adentraron en sus profundidades, por un callejón estrecho, donde solo podía caminarse en fila de a uno. Así llegaron al final. Allí había una puerta.

—Es una calle sin salida.

—Te equivocas, esta es nuestra única salida para sobrevivir.

Martín llamó a la puerta.

53

La espera se hizo eterna; tuvo que volver a golpear la puerta. Hasta que por fin la hoja de madera crujió y se abrió.

—¿Quiénes sois y qué queréis? —preguntó la figura que abrió con un candil en la mano.

—Soy el padre Martín, yo era el acompañante en la ciudad del enviado papal que ha fallecido. Tengo algo que os interesa saber, algo importante.

No respondieron de inmediato, sino que se produjo un incómodo silencio, que preocupó a Martín, mientras Alodia no dejaba de mirar a la entrada de aquel callejón.

—¿Por qué venís aquí?

—Sois Abraham, el médico —respondió Martín intentando ocultar su nerviosismo con un tono de voz firme, pero temblándole las manos—. Dejadnos pasar, os lo ruego. Tenemos algo importante que tratar, creedme.

—¿Os ha seguido alguien?

—No, hemos tenido cuidado —respondió el sacerdote—, necesitamos entrar, no podemos estar más tiempo a la vista.

—Pasad, rápido. —Se quedó sin palabras al ver a la mujer que lo acompañaba.

—Os lo agradecemos, dejadme que os presente a...

—Sé perfectamente quién es —masculló el anfitrión con cierto desagrado—. ¿Qué sucede? —preguntó mientras cerraba—. Sois sacerdote, ¿qué hacéis con una asesina? —Y la escrutó sin disimulo.

—No me ha embaucado si es eso lo que estáis queriendo decir, Alodia es inocente de los crímenes de los que se le acusa.

—De lo que no cabe la menor duda es de que es peligrosa... —advirtió.

—La he sacado de las mazmorras del palacio episcopal.

—Y la traéis aquí...

—No hay marcha atrás, debemos escapar de la ciudad cuanto antes —afirmó Martín con decisión—, esa es la razón de que estemos aquí. Por favor, escuchadme.

—Albarracín está rodeada, bajo asedio; y a vosotros os perseguirá toda la ciudad.

—Están demasiado ocupados defendiendo las murallas, es cierto que nos buscan, pero tienen pocos hombres para hacerlo.

—¿Por qué pensáis que voy a ayudaros? —preguntó el médico mirándoles con desconfianza.

—Sé que sabréis valorar lo que os voy a contar, bien sabéis lo valiosa que puede ser la información si cae en las manos adecuadas.

—Me intrigáis, desde luego —dijo el menudo hombre, al que le cambió el rostro al oír las prometedoras palabras del sacerdote—, ¿valdrá la pena lo que vais a decirme?

—Desde luego que sí.

—De acuerdo, pues. Estaba a punto de cenar, ¿tenéis hambre? —preguntó mientras les llevaba a otra habitación; el médico cojeaba visiblemente de una pierna.

Se sentaron en sendos bancos que había a cada lado de un hogar abierto, con el fuego a ras de suelo y un amplio tiro que hacía que la abundante leña fuera devorada con rapidez.

—He cocinado un caldo de puerros; tiene un sabor insulso, pero calienta el estómago.

—Gracias —fueron las primeras palabras de Alodia, que cogió el cuenco y lo sorbió con avaricia.

—Tranquila, hay más —dijo sorprendido ante la voracidad de la escuálida muchacha—. Es la primera vez que veo comer así uno de mis guisos, debo de haber mejorado mucho mis dotes como cocinero. De todas formas, no habéis venido por la comida, contadme eso tan valioso.

Martín tomó aire y relató sin obviar ningún detalle todo lo que sabía. El viejo médico escuchó con interés, en silencio. No hizo preguntas, aunque Martín las esperaba.

—Ahora ya comprenderéis por qué necesitamos de vuestra ayuda, no tenemos otra opción que salir de Albarracín, aunque estemos bajo asedio.

—Sosiego, hijo —demandó Abraham—; sosiego. Un antiguo pensador griego dijo una vez que no hay más calma que la engendrada por la razón. Antes de hablar, pensad bien lo que vais a decir. Ya imagino que pretendéis salir de Albarracín, pero os recuerdo que estamos asediados.

—Sé que vos conocéis cada palmo de esta ciudad, vuestra familia lleva aquí desde tiempos de los califas y los emires de Córdoba —recalcó Martín—. Seguro que conocéis algún pasadizo que salga de Albarracín y nos lleve hasta el otro lado del río o de las montañas.

—No hay túneles que lleguen tan lejos. En condiciones normales, sí podría ayudaros. Pero con el ambicioso Pedro III acampado frente a las murallas... Solo podemos rezar para que llegue pronto el invierno y tenga que retirarse por el frío.

—Me temo que no tenemos tanto tiempo...

—Eso es cierto, pero lo que me habéis contado no vale tan alto precio —recalcó Abraham, inclinando levemente la cabeza hacia un lado.

—¿Cómo que no? Podéis utilizar esa información en vuestro provecho, nadie más lo sabe en la ciudad.

—Os lo repito, no tiene tanto valor —dijo pausadamente.

—Déjalo, no nos va a ayudar —intervino Alodia enojada.

—Espera un momento. —Martín le miró con los ojos enrabietados—. Sé que sabéis cómo salir, os hemos dado algo importante, lo justo es que nos paguéis.

—Os voy a enseñar algo. —Abraham se incorporó y caminó hasta una puerta, cogió una llave que colgaba con una cadena de su cuello y la abrió, para desaparecer dentro de ella.

Tardó en volver, y cuando lo hizo portaba un libro de tapas gruesas entre las manos.

—Hace siglos, en tierras de Oriente existió un sultán persa

que, en venganza por la traición dc su primera esposa, decidió desposar a una mujer virgen cada noche. Y al día siguiente la mandaba decapitar —comenzó a relatar para sorpresa de Martín y Alodia.

—Los hombres siempre tratándonos tan bien, en todas las épocas y culturas...

—Tranquila, Alodia —medió Martín.

—En uno de esos días —el judío continuó—, cuando el sultán había mandado matar a tres mil mujeres, conoció a Scherezade. Ella era la hija de un gran visir de Shahriar, y se ofreció voluntaria, en contra de la voluntad de su padre, con el fin de aplacar la ira del sultán.

—Abraham, ¿a qué viene esto? —inquirió Martín, encogiéndose de hombros.

—Chsss. Callad y escuchad un momento —pidió Abraham con serenidad—. Una vez en sus aposentos, Scherezade le pidió al sultán dar un último adiós a su amada hermana, Dunyazad. Al acceder a su petición y encontrar a su hermana, esta le pidió un cuento, como secretamente había planeado Scherezade, y, así, la concubina del sultán inició una narración que durara toda la noche.

—Y al día siguiente no la decapitó —interrumpió Alodia con desgana.

—Exacto, Scherezade mantuvo de esta manera al sultán despierto, escuchando con asombro e interés el cuento, de modo que a la noche siguiente pidió que prosiguiera el relato, y Scherezade adujo la llegada del alba para postergar la continuación hasta la noche siguiente. De esta manera el sultán decidió mantenerla con vida cada noche, deseando oír un nuevo cuento. Esto se repitió durante una y otra noche, encadenando los relatos uno tras otro y dentro de otro, hasta que, después de mil y una noches de diversas aventuras, y ya con tres hijos, no solo el rey había sido entretenido, sino que también había comprendido el valor de la vida y había encontrado un amor real en Scherezade, quien de concubina pasó a ser su esposa.

—¿Por qué nos contáis todo esto? —Martín seguía sin comprender la necesidad de aquella historia.

—Sencillo; este que tengo aquí es el *Libro de Las Mil y Una Noches*, con todos los cuentos que Scherezade leyó al sultán.

—Eso no puede ser cierto —interrumpió Alodia fascinada—, ¿puedo verlo?

—Claro que sí. —Y se lo acercó.

—Mi pueblo ha transmitido generación tras generación el poder insólito de amuletos, frases mágicas, talismanes y máquinas extraordinarias, algo que también sucede entre los musulmanes y cristianos como vosotros. Según mi fe, Salomón fue el único hombre que supo someter a los genios malignos, y esto gracias a su conocimiento de la palabra, el «nombre del poder» grabado en su «sello», un anillo de su propiedad al que la leyenda concedió poderes extraordinarios.

—Salomón no es solo importante para los judíos; para los musulmanes es uno de los grandes profetas anteriores a Mahoma.

—Así es, y muchos de nuestros libros hablan de él, entre ellos *Las Mil y Una Noches*. Aquí hay un cuento en el que aparece el anillo mágico varias veces; en una de ellas Salomón pierde dicho anillo y con él su poder.

—Alguna vez oí historias parecidas de Ayub —añadió Alodia.

—Ayub, el mago, un hombre prodigioso. —El médico la miró con recelo—. Quien lo mató tiene que ser también astuto y puede que poderoso. Creo que huir no os llevará a ninguna parte.

—¿Qué sugerís? —preguntó Martín, que miró de reojo el rostro de Alodia.

—Os diré una cosa. Si ese hombre, si ese asesino y aprendiz de mago quiere construir un talismán, necesita conocimiento, sabiduría. Eso solo puede hallarlo en los libros; vuestro hombre debe tener acceso a una biblioteca.

—¿Y? —Alodia no mostraba ninguna afinidad con Abraham—, no veo en qué nos puede servir eso...

—Esa biblioteca debe ser amplia, compleja... Y tiene que estar oculta en algún lugar de Albarracín —sentenció—, encontradla y daréis con él.

—¿Estáis seguro de eso? —preguntó Martín, llevándose la mano a la nuca.

—Los libros son uno de los inventos más valiosos del hombre. Oriente, a través de Bizancio, ha conservado los textos de los principales pensadores griegos, además de los saberes de Ptolomeo, Euclides o Galeno, a los que se sumaron los aportes de la propia ciencia árabe matemática, astronómica, geográfica, médica... Damasco y Bagdad, las capitales del califato con las más ricas bibliotecas. El saber de los libros es lo que puede iluminarnos, aunque muchos prefieran destruirlos.

—También los monasterios cristianos son fuente de conocimiento —interrumpió el sacerdote.

—Me temo que no es comparable; son migajas frente a la opulencia, un vaso de agua frente a un océano —replicó Abraham con mucho más sosiego en sus palabras—. Hace tres siglos ya se había fundado en Bagdad la denominada Bayt-al-Hikma, la Casa de la Sabiduría, que fue escuela de traductores, biblioteca, observatorio astronómico y academia de ciencias.

—Como Toledo.

—Sí, pero trescientos años antes —corrigió el médico de inmediato—. En ella se tradujeron numerosas obras de las civilizaciones griega, india y persa y se sentaron las bases para el desarrollo de las matemáticas, la astronomía, la historia y la geografía. Desde la India, a través de Bagdad, se introducen los números indios, el cero y la coma decimal, que fueron asimilados por la matemática árabe. Con las traducciones de los clásicos, la civilización árabe también asimiló las ideas de Platón, Aristóteles, Ptolomeo y Galeno.

—En Castilla, el rey Alfonso X creyó en la difusión cultural como una obligación moral —Martín entró en la discusión con nuevos argumentos—; era la manera más idónea de que las maravillosas virtudes que Dios puso en las cosas fuesen conocidas por los hombres, para que Dios fuese por ellos loado, amado y temido.

—Así es, porque el rey castellano creía que la naturaleza se entendía como objeto de contemplación simbólica de la obra divina. —Para entonces, Abraham ya había captado por completo el interés de ambos—. Por esa razón, ordenó traducir obras que trataban sobre las propiedades ocultas de las cosas y los efectos mágicos que se podían inducir en objetos y personas por medio de determinadas ceremonias, en concreto, gracias a la construcción de talismanes. Ese proceso debe cumplir una serie de requisitos muy exigentes. Alfonso X hizo que sus astrónomos se dedicaran, durante diez años, a examinar los movimientos de los astros con el fin de anotar sus posiciones, creando formas para determinar la hora a partir de la altura del Sol durante el día y de una estrella durante la noche, instrucciones para determinar el ascendente, las doce casas astrológicas y las posiciones de los planetas...

—Ese saber, ese conocimiento, escapa al control de la Iglesia. —Alodia se mostró más cercana a Abraham.

—En efecto, por ahora la Iglesia no lo ve como un peligro. Aunque temo que algún día no muy lejano empiece a perseguirlo, y si esa fecha llega, la Iglesia no lo hará con titubeos —advirtió con pesadumbre—. Lo que pretendo que comprendáis es el poder de un talismán. Si el asesino quiere construir uno poderoso, necesita el material especial, los símbolos adecuados y los libros para hacer todo el proceso. Debéis buscar esa biblioteca; si la encontráis, entonces yo os sacaré de Albarracín.

Martín inspiró hondo.

—Podemos intentarlo —afirmó el sacerdote.

—Muy bien —Abraham sonrió—, pero antes debemos hacer algo importante.

Alodia y Martín le miraron sorprendidos.

—No puedes seguir con ese aspecto, te prepararé un baño y te daré ropas limpias, ya no estás en una mazmorra.

54

Hacía tanto tiempo que no sentía el agua caliente sobre su piel que le pareció tan placentera como si fuera la primera vez. Abraham le había calentado varias palanganas y le había facilitado un cazo para que pudiera lavarse bien. Alodia frotó bien su cuerpo con una piedra porosa, como queriendo no solo eliminar la suciedad material sino también todo lo que había sufrido en el subsuelo del palacio. Sumergió su rostro dentro del agua y lo dejó allí. Se concentró y su mente quedó en blanco. Permaneció así todo lo que pudo, llegando a sobrepasar sus límites. Hasta que levantó la cabeza antes de ahogarse y buscó con ahínco llenar su pecho de aire.

Le costó recuperarse, pero comenzó a sentirse mejor, como si aquello hubiera matado sus pesadillas. Se secó y se puso una saya blanca, Abraham no tenía espejos en aquella estancia. Así que le llamó y el médico le dio uno junto a un cepillo para el pelo y un frasquito, le pidió que se echara unas gotas en el cuello.

Alodia comenzó a peinarse, aquello le recordaba cuando era niña y su madre las peinaba a Beatriz y a ella. Siempre se peleaba con su hermana para que su madre les cepillara por más tiempo y luego jugaban ellas mismas a hacerlo.

Cuando terminó abrió el tarro y un dulce aroma salió de él, era un perfume afrutado. Vertió una pequeña dosis en su cuello y lo dejó allí.

Salió de la habitación.

Martín estaba dialogando con Abraham, sentados en torno a

una mesas circular. Detuvo sus palabras al verla regresar. El joven la miró desde los pies, Alodia iba descalza, las largas piernas escondidas bajo una hermosa saya, su cintura se intuía mejor que nunca y al llegar a su rostro tuvo que disimular para no mostrar lo que en verdad sentía.

¿Era esa misma mujer la maloliente y harapienta prisionera de la mazmorra?

Parecía un ser totalmente distinto, que radiaba una hermosa luz. Tenía una belleza serena, su piel morena contrastaba con la ropa, y su pelo largo, negro y mojado caía por sus hombros de manera graciosa.

Martín no sabía adónde mirar, jamás había padecido sentimientos como los que en ese mismo instante asediaban su corazón.

—Mucho mejor así, ¿verdad? —comentó Abraham, esperando una respuesta de Martín que nunca llegó—. No podía permitir que siguieras en ese estado, ¿te ha gustado el perfume?

—Es delicioso.

—Me alegro —el médico se incorporó—, tengo un calzado que puede servirte.

Fue a un armario y sacó unas botas de poca talla.

—Gracias.

—Siéntate, yo tengo cosas que hacer.

Tomó su asiento, Martín seguía sin decirle nada. Pero ella sabía que la estaba observando, y eso le gustaba.

—Debemos decidir qué hacemos. —Cambió él de tema bajando la mirada.

—Sí, estoy de acuerdo.

Aquel médico de escasa estatura les observaba a cierta distancia, mientras recogía las cosas de la cena y se ocupaba en otros menesteres. La casa de Abraham era humilde, todo parecía muy ordenado, quizá demasiado. Alodia sabía fijarse en los detalles y percibió algo extraño en la disposición de los objetos, como si a primera vista no hubiera nada fuera de lugar, nada que hiciera sospechar que aquello no fuera otra de tantas casas de aquel barrio. Sin embargo, en una segunda lectura había elementos que parecían puestos ahí solo para adornar, como si fueran parte de un decorado, estudiado y bien preparado.

No sabía mucho de los médicos, pero esperaba una casa diferente para uno de ellos. Si bien era verdad que Abraham no estaba ya en condiciones de trabajar, con aquella cojera se movía muy mal y la edad había hecho mella en su físico.

—¿Y ahora qué? —preguntó Martín con preocupación; buscó la cadena que colgaba de su cuello y cogió el cristo entre sus manos.

—No tenemos tiempo... —Alodia seguía con la atención fija en el interior de la casa.

—Abraham puede que tenga razón, que exista esa biblioteca y, en tal caso, si la encontramos...

—¿Por qué te fías de él?

—Alodia, poco más podemos hacer, él al menos nos ofrece una posibilidad.

—A cambio de entregarle una supuesta biblioteca secreta, que nos dice que tiene relación con el asesino, ¿eso te parece algo coherente? ¿No es mucha casualidad? —le increpó—. ¿Se te ha pasado por la cabeza que solo nos quiera utilizar?

—¿Y qué hacemos? Dímelo tú.

—Creía que habías pensado un plan mejor cuando me sacaste de la mazmorra —respondió.

—Si hubiera pensado, quizá no te habría liberado...

—No me vengas con esas ahora —le advirtió Alodia, mirándole de forma amenazante.

—Está bien, centrémonos en lo que tenemos. Ese hombre, el aprendiz de mago, no sabes quién es, no tenemos ni una vaga idea de su identidad.

—Pero en cambio sí que controla o posee una biblioteca —apuntó Alodia con resignación.

—Si tomamos eso como posible, puede estar en cualquier gran casa de esta ciudad.

—No, Martín, tiene que ser en una de las importantes, de los palacios de algún noble de ahora o del pasado —comentó ella—, una biblioteca requiere espacio y tiempo para crearla.

—Sigue siendo muy poca información —negó Martín con la cabeza, después miró a Alodia, se dio cuenta de que ella también lo observaba.

—Tranquilo, encontraremos la forma —dijo ella, y puso una de sus manos sobre el brazo del religioso—; gracias por sacarme de aquel lugar, por salvarme la vida.

—Fue Lízer quien me pidió que lo hiciera.

—¿De qué conoces tú a Lízer?

—De nada, pero recurrió a mí en la iglesia de Santiago.

—Aunque él te lo pidiera, fuiste tú quien lo hiciste. Te arriesgaste por mí —afirmó de manera pausada—; te debo la vida.

Aquellas palabras y sobre todo los labios que las pronunciaron hicieron tambalearse todos los pilares sobre los que se sustentaba hasta esa fecha la vida del joven Martín. Hasta ese momento había podido controlar cualquier atisbo de debilidad, pero ahora Alodia parecía otra mujer, se había transformado, estaba realmente hermosa.

—Alodia, yo...

—Chsss. —Puso los dedos cerrando su boca—. Calla.

Nunca había tenido una mujer tan cerca; sintió un escalofrío que recorrió todo su cuerpo. Quería abrir la boca y comer de aquella piel, lo deseaba tanto. Miró en lo profundo de los ojos de Alodia y no encontró fondo. Si quería saber qué había dentro, debía adentrarse en lo desconocido, y eso le atemorizó.

—Tenéis que iros —interrumpió Abraham disimulando que tosía—, no es seguro para nadie que estéis aquí por más tiempo. Media ciudad os anda buscando, tenéis suerte de que estemos bajo asedio.

—¿Suerte? —Martín arqueó las cejas.

—Sí, todo varón capaz de luchar está en las murallas —respondió Abraham que los observaba a ambos desde una estudiada distancia—, apenas hay hombres para perseguiros. En el fondo saben que no podéis escapar, creen que es cuestión de tiempo dar con vosotros. Pero aquí no os podéis quedar, ya lo sabéis.

—¿Y dónde se supone que debemos ir? —Alodia dio un paso atrás.

—Tenéis que dar con la biblioteca si queréis mi ayuda —insistió el médico de manera tajante—; en ella tiene que haber libros de todo tipo, no es tan fácil que haya pasado desapercibida.

—En la catedral hay un *scriptorium* —comentó Martín.

—Sí, pero dudo de que posea ese tipo de libros, en la biblioteca que buscáis tiene que haber volúmenes en árabe, griego, libros sobre constelaciones, planetas y tratados de magia. Creo que haríais bien en descartar cualquier biblioteca relacionada con la Iglesia católica.

—¿Y con el Islam? —sugirió Alodia muy expresiva.

—¿Qué quieres decir? —Abraham la miró confuso.

—Libros en árabe... Parece lo más lógico pensar en una biblioteca de un musulmán.

—Tiene sentido, al fin y al cabo —Martín reaccionó—, Ayub también era musulmán.

—Sí, pero por aquí en la morería es difícil acceder a los edificios, uno nunca sabe qué hay detrás de cada puerta. Y, además, dos bibliotecas como esas, tan juntas, en la misma ciudad, una al lado de la otra... no me parece lógico —apuntó Abraham con la mirada dubitativa—. ¿Y si...?

—¿Y si qué? —preguntó impaciente Alodia.

—Quizás esa biblioteca que buscamos pertenece efectivamente al mundo musulmán, pero no al actual, sino a uno anterior, a la época de los reinos de taifas. Albarracín también gozaba de una posición estratégica entonces y fue feudo del rey Lobo, un personaje muy a tener en cuenta.

—Hace mucho de las taifas... —Martín apreció poco entusiasmado con aquello.

—Hace unos trescientos años, casi todo el sur de los Pirineos estaba dominado por los musulmanes, el califa tenía su corte en la ciudad de Córdoba. Las cosas cambiaron mucho en torno al año mil, pues entonces se sucedieron hasta nueve califas en el trono de Córdoba en solo dos décadas.

—Sí, y sucedió lo inevitable, un vacío de poder que fue llenado por nobles y gobernadores de grandes ciudades; todos querían ser reyes, aunque fuera de un minúsculo trozo de tierra —afirmó Alodia sin interés.

—Se formaron más de veinte pequeños estados dirigidos por caudillos locales de diferente procedencia: árabes en Valencia y Zaragoza; en la parte más occidental fueron los bereberes muy arabizados, los aftasíes en Badajoz, birzalíes en Carmona, ziríes en Granada, hamudíes en Algeciras y Málaga y abadíes en Sevilla. Con el paso de los años, hubo taifas que conquistaron todas las pequeñas taifas a su alrededor, como Sevilla, Murcia, Badajoz, Toledo y Zaragoza, convirtiéndose en reinos poderosos. Sin embargo, en esta zona en la que estamos, y gracias a su hábil manejo de la diplomacia, lograron sobrevivir dos dinastías independientes, la taifa de Albarracín y la taifa de Alpuente.

—Los hombres siempre deseando poder —murmuró Alodia con desasosiego—; ahora, hace cien años y dentro de otros cien. No cambiaréis nunca, sin embargo, antes de purgar vuestros pecados, preferís perseguirnos a nosotras las mujeres.

—Está en nuestra naturaleza —respondió Abraham—, pero ahora debemos averiguar algo muy importante, ¿dónde había una biblioteca en Albarracín en la época de las taifas?

55

Olía a quemado, columnas de humo se elevaban hacia un cielo en el que las nubes se iban cerrando y tomando una tonalidad oscura, como dejándose influir por lo que pasaba más abajo. Llegó un momento en el que todo el ambiente parecía predestinado para lo que iba a suceder.

Una bandada de vencejos cruzó volando sobre el río y se elevó pasando por encima de los estandartes con las cruces de San Jorge y los emblemas de las casas más importantes; todas habían acudido a la guerra con sus mejores caballeros, sus peones, sus sargentos, formando las numerosas mesnadas que aquel día se habían reunido para la batalla.

Atilano de Heredia llevaba la sobrevesta con el emblema de su familia sobre la misma cota de malla que había llevado su abuelo en el asedio que sufrió la ciudad hacía más de medio siglo, por orden del anterior rey de la Casa de Aragón, Jaime I el Conquistador. Confiaba que le diera fortuna, como lo hizo en aquella ocasión, cuando aquel monarca, siendo solo un niño, tuvo que levantar el sitio y huir con el rabo entre las piernas.

Ahora la cosa pintaba peor, él lo sabía. Era de los pocos que comprendía que Pedro III no era como su padre; no se dejaba arrastrar por los acontecimientos, sino que los provocaba. No acudía corriendo a las guerras que provocaban sus nobles para ponerse a la cabeza de ellos, sino que los convocaba para la lucha, y todos acudían. No evitaba duelos, por tramposos que estos fueran, sino que encontraba la manera de salir airoso de ellos. Y si el papa lo excomulgaba y ponía en entredicho su corona, se disponía a presentar batalla contra cualquiera que osara acudir a despojarle de ella.

Quizá sabía todo aquello, porque él tampoco era como su padre.

Las huestes de la Corona de Aragón habían avanzado mucho aquel día; Heredia podía ver que los caballeros valencianos habían tomado posiciones frente al portal de Molina, mientras que la mayor parte de los aragoneses esperaba en el camino de Zaragoza. Vio emblemas de nobles catalanes cerca del río, con buena cantidad de arqueros y ballesteros, mientras que los almogávares componían toda la primera línea al otro lado del río; a ellos era a los que más temía. En un tiempo en el que la caballería lo era todo, aquellos hombres de a pie habían demostrado ser realmente temibles y peligrosos en un ataque directo a las murallas. Podían terminar por decantar la balanza si alcanzaban las defensas de Albarracín.

Buscó a lo lejos el emblema real enemigo, las barras de la Casa de Aragón; no alcanzaba a verlas, pero debían de estar allí en lo alto, junto a una de las atalayas que habían tomado hacía unos días, ya que era el mejor lugar para dirigir el asalto.

Que el rey estuviera allí en persona con su mesnada real no era buena señal.

Para su sorpresa, no fueron los almogávares los primeros en atacar. Una hueste a caballo entró por el sur, por el flanco natural más débil, pero que estaba bien amurallado por una doble línea.

Enseguida pudo ver que eran catalanes; aquel movimiento le sorprendió. Esperaba un ataque más directo desde el río, un ataque de peones.

«¿Por qué esa estrategia?», se preguntó preocupado.

Atilano corrió a lo alto de la alcazaba, donde el gobernador y sus hombres de confianza analizaban también los avances enemigos y organizaban en consecuencia la defensa de la ciudad.

—Gobernador, permiso para hablar.

—Joven Heredia, vos ahora, ¿dónde está vuestro padre?

—Sigue enfermo.

—¿Qué queréis? —preguntó sin mucho interés—, ¿es que no os dais cuenta de que no es el mejor momento?

—Los catalanes han avanzado por el sur.

—Eso ya lo sé, ¿y qué? —El sobrino del Señor de Albarracín se había engalanado con una brillante cota de malla, totalmente nueva y reluciente.

—No es un movimiento lógico; planean algo.

—Intentan distraernos, ¿es que acaso no lo veis? —Álvar Núñez de Lara miró los rostros a su alrededor buscando conformidad, y la encontró entre sonrisas y miradas—. Lanzarán un ataque desde el río, las murallas los detendrán y entonces nuestros arqueros descargarán todas sus flechas sobre ellos.

—Enviad arqueros también al sur, os lo suplico.

—¡Maldita sea! ¿Es que no me habéis oído, Heredia?

—Por favor, una compañía solo si queréis, pero reforzad ese flanco. —Heredia se inclinó ante el gobernador.

—Está bien, enviad una compañía de las nuevas —ordenó Álvar Núñez de Lara—; no pienso desperdiciar hombres de armas en esto, que sean los críos y los viejos los que vayan. Los de aquí no habéis guerreado más allá del Ebro. Mi tío luchó en Sevilla, en Córdoba y Jaén, cruzó el mar hasta tierra de moros y volvió para contarlo.

—Sí, tenéis razón, yo no he luchado en al-Ándalus, ni mucho menos en África —continuó el joven Heredia mientras avanzaba entre el resto de los nobles que le prestaban toda su atención—, pero he nacido aquí, en Albarracín. Y desde pequeño he escuchado las historias de los que levantaron estas murallas, de los que las defendieron cuando atacó el rey Conquistador, historias de mi padre y del padre de mi padre, que regaron con su sangre estos campos. No, no he visto el mar, pero os aseguro que conozco mejor que nadie estas murallas y las defenderé con mi vida si es necesario.

—¡Tonterías! —replicó Álvar Núñez de Lara—, no necesito arengas, sé perfectamente lo que debo hacer. Cada día que el rey de Aragón permanece acampado frente a nuestras murallas es una nueva jornada que debe pagar a sus hombres, alimentar a sus caballos y dejar descuidadas sus fronteras en el norte. El enemigo de Aragón es Francia; cuando esta intervenga, nuestros problemas terminarán.

—¿Cómo estáis tan seguros de que lo hará? —rebatió Heredia, que no daba su brazo a torcer, y a quien los nobles presentes comenzaban a ver con respeto—. ¿Cómo sabemos que el francés atacará? Confiar en eso es una temeridad, ¿podéis afirmar que sucederá? ¿Que cruzará los Pirineos? Decidnos, ¡vamos!

—Silencio —ordenó el gobernador, irritado—; no hay que esperar ayuda francesa, mi tío regresará con sus tropas y refuerzos de Navarra. Nosotros debemos resistir, es cuestión de tiempo.

—Deberíamos prever la posibilidad de que nuestro señor, vuestro tío, tarde en reunir las tropas necesarias para levantar el sitio. —Atilano de Heredia se convirtió en blanco de todas las miradas.

Heredia sabía que muchos pensaban lo mismo que él.

—¿Insinuáis acaso que no va a venir? —masculló Álvar Núñez de Lara con los ojos inyectados en sangre.

—En modo alguno; solo digo que vuestro tío debe reunir abundantes hombres de armas y después atravesar toda la frontera desde Navarra; podría encontrar contratiempos, no podemos descartar eso.

—Es verdad que las familias de algunos de los que estáis hoy aquí tenéis más experiencia en la defensa de esta ciudad —afirmó el gobernador—; pero la Casa de Lara lleva luchando desde hace siglos. Somos hombres de armas, y nunca abandonamos la batalla, que os quede claro. Mi tío llegará a tiempo.

Un murmullo recorrió a los presentes.

—¿Cuál es el último parte de los centinelas de los castillos?

—El cerco se ha estrechado; Pedro III ha guardado los lugares y pasos de suerte para que nadie pueda salir de la ciudad, estamos encerrados —respondió uno de los otros nobles, Diego de Cobos.

—Estamos donde queríamos estar, eso no me preocupa. Han movilizado mucho material de asedio, sabían adónde venían, no hay duda. —El sobrino del Señor de Albarracín se mordió el labio superior mientras pensaba.

—Ha dispuesto a la hueste de su hijo Alfonso, con su gente

y los concejos de Calatayud y Daroca, frente a la ciudad. Al conde de Urgell y su caballería, lejos del infante y próximos al río —continuó relatando Diego de Cobos—; los almogávares con mucha gente de a pie rodean la torre del Andador. —Su tono de voz cambió—. No podemos permitir que caiga bajo ningún concepto, pues es el acceso más fácil a la ciudad.

—¿Esa otra hueste? —Álvar Núñez de Lara dirigió su vista al horizonte.

—Es un blasón de algún noble catalán, apoyará a los almogávares con su caballería. Y a su lado está la hueste de la ciudad de Teruel, tienen claro que deben tomar la torre del Andador. No caerá la torre; ese rey que osa atacar nuestras tierras está excomulgado por el Santo Padre, no es un monarca cristiano. ¡Dios está de nuestra parte!

—Lo vamos a necesitar —murmuró Atilano de Heredia y se marchó de inmediato.

Salió de la alcazaba murmurando, entonces vio a un hombre vestido de negro intentando acceder; discutía con los guardias y parecía nervioso.

—¿Qué está ocurriendo aquí?

—Mi señor —uno de los guardias habló—, es uno de los hombres de Ferrellón.

—Soy Atilano de Heredia, ¿qué os ocurre?

—Debo hablar con el gobernador.

—¿Puedo ayudaros yo? Los Heredia aún conservamos cierta reputación para esos castellanos que nos gobiernan.

—Os lo agradecería.

—Acompañadme. —Hizo un gesto a los guardias como dando a entender que él se ocupaba del alguacil—. ¿Estáis seguro de que es importante lo que tenéis que decir?

—Sí, sí que lo estoy —respondió Lízer con la voz entrecortada—, ha sucedido algo terrible. Por favor, os lo ruego, ayudadme.

—Por supuesto, vayamos a mi casa, por ejemplo. Démonos prisa antes de que reanuden el ataque los invasores.

Caminaron hasta la casona familiar de los Heredia. Lízer echó un ojo a Atilano de Heredia, era joven como él, aunque vestía muy diferente, dejando claro en sus ropas la grandeza de su apellido.

Llegaron a la Casa de Heredia, protegida por una fuerte puerta de dos hojas. No tardaron en abrir; dentro hacía frío, los muros eran gruesos, parecían más propios de un castillo. Heredia le invitó a que lo acompañara por varias estancias, hasta que finalmente se acomodaron en el gabinete principal. Lízer no era muy propenso a aquellos lujos, pero estaba nervioso y ansioso de contar lo sucedido, así que tampoco hizo mucho hincapié.

—¿Y bien? Aquí estamos, ¿qué es eso tan importante que deseáis contarme? Os escucho. —Y Heredia se reclinó en un gran sillón con respaldo de cuero y brillantes clavos de latón.

Relató todo lo sucedido ante el noble y su guardaespaldas, las muertes de Alejandro de Ferrellón y Diosdado, los símbolos, los detalles de las muertes de los maestros de los gremios.

—Lo que me contáis es de una gravedad extrema —afirmó indignado el joven Heredia—, ¿y esos estúpidos ni siquiera os han recibido?

—Nada, no saben nada. Destituyeron a Alejandro de Ferrellón, y Diego de Cobos tomó las riendas de la seguridad intramuros.

—Lo conozco perfectamente, no es alguien con quien sea fácil entenderse —carraspeó Heredia.

—¿Podéis ayudarme?

—Lo intentaré, eso no lo dudéis.

Sonaron de nuevo las campanas; las huestes de la Corona de Aragón reanudaban su ataque.

—Debemos ir a las murallas —afirmó Atilano de Heredia—. Sonreíd, Lízer, como podéis comprobar, nuestros enemigos jamás nos fallarán.

Lízer se quedó confuso.

—Yo velo por esta ciudad, a nadie más que a mí me importa su bienestar y su seguridad. No dudéis; actuaré en este tema.

—Eso es estupendo, ¿qué vais a hacer? —Lízer lo miró entusiasmado.

—Ahora mis quehaceres me llaman, vos también debéis acudir a la defensa. Pero luego volveremos a hablar.

—Os agradezco vuestra ayuda, al menos alguien se preocupa por lo que sucede intramuros.

—No debéis dármelas, de verdad. —Y se dieron la mano.

Lízer abandonó la Casa de Heredia acompañado de una de las criadas y se encaminó hacia el portal de Molina; era el que estaba más cerca de su casa y sentía que era la parte de la ciudad que debía defender.

Mientras tanto, Atilano de Heredia reunió los hombres de armas de su padre y tomó posiciones en la muralla.

56

El senescal de Cataluña alzó su brazo derecho, y toda la caballería que le seguía descabalgó, dejó atrás las monturas y avanzó a pie. Los soldados gritaban al unísono: «Aur, aur... Desperta, ferro», mientras hacían repicar las conteras de sus armas blancas contra el suelo, haciendo saltar chispas contra las piedras.

Atilano de Heredia llegó al adarve y maldijo para sus adentros. Tradujo mentalmente aquella arenga: «Escucha, escucha... Despierta, hierro.»

«Esos hombres no son caballeros, son almogávares, es su grito de guerra. Nos han engañado.» Miró a lo alto de la alcazaba; no había tiempo de solicitar más refuerzos, deberían defender aquel flanco con lo que tenían.

El senescal dio la orden y los almogávares avanzaron como bestias enloquecidas.

«¿Por qué atacan ahí?», se preguntaba Heredia, que no dejaba de moverse, nervioso y preocupado al mismo tiempo.

«No tiene sentido, no se puede acceder desde ese punto a la ciudad, solo hay molinos de grano, cuatro malas casas de agricultores y graneros.»

El portón no se abrió, y por tanto la caballería de Albarracín no salió a repelerles; los almogávares se apoderaron de aquella zona extramuros. Al poco tiempo, los invasores comenzaron a tomar puertas, vigas y tablones de las construcciones y situarlos en la frontal frente a la muralla, formando una especie de empalizada.

Heredia no aguantó más, descendió hasta uno de los portones del cinturón defensivo superior y ordenó a los guardias que le dejaran pasar. Avanzó intramuros de la primera muralla hasta uno de los torreones que defendía el flanco sur. Ascendió por la escalera interior hasta el almenaje superior, donde tres caballeros rojos vigilaban las maniobras del senescal de Cataluña.

—Soy Atilano de Heredia, ¿qué está sucediendo?

—Nada bueno. —Uno de los hombres de armas saludó con un leve gesto de cabeza—. No son solo almogávares, también hay carpinteros y otros oficios.

—¿Por qué han desplazado a su mejor infantería a este punto? No tiene ningún sentido.

—Estoy de acuerdo, joven Heredia, pero es lo que han hecho.

—Se nos escapa algo.

—No deberíamos permitirles tomar esa posición —intervino otro de los caballeros rojos, que portaba un emblema más humilde en la sobrevesta.

—Lo sé, pero ya es demasiado tarde —afirmó con rotundidad Heredia.

—Todavía podemos salir a caballo, son mercenarios, tropas ligeras, infantes armados con lo justo —espetó el mismo caballero.

—Ni lo sueñes, son los que acabaron con nuestros hombres al otro lado del río. No hay más que verlos, no llevaban armadura, ni casco, ni siquiera cota de malla. Pero sí lanzas y azconas. No caeremos dos veces en una misma trampa.

—Siguen conformando una empalizada y no dudan en destrozar los molinos para ello, ¿no sería más útil aprovecharlos? —inquirió de nuevo.

—Sí, por eso me preocupa tanto.

El sol avanzó por el cielo hasta su parte más alta sin que los sitiadores avanzaran. Dentro de la ciudad la calma era tensa, como si un verdugo se tomara su tiempo para afilar la hoja de su hacha antes de la ejecución.

Las grandes armas de asedio y los otros ingenios comenzaron temprano a lanzar su vómito de piedra contra la ciudad. Las murallas aguantaban bien los impactos, pero los gritos, los estruendos de las colisiones y los destrozos transformaron el ambiente, la ciudad había cambiado. La próspera y bulliciosa Albarracín, el puente entre los cuatros reinos, se había transformado en una plaza en guerra, sitiada, aislada e irreconocible. Aquellas enriscadas montañas, sus profundos desfiladeros, el río que serpenteaba con sus aguas frías como el hielo, el inhóspito clima, sus interminables murallas; todas estas cualidades que la habían salvado hasta entonces parecían ahora más oscuras, pesadas, como si aquel fuera el último lugar donde nadie quisiera estar de este mundo.

Y entonces se encendieron numerosas hogueras alrededor de Albarracín.

Un golpe de tambor puso a todos en alerta. Al principio era uno solo, lejano, casi un eco perdido. Poco a poco, se le fueron uniendo más y más, y como si fuera el latir de una fiera, de un dragón que se aproximaba, se fue haciendo cada vez más fuerte, hasta que el zumbido penetró en la ciudad. Por mucho que las casas estuvieran cerradas, con las ventanas y puertas tapiadas, aquel ruido infernal se coló por los vericuetos más insospechados y todos supieron que la bestia había despertado.

El ataque se había reanudado; lo anterior solo había sido una escaramuza para medir las defensas.

Las ballestas intensificaron sus lanzamientos, los hombres de a pie comenzaron a moverse por primera vez. Salieron desde los distintos retenes formados en torno a la ciudad; solo las fuerzas situadas en el pabellón real permanecieron inmóviles, la señal real de Aragón se agitaba al viento, allí estaría la mesnada del rey, mientras que sus nobles de confianza dirigían las tropas de todos los territorios de los que era soberano.

Una amalgama de infantes jaleada por sus señores comenzó a avanzar como un enjambre. Marchaban sin dilación, al ritmo de los tambores de guerra, que seguían sonando, y ante el estupor de los defensores.

PARTE V

LA BIBLIOTECA

57

Alodia permanecía alerta junto a una de las ventanas que daba al exterior. Por los gritos que se oían desde las murallas, el ataque había comenzado. Parecía que por el momento las defensas resistían, pero el ambiente se había tornado agobiante, un cielo oscuro cubría sus cabezas y el aire que respiraba venía mezclado con cenizas y un olor desagradable.

Abraham se había quedado dormido en una silla.

Martín estaba callado, ensimismado en sus pensamientos. Cuando ella le miraba observaba a un hombre reflexivo, con una evidente religiosidad y una tristeza propia de un joven tímido, aunque ya tendría unos treinta años.

Ahora vio con más claridad algo que ya le había llamado la atención la primera vez que le vio: sus ojos. Tenían un color común, avellanado, y no eran muy grandes; las pestañas sí que parecían más largas de lo habitual. Había algo de singular en esos ojos. Era difícil de explicar; a Alodia le daba la impresión de que Martín había visto cosas terribles, y ella podía decirlo con conocimiento de causa.

Era como si guardara algo en su interior, una fuerza, un sentimiento que luchaba por brotar y que él intentaba mantener preso de su voluntad. Intuyó que era algo sucedido en su infancia. Al fin y al cabo, es la época más bonita de nuestra vida, pero si durante ella sucede una desgracia eso puede marcar el devenir de cualquiera.

—No sé qué podemos hacer, y menos con la ciudad bajo asedio —murmuró Martín sin levantar la vista del suelo.

—Debemos buscar esa biblioteca.

—Esa teoría es solo una conjetura —mascullló Martín, moviéndose de un lado a otro—. Hace mucho tiempo de las taifas; aunque esa biblioteca exista, estará tan oculta que nunca la encontraremos.

—¿Dónde estaban los cristianos mientras se creaban y perdían esos reinos musulmanes?

—Éramos pocos, mal preparados, sin recursos, sin tierras, y solo armados con nuestra fe no podíamos derrotarles. Mi padre solía hablarme de aquella época, le parecía interesante la manera en que cambian los tiempos, cómo diferentes pueblos y religiones han ocupado la misma tierra.

—Tu padre parece un hombre culto.

—Sí lo era, intentó enseñarme todo lo que pudo —recalcó Martín con nostalgia—. Recuerdo que me explicó que esos reinos de taifas compitieron entre sí no solo en el campo de batalla, sino también en su esplendor intelectual. Para ello, trataron de rodearse de los más prestigiosos poetas y científicos, y progresaron de manera increíble en matemáticas y astronomía. Por eso es posible que sí que hubiera aquí una gran biblioteca.

—Si esos reinos eran tal y como dices, si poseían tales recursos y conocimientos, ¿por qué sucumbieron contra nosotros?

—Todo tiene su fin, llegó el momento de los cristianos y comenzó nuestro avance. Al carecer de las tropas necesarias, las taifas contrataron mercenarios, incluso guerreros cristianos, como el Cid Campeador, del que tanto hablan los juglares y los trovadores.

—Cristianos luchando junto a infieles contra otros cristianos...

—Esto no fue suficiente, los reinos cristianos aprovecharon la división de cada taifa para controlarlas. Al principio el sometimiento era únicamente económico, forzando a las taifas a pagar un tributo anual, las parias, a los monarcas cristianos.

—Los reyes también son hombres y tienen sus mismas debilidades.

—Sí, pero no todos los monarcas son iguales, algunos son más ambiciosos que otros. Con la conquista de Toledo por parte del rey de León y Castilla, los infieles sintieron por fin que la amenaza cristiana podía acabar con las taifas. Pidieron ayuda al sultán almorávide del norte de África, quien pasó el estrecho y derrotó al rey leonés. Pero hay que tener mucho cuidado cuando se llama a una fiera así, pues no entiende de aliados, y los almorávides fueron conquistando una tras otra todas las taifas mientras avanzaban hacia el norte.

—Musulmanes contra musulmanes.

—Sí, unos fanáticos religiosos frente a otros más tolerantes, y también cristianos contra cristianos.

—A veces no somos tan distintos... —murmuró—. Yo creo que lo importante ahora es conocer qué construcciones quedan de aquella época en esta ciudad.

—Imagino que la alcazaba y la torre del Andador.

—La alcazaba era la antigua residencia del rey de Albarracín, ¿se conservan sus dependencias?

—Creo que solo en ciertas partes —contestó con dudas Martín—, aunque alteradas, y algunas ya abandonadas.

—¿Y si la biblioteca estuviera allí?

—Eso no lo sabemos; es demasiado arriesgado. La alcazaba es extensa, ¿dónde buscamos? Además está custodiada, no podemos entrar.

—Normalmente contará con una fuerte vigilancia, pero ahora, en pleno asedio... Estarán más preocupados por la defensa de las murallas que por la del lugar más seguro de la ciudad, ¿no crees? —afirmó convencida Alodia—. Ahora es el mejor momento para intentar entrar.

—Espera, ¿estás hablando en serio?

—Todos tienen los ojos puestos en las defensas; la vigilancia de la alcazaba será ínfima, Martín.

—Es una locura.

—No menos que sacarme de las mazmorras —musitó Alodia—. Es nuestra oportunidad, debemos esperar al alba y entonces entraremos —dudó un instante—. Pero antes debo hacer algo, necesito unas tijeras.

Alodia se las pidió a Abraham, quien amablemente le facilitó todo lo que ella necesitaba. Volvió a la habitación donde se había lavado y remató su cambio de aspecto.

Se mantuvieron allí ocultos todo el día. Abraham aprovechó para explicarles lo que sabía de la alcazaba. Había estado pocas veces, pero recordaba ciertos detalles, junto a otros que había oído de la gente.

Salieron de su escondite cuando empezaba a oscurecer. De nuevo la noche sería su mejor aliada. Avanzaron hacia el centro de la primitiva medina musulmana. Allí, sobre un impresionante peñasco, se levantaba el castillo de Albarracín. Se trataba de una inexpugnable fortaleza. Siguiendo el borde del relieve se levantaba su cerco amurallado, conformado por once torres de planta circular, que en su lado oriental se encontraban abiertas hacia el interior, recubiertas con el llamativo yeso rojo de la época musulmana que también caracterizaba a los edificios construidos entonces.

El acceso estaba protegido por una pareja de hombres y Martín fue directo hacia ellos, acompañado por Alodia, que se había cortado su larga melena morena y escondía su cuerpo bajo una amplia túnica. Así realmente no parecía una mujer, sus formas se habían difuminado y, con aquella cabeza pelada, con el pelo tan corto como él mismo, podía pasar por un muchacho enclenque sin problema.

Y, sin embargo, no podía evitar seguir mirándola, persiguiendo sus ojos.

En estos días de caos, Martín sentía todo el peso del mundo sobre sus hombros, pero no le importaba, porque estaba con ella, y no podía evitar soñar con que, en algún momento, ella le cogería de la mano y saldrían los dos corriendo, juntos.

Con toda seguridad, a él también le estarían buscando, por lo que estaban arriesgando mucho.

Se encaminaron hacia la puerta de acceso.

—Venimos enviados por el obispo. Debemos informar de desperfectos en la catedral.

—Nadie nos ha avisado de vuestra visita, ¿sois sacerdote?

—En efecto, solo vengo a dar parte de ello; la ciudad tiene muchos más problemas, somos conscientes.

—Desde luego que sí. Apenas hay soldados en la alcazaba, todos están en las murallas.

—Necesitamos a Dios de nuestro lado en esta guerra —recordó Martín en un tono amigable—, ¿verdad? Recordad que quien nos ataca es un rey excomulgado, debemos tener cuidado con él.

—Razón tenéis.

—Si nos permitís el acceso... Queremos regresar cuanto antes a la catedral.

—Pasad, pero yo que vosotros sería rápido. Creo que pronto habrá un nuevo ataque.

Accedieron a una zona de palacetes con patios centrales y habitaciones a su alrededor, que conservaba muchos elementos de la época musulmana, como arcos lobulados o decoraciones en piedra de rodeno, muy típica en aquellas tierras. En el nivel superior del recinto estaba la residencia principal; aquella parte había sido muy remodelada por los Azagra.

—El *hammam* debería estar en la parte baja del edificio principal —afirmó Martín—, quizás esa zona esté más intacta.

Un sonido rítmico comenzó a oírse en el interior. Era un palpitar, un golpeteo continuo y asfixiante.

—Tambores de guerra —comentó el sacerdote.

—Vuelven a la carga —dijo ella con una seguridad innata, como si ningún problema lograra romper la coraza de cristal que la protegía de todo y de todos—; lo anuncian de esa manera para desmotivar a los defensores.

—En efecto, también para animar a los suyos, saben bien lo que hacen. Debemos darnos prisa o la ciudad caerá.

—¿De verdad crees eso?

—Yo ya no sé qué creer... —dijo él, esquivando la peligrosa mirada de Alodia.

Avanzaron con mucho cuidado por el interior de la zona palaciega de la alcazaba; los vestigios de la época musulmana eran evidentes. Su refinamiento asombraba incluso doscientos años después de su creación. Alodia jamás había visto algo parecido; podían ser infieles, pero su gusto y su arte estaban muy por encima del de los cristianos. Mientras la cristiandad disimulaba la suciedad bajo perfumes y polvos blancos, Oriente Medio imponía un estricto hábito de limpieza y lo imprimía en su libro sagrado, el Corán.

—Esta zona tiene que ser la de los baños, estaban habitualmente cerca de las mezquitas y no era por casualidad —explicó Martín—. Antes de rezar los musulmanes deben hacer un riguroso ritual para afrontar la oración de forma limpia y pura, y claro, muchas de las casas no tienen dónde lavarse. Por eso, es necesario que la gente acuda a los baños públicos varias veces por semana, para conseguir esa pureza corporal y espiritual.

—Baños con más gente... No tiene sentido una cosa así —murmuró Alodia—, ¿para qué?

—Para lavarse, como te digo. —Sonrió Martín.

—Se sumergían dentro de ellos, ¿todo el cuerpo? —preguntó extrañada.

—Creo que sí. A esos baños iban las mujeres con sus hijos, para reunirse con otras mujeres, salir de la rutina, distraerse, contarse penas y alegrías y, ya de paso, familiarizar a los críos desde pequeños con el cuerpo humano, sin tabúes.

—Es una enorme tontería.

—No te dejes engañar, todo tiene un motivo y una causa, y casi nunca es el que pensamos a primera vista —señaló Martín—; sigamos con lo que hemos venido a hacer, en cualquier momento puede venir alguien y nuestra coartada no sostendría nuestra presencia aquí.

—Es difícil saber por dónde seguir. No podemos quedarnos aquí, no; vamos. —Y Alodia tomó la iniciativa.

Siguieron por aquel pasillo oscuro que se prolongaba un buen número de pasos. Caminaron con precaución. Aquellas viejas dependencias taifales parecían haber sido poco transitadas en los últimos años. Llegaron a otra estancia, un espacio que servía como distribuidor, pues de él salían tres pasillos más.

—Esto es inútil —se desanimó Martín—, ¿por dónde vamos a seguir ahora?

—Tranquilo, déjame pensar a mí.

Alodia miró los diferentes caminos que ante ella se abrían, le vino una imagen de niña... Estaba jugando al escondite con su hermana Beatriz. Hacía tanto que no sabía de ella, ¿dónde estaría? ¿Tendría una buena vida?

Mejor no pensar en ello, bastante tenía con la situación en la que se hallaba ahora. Pero, por alguna razón, la memoria le estaba recordando aquel viejo pasaje. Cuando jugaba con Beatriz siempre se fijaba en los detalles, su hermana solía dejar rastro de su paso y ella era buena descubriéndolo.

Se dio la vuelta y volvió de nuevo al antiguo baño árabe.

—Una cruz —dijo en voz alta.

—¿Cómo dices? —Martín la seguía un poco perdido.

—Una cruz; esto era un baño, ahora es un simple almacén, ¿por qué hay una cruz pintada ahí? —Señaló un extremo de la estancia.

Martín se aproximó confuso; en efecto, allí había una pequeña cruz pintada de rojo. Se acercó más y pasó sus dedos sobre ella.

—¿Cómo sabías que estaba aquí?

—La había mirado antes, pero no la había visto. Cuando observo algo, es como si se quedara esa imagen en mi cabeza. A veces, puedo buscar esa imagen y repasarla mentalmente.

—¿Tienes esa habilidad?

—Sí, desde pequeña las imágenes se graban en mi cabeza —contestó Alodia—, también los textos.

Él había oído alguna vez hablar de ese don, aunque nunca había estado al lado de alguien que lo poseyera.

—Parece un don muy valioso.

—Para lo que me ha servido... —murmuró—. ¿Crees que quiere decir algo?

—Una cruz siempre significa algo.

—Qué respuesta puede esperarse de un sacerdote...

—Esta cruz no es sencilla. —Martín pasó sus manos por la pared—. Está enmarcada dentro de un círculo inciso en el muro.

—¿Y eso qué significa?

—Creo que simboliza la tierra —respondió—, y hay más... Otro símbolo, parece... Un rayo y la letra Z.

—¿Y...?

—Es el símbolo de un planeta y creo que hay más símbolos,

puede que tengan que ver con más astros. —Miró al suelo y limpió la suciedad con su bota—. Y también han hecho fuego, mira las cenizas. Quizá sea una especie de ritual, los símbolos, el fuego y este lugar, que puede que tenga alguna simbología antigua.

—¿Cómo sabes tú eso?

—Estos símbolos... Hace poco me hablaron de unos símbolos similares, aunque no entiendo cómo funcionan esos ritos paganos. Estaban relacionados con los crímenes de los gremios.

—No hemos encontrado la biblioteca, pero sí una pared con símbolos de planetas...

—Esto es más complicado de lo que parece —afirmó Martín resoplando—, al lado de cada muerto apareció un símbolo de esos, me lo explicó Lízer.

—¿Y me lo dices ahora?

—No imaginaba que fuera a ser útil.

—¡Me da igual! Tenías que habérmelo dicho... —Y se dio la vuelta enrabietada.

—Espera un momento, ahora creo que sí les encuentro sentido.

—Más te vale. —Alodia deshizo sus pasos.

—Quizá cada gremio protegía un símbolo; el asesino fue uno a uno torturándoles para averiguarlo.

—Pero tú me dijiste que les cortaban la lengua...

—Claro, por eso los dibujaban —musitó Martín alterado por la emoción—; el asesino los torturaba, y, para que no gritaran, les amputaba la lengua. Lo que hacía después es obligarles a dibujar los símbolos. Son muy sencillos, cualquiera puede hacerlos si los conoce.

En ese momento oyeron un ruido, un golpe, como un sonido metálico. No estaban solos en el *hammam*.

58

Atilano de Heredia caminó hasta la muralla sur. En el torreón había un vigía con cara de cansancio; debía de llevar toda la noche haciendo guardia.

—¿Se ha producido alguna novedad?

—No, mi señor —respondió mientras se cuadraba ante el noble—. Siguen levantando la empalizada, no escatiman en nada, han desmantelado todos los molinos.

—¿Todos?

—Sí, no tiene sentido. Solo les quedan unas casas en el lado izquierdo, y aquello ya solo será una explanada, rodeada de una cerca que están construyendo con todos los restos.

—Una explanada dices... —Atilano de Heredia se pasó la mano por todo el rostro—. ¡Maldita sea! Ya sé lo que están tramando.

Dejó el torreón y se encaminó a la alcazaba; a la entrada se acumulaban las armas y pertrechos de guerra. Ascendió hasta el adarve superior, allí estaba el gobernador, rodeado por sus consejeros y caballeros más fieles.

—Heredia, cómo no....

—Gobernador, ya sé qué traman en el flanco sur.

—Yo también —afirmó el sobrino del Señor de Albarracín—; han estado talando los bosques más cercanos desde que llegaron aquí. Después continuaron para tomar los molinos de la ciudad y desmantelarlos. Y ahora avanzan hacia allí los ingenieros, con la intención de situar en ellos dos ingenios que han construido.

—Máquinas de asedio —carraspeó Heredia.

—Sí.

—Tienen muy bien planeado este sitio, han ocultado esas compañías de nuestra visión para asegurarse de tomar los molinos, y han traído ingenieros de asedio, con lo complejo y costoso que es construir esas máquinas.

—¡Ya lo sé, Heredia! —gritó enervado Álvar Núñez de Lara—. ¿Y qué queréis qué haga? ¡Decidme! ¿Qué se supone que debo hacer?

—Esta noche deberíamos salir por uno de los portones, y atacar por sorpresa esa posición; matar a los almogávares, para que nuestros hombres vieran que son de carne y hueso y dejaran de tenerles miedo —recalcó Heredia muy seguro de sus palabras—, e incendiar las máquinas, así se lo pensarán dos veces antes de volver a intentarlo. Y si logramos apresar a sus ingenieros de asedio, entonces ya sería perfecto —concluyó ante el asombro de todos los presentes.

—Desde luego que vuestro padre debe de estar orgulloso de vos.

—No son halagos lo que busco, gobernador.

—Salir de la ciudad, atacar a esos locos mercenarios, atrapar a los ingenieros... —Hizo una pausa—. Y también incendiar las máquinas, lo olvidaba —dijo, asintiendo con la cabeza y rascándose la barbilla.

—Sí, eso he dicho.

—¿Y por qué no salimos en tromba contra el mismo rey y acabamos con todo esto hoy mismo? Seguro que le cogemos por sorpresa, seguro que no se espera que abandonemos la ciudad... —Álvar Núñez de Lara bajó el tono de voz para elevarlo de nuevo—, ¡porque es una completa estupidez! ¿Pretendéis de verdad que volvamos a luchar a campo abierto con esos salvajes de los almogávares?

—Gobernador, yo....

—¿Igual es mejor que abramos las puertas y les dejemos entrar? ¿Por qué no? Seguro que también les sorprendemos... —afirmó, mirando a todos los que allí había—. Heredia, no quiero volver a oíros, no necesito las quejas, ni los consejos, de alguien que no ha entablado nunca antes combate, ni nada que salga de vuestra boca. ¿Sabéis lo que vamos a hacer? Vamos a guarecernos en estas murallas, y vamos a poner a todo hombre, mujer, niño y anciano de la ciudad a defenderlas hasta que mi tío, vuestro señor, regrese con un ejército como el que nunca habéis visto y derrote a ese maldito rey blasfemo. —Inspiró y se colocó bien la sobrevesta sobre la cota, alzó la mirada y retiró su atención del joven Heredia.

Este no respondió a la reprimenda. Hizo una sutil reverencia ante el gobernador y abandonó la estancia. Bajó de la alcazaba y salió al patio de armas.

Un atroz estruendo lo detuvo, una columna de polvo se elevó hacia el cielo; provenía del flanco sur de la ciudad. Los gritos comenzaron a escucharse por todos los lugares y varios soldados aparecieron corriendo detrás de él.

Atilano de Heredia descendió hacia las murallas. Justo cuando avanzaba hacia la catedral, una nueva sacudida agitó la ciudad. Esta vez hasta él mismo sintió cómo la tierra se estremecía bajo sus pies. Ahora ya sabía lo que era, por eso echó a correr. Sorteó a varios habitantes que iban en dirección contraria y un carromato tirado por dos mulos que se había detenido en medio de una callejuela. Los animales se habían desbocado, y el pobre carretero los intentaba controlar con poco éxito.

A pesar de la cota de malla y de la espada, Heredia se movía con rapidez y soltura, y por fin llegó hasta el torreón defensivo que tantas veces había visitado en los últimos días. Allí había media docena de caballeros, todos con la mirada baja; al ver llegar a Heredia asintieron con la cabeza.

Unos enormes engendros de madera disparaban sin cesar grandes rocas contra la ciudad. El primer proyectil había impactado lejos de la muralla, en la propia orilla del río, pero los demás, poco a poco, se habían ido acercando, aunque todavía no habían alcanzado las defensas de la ciudad. Heredia se acercó a las almenas y observó el movimiento de los enormes trabucos de contrapeso, máquinas infernales capaces de lanzar rocas grandes como una vaca a más de mil pasos de distancia.

Una de ellas se activó ante los ojos temerosos de todos los presentes, su lanzamiento tomó mucha altura, surcó el cielo como un águila en pleno vuelo y chocó contra uno de los acantilados que rodeaban la ciudad. Algunos de los hombres de armas que protegían ese flanco se apartaron para no ser alcanzados por esquirlas de piedra que salieron despedidas. Entonces sí se hizo el silencio, una extraña pausa, hasta que se comenzó a oír el eco de un tambor lejano.

Más abajo del torreón, en la primera línea de muralla, un grupo de milicianos, reclutados entre los habitantes de la ciudad, observaban con temor el ataque de las armas de asedio. No eran gentes de armas, sino artesanos y comerciantes, así como muchachos que nunca habían empuñado un arma, y ancianos que hacía muchos años que habían dejado de hacerlo.

—Mala señal —dijo uno de los defensores situados allí, el más entrado en años.

—¿Cómo, señor? —Blasco estaba cerca de él, con la mirada perdida.

—Muchacho, habla mi experiencia; mi nombre es Fernando, pero todos me llaman el Peregrino.

—¿Y por qué os llaman así?

—Fui hasta Santiago —respondió orgulloso—, al norte. Ya sabes, donde termina la tierra. —Blasco ni se inmutó con aquellas palabras—. Vaya, ya veo que no eres muy listo —refunfuñó—, ¿es tu primera vez, muchacho? —preguntó.

—Sí que lo es —respondió su padre, el herrero, que estaba al lado de su hijo en aquel crucial momento de su vida—, déjale en paz, ¿cómo quieres que sepa qué es el Camino de Santiago?

—Sí, sé lo que es —afirmó él—, y estoy preparado para luchar.

—Sí, claro que es tu primera vez —dijo el Peregrino con cierto desprecio—; si no, sabrías que uno nunca está preparado para una batalla.

—Sé luchar.

—¡Deja al muchacho en paz! —El herrero miró con desconfianza al Peregrino—. Mi hijo es tan capaz como tú de empuñar un arma. Y defenderá su hogar como debe ser.

—No lo dudo, ojalá tenga la oportunidad de demostrar todo eso que dices. ¿Sabéis qué es lo peor que puede pasar en un asedio? Yo os lo diré: que uno de esos bolardos te deje sin cabeza. O que un dardo te rasgue la garganta, o una flecha te perfore un ojo —explicó el Peregrino con una risa forzada mientras tosía varias veces—; a muchos les arranca un brazo algún proyectil, o pierden una pierna al caer de la muralla. Pero no os preocupéis, tu hijo sabe luchar, eso está bien.

Blasco miró a su lado, la ausencia de su hermano era más dura para él que el más feroz de los ejércitos o que el sarcasmo de aquel viejo peregrino al que si el asedio no mataba lo haría cualquier achaque de la edad.

—Mal estamos si te han tenido que llamar para las murallas —siguió balbuceando con una boca en la que apenas había media docena de dientes, negros y picados, con las encías ensangrentadas.

—Han reclamado a todo aquel que pueda sostener una espada, incluso a niños y a viejos, por eso estáis aquí, ¿no? —intervino una voz a su espalda.

Era un hombre de buena estatura y ancho de espaldas, con el mentón cuadrado y prominente mandíbula.

—¿Cómo dices? ¿Me estás llamando anciano? —El Peregrino echó mano a su empuñadura y forzó tanto su gesto que sus ojos casi no se apreciaban entre los pliegues de piel arrugada.

—Sabe Dios que no. —Y dio un paso al frente dejando ver que le faltaba el brazo izquierdo.

—¡Un manco! ¡Válgame Dios! Desde luego que somos unos defensores de cuidado. —Y comenzó a reír de forma exagerada.

—¡Silencio, maldito viejo! Con un solo brazo puedo defenderme mejor que tú con tu podrido cuerpo.

—Más te vale, porque entonces no hará falta que vengan esos mercenarios, yo mismo te arrancaré la cabeza. —Y miró el brazo amputado.

—¿Queréis callaros de una vez? —intervino el herrero—. Estamos aquí para defender nuestra ciudad, ¿o es que os lo tengo que recordar?

—No sé qué vamos a poder defender nosotros... ¡Dios! ¡Un

manco! —insistió el Peregrino—. Lo que faltaba... Desde luego que somos la compañía de la muerte, nos vamos a divertir cuando esos almogávares nos ataquen.

—¡Es mejor que cierres esa bocaza! —gritó uno de los otros componentes de aquella defensa, un hombre delgado, con una capucha.

—¿Y a ti qué te pasa? ¿Eres cojo? ¡No! Mejor aún, seguro que eres bizco o ciego, y disparas con un arco. —Y volvió a reírse de manera desagradable, una de esas risas malintencionadas que no buscan hacer gracia, sino daño.

—No. —Y se descubrió el rostro—. Yo soy una mujer.

Todos se volvieron hacia ella, boquiabiertos.

—Desde luego que esto ya es lo máximo que podía esperar, ¡qué estoy diciendo! Esto jamás lo hubiera imaginado. Una mujer...

—¡Cállate ya! Soy Irene Santa Croche, todos sabéis quién es mi familia. Nuestro castillo protege el camino a Zaragoza, mi padre murió defendiéndolo de los extranjeros y ahora yo moriré si es preciso haciendo lo propio por esta ciudad, ¿vais a seguirme o preferís seguir escuchando a este pobre viejo?

—Doña Irene, las mujeres no podéis combatir —carraspeó el manco.

—La Casa de Santa Croche ha perdido a mi padre, mis hermanos tienen siete y ocho años, ahora yo soy la Señora de mi linaje. —Y miró a todos los que la rodeaban—. Espero que entendáis lo que eso significa.

—No pienso luchar con una... —antes de que el viejo peregrino terminara la frase, Irene desenvainó su espada—, mujer.

—Mejor me lo pones. —Irene se lanzó sobre él y con dos simples movimientos le desarmó y dejó la hoja de su espada a un dedo de distancia de su garganta.

—¡Está bien, no me matéis! Tened piedad de un pobre viejo...

—¿Ahora eres un viejo? Antes alardeabas de tu gallardía.

—Lo lamento, no estoy acostumbrado a que una mujer... Ya sabéis, a que maneje la espada.

—Pues acostúmbrate pronto. —Bajó el arma y fijó la vista

en el horizonte, sobre las almenas. Blasco señalaba un punto en el cielo.

En ese momento se oyó un zumbido, lejano primero, fuerte y constante después. Y cada vez más y más cercano, hasta que de pronto un portentoso estruendo estalló y varios merlones se desgajaron de la muralla a su derecha, arrastrando con ellos a media docena de defensores de ese puesto. Una intensa nube de polvo lo inundó todo, se oían tosidos, lamentos y gritos por igual. Y cuando poco a poco fue aclarándose la visión, lo que vieron Blasco, su padre, Irene y el resto de los hombres que defendían su posición fue a sus compañeros aplastados bajo pesadas piedras, y un color rojizo que teñía de dolor la escena.

—Ya ha empezado. —El Peregrino miró al horizonte, un nuevo proyectil surcó el cielo y chocó contra la misma zona de la muralla, que se estremeció con el envite, pero resistió.

Blasco alzó la vista y vio a lo lejos cómo uno de los trabucos volvía a tensarse, el contrapeso subió hasta lo más alto y entonces cayó en picado con toda su fuerza. La viga, sujeta al armazón por un robusto eje, se estremeció. Su alargado brazo recorrió un inmenso arco y la honda atada a la viga se estiró todo lo posible. En su extremo libre la bolsa del proyectil liberó su carga. Una gran piedra redondeada voló directa hacia ellos. Blasco pensó que aquel sería su final, que moriría aplastado ahí y ahora. Rezó un último padrenuestro, se encomendó al Señor y pensó que pronto vería a su hermano en el cielo, mientras se agachaba y se cubría inútilmente la cabeza con sus pequeños brazos.

Un resonante estruendo le aterrorizó, pasados unos instantes se incorporó y miró al viejo cascarrabias.

—¡Menudo soldado estás hecho, muchacho! Levanta de ahí, ¡por Dios! —gritó el Peregrino—. Al emplazar y apuntar esas armas, deben realizar muchos intentos antes de lograr una posición óptima para que impacten sus proyectiles. Eso les puede llevar horas, si no días. Así que tranquilo, aún nos quedan varias vidas.

—Nunca había visto un engendro así —tartamudeó el muchacho con mucha dificultad—, ¿qué son?

—Armas de asedio, máquinas del demonio —murmuró su padre—. Funcionan como una inmensa palanca. Levantan un enorme contrapeso, por lo general con un torno, mientras que un mecanismo lo mantiene en su posición. Cuando se suelta el disparador, el contrapeso cae y la viga impulsa una honda.

—Y el proyectil sale disparado —añadió Blasco, anonadado con la imagen de los trabucos disparando a lo lejos.

—Así es, bolas de piedra que vuelan para destrozar su objetivo. Aunque en ocasiones han empleado otro tipo de proyectiles; yo he oído historias de asedios en los cuales lanzaban desde animales muertos, o barriles de brea encendidos, hasta cabezas de enemigos decapitados, y cosas peores.

—¿Peores que cabezas? —El manco parecía recuperarse del tremendo susto que se había llevado.

—Sí, prisioneros vivos —respondió por sorpresa la mujer—; en un asedio todo vale, todo sirve.

—¡No pueden hacer tal cosa! —advirtió el manco—. ¡Son cristianos! Dios no permitirá que usen hombres como proyectiles.

—Él no suele prestar mucha atención a las guerras, creedme —afirmó con cierto desdén Irene—; además, el rey que manda ese ejército ha sido excomulgado, así que... Poco tiene que ver ya con Dios. —Entonces se calló y dirigió su vista al frente—. Albarracín resistirá, siempre lo ha hecho, siempre lo hará.

Lízer llegó a esa zona de las defensas, y se pertrechó, junto al grupo de defensores armados con ballestas, en lo alto de la muralla que protegía el portal de Molina, con las saetas cargadas y la cuerda tensada. A su lado, un capitán dirigía la defensa de ese flanco, y había armado con arcos, hondas y ballestas como la suya a todo soldado. No era hora de espadas; si el enemigo alcanzaba tan pronto los adarves, la ciudad estaba perdida. Había que detenerles en las murallas.

—¡Esperad! —El capitán alzó la voz—. ¡Esperad!

Los infantes aceleraron el paso, con sus espadas empuñadas. Muchos portaban escalas para saltar los muros de piedra. Se lanzaron con todas sus fuerzas, no había tiempo que perder.

—¡Todavía no!

Gritaban y corrían como lobos enfurecidos. Las primeras

escalas se alzaron contra las murallas, apoyándose en las almenas, y la jauría de asaltantes comenzó a trepar por ellas.

—¡Ahora!

Las gentes de las murallas descargaron una lluvia de piedras contra ellos; los pedruscos cayeron muro abajo, rompiendo escudos, yelmos, cráneos, brazos y piernas. Fue como una tormenta de roca, los invasores tuvieron que recular de inmediato y volverse, heridos y sin protecciones, contra los que llegaban detrás de ellos. Tal era el caos que comenzaron a chocar entre sí, y los muertos se amontonaban unos encima de otros.

Lízer recorrió parte del adarve en busca de un mejor punto de visión.

—Maldita sea —murmuró—, ¡estad preparados! Esto solo acaba de empezar, ¡sus arqueros han tomado posiciones!

—¿Van a dispararnos, padre? —preguntó Blasco resoplando, cansado por el esfuerzo.

—Tranquilo, hijo.

—Ahora viene lo bueno, muchacho. —Peregrino, a su lado, estaba temblando—. No sé si saldremos de esta.

Los arqueros enemigos descargaron contra los defensores de la ciudad, las flechas cubrieron el sol del atardecer y cayeron contra las murallas, como aves rapaces en busca de su presa. Bien protegidos por los merlones, Blasco, su padre y el Peregrino salieron indemnes del primer envite, pero el manco e Irene de Santa Croche cayeron bajo las flechas.

El Peregrino se subió a una almena con una agilidad impropia de su edad, y delante de todos se bajó las calzas para enseñar su trasero a los asaltantes y burlarse de ellos con gritos y aspavientos.

—¿Queréis bajaros de ahí? —Lízer le cogió de los tobillos para que no se cayera—. ¡Bajad, por Dios!

Aquello solo había sido el comienzo; los tambores volvieron a sonar, esta vez acompañados de ruido de cuernos.

Un zumbido cruzó el cielo y Lízer alzó la vista.

El estrépito posterior al impacto fue ensordecedor. Los oídos le pitaban; se miró las manos y las tenía ensangrentadas. A su alrededor los defensores hacían muecas de dolor, pero él no oía más que aquel pitido agudo.

59

Alodia y Martín se habían escondido dentro del pasillo que habían recorrido antes; desde allí podían ver la zona de baños y tenían una vía de escape por si fuera necesario. Permanecían en silencio, aguantando la respiración. Allí dentro retumbaban los ecos del asedio. El enemigo estaba atacando de nuevo la ciudad.

Oyeron acercarse unos pasos y una sombra se dibujó sobre el muro donde estaban los símbolos.

Alodia sintió un miedo que hacía tiempo había olvidado. Estaba convencida de que quien se acercaba era el asesino. Después de saber cómo había torturado y matado a los maestros de los gremios, no quiso ni imaginar qué haría con una mujer como ella.

Miró al otro lado del pasillo; quizá salir corriendo de allí era lo más sensato, aunque no supieran adónde dirigirse...

Por su parte, Martín parecía más tranquilo. A Alodia le sorprendió pero, más que un acto de valor, pensó que era una muestra de ignorancia. Si entendiera de lo que ese asesino era capaz no mantendría la calma de esa manera.

Él le hizo una señal como preguntándole si debían huir. Alodia movió de izquierda a derecha la cabeza.

Martín miró hacia la sala de baños; no veía la sombra, pero aquella ausencia, lejos de tranquilizarle, empezó a ponerle nervioso. Alodia le señaló el otro extremo del pasillo como el camino que debían tomar.

Él asintió.

Salieron corriendo en esa dirección sin mirar atrás, llegaron de nuevo a la sala con los tres corredores. Martín dudó, así que Alodia tomó su mano y le empujó por el del centro.

Estaba oscuro, el corredor era estrecho y el suelo estaba en malas condiciones, debían tener cuidado para no tropezar. Alodia tiraba de Martín con fuerza, como si lo llevara por el camino de la perdición. Y eso pensó él; ya no tenía voluntad, ya no podía separarse de ella. Había caído en la tentación.

Solo despertó de su ensoñación cuando salieron del pasillo y llegaron a una cámara sin otra salida que una puerta de madera con una doble tranca. Nada más ver la puerta, Martín tuvo un mal presentimiento y se santiguó.

—¿Qué sucede?

—No la abras, Alodia —contestó.

—¿Por qué? Es la única escapatoria, no sabemos lo que hay al otro lado.

—Precisamente por eso, hay puertas que es mejor no abrir. —Martín observó a su alrededor, era una estancia sin ventanas, húmeda y maloliente, con un acceso complicado y difícil de defender.

—No tenemos otra opción. —Y Alodia se aproximó para intentar mover la primera de las trancas, pero le resultó imposible.

Martín escuchó unos pasos tras ellos y miró de nuevo a la mujer que le había condenado. Fue hacia la tranca y empujó con todas sus fuerzas para que aquel pedazo de madera resbalara. Quedaba otro más arriba, estiró los brazos e intentó lo mismo. Este era más pesado y más dificultoso, pero puso todo su empeño en lograr que cayera también.

La puerta tenía un enorme cerrojo. Alodia buscó a su alrededor, en el suelo había una piedra. La tomó y golpeó con furia el metal; saltaron chispas que casi la ciegan. Pero lejos de detenerse, alzó más alto los brazos y dejó caer con estruendo el pedrusco. Eso hizo saltar el cerrojo, liberando la puerta.

Se hicieron a un lado, la hoja se fue abriendo poco a poco y una intensa corriente de aire terminó por golpearla contra la pared. A pesar de que la puerta era amplia, la abertura que escondía era mucho más estrecha, apenas podía pasar por ella una persona.

Oyeron toser al otro lado y después un halo de luz, unos gemidos y unos ojos brillantes surgieron de su interior.

Al mismo tiempo, del pasillo que habían recorrido brotó la silueta de un caballero vestido de negro como la mismísima noche. Empuñaba una enorme hoja de espada que parecía no tener fin. De la puerta liberada surgió un hombre con una lacia barba, armado con un reducido escudo circular y un arma de hoja ancha y curva.

El caballero de negro, que tenía una alargada cicatriz en el rostro, fue directo hacia el barbudo, le clavó dos palmos de su espada en el cuerpo y la sacó ensangrentada. Lejos de caer rendido, el herido intentó alcanzar a su agresor sin éxito y avanzó hacia él como poseído por una fuerza ajena a la razón. El caballero tuvo que esquivarlo con habilidad y, para evitar otro ataque del moribundo, le cortó la cabeza de un solo golpe. Para entonces ya había otro nuevo asaltante saliendo de aquel lugar.

—¡Cerrad el portón! —gritó el caballero a Alodia y Martín, que solo miraban expectantes—. ¡Son almogávares, intentan entrar en la ciudad! ¡Cerrad el portón!

A continuación hizo girar la espada por encima de su cabeza, se agachó y rebanó las dos piernas de su enemigo. Cuando se incorporaba tuvo que esquivar una azcona que salió de la oscuridad, y tras ella otra más que rozó su hombro derecho, haciéndole retroceder, al mismo tiempo que aparecía un nuevo almogávar. Este avanzó corriendo hacia él con el alfanje en ristre. Pero el caballero oscuro no se puso nervioso, lo esperó, detuvo el ataque con la hoja de su espada y le golpeó con el puño en todo el rostro. Siguió golpeándole otra vez más, y otra. Hasta que el rival cayó de rodillas, y el caballero lo degolló.

Un nuevo asaltante salió y tras él otro, solo entonces Martín y Alodia se percataron del terrible error cometido al abrir aquella puerta.

—¡Insensatos! ¡Cerrad el portón! ¡Cerradlo, os digo! ¡Son enemigos! —les gritó de nuevo el caballero de negro.

Dio una patada en el estómago al primero que se acercó, estampándole contra el muro. Con el siguiente, intercambió hasta cuatro golpes de espada, hasta que le dio un brutal cabezazo en la sien que lo aturdió y que aprovechó para meterle un palmo de acero entre las costillas, y después cogerle la cabeza con las dos manos y romperle el cuello.

Otro más entró antes de que Alodia pudiera cerrar el acceso y Martín tomara una de las trancas y la intentara colocar de nuevo, bloqueando el paso. La tranca pesaba, y necesitó que Alodia le ayudara para situar la madera en los anclajes de la puerta. En el mismo momento que lo hicieron, recibió un empujón desde el otro lado.

—Vamos, hay que poner también la otra —ordenó Alodia.

Mientras, el último intruso se las veía con aquel despiadado caballero. Los dos eran realmente altos, pero el almogávar era mucho más corpulento, portaba una espada corta en cada mano y, a diferencia de los otros, llevaba la cabeza rapada. En ella podían verse terribles cicatrices en la parte frontal. Emitió un aterrador grito y atacó sin miramientos, golpeando con una espada y la otra sin pestañear. El caballero oscuro solo podía interponer su arma, retrocediendo con facilidad ante el empuje de aquel forzudo guerrero. En cada impacto de espadas parecía que las hojas se iban a quebrar y el acero saltaría en mil pedazos.

Martín y Alodia lograron colocar la segunda tranca en la puerta. Ella cogió el cerrojo y, aunque estaba roto, lo corrió para que ayudara a la puerta a resistir.

—Vámonos. —Alodia le cogió del brazo y miró la pelea que había al otro lado de la estancia—. ¡Vámonos ya!

Martín asintió y corrieron hacia el pasadizo, mientras aquellos dos hombres cruzaban los aceros sin descanso; estaba claro que solo podría sobrevivir uno.

60

Una de las gigantescas piedras lanzadas por los extranjeros pasó por encima de sus cabezas e impactó contra la base de la alcazaba. Parte del muro inferior se estremeció con la colisión. Los cimientos parecieron resistir bien, hasta que se oyó un crujido y una grieta comenzó a subir desde ellos, resquebrajando todo un lienzo que terminó por derrumbarse a escasos pasos de donde estaban ellos.

—¡Hay que escapar de aquí, vamos! —Martín señaló una abertura en el muro.

Antes de que volviera a caer otro proyectil, salieron a la calle. El ruido de los ataques y los gritos era incesante. Albarracín ya no parecía una ciudad, sino el mismísimo infierno.

—¿Qué hacemos ahora? —preguntó Alodia, que se tapaba la boca para no respirar el polvo de los destrozos.

—No sé, si la biblioteca no está en la alcazaba, quién sabe dónde puede estar —resopló—; la ciudad está sumida en el caos.

—Por esa razón debemos darnos prisa, si cae ya no habrá nada que podamos hacer —recalcó Alodia, que tosió varias veces—. Tiene que existir alguien a quien preguntar, alguien tiene que conocer algo...

—¿Quién? Abraham no sabía nada y conoce mejor que nadie Albarracín, ¿a quién más podemos recurrir?

—Quizás estemos buscando algo que no existe —masculló Alodia, que no dejaba de mirar a un lado y a otro—, ¿y si Abraham está equivocado? ¿Y si no hay una segunda biblioteca? ¿Y si precisamente el aprendiz de Ayub está buscándola como nosotros?

—Yo creo que busca los símbolos para construir el talismán.

Un nuevo obús surcó el cielo de Albarracín e impactó contra el tejado de unos viejos corrales. Seguramente no había nadie dentro, pero levantó una tremenda polvareda y aquellas endebles construcciones se vinieron abajo sin remisión.

—Sí, puede ser. Pero dimos por supuesto que la primera biblioteca se ocultaba en casa de Ayub, sin embargo, yo nunca la vi. Y en cualquier caso al destruirse el edificio se perdió. ¿No es más fácil pensar que la biblioteca se ubicaba en otro lugar de más difícil acceso? Crear una biblioteca como esa es muy costoso, así que dos...

—Tener, tiene sentido... En vez de dos bibliotecas, en Albarracín solo había una. Pero no arreglamos nada, seguimos como estábamos, ¿dónde puede estar oculta?

—En eso te equivocas, sí que estamos avanzando un poco: si partimos de que la biblioteca es única y pertenecía a Ayub, él habría seguido adquiriendo libros para su colección. Pocas personas podían facilitárselos.

—Un mercader.

—Sí, eso es —afirmó contenta Alodia—; vamos, date prisa.

Avanzaron por las calles vacías, el ruido del asedio se oía incesantemente. Daba la impresión de que en cualquier momento iban a aparecer soldados por alguna de las esquinas o que un nuevo proyectil caería del cielo.

Llegaron cerca del mercado. Alodia fue directa a uno de los almacenes, golpeó la puerta con los puños, gritó que la abrieran y hasta le propinó un par de patadas para intentar que cediera.

—Puede que no haya nadie.

—Están, sé que se esconden ahí dentro.

—¿Quiénes sois? —se oyó preguntar desde el otro lado.

—Me llamo Alodia, o nos dejáis entrar o quemamos esta casa.

—¿Cómo dices? ¿Estás loca? —La voz sonaba nerviosa—. Nos están asediando, no podéis...

—Precisamente por eso, nadie sabrá que hemos sido nosotros, cualquier edificio puede caer en este ataque —advirtió ella amenazante—. Abrid, solo queremos información.

—No pienso hacerlo.

—Soy la mujer que iban a ahorcar, me escapé de las mazmorras, ¿crees que no voy a quemar tu casa?

Se hizo un silencio.

La puerta se liberó y Alodia no dudó ni un instante en empujarla, Martín la siguió y rápidamente volvió a cerrarse. La estancia estaba en penumbra, un hombre entrado en años les observaba mientras otro más joven y corpulento permanecía en guardia con una barra de metal entre las manos.

—No hemos venido a robar ni a buscar problemas. —Alodia levantó las manos para mostrar que no portaba armas—. Solo queremos tu ayuda.

—Ya no estoy en condiciones de auxiliar a nadie, se lo han llevado todo.

—Tú no me conoces, pero yo a ti sí, Trasobares. —El mercader la miró confuso—. Nos conocemos desde hace mucho más tiempo del que crees.

—No sé a qué te refieres.

—Te refrescaré la memoria, porque ambos llegamos a esta ciudad prácticamente al mismo tiempo, aunque en diferentes condiciones.

—Yo no te he visto nunca antes.

—Te equivocas, bien es verdad que no hemos tenido la misma suerte. Tú hiciste fortuna muy rápido —relató ella dando un paso al frente—, nadie sabe cómo, pero lograbas traer cualquier producto de Levante en la mitad de tiempo que el resto de los comerciantes, ¿o no es así?

—Hace mucho que no me dedico a esos menesteres.

—Es verdad, como hombre hábil que eres has evolucionado. Abandonaste la ruta alternativa por el río. Te diste cuenta de que aquello era peligroso y, sobre todo, que había un negocio más rentable. Es verdad que hay ciertos nobles con gustos caros, que piden productos extraños que pueden cobrarse bien, ¿verdad? Pero esta ciudad es pequeña, ese comercio te resultó poco interesante. Sin embargo, hay algo que los hombres siempre quieren, además de algunas mujeres, claro. —Y Alodia sonrió—. La gente siempre quiere vino.

Martín escuchaba en silencio la seguridad con la que Alodia, de algún modo que todavía no entendía, estaba acorralando al hombre que tenía delante. Parecía que lo llevaba justo adonde ella quería, como un cordero que va a ser sacrificado.

—Yo comercio con carne, con nueces, con fruta, pero el vino de Albarracín procede de las aldeas que lo rodean; eso lo sabe todo el mundo.

—¿De verdad?

—Claro, está prohibido importarlo de fuera. Hay muchos controles, aunque quisiera es imposible introducirlo en la ciudad sin ser descubiertos.

—Eso me habían dicho, pero nada es imposible. Eres un hombre listo, seguro que encontraste la forma. —Lo miró con sus ojos bicolor y pudo percibir el miedo que le tenía—. Solo quiero hablarte de libros, no de vino.

—¿Libros? No te entiendo.

—Seguro que te puedo ayudar a entender. —Alodia siguió mirándole fijamente—. Ayub, lo conoces, ¿no es así?

—Es un nombre muy común entre los moriscos, yo no...

—Ayub, el mago. Seguro que así lo identificas, no existen muchos magos en Albarracín.

—He oído hablar de él.

—Sé que le conseguías libros, era uno de esos encargos que te pedía de vez en cuando, por mucho dinero.

—Los libros no tienen nada de malo, no son armas.

—Cierto, luego traías libros para Ayub.

—De tanto en tanto.

—¿Dónde los guardaba él?

—No lo sé, yo los conseguía, burlaba la vigilancia de las puertas y se los entregaba; lo que él hiciera con ellos no era asunto mío.

—Guillermo, no te estoy preguntando por eso, solo por dónde los guardaba. Alguna idea de ello tienes que tener, no soy tan estúpida de creer lo contrario —le advirtió, manteniendo una autoridad en el rostro que no solía verse en una mujer.

—Sí, es obvio que Ayub tenía una biblioteca, yo no la llegué a ver, pero él mismo la nombró alguna vez. Tanto libro en algún lugar tenía que almacenarse, ¿no?

—¿Estaba en su casa?

—En la que se quemó yo creo que no —respondió masticando las palabras—; no era tan grande como para albergar todos los libros que debía de poseer ese mago. Creo que la mantenía oculta para preservarlos, esa biblioteca valdría una fortuna. Yo le traje libros que valían su peso en oro, y lo digo literalmente.

—¿Y dónde podía estar?

—Mira... —El comerciante suspiró—. Voy a contarte algo, aunque no debería.

—¿Qué? —Alodia no se inmutó, solo movió la cabeza hacia delante, desafiante.

—Una vez le pregunté eso mismo, que dónde guardaba todos sus libros y, ¿sabes qué me dijo él? Que como todo en la vida, la respuesta estaba en una partida de ajedrez.

Martín se quedó sin palabras, repitió aquella frase en su cabeza, a ver si así tenía más sentido, pero todavía fue peor.

—Repite eso, ¿la respuesta está en una partida de ajedrez?

—Sí, exacto. A Ayub le fascinaba ese juego. Es muy popular, nobles y clérigos lo practican, aunque la Iglesia prohibió el ajedrez hace muchos años. Siempre se apuesta y eso no está bien visto. Es obvio que la prohibición no ha tenido éxito.

—Ese juego no parece que tenga mucho misterio —carraspeó Martín—, es un tablero de casillas de color blanco y con los trazos de separación marcados.

—Te equivocas; en realidad es muy complejo, más desde que Alfonso X le dotara de ciertas variaciones. Creó unas piezas llamadas rey y reina, que hay que sumar a los caballeros, las torres y los alfiles. Hay una pieza muy especial, el caballo, la cual representa a un caballero andante.

—¿Cómo es que sabes tanto de ajedrez? —inquirió Alodia bastante sorprendida por todo aquello.

—Hubo un tiempo en el que jugué bastante.

—¿Y qué pasó para que lo dejaras?

—Ya te he dicho que no está visto con buenos ojos, el ajedrez es peligroso. Más de uno ha perdido la vida por apostar con él —advirtió el mercader, levantando una de sus cejas—. Para Ayub conseguí el libro que Alfonso X mandó hacer sobre los juegos, donde se trata en profundidad el arte de jugar al ajedrez.

—Si ese rey se hubiera centrado más en gobernar sus reinos de Castilla y de León, y menos en buscar fondos, excusas y recursos para ser coronado emperador, sus súbditos nunca le hubieran dado la espalda —murmuró Alodia—; un rey escribiendo libros... ¡Y de ajedrez!

—Él los mandaba hacer y los supervisaba, tenía a los más importantes pensadores del reino a sus órdenes en Toledo. —Martín estaba incómodo, se frotaba las manos y daba pequeños pasos por la estancia.

—Lo que Ayub te dijo sobre la ubicación de la biblioteca fue que la respuesta es una partida de ajedrez, ¿cierto?

—Con esas mismas palabras, ni una más ni una menos.

—¿Tienes un tablero de ajedrez? ¿Y las piezas? —preguntó para su sorpresa—. ¿Las tienes o no?

—Sí, pero te juro que yo no apuesto ya a estas cosas.

—Vamos, tráelo, pues —le ordenó Alodia.

Guillermo Trasobares desapareció unos instantes, en los que Martín y Alodia quedaron a solas con su inquietante hijo. Un muchacho de una enorme corpulencia, con el rostro escurridizo y tímido, que carecía de la mirada oscura y depredadora de su padre.

—Aquí lo tenéis. —Y dejó el tablero sobre una mesa de cocina.

—¿Puedes colocar las piezas en sus posiciones de salida? —pidió Alodia.

De una pequeña caja de madera fue extrayendo figuras talladas que dispuso con un cierto orden sobre el tablero de juego, hasta que todas quedaron en su lugar.

—Hacía tiempo que no lo hacía, creí que no me acordaría. Tienes todo en su sitio, ya podemos jugar, si te atreves... —Y soltó una leve carcajada que los ojos imperturbables de Alodia atajaron de inmediato—. Lo siento.

Ella se acercó y observó las piezas sobre el tablero. Recorrió cada una de ellas con la mirada y comprobó lo que ya sabía, que aquel juego tenía un efecto hipnótico. No podía dejar de imaginar sus movimientos.

—¿Qué pieza es esta? —preguntó.

—Una de las más importantes —respondió Guillermo Trasobares inspirando profundamente—, mueve hacia delante, hacia atrás o hacia los lados todo lo que se quiera hasta encontrar oposición.

—Simula a la caballería —afirmó Alodia.

—En efecto, cuando va a cargar avanza lo más recto posible. —Y describió el movimiento con su mano izquierda—. Captura toda pieza que esté en el lugar donde se detiene y no puede saltar por encima de ellas. Para muchos es la pieza más ofensiva del tablero, es la única que puede cruzarlo en un solo movimiento.

—Esta forma que tiene, ¿qué representa exactamente?

—En Castilla es como un grupo de soldados a caballo muy juntos y esperando para cargar. Su representación varía según el lugar; también puede ser un carro de guerra o como aquí...

—Una torre.

—Exacto, es una torre. —El mercader confirmó las palabras de Alodia.

—Una torre de la ciudad. —Y miró a Martín con un brillo especial en sus ojos bicolor.

—¿Qué quieres decir? —Él se encogió de hombros.

—¿Es que no lo ves?

—No, lo siento...

—¡Una torre!

—¿Estás insinuando que la biblioteca se encuentra en una torre? —inquirió el sacerdote—. Es una conjetura muy arriesgada...

—Yo creo que tiene todo el sentido —afirmó Alodia enérgica.

—Lo veo muy arriesgado, pero suponiendo que estés en lo cierto, ¿en cuál?

—¿De qué estáis hablando? —El mercader movía nervioso los dedos de las manos—. La biblioteca dentro de una torre, lo veo difícil.

—No puede ser una torre cualquiera. —Alodia le ignoró.

—Perdonad, no me estáis escuchando, ¿cómo va a estar una

biblioteca dentro de una torre? Son edificios militares, y con muy poca superficie útil en el interior, los muros son gruesos, a veces solo hay espacio para la escalera.

—Debe ser la más importante —murmuró Alodia pensativa—. La torre del Andador, ¡tiene que ser esa!

—Ese es el lugar más protegido de Albarracín, la clave de toda la defensa, ¡estás loca si crees que podéis entrar allí! Y todavía menos cuando la ciudad está siendo asediada...

Alodia se quedó en silencio un minuto, y puso ambas manos sobre el libro de juegos.

—Este juego tiene dos torres. —Alzó lentamente la mirada—. Hay otra torre importante en Albarracín, la torre de Doña Blanca.

—La torre maldita —espetó Trasobares, dando un paso atrás.

—Eso solo son leyendas y habladurías. —Martín se colocó al otro lado del tablero, emocionado, mirando a su compañera—. La partida sigue, Alodia. Aún tenemos tiempo, Albarracín todavía no ha sido conquistada.

61

Lízer despertó de golpe, con una enorme presión en el pecho. Buscó su espada y lo único que logró fue caerse del jergón. Miró dónde se hallaba, era el interior de una casa, el tejado era de paja y hacía mucho calor.

—Ha despertado —dijo una mujer a su lado.

Un hombre de mirada humilde se acercó y le ayudó a levantarse. Lízer llevaba un aparatoso vendaje en el hombro y en la cabeza. Por un ojo no podía ver, se tocó el rostro y comprobó que tenía toda aquella zona de la cara hinchada y que dolía con tan solo rozarla.

—Has tenido suerte —dijo aquel hombre—; mi hijo Blasco también.

Reconoció al muchacho, estaba con él en las murallas. Tenía unos rasguños en el rostro, pero por lo demás parecía en buen estado.

—No voy a permitir que vuelva a las defensas, es demasiado joven. Hace poco he enterrado a mi hijo mayor, no pienso hacer lo mismo con él.

—Lo entiendo, es mejor que esté aquí.

—Fue él quien me pidió que te trajéramos, dale las gracias.

—Gracias, muchacho —dijo Lízer, y dirigiéndose ahora al hombre—: ¿quién es ella?

—Tolda, es curandera y te ha salvado la vida.

—Has tenido suerte —murmuró ella—, nunca creí que atendería a un alguacil, con todo lo que me habéis hecho sufrir...

—No le hagas caso, habla por uno de los tuyos, que se dedicaba a extorsionar a los comerciantes y a otros como ella.

—Diosdado se llamaba. Sé que ha muerto, ¡y me alegro!

—Lo asesinaron, a él y a mi superior; cuide sus palabras, muestre más respeto.

—¿Y si no qué? —le desafió la mujer—. Esta ciudad está condenada, bien lo sabes tú, he visto lo que escondes entre la ropa, conozco el sello de esa carta...

—¿Cómo?

—Sí, a mí no me engañas. —Levantó la mano hacia el herrero, en signo de advertencia—. Andaos con buen ojo con este alguacil, herrero; no es trigo limpio. —Y Tolda se marchó sin mediar más palabra.

—¿Qué estás diciendo, Tolda? —preguntó el herrero confuso.

—No le hagáis caso, es una vieja loca. —Lízer intentó quitarle hierro al asunto y miró a su alrededor—. ¿Qué lugar es este?

—Una herrería, en mi familia siempre hemos sido herreros.

—Tendréis trabajo con el asedio.

—No queda metal que fundir en la ciudad, la fragua está apagada...

—¿Cómo están las cosas en las murallas?

—Mal, apenas resisten —contestó el herrero con pesimismo en la voz—, hay muchas bajas.

—Debo regresar, toda ayuda será poca.

—Descansa un poco —le sugirió—, eras uno de los alguaciles, ¿no es así? Lo digo por las ropas oscuras que llevas.

—Sí, pero ya no lo soy. Destituyeron a mi superior y... —Decidió decir la verdad—. Lo encontré asesinado, junto a su mano derecha.

—¿Quieres decir que no murieron por culpa del asedio?

—No, nada que ver. Nosotros investigábamos los asesinatos de los gremios...

—Vaya, nos han tenido a todos aterrorizados con eso, menos mal que atraparon a la mujer. Quién iba a pensar que era ella, una mujer, la asesina. Claro, estaba poseída por el Maligno —afirmó—. Pero escapó, con el asedio ya uno no se da cuenta de las cosas, todo lo que ha pasado antes parece tan lejano en el tiempo. —Y le acercó un vaso con agua a Lízer—. ¿Dieron con ella?

—No. —Terminó el agua—. Creo que... La verdad es que no lo sé. Ya no es cosa nuestra.

Lízer sintió un profundo dolor al intentar levantarse de nuevo.

—Estás perdiendo el tiempo, muchacho; si te quieres recuperar, guarda cama un par de días, es una tontería que te esfuerces, solo lograrás perder más sangre.

62

Unos gritos alarmaron a Alodia, miró al otro lado y vio a Martín dormido con la cabeza apoyada en sus brazos. Tenía una expresión agradable, más inocente aún de lo normal, y esbozaba una débil sonrisa.

Se habían turnado para que uno descansara mientras el otro vigilaba el momento ideal para salir del almacén. Guillermo Trasobares y su hijo Rodrigo también se alteraron con el ruido.

Alodia seguía mirándole, pensativa, cuando un estruendo le alertó de nuevo.

—¿Qué ha sido eso? —preguntó Martín, mientras se levantaba algo aturdido.

—Un ataque. —Alodia se puso de inmediato en pie.

Se acercó a las ventanas. Las tablas que las bloqueaban tenían rendijas por donde era posible ver lo que sucedía fuera.

En el exterior observó una pareja de soldados corriendo despavoridos.

—Ahora. Ahora es el momento.

—¿Estás segura? —inquirió Martín, todavía adormilado.

—Vamos. —La mujer recorrió varios pasos hasta situarse detrás de la puerta.

Martín observaba desde atrás, y le hizo una señal de afirmación. Estaba listo.

Alodia movió la cerradura, inspiró fuerte y abrió la puerta. Sacó la cabeza y miró a un lado y a otro.

No había nadie, hizo un gesto y Martín fue directo hacia ella.

—Gracias, Trasobares. Que Dios os bendiga —dijo él para despedirse de los mercaderes.

Una vez juntos, Alodia se apoyó en el muro y comenzó a correr pegada a él.

En ese instante, se escuchó otro terrible impacto de los proyectiles y un pedrusco esférico derribó la fachada de una de las casas en la calle de debajo de donde estaban. El tejado de paja y madera se desplomó hacia dentro, y los muros del tapial se derrumbaron, levantando una enorme polvareda que les obligó a resguardarse, a taparse la boca y la nariz. A pesar de ello, tragaron tanto polvo que Alodia casi se ahoga, y cayó al suelo tosiendo. Martín la cogió y la protegió con su cuerpo.

La nube se desvaneció poco a poco.

—¿Estás bien? —le preguntó mientras le limpiaba el polvo de la cara y descubría sus ojos bicolor.

—Sí —tosió—, gracias. —E intentó levantarse, pero le vino una profunda arcada y escupió parte de todo lo que había tragado.

—Tranquila, intenta respirar profundo.

—Ya estoy bien, salgamos de aquí antes de que vuelva a caer otra piedra. —Y se levantó con dificultad—. Tenemos que llegar a la torre.

—¿Qué estás diciendo? Eso es imposible, ¿no ves con la fuerza con la que nos están atacando? —Y la cogió del brazo.

Ella lo miró desafiante, sus miradas se cruzaron y cuando iba a hablar... Una sombra surgió de la nada. Era otra vez el caballero de la cicatriz, al parecer él también había salido con vida de las profundidades de la alcazaba.

Los ojos de Alodia se volvieron oscuros de repente.

Martín tomó uno de los pedruscos que habían caído con el impacto.

—¿Habéis averiguado dónde está lo que buscáis?

—No somos tus enemigos —intervino Alodia, intentando ser conciliadora—; nos salvaste en la alcazaba, te lo agradecemos, dinos a qué te refieres.

—No estoy para juegos, esto no va con vosotros —les advirtió el desconocido en un tono espeluznante—. Sabéis dónde está, ¿verdad?

—Alodia, no se te ocurra escucharlo.

—¿Quién eres? ¿Y quién te manda?

—Yo no soy nadie. Mi señor prefiere mantenerse oculto, yo cumplo con mi trabajo. Pensadlo bien, la ciudad está asediada, y a ti —señaló a Alodia—, te buscan para colgarte, un futuro nada halagüeño. Y contigo —ahora fue Martín el señalado—, harán lo mismo en cuanto sepan que la ayudaste. Un inmenso ejército comandado por el rey Pedro III rodea Albarracín, decidme, ¿cómo pensáis escapar? Lo creáis o no, yo soy el único que puede ayudaros.

—Eva cayó en la tentación que le propuso una serpiente. —Martín vio en aquella mirada una oscuridad como nunca antes había podido imaginar—. No cometeremos ese mismo error.

—Mide tus palabras, por menos que eso he quitado vidas que valían más que la tuya —dijo él sin hacer ningún gesto, ni mover un músculo de su rostro marcado, pero el tono de su voz y la penumbra de su mirada fueron suficientes para que sonara como una terrible amenaza.

—Espera, Martín, creo que tiene razón. —Alodia dio un paso al frente.

—No se te ocurra confiar en él.

—Nos sacarás de Albarracín, ese es el trato.

—¿Por qué piensas que sé la manera de salir de la ciudad?

—La conoces, ¿verdad?

—Podría ser, pero no has contestado a mi pregunta.

—No estás con los extranjeros, de lo contrario no habrías impedido que entraran por el túnel bajo la alcazaba —respondió ella—, así que si quieres salir de aquí debes tener algún plan.

—Contadme antes qué sabéis; sopesaré si esa información vale tanto como para ayudaros a escapar.

—¡No se te ocurra escucharle, Alodia! —exclamó furioso Martín, que apretaba los puños con fuerza.

—Puedo matarte a ti y quedarme solo con ella.

—No —intervino Alodia tajante—, si quieres podemos llegar a un acuerdo, pero según nuestras condiciones, las de los dos. Debes prometernos que nos sacarás de aquí si colaboramos.

—Te advierto que no me gusta que me exijan.

—Es lo que hay, lo tomas o lo dejas —le dijo Alodia con una entereza abrumadora.

—De acuerdo; os sacaré de Albarracín.

—Eso es lo que quería oír. Lo que buscas está en la torre de Doña Blanca, allí oculta está la entrada a una galería que te llevará hasta el subsuelo de la catedral, que alberga una gran biblioteca.

—¿El talismán está ahí?

—Es posible, no sé más, te lo juro.

—¿Cómo sé que no mentís?

—Para qué mentir; nos encontrarías y nos quitarías la vida. Nosotros solo queremos salir de esta ciudad.

—Saldréis —murmuró reflexivo el hombre de la cicatriz—, os concedo vuestro deseo.

Desenvainó su espada y, antes de que Martín pudiera reaccionar, la clavó en el abdomen del joven sacerdote. El acero atravesó la carne sin apenas resistencia, y la hoja salió por su espalda. Hasta la empuñadura se manchó con su sangre. Martín sintió algo más profundo que el dolor físico, un inmenso miedo, el peor que puede sentir un hombre.

Alodia enmudeció, levantó la mirada, desencajada, hacia Martín, las manos temblando, los ojos llorosos y un dolor indescriptible en lo más profundo de su pecho, como si le hubieran arrancado su propio corazón. Abrió la boca pero, en vez de palabras, de ellas, salió un aliento frío, como si parte de su vida se escapara con él.

—¿Qué pensabas? —El caballero extrajo la espada del cuerpo de Martín, que cayó desplomado contra el suelo—. Os sacaré de la ciudad, no lo dudes, lo último que quiero es que se pregunte por vosotros —afirmó mientras avanzaba hacia ella—, pero lo que no te prometí es que fuera a hacerlo con vida. Cuando se desea algo, hay que tener mucho cuidado, porque puede cumplirse.

—Martín... Lo has matado... —Alodia apenas podía articular palabra; abrazó a su amigo moribundo, comenzó a ahogarse y no encontraba aire con que llenar su pecho.

—Sí, lo mismo que voy a hacer contigo —musitó él sin inmutarse—. Ahora mismo te liberaré de esta pena y podrás reunirte con él.

El filo de la espada brilló al acercarse hacia Alodia, mientras Martín seguía inmóvil, desangrándose en el suelo.

—Fuiste tú quien asesinó a los maestros de los gremios, ¿verdad? —Alodia se levantó, y dio dos pasos hacia atrás a la vez que recuperaba la respiración y apretaba fuerte sus puños, llenos de ira.

—No, te equivocas de hombre.

—Si me vas a matar, al menos podías decir la verdad.

—He matado a mucha gente, pero no a ellos. Yo ni siquiera estaba en esta ciudad.

—¿Cómo puedes ser capaz de matar así? ¿Qué tipo de monstruo eres?

—Ninguno, solo soy un superviviente.

—¡Santo Dios! ¡Estás lleno de odio!

—No, lo que estoy es lleno de dolor; ojalá pudieras sentir en ti la mitad de lo que yo sufro, entonces lo entenderías —empuñó fuerte la espada—. Pero ya basta de palabras.

Estaba a un solo paso de Alodia cuando un zumbido atronador rompió la escena. Uno de los proyectiles de los atacantes impactó contra una de las casas que había a su espalda y desvió la atención de aquel hombre. A aquel pedrusco siguió otro todavía más ensordecedor.

Para cuando él quiso darse cuenta, una enorme roca cayó del cielo y colisionó contra la vivienda que había detrás de ellos. El choque fue brutal y toda la construcción se derrumbó a su espalda. Ambos tuvieron que echar a correr ante el desplome, mientras Martín quedaba atrás. Alodia se percató de ello, se detuvo y posó sus ojos tristes sobre el cuerpo de su amigo.

El joven religioso no se movía; el charco de sangre era ya tan grande que no podía quedarle apenas vida en su interior. Ni una palabra, ni un gesto. Ni siquiera había visto su mirada al caer, todo tan rápido, tan efímero. Como un sueño o un recuerdo borroso.

Cuando intentó ir a por él, Martín fue sepultado por los escombros.

Alodia no podía creerlo.

Ni siquiera tuvo la oportunidad de derramar una lágrima más por él.

El derrumbe de aquella vivienda afectó a la construcción anexa, que comenzó a temblar, y no tardaron en fallar sus cimientos. Primero fue el tejado el que casi les atrapa a ella y al asesino, finalmente toda la fachada se desplomó como si estuviera hecha de paja. Los gritos de las personas que se ocultaban en su interior se mezclaron con el ruido de los destrozos, todo ello unido a la polvareda y a los alaridos de terror procedentes de otras edificaciones cercanas.

Era como si la ciudad estuviera viniéndose abajo, calle a calle, casa a casa.

El asesino corrió sin mirar atrás hasta llegar a la siguiente esquina, allí cogió aire, asomó la cabeza y contempló el desastre. Resopló y alzó la vista, como buscando más proyectiles, pero nada más cayó del cielo.

Fue entonces cuando buscó a Alodia.

No la encontró.

La mujer había desaparecido.

63

Era ya julio y el calor era intenso, Atilano de Heredia, desde su casona, observaba con tristeza los destrozos del barrio anexo a la antigua medina. Había recibido noticias de que una compañía catalana había estado a punto de acceder a la muralla y que solo la valentía de los caballeros de Albarracín había logrado repeler el asalto, aunque a costa de muchas vidas, de demasiadas.

Multitud de arqueros enemigos habían tomado posiciones próximas a los primeros baluartes y azotaban con sus flechas a los defensores, al mismo tiempo que un sinfín de peones e infantes ascendían con escalas a los muros de la ciudad.

Atilano comenzaba a temer que sus peores augurios se estaban cumpliendo; aquel no era un asedio más. Había sido muy preparado y Pedro III de Aragón no levantaría el sitio tan fácilmente como creían muchos en la ciudad.

No había hecho tanto para que ahora todo se fuera al traste y Albarracín cambiara de dueño. Pero él era consciente del peligro, por eso decidió acabar con su padre, por esa razón aceleró todo su plan. El tiempo jugaba en su contra, siempre lo había hecho, desde el mismo instante en que nació. No obstante, eso nunca le había obligado a detenerse; si lo pensaba bien, los avatares que había sufrido por el hecho de ser bastardo, despreciado, siempre humillado, le habían hecho ser más fuerte. No envidiaba a los hijos de los otros nobles, que desde niños sabían que heredarían el apellido de su familia, como ese necio de Pablo de Cobos, y tantos otros.

Él se sabía superior, había tenido que ganarse su condición, y para ello había recurrido a todo tipo de artes. Por eso era más fuerte, y más que lo sería cuando lograra el conocimiento que Ayub le negó.

Pero tenía que darse prisa, las huestes de Pedro III estaban a los pies de las murallas.

Llamaron a la puerta, se abrió y uno de sus criados asomó la cabeza.

—Mi señor, doña Teresa de Azagra, Señora de Albarracín, está aquí.

—Hacedla pasar —refunfuñó, sabía que no podía negarse a verla.

Entró sola, el sirviente se retiró y se aseguró de que la puerta estuviera bien cerrada.

—¿Qué hacéis aquí, mi señora?

—¿Dónde se encuentra vuestro padre? —La mujer entró de forma apresurada, temblorosa y frotándose las manos, y se detuvo solo a un palmo de él—. He oído que sigue en cama, ¿está grave? Son ya muchos días, no he dejado de rezar por él.

—Me temo que sí.

—Quiero verlo.

—Eso no es posible, lo lamento. —Y le cerró el paso.

—¿Por qué? Vuestro padre y yo nos conocemos desde niños. Si está enfermo quiero hablar con él.

—Es muy duro decir esto... Pero tiene una enfermedad infecciosa, debe estar aislado.

—¿Qué? ¿Tan enfermo está? —Doña Teresa de Azagra estaba alterada—. ¡No es posible!

—A nadie le duele más que a mí, creedme.

—¡Qué desgracia! Vuestro padre es un gran hombre, uno de los mejores de toda esta ciudad. No puedo creerlo, ¿cómo ha sido? ¿Qué tiene?

—Lo ignoramos.

—¡Quiero verlo!

—No es posible. —Atilano de Heredia la cogió del brazo y ella lo miró enfurecida—. Su enfermedad puede que tenga que ver con el asedio.

—¡Soltadme!

—Disculpadme, mi señora. —El joven Heredia se apartó de ella, arrepentido de su falta de delicadeza—. Pero lo que os digo es cierto. Dicen que esos invasores, con sus grandes máquinas de asedio, han lanzado enfermedades contra nosotros.

—¿Es eso posible? —La indignación y la repulsa se dibujaron en el rostro de la Señora de Albarracín—. ¿Qué cristiano podría hacer tal barbaridad?

—Debemos tener paciencia, ahora lo que más precisa mi padre es reposo, seguro que lo entendéis.

—Justo ahora, cuando más lo necesitamos... Tenía esperanzas de que él pudiera hacer algo... Quizá, después de tanto tiempo, haya llegado el momento de que Albarracín sucumba.

—Doña Teresa, debéis tener confianza. Las defensas de esta ciudad han aguantado envites mayores y mi padre también.

—Pedro III ha redactado un manifiesto —explicó—, que ha hecho llegar intramuros a aquellos de sus vasallos que se hallan dentro de Albarracín, prometiéndoles perdón y seguridad si abandonan el partido de don Juan Núñez y se pasan a su bando. También exhorta a los vasallos del rey de Castilla, su sobrino, a que hagan lo mismo.

—Es una artimaña, no le servirá de nada.

—No lo entiendes. —Le miró con ternura—. Eres muy joven.

—¿El qué no entiendo? —Atilano de Heredia, suavizando el tono, se aproximó más a ella y le tomó una de sus manos—. Doña Teresa, sé lo mucho que os estima mi querido padre. No debéis temer nada, defenderemos con éxito Albarracín de nuestros enemigos.

—Mi esposo se ha marchado.

—Sí, ya lo sé. —Atilano de Heredia mostró su mejor rostro a la dama—. Se encuentra reclutando hombres de armas en Navarra, pronto regresará con un ejército de auxilio. Es muy probable que sus aliados los franceses nos ayuden. Con suerte, hasta el rey de Castilla enviará hombres de armas. Así, con todos ellos, podremos echar a los invasores.

—Creo que nada de eso va a suceder —pronunció ella entre lágrimas antes de soltarse de las manos del noble.

—Doña Teresa, ¿de qué habláis?

Ella le miró con una desazón estremecedora, sus ojos enmudecieron de tristeza.

—Contádmelo, sabéis que podéis confiar en mí, soy un Heredia. —Y se acercó de nuevo a ella para tomarla suavemente por los hombros.

La Señora de Albarracín posó su mano sobre la mejilla del joven y este se estremeció con su tacto. En sus ojos hubo un brillo tan intenso como efímero.

—Mi marido no regresará. No habrá ejército de socorro, ni aliados que nos ayuden. Estamos solos. ¿Lo entendéis?

—¿Por qué decís tal cosa? Don Juan Núñez salió de la ciudad para buscar ayuda, ¿por qué motivo si no se habría marchado?

—Para escapar.

—Vuestro esposo no es un cobarde, pertenece a la gran Casa de Lara, la más poderosa de Castilla.

—No es un cobarde, es algo mucho peor. Es un traidor —afirmó con fuerza y contundencia impropias de su carácter—. Sé que no volverá, ya ha conseguido su propósito. Ha provocado que el rey de Aragón concentre sus fuerzas en el sur y deje desprotegida la defensa de los Pirineos.

—¿Cómo va a permitir vuestro esposo que le arrebaten Albarracín? Sabéis que es su principal posesión...

—Eso no le importa. Con sus territorios castellanos y navarros a salvo, no le inquieta perder una ciudad fronteriza si a cambio de ello consigue el favor del rey de Francia. Cuántas veces le habré oído decir que en el ajedrez, como en la guerra, hay que saber sacrificar piezas para obtener la victoria final.

—Entonces...

—Sí. Estamos solos.

—Doña Teresa, la ciudad puede resistir, creedme —dijo con nuevos bríos, seguro de sus palabras, por temerarias que estas fueran—. Cuando llegue el invierno los extranjeros no tendrán más remedio que irse. Nadie puede resistir el frío acampando a las afueras de Albarracín, vos lo sabéis tan bien como yo.

—Siempre contamos con ello, pero y si esta vez no fuera así, y si encuentran la manera... —advirtió Teresa muy nerviosa—.

Ayer casi toman la primera muralla, nunca hemos sufrido un asedio de esta magnitud. Ahí fuera hay miles de hombres, todos locos por entrar en la ciudad, por robarnos nuestra libertad, nuestra vida.

—Y nosotros no lo permitiremos, señora. Somos pocos, una ciudad pequeña, pero jamás hemos claudicado ante nadie. —Heredia pronunciaba sus palabras cada vez con más convicción.

Sonaron las campanas de la catedral y ambos se quedaron en silencio, como si aquel tañido implicara que su tiempo había acabado.

—Se retiran, un día más —afirmó con cierto alivio Atilano de Heredia, suspirando y mirando con incertidumbre a doña Teresa.

—O un día menos.

En el otro extremo de Albarracín, sus habitantes soportaban los últimos envites de las armas de asedio que cubrían la retirada de los asaltantes. Blasco se asustó cuando escuchó un atronador zumbido y el estruendo que le siguió a los pocos instantes.

—Eso ha caído muy cerca —dijo su padre con el susto dibujado en la cara.

—Aquí no estamos seguros. —Lízer llamó la atención de padre e hijo desde la alcoba—. ¿Tenéis alguna estancia subterránea en la herrería?

—No, ¿para qué íbamos a disponer de tal cosa? —El herrero todavía tenía el miedo en la mirada.

—Entonces deberíamos marcharnos de inmediato.

—¡Qué tonterías dices! Esta es mi casa —recalcó el herrero enervado—, ¿adónde quieres ir?

—Si un pedrusco de esos cae aquí o un poco más cerca todo esto podría venirse abajo y sepultarnos.

—No quiero que Blasco vuelva a las murallas, ya he perdido un hijo, no pienso permitir que a él le suceda lo mismo. Si salimos de aquí nos mandarán a las defensas.

—Es un riesgo permanecer, ¡no podemos escondernos en esta casa!

—Te hemos salvado la vida, deberías...

Un sonoro estallido se extendió desde el tejado de la casa, las paredes temblaron y un polvillo comenzó a caer del techo.

—Hay que salir. —Lízer se incorporó de inmediato—. ¡Vamos! ¡Rápido!

El herrero se quedó petrificado escuchando cómo los cimientos de su casa crujían. Miró a su hijo, pero era incapaz de moverse, el miedo le atenazaba los músculos.

—¿Es que no me oís? ¡Esto se viene abajo!

La primera viga cayó detrás de ellos, y como una cadena, las que le seguían comenzaron a romperse como si fueran simples ramas de árboles. Para entonces Lízer había tomado a Blasco en sus brazos y empujaba al herrero hacia la salida.

El suelo cedió bajo sus pies, Lízer dio un gran salto para llegar hasta la siguiente estancia. Parecía totalmente recuperado de sus heridas. Sin embargo, el herrero había quedado atrapado. Soltó a Blasco y volvió para ayudarle.

—Saltad y agarraos a mi mano, yo os ayudaré.

—No puedo...

—Claro que podéis, coged carrerilla y saltad, no es tanta distancia. —Y le mostró la mano abierta—. Solo tenéis que alcanzar mi mano y yo tiraré de vos.

El herrero vio cómo una nueva viga cedía cerca de su cabeza, después oteó el orificio que debía salvar.

—¡Salta, padre! —gritó Blasco desde el otro lado.

Al ver el rostro aterrado de su hijo sacó fuerzas de lo más hondo de su alma, dio un par de pasos atrás para tomar impulso y avanzó decidido a dar el salto.

En ese mismo instante el techo cedió definitivamente y un amasijo de madera, yeso y piedras cayó sobre el herrero, sepultándolo.

Lízer tomó de nuevo a Blasco para sacarlo de allí antes de que todo el edificio se precipitara sobre ellos.

El niño había perdido lo único que le quedaba en la vida.

64

Alodia aguardó a que amaneciese en Albarracín. Desde una esquina esperaba a que pasaran los centinelas. Iba envuelta en una capa negra, con la cabeza cubierta bajo una cristina, sobre ella portaba un yelmo de batalla, y en el torso una ligera cota de malla que había conseguido de un muchacho fallecido durante el último ataque.

Sí, se la había robado a un crío muerto. A estas alturas eso ya no le importaba lo más mínimo. Había que ser prácticos y él ya no la iba a necesitar. Además era del tamaño ideal para una mujer como ella. Al cinto portaba una espada que serviría para pasar desapercibida, aunque nunca había empuñado una.

La torre de Doña Blanca estaba fuertemente custodiada, pues era el principal bastión de aquel flanco de la ciudad. Alodia sabía que solo tenía una opción para entrar en ella: esperar a que atacaran de nuevo los extranjeros. En ese momento, con la confusión y la llegada de refuerzos para proteger la torre, podría pasar por un soldado más y acudir a su defensa. Una vez dentro, debía ingeniárselas para hallar el posible escondite de lo que buscaba.

No iba a ser fácil.

Esperó paciente, no había certeza sobre cuándo tendría lugar el próximo intento del rey de la Corona de Aragón.

El sol fue ascendiendo en el firmamento hasta alcanzar su punto más alto, y, justo entonces, retumbaron los primeros impactos de las máquinas de asedio. Había empezado el ataque.

Las campanas pronto tañeron llamando a todos los hombres a defender las murallas. Como hormigas, cientos de gentes corrieron armadas a sus puestos en los diferentes bastiones de la ciudad.

Varias compañías bien pertrechadas reforzaron la torre de Doña Blanca. Alodia corrió a unirse a una de ellas, eran al menos veinte hombres, y nadie le preguntó quién era o qué hacía. El movimiento era tal que no había tiempo para esos detalles. De uno en uno fueron entrando a la fortificación de piedra y ella se guardó bien de ser la última en hacerlo.

Ascendieron por una escala de cuerda, por la que le costó trepar. Una vez en su interior, los gritos y las órdenes eran constantes. Atisbó una trampilla que descendía a la planta inferior, pero a ellos les obligaron a subir por una escalera de madera al siguiente piso. Era una estancia de mayor tamaño, con abundantes pertrechos de guerra, flechas en abundancia, hachas, lorigas y espadas.

Sus compañeros seguían ascendiendo hacia el siguiente nivel. Se quedó atrás de manera intencionada y, en cuanto nadie la vio, descendió de nuevo por la escalera hasta la planta de acceso.

—¿Dónde demonios vas tú? —Un hombre delgado y con una poblada barba canosa le llamó la atención.

—A comprobar que esté todo bien en la planta baja.

—¿Y quién narices te ha dado a ti esa orden?

—El de arriba, el que está un poco gordo —improvisó Alodia, poniendo la voz más ruda de que fue capaz.

—¡Maldita sea! ¿Por qué no se meterá en su cometido? Lo primordial es la defensa de la torre, ¿o es que acaso cree que yo no puedo supervisar esto?

—Yo no lo sé, quizá prefiere que vos os ocupéis de controlar la puerta, al fin y al cabo es lo más importante.

—En eso tienes razón, anda baja y date prisa, que todo hombre es poco para defender la ciudad. Si están llamando a los críos y a los viejos y ¡hasta a las mujeres! ¿Te imaginas a una hembra con cota de malla y espada? —Y se echó a reír sin parar—. Bueno, ahí abajo no hay mucho, ¡apresúrate!

—Ahora mismo.

Alodia se mordió la lengua para no maldecirle. La zona inferior se hallaba iluminada con antorchas, era un espacio amplio, frío y con un nauseabundo olor a orines. No había mobiliario, solo la piedra sillar desnuda. El suelo era de cantos rodados del río.

Le inundó un fatídico desasosiego, allí no iba a encontrar nada.

Se había equivocado de torre, o aún peor. Quizá no debía buscar en ninguna de las torres.

Martín había muerto para nada. Aquel sacerdote era de lo poco bueno que ella había encontrado en su vida, de los pocos que la habían respetado. Ni la juzgó, ni la menospreció por ser una mujer, ni abusó de ella.

Ahora estaba muerto, lo que demostraba que había destinos que se equivocaban de persona.

Ella se había perdido tantas veces que ya se sabía el camino, pero en esta ocasión, Martín se había llevado algo de ella, algo que estaba convencida de que ya no recuperaría nunca.

Alodia volvió a centrarse en su misión. En ese lugar solo había paredes de piedra. Puso sus manos sobre los muros y le recordaron a la mazmorra del palacio episcopal donde había pasado días encerrada, sucediéndose las horas muertas mirando las paredes, pensando en su próxima ejecución.

Aunque no creía en la suerte, ahora la necesitaba más que nunca.

Fue entonces cuando se percató de que no eran la misma clase de obra. Los muros de su prisión estaban excavados en la roca. Aquellos eran de piedra trabajada, y lo sabía porque tenían marcas de los canteros que las hicieron. Cruces, letras y signos, sencillas incisiones del cincel para poder cobrar por el duro trabajo realizado a la hora de tallarlos.

Cuando ya iba a rendirse, una de esas marcas le llamó la atención. Todas eran sencillas; al fin y al cabo, los canteros no debían perder tiempo en marcar, sino en tallar. Sin embargo, aquella marca parecía como una especie de juego, unas rayas que se cruzaban en paralelo y círculos que las rellenaban.

Sí, aquello era un juego.

Y Alodia lo entendió.

Posó las palmas de ambas manos sobre la piedra; la sintió, sintió su fuerza, su nobleza, un sillar tallado para levantar una poderosa torre que defendiera la ciudad, que diera protección a los habitantes, que les resguardara de sus numerosos enemigos.

Miró bien la piedra, escrutó todo a su alrededor, pero no encontró nada que pudiera parecer diferente.

Sin embargo, debía de haberlo.

En algún detalle tenía que ocultarse el motivo de que ella estuviera allí, ¿dónde?

Aquella estancia estaba prácticamente vacía: los muros de piedra desnuda excepto por un par de antorchas, el techo formado por una bóveda de cañón y el suelo. No había nada más. Y a pesar de ello, Alodia sabía que era allí. Que el secreto se ocultaba en el interior de la torre de Doña Blanca.

Dezlizó la mirada y observó sus pies, movió uno de ellos y vio la huella que dejaba sobre el firme. Levantó la pierna y pisó con fuerza; sintió cómo retumbaba bajo ella.

Una zona de ese suelo no era de canto rodado, sino de simple tierra prensada.

Alodia se arrodilló allí mismo y comenzó a escarbar con los dedos de las manos. Le recordó a otro momento de su vida, cuando la encerraron en un cobertizo al poco de huir del carromato que la llevaba a un convento. Aquella lejana imagen le permitió darse cuenta de lo inútil de su acción. Se levantó y buscó con ansiedad alguna herramienta a su alrededor, hasta que se percató de lo poco habituada que estaba a portar una espada al cinto. Desenvainó y clavó la punta en la tierra, y con esfuerzo la usó para desvelar la trampilla que allí se ocultaba. Intentó meter la hoja por una de las rendijas, con poco éxito. La golpeó con la empuñadura y sonó firme. Volvió a intentarlo, y esta vez metió la punta por una esquina e hizo palanca para lograr levantarla un par de dedos. Aunque finalmente volvió a caer.

Alodia no se desanimó.

Cogió aire y lo intentó de nuevo. No lo hacía solo por ella, era Martín quien le daba las fuerzas para no desfallecer.

En esta ocasión logró introducir la punta de la espada a más distancia y, al realizar de nuevo palanca, tuvo suficiente fuerza como para liberar la trampilla.

Una bocanada de aire frío y nauseabundo brotó de aquel pasadizo.

Se asomó al interior; se encontraba demasiado oscuro. Así que tomó una de las antorchas que daban luz a la estancia inferior de la torre e iluminó el pasaje. Estaba excavado en la roca madre y parecía bastante profundo.

—¡Muchacho! —oyó una voz que descendía por la escalera—. ¿Quién narices te ha dicho que bajaras? Arriba dicen que no lo saben...

Miró de nuevo la gruta a sus pies; no tenía otra opción, dio un salto y se introdujo en el subterráneo.

65

Hacía frío, aunque lo peor era la tremenda humedad. El túnel descendía con mucha pendiente; había que agarrarse fuerte a las paredes de roca para no resbalar y caer rodando.

Alodia siguió bajando hasta que el pasadizo torció hacia su derecha y enfiló una pronunciada escalera excavada en la roca. Los peldaños era irregulares y altos; costaba subir por ellos. Todavía más a oscuras, tenía que palparlo todo para intentar orientarse en aquella penumbra.

Llegó un momento en el que el desnivel se suavizó, y la escalera se hizo más accesible. Fueron unos instantes breves; enseguida la vía se volvió a empinar y Alodia tenía que hacer verdaderos esfuerzos para no desfallecer en su marcha.

Por fin vio una luz; fue hacia ella con nerviosismo y llegó a una estancia reducida. En el techo había un orificio por donde entraba luz natural, aunque estaba demasiado alto para mirar por él.

Frente a ella se hallaba una puerta de madera, que era robusta y contaba con un cerrojo de generosas dimensiones. Intentó liberarlo, pero se hallaba cerrado. La madera tenía humedad y no estaba en buenas condiciones. Se apartó un par de pasos y cogió carrerilla para darle una fuerte patada, pero solo logró un ruidoso estruendo y un punzante dolor en la pierna.

No se iba a dar por vencida con tanta facilidad.

Repitió la acción por dos veces más, logrando que la puerta crujiera.

Volvió a intentarlo, pero no tenía la fuerza suficiente. Alguien tan delgado como ella no podía derribarla.

Miró a su alrededor, observó bien las paredes excavadas en la roca. Luego volvió la vista sobre el cerrojo. Era de amplias proporciones, la llave debía de ser de unos dos palmos, pensó que sería demasiado grande para llevarla sin llamar la atención. Y si alguien había ocultado tanto un lugar, lo último que quería era tener una llave que levantara sospechas.

Tenía que estar allí, oculta en algún escondite.

Observó todo de nuevo, se acercó a las paredes buscando alguna pista. No había nada que no fuera piedra. Fue más atrás, hasta la galería. Volvió a sumergirse en la oscuridad y palpó cada rincón, hasta que encontró algo que no era piedra. Parecía madera, la empujó y cedió. Era una especie de pequeña trampilla, metió su mano y tocó algo metálico, lo tomó, era grande y pesado.

Fue hacia la luz, era una enorme llave.

La introdujo en el cerrojo y cedió.

Tenía miedo a lo que pudiera encontrar al otro lado, así que terminó de abrirla con sumo cuidado.

La luz del orificio del techo de la sala anterior penetraba por la puerta e iluminaba con eficiencia aquella nueva estancia. Era un lugar diferente, el suelo era de losas y lo poco que se veía de las paredes dejaba claro que estaban encaladas. Aunque lo que de verdad la hacía distinta al resto de la galería era su contenido: estanterías repletas de libros y pergaminos.

Casi no podía creerlo, era una biblioteca oculta bajo la ciudad. Alodia había encontrado la biblioteca.

La contempló, emocionada. Sus dimensiones eran más que considerables, la luz exterior se reflejaba en un sistema de espejos que daban visibilidad a todo el espacio. Era difícil saber cuántos volúmenes había allí, pero tenían que ser miles.

Comenzó a explorar su contenido; libros de todo tipo, escritos en latín, en árabe y en otros idiomas exóticos. Pasó sus manos por uno de los volúmenes, de tapas azuladas, sin marcas ni relieves. Pensó en todo el conocimiento que había recogido en aquella biblioteca, era abrumador.

«Pero, ¿qué hacían ahí?»

«¿A quién pertenecía aquella biblioteca secreta?»

Alodia recordó las palabras que una vez oyó decir a Ayub: «una biblioteca guarda un orden, los libros deben estar siempre ordenados».

Cogió otro libro, forrado de cuero, y lo abrió. Era un texto en una lengua que desconocía, resultaba imposible saber de qué trataba. Comprobó que junto a él había otros libros, escritos en más idiomas. Encontró un ejemplar con miniaturas; en cada página se mostraba una planta, en ocasiones dos, y unos párrafos de texto. Algunos fragmentos de aquellas ilustraciones eran copias en mayor escala, y debajo contenían detalles de bocetos.

Se dio la vuelta y tomó un libro de la estantería más alta; contenía diagramas circulares, algunos de ellos con soles, lunas y estrellas, con constelaciones zodiacales: dos peces, un toro, un soldado con un arco... Cada símbolo se encontraba rodeado por figuras de mujeres en miniatura, la mayoría de ellas desnudas, y cada una sosteniendo una estrella.

Alodia quedó maravillada por aquellos libros, por todo el conocimiento que atesoraban. No podía dejar de revisarlos, cada vez que abría uno experimentaba una sensación placentera diferente.

Le llamó la atención una mesa separada del resto, en cuyo centro, en un pedestal, encima de una hermosa tela bordada, e iluminados por el juego de espejos que multiplicaban la luz natural de la estancia exterior, había dos objetos que parecían presidir la biblioteca: una brillante piedra azulada y un libro. Alodia cogió la gema con sus dedos y sintió una fuerza que atravesó todo su cuerpo.

Sorprendida, soltó la piedra, temblorosa. La gema cayó sobre el libro. Alodia la empujó suavemente con dos dedos y la movió a lo largo de la cubierta hasta que resbaló por el lomo y se posó sobre la lujosa tela. Después, tomó el libro y lo abrió. Se fijó en dónde y quién lo había mandado escribir: en Toledo, el rey Alfonso X.

Alodia tomó la gema turquesa y la guardó en las vendas con las que se había rodeado los pechos; se introdujo el libro por dentro de la cota de malla y el gambesón, agarrándolo con su cinto.

Salir de nuevo por la torre era muy arriesgado.

Salió a la antesala, alzó la vista y escrutó el orificio por donde entraba la luz; estaba a una altura de dos hombres. Se quitó la cota de malla con mucho esfuerzo y la dejó allí junto con la espada.

Retrocedió hasta situarse otra vez debajo del orificio; quizá podía salir por allí. Volvió a la biblioteca; tomó una de las estanterías y la zarandeó hasta lograr que todos los libros cayeran. A continuación, la empujó con todas sus fuerzas hasta llevarla a la antesala. Se subió a ella; se colocó debajo de la abertura, y vio que unos barrotes impedían escapar por ahí. Cogió la daga que guardaba y con su punta rasgó la base de uno de ellos, el techo tenía mucha humedad y la roca arenisca se deshacía con suma facilidad al clavar el metal.

No se rindió, se afanó en escarbar más en la base del barrote. Su trabajo sobre el barrote tenía efectos, pero no lo suficientemente rápidos; la puerta a duras penas resistía los envites. Pero por fin liberó el hierro, lo tomó con ambas manos y se colgó de él, su peso hizo el resto y el metal cedió. Volvió a apoyarse en la librería y lo empujó para hacer más espacio.

En eso, el arma que cerraba el portón salió despedida, y la mesa cargada de libros rodó por el suelo. Dio un salto y coló los brazos en el exterior del agujero. Se impulsó con toda la fuerza de la que fue capaz. Su escaso peso le permitió poder elevarse y escapar por aquel diminuto boquete.

Respiró aliviada, al mirar a su alrededor, no puedo creer dónde estaba.

Se hallaba en un claustro. La biblioteca estaba oculta bajo los cimientos de la catedral.

66

Alodia corrió hasta la galería de arcos y se ocultó tras una de las columnas. Miró a un lado y a otro. Tenía que huir de allí lo antes posible, se quitó las últimas ropas de hombre que portaba, vestida como un varón llamaría la atención, le reprocharían no estar en la defensa de la ciudad; era mejor volver a parecer una mujer, con la saya y mostrándose más femenina.

Deambuló por el pasillo buscando una salida. La primera puerta que halló estaba entreabierta y parecía comunicar con otras estancias. Siguió, andando con mucho sigilo, hasta el siguiente portón. Lo empujó y accedió a la nave de la catedral.

El silencio era total, no parecía haber nadie.

Pegada al muro continuó en busca de la manera de salir de allí.

—¿Puedo ayudarte, hija? —Una voz frente a ella la dejó sin palabras—. ¿Estás bien? Pareces asustada.

—Yo... El asedio... Nos atacan.

—En efecto, ¿tienes miedo de los extranjeros? —preguntó aquel sacerdote, un hombre de mirada tranquila, con los ojos claros y la tez muy blanca—. No temas, Dios nos protege —dijo, señalando al techo de la catedral.

—¿Y si entran en la ciudad?

—No, hija, no lo harán. —La miró de arriba abajo—. Vistes de manera extraña... La catedral está cerrada, ¿por dónde has entrado?

Tragó saliva.

—El padre Martín me abrió, él es mi confesor.

—¿Martín? Hace días que no le veo, ¿dónde dices que está?

—Creo que dijo que iba al claustro.

—¿Para qué? Da igual —dijo a continuación gesticulando con ambas manos—, de todas maneras debes irte. No puede haber nadie dentro del templo. Con el asedio que sufrimos las medidas de seguridad se han extremado —le comunicó mientras le mostraba por dónde salir—. Te acompañaré. Deberías ir a tu casa, son días difíciles, mejor que te resguardes bien.

—Sí, padre, así lo haré.

El religioso abrió una de las puertas auxiliares de la catedral y Alodia respiró aliviada al verse fuera de allí. Se despidió agradeciéndole su ayuda y, sin mirar atrás, comenzó a caminar intentando contener sus ansias de echar a correr.

Ahora no podía hacer nada más, debería esperar al día siguiente. A esas horas, con el sol ya muy bajo, tras los eventos de las últimas horas, una fugitiva corría demasiado peligro en las calles de Albarracín.

Buscó refugio entre las ruinas de una casa derrumbada por los proyectiles de los invasores. Tan solo se acurrucó y esperó a que pasara la noche, estaba hambrienta y helada. Aun así no podía arriesgarse ni a buscar comida ni a intentar encender un fuego. Debía resistir.

Había masticado demasiada tierra como para no saber cuándo había tocado fondo; había sufrido lo suficiente como para saber que la vida consiste en sobrevivir. Ahora que se había ido Martín, algo de ella se había marchado con él. Lo único que no sabía era cuánto...

Con el alba, Alodia despertó con una fortaleza nueva, como un fénix que resurge de sus cenizas. Salió de su escondite y corrió hacia la judería, cruzó rápido las callejuelas y llegó hasta la puerta de Abraham. Golpeó tres veces.

—¿Quién es?

—Alodia.

Abraham abrió y dejó pasar a la muchacha. Por la expresión de su rostro supo que tenía buenas noticias.

—La he encontrado. He encontrado la biblioteca —afirmó exhausta, cerrando de nuevo la puerta.

—¿Y Martín?

Entonces le dio una punzada el corazón; regresó la imagen de su muerte, y dudó si no podría haber hecho más para ayudar a su amigo. Al mismo tiempo, se percató de que, desde la pasada noche, se sentía algo mejor, no le dolía tanto el corazón. No era que a ella le faltara sentimiento, es que le sobraban heridas, y las cuchilladas de la vida le penaban cada vez menos.

—Ha muerto, nos atacaron.

—Lo lamento, no sabes cuánto. —Abraham se entristeció—. ¿Qué ha sucedido?

—No somos los únicos que buscaban la biblioteca.

—Era de esperar. —El médico frunció el ceño.

Alodia le relató todo lo acontecido, y se derrumbó, llorando, frente a Abraham. Él intentó consolarla y poco a poco la mujer fue asimilando la desgracia.

—Siéntate, te prepararé algo de comer, estarás hambrienta.

El médico le trajo pan, queso y un caldo caliente que Alodia devoró como si hiciera meses que no hubiera probado bocado.

—No pensé que volvieras por mi comida... —Sonrió intentando quitar todo el hierro posible a la desgracia de Martín.

—La vida es muy injusta.

—No, Alodia, la vida es dura, que es diferente. Las alegrías hay que cogerlas con las dos manos, porque son pocas y efímeras; y las penas, bueno —suspiró—, las penas hay que llevarlas como mejor se pueda... Me temo que hay poco más que podamos hacer.

—A veces no sé si todo esto vale la pena.

—Eso es porque eres joven, intenta no pensar ahora en Martín. Recuerda que tu posición es bastante complicada entre los muros de esta ciudad —afirmó Abraham, que le acercó un trozo de pan que quedaba en la mesa—. ¿Dónde está la biblioteca que dices que has encontrado? —preguntó inquieto Abraham.

Alodia se limpió la boca con la mano y la introdujo por debajo de su saya; el médico se puso nervioso al entrever por dónde se tocaba la mujer, pero su rostro cambió cuando vio brillar la gema.

—Fabulosa, realmente fabulosa —tartamudeó mientras aproximaba sus manos a la piedra que le mostraba.

La tomó de los dedos de Alodia y la observó con entusiasmo.

—Qué gema tan extraordinaria, nunca había visto una tan hermosa, y de semejante tamaño.

—¿Qué es exactamente?

—No sabría decirte, ¿dónde la hallaste?

—En la biblioteca... No podéis creer dónde está oculta, ¡bajo la catedral! —dijo mientras terminaba con la comida.

—Qué mejor lugar para mantenerla lejos de la Iglesia que construirla debajo de ella. ¿Cómo era? ¿Lograste ver qué libros poseía?

—Está en una cueva húmeda, pero cuenta con manuscritos increíbles, de todo tipo y en todas las lenguas —narró entusiasmada—; también traje esto. No sé cuál es su valor, pero parecía ser muy alto; destacaba entre todos los demás. —Y Alodia sacó de su cintura el volumen robado en la biblioteca.

—¿Qué es? —Abraham lo miró con recelo, cegado por la piedra.

—Un libro del rey Alfonso.

—¿Cómo dices? —Por fin logró llamar su atención. Abraham guardó la gema en su mano a la vez que tomaba el libro y lo abría con los ojos incrédulos ante lo que estaba contemplando.

—Creo que es importante.

—Desde luego que sí... —Lo miró con la boca abierta—. ¿Dónde lo has encontrado?

—Junto a la piedra, en la biblioteca, escondidos bajo la catedral.

—No puedo creerlo. —Le costó decir las palabras y casi se atraganta con ellas—. De verdad que no puedo. Este libro... Este libro es la joya del *scriptorium* del rey Alfonso X. Se escribió solo para su uso personal, casi nadie sabe de su existencia.

—¿Y de qué trata? Es un tratado de magia, ¿verdad?

—Es mucho más que eso, se titula *El fin del sabio y el mejor de los medios para avanzar*, y es una traducción del árabe al castellano de un tratado de magia talismánica conocido como *La meta del sabio*. Su autor fue un árabe que vivió en una pequeña población musulmana de la taifa de Toledo que todavía existe, Madrid se llama, hace casi tres siglos.

—Se trataba de un mago, ¿es eso, no?

—Era un prestigioso matemático que aunó conocimientos orientales, clásicos y musulmanes. Es el mejor manual de magia que se conoce. Este libro recoge saberes ancestrales, que llegan hasta los primeros tiempos, a civilizaciones ahora perdidas en las cuencas de los ríos Éufrates y Tigris, la mítica Mesopotamia, pero también egipcios, griegos, hebreos y árabes.

—Entonces tiene un gran valor para fabricar talismanes.

—¿Es que no lo entiendes? No solo para eso, ¡para todo! Explica el orden y las leyes de la naturaleza y cómo un mago puede utilizarlas para intervenir en el curso natural de los acontecimientos.

—Sirve para cambiar nuestro destino, entonces, el que se supone que Dios tiene reservado para nosotros...

—Somos nosotros los que elegimos nuestro destino, Dios nos da la posibilidad de cambiarlo tantas veces como queramos, para bien o para mal —afirmó él—, y este es uno de los medios para hacerlo. Los astros son capaces de transmitir al mundo las formas celestes, y con este libro un mago es capaz de que una de esas formas se imprima de la manera y en el momento preciso en una materia adecuada, para un determinado fin.

—Capta y guía el influjo de un astro hacia la materia para poder invocar su poder...

—Sí, eso es exactamente lo que puede llegar a hacer —concluyó Abraham, visiblemente emocionado.

Alodia se levantó de la mesa.

—Ya tenéis la biblioteca. Ahora, por favor, sacadme de esta ciudad.

—Tengo mucho más que la biblioteca. —Se levantó, fue hasta el muro a su espalda, se agachó y quitó unos ladrillos del suelo. Del interior extrajo un cofre de madera—. Ya lo tengo todo.

—¿Qué sucede, Abraham? ¿Qué es eso?

—La gema es la verdadera base del talismán. —Y la introdujo en el cofre—. El libro de Alfonso X explica el procedimiento para construirlo. —Y también lo metió dentro—. Y los cinco símbolos de los planetas que deben grabarse en él los hemos conseguido después de mucho esfuerzo.

—¿De qué habláis?

—Alodia, tú estás sentenciada hace mucho tiempo. Eres una muerta que sigue con vida, nada más que eso.

—¿De qué demonios estáis hablando, Abraham?

—Te agradezco lo que acabas de hacer, que hayas encontrado la biblioteca. No puedes siquiera imaginar cuánto. —Al médico le brillaron los ojos—. No sabes lo que he trabajado para esto. Tu querido maestro Ayub me lo puso muy difícil.

—¡Tú! Tú eres el que ha planeado todo, tú mataste a todos esos hombres —afirmó la mujer con un tono amenazante, mirando a un lado y a otro de aquella estancia.

—Yo soy una pieza más del tablero, como tú.

Entonces se oyó el crujido de una puerta y una silueta surgió de la oscuridad. Era un caballero, con una brillante cota de malla y un emblema dorado cosido en la sobrevesta. Una espada alargada colgaba de un lado de su cinto y unos guanteletes del otro. Se acercó. Alodia por fin pudo verle mejor el rostro. Era un hombre bien parecido, de rasgos proporcionados y aspecto cuidado. Tenía una boca preciosa, pero ella sabía que estaba llena de mentiras.

—¿Quién eres? —Alodia intentaba ponerle nombre, o al menos recordar dónde lo había visto antes, porque de una cosa estaba segura: ella le conocía.

—Nos hemos cruzado muchas veces; en la mayoría de ellas, yo no tenía este aspecto. En otras te veía por las calles de Albarracín, era gracioso observarte sin que tú supieras quién era yo.

—Tú eras el aprendiz de Ayub. Te has escondido durante todo este tiempo... ¿tanto miedo tenías a mostrar tu rostro?

—Yo más bien lo llamaría precaución, la magia no está muy bien vista por la Iglesia, tú ya deberías saberlo, ¿no?

—Querías matarme, por eso terminé en las mazmorras...

—Esa jugada para escapar de mí fue arriesgada y hábil, he de reconocerlo, desde luego Ayub tenía buen ojo para elegir a sus aprendices. —Y sonrió—. La primera vez que te vi estabas sola y unos borrachos iban a abusar de ti. Yo te salvé, ¿no lo recuerdas?

—Tú eras aquel hombre...

—Lo era —asintió—. Los dos hemos sufrido mucho, nos hemos tenido que labrar un presente; a mí me han arrancado más veces la piel que a ti la ropa. Pero el dolor concede memoria a todo el mundo —afirmó con sosiego—. La principal diferencia entre nosotros es nuestro diferente futuro; tú has vivido demasiado, hace tiempo que deberías estar muerta.

—Tú eres quien torturó y mató a los hombres de los gremios.

—Sí, Ayub fue muy hábil utilizándolos para ocultar los cinco símbolos.

—¿Cinco? Solo han muerto cuatro...

—Esos detalles ya dan igual —respondió—; a veces he pensado que la verdad era solo otra mentira, pero me equivocaba. No me gusta perder el tiempo —sonrió—, de todas formas, jamás habrían servido de nada si no hubieras traído este libro y la gema, por supuesto.

—Pensaba que el material para hacer el talismán era el guardamano.

—No, no era el guardamano.

—Sí, hay que tener mucho cuidado; en este mundo todos mienten. El tráfico de gemas, talismanes y reliquias está lleno de engaños y trampas —musitó Abraham—; esta piedra es incluso más poderosa que cualquier otro objeto que hubiéramos podido obtener.

Alodia buscó con la mirada una escapatoria, pero la habitación no tenía ventanas, la puerta a su espalda estaba atrancada, la otra, custodiada por aquel asesino. Enfrente dos hombres implacables; ella, desarmada, indefensa.

—Tu viaje concluye aquí —afirmó Abraham, abriendo las palmas de sus manos—; todos tenemos un destino, nada es casual, todo tiene su sentido, su función, hasta el menor de los detalles; cualquiera de esas casualidades que encontramos en nuestra vida han sido colocadas ahí por una razón. Tu misión era traerme este tesoro; una vez cumplida, lo mejor es que descanses.

El caballero desenvainó la hoja de su espada, el chirrido del metal se hizo eterno.

Alodia estaba condenada.

«Se acabó; hasta aquí he llegado», pensó para sí.

67

Vio acercarse la hoja de aquella alargada espada. Cuando sabes que vas a morir, toda tu vida pasa delante de tus ojos y, sin saber por qué, recuerdas un momento determinado, un instante de hace muchos años, una imagen que creías ya olvidada a la que nunca diste importancia, y que en este último suspiro de tu existencia es con la que decides despedirte.

Sí, todos debemos morir.

La muerte es lo que caracteriza a los seres humanos; lo que da sentido a su vida.

A pesar de esa evidencia, nadie quiere morir, ni en sacrificio por sus dioses, ni en nombre de grandes reyes. El instinto de supervivencia es el otro valor que nos define. Dos ideas opuestas, morir y sobrevivir, que, sin embargo, conviven dentro de un mismo cuerpo, de una misma alma.

Alodia tenía muy desarrollado su instinto de supervivencia; lo había cincelado a base de golpes y más golpes, hasta lograr una sólida obra, y no iba a dejar que ahora se derrumbara.

Porque tu destino puedes cambiarlo tú o, algo que muchas veces olvidamos, pueden cambiarlo otros.

Cuando Alodia creyó que no vería un nuevo día en su vida, escuchó el crujido de la puerta y el reflejo de la mirada compungida de Abraham.

Se volvió, impidiendo que la hoja encontrara su cuerpo. Cuando aquel hombre reaccionó para intentarlo otra vez, una nueva espada se cruzó en su camino.

No estaba tan sola como creía.

Lízer empuñaba aquella arma.

Los dos contrincantes se miraron y comenzaron a intercambiar golpes, mientras que, al otro lado de la sala, Abraham abrazaba fuerte el cofre con los elementos para el talismán, y se acurrucaba en una esquina, con la mirada aterrorizada.

Lízer era diestro y tiraba bien de espada, pero el discípulo de Ayub era más corpulento, y sus golpes, más contundentes. Usaba tanto las dos manos como una sola para empuñar su arma, y en ambos casos imprimiendo una feroz energía a sus arremetidas.

Atacaba con espadazos potentes y buscando la cabeza de su rival, mientras este se defendía como podía, incapaz de contraatacar, salvando cada acometida con más sufrimiento que la anterior.

El discípulo de Ayub alzó la hoja por encima de la cabeza y lanzó un embate que empujó a Lízer y le hizo caer. El joven alguacil rodó sobre el suelo, hasta quedar fuera de su alcance y con agilidad se incorporó de nuevo.

Alodia casi se lanza a socorrerle, aunque no hubiera servido más que para encontrar la muerte.

El discípulo de Ayub gruñó ante la oportunidad perdida, y dio varios pasos hacia su derecha, resoplando por el esfuerzo, mientras Lízer le esperaba en guardia. Agarró bien la empuñadura de su espada y volvió a alzarla con el firme propósito de terminar por fin con aquel duelo.

Lízer sabía que no tendría tanta suerte de nuevo. Así que en vez de esperarle fue directo hacia él, dejando desprotegida su cabeza. Su rival se percató y lanzó el ataque definitivo. Su espada buscó directamente el cuello de Lízer, y este dio un giro hacia la derecha, y se agachó para evitar la hoja de su contrincante. Cuando volvió a recuperar la vertical se abalanzó hacia él buscando hacer sangre en su costado.

Su oponente a duras penas pudo esquivarlo, y aunque lo hizo, Lízer le asestó un golpe con el antebrazo de la mano izquierda que le dejó tocado, para a continuación propinarle una patada en el muslo.

Se tambaleó con los golpes, pero el discípulo de Ayub, lejos de claudicar, escupió una flema de sangre y se abalanzó contra él con dos espeluznantes golpes de espada que hicieron retroceder a Lízer.

Este no se amedrentó y volvió a blandir la espada; su hoja casi hizo sangre en el rostro de su contrincante.

—¡Alodia, sal de aquí! ¡Vamos! —le gritó mientras intentaba resistir un nuevo envite—. ¡Ya!

Ella obedeció. Vio al viejo con el cofre, pero Abraham hábilmente se situó cerca del discípulo de Ayub. Alodia lo maldijo, apretó los puños y Lízer la empujó.

—¡Vete!

Salió corriendo por la puerta con Lízer a su espalda.

—¡No te pares! Por aquí —le indicó mientras la protegía, y ella obedeció.

Lízer y Alodia echaron a correr, perseguidos por el discípulo de Ayub. Llegaron a la fuente del Chorro y siguieron hasta la iglesia de Santiago, salvando así la plaza del Mercado, y perdiendo de vista a su atacante. Cruzaron frente a la casa de la orden santiaguista para enfilar hacia el portal de Molina. Antes de llegar allí, Lízer empujó una puerta a la izquierda de la calle y entraron en una de las casas. La atrancó y fue subiendo en un extraño zigzagueo interior, ya que conforme ascendían la escalera había una única estancia por planta, que cambiaba de lado en cada giro, de izquierda a derecha, hasta llegar a la quinta altura.

Por fin entraron en una estancia, y Lízer cerró la puerta.

Le hizo un gesto con los dedos a Alodia, y aunque ella estaba deseando romper a hablar con él, asintió con la cabeza. Se hizo un silencio tenso, pesado y angustioso.

Se mantuvieron un largo tiempo así.

—Creí que no te volvería a ver. —Fue él quien rompió la espera.

—Soy difícil de matar.

—Eso ya lo veo, yo caí herido en las murallas. —Y señaló el vendaje de su hombro—. Cualquier hora es buena para morir, pero no cualquier día; por eso estoy aquí, no podía dejarte.

Fue hacia ella, le acarició la nuca, y la besó con un intenso deseo. Llevaba semanas, una eternidad, soñando con este momento; jamás pensó que tendría la oportunidad de probar los besos de esta mujer.

Sin embargo, los labios de Alodia no respondieron.

—¿Por qué has hecho eso? —le inquirió molesta, apartándose de él.

—He sufrido mucho para llegar aquí, no pensaba desperdiciar la oportunidad de besarte.

—Tienes suerte de que las cosas estén como están, si no te arrepentirías de lo que acabas de hacer.

—He hecho todo lo que he podido por ti —afirmó—, pedí que te escucharan cuando nadie quería hacerlo.

—Hablaste con Martín —dijo Alodia con la voz entrecortada.

—Sí, ¿qué ocurre? —preguntó el alguacil al verla llorar—. ¿Estás bien?

—No, no lo estoy. —Se secó las lágrimas con la mano—. Martín ha muerto.

—Lo siento... Yo no lo sabía.

—Tú le pediste que me ayudara, y ha muerto... ¡Por tu culpa! —le gritó a la cara.

—Yo no le obligué, si lo hizo es porque quiso...

—Lo hizo por mí.

—¿Qué quieres decir? Era un sacerdote, te ayudó porque era lo correcto, porque sabía que eras inocente —insistió con pasión Lízer.

—Da igual, sé por experiencia que la felicidad, más tarde o más temprano, te acaba apuñalando por la espalda.

—¿Te habías enamorado de él, Alodia? —Lízer apenas podía creer sus propias palabras.

—Lízer, él está muerto.

—No has contestado a mi pregunta.

—Es que no pienso hacerlo —sentenció Alodia enervada.

En ese momento, un niño surgió detrás de ellos.

—¿Y este crío?

—Es Blasco —contestó Lízer a la vez que lo miraba con una sonrisa en el rostro—, me ha salvado la vida.

—¿Es verdad lo que dicen de ti? ¿Que eres mala? —preguntó Blasco con curiosidad inocente.

—¿Tú qué crees? —replicó Alodia más tranquila, limpiándose las lágrimas con la mano.

—No lo sé.

—¿Eso qué quiere decir? Seguro que no has conocido a muchas mujeres —dijo ella sonriente—. ¿Cómo es tu madre? ¿Me parezco a ella?

—Mi madre murió cuando yo tenía diez meses. Y no, nunca había visto a nadie como tú, pero creo que eso no quiere decir que seas mala. Todos los días me encuentro con gente y casi todos son malos. —Se encogió de hombros—. Al menos tú eres diferente, quizá puedas ayudarme.

—¿Ayudarte? Claro, ¿qué es lo que quieres?

—Quiero matar al hombre que asesinó a mi hermano.

—¿Cómo? —Alodia se impresionó con aquella contestación—. Eres muy pequeño para desear la muerte de nadie. Ya tendrás tiempo para eso, te lo aseguro.

—Mató a mi hermano, tengo que hacerlo —afirmó entre lágrimas—. Él lo hubiera hecho, él me habría vengado.

Aquellas palabras sacudieron las entrañas de la memoria de Alodia.

—Escúchame, Blasco, mi madre me contaba historias de dragones y caballeros que salvaban a princesas; yo siempre quise salvar al dragón y quemar al príncipe. La venganza no es tan liberadora como piensas, créeme —afirmó Alodia, colocando su mano sobre el hombro del niño—. Yo también he querido vengarme en muchas ocasiones, de muchos hombres, hasta de mi padre. Mientras buscas la venganza tus heridas siguen abiertas. Lo mejor es coserlas, que cicatricen y no vuelvan a abrirse.

—¿Tú no tienes hermanos? —le preguntó él.

—Sí, una hermana pequeña. Ella se llama Beatriz. —Por primera vez en mucho tiempo Alodia se sintió vulnerable—. Hace mucho que no la veo, está casada con... Eso ya da igual, espero que sea feliz.

—Piensa lo que harías si le hicieran daño, ¿a que intentarías que el culpable pagara por ello? ¡Lo harías!

—Sí, aunque la venganza puede ser más dolorosa que el motivo que te lleva a ella.

68

Abraham cogió una bolsa e introdujo varios objetos con rapidez, echó un rápido vistazo por la casa hasta que encontró la daga que buscaba y la ocultó debajo de su túnica. También tomó algo de pan y queso, lo envolvió y lo metió todo en la bolsa, justo cuando regresó Atilano de Heredia.

—Se han escapado.

—No importa —afirmó Abraham mientras recogía el cofre—, no saben quién eres...

—Pero sí conocen mi cara, ahora pueden reconocerme.

—Un noble como tú no suele coincidir mucho con gentuza como esa, además, qué más dará eso ahora. Debemos irnos, tenemos más de lo que esperábamos obtener.

—¿Cómo pretendes abandonar la ciudad?

—Cerca de la iglesia de Santa María hay una salida secreta; los judíos la tenemos preparada por si algún día debemos irnos. Siempre disponemos de una vía de escape; no hemos sobrevivido hasta nuestros días por casualidad, te lo aseguro.

—¿Cómo sabes que los tuyos nos dejarán utilizarla?

—Porque les pagué por ello.

—¿Y te fías de su palabra?

—Mucho más que de la de uno de vuestros reyes. Los judíos cumplimos lo que decimos; los cristianos no podéis decir lo mismo.

Sin más dilación, salieron y se encaminaron a la iglesia. Abraham andaba en cabeza, con el cofre oculto dentro de un zurrón de cuero, mientras el caballero controlaba que no había peligro, con la mano muy cerca de su empuñadura.

—Espera —miró a un lado y a otro de la calle—. Es aquí, llama dos veces.

Así lo hizo, un ruido se oyó al otro lado.

—Soy Abraham —afirmó con firmeza—, traigo el pago acordado y diez monedas más de oro por las molestias que os pueda ocasionar.

La puerta se abrió.

Era el inicio de un pasillo estrecho y sombrío. El caballero y Abraham lo recorrieron con precaución. La escasez de luz era tal que no sabían dónde pisaban. Llegaron a una estancia algo mayor. Allí un hombre de modesta estatura y ojos grandes y brillantes les esperaba de pie, con las manos juntas a la altura del pecho.

—Aquí estoy, con el pago, tal y como acordamos —dijo Abraham.

—Veo que no vienes solo. Conozco a ese, es el hijo de Heredia.

—Viene conmigo.

—¿Qué haces tú con el hijo de un noble cristiano? Hay algo que no me has contado, Abraham.

—Acordamos la salida, sin condiciones.

—Entonces hablamos de ti, solo de ti.

—¿Quieres más dinero, es eso?

—Cuando viniste a mí no estábamos bajo asedio, aquel precio no vale ahora. Era de tiempos de paz. Además sois dos, tendrás que pagarme el doble.

—No vamos a pagar más. —Atilano de Heredia dio un paso al frente—. Sácanos de aquí.

—Cómo lamento tener que llegar a esto, pero no me habéis dejado más remedio.

Un par de hombres surgieron de las sombras.

—¿Qué estás haciendo? —Abraham dio un paso al frente—. Teníamos un trato.

—Te lo repito por última vez, el precio es el doble —se reafirmó aquel hombre—; tu nuevo amigo tiene muchos bienes, no le supondrá ningún problema el pago.

—¿Eres estúpido? Estamos bajo asedio, ¿cómo voy a vender algo en esta situación? ¿Quién iba a comprarlo?

—Eso no es ningún problema, yo mismo puedo comprar vuestras posesiones. —Heredia se quedó paralizado ante aquellas palabras, que iban dirigidas a él—. La casa de tu familia, puedo darte por ella lo que necesitas para el pago.

—¡Por la casa de los Heredia! ¡Es la mejor de todo Albarracín!

—Sí, eso creo, por eso me interesa —respondió con el mismo tono de voz serio y firme—, lo tomas o lo dejas.

—¡Jamás te daré mi casa por unas monedas!

—¿Y ese zurrón? ¿Qué escondes ahí dentro, Abraham?

—Documentos y enseres para poder establecerme en otra ciudad.

—Quiero verlos. —Y señaló la bolsa con la mano.

Los dos esbirros se abalanzaron hacia él para quitárselo, Heredia reaccionó hábilmente como si estuviera esperando la emboscada y se interpuso en su camino. Al primero de los sujetos le esquivó con dificultad pero logró salvar el peligro, agachándose y bloqueando su golpe con el antebrazo, para acto seguido propinarle un contundente puñetazo que le hizo retroceder. Mientras, el segundo su aproximó por su espalda, Atilano lo intuyó y se hizo a un lado. Sin embargo, no contaba con la daga que vio brillar y que le rozó en el antebrazo. Enfurecido lo tomó del cuello con ambas manos y lo empujó contra la pared. Apretó con fuerza hasta hundir los dedos en su garganta. Él intentaba liberarse sin éxito; cuando su compañero acudió a su auxilio, Heredia lo lanzó contra él, cayendo ambos. Se agachó para tomar la daga que brillaba en el suelo.

Caminó decidido hacia ellos.

Cogió de los pelos al que casi había estrangulado, pasó su brazo por delante del rostro y le rebanó el cuello.

La sangre salpicó la mirada del otro, que intentaba huir a gatas. Atilano de Heredia le propinó una patada en el costado que lo detuvo; después puso el pie derecho sobre su espalda, hincó la rodilla izquierda, alzó la daga y acabó con el tipo de la misma manera que con su compañero.

El tratante judío asistió boquiabierto al degollamiento de sus secuaces.

—Ahora que hemos dejado de perder el tiempo —interrumpió Abraham dando dos pasos al frente—, ¿podemos cerrar el trato o hay alguien más a quien quieras que matemos?

—Ese hombre es el mismo demonio —afirmó aterrado, señalando la figura de Atilano de Heredia.

—Que yo sepa, eres tú quien le ha atacado, no tengo la culpa de tu inoperancia. Teníamos un trato, ¡cúmplelo!

—Esta noche, junto a la iglesia de Santa María...

—Hay muchos guardias en la muralla, está al lado de la torre de Doña Blanca —advirtió preocupado Atilano.

—Lo sé. No será sencillo. Deberéis encontrar la forma de burlar su vigilancia.

—¿No pretenderás engañarme de nuevo? —Y acercó el arma chorreante de sangre—. A no ser que quieras terminar como tus hombres.

—Para salir de la ciudad hay que utilizar una galería que desciende desde lo alto de la iglesia de Santa María. Se construyó sobre nuestra antigua sinagoga, la entrada a ese túnel está oculta bajo ella —afirmó con un tono imperturbable—. No hay otra vía para salir de Albarracín fuera del alcance de las huestes que nos asedian.

—¿Dónde nos dejará?

—Al otro lado del río, lejos de las tropas de Pedro III.

—¿Y cómo salvaremos a los soldados de Albarracín que defienden ese flanco de la ciudad? —insistió Heredia sin dejar de amenazar con su espada.

—Yo acordé sacaros, nada más. Eso es cosa vuestra.

69

Lízer llevaba mucho tiempo esperando aquel momento; por fin estaba junto a Alodia. Siempre pensó que la volvería a ver, y ahora estaba ahí, frente a ella. Por eso sabía que debía lanzarse a corazón abierto, como se deben hacer las cosas que importan. Aunque a veces puede que el mejor camino sea tomar la dirección equivocada.

Alodia estaba como ausente; su aspecto con el pelo cortado y vestida como un hombre era desconcertante. Lízer se daba cuenta de que no sabía absolutamente nada de ella. Solo la había visto un par de veces, no habían hablado hasta que la reencontró, solo le había robado un beso, y jamás habían yacido juntos. Y, sin embargo, a pesar de todo eso, sabía que la quería.

Lo supo desde que la sacó en brazos del incendio, desde que la miró a los ojos.

Desde entonces la echaba de menos, aunque nunca la hubiera tenido.

—Alodia —llamó su atención—, Alodia...

—Sí. —Por fin se volvió hacia él.

—¿Qué te ocurre? ¿En qué piensas?

—En nada —dijo ella.

—No te preocupes, te juro por mi vida que voy a protegerte y estar siempre contigo.

—¿Siempre?

—Sí, claro; siempre. —Lízer la miraba fijamente, intentando penetrar en aquellas pupilas bicolor.

—Nos están atacando, cada día cae gente de uno y otro bando... Martín también murió... Y fue por ayudarme.

—Todo esto, tu tristeza, tu rechazo hacia mí, es por él, ¿verdad? —La expresión del rostro de Lízer cambió, se volvió oscura, agresiva—. Te recuerdo que era un cura, no...

—¿Qué demonios quieres decir con eso? —Alodia lo fulminó con la mirada.

—No quería enfadarte, me encuentro en una situación... Complicada.

—¿Y yo? ¿Te parece que mi situación es sencilla?

—No, por supuesto que no, pero yo... Tengo mis ocupaciones, lo he dejado todo por ti. No sabes a todo lo que he renunciado, no te puedes hacer una idea.

—Ya sé que eras alguacil...

—No se trata de eso.

—De... —Se pensó las palabras—. Déjalo, Lízer, ahora lo que debemos hacer es pensar en cómo escapar de Albarracín, ¿no crees?

—Pero es que no lo entiendes...

—Por favor, no es el momento. —Y lo fulminó con la mirada.

Al recordar al sacerdote, Alodia no se sintió bien; era él quien le había liberado, con quien había huido del ahorcamiento, con quien había compartido sus pesadillas. Ahora que por fin iba a ser libre, él estaba muerto y ella con otro hombre.

Era cuando despertaba que se daba cuenta de que hacía mucho frío fuera de los sueños.

Alodia volvió la vista hacia Blasco; solo era un crío, y había sido capaz de ayudarles. Estaba jugando con un palo con el que dibujaba círculos en el suelo. Por un momento le recordó a ella misma, no a la Alodia actual, pero sí a la niña que se escapó de aquel carruaje que la llevaba a un convento, la que cruzó la frontera y llegó a Albarracín sola e indefensa.

Esperaba que él no tuviera que pasar por todas las calamidades y sufrimientos que ella tuvo que soportar.

—Blasco, ven aquí —le dijo y el niño obedeció—, ¿te gustaría aprender a leer?

—No lo sé, ¿para qué sirve?

—Pues para saber lo que dicen los libros.

—¿Como los de la biblioteca esa que encontraste?

—Exacto, como esos y como muchos otros que existen.

—¿Por qué son tan importantes los libros? —preguntó Blasco con ingenuidad.

—Contienen una gran sabiduría, la de muchos grandes hombres y mujeres que vivieron antes que nosotros y que dejaron todo ese conocimiento escrito en pergaminos. Son un verdadero tesoro que debemos proteger.

—Yo he visto cómo venden el pergamino en el mercado, es muy caro —asintió más convencido.

—¿Qué has dicho? —Alodia se incorporó.

—Que he visto comprar pergamino de ese del que están hechos los libros, no sé cómo puede valer tanto.

—Blasco, ¿quién lo compraba? ¡Es importante!

—No lo recuerdo, creo que eran extranjeros de los que luego van a la Taberna del Cojo a emborracharse.

—¿Qué sucede? —inquirió Lízer, que se percató de que algo estaba pasando por la mente de Alodia.

—Antes de irnos tenemos que hacer una última visita.

—No podemos, es peligroso que alguien te vea por la ciudad. Si te prenden te colgarán —advirtió el alguacil.

—Pasaremos desapercibidos, esperaremos a que oscurezca.

Así fue, la noche cayó y la penumbra envolvió las calles como un manto, largo y espeso, que se introdujo por todos los rincones, por los resquicios de las puertas, adueñándose de las casas, de las iglesias y hasta de la alcazaba. De noche nadie dejaba ver una luz, nadie quería mostrar al enemigo dónde se encontraba, pues al volver a salir el sol, las máquinas de asedio buscarían esos mismos puntos, sabedores de que estaban habitados. De esta manera, la ciudad parecía abandonada, sin ruidos, sin el jolgorio de las tabernas, sin el calor de las chimeneas encendidas. Solo las constantes rondas de los guardias demostraban que aquel lugar no estaba deshabitado.

Así fue mucho más fácil para ellos escurrirse por las callejuelas. Alcanzaron una esquina cercana a la Taberna del Cojo.

Lízer divisó una pareja de soldados a escasos metros, e hizo una señal a Alodia y Blasco para que se ocultaran de inmediato.

Los vigilantes se fueron acercando, hasta que cruzaron por delante de la esquina, sin doblarla. Alodia aguantó la respiración; no quiso ni mirar hasta que intuyó que ya habrían pasado de largo, pero no fue así. La pareja de guardias se había detenido justo en aquel cruce y charlaban entre ellos.

El alguacil rezó para que siguieran su camino, para que no estuvieran ni un instante más allí parados.

Alodia se encontraba tranquila, tener a Lízer y su espada a su lado era una gran ayuda, pero...

¿Y ese crío? ¿Dónde estaba?

Blasco había desaparecido, Lízer interrogó a Alodia con la mirada, sin obtener nada más que un rostro de preocupación.

Uno de los soldados señaló hacia una casona que parecía a punto de caerse, cuya fachada iba perdiendo la verticalidad conforme crecía en altura. Mostraba un equilibrio difícil de imaginar y terminaba en un alero imposible, que casi se pegaba con el de la casa de enfrente, igualmente inclinado, cerrando ambas el cielo sobre esa calle.

Los guardias fueron decididos hacia el portón y Lízer temió lo peor.

No quiso mirar, pero cuando lo hizo vio una sombra salir corriendo de aquel lugar. Los guardias echaron mano a las espadas que colgaban en su cinto y desenvainaron. Para entonces Blasco ya corría calle abajo, intentando huir de la pareja que salió tras él.

Alodia iba a salir a socorrer a Blasco, pero el brazo de Lízer la detuvo.

—No podemos hacer nada, nos verían —susurró él—. El chico es listo, nos ha despejado el camino, sabrá esconderse.

Alodia asintió. Aprovecharon para cruzar al otro lado y llegar a la calle donde se ubicaba la Taberna del Cojo. Las ventanas estaban tapiadas. Lízer zarandeó la puerta y pudo comprobar que estaba atrancada desde dentro. Eso significaba que allí había gente, aunque pareciera abandonada. Golpeó tres veces con el puño.

Nada.

No podía llamar la atención, y sin poder gritar iba a ser difícil lograr que abrieran. Lízer observó la parte alta, el tejado a un agua tenía un orificio para la chimenea y parecía amplio.

Se desplazó hasta una de las ventanas y se apoyó en el contrapecho para ganar altura y alcanzar el alero. De allí se colgó y buscó un apoyo en un hueco del muro para coger impulso y saltar hasta el tejado. Casi resbaló, pero logró agarrarse al propio alero y lanzar sus piernas por encima, apoyarse con el brazo y subir todo su cuerpo.

Una vez arriba, estiró su mano para ayudar a subir a Alodia. Juntos caminaron agachados hasta la chimenea, quitaron la losa que la cerraba y miraron el agujero que allí había. Con cuidado, Lízer introdujo sus piernas, aguantó con sus brazos hasta que tres cuartas partes de su cuerpo estaban dentro y soltó.

Cayó sin control, se golpeó los hombros por el orificio y terminó rodando por el suelo de la casa hasta chocar con una mesa de madera. Cuando intentaba levantarse, un hombre con un garrote entre las manos llegó desde la habitación contigua.

—¡Alto ahí! ¿Qué pretendes?

—Esperad, no vengo a robar.

—¡Claro que sí! Y te voy a quitar las ganas para siempre.

Entonces fue Alodia la que cayó por la chimenea y rodó hasta estamparse con el tabernero y derribarlo de forma aparatosa.

Una mujer llegó corriendo empuñando un enorme cuchillo.

—¡Espera, Elena! —gritó Lízer, levantando ambas manos.

Ella se detuvo y lo miró confusa. Poco a poco fue bajando el arma, al tiempo que Alodia y el tabernero se incorporaban doloridos.

—¿Quiénes sois vosotros? —inquirió él, confundido con la escena que allí se había montado.

—Don Aurelio, soy Lízer, alguacil de la ciudad —respondió—. Ella es Alodia. No queremos robar ni nada parecido, pero sí necesitamos vuestra ayuda.

—Tiene razón, padre. Yo le conozco.

—Sí, ya veo quién es. Uno de los hombre de Ferrellón. —El

tabernero buscó una silla para descansar—. ¿Y bien? ¿Qué se os ha perdido por aquí?

Lízer miró a Alodia, y esta clavó sus ojos en la hija del tabernero. No era hermosa a primera vista, pero tenía unos ojos brillantes y, sobre todo, unas formas que ella no tenía, exuberantes, como les gustaba a los hombres. No pudo evitar darse cuenta de cómo miraba Elena a Lízer.

—Hemos encontrado una biblioteca con extraños libros que valdrán una fortuna, podéis haceros ricos con ellos.

—¿Nosotros? Yo no vendo libros. —Y le señaló con la mano dónde estaba—. Esto es una taberna, por si no te habías dado cuenta.

—Cierto, aunque sí conoces quién puede venderlos. Por aquí pasan todos los comerciantes de la ciudad, en especial los extranjeros.

—Estamos asediados, no sabemos ni cómo ni cuándo va a terminar esto...

—Es verdad, pero finalizará algún día, para bien o para mal, y la ciudad volverá a funcionar, la taberna a llenarse y... la biblioteca estará ahí esperando a que alguien la encuentre y sepa sacar provecho.

—Maldita mujer, ¿de dónde la has sacado? —preguntó el tabernero a Lízer, y volvió a mirar a Alodia con admiración—, ¡me encanta! —Y soltó una carcajada.

—Me alegro. —Lízer respiró aliviado.

—¿Y qué quieres tú a cambio? —preguntó don Aurelio.

—Una información.

—Eso siempre es caro.

—Puedes hacerte rico con lo que te estoy ofreciendo. —Alodia no se dejó intimidar.

—¿Cómo sé que no mientes? No tengo un negocio como este porque confíe en la buena fe de la gente, te lo aseguro.

—¿Para qué iba a mentir? —preguntó Alodia, mirándole con sinceridad—. Lo que te estoy dando es una oportunidad para cuando esto termine, para empezar de nuevo, en una ciudad libre o conquistada.

—Está bien —intervino Elena, que dio un paso al frente—,

lo que dices suena bien, pero sé quién eres, tú eres la que iban a colgar. ¡La hija del diablo!

—Me han llamado cosas mucho peores. —Alodia sonrió a la otra mujer.

—Algo muy gordo tuviste que hacer o saber —siguió Elena, que no le devolvió el gesto—, porque tú no mataste a los maestros de los gremios.

—¿Cómo estás tan segura? —Y entonces Alodia lo adivinó—. Tú viste quién fue, es eso, ¿verdad?

—Sí, yo vi a la sombra de capa negra cuando entraba en la panadería, me asomé un momento, pues sentí curiosidad. Era tarde, y el panadero jamás aceptaba pedidos a esas horas, al menos no de nuestra taberna, así que miré, y vi que era un hombre. No pude distinguir su rostro porque llevaba una máscara, pero desde luego no se parecía a ti. Era fornido, alto y llevaba una buena espada —afirmó con sinceridad—. Me marché sin ver el crimen, pero estoy segura de que era el asesino. ¿Qué quieres saber?

—Vosotros conocéis muchos secretos de la ciudad. Vuestros clientes se emborrachan y hablan más de la cuenta. Necesito conocer quiénes han comprado pergamino en la ciudad.

—¿Pergamino? —Elena no lo vio claro—. Los curas, supongo.

—Aparte de ellos, ¿quién lo compraba sin tener un cargo eclesiástico?

—Mal asunto. —El tabernero se rascó la barbilla—. No quiero problemas con ese tema.

—¿Más de los que tenéis ahora mismo? Estamos asediados, el negocio cerrado...

—Lo que me pides tiene un precio muy alto —le advirtió—; más te vale que lo que cuentas de esa biblioteca sea verdad.

—Confía en mí.

—No hay muchos que comercien con pergamino. Como bien dices por aquí pasan todos los comerciantes que llegan a Albarracín.

—Entonces, ayúdanos, ¿quiénes eran los compradores?

—No te aconsejo que quieras oírlo. —El tabernero miró a su local y suspiró.

—Díselo, padre.

—No es una buena idea, eso que contáis de la biblioteca puede estar muy bien, pero... De verdad que no es buena idea.

—Creemos que es el mismo que ha asesinado a los maestros de los gremios, y a otras personas. Escúchame, nosotros solo queremos hacer justicia, dinos quién es. —Y Alodia le cogió de las manos—. Por favor.

—El hijo de Heredia —respondió taciturno.

—El hijo de Pablo de Heredia —recalcó Lízer—... Ese hombre es uno de los más reputados caballeros de esta ciudad...

—Para ser más exactos es su bastardo, Atilano es hijo de... —El comerciante no siguió con sus palabras.

—¿Quién es su madre? —Alodia le presionó—. No te calles ahora.

—Las malas lenguas dicen que la madre fue una mora. —Miró de nuevo a su hija, y asintió resignado—. Es una historia complicada. Al parecer Heredia se enamoró de Zulema, hija de un sabio musulmán, que vivía en la morería. Él saltaba de tejado en tejado hasta llegar al patio de la casa —narró—, ya sabréis que los hogares musulmanes suelen tener un patio interior, donde llevan a cabo gran parte de su vida.

—Sí. —Alodia escuchaba expectante.

—En una de sus visitas, el noble cristiano dejó encinta a la bella infiel, que sufrió su desdicha en silencio hasta que nació Atilano. —El tabernero torció el gesto—. El niño fue arrebatado de los brazos de la madre y entregado a los Heredia.

—¿Y Zulema? ¿Qué pasó con ella?

—Su familia fue desterrada de Albarracín; nadie sabe con certeza adónde fueron, unos dicen que a Barcelona, otros que a Valencia, quién sabe.

—Así que Heredia crio a su bastardo, ¿y no volvió a casarse?

—¿Cómo que no? Hasta tres veces, pero todas sus mujeres murieron al poco de dar a luz, y no solo eso, también los hijos que tuvo con ellas.

—¿Todos?

—Sí —respondió el tabernero—. Atilano es su único hijo, aunque sea bastardo heredará el apellido si muere Heredia, y es posible que sea pronto. Dicen que está muy enfermo, hace días que nadie ve al noble.

—¿Y por qué compra pergaminos Atilano de Heredia? —Alodia seguía indagando.

—Eso no lo sé.

—Es un hombre peligroso —interrumpió Elena—, siempre ha habido algo en él que no me ha gustado. Llámalo un presentimiento, o lo que quieras, pero hay que andarse con ojo con él.

—¿En qué sentido? —insistió Alodia.

—En todos, dicen las malas lenguas que las mujeres que pasan por su alcoba... terminan mal. Sé de alguna que tuvo que abandonar la ciudad y de otra que acabó con la cara marcada.

—¡Maldito bastardo! —Alodia se enervó—. Descríbemelo, ¿cómo es?

—Atilano es un caballero fuerte, alto, sin duda es atractivo —contestó Elena intentando recordar—, tiene el aspecto de un noble, no hay duda.

—Es él, ese es el discípulo de Ayub, el que acompaña a Abraham. —Alodia tenía la mirada llena de ira—. Un noble... ¡Maldito sea!

—Una cosa más, quizá no tenga importancia, pero no quiero quedarme con la duda. El palacio Heredia es el más monumental de la ciudad, pero con la poca fortuna que ha tenido su señor con sus esposas e hijos, no utilizan más que una parte —explicó Elena—, hasta ahí todo normal, si no fuera porque... Hay quienes aseguran que han visto luces en la parte inutilizada.

—Pero eso tampoco quiere decir nada, hija.

—Sí, claro que sí. ¿Sabes por qué dejaron de usarla? —le preguntó mirando a su padre—; porque allí fue donde murieron sus esposas, dicen que por eso están las estancias cerradas, está maldita.

—Eso solo son habladurías, Elena. —Y su padre le lanzó un gesto de desaprobación—. No le hagáis caso. Alodia, ahora dime dónde se oculta esa biblioteca tan importante, ese fue el trato.

—Debajo de la catedral, debéis acceder a la bodega de la torre de Doña Blanca, desde allí sale una gruta que os llevará a la biblioteca secreta.

—¿Y cómo vamos a hacerlo?

—Encontraréis la forma, yo lo hice.

70

Alodia y Lízer no querían esperar a que el sol despuntara; quién sabía si Albarracín resistiría un día más los ataques del rey de Aragón. La casa de los Heredia se asomaba sobre el primer cinturón de muralla, cerca del portal del Agua. Era una enorme casona, una de las más grandes de toda la ciudad. Observando su fachada, Alodia detectó enseguida la zona deshabitada, puesto que las ventanas estaban deterioradas y parecían llevar años cerradas.

Elena les había comentado que había una vivienda anexa al girar la esquina. Contaba con un pequeño huerto; si saltaba el cerramiento, podía acceder a la vivienda, pues también era una posesión de los Heredia. Una vez dentro, había un pequeño portón que comunicaba con la gran casa y que solo podía abrirse desde el interior.

Era la única opción.

Iban bien preparados. Alodia, con varios pedernales para hacer fuego y una antorcha untada en aceite; Lízer había tomado un par de herramientas de metal para abrir puertas si era necesario.

Así que hicieron lo planeado y avanzaron hasta ese portón. Lízer probó a golpearlo. Además de hacer demasiado ruido, parecía cerrado de manera concienzuda. Quizá podía forzarlo haciendo palanca, pero necesitaría más fuerza de la que tenía.

Mientras tanto, Alodia observó aquella vieja casa que lindaba con el palacio. Era humilde, seguramente aquí residieron trabajadores de los Heredia en otros tiempos mejores. Sin embargo, el portón parecía nuevo. Repasando el cerramiento, se percató de que aquel vano no era original, se había hecho rompiendo el muro de yeso e incrustando la puerta allí de mala manera.

Entonces, si aquella puerta no había estado siempre allí, Alodia se preguntó cómo entraban antes los sirvientes que vivirían en esa casa. No era inteligente tener que salir a la calle; si había urgencia dentro del palacio se demorarían demasiado y además habría que avisarles.

Alodia lo vio claro. Tenía que existir un acceso anterior, que por alguna razón dejó de usarse.

Teniendo en cuenta el estado de esa parte del edificio, la razón parecía clara: al deshabitarse ya no tenía sentido la comunicación.

Lízer seguía forcejeando con la puerta y Alodia, rastreando el muro colindante con el palacio. Todo era macizo, menos un armario. Ella lo examinó bien, tenía una puerta de doble hoja pintada en un azul claro desgastado. La abrió; en su interior solo había telarañas y polvo, pero observó que no tenía marco, sino que estaba encajado en un antiguo cabezal.

—He encontrado la puerta de acceso original —afirmó—, necesito más luz.

Sacó el pedernal y se colocó sobre la antorcha que le sostuvo Lízer. Comenzó a golpearlo hasta que las esquirlas prendieron el aceite en que estaba empapada la parte superior y brotó una llama. Ya podían ver el interior del armario, se hallaba tapiado. Lízer lo golpeó, sonaba totalmente hueco. Era solo una fina pared de yeso; tomó una de las dos herramientas que llevaba, un pequeño pico con punta afilada, y lo clavó con facilidad en la pared. Repitió la operación varias veces. El muro, ya de por sí en mal estado, perdía material con cada estocada, hasta que el pico logró cruzarlo. Era un escueto orificio; necesitaría tiempo para poder hacer uno lo suficientemente amplio para pasar ambos por él.

Con mucho esfuerzo lo lograron antes de que comenzara el día. Tenía tres palmos de ancho por dos de alto. Alguien tan delgado como Alodia podía entrar sin problemas, pero Lízer se las vio y se las deseó para cruzar al otro lado.

Una vez allí, Alodia cogió primero la antorcha. El interior del palacio estaba más frío, habían accedido a un espacio alargado, del que no alcanzaba a ver el final.

El suelo era de tierra y el techo se encontraba soportado por grandes vigas de madera, todavía en buen estado a pesar del abandono.

Avanzaron hacia el fondo y allí encontraron viejos muebles arrinconados, jergones y telas cubriendo bultos con siluetas diversas; y polvo, mucho polvo. Hacía tiempo que nadie usaba aquellos trastos. Buscaron la manera de salir de esa estancia, y hallaron la puerta en un lateral, cerrada. Cogieron de nuevo el pico y lo introdujeron por el hueco entre la hoja y el marco, justo en el lado de la cerradura, apretaron con fuerza y el eslabón saltó, liberando la puerta.

Lízer se asomó con precaución, pidió la antorcha y con ella alumbró el espacio. Halló la puerta que daba a la casa anexa; tenía un par de escalones, por lo que estaba a un nivel algo inferior. Entonces acercó la luz al suelo y vio un rastro de pisadas, eran recientes.

—Sigámoslas —sugirió Alodia.

—Es peligroso.

—¿Y qué no lo es en esta ciudad?

Continuaron por un estrecho pasillo hasta alcanzar una antesala y allí giraron a la derecha a otro corredor.

Aquella zona del edificio se encontraba deteriorada, las carpinterías estaban afectadas por la humedad y la carcoma, las paredes mostraban enormes manchas de humedad y el olor era desagradable.

En medio de aquella soledad, de aquella penumbra que rasgaba la antorcha, el viento se colaba por los resquicios del edificio, provocando extraños sonidos. Alodia se sintió indefensa e insegura, por mucho que Lízer estuviera a su lado. Se detuvo y fijó su mirada en la oscuridad, como retándola.

Continuó andando hasta que llegó a una puerta diferente, de buena factura y aspecto.

Tuvo un mal presentimiento.

Pegó el oído a la madera, no se percibía ningún sonido en su interior. La tanteó, estaba cerrada. Lízer tomó la iniciativa y volvió a introducir su herramienta afilada en el hueco de la hoja e hizo fuerza; esta vez iba a ser más complicado. Empujó hacia arriba y encontró el paso de la cerradura, bajó un poco y apretó de nuevo, haciendo saltar el cierre, y abriendo la puerta con dificultad.

Entró rápido, con la mano en la empuñadura de su espada, para coger desprevenido a cualquiera que allí se ocultase.

No había nadie.

Sin embargo, Lízer se quedó sin palabras.

Alodia también.

Al fondo había una pared con una estantería abarrotada de libros. Delante de ellos, una alargada mesa repleta de todo tipo de instrumentos y objetos.

Alodia avanzó unos pasos, Lízer hizo intención de detenerla, pero ya era tarde. Siguió hacia delante y pudo ver una camilla al otro lado. Sobre ella había un cadáver, con el rostro blanco, despidiendo un nauseabundo olor. Tenía que llevar varios días muerto, por su estado de descomposición.

Alodia oyó un crujido; apagaron la antorcha y corrieron a esconderse en la esquina opuesta, tras unas sillas.

Una luz entró, y con ella una silueta corpulenta, un hombre encapuchado. Andaba despacio y con cautela, quizá les había descubierto. Se detuvo frente a la mesa y contempló su contenido, fue hasta el cadáver y se agachó sobre su rostro.

Algo no cuadraba, aquel hombre parecía estar descubriendo lo mismo que ellos instantes antes. A continuación, el intruso repasó con su antorcha la ingente librería y se detuvo frente a un cofre de madera que había en ella, lo tomó en las manos. Lo miró sin abrirlo, como si fuera capaz de ver lo que escondía en su interior. Sonrió y lo depositó en la mesa.

En ese momento, otras dos figuras entraron en la estancia, la persona más alta desenvainó su espada y habló.

—¿Quién sois?

71

Un frío silencio inundó la sala, solo oía la respiración de Lízer a su lado. Las figuras en la sala permanecían enfrentadas.

—Os he hecho una pregunta. —El hombre alto dio un paso al frente. Alodia ahora sí identificó quién era: Atilano de Heredia; vestido con cota de malla. A su lado estaba Abraham.

—Una estancia curiosa, no hay duda de ello.

Alodia enmudeció al escuchar la voz del encapuchado.

No podía ser verdad.

—¿Os conozco? —preguntó el joven Heredia, que hacía esfuerzos para identificar a la persona que tenía frente a él.

—Veo que tu padre ya no está con nosotros —dijo, señalando el cadáver de la camilla—. Era algo inevitable, supongo, para tus planes...

—¿Quién sois? —Atilano se quedó mudo en ese instante—. No es posible... No podéis ser...

—Sí —dijo, se quitó la capucha y brillaron sus ojos verdes—, Atilano; soy tu maestro.

Alodia se tapó la boca con ambas manos, conteniéndose para no gritar. Era Ayub, estaba vivo.

—¡No es posible! Yo vi cómo ardías en el incendio.

—Mi querido aprendiz, cuando supe que pretendías quemarme, hice todo lo posible para que así lo pareciera —dijo el mago pausadamente—; veo que todavía soy capaz de engañarte. —Sonrió.

—¿Qué haces aquí? ¿Qué quieres de mí?

—Atilano, por favor, qué preguntas son esas —carraspeó—, he venido a matarte, ¿a qué, si no?

Heredia apretó la empuñadura de su espada.

—Estás loco si te atreves a presentarte solo aquí, no saldrás con vida de esta casa.

—¿Solo? Qué cosas tienes, esto es un emocionante reencuentro, no estoy solo. —Y sus ojos brillaron—. ¿Verdad? —Y señaló donde se escondían Alodia y Lízer.

Lízer salió de inmediato, blandiendo su espada contra Heredia, que alzó la suya para detener el ataque.

Alodia también dejó el escondite y preparó su daga, mientras Abraham buscaba la puerta y escapaba por ella...

Heredia no se dejó intimidar y atacó de frente, pero Lízer lo bloqueó con su espada. Continuó y le lanzó un brutal cabezazo que le hizo retroceder y le partió la nariz. Lízer estaba aturdido, así que a duras penas logró esquivar el siguiente golpe que le lanzó. Un poco más entero, reaccionó, giró sobre su pie derecho y atacó con su espada el costado de Atilano, quien logró esquivarlo con dificultad. No así el siguiente golpe, que fue hacia su cuello. Para evitarlo Lízer tuvo que rodar por el suelo.

De nuevo en pie, uno frente a otro, Heredia sonrió antes de levantar su hoja por encima de la cabeza y describir un poderoso arco que fue a caer contra la hoja de su rival.

No se detuvo ahí.

Continuó el ataque con otro golpe similar, con igual respuesta, y otro y otro más, todos detenidos, aunque haciendo retroceder a Lízer un paso más con cada embestida, hasta arrinconarlo contra la librería.

Lízer no se iba a dejar vencer con tanta facilidad.

Contraatacó soltando golpes a derecha e izquierda, y luego apoyó fuerte su pie derecho para agacharse, evitando el filo de Heredia, tomar impulso y alcanzar el muslo de su oponente.

Este soltó un agudo grito de dolor y se tambaleó, sin caer al suelo, pero dejando al descubierto su costado derecho, situación que Lízer se encargó de aprovechar propinándole un tremendo corte que penetró entre su cota de malla y la sobrevesta.

Cayó al suelo y allí recibió otro tajo en el cuello.

Heredia intentó taponar la herida con una mano. Lízer se acercó a él, para rematarlo, pero le detuvo un dolor profundo en la espalda.

Una daga empuñada por la otra mano de Heredia se había clavado en su cuerpo.

—¡Noooooo! —gritó Alodia desesperada.

Lízer perdió el equilibrio y cayó junto a su rival. Alodia se tiró al suelo y llegó hasta él arrastrándose, fuera de sí, enloquecida.

—No llores tanto por él, mujer, no tienes ni idea de quién era realmente —murmuró Atilano de Heredia mientras dirigía su espada hacia Ayub—; es mejor que entiendas cuanto antes la verdad. Este traidor era un espía aragonés. Se había infiltrado entre los alguaciles de la ciudad para tener información de primera mano.

—¡Eso no es cierto! —gritó ella, mientras trataba de cerrar la herida de su amigo, que era muy profunda.

Lízer sabía que se iba; recordó entonces las palabras que le susurró aquel sacerdote agonizante en el interior de la catedral. Al final había tenido razón.

—Alodia... Ha valido la pena conocerte, a pesar de que mi destino era morir por ti.

—Lízer, no hables. —Le tapó los labios con la mano—. Saldrás de esta.

—No. —Y con sus últimas fuerzas le susurró—: Vete de aquí, escapa. —Metió su mano dentro del gambesón y sacó una carta doblada—. Alodia, te quiero —confesó Lízer, con su último suspiro—, toma esta carta, puede salvarte la vida.

Ella no dijo nada, la cogió y se quedó mirándole con compasión.

—No malgastes ni una sola lágrima por él, este necio fue quien envió la misiva a Roma que propició la llegada del dominico. Quería desacreditar a Albarracín frente al papa para que perdiera su apoyo —afirmó Atilano de Heredia con desprecio—, luego quiso utilizar a fray Esteban para salvarte. Así que al final tuve que matar al dominico, y eso lo complicó todo.

Mientras, Ayub seguía delante de su antiguo discípulo, sin inmutarse por la espada que tenía enfrente.

—¿Qué tienes planeado, maestro? ¿Más sorpresas? Espero que sean tan gratificantes como tu resurrección. —Y Heredia soltó una carcajada—. Me engañaste bien, lo reconozco.

—No entendiste nada de lo que te enseñé.

—Te equivocas, claro que lo hice, mírame ahora —afirmó Atilano de Heredia señalando la librería y los otros objetos de la estancia—. Ha pasado mucho tiempo desde que llegué a tu casa a preguntar por el talismán que me dio mi madre, ¿lo recuerdas?

—Aciago día aquel.

—Di lo que quieras, pero bien que te has servido de mí —le recriminó abriendo las manos—. Yo te he servido para todo, te he facilitado contactos de mi familia, he protegido tu anonimato, te he facilitado todo el pergamino que necesitabas, con lo costoso que es.

—Y a cambio yo te he enseñado, pero fallé —dijo Ayub.

—Todo lo contrario, aprendí, y muy deprisa, por eso ya no te necesito. ¿Por qué has regresado? Te creía muerto, estabas a salvo, pero ahora...

—No voy a dejar que te lleves lo que te enseñé, el conocimiento para hacer un talismán tan poderoso no puede estar en manos como las tuyas.

—Lo de los gremios fue brillante, realmente brillante... Pero encontré los cinco símbolos, tengo la gema, no necesito ese guardamano que mandaste traer, y también está en mis manos el libro de tu biblioteca. Puedo activar el talismán sin tu ayuda.

—¿Sabes de qué es capaz el talismán una vez creado?

—Puede convertir a un hombre en emperador —dijo Atilano—. Lo sé.

—No, puede ayudar a un rey que lleve sangre imperial en sus venas a coronarse emperador. No sabes controlar un talismán así; no me extraña, tú solo eres un bastardo.

—¡Maldito! No vuelvas a pronunciar esa palabra o te arrancaré la vida.

—Por mucho que sigas el ritual descrito en el libro para grabar los símbolos en la gema, no lograrás lo que quieres —prosiguió Ayub sin inmutarse—, porque tú, Atilano, no eres un mago.

—No. —El joven movió la cabeza de un lado a otro—. No vas a engañarme, no a estas alturas. Si escondiste los símbolos es porque tienen poder, de lo contrario no habrías sacrificado la vida de esos hombres de los gremios. Ayub, no vas a engañarme, sé del poder que puede crearse con todo lo que tengo. Tú me hiciste creer en la magia, no podrás hacerme abjurar ahora de ella.

—La magia es sabiduría, conocimiento, un legado que ha pasado de unos sabios a otros, creada por grandes hombres desde tiempos lejanos —afirmó Ayub, sin moverse un solo paso—. Todo ese saber no puede caer en manos como las tuyas, por esa razón los magos cuidamos mucho quiénes son nuestros aprendices.

—¿De verdad?

—Hace tiempo que sabía de tus intenciones, por eso escapé del fuego y por eso te he seguido hasta aquí. No eres tan bueno como para engañarme.

—Si hubieras podido me habrías detenido. —Atilano de Heredia describió una desafiante sonrisa en su rostro—. Creo que lo que ha sucedido es que el discípulo ha sobrepasado al maestro.

—Permíteme que lo dude. —Soltó el broche de la capa que le envolvía y al caer, una ballesta apareció oculta. Ayub la levantó; estaba cargada.

—¡Noooo! —Los ojos de Heredia se llenaron de miedo, corrió hacia una de las ventanas y la abrió para escapar.

—Los magos también sabemos de armas. —Ayub disparó.

El dardo se clavó en la espalda de Heredia con tanta fuerza que le lanzó por el vano y le hizo caer fuera del edificio, contra el suelo de tierra. El dardo le había perforado el tórax hasta salirle por el pecho; Atilano comenzó a escupir sangre, mientras intentaba incorporarse. Pero sin éxito, pues tenía también una pierna rota.

Ayub lo miró desde arriba, y cargó el arma con otro dardo. Tensó la cuerda con mucha dificultad. Era una ballesta más reducida de lo normal, así podía ocultarla y recargarla antes, aunque perdiera potencia. Apuntó otra vez y la soltó, alcanzándole de nuevo en la espalda, un palmo más abajo que en la primera ocasión. Heredia dejó de moverse.

Ayub colocó otro dardo y se volvió hacia el centro de la sala.

Alodia seguía junto a Lízer, que ya no respiraba.

—Es mejor que te vayas, Alodia; cuando vengan habrá muchas preguntas que responder y tú ya estás condenada. Abandona Albarracín ahora que puedes, aprovecha el asedio y la vía de escape de Heredia, el túnel de la iglesia de Santa María.

—Ayub, ¿por qué has permitido todo esto? Yo confiaba en ti, en tus enseñanzas...

—No seas ingenua.

—Pero yo creía que tú...

—¿Qué vas a decir? Que yo era... ¿Bueno? —Ayub bajó la ballesta y la miró con pena—. Por la noche, cuando nos vamos a dormir, todos necesitamos creer que somos buenas personas. Todos, hasta el peor de los asesinos. ¿Recuerdas el gran espejo que había en mi casa?

—Claro, siempre me pregunté para qué era.

—Para mirarme en él cada noche, y recordarme cómo soy verdaderamente.

—Entiendo.

—Mejor así —afirmó él mientras volvía a levantar el arma—, temía que ese talismán cayera en malas manos. Sabía que alguien estaba detrás de él, lo que nunca imaginé es que fuera mi propio discípulo. Por suerte yo no confío nunca en nadie; es la mejor manera de salvar la vida.

—¿Y todas las muertes, para qué?

—Debía cubrirme las espaldas, no podía dejar que todo el trabajo se perdiera. Así que confié cinco símbolos a maestros de cinco gremios. Ellos saben guardar un secreto, es la clave de su éxito.

—Murieron por guardar los símbolos.

—Albarracín es un lugar peligroso, un nido de víboras.

—Los utilizaste a todos...

—Claro que sí.

—¿Y esa gema?

—No podía revelar todos mis secretos, la gema es la materia del talismán, el propio rey me la envió. La guardaba en mi biblioteca privada, la cual creo que ya conoces.

—¿Y qué vas a hacer con el talismán?

—Venderlo, por supuesto. Albarracín se desmorona, debo buscar otra ubicación y esto me abrirá muchas puertas.

—No puedo creerlo... ¿Qué más puede hacer ese talismán?

—Puede hacer realidad los sueños del que lo posea.

—Así de simple...

—No, Alodia, así de complicado. Pues a veces ni nosotros mismos sabemos qué es lo que más deseamos profundamente. Es muy peligroso, puede ponernos delante de un espejo y demostrarnos cómo somos en realidad, y ya te lo he dicho antes, todos necesitamos creer que somos buenas personas cuando nos vamos a dormir, sin excepción.

—A mí eso me da igual.

—¿Seguro? ¿Es que acaso crees que no sabía lo de los enterramientos? ¿De verdad creíste que podías engañarme? —preguntó con su cálida voz, que era capaz de envolverte incluso en aquellos tensos momentos—. Yo te di un techo, una oportunidad, una vida.

—Pero no fue gratis.

—Nada lo es.

—Ibas a dejar que me ahorcaran.

—Alodia; a ti y a Atilano no os elegí por casualidad, sois más parecidos de lo que crees. Ambos sois hijos de nobles caídos en desgracia, a ti te echó tu padre de su casa y a él le habría pasado lo mismo si no hubiera matado a sus hermanastros. Si Heredia hubiera tenido más hijos, Atilano habría terminado como mozo de cuadra.

Alodia lo escuchaba con tristeza. Ayub siguió explicándose.

—¿Sabes por qué Atilano quiso aprender el arte de crear talismanes? Me lo contó la primera vez que vino a mí. Su madre tenía uno, se lo puso en el cuello antes de ser desterrada; se lo dijo la criada que le cuidó. Le dijo que lo habían hecho expresamente para él, con un fin, el de darle fuerza cuando no la tuviera. Tenía razón, fui yo quien lo fabriqué la misma noche que vine a esta ciudad, tallé una roca de su signo y realicé el ritual.

—Enternecedor... Ahora lo has matado.

—La vida es así. Tú me fuiste muy útil un tiempo, pero en el fondo tu naturaleza era débil, por mucho que trabajara contigo nunca habría logrado que fueras como yo —murmuró Ayub con cierto desprecio—. Aun así lograste escapar de la horca... Siempre has sido una mujer de recursos, eso hay que reconocértelo. No te voy a matar, Alodia, no tengo ninguna necesidad; me sorprendería que nos volviéramos a ver, aunque contigo nunca se sabe, ¿verdad?

Ayub tomó el cofre de la mesa y avanzó por la estancia, cruzó el umbral de la puerta sin dejar de apuntarla con su ballesta, y se perdió por el pasillo de la casa.

Ella quedó sola, rodeada de muertos.

72

Diego de Cobos y el resto de los notables de Albarracín esperaban la entrada del gobernador. Este lo hizo despacio, como arrastrándose, acompañado de media docena de hombres de armas que le habían seguido a parlamentar con el rey de la Corona de Aragón.

—¿Os habéis arrodillado ante Pedro III? ¡Decidlo! —El noble no se arrugó ante Álvar Núñez de Lara.

—He hecho lo mejor para todos —respondió con un rostro entristecido—. A finales de agosto llegaron noticias de que Pedro III había pedido a sus fieles, jurados y hombres buenos de las aldeas de Teruel que deseaba terminar el cerco de Albarracín para antes de la festividad de la Santa Cruz de septiembre, si no se oponían a sus planes los socorros que mi tío, don Juan Núñez, podía enviarnos. Y les pidió que acudieran rápidamente con sus armas al asedio para ayudarle.

—No es suficiente para rendirse, ¿cómo habéis podido someteros? En toda su larga historia, esta tierra jamás se ha rendido —intervino otro de los viejos señores.

—Nos habéis traicionado. —Diego de Cobos quedó enmudecido.

—¡Eso jamás! Nos estamos comiendo a los caballos y los burros, dentro de poco tendremos que hacer lo propio con gatos y perros. Mi tío no ha mandado ningún socorro, el rey de Francia tampoco —intentó excusarse Álvar Núñez de Lara—. Albarracín está devastada, hambrienta, ¿queréis de verdad que nos comamos los unos a los otros?

—Todavía pueden venir refuerzos... —afirmó Diego de Cobos.

—Lo dudo, aun así le he solicitado al rey su permiso para enviar mensajeros a mi tío —continuó Álvar Núñez de Lara—, para que le informen de nuestra desesperada situación. Si de aquí a quince días, para la festividad de san Miguel, no envía socorros a Albarracín de forma que podamos continuar la defensa, entregaremos la ciudad a la Corona de Aragón.

—¿Y qué os ha pedido el rey a cambio? —preguntó otro de los nobles.

—Que con nuestros emisarios vayan también los suyos, para que oigan y escuchen lo que le dirán a mi tío y lo que él responda. Y que deberán jurar ante los Santos Evangelios que no hablarán con él ni con nadie por el mandado, mientras no estén ellos presentes. Que a la vuelta, antes de dirigirse a nuestra ciudad, sin hablar con nadie, irán primero al campamento de Pedro III para informarle —respondió contundente el gobernador.

—¿Qué más habéis empeñado? —Diego de Cobos no parecía conforme con la respuesta.

—Veinte de mis mejores hombres serán entregados como rehenes esta misma noche.

—¡Maldita sea! Sois un estúpido, un enorme estúpido —Diego de Cobos le dio la espalda—, ¡como si nos sobraran hombres de armas! Os han engañado, consiguen que perdamos veinte buenos caballeros y controlan todos nuestros movimientos.

—No había otra opción, ¡no seáis necio! —alzó la voz el gobernador.

—Debíamos esperar al invierno, el frío es el peor enemigo de un ejército conquistador. Parece mentira que no lo sepáis.

—¡Diego! ¿Es que acaso vuestros ojos no han visto las casas que están levantando junto al río? Son de piedra —le advirtió—, no piensan irse cuando llegue el invierno.

—No pienso seguir discutiendo con unos oídos que no quieren escuchar, ¡que Dios se apiade de vuestra alma! —Y se marchó, seguido de la mayoría de notables de la ciudad.

Alodia salió a la calle, su piel olía a muerte. La llevaba pegada al cuerpo, rebosaba por cada poro. Por primera vez pensó que podía ser posible lo que decían de ella, que el Maligno la hubiera elegido. Todo el que se acercaba a ella moría; era como una maldición.

Era la muerte.

Caminaba por las calles, en medio de casas derruidas, animales muertos, desechos por doquier. Albarracín se había convertido en el infierno, su casa.

Todos a los que conocía estaban muertos, todos menos ella.

Albarracín había sucumbido a lo peor del asalto. El aspecto de la ciudad era deplorable y estaba a punto de caer ante el enemigo.

Estaba rota; primero Martín y ahora Lízer. ¿Tenía sentido alguno seguir?

Dos hombres que la querían habían muerto por ella.

Cuando era pequeña en Valencia, junto a su hermana Beatriz, solían imaginarse cómo serían sus vidas de casadas. Se imaginaban paseando con sus hermosos maridos, riendo, comiéndose a besos a sus esposos. Hacía tanto de aquello que parecía una estupidez siquiera pensar en ello.

Pero entonces lo vio claro. No estaba completamente sola, quedaba alguien en el mundo que le importaba: Beatriz.

Su hermana sería ahora la esposa del hombre que le destrozó la vida, y quizás había llegado el momento de liberarla. Podía hacerlo, podía ir a Sevilla y acabar con él, claro que era capaz de eso y mucho más.

En sus manos llevaba la carta que escondía Lízer, en el lacre vio las famosas barras de la Casa Real de Aragón, era un sello de Pedro III.

Tuvo un dilema, si la abría para averiguar su contenido, perdería su valor al romper el lacre. Pero si no lo hacía, seguiría sin saber qué decía.

Lízer solo podía llevar algo semejante para usarlo como salvoconducto al encontrarse en una situación desesperada. Confió en ello y lo guardó entre sus ropas.

Así pues, cuando estaba a punto de claudicar, Alodia cogió

todos los pedazos de su roto corazón y los pegó con el odio y la venganza.

Parecía no haber nadie en las calles, pero oyó toser tras ella.

—Vaya, vaya —susurraron a su espalda—, mira a quién tenemos aquí.

Reconoció de inmediato aquella ronca voz.

—Padre Melendo... —Se volvió y encontró la triste figura del sacerdote.

—¿Aún ruedas por la ciudad, mujer? Eres difícil de matar, Alodia, como las moscas en verano. Pesada, cansina y pegajosa, repulsiva y muy desagradable.

—Veo que pensáis mucho en mí.

—Bueno, no te creas tan importante, simplemente es que tantas semanas de asedio dan para mucho y uno necesita matar el tiempo, o al menos matar algo. —Sonrió—. He venido con un amigo, espero que no te importe.

Tras él apareció el guardia mudo de la mazmorra, el de los ojos amarillentos...

—Sabías que tarde o temprano esto iba a pasar, no tiene por qué ser doloroso. —Y el forzudo carcelero la agarró por el brazo—. Aunque me temo que sí va a serlo.

—¡Maldito seáis!

—Llévala a la iglesia de Santiago; rápido, que no la vea nadie.

73

Los emisarios enviados por el gobernador volvieron al décimo día. Llegaron por el camino de Zaragoza y las puertas se abrieron para dejarles entrar. Un murmullo serpenteante recorrió las bocas de los habitantes de la ciudad, exhaustos por el largo asedio. Aquella llegada era lo único que les daba esperanzas.

Los recién llegados subieron directos a la alcazaba; el gobernador y todos los notables de la ciudad, laicos y religiosos, estaban allí expectantes.

—Mi señor. —El más menudo de los emisarios se arrodilló.

—Dejaos de reverencias, contad las nuevas.

—Por orden de don Juan Núñez, de la Casa de Lara, os hago saber que, en su extrema generosidad, como legítimo Señor de Albarracín, hace entrega del Señorío de Albarracín a sus habitantes —pronunció ante la cara de estupefacción de todos los presentes—. Os libra de su vasallaje.

—¡Maldito sea!

—¡Los rehenes! —gritó un vigía desde una de las torres de la alcazaba—. ¡Regresan los rehenes!

—¿Qué vamos a hacer? —Se acercó el obispo.

—Entregar Albarracín. —El gobernador se miró las manos, estaban temblando—. Mi tío nos ha traicionado, estamos solos.

A las pocas horas, las puertas de la ciudad se abrieron, pero las huestes de la Corona de Aragón no avanzaron hasta ellas. Por el contrario, redoblaron los efectivos que la sitiaban; nunca se habían visto tantos pendones, banderas y estandartes rodeando aquellas murallas.

Nada más.

Ni emisarios, ni mensajes.

Al caer la noche las puertas de Albarracín se cerraron y se reforzó la guardia. Fueron unas horas oscuras, con el miedo metido en cada uno de los hombres y las mujeres intramuros, pero sin novedades. A la gente, que llevaba ya cuatro meses de asedio, le costaba entender lo que estaba sucediendo.

Al día siguiente salieron mensajeros para confirmar la rendición a los invasores, sin embargo el rey de la Corona de Aragón no los recibió. Las tropas de sitio se retiraron, dejando libre el acceso a la ciudad desde el exterior.

—Pero... ¿qué pretenden? —El gobernador estaba desesperado ante la situación—. Si llegara el socorro podría entrar sin dificultad.

—Eso es lo que esperan —dijo doña Teresa de Azagra, que en aquellos aciagos días parecía la más cabal de todos los allí presentes—, el rey todavía quiere que mi marido, el Señor de Albarracín, venga con sus huestes y no tenga problemas para entrar, así podrán seguir con el ataque.

—¿Qué? ¡Eso no tiene sentido alguno!

—Ya lo creo que sí, lo está retando, sus espías le avisarán del movimiento —respondió ella.

—¿Es una especie de trampa?

—El rey desea su cabeza, quiere acabar con él —añadió doña Teresa de Azagra—. Si mi esposo pica y viene a la ciudad, el asedio será a muerte. Esto todavía no ha terminado.

—Pero Juan Núñez nos ha abandonado, lo dijeron sus emisarios...

—Sí, por supuesto que lo ha hecho. —La Señora de Albarracín soltó un leve gruñido de desdén—. El rey de la Corona de Aragón está tan confuso como nosotros, no entiende tal ofensa, por eso lo reta. Para que venga, para que cumpla con su deber como caballero cristiano... Pero no lo hará, Juan Núñez de Lara se ha olvidado ya de Albarracín.

Alodia soltó una arcada, e intentó abrir los ojos. La escasa luz no le ayudaba a poder identificar dónde estaba. Intentó incorporarse, pero estaba atada de pies y manos. Aquello le recordó a sus días en la mazmorra del palacio episcopal. Escupió y sintió la boca seca como una piedra. Hizo todo lo posible para que sus ojos vieran tras las legañas que los cubrían.

Aquella era una estancia sombría, un almacén de material litúrgico y muebles abandonados.

Al fondo distinguió dos sombras, una era abultada y deforme, solo podía ser la del carcelero. La otra alta, con el cráneo puntiagudo, era la del padre Melendo.

No dijo nada y examinó el espacio. Las cuerdas que la sujetaban estaban bien apretadas y tensadas. No podría liberarse de ellas. Solo había una puerta, y una escueta ventana en forma de saetera rasgaba el muro para dar luz al interior.

De algún modo, Melendo pareció percatarse de que ella había despertado y se encaminó hacia su posición.

—Parece que la bella durmiente está de nuevo con nosotros. —Sonrió el viejo cura—. Ha sido realmente complicado dar contigo, ¡estás hecha un asco! ¿De verdad pensabas que cortándote el pelo y disfrazándote ibas a engañarnos? ¡Pobre ilusa!

Alodia no dijo nada.

—No sé dónde te has escondido —prosiguió Melendo con desdén—, parecía que se te había tragado la tierra, pero mala hierba nunca muere. Y yo soy un hombre paciente, sé esperar, es una cualidad que se valora poco, ¿verdad? La paciencia, la paciencia puede ser un arma muy poderosa, pero claro, pocos la estiman porque necesita tiempo, y todos tendemos a correr, a darnos prisa, a querer alcanzar la cima pronto.

Alodia gruñó.

—¿No quieres hablar? Una verdadera lástima; tenemos tantas cosas que contarnos...

Ella le escupió a la cara y la flema le cayó dentro del ojo.

Melendo alzó su mano y la golpeó con todas sus fuerzas en el rostro.

Alodia lo miró y sonrió.

—Siempre has sido una fierecilla, pero todo animal puede domarse, ¿lo sabías? —Hizo un gesto llamando al carcelero—. Ya os conocéis, así que no hace falta que os presente. Seguro que tenéis muchas cosas de las que hablar... Con paciencia, no tenemos ninguna prisa.

El padre Melendo se alejó de ella, mientras que el mastodóntico hombre se le acercaba paso a paso, como una gran bestia.

Alodia decidió morir con dignidad, era lo único que le quedaba.

Los ojos amarillentos se aproximaron a ella. Y Alodia tuvo una idea.

—Escúchame, sé que puedes oírme.

El mastodonte ni se inmutó.

—Si crees que ese hombre quiere ayudarte es que no has aprendido nada —afirmó Alodia—; mírame a mí, estaba perdida en aquella mazmorra que tú custodiabas, pero alguien me ayudó. ¿Crees que le importas a Melendo? ¿Te ayudaría como lo hicieron conmigo? Bien sabes tú que no. Tú eres como yo era hasta hace poco, solo conocíamos a gente como él, creíamos que todos eran iguales, seres despiadados. Pero no, hay gente con luz, hombres dispuestos a ayudarte sin pedir nada a cambio.

Por primera vez escuchó un gruñido diferente y en aquellos ojos vio un atisbo de esperanza.

Decidió intentarlo.

—Escúchame bien, no sé tu nombre, pero sí que dentro de ti aún queda algo de humanidad —susurró Alodia—; no tienes por qué hacer esto, no tienes por qué obedecer a nadie. Tú eres mudo, yo soy una mujer, ellos nos ignoran y desprecian, podemos rebelarnos. Es difícil; lo sé, pero puedes encontrar el valor, puedes ser libre.

—¿Qué ocurre? ¿A qué estás esperando? —inquirió Melendo a varios pasos de distancia—, haz lo que te he dicho, quiero empezar a disfrutar.

—¿De verdad deseas servir a alguien así?

El hombretón de ojos biliosos dudó, y entonces Alodia lo vio claro.

—Libérate, rompe las cadenas, tú mereces algo mejor —le dijo mirándole a los ojos—, él solo te utiliza, se apropia de tu fuerza.

El carcelero se volvió.

—¿Qué haces, estúpido?

Avanzó lentamente hacia el sacerdote.

—¿Se puede saber qué estás haciendo? Rómpele las piernas a esa hija del demonio, ¡hazla sufrir!

Llegó a su altura, alzó sus brazos y con sus amplias manos tomó al sacerdote, le apretó por el cuello con todas sus fuerzas y aplastó su cabeza contra la pared.

El padre Melendo murió en el acto.

Alodia respiró aliviada.

—Corre, suéltame, tenemos que escapar.

Él la liberó. Alodia buscó su capa oscura y se cubrió con ella. Saltó por encima del cuerpo inerte de Melendo y juntos salieron al exterior. Se hallaban en una casa próxima al templo de Santiago, detrás de ellos las murallas subían hacia la torre del Andador. Caía la noche y el atardecer había pintado de sangre el cielo.

—Debemos ir a la iglesia de Santa María —dijo Alodia mientras el gigante gesticulaba—. Lo sé, está al otro lado de la ciudad. —Miró a su alrededor—. Hagamos una cosa, me meteré en ese saco y tú me llevarás como si cargaras mercancía. No te preocupes, sé cómo salir de la ciudad.

El mudo obedeció, y recorrió toda la distancia de un templo a otro con Alodia sobre sus hombros. Las gentes tenían más de una preocupación en sus cabezas y aunque el aspecto del carcelero llamaba la atención, también infundía respeto y cierto temor. Así que nadie le detuvo y pudieron alcanzar la parroquia cuando la noche ya había caído por completo.

Aguardaron a que la guardia se alejara y se encaminaron hacia el templo. La puerta estaba cerrada, pero el carcelero mudo arremetió contra ella con toda su fuerza y consiguió liberarla. El templo estaba vacío, todos los objetos de valor habían desaparecido, así como los muebles y otros utensilios comunes. Alodia avanzó y recordó sus tiempos de vendedora de tumbas. Repasó el suelo a sus pies, pero no halló lo que buscaba.

Las dependencias de la iglesia eran pocas, la única importante era la sacristía. Estaba abierta, y aquello sorprendió a Alodia. El carcelero fue el primero en entrar, no era un espacio muy grande, todo lo contrario. Frente a ellos había una saetera y bajo ella se intuía una silueta.

Alodia pensó que era una talla religiosa; sin embargo al acercarse se percató de su error. Era un cuerpo, estaba contra la pared, con un dardo de ballesta clavado en medio de la frente, atravesándole la cabeza. Se sabía quedado apoyado contra el muro, en una posición anormal, con los ojos abiertos.

Aquellos ojos verdes eran inconfundibles.

Era Ayub.

Sintió una mezcla de sensaciones; no se alegró, más bien lo contrario. Una amarga pena le recorrió el cuerpo. A pesar de que ese hombre la había utilizado, no podía evitar estarle agradecida. Le había enseñado mucho, le había dado un techo, un futuro.

«Pero, ¿qué demonios? —se dijo a sí misma—, Ayub era un maldito manipulador, ¡que se pudra en el infierno!»

—No temas —le dijo a su acompañante—, ¡hay que darse prisa!

Comenzó a escrutar la sacristía; su aparejo era distinto a la nave del templo, formado por bloques más bastos y como erosionados. Pero allí dentro estaban protegidos de la acción del viento o el agua, por lo tanto solo había una explicación plausible, en algún momento esos muros habían sido exteriores. Era una obra anterior al templo actual.

Puso las palmas de sus manos en la pared y recorrió el lienzo. No era una obra uniforme, habían rehecho gran parte de ella en un momento dado. Siguió revisando su arquitectura hasta que se detuvo en un armario.

Enseguida le vino a la mente el de la casa de Heredia. Abrió las puertas, y observó que, en efecto, en la parte superior se intuía un cabezal. El fondo estaba encalado del mismo color blanco que las puertas del armario, para darle uniformidad y que pareciera lo que realmente no era, porque dio un par de golpes y sonó a madera hueca.

Esta vez no se encontraba tabicada sino que incluso había un cerrojo. Aquel era el acceso a la galería de escape de los judíos.

—Tienes que abrirla —le pidió a su compañero.

Él se acercó, empujó con su hombro, la tanteó, le dio un tremendo empujón y la aldaba saltó.

Una nueva galería se abría ante Alodia.

«Otra vez bajo tierra», pensó.

—Muchas gracias, amigo. —Y sonrió a su compañero, cuyos ojos brillaron de alegría.

Ese resplandor en su mirada desapareció al instante, pues se llevó las manos al pecho, por donde asomaba la punta de un dardo. Otra cabeza metálica salió llena de sangre por su estómago, el carcelero se tambaleó y cayó de rodillas gimiendo de dolor.

Ella levantó la vista por encima de su cabeza y vio al fondo de la sala a Abraham, que le apuntaba con la ballesta recién cargada.

—Alodia, te estaba esperando.

El viejo médico había recargado su arma y la mantenía fija en ella, mientras se iba acercando con pequeños pasos. El carcelero todavía resistía, con vida, arrodillado frente a ella. Alodia no podía ayudarle, lo miró con compasión e impotencia.

—No te inquietes por él, uso siempre un veneno muy eficaz al contacto con la piel —le explicó—, Ayub podría confirmártelo si... Bueno, Ayub ya poco puede decir. También se puede usar como ungüento que, al entrar en contacto con la sangre, produce una curiosa reacción que cierra la garganta e impide respirar —afirmó con un tono pausado—, nunca he tenido buena puntería y no me gusta arriesgarme, así que lo he extendido por estos dardos que Ayub me ha proporcionado.

En efecto, el carcelero mudo se llevó las manos al cuello y se derrumbó definitivamente contra el suelo, con evidentes síntomas de no poder respirar.

—Quién iba a pensar que estaba vivo... Ayub, Ayub. A ti

también te habrá sorprendido volver a verlo, ¿verdad? No te puedes fiar de nadie, qué te voy a contar yo...

—¿Qué quieres ahora? La ciudad se va a rendir, ¿por qué haces esto?

—Cierto, y cuando entren los invasores cambiarán muchas cosas, quiero tener algo con lo que negociar, además de los ingredientes para el talismán, que ahora llevo de nuevo conmigo. —Abraham señaló su zurrón, del que sobresalía una esquina del cofre.

—¿No vas a escapar?

—Soy muy viejo para eso, mi familia lleva siglos aquí. Nos hemos adaptado a árabes, bereberes, muladís, navarros, castellanos y ahora lo haremos a los aragoneses. Es una habilidad que poseemos, cuesta mucho hacerse un nombre en una ciudad, bien lo sabes tú, como para perderlo cada vez que se cambia de dueño.

—Pero yo no te voy a servir de mucho...

—Ya lo creo que sí, les voy a dar una mujer para que ahorquen —afirmó—, tu sentencia de muerte sigue en firme, la firmó el obispo. De hecho, eres muy valiosa, el rey Pedro III querrá empezar con buen pie su gobierno, ¿qué mejor forma que con una ejecución que todos anhelan? La de la asesina de los gremios, qué bien suena, ¿verdad?

—Estás loco.

—Estoy contento, un nuevo tiempo va a empezar en Albarracín y yo estaré sentado junto a los vencedores. —Sonrió Abraham—. Gracias a ti.

—No dejaré que me encierren otra vez, tendrás que matarme.

—Lamento contradecirte. Como te he dicho, esas saetas están impregnadas en un veneno, pero esta —dijo apuntando a Alodia— lo está con un extracto de plantas que yo mismo preparé y que te adormecerá. En los libros no solo se aprende a construir talismanes, también hay textos sobre medicina con conocimientos más prácticos, como vas a poder comprobar.

—¡Maldito seas!

—No, Alodia, la maldita eres... —No terminó la frase, porque una mueca de dolor cubrió su rostro.

Soltó la ballesta y esta golpeó el suelo, perdiendo su proyectil. Abraham se volvió despacio; detrás de él, el pequeño Blasco daba varios pasos hacia atrás. Abraham se quitó el zurrón, buscó en su costado y encontró un cuchillo clavado. El niño vio el cofre y tomó algo de su interior.

Unos ruidos se oyeron en la nave del templo, cada vez más cerca de la sacristía.

—¡Blasco! Corre, ¡ven! —Alodia lo cogió de la mano y entraron en la gruta.

Avanzaron como pudieron, rozándose con las paredes de piedra, gateando cuando se empinó el suelo y arrastrándose para salir en la orilla del río. Se pusieron en pie, y giraron la vista hacia la ciudad.

Las murallas de Albarracín recortaban el horizonte, subiendo y bajando por el cerro principal.

Alodia sintió una mezcla de nostalgia y alivio.

A su lado, Blasco la miraba con los ojos brillantes. Sonrió, extendió la mano y le mostró algo que llevaba en su palma: la gema de color turquesa.

Pasaron diez días; don Juan Núñez de Lara no acudió a socorrer su ciudad. Las huestes de Aragón, Valencia y Cataluña entraron en ella y pusieron fin a más de dos siglos de independencia.

El Señorío de Albarracín pasaba a formar parte de los territorios de Pedro III el Grande.

74

Negro cabalgó sin apenas descanso, cruzó toda la frontera entre las coronas de Aragón y Castilla y se adentró en el siempre peligroso territorio del Moncayo. Atravesó aquellos montes cerca de la ciudad de Ágreda y continuó por Tarazona para llegar por fin a tierras navarras.

Antes de arribar a Tudela se desvió hacia Alfaro y allí se detuvo al alcanzar las huestes de los Lara.

Juan Núñez lo recibió en una austera casona de piedra, a las afueras de la población.

—Matalobos, no esperaba verte con vida, la verdad.

—No es el primero que me lo dice —respondió el caballero negro.

—Dicen que el invierno va a ser duro; cuando vuelva el buen tiempo regresaré a Albarracín.

—¿Pensáis atacarla?

—Es muy posible —respondió Juan Núñez de Lara—, esto no ha terminado. Más le vale a Pedro III organizar como debe toda la defensa de la frontera, porque pienso atacarla sin descanso. He perdido Albarracín, pero conservo Cañete y Moya. El rey de Francia atacará Cataluña y ya veremos lo que hace Castilla.

—Hice lo que me pedisteis, os ruego que me liberéis de vuestro servicio y me deis lo acordado.

—Es loable tu deseo de averiguar qué le pasó a tu familia; estoy seguro de que una herida así traspasa el corazón y marca el alma de un hombre, por muy fuerte que este sea. —Juan

Núñez de Lara juntó las manos a la altura de su pecho y se quedó mirando al caballero—. Pero en Albarracín no cumpliste con tu misión.

—No fue culpa mía.

—Eso me da igual, los resultados son los resultados; asumo la pérdida de ese Señorío, no deja de ser una pieza en un tablero mucho mayor —expuso Juan Núñez de Lara—, pero ese talismán era único y lo quería.

—Creedme que lo lamento.

—Puedo recuperar ese Señorío, pero el talismán... No creo que tenga otra oportunidad. Un talismán destinado a un rey, para ayudarle a convertirse en emperador, ¿te haces una idea del valor que tiene para los monarcas cristianos? ¿Lo que me habría dado el rey francés por él? ¿O cualquiera de los príncipes alemanes? ¿Las alianzas que me habría ayudado a forjar?

—No era el único que lo buscaba, medio Albarracín parecía ir detrás de dicho talismán.

—Por eso te mandé a ti, se supone que eres el mejor.

—Os ruego que me liberéis, ya no aguanto el dolor.

—Me das lástima, Matalobos —le miró con prepotencia—, ¿por qué te llaman así?

—De joven cazaba lobos en el bosque, era la única manera de que no atacaran nuestras ovejas.

—Luego podrías haberlo modificado. Matahombres habría estado mejor, al fin y al cabo todos evolucionamos.

—Os lo ruego, decidme quién mató a mi mujer y mi hijo...

—Cuando el infante Fernando, heredero a la Corona de Castilla, estaba a punto de morir, me suplicó que velase por los derechos sucesorios de sus hijos, los infantes de la Cerda. Era el mejor heredero que podía tener Castilla, él ya sabía que sus derechos al trono serían cuestionados, debido a la corta edad de sus hijos —afirmó el Lara con parsimonia—. Lo que más quiere un padre en el mundo son sus hijos, es inevitable, ¿verdad?

Matalobos comenzó a impacientarse, a respirar de manera más fuerte.

—Quieres saber quién atacó el transporte que llevaba a tu familia a Toledo.

—Dijisteis que podríais averiguarlo.

—Entiendo que, si te lo digo, los responsables de aquello pueden darse por muertos.

—No lo dudéis ni un instante. Con ellos seré Matahombres, sí.

—Es perfectamente comprensible. Disculpa, esa pregunta sobraba. —Juan Núñez dio una palmada.

Las puertas de la sala se abrieron y cuatro ballesteros entraron, descargando sus saetas contra el pecho del caballero negro. La suma de los proyectiles le impulsó hacia atrás, cayendo contra el suelo.

Allí tumbado, Matalobos vio el estandarte de los Lara con sus calderos, símbolo del engaño del jefe de esa casa; apretó los puños y se incorporó, miró su pecho, los dardos seguían allí clavados. Pero la cota de malla había resistido mejor de lo imaginable, todavía le quedaba vida.

Se levantó y desenvainó. Los ballesteros no tuvieron tiempo suficiente para recargar, fue hacia ellos como un lobo hambriento; lobo entre lobos. Al primero de ellos le seccionó el cuello de un solo tajo, al de al lado le atravesó con su espada como si fuera un saco de trigo. Le costó sacar el arma de sus entrañas, pero le dio tiempo a hacerlo y clavarla en la espalda del siguiente hombre, que intentaba huir en vano.

Al último de ellos lo cogió del cuello y lo estampó contra la pared, echó su brazo para atrás y le metió la punta de la espada por la boca.

Se dio la vuelta y entonces un dardo le entró por la axila. Se le escapó un grito ensordecedor.

—Al final siempre tiene que hacer uno mismo las cosas. —Juan Núñez de Lara tiró la ballesta al suelo y desenvainó su espada.

Matalobos apenas podía moverse, sangraba abundantemente por la última herida y el resto le dolía cada vez más.

—¿Sabes quién les mató? Yo te lo diré para que mueras tranquilo. Claro que lo haré, soy un gran noble y he de cumplir mi palabra. —Y se peinó bien los cabellos—. No los mataron, fueron raptados y vendidos en Granada.

—¿Qué...? —Matalobos ya apenas podía hablar—. No es posible...

—Sí, teníamos una alianza con los musulmanes de Granada, a Alfonso X le había costado mucho lograr aquel acuerdo con su rey. Pero al final era beneficioso para todos, dentro de las cláusulas había una que permitía a los musulmanes atacar a los abundantes enemigos que Alfonso X tenía dentro de su reino, y en una de esas incursiones sus hombres se equivocaron de objetivo y atacaron el transporte de tu familia.

—¿Por qué no hicisteis nada? ¿Por qué no me lo dijisteis? —gritó con las pocas fuerzas que le quedaban.

—¿Y poner en peligro una alianza esencial para Castilla? De ningún modo.

—Podríais habérmelo dicho y yo habría ido a rescatarles, ya estarían conmigo. Mi familia vive, y yo aquí, muriendo...

Un par más de infantes llegaron a la sala, Juan Núñez de Lara les hizo un gesto para que se encargaran de los caídos.

—Eso no podía ser, habrías comprometido todos nuestros planes en ese momento —contestó el noble mientras se acercaba al moribundo caballero—; esa cicatriz te la hiciste defendiendo a tu rey cuando su hermano se rebeló contra él. La has llevado con orgullo y eso te honra.

—¿Así me habéis pagado la lealtad a la Corona?

—La lealtad no se paga, Matalobos; es la traición la que se compra.

—Mi familia... Sois cristiano, Núñez; deberíais haberme ayudado...

—Tú eres solo un hombre, solo debías preocuparte de ellos, de una mujer y un crío. Yo soy un grande de Castilla, debo ocuparme de miles, de decenas de vasallos. No puedo anteponer mis egoístas intereses, como haces tú, a los de la gloriosa Casa de Lara. Tu familia estaba en el lugar incorrecto en el momento inoportuno, la vida es así.

—Eso no es justo. Mi esposa... Mi hijo...

—Claro que no lo es, la vida no es justa.

Alzó su espada y la clavó en el abdomen de Matalobos.

Epílogo

No he vuelto a Albarracín y ya no lo haré. Desde hace un lustro Roma es mi casa y por primera vez puedo decir que la vida me sonríe. Uno no es de donde nace, sino de donde se siente feliz.

Beatriz vive conmigo desde hace un par de años, no hizo falta que fuera a rescatarla, pues don Antón de Rada sufrió un desafortunado accidente cuando los dos estaban solos en su casa de Sevilla. El adelantado de Cazorla resbaló y cayó desde lo alto de la escalera de su casona, con tan mala suerte de golpearse la cabeza con una estatua de mármol.

Cosas que pasan.

Beatriz ya había soportado demasiadas vejaciones.

En Roma he conseguido que me respeten, me dedico a comprar y vender libros, soy una de las mercaderes más buscadas de la ciudad. A mí recurren desde cardenales a grandes familias, incluso me han hecho encargos para el Santo Padre.

Les impresiono a todos con mi memoria, en cuanto menciono citas de libros que conocen caen rendidos a mis pies.

Blasco se ríe mucho de mí, dice que ese truco no me servirá siempre. Puede que tenga razón, porque él es muy inteligente. Le he criado desde que escapamos de Albarracín, le he visto crecer y madurar, y convertirse en un gran hombre.

Espero que pronto encuentre a una mujer con la que tener muchos hijos. Yo no quiero aconsejarle, es él quien debe elegirla con libertad.

Solo deseo que tenga suerte.

Nota del autor

Albarracín es una población que consta siempre como uno de los pueblos más bonitos de España en todos los listados que a tal efecto se realizan. Su belleza es indudable; su arquitectura impresiona nada más llegar. Y la labor de recuperación, conservación y puesta en valor realizada por la Fundación Santa María de Albarracín ha sido clave para el mantenimiento de dicha arquitectura.

La localidad es Monumento Nacional desde 1961, posee la Medalla de Oro al mérito en las Bellas Artes de 1996 y se encuentra propuesta por la Unesco para ser declarada Patrimonio de la Humanidad por la belleza e importancia de su patrimonio histórico.

Albarracín conserva todo su sabor medieval. Para mí es uno de esos lugares donde se ha parado el tiempo, una de esas visitas obligadas dentro de España, a la que siempre volver porque siempre te fascina.

Por todo ello, yo quería rendirle homenaje a través de esta novela, un *thriller* histórico que pretende mostrar la época apasionante del final del siglo XIII en la Península. La singularidad estratégica de Albarracín hacía que fuera un señorío independiente, rodeado de poderosos y ambiciosos reinos. Esta novela no pretende explicar la historia del señorío, pero sí poner énfasis en su importancia histórica.

Lo primero que me pregunté cuando empecé a esbozar la trama fue cómo sería vivir en un lugar así, extremadamente fronterizo, con un nuevo señor extranjero, cambiando de alianzas y en constante peligro.

Pronto vi Albarracín como el escenario perfecto para una trama de misterio, una historia que se desarrollara íntegramente entre sus murallas. De ahí el título que escogí, *La ciudad,* que representa esa sociedad que comienza a abrirse, el floreciente comercio, el auge de los gremios, la importancia de su sede episcopal. Con la ciudad no me refiero tanto al reconocimiento que supone, pues de hecho Albarracín es un señorío, sino el espacio urbanístico donde se desarrolla toda la trama, diferenciando ese escenario intramuros del resto de aldeas y tierras que conformaban el señorío.

Como en todas mis novelas, los guiños a temas que me motivan son muy frecuentes, aunque a veces estén escondidos o sean sutiles. Como dejo claro en la dedicatoria, esta novela quiere rendir homenaje a Umberto Eco, que desgraciadamente falleció mientras la escribía. También hay un recuerdo para otro hombre que nos dejó mientras trabajaba en ella, el genial cantante David Bowie, de ahí los ojos bicolor de Alodia. Y para otros amigos que tuve la desgracia de perder durante el largo proceso de escritura.

Esta novela enlaza con mi anterior obra, *El castillo,* también publicada por Ediciones B, y es el segundo libro relacionado con los escenarios más importantes de la Edad Media. En la primera novela la trama tenía lugar en una construcción militar; en esta segunda, el protagonismo lo adquiere un conjunto arquitectónico en el que bullen las actividades gremiales y comerciales de la sociedad civil y la tercera, que verá la luz el próximo año, tendrá su ambientación en un icónico edificio religioso. Aunque no comparten ni personajes, ni siglo, ni ubicación, todas pretenden ofrecer una visión general de cómo era la vida en la Edad Media.

En la trama aparecen aspectos que siempre me han fascinado, como la magia en el Medievo, que para nada tiene que ver con la visión deformada que tenemos, ni con cazas de brujas. Hasta el siglo XIV la Iglesia no persiguió estas actividades, que eran de vital importancia y muy habituales, de ahí que Alfonso X el Sabio se mostrara tan interesado en ellas. Para entender mejor este aspecto recomiendo la lectura del ensayo *Alfonso X el mago* de Ana González Sánchez.

También he querido plasmar el funcionamiento de los gremios, el de un mercado medieval, o el asedio a una ciudad amurallada.

Espero que esta novela les haya hecho viajar al siglo XIII como lo he hecho yo y que se hayan emocionado e intrigado con sus páginas.

Agradecimientos

A Lucía Luengo, mi editora, por confiar en mí y darme ánimos para crear esta aventura y las próximas que vendrán.

A Isabel Bou Bayona, por su excelente ayuda para completar esta novela.

A Elena Real, por estar siempre ahí y tener la lucidez de ver tanto los errores como las virtudes de mis ideas.

A todos los lectores y lectoras, librerías y periodistas que confiaron en *El castillo*, haciendo de mi cuarta novela todo un éxito de ventas.

A la asociación de libreros de Huesca, por otorgarme el premio de Libro Altoaragonés del 2016 por *El castillo*.

Índice